À PROPOS DE L'AUTRICE

Avant de se lancer dans l'écriture, **Olivia Gates** a exercé de nombreux métiers, notamment peintre, designer et médecin ! En 2001, elle rédige son premier roman qui sera publié peu de temps après aux éditions Harlequin. Souvent présente sur la liste des meilleures ventes de *USA Today*, elle consacre ses journées à jongler entre son métier de médecin et sa passion pour l'écriture, et donne toujours vie à des héros attachants et sexy.

Sensuelle ennemie

*

Le désir défendu

*

Un séduisant chantage

Collection : SAGAS

Titre original :
FROM ENEMY'S DAUGHTER TO EXPECTANT BRIDE

Ce roman a déjà été publié en 2018

HARPERCOLLINS FRANCE
83-85, boulevard Vincent-Auriol, 75646 PARIS CEDEX 13
Service Clients — www.harlequin.fr
ISBN 978-2-2805-0320-4 — ISSN 2426-993X

Édité par HarperCollins France.
Composition et mise en pages Nord Compo.
Imprimé en avril 2024 par CPI Black Print (Barcelone)
en utilisant 100% d'électricité renouvelable.
Dépôt légal : mai 2024.

FSC www.fsc.org
MIXTE
Papier issu de sources responsables
FSC® C159065

Pour limiter l'empreinte environnementale de ses livres, HarperCollins France s'engage à n'utiliser que du papier fabriqué à partir de bois provenant de forêts gérées durablement et de manière responsable.

OLIVIA GATES

Sensuelle ennemie

LE SERMENT DE BLACK CASTLE
VOLUME 1

Traduction française de
ROSA BACHIR

SAGAS

HARLEQUIN

Prologue

Il se réveilla dans l'obscurité. Une fois de plus.

Ses joues étaient mouillées, son cœur cognait dans sa poitrine, et les cris qu'il avait poussés pour appeler sa mère et son père lui déchiraient encore la gorge.

— Lève-toi, Numbers.

La voix cruelle amplifia sa terreur. La première fois qu'il l'avait entendue, il avait été pétrifié, pensant qu'un inconnu était entré dans sa chambre. Mais il s'était vite rendu compte que la réalité était pire. Il ne se trouvait plus chez lui, mais dans une pièce longue et étroite, sans fenêtres et sans meubles. Il était allongé sur le sol gelé, les mains nouées derrière le dos. L'homme, qui parlait anglais, la langue qu'il connaissait si bien, avec un fort accent, avait dit la même chose la première fois.

C'était ainsi que ce cauchemar avait commencé.

— On dirait que Numbers veut une autre correction.

C'était l'autre homme. Verrait-il jamais d'autres personnes qu'eux ? Ils étaient effrayants. Et ils l'appelaient Numbers. C'était pour cela qu'ils l'avaient enlevé. Parce qu'il était doué pour les chiffres.

La première fois qu'ils avaient dit cela de lui, il avait été vexé. Il n'était pas « doué pour les chiffres ». Il était un prodige des mathématiques. C'était ce que ses parents, ses enseignants et tous les spécialistes qui l'avaient sollicité avaient dit à son sujet.

Il avait rectifié, et avait reçu la première gifle de sa vie. Elle avait failli lui briser le cou, et l'avait projeté contre le mur. Quand le choc et la douleur s'étaient enregistrés dans son esprit, il avait compris que tout cela était bien réel. Il n'était plus en sécurité ni protégé. Tout pouvait lui être fait, et lui serait fait.

D'abord, il avait été en colère. Il avait dit que, si on le rendait à ses parents, il ne leur rapporterait pas qu'ils avaient osé lever la main sur lui. Les deux hommes avaient eu un rire démoniaque. L'un d'eux avait lancé à l'autre que ce Numbers mettrait peut-être plus de temps à être brisé qu'ils l'avaient cru.

Il avait alors répété qu'il ne s'appelait pas Numbers, et le deuxième homme lui avait administré une gifle sur l'autre joue, encore plus fort.

Allongé sur le sol, tremblant de peur et de désespoir, il avait entendu les hommes lui annoncer à quoi s'attendre dorénavant.

— Tu ne reverras jamais tes parents, et tu ne quitteras jamais cet endroit. Maintenant, tu nous appartiens. Si tu fais tout ce que nous te disons, dès que nous le disons, tu ne seras pas puni.

Mais depuis il avait désobéi à chacun de leurs ordres, quelle que soit la sévérité des châtiments. Il avait espéré qu'ils renoncent et le renvoient chez lui. Mais ils n'en étaient devenus que plus brutaux, et semblaient prendre plaisir à lui faire mal et à l'humilier toujours plus. Et l'espoir que ce cauchemar s'achève un jour n'avait cessé de s'amenuiser.

— Si on lui laissait le choix de la punition, aujourd'hui ?

Il entendit ses tortionnaires ricaner ; il distinguait à peine leur silhouette au-dessus de lui, avec l'œil qui n'était pas enflé. Et à cet instant il céda.

Enfin, il comprit que ce pour quoi il avait enduré leur maltraitance si longtemps n'arriverait jamais.

Ce cauchemar serait sans fin.

Ses kidnappeurs continueraient d'être cruels, ses parents ne viendraient jamais le sauver, et personne d'autre ne l'aiderait. Cela ne cesserait d'empirer.

Et, si sa vie était celle-ci désormais, alors il n'avait plus envie de vivre.

Mais il ne pouvait même pas mettre fin à ses jours. Tout ce qu'il y avait dans sa cellule, c'étaient des bols d'eau sale et de bouillie gluante, et le seau qui lui servait de toilettes. Il n'y avait aucun moyen de leur échapper, même par la mort. Sauf peut-être...

L'idée s'imposa à lui. Il avait tout essayé, excepté jouer le jeu. S'il faisait semblant, ils penseraient qu'ils l'avaient brisé, et le laisseraient sortir de sa cellule. Alors, il pourrait s'échapper.

Ou mourir en essayant de fuir.

L'un des géants lui donna un coup de pied dans les côtes.

— Debout, Numbers.

Serrant les dents pour ne pas crier de douleur, il se leva.

Un rire terrible résonna à ses oreilles.

— Enfin, Numbers obéit.

— Voyons s'il obéit vraiment.

L'autre monstre se campa devant lui, approchant son visage à l'haleine fétide.

— Quel est ton nom, gamin ?

Le liquide brûlant dans son estomac monta jusqu'à sa bouche. Il le ravala en même temps que ses dernières résistances.

— Numbers.

Une gifle vint fouetter sa joue enflée, peut-être moins cinglante que d'habitude. Ils le puniraient, de toute façon, simplement, un peu moins fort quand il obéirait.

— Et pourquoi es-tu là ?

— Parce que je suis doué pour les chiffres.

— Et que vas-tu faire ?

— Tout ce que vous dites.

Une autre gifle fit bourdonner ses oreilles, pourtant il continua :

— Dès que vous le dites.

Dans la faible lumière provenant de l'extérieur, il les vit échanger des sourires satisfaits et malveillants. Ils croyaient avoir réussi à le briser. Et c'était vrai. Toutefois, il n'avait pas l'intention de vivre assez longtemps pour qu'ils savourent leur victoire.

Et ils firent ce qu'il avait espéré : ils le traînèrent hors de sa cellule. Trop faible pour marcher, il était suspendu entre eux, ses pieds nus et ses genoux découverts à travers son pantalon usé éraflant le gravier froid.

Pouvant à peine relever la tête pour regarder où ils l'emmenaient, il aperçut de grandes colonnes noires et des arcades, qui se détachaient contre un ciel gris et agité. Cet endroit ressemblait à une forteresse médiévale, comme dans l'un des jeux vidéo que son père lui avait offerts. Il remarqua un détail : les murs entre les colonnes étaient assez bas pour qu'il puisse les escalader et sauter par-dessus. Pour s'enfuir, ou tomber et mourir.

L'un des monstres l'avertit :

— Si tu t'approches des murs, on t'attrapera, on te battra, ensuite, on te jettera dans ta cellule et tu y resteras deux fois plus longtemps que le temps qu'il a fallu pour te briser la première fois.

Alors, même ce plan était impossible. Mais il ne pouvait continuer ainsi. Il ne pourrait pas le supporter.

Avant qu'il les supplie de l'achever, tout simplement, ils ouvrirent deux grandes portes de bois et le projetèrent sur le sol brut.

Lorsque, enfin, il parvint à relever la tête, il distingua une grande salle, et des rangées de tables autour desquelles étaient assis des garçons silencieux, qui s'étaient tous retournés à leur arrivée.

— Ce ver de terre est la dernière recrue. Si vous le voyez faire quoi que ce soit d'interdit, dénoncez-le. Vous aurez un bonus.

Puis ses deux geôliers s'éloignèrent, le laissant à genoux face aux enfants. Sa fierté se réveilla sous leurs regards, et le poussa à se lever péniblement, tandis que l'espoir initial qu'il avait ressenti quand il avait compris qu'il n'était pas seul s'éteignait. Les enfants pouvaient être cruels envers ceux qui étaient plus petits ou plus faibles. Et, après un premier passage en revue de la pièce, il avait conclu qu'il était sans doute le plus jeune.

Il se leva, tentant de ne pas tenir ses côtes douloureuses pour ne pas montrer de faiblesse, et faillit s'effondrer de soulagement quand ils retournèrent à leur assiette et à leurs chuchotements.

Ils avaient tous peur, ne serait-ce que d'élever la voix, contrairement aux garçons de son ancienne école, libres de rire et de plaisanter. Ces garçons étaient des prisonniers, comme lui. Ils avaient été brisés avant lui.

Des odeurs de nourriture douloureusement agréables lui parvinrent, et la faim lui donna le vertige. Tentant de se tenir droit, il se dirigea vers la source des arômes.

Il essayait d'atteindre le couvercle de l'une des grandes marmites quand une main le souleva. Il n'avait pas senti son propriétaire approcher.

C'était un garçon plus âgé, à la tête rasée et aux yeux noirs perçants, déjà aussi grand que son propre père. Pourtant, au lieu d'être intimidé par la taille et l'air féroce de l'adolescent, il se sentit... rassuré par sa présence.

— Je m'appelle Phantom. Et toi ?

Son vrai prénom lui vint sur la langue avant qu'il le ravale. Ce garçon attendait peut-être qu'il fasse quelque chose « qu'ils n'avaient pas le droit de faire », comme donner son vrai nom. Pour pouvoir le dénoncer et obtenir un bonus.

Par sécurité, il se contenta de répondre :

— Numbers.

L'autre garçon haussa ses sourcils noirs angulaires.

— C'est ta spécialité ? Mais tu n'as pas plus de sept ans.

— J'ai huit ans.

Devant son indignation, le regard du garçon s'adoucit.

— Le premier mois d'affamement — ou les trois premiers, dans ton cas — nous donne tous l'air plus jeune. Maintenant, tu dois bien te nourrir, pour grandir et être aussi fort que possible.

— Comme toi ?

— Je n'ai pas fini de grandir. Mais j'y travaille.

Phantom emplit un bol de ragoût fumant qui semblait délicieux comparé aux bouillies moisies qu'il n'avait pas réussi à avaler, depuis ces trois derniers mois, comme il venait de le comprendre. Il n'avait eu aucune idée de la durée de son calvaire jusqu'à ce que Phantom la lui apprenne.

Après lui avoir donné son bol, Phantom se servit, puis lui fit signe de le suivre.

— Si on t'a donné un nom en rapport avec tes capacités, tu dois être un prodige.

Cela lui fit infiniment plaisir que cet immense garçon aux pas silencieux et aux yeux pénétrants puisse le voir pour ce qu'il était. Même après que ses geôliers l'avaient dépossédé de tout.

Encouragé, il demanda :

— Quel âge as-tu ?

— Quinze ans. Je suis ici depuis mes quatre ans.

Le garçon avait répondu à sa question suivante avant même qu'il l'ait posée, et lui avait confirmé que ses geôliers avaient dit vrai.

Jamais il ne sortirait d'ici.

Ils atteignirent l'une des tables, et Phantom lui fit signe de s'asseoir. Il y avait cinq autres garçons, tous très différents, tous plus vieux que lui, mais plus jeunes que Phantom.

Deux garçons se décalèrent sur le banc pour leur faire de la place quand Phantom le présenta, sans bouger les lèvres pour ne pas se faire remarquer des gardes qui surveillaient la salle. Chacun des garçons se fit connaître. Lightning, Bones, Cypher, Brainiac et Wildcard.

Tandis qu'ils mangeaient, chacun lui posa une question sur sa vie passée. Il imita leur discrétion, disant des vérités sans révéler de faits. Puis ils lui donnèrent des équations, qu'il résolut avec une précision parfaite, quelle que soit leur difficulté.

Quand ils eurent fini de manger, il avait le sentiment qu'il connaissait ces garçons depuis longtemps. Mais les gardes annoncèrent la fin du repas, et tous se levèrent pour quitter le réfectoire.

Ne pouvant contrôler son anxiété, il saisit le bras de Phantom.

— Je te reverrai ?

Phantom lui adressa un regard sévère, aussi lâcha-t-il son

bras avant que les gardes le surprennent. Mais sa voix était douce quand il répondit :

— Je veillerai à ce que tu sois conduit dans notre quartier.

— Tu peux faire ça ?

— On peut faire beaucoup de choses, ici, si on sait comment s'y prendre.

— Tu m'apprendras ?

Phantom interrogea les autres du regard. Ce fut alors qu'il comprit que ce n'étaient pas seulement des compagnons de cellule qui mangeaient ensemble ou partageaient le même dortoir. Ces garçons formaient une équipe. Et Phantom leur demandait leur approbation avant de le laisser rejoindre leur groupe.

Soudain, ce fut son souhait le plus cher. Faire partie de leur équipe. Sa vie d'avant avait disparu. Et il savait qu'il n'en aurait pas d'autre, sans ces garçons.

Il regarda chacun d'entre eux acquiescer, et chaque hochement de tête l'emplissait d'un espoir qu'il avait cru détruit à jamais.

Avant que Phantom s'éloigne, le laissant seul, il lança :

— Bienvenue dans notre fraternité, Numbers. Et bienvenue à Black Castle.

1

Vingt-quatre ans plus tard

En retrait, Rafael Moreno Salazar regardait la foule depuis la mezzanine de sa demeure de Rio de Janeiro, dont il avait fait l'acquisition récemment.

Le bal battait son plein. Tous les grands noms du monde du marketing savouraient les petits-fours hors de prix et le Moët & Chandon qui coulait à flots, et dansaient au son de la musique élégante de l'orchestre. Et Rafael n'avait pas encore fait son apparition.

Il laissait ses invités… mijoter, laissant monter leur curiosité à propos de lui et de ses intentions.

En fait, il les faisait patienter depuis qu'il avait fait son annonce : Rafael Salazar, l'énigme qui avait révolutionné les technologies financières, cherchait un associé en marketing dans l'hémisphère Ouest. Même si l'effet de cette annonce était déjà immense, Rafael avait attisé l'intérêt en épaississant le mystère autour de sa personne, qu'il avait ensuite épicé d'une poignée de rumeurs.

Comme il le faisait toujours avec les clients et les associés potentiels, il avait laissé courir le bruit qu'il avait autrefois côtoyé le milieu du crime organisé. C'était vrai. Mais pas comme les gens l'imaginaient. A leurs débuts, ses frères et lui avaient dirigé leur propre organisation secrète.

Les chefs d'Etat étaient depuis longtemps fascinés par ses méthodes avant-gardistes, mais ils ne l'avaient courtisé de manière agressive que lorsqu'ils avaient appris que ces méthodes avaient été élaborées dans le creuset du crime et testées sur les milieux corrompus.

Toutefois, il n'avait pas été certain que les magnats du marketing qu'il cherchait à attirer soient aussi enclins à traiter avec quelqu'un de sa trempe.

Cependant, au lieu d'être rebutés, ces individus puissants semblaient considérer que son passé et ses relations sulfureuses faisaient de lui un partenaire encore plus intéressant. Et, s'il était aussi redoutable que la rumeur le disait, il serait également invulnérable. Tous étaient prêts à travailler avec un associé sur lequel les balles ricochaient.

Voilà pourquoi tous ces candidats pleins d'espoir étaient présents, feignant d'apprécier sa fête somptueuse et essayant d'être courtois les uns envers les autres. Mais il les sentait bouillir de frustration, à se demander lequel d'entre eux il préférerait, et quand il daignerait enfin honorer de sa présence son propre bal.

— Vas-tu te décider à faire une apparition ce soir, Numbers ?

Il lança un regard serein à l'homme qui venait d'apparaître sans bruit.

— Cette fois, Cobra, ça se pourrait.

L'Anglais qu'il appelait Cobra depuis vingt ans esquissa un rictus en observant la scène. Rafael lui avait dit la même chose lors des trois soirées précédentes.

Aux yeux du monde, Cobra était Richard Graves, nom qu'il s'était choisi lorsqu'ils avaient créé leur nouvelle identité. A quarante-deux ans, Richard ressemblait à une star hollywoodienne, et à première vue il aurait pu passer pour le frère aîné de Rafael. Ils avaient presque la même corpulence et le même teint, mais les cheveux noir de jais de Richard étaient striés de discrètes mèches argentées. A y regarder de plus près, la structure de leur visage révélait leurs différences ethniques, Rafael étant brésilien d'ascendance portugaise.

Il existait une autre grande différence entre eux, non apparente : chacun avait son propre domaine de compétences.

Même si Rafael avait été entraîné pour devenir un agent de terrain impitoyable, ses facultés intellectuelles constituaient son principal pouvoir. Il s'était rarement appuyé sur sa grande agilité physique, mais il était l'expert incontesté pour liquider les cibles par des attaques financières. Richard, quant à lui, portait bien son nom de code, Cobra. C'était le plus dangereux d'entre eux. Les cibles, lui, il les éliminait purement et simplement. A présent, il cachait la dangerosité qui faisait de lui un assassin redoutable derrière une façade raffinée. Sauf lorsqu'on l'examinait de près. Ou qu'il examinait les gens de près.

Mais Richard avait fini d'éradiquer la vermine. Ou du moins c'était ce qu'il affirmait. Il se concentrait désormais sur le monde des affaires et de la politique pour en éradiquer les menaces avec une précision tout aussi impitoyable. Richard étant son partenaire et son protecteur, Rafael avait l'assurance que le passé ne le rattraperait jamais... et que le futur n'était pas une source d'inquiétude.

Richard posa son regard pénétrant sur lui.

— Tu n'es pas un peu trop désinvolte ? Tu as mis des années à concocter ce plan, je croyais que tu serais un peu plus impatient de le mettre enfin en action.

— Je ne suis pas pressé, répliqua Rafael en haussant une épaule.

— Vraiment ? J'aurais cru le contraire, ironisa Richard. Sérieusement, tout ce que tu as fait ces deux derniers mois, c'est organiser ce type d'événements, puis observer les gens dans l'ombre. Tu ne crois pas que ta mission de reconnaissance a assez duré ?

— Après vingt-quatre ans, tu crois que deux mois me suffisent pour savourer ma vengeance par anticipation ?

— Vu comme ça, non.

Un sourire éclaira le visage de Richard.

— On dirait que c'est moi qui ne peux contenir mon impatience. Tu as toujours été la personne la plus méthodique et la plus *patiente* que je connaisse. Du moins, après ton cher et implacable Phantom. Mais il y a encore un domaine où tu le bats. Où tu nous bats tous. Tu vois les complexités et les probabilités du monde comme de simples équations, alors que pour nous ce sont les méandres d'un labyrinthe.

Rafael ne le contredit pas. Il savait depuis longtemps que son don pour les mathématiques lui faisait en effet voir le monde différemment.

Toutefois, quoi qu'il en dise, Richard était aussi clairvoyant que lui, à sa manière, quand il était concerné. Mais, quand il s'agissait de Rafael, Richard n'avait aucune tolérance. Il avait tué pour lui, et le referait sans hésitation en cas de besoin. Il mourrait pour lui. Et la réciproque était vraie.

Rafael avait eu la chance d'avoir non un « frère » tel que lui mais sept. Même s'ils n'étaient plus que six à présent.

Chassant le souvenir douloureux de la disparition de Cypher, apparemment définitive, il soupira.

— Peut-être suis-je en train de me rendre compte que la vengeance est un plat qui se mange froid.

Quand Richard émit un son incrédule, Rafael rit, puis sirota son champagne.

Sa vengeance *serait* froide. Aussi amèrement froide que la prison dans laquelle il avait grandi. Aussi cruellement lente que le temps qui s'était écoulé là-bas. Aussi sombrement inexorable que la haine qu'il avait nourrie toutes ces années à l'encontre des responsables de son esclavage.

Douze interminables années à endurer la déshumanisation de ses geôliers, qui avaient fait de lui un mercenaire que l'Organisation louait aux plus offrants. Leurs clients allaient des grands noms de la politique et des affaires à ceux du crime organisé, de l'espionnage et de la guerre.

Il avait fait partie des quelques centaines de garçons choisis partout dans le monde. Certains avaient été enlevés à leur famille, d'autres, vendus ou échangés, et beaucoup d'autres, recrutés dans des orphelinats, dans la rue ou les zones instables. Ils étaient tous bien au-dessus de la moyenne, sur les plans physique et mental. Quelques-uns avaient un don. Comme ses frères et lui.

Les « recruteurs » de l'Organisation choisissaient leurs agents potentiels selon des critères infaillibles, et ils déployaient de grands efforts pour les « acquérir ». Ils les envoyaient au fin fond des Balkans, à l'écart du monde, dans cette sinistre forteresse que ses frères avaient surnommée Black Castle. Le château noir.

L'Organisation se procurait des enfants aussi jeunes que possible, afin qu'ils soient d'autant plus faciles à former. Ceux qui étaient un peu plus âgés à leur arrivée, comme lui, ou plus jeunes mais assez forts pour résister, comme ses frères, ils les brisaient d'abord, avant de les entraîner.

Le mot « entraînement » était un euphémisme pour l'enfer, à la fois physique et psychologique, qu'ils leur faisaient endurer, afin qu'ils deviennent des armes mortelles. Une fois mûrs pour le travail de terrain, ils étaient regroupés en équipes, selon les compétences requises pour chaque mission. Ils opéraient sous la surveillance de leurs « formateurs ». La mort récompensait toute tentative d'évasion.

Pourtant, Rafael avait survécu à sa fuite, et avant cela à des années d'oppression et de maltraitance. Non grâce à sa propre force. Il n'en avait plus eu aucune après cette première période d'isolement et de tortures. S'il n'avait pas rencontré ses frères, il n'aurait pas tenu beaucoup plus longtemps. Quatre ans plus tard, Richard l'avait pris sous son aile à son tour. Richard et ses frères avaient sauvé sa santé mentale, et sa vie.

Phantom, aujourd'hui Numair Al Aswad, avait tenu la promesse qu'il avait faite ce jour-là, dans le réfectoire, quand les garçons et lui l'avaient reconnu comme l'un des leurs. Ils lui avaient redonné goût à la vie, leur fraternité remplaçant la famille qu'il avait perdue. Après qu'il eut prouvé qu'il était digne de leur confiance absolue, ils l'avaient inclus dans leur pacte de sang : un jour, ils s'échapperaient et deviendraient assez puissants pour faire tomber toute l'Organisation.

Dans ce but, Phantom avait fait en sorte que l'Organisation

les mette constamment en équipe jusqu'à ce qu'ils deviennent leur unité la plus précieuse. Etre toujours ensemble avait été vital pour la réussite de leur plan.

Phantom avait aussi fait croire à leurs geôliers qu'ils avaient éradiqué leur individualité, afin de n'être plus que des armes inhumaines capables d'opérer partout dans le monde.

Une fois qu'ils avaient gagné leur confiance et s'étaient rendus indispensables, on leur avait accordé plus d'autonomie, jusqu'à ce que cette souplesse leur permette de s'échapper.

Quand ils avaient enfin pu fuir, ils s'étaient servis de leurs talents combinés pour se forger une nouvelle identité.

— Tu repenses au passé ?

Richard, son ancien formateur, avait toujours lu en lui avec une précision déroutante. C'était ainsi qu'il avait retrouvé Rafael et les autres après leur échappée : en les pistant.

Les formateurs de ses frères n'avaient heureusement eu aucun soupçon. Mais, comme Richard lui avait été assigné quand il avait douze ans, un lien indéfectible s'était développé entre eux. Richard, qui avait toute la confiance de l'Organisation, avait parfaitement caché son affection. Mais les frères de Rafael n'avaient pas été dupes. En particulier Phantom et Cypher. Ces deux-là voyaient *tout*. Et, à mesure que l'amitié grandissait entre Richard et lui, leur inquiétude s'était accrue. Leurs craintes s'étaient avérées fondées quand Richard les avait retrouvés après leur fuite.

Ils s'étaient méfiés de lui aussi totalement que Rafael lui avait fait confiance. Leur décision avait été unanime : Richard devait mourir.

Rafael n'avait pas su pour qui il devait s'inquiéter le plus. Cobra, l'élément le plus dangereux de l'Organisation, était certainement capable de les décimer tous. Il n'y avait eu qu'un moyen d'éviter un drame.

Rafael avait déclaré qu'il mettait sa vie en jeu, et que si quelqu'un mourait on devait le tuer aussi. Heureusement, ses frères lui avaient fait confiance, et cela avait suffi pour qu'ils renoncent à éliminer Richard.

Pourtant, même après qu'on leur eut démontré que leur plan d'évasion n'aurait pas fonctionné sans l'aide secrète de Cobra, ils avaient continué à le soupçonner. Il avait fallu la preuve que Richard avait été otage de l'Organisation lui-même pour qu'ils le croient enfin de leur côté.

Malgré cela, ses frères avaient mis des lustres à se détendre avec lui. Numair restait toujours aussi froid. Rafael jouait les tampons, pour éviter qu'ils s'entre-tuent.

Ces deux-là n'avaient jamais fait de trêve, même quand ils avaient conjugué leurs talents uniques pour aider leur fraternité à bâtir leur entreprise. La seule chose sur laquelle ils s'étaient mis d'accord, c'était le nom de leur société : le nom qu'ils avaient donné à leur prison, l'endroit où leur personnalité et leur fraternité s'étaient forgées. C'est ainsi que Black Castle Enterprises était née.

Leur société était implantée partout dans le monde, et chacun était devenu milliardaire dans son domaine. Chacun s'était aussi lancé dans sa quête personnelle. Certains recherchaient la famille à laquelle ils avaient été arrachés, d'autres, l'héritage dont ils avaient été spoliés, d'autres encore, un nouveau but dans l'existence. En plus de prévoir la chute de l'Organisation pour éviter que d'autres enfants vivent le même calvaire, ils avaient aussi un objectif commun : savoir comment ils avaient fini aux mains de l'Organisation.

En ce qui le concernait, Rafael avait récemment eu la réponse à cette question.

— Ferreira est ici ?

La question de Richard rompit le fil de ses pensées.

— Bien sûr.

— Alors, quand vas-tu abréger la souffrance de cet homme ?

— Je ne serais pas étonné que tu parles au sens propre.

Richard se fendit d'un un sourire carnassier.

— Oh ! non. Je pense que ton plan est un destin bien pire. Je n'aurais pu trouver plus diabolique.

— Beau compliment de la part de l'homme qui fait passer 007 pour un amateur.

N'étant pas adepte de la fausse modestie, Richard se contenta de répondre :

— Tu sais que j'adore les tortures subtiles et prolongées.

En effet. Et le tourment prochain de Ferreira risquait de lui plaire. L'humilier et le dépouiller petit à petit de sa richesse ne serait qu'un début.

— Ton plan est bien plus efficace que l'éliminer d'une balle dans la tête. J'aimerais simplement que tu le mettes en action.

— Alors, tu ne désapprouves plus mon approche directe ?

Richard haussa les épaules.

— Selon moi, une approche distante reste la meilleure. Ce serait le piège parfait s'il ignorait d'où pleuvent les coups. Mais c'est la logique qui parle. Or, en l'occurrence, il n'y a pas que la logique en jeu. Tu as besoin de la satisfaction de regarder cette ordure dans les yeux quand tu lui porteras le coup de grâce.

Richard lui avait d'abord déconseillé de revoir Ferreira, en raison des dangers que cette approche présentait. A présent, Rafael se réjouissait que son frère comprenne son besoin et éprouve de l'empathie. Richard lui souhaitait d'avoir cette récompense. De pouvoir refermer ce chapitre, enfin.

Et il le refermerait. Il donnerait à Ferreira tout ce qu'il avait toujours désiré... avant de tout lui reprendre. Et il serait aux premières loges quand Ferreira apprendrait sa trahison et plongerait dans le désespoir.

Posant son verre, il soupira.

— Tu as raison. Il est temps que j'aie cette satisfaction. Cependant, je ne vais pas prendre Ferreira à l'écart ce soir. Je vais me montrer, me mêler à la foule, laisser le mystère qui m'entoure s'épaissir un peu plus, avant...

Quelque chose électrisa sa nuque. Comme si une main douce l'avait caressé, ou qu'un souffle chaud avait effleuré sa peau.

Fronçant les sourcils, il se retourna pour identifier la source de ce trouble. Sans doute était-ce un regard. Mais il n'était dans le champ de vision de personne.

Comme il s'y attendait, nul ne regardait dans sa direction.

Mais ces sensations ne faisaient qu'augmenter, enveloppaient son corps et...

Tout sembla s'évanouir quand ses sens convergèrent vers la génératrice de ces sensations. Une femme.

Sur le seuil de la salle de bal, elle semblait perdue. Elle était vêtue d'une robe bustier ivoire éthérée, et ses cheveux brillants ramenés en arrière dévoilaient un visage qui semblait presque irréel avant de tomber en cascade vers une taille fine et...

— Avant quoi ?

Il chassa la question de Richard d'un clignement d'yeux, et se concentra de nouveau sur elle. Même s'il n'avait jamais connu cela auparavant, il savait ce que c'était. Une attirance instantanée. Plus que cela... c'était comme s'il la reconnaissait... cette femme était l'incarnation magnifique de tous ses fantasmes.

Il était sans doute en train de rêver. Pourtant, ses sens lui affirmaient le contraire. Cela semblait bien réel.

Il n'y avait qu'une façon de le découvrir. S'approcher et...

— Qu'est-ce que tu regardes, Numbers ?

Cette fois, l'intervention de Richard le contraria. Il se rendait compte que sa réaction était exagérée, mais il ne voulait pas parler et prendre le risque de détruire ce moment.

Comme s'il craignait de ne plus pouvoir l'observer à loisir si elle entendait sa voix, il répondit à voix basse :

— Elle.

Richard s'avança.

— Qui ? Cette femme, à l'entrée de la salle ?

— Tu la vois ? s'étonna-t-il.

Richard fronça les sourcils.

— Tu es encore somnambule ?

Rafael n'avait pas dormi depuis vingt-quatre heures, mais cela n'avait rien à voir avec sa réaction.

— Je suis parfaitement réveillé. Même si cette femme semble tout droit sortie d'un conte de fées.

— Tu es sérieux ? demanda Richard d'un ton incrédule.

— Oui. Je...

Il la fixa. Elle était entrée dans la salle de bal, mais ses pas incertains, ses regards timides et la façon dont elle jouait avec la longue chaîne de sa pochette trahissaient son inconfort. Sa grâce et sa réserve firent vibrer un point au creux de sa poitrine. La sensation s'intensifia à mesure qu'elle avançait, au point qu'il dut masser de sa main le point sensible dans sa poitrine.

— Comment cela peut-il être réel ?

— Ça ne l'est pas.

La réponse de Richard le surprit. Car il ne s'était pas rendu compte qu'il avait parlé à voix haute.

— Comment peux-tu dire cela ?

— Je le peux, parce que ce n'est qu'une jolie blonde parmi tant d'autres.

Il dévisagea son ami comme s'il avait perdu l'esprit.

— Elle n'est *pas* blonde. Parlons-nous de la même femme ?

Richard sembla prêt à débattre, mais se ravisa.

— Peu importe. Va faire ton incursion.

— Ce ne sera pas une incursion. Je vais l'approcher avec la plus grande finesse.

— Je te parle de Ferreira.

— Oublie Ferreira. Je vais...

Rafael s'interrompit soudain. Il *ne pouvait pas* s'approcher d'elle. Il avait tout fait pour qu'aucune photo de lui ne paraisse dans la presse. Néanmoins, il était possible que quelqu'un dans cette salle de bal sache à quoi il ressemblait. Il ne voulait pas prendre le risque d'être reconnu. Il renonça à se montrer. Désormais, cette soirée n'avait plus pour lui qu'un seul but : lui permettre d'établir le contact avec cette créature magique.

Il se tourna vers Richard.

— Cobra, amène-la-moi.

Son ancien formateur sembla dérouté.

— Qu'est-ce qui cloche chez toi, Numbers ? Jamais tu n'as réagi ainsi devant une femme.

— Ce n'est pas une simple femme.

— Ah, oui, c'est vrai, ironisa Richard. Elle sort tout droit d'un conte de fées.

Rafael serra les dents, déjà à bout de patience.

— Contente-toi d'aller la chercher.

— Tu veux que moi, qui suis si doué pour mettre les gens *à l'aise*, j'approche une inconnue et lui ordonne de me suivre... pour rencontrer un homme qu'elle ne connaît pas ? Un homme qui, à cet instant, semble aliéné ? Tu t'attends à ce que cette fée soit aussi une parfaite idiote ?

La dérision de Richard atteignit des circuits logiques encore en état de marche dans son cerveau. Son plan semblait en effet irréalisable.

Mais il *fallait* qu'il voie cette femme seul.

Soudain, une autre idée lui vint.

— Je t'accompagne, et je resterai devant la salle de bal. Tu n'as qu'à l'amener jusqu'à moi. Ensuite, je me débrouillerai.

— Je suis ton protecteur, Numbers, pas un maquereau.

— Oh ! la ferme ! Allez, vas-y.

En le regardant comme s'il le croyait fou, Richard descendit l'escalier. Rafael le suivit, les scénarios se bousculant dans son imagination surchauffée.

Et si cette excitation retombait une fois qu'il l'aurait vue de près ? Pire, si... elle ne ressentait pas la même chose ? Ou alors si elle était intéressée mais que, comme toutes les autres femmes, elle éprouvait une attirance fondée uniquement sur son apparence, sa richesse et son pouvoir ? Pire que tout, si elle était déjà prise ?

Non. Cette dernière possibilité, il la rejetait en bloc.

Elle n'était pas prise. Il le savait, tout simplement.

Une fois près de la salle de bal, Richard lui lança un regard, comme s'il espérait que Rafael recouvre la raison. Pour toute réponse, celui-ci le poussa en avant.

Marmottant un juron, Richard se fraya un chemin parmi la foule. Du haut de ses deux mètres, il faisait une bonne tête de plus que tout le monde, et Rafael n'eut pas de mal à le suivre des yeux.

Et puis il la vit. Elle se tenait un peu à l'écart, comme si elle se protégeait de la foule et avait voulu être n'importe où sauf ici.

Tout en lui se tendit, anticipant le moment où Richard la conduirait vers lui. Toutefois, il ignorait ce que son ami dirait ou ferait pour la convaincre de venir jusqu'à lui.

Richard était à plusieurs mètres d'elle quand, soudain, elle tourna la tête avec élégance. Et elle posa le regard sur... lui.

Ce fut comme si la foudre l'avait frappé en plein cœur. Un grondement s'échappa de ses lèvres quand le courant électrique le parcourut de part en part. Et il gronda de nouveau quand elle ouvrit de grands yeux et que les traits de son visage se détendirent.

Il n'était pas en train de rêver. Elle avait senti sa présence, malgré la distance. Tout comme il avait senti la sienne.

Malgré lui, sans la quitter des yeux, il leva la main... et lui fit signe.

Il vit son regard vaciller, sa gorge trembler. Ses pommettes ciselées se colorèrent, et elle regarda autour d'elle, comme si elle n'arrivait pas à croire que c'était à elle qu'il avait fait signe.

Retourne-toi. Regarde-moi encore.

Comme si c'était plus fort qu'elle, ses yeux revinrent vers les siens.

Une vague de satisfaction monta en lui. Elle avait perçu son désir, et avait été incapable d'y résister. Il fit un autre signe, et s'éloigna un peu plus de la salle de bal.

Elle avança, l'air surpris, comme si elle n'avait pas eu l'intention de bouger. Il recula encore. Elle avança de nouveau dans sa direction, un air de plus en plus stupéfait se peignant sur son joli visage. Cette attirance qui avait jailli entre eux était en train de la conduire vers lui. Finalement, il n'avait pas besoin de l'aide de Richard.

L'Anglais la toisa d'un regard noir quand elle passa devant lui, comme hébétée. Se rendant compte qu'il n'était plus utile, il secoua la tête, exaspéré, et s'éloigna. Rafael se concentra alors sur la créature qu'il avait piégée, tout comme elle l'avait piégé. Il continua à reculer et à lui faire des signes, l'attirant vers lui.

Il lui fallut un certain temps pour se frayer un chemin à travers les masses de gens qui se retournaient pour la suivre du regard. Puis, enfin, *enfin,* elle arriva dans le couloir désert. Il l'entraîna plus loin, vers un coin de la maison où personne ne les suivrait. Elle continua d'avancer alors qu'il s'était arrêté. Les lèvres entrouvertes, les yeux écarquillés, le visage levé, elle s'arrêta enfin, à quelques centimètres de lui. Les appliques murales baignaient son visage et sa silhouette d'une lumière dorée.

Elle était plus belle encore qu'il l'avait cru, et l'effet qu'elle avait sur lui était encore plus dévastateur de près.

Et il était certain qu'elle n'était pas blonde. Un mot si commun ne pouvait décrire sa cascade soyeuse aux mille teintes. Chaque mèche avait les nuances des plages de Rio, du Pain de Sucre nimbé de rayons de soleil.

Par contraste, son teint d'albâtre était parfaitement uniforme. Quant à son corps, il semblait sculpté pour répondre à tous ses désirs et toutes ses exigences. A la fois svelte et voluptueuse, elle débordait d'une féminité dont elle ne semblait pas avoir conscience.

Rafael avait aussi eu tort sur tout le reste. Elle n'était pas jolie. Ou belle. Elle transcendait de telles descriptions. Depuis son front intelligent jusqu'à ses lèvres pulpeuses, en passant par son nez élégant, son visage était une fresque de perfections, l'incarnation de tous ses goûts et de tous ses fantasmes. Mais c'étaient ses yeux, où transparaissait la vérité de son être, qui le fascinaient le plus. Immenses, en amande et bordés de longs cils, ils avaient une couleur fauve intense et lumineuse. La couleur du feu. Et ils étaient tout aussi dangereux.

Toutefois, son effet sur lui ne reposait pas sur ses attributs physiques. Quelque chose en elle lui donnait simplement envie de... la dévorer. Il n'avait jamais été si violemment attiré par une femme. C'était incompréhensible, mais tout ce qu'il voulait, c'était la déshabiller et s'enfouir en elle.

Malgré son état, il se rendit compte que ce ne serait pas sage. Même si elle était consentante. Ce que, à en juger par son regard brillant et sa respiration haletante, elle était sans doute.

— *Obrigado, minha beleza,* dit-il d'une voix rauque et pressante.

Il l'avait remerciée, et appelée « ma beauté » dans sa langue natale. Même si, ce soir, la plupart des invités n'étaient pas brésiliens, il avait le sentiment qu'elle comprendrait. Et, même s'il n'avait plus parlé cette langue depuis son enlèvement, il lui semblait que c'était la seule qui soit assez personnelle, assez intime, pour rendre justice à cet instant.

— Pour... pourquoi ?

Il retint son souffle. Elle avait compris, pourtant, elle répondait en anglais. Avec un accent américain raffiné. Sa voix était une caresse douce et sensuelle, faite pour lui chuchoter des sortilèges au creux de l'oreille, contre sa peau, lors de longues nuits de plaisir.

— D'être venue quand je vous ai convoquée.

Elle cilla, comme si elle sortait d'une transe.

— Convoquée ?

Manifestement, elle s'offusquait de cette formulation. Il voulut la taquiner, dire qu'elle avait obéi à ses ordres. Mais il ne pouvait pas parler. Il devait d'abord la toucher. Soutenant son regard, il lui caressa la joue.

Son souffle accrocha quand sa peau emplit sa paume, et qu'il absorba sa texture et sa chaleur. Elle trembla contre sa main, attisant le feu de son excitation. Puis ses yeux brillèrent comme des charbons ardents, et eurent raison de sa retenue.

D'un pas tremblant et incertain, il la fit reculer, la piégeant entre le mur et son corps rigide. Une résistance chaude accueillit son érection, lui arrachant un grondement de plaisir. Quand elle haleta, il huma son parfum. Un soupçon de jasmin, une brume de phéromones, une bouffée de compulsion. Le désir vrilla en lui jusqu'à ce qu'il ne puisse plus supporter de ne pas la goûter.

Soutenant son regard sidéré, il approcha son visage du sien, pour un dernier moment teinté d'anticipation. Puis il effaça la distance.

Une étincelle jaillit entre leurs lèvres, et il recula. Ses yeux trahissaient son émotion, comme ses lèvres tremblantes. Mais le soulèvement et l'affaissement de ses seins étaient dus à l'excitation, et non à la détresse. Une excitation qui, bien vite, alourdit ses paupières et remplit ses lèvres pulpeuses, comme s'il les avait déjà ravies.

Elle le désirait. Comme il la désirait.

Et il ne voulait plus se contenter d'un simple baiser. Il voulait tout.

Ils avaient échangé deux phrases, et il ne savait rien d'elle. Mais leur rencontre ne suivrait pas de règles. La passion qui avait explosé entre eux les rendait superflues.

D'abord, il la ferait sienne. Comme elle voulait qu'il le fasse. Tout le reste viendrait plus tard. Pour l'heure, satisfaire cette faim puissante était sa priorité.

Il la porta dans ses bras. Elle haleta et devint languide contre lui, ouvrant de grands yeux en signe d'abandon.

Triomphant et euphorique, il gagna son bureau. Une fois à l'intérieur, il la reposa au sol et la plaqua contre la porte, qu'il venait de fermer. Ses yeux enfiévrés lui assurèrent que c'était exactement ce qu'elle voulait, elle aussi. Tout. Maintenant.

— *Sim, beleza, sim… tudo comigo… agora.*

Et il prit possession de ses lèvres.

2

Ellie était en train de se noyer. Dans un océan de plaisir. Le plaisir des baisers de cet homme. L'homme qu'elle avait rencontré à peine quelques minutes plus tôt.

Mais peu importait qu'elle se noie. Puisque c'était sans doute un rêve.

Dans le monde réel, il était impensable qu'elle perde la tête pour un homme au premier regard. De surcroît, un plaisir aussi parfait ne pouvait pas exister. Pas pour elle. Elle était la dernière femme sur terre qui puisse littéralement être attirée par un inconnu à cent pas de distance. Et puis il y avait cet homme. C'était lui, la preuve que ce n'était qu'un rêve. Car il ne pouvait pas être réel.

Aucun homme réel n'aurait pu la fasciner à ce point. Même la façon dont il s'était matérialisé, comme sorti de nulle part, avait été irréelle.

Une chose expliquait tout : elle sommeillait sans doute dans sa voiture, plongée dans le rêve le plus scandaleusement érotique qu'elle ait jamais fait.

Ce qui était compréhensible. Après deux jours de travail continu, épuisée, elle avait rechigné à aller à ce bal. Elle dormait quasiment debout quand elle s'était traînée chez elle à 15 heures pour enfiler « quelque chose d'approprié », avant de prendre sa voiture jusqu'à cette demeure d'Armação dos Búzios, les « Hamptons » du Brésil. Ce fichu quartier était à plus de deux heures de route. De plus, elle s'était perdue et avait mis une demi-heure à trouver sa destination.

Après être enfin arrivée, à 18 heures, elle se souvenait avoir confié son véhicule au voiturier, avoir traversé les jardins à plusieurs niveaux ingénieusement aménagés, avant d'entrer dans le splendide édifice de trois étages qui s'étendait sur au moins mille mètres carrés. A l'extérieur, les sources de lumière indirectes soulignaient chaque arche blanche, chaque colonne et chaque moulure de son architecture, de style néo-Renaissance. A l'intérieur, l'éclairage festif provenait d'une multitude de lustres de cristal et de lampadaires anciens en cuivre, donnant à l'atmosphère dorée aux influences portugaises et françaises un aspect de conte de fées. Puis elle avait atteint la salle de bal, digne d'un conte, elle aussi.

Elle se souvenait s'être arrêtée sur le seuil, en tentant de réprimer son aversion pour le monde, et avoir fini par entrer.

Alors qu'elle était restée un peu en retrait, évitant ainsi de se mêler aux convives et de feindre une gaieté forcée, elle avait eu l'impression d'avoir été frappée par la foudre. Elle s'était retournée, cherchant l'origine de l'assaut. Et elle avait rencontré son regard.

Elle avait senti son cœur battre de manière désordonnée, puis il avait levé une main, dans un geste tout en élégance et en puissance, et lui avait fait signe.

En retenant son souffle, elle avait regardé autour d'elle, pour voir à qui il faisait signe. Une fois sûre que c'était bien à elle, elle n'avait pas songé une seconde à résister. Il avait reculé, et elle avait avancé dans sa direction, comme si c'était plus fort qu'elle. Puis elle s'était retrouvée à quelques centimètres de lui, et elle n'avait pu penser à rien d'autre qu'à... cet apollon gigantesque.

Même du haut de son mètre soixante-quinze, et malgré ses talons aiguilles de douze centimètres, elle s'était sentie toute petite. En plus de sa taille impressionnante, elle avait remarqué ses épaules, son torse et ses bras imposants, sa taille et ses hanches étroites, ses cuisses puissantes. Et cela, c'était ce qu'elle avait pu voir à travers son costume gris ardoise. Elle ne pouvait même pas imaginer à quoi son corps ressemblerait sans vêtements.

Mais il y avait une chose qu'elle avait vue clairement. Son visage.

Des à-plats impitoyables et des angles bruts composaient son front, son nez et sa mâchoire. Ses pommettes étaient si saillantes sous sa peau cuivrée qu'elle avait l'impression qu'elle pourrait se couper si elle s'y frottait. Ses lèvres sculptées étaient d'une sensualité décadente. Mis ensemble, ses traits constituaient un canon de beauté masculine qu'aucun homme ne pouvait égaler.

Au-delà de ses atouts physiques, ce qui l'avait surtout captivée, c'était son magnétisme sexuel. Ce n'étaient même pas ses yeux orageux, entourés de cils aussi noirs que sa chevelure pleine de vie et ses sourcils denses. C'était l'expression dans son regard.

Ensuite, il l'avait remerciée, pour être venue quand il l'avait *convoquée*.

La musique de sa voix grave et envoûtante ne l'avait pas empêchée d'être contrariée par son arrogance. Pourtant, elle avait marché vers lui, comme en transe. Puis il avait effleuré sa joue, et le monde avait disparu.

Plus rien n'avait compté hormis ce contact, et le besoin grandissant d'avoir quelque chose... de plus. Et il lui avait donné plus. Comme une panthère affamée, il l'avait plaquée contre le mur, la tentant avec le parfum enivrant de sa virilité et de son désir.

Elle s'était mise à trembler, craignant que son cœur s'arrête s'il ne l'embrassait pas. Mais il l'avait embrassée. Et cette intensité entre eux avait littéralement fait des étincelles, annihilant ce qui lui restait de raison. Elle avait regardé ses yeux quand il avait reculé en sursautant, une réaction qui trahissait sa surprise. Et puis un changement s'était opéré en lui.

Aussi impérieuse son approche avait-elle été jusqu'alors, il y avait eu de la retenue. Mais ensuite ses yeux lui avaient dit de manière explicite qu'il n'en aurait plus aucune à partir de maintenant. Il ne s'arrêterait pas à un baiser. Il voulait plus. Tout. Ce qu'il lui avait dit, précisément.

« Sim, beleza, sim... tudo comigo... agora. »

Oui, ma beauté, oui. Tout avec moi. Maintenant.

Dans un coin de son esprit, elle avait su que c'était insensé, mais quand il l'avait soulevée dans ses bras elle s'était abandonnée, le laissant l'emporter où il le voudrait.

Il était entré dans une pièce à moitié sombre, un bureau luxueux. Il l'avait reposée au sol et plaquée contre la porte close. Avant qu'elle puisse reprendre son souffle, il avait glissé sa langue plus profondément dans sa bouche, tout en lui retirant sa pince à cheveux. Ses boucles s'étaient répandues dans sa main, et il y avait glissé les doigts, provoquant des vagues de plaisir en elle. De son autre main, il avait commencé à baisser la fermeture à glissière de sa robe.

Elle avait émis un son qu'elle n'avait jamais produit quand son bustier avait libéré ses seins dans un doux bruissement. Puis il avait pris ses lèvres, avalant ses gémissements, l'enivrant de plaisir, tandis qu'une phrase ne cessait de se répéter dans son cerveau. Elle allait se réveiller d'un moment à l'autre.

Mais elle ne s'était pas réveillée.

Et maintenant elle savait qu'elle ne se réveillerait pas.

C'était simplement trop puissant pour être un rêve.

C'était bien réel.

Une autre onde de choc la parcourut quand il posa sa main sur son dos, et qu'elle eut l'impression de s'embraser. Elle sursauta, puis s'appuya de nouveau contre lui. Et il poursuivit son assaut sur ses sens.

Il remonta sa jupe, saisit ses fesses à travers son slip et l'attira contre lui. Elle haleta, soufflée par ce contact si intime et par la puissance dont il faisait preuve. Ses halètements se muèrent en gémissements quand il appuya son érection contre son sexe et qu'une onde de chaleur envahit le creux de son ventre.

Un râle rauque lui échappa lorsqu'il saisit une de ses cuisses pour l'enrouler autour de ses reins. Puis il ondula contre elle au même rythme que sa langue dansait dans sa bouche.

Son torse puissant frottait contre ses seins, la présence des vêtements qu'ils portaient encore transformant ses tétons en pointes douloureuses.

Elle trembla entre ses bras, tandis que sa bouche traçait une piste brûlante depuis ses lèvres jusqu'à son cou. Il embrassa et mordilla avidement sa gorge, provoquant des décharges délicieuses en elle.

C'était comme si toute son existence convergeait vers lui, vers son corps et son souffle, ses mains et sa bouche. Elle n'était plus elle-même, mais une masse de désir enroulée autour de lui, offerte. Les pulsations entre ses jambes devenaient si fortes qu'elle avait besoin de *quelque chose* pour l'apaiser. Quand elles se muèrent en pur supplice, elle poussa un cri.

Il frissonna contre elle, comme si son cri l'électrisait, puis releva la tête et reprit ses lèvres à pleine bouche.

Elle goûta de nouveau sa saveur quand sa langue se mêla à la sienne. Ce n'était pas du tout la lente séduction qu'elle avait imaginée pour sa première relation intime. C'était une invasion, un pillage. Et c'était exactement ce qu'elle voulait.

Aux prises avec le même besoin enfiévré, il la souleva de nouveau et traversa la pièce. La posant sur un grand canapé, il se redressa et l'observa. Dans la lumière tamisée du bureau spacieux, son regard gris argent brillait tandis qu'il la dévorait des yeux. Le sien dériva sur son corps époustouflant.

Enfin, il s'allongea au-dessus d'elle, ses membres puissants devenant une prison de muscles et de virilité.

— *Estou louco de desejo, minha beleza única.*

Je suis fou de désir, ma beauté.

Elle en aurait dit autant si elle avait pu parler. Mais elle ne put que se cambrer en silence quand il glissa les mains dans son dos pour dégrafer son soutien-gorge. Il le retira et prit ses seins gorgés de désir dans ses paumes. Elle avança vers lui quand il émit un grondement d'appréciation, malaxant ses seins, apaisant son supplice tout en aggravant sa fièvre. Il se pencha, mordillant ses tétons, les encerclant avec sa langue chaude. Quand, après quelques instants, il les aspira dans sa bouche tour à tour, elle était au comble de l'excitation.

Il souffla ses confessions brûlantes sur ses seins.

— Tu m'as fait perdre la tête d'un seul regard. Puis je t'ai touchée, goûtée, et maintenant tu t'offres à moi, et tu me désires autant que je te désire.

Elle ne put qu'acquiescer, et frissonna quand il serra ses fesses et fit glisser son slip humide le long de ses jambes tremblantes. Puis il retira sa veste et ouvrit sa chemise avant de s'appuyer de nouveau contre elle. Le contact de sa toison drue sur sa peau exacerba ses sens, puis soudain... il se figea.

S'écartant, il se redressa sur ses bras tendus.

— Tu trembles. Est-ce que tu as peur ?

Elle eut du mal à parler tant sa gorge était nouée.

— Seule... seulement que mon cœur s'arrête... ou de m'évanouir.

Une expression plus dangereuse que tout ce à quoi il l'avait exposée apparut sur son visage. Un sourire. Prédateur, affamé, insupportablement excitant.

— Je ressens la même chose. Hormis l'évanouissement. Mon cœur pourrait s'arrêter si je ne t'ai pas nue sous moi.

Au lieu de lui ôter sa robe, il la remonta jusqu'à sa taille.

— La prochaine fois, je t'honorerai de tes cils jusqu'à la pointe de tes pieds. Mais maintenant il faut que je sois en toi. Dis-moi que tu as envie de moi, toi aussi. Dis-moi que tu ne peux pas attendre. Dis-le.

Mais elle n'avait plus de voix. Elle était en train de se désintégrer tant les battements de son cœur étaient désordonnés. Elle hocha la tête, une larme s'échappant de son œil gauche.

Il se pencha, posa les lèvres sur la larme qui avait coulé jusqu'à son lobe. Au premier mordillement, elle se cambra dans un cri, et ouvrit les jambes, lui donnant la liberté de la prendre, de la posséder.

Le souffle aussi court que le sien, il s'agenouilla et, avec une ardeur à peine retenue, acheva de se déshabiller. Elle sentit son cœur battre à coups redoublés. Il semblait si intimidant.

Quand il prit son sexe dans sa main, elle ne put que rester immobile, jusqu'à ce qu'il fasse ce qu'il fallait pour calmer cette faim insupportable. Le cœur battant, se préparant à avoir mal, elle attendit qu'il entre en elle, et emplisse enfin ce vide à rendre folle qu'il avait créé en elle. Mais il ne le fit pas et ferma les yeux en jurant. Quand il les rouvrit, une lueur torride brillait dans ses pupilles. Ecartant ses cuisses, il glissa la main sous ses fesses et lui releva les hanches. Il baissa les yeux, et elle suivit son regard. Le cœur battant, elle le regarda écarter les replis de son intimité et, sans essayer de la pénétrer, frotter son sexe brûlant entre ceux-ci.

Le plaisir fut si vif qu'elle se cambra dans un cri strident.

Il serra ses fesses de son autre main, se pencha et lui donna un baiser féroce.

— Tu sens comme tu es moite, chaude et prête ?

Puis il caressa le point le plus sensible de son intimité. Elle cria dans sa bouche, tant le plaisir était puissant. Il appuya son sexe contre son point sensible, jusqu'à ce que le monde se réduise à l'endroit où sa chair tourmentait la sienne.

— S'il te plaît, s'il te plaît...

Elle le suppliait, alors qu'elle ignorait si elle pourrait l'accueillir en elle. Mais c'était... c'était ce qu'elle avait attendu toute sa vie. Elle comprenait maintenant pourquoi elle n'avait jamais été tentée de donner son corps à un homme. Parce qu'elle n'avait jamais rien connu qui ressemble à ce désir incandescent qui lui faisait oublier toute prudence.

Le plaisir se mua en une pression intenable. Alors qu'elle était au bord de la rupture, il accéléra le rythme et brisa la tension en elle.

Il la plaqua contre lui tandis qu'elle se cambrait et criait, secouée par des spasmes libérateurs. Tout en continuant de frotter son sexe durci contre les replis de sa chair intime, il provoqua le dernier soubresaut de plaisir dont son corps avait besoin pour être apaisé.

Elle s'effondra contre lui, épuisée, rassasiée, et posa son regard grisé sur lui quand il s'agenouilla entre ses jambes.

Des gémissements montèrent de sa gorge quand il jouit, son regard brûlant rivé au sien.

Elle n'avait jamais rien connu d'aussi incroyable que le fait de le voir et de l'entendre en plein orgasme. Et savoir qu'elle lui avait procuré autant de plaisir qu'il lui en avait donné la réjouissait. Tandis que sa respiration revenait à la normale, elle fut enveloppée dans une bulle de satisfaction et s'enfonça plus profondément sur le canapé.

Elle revint à la réalité quand elle le sentit essuyer son ventre avec douceur, puis s'allonger au-dessus d'elle et prendre possession de sa bouche dans des baisers langoureux. C'était comme si, après l'avoir dévorée, il la goûtait, la savourait. Chaque baiser renforçait l'intimité qu'ils venaient de partager, et lui montrait que cet épisode explosif n'avait été que le prélude à une passion plus dévastatrice encore.

Lorsque, enfin, il releva la tête, il tendit le bras et alluma la lampe de chevet. Même si la lumière était douce et apaisante, elle ferma les yeux. Quand elle les rouvrit, il l'observait avec douceur.

— Que... que s'est-il passé ?

Elle n'avait pas eu l'intention de parler. Et certainement pas pour dire une chose aussi inepte. Pourtant, elle l'avait dite, d'une voix grave et rauque qu'elle ne se connaissait pas.

Elle crut qu'il allait se moquer, mais son regard hypnotique se fit sérieux.

— Aucune idée. Il ne m'est jamais rien arrivé de pareil. Mais, si je devais faire une supposition, je dirais que c'était... de la magie.

Elle se sentit soulagée. Il ne considérait pas son émerveillement comme factice, ou stupide. Et il partageait son sentiment.

— En l'absence de toute autre explication, je dois me ranger à ton avis, conclut-elle.

Malgré tout, maintenant que leur excitation était assouvie, elle se sentit peu à peu gagnée par la gêne.

Qu'avait-elle fait ?

Elle se pelotonna sur le grand canapé tendu de brocart

vert et or. Elle était très consciente de leur nudité, et de toutes les parties de son corps puissant encore appuyées contre ses replis les plus intimes.

Comme s'il était au diapason de ses désirs, comme il avait semblé l'être depuis le début, il se leva, et s'agenouilla à côté d'elle. Après avoir rentré son sexe encore tendu dans son pantalon, il ramassa son slip. Passant par-dessus les escarpins qu'elle avait encore aux pieds, il remonta le sous-vêtement sur ses jambes tremblantes, en les caressant et en les embrassant au passage. De nouveau, elle sentit ses sens s'exacerber quand il ajusta le slip sur ses hanches. Et c'était avant qu'il ne dépose un baiser torride sur son clitoris à travers la dentelle, ce qui faillit faire exploser tous les fusibles encore intacts de son cerveau.

Tandis qu'elle tentait de se ressaisir après ce nouvel assaut sensuel, il remit sa robe en place, puis l'aida à s'asseoir. Il était si grand que, même à genoux, il était au même niveau qu'elle. Avant qu'il remonte son bustier, il prit ses seins lourds entre ses larges paumes et honora chaque téton magnifiquement enflé par un doux baiser. Le peu de retenue qu'elle avait encore disparut. Elle s'abandonna contre son large torse.

Il accueillit son poids avec un gémissement tremblant. Puis, après une ultime caresse, il lui remit son soutien-gorge, et remonta la fermeture Eclair au dos de sa robe.

Il écarta ses longs cheveux de devant son visage, posa la main sur sa joue, et embrassa ses lèvres entrouvertes. Il recula un instant avant de revenir sur elle, pour piller ses lèvres et son corps de plus belle.

Puis, tout en approfondissant leur baiser, il la fit de nouveau s'étendre sur le canapé. Quand, enfin, il détacha ses lèvres, elle avait l'esprit en plein chaos et le corps en feu.

— En fait, c'est physiquement douloureux de ne pas te toucher, dit-il, les dents serrées. Je croyais que ce premier round nous permettrait de calmer nos ardeurs assez longtemps pour que nous puissions nous présenter. Apparemment, j'avais tort.

— Ellie, s'empressa-t-elle de dire quand il la reprit dans ses bras.

Car, s'il l'embrassait encore, elle avait le sentiment que sa tête exploserait.

— Je m'appelle Ellie.

— Ellie, dit-il, en s'asseyant, l'air intrigué. Ça ne te va pas.

— Eh bien, merci ! rétorqua-t-elle.

Indifférent à son sarcasme, il afficha une mine désapprobatrice.

— Comment tes parents ont-ils pu voir le magnifique bébé que tu devais être et te donner un prénom aussi commun ? Ellie ?

— En fait, mes parents m'ont donné un nom assez noble. J'ai pris un diminutif parce que tout le monde trouvait qu'il faisait penser à un personnage d'une pièce médiévale.

— Je retire ce que j'ai dit sur tes parents s'ils t'ont donné un prénom distingué. Quel est-il ?

— Eliana.

Soudain, son regard s'adoucit.

— Eliana. Dieu a répondu.

Il comprenait la signification de son prénom. C'était le premier.

Il porta sa main à ses lèvres et embrassa sa paume.

— *Ça,* c'est toi. Tu étais sans doute la réponse à toutes leurs prières. Tout comme tu es la réponse à tous mes fantasmes.

Elle sentit son visage s'empourprer.

— Tu es aussi poète ? N'est-ce pas suffisant que tu sois... tout cela ? dit-elle en le désignant d'un grand geste.

Quand il se pencha vers elle, elle l'arrêta d'une main sur son torse.

— Nous sommes loin d'avoir été présentés correctement, et si tu me touches et que tu m'embrasses je... je...

— Tu t'enflammeras aussitôt.

Elle détourna la tête.

— J'ai déjà honte de la façon dont je l'ai fait la première fois, alors, laisse-moi une chance de...

Il leva son visage vers le sien.

— Je croyais que c'était le fruit de mon imagination, mais tu *es* timide.

— C'est assez risible, je sais, après... après...

— Que tu t'es consumée dans mes bras ? finit-il pour elle. Je ne trouve pas ta timidité le moins du monde risible. Mais je l'ai perçue, malgré ta réaction ardente.

Elle cacha son visage dans son torse, et sentit son rire vibrer sous sa joue.

— Ne sois pas gênée. Tu m'as fait le même effet, la timidité en moins. *Meu deus*... la façon dont tu t'es abandonnée, comme si c'était plus fort que toi, comme si je t'avais submergée.

— Pas « comme si ». Tu m'as plus que submergée.

Elle se blottit contre lui, l'excitation se mêlant au soulagement quand il l'étreignit de plus belle.

Alors, c'était donc cela, le désir. C'était ce qui lui avait manqué toute sa vie d'adulte. Lui. Elle avait dû sentir sa présence, et savoir d'instinct qu'accepter quoi que ce soit de moins, avec quiconque, aurait été décevant.

— Alors, murmura-t-elle, c'est le genre d'attirance insensée qui pousse les gens à commettre des folies ?

Il sourit.

— D'exquises folies.

Elle n'aurait pas mieux dit.

— C'est vrai.

— Toutefois, même dans ma folie, une sorte de mécanisme de sécurité s'est déclenché, et m'a empêché de te prendre sans protection.

Elle resta sans voix. Cela ne lui avait même pas traversé l'esprit !

Puis toute la gravité de la situation lui apparut. Durement. Il caressa sa joue soudain en feu.

— Je ne l'ai fait que pour toi. Une autre grande première.

— Tu veux dire que d'habitude tu ne penses pas à... ta partenaire ? dit-elle, sidérée par sa propre inconscience.

— D'habitude, je pense à ma partenaire *et* à moi. Cette fois, je n'ai pensé qu'à toi. C'était si soudain, et si rapide... Au dernier moment, j'ai pensé que tu ne te rendais peut-être même pas compte des risques. Alors, même si je ne pouvais pas m'arrêter de te donner du plaisir, il fallait que je te protège.

— Oh...

Elle ne trouvait pas de mots pour exprimer ce qu'elle ressentait. C'était... incroyable. Il aurait pu simplement prendre son plaisir, mais il avait fait passer sa sécurité avant ses propres besoins. Elle serra son bras dans un geste de gratitude, et savoura la puissance pure qu'elle sentit sous ses doigts.

— Merci.

Il déposa un baiser sur son front.

— Je ferais tout pour toi, *minha beleza,* tout.

Il recula pour la regarder dans les yeux.

— Maintenant que je ne suis plus sur le point de mourir d'excitation, je veillerai à prendre toutes les précautions, et tous les accessoires.

Les accessoires ? Le mot résonna dans son imagination tandis qu'il la fixait avec la pleine force de son regard.

— Fais-moi une promesse, dit-il.

— Quelle... quelle promesse ?

— Celle de passer la nuit dans mes bras.

— Oh...

Elle devait vraiment varier ses réponses !

— Et la nuit suivante. Et celle d'après.

La gorge nouée par l'intensité qu'elle percevait dans sa voix, elle murmura :

— Tu ne veux pas voir comment se passera la première nuit avant de t'engager pour d'autres nuits ?

— Je sais comment cette nuit se passera. Je te donnerai un plaisir infini, et il te sera impossible de ne pas en redemander.

Quand elle secoua la tête, il arqua un sourcil.

— Comment peux-tu penser que ça n'arrivera pas ?

— C'est que j'ignore si *je* peux faire en sorte qu'il te soit impossible de ne pas en redemander.

— Ai-je grillé un fusible là-dedans en te donnant trop de plaisir ? dit-il en tapotant doucement sa tempe, un sourire confiant aux lèvres. C'est la seule explication pour que tu envisages une chose aussi ridicule.

— Si tu le dis, marmonna-t-elle.

— Je le dis. A présent, promets-moi.

Comme elle hésitait, il insista.

— Tu as peur que je sois un détraqué.

— Non ! Ça ne m'a même pas traversé l'esprit.

— Alors, es-tu en train de dire que tu me fais confiance ?

Il mordilla son cou, comme un vampire cherchant l'endroit le plus tendre dans lequel planter ses dents. Elle rejeta la tête en arrière, lui offrant la surface de peau dont il avait besoin.

Un frisson de plaisir la secoua.

— Je dis que je ne pouvais penser à rien d'autre qu'aux sensations que tu faisais naître en moi. Au cas où tu ne l'aurais pas remarqué, je n'ai pas fonctionné de manière très logique depuis que tu m'as... convoquée.

Il leva la tête, une lueur de satisfaction virile dans les yeux.

— Non, en effet. Mais moi non plus.

Son aveu franc la réconforta.

— J'étais, et je suis toujours, guidée uniquement par mon instinct.

— Et ton instinct te dicte de me faire confiance ?

— Je ne peux pas l'expliquer, répondit-elle en se plaquant contre lui, hochant la tête contre sa peau chaude et douce comme le velours, mais c'est le cas.

Levant les yeux, elle murmura ce qui ressemblait à une promesse :

— Je te fais confiance.

Elle vit son regard s'enflammer.

— Sans réserve ?

Elle hocha la tête.

— Tu n'auras pas peur quand je ferai des demandes inhabituelles au lit ?

Une lueur dangereuse brilla dans son regard. Elle ouvrit de grands yeux, tremblant d'anticipation.

Malgré tout, il fallait qu'elle sache.

— Qu'entends-tu par inhabituelles ?

— Inhabituelles sur le plan quantitatif... pas qualitatif.

Avant qu'elle puisse répondre qu'elle n'était guère plus rassurée, il ajouta :

— Du moins, pas trop inhabituelles sur le plan qualitatif.

— Et voilà que tu repars dans tes attentes irréalistes.

— Tu penses que je fais de la publicité mensongère ?

— C'est moi qui ai une angoisse liée à la performance... ou plutôt la conformité. Je ne crois pas pouvoir répondre à tes exigences quantitatives. Ou même qualitatives.

— Alors, laisse-moi faire.

La prenant sur ses genoux, il la couvrit de caresses.

— Des plaintes ? demanda-t-il.

— Une seule.

Elle remua au-dessus du renflement de son sexe sous elle et sentit une onde de chaleur renaître au creux de son ventre.

— Il semble que tu aies créé un monstre.

Il dévoila sa dentition parfaite quand il la pressa contre son excitation.

— Tu en veux encore.

— Je *te* veux, dit-elle en gémissant.

— Pas autant que je te veux. Ah, ah...

Il posa un doigt contre ses lèvres quand elle voulut protester.

— Il faut que tu me fasses confiance sur ce point, déclara-t-il. Maintenant, revenons-en à... ta promesse.

Elle repoussa ses bras, tenta de se lever.

— Je ne peux pas. Mon cerveau ne fonctionne pas pleinement, et je...

Il la laissa se lever, l'air soudain sérieux.

— Tu regrettes ?

— Oh ! non. C'était... plus que magique. Mais... mais...

— Cela va trop vite.

Elle hocha la tête et guetta sa réaction avec anxiété. Et ce fut comme si un baume frais avait été appliqué sur sa peau brûlante. Il n'y avait que de la compassion dans ses yeux.

Après la façon dont elle s'était abandonnée, un autre homme

l'aurait accusée de le mener en bateau. Certains l'auraient même traitée d'allumeuse.

Mais il n'était pas comme ces hommes. Il était à nul autre pareil.

Elle voulut l'embrasser pour le remercier d'être si merveilleux. Mais un baiser aurait pu anéantir le peu de maîtrise qu'elle avait encore d'elle-même.

— Ce n'est pas trop rapide, pas pour moi, dit-il d'une voix caressante. Chaque seconde avec toi sera dorénavant ma définition de la perfection. Mais je vais ralentir. Pour toi.

Il la reprit dans ses bras, et elle succomba dans un soupir tremblant.

— Mais, dit-il, il y a tellement d'autres intimités que j'ai besoin de partager avec toi, tant de plaisirs inconnus. Je dois continuer à t'embrasser, te toucher, te parler. Alors, quand tout le monde sera parti, tu resteras.

— Oui.

Elle fronça les sourcils.

— Qu'entends-tu par « rester » ? demanda-t-elle.

— Tu passeras la nuit avec moi. Dans mon lit. Dans mes bras.

— Ça, j'avais compris. Mais où ?

— Ici, bien sûr.

— Tu vis ici ?

— Il me semble. Je suis le propriétaire.

Et soudain tous les détails qu'elle avait manqués, ce qu'il avait dit et ce qui aurait dû être clair mais ne l'avait pas été, s'unirent. Pour former un boulet.

Qui la frappa si fort qu'elle se leva et quitta ses bras de nouveau.

— Tu es... *lui* ?

3

Ellie resta coite devant l'homme qui lui avait fait vivre l'expérience la plus intense de son existence. Il était... il était...

— On a fait référence à moi de façons extrêmement peu flatteuses, dit-il d'un ton traînant. Mais « lui » n'en faisait pas partie.

— Je veux dire que tu es... cet homme ?

— « Cet homme », ce n'est pas non plus ce que je veux entendre de ta bouche.

— Seigneur... c'est que... D'accord, une minute. Laisse-moi reprendre mon souffle.

Secouant la tête, elle posa la main sur son torse comme pour le repousser, mais c'était pour retrouver son équilibre.

— Tu es... Moreno Salazar ?

Il porta sa main tremblante à ses lèvres.

— Pour toi... je ne suis que Rafael.

Il ponctua ses paroles en léchant chacun de ses doigts.

— Tu gémiras mon prénom contre mes lèvres... tu le crieras contre ma peau... toute la nuit.

Elle n'était plus qu'une masse brûlante quand il prit son autre main et noua ses bras autour de son cou. Mais elle devait tout de même dire... quelque chose. N'importe quoi.

— Mais tu as dit que tu ne me ferais pas l'amour.

En l'occurrence, ce n'était pas le problème. Ni ce qu'elle avait voulu dire.

Il embrassa ses bras, qui pendaient autour de son cou.

— Je pense avoir prouvé qu'il y a d'autres façons de te donner du plaisir.

— Mais je croyais que tu avais compris et accepté le fait que j'avais besoin de... de...

— De te reprendre ? Oui, je sais. Et je ne ferai plus rien qui te mette mal à l'aise.

Il semblait lire dans son esprit chaotique, et disait exactement ce qu'il fallait pour calmer son agitation.

Mais...

— Non, ce n'est pas ça.

— Alors, qu'est-ce que c'est ?

— N'est-ce pas évident ? C'est qui tu es. Ça change tout.

Ses lèvres se figèrent sur la peau sensible à l'intérieur de son bras, puis il leva la tête, en plissant son front léonin.

— Ça ne change rien. Je suis toujours l'homme pour lequel tu as perdu la tête, l'homme que tu désirais de toutes les fibres de ton être. Et c'est cet homme que je demeurerai pour toi.

— Certes, mais tu es aussi Rafael Moreno Salazar, et je suis ici, à ton bal, parce que... mon patron est ici pour tenter d'obtenir tes bonnes grâces. Et ça complique tout.

— Ça ne complique rien, je peux te l'assurer.

— Mais si ! Cela mêle les affaires et le plaisir d'une manière que je n'aurais jamais pu imaginer. A présent, je ne peux pas passer la nuit avec toi. Je ne sais même pas comment ce que nous avons déjà partagé va affecter mon travail.

Elle laissa retomber ses bras et s'effondra contre le canapé. Elle avait l'impression que Rafael était soudain hors de portée, alors que quelques minutes plus tôt il était plus près d'elle que quiconque l'avait jamais été.

Elle prit sa tête entre ses mains tremblantes.

— Oh ! pourquoi n'es-tu pas simplement un invité parmi d'autres, un homme normal ?

— Eh bien, ce n'est pas le cas.

Il la reprit au creux de son bras.

— C'est pour cela que je peux t'avoir. Un homme normal ne pourrait même pas rêver de t'approcher.

Elle voulut railler cette hyperbole si convaincante, mais il continua tout aussi sérieusement :

— Je me fiche que les affaires soient mêlées au plaisir. Je suis même heureux qu'elles le soient, puisqu'elles t'ont conduite jusqu'ici. Je suis éternellement redevable à ton patron d'avoir permis notre rencontre. Alors, s'il est d'un niveau correct, je ferai affaire avec lui. Et cela n'aura rien à voir avec nous.

Elle mit un peu de distance entre eux.

— Comment peux-tu affirmer cela et en même temps dire que tu feras affaire avec mon patron pour moi ?

— Je pose comme condition qu'il soit au moins « correct » dans son domaine. Je ne vais pas prouver mon intérêt pour toi en pariant sur une proposition perdante. J'aime gagner, et j'emploierai tous les moyens constructifs pour te conquérir.

— Les moyens constructifs, dit-elle en laissant échapper un rire. C'est une manière originale de présenter les choses. Mais tu n'avais pas besoin d'employer le moindre moyen, constructif ou autre. Tu étais là, tu m'as captivée, et je me suis précipitée dans tes bras.

— Tu ne t'es pas précipitée dans mes bras. Mais ça viendra.

Elle soupira.

— Alors, seras-tu toujours l'aimant, et moi, le morceau de fer impuissant, ou y a-t-il un espoir pour que tu coures un peu, toi aussi ?

— Si tu me l'ordonnes, je courrai aussi longtemps et aussi durement que tu le voudras.

Sa ferveur semblait si réelle ! Et pourquoi pas, puisque elle-même éprouvait la même chose ?

— J'*aurais* couru vers toi, moi aussi, mais je devais te faire sortir de la foule.

Soudain, elle comprit.

— Tu ne comptais pas te montrer ce soir, c'est ça ?

Il haussa les épaules.

— Quelles qu'aient été mes intentions, je t'ai vue... et ensuite plus rien d'autre n'a eu d'importance.

— J'ai éprouvé le même sentiment. Mais tu allais de nouveau

jouer les hôtes invisibles ce soir, n'est-ce pas ? Est-ce que tu réunis les gens pour pouvoir les observer quand ils pensent que tu n'es pas là ? Est-ce ta méthode pour examiner de près les partenaires potentiels ?

— En l'occurrence, il s'agit d'un ou d'une partenaire. Au singulier.

— Oh ! Je n'avais pas compris que tu n'en cherchais qu'un.

— Eh bien, si.

La flamme dans ses yeux indiquait qu'il ne parlait plus de partenaire *en affaires.*

Un frisson la parcourut. Elle soupira quand il l'attira plus près, l'enveloppant de sa chaleur et de son désir.

— Tu sais que, dès que tu me touches, tu empêches mon esprit de fonctionner correctement ? dit-elle.

— Ne pas te toucher, c'est comme retenir mon souffle. Je ne peux le faire que quelques minutes à la fois. Alors, vas-tu cesser de me repousser ? Nous pouvons discuter de tout ce que tu veux, aussi longtemps que tu le veux, tant que tu es dans mes bras.

Elle se détendit en se rendant à l'évidence : elle n'était pas assez forte pour résister à la fois à son propre désir et au sien.

— Alors, reprit-il, tu penses que je jugerais les candidats à un partenariat si vital en les espionnant à une soirée ? Et que je les disqualifierais pour avoir marché sur le pied de leur partenaire de danse ou pour avoir parlé la bouche pleine ?

— Je parie que tu verrais tout ce dont tu as besoin pour te faire une opinion précise dans des détails comme ceux-ci. Comme tu le fais toujours.

— Comment sais-tu ce que je fais toujours ?

— Tu plaisantes ? Ces quelques heures avec toi valent une année d'exposition... intensive. Et je relie ce que je viens d'apprendre à ton sujet avec ce que je sais depuis longtemps.

— Et que penses-tu savoir de moi, au juste ?

— Eh bien, en tant que virtuose dans ton domaine, tu as des pouvoirs analytiques non linéaires et multidimensionnels si uniques que le monde entier se dispute ton talent. A l'instar de

Midas, tout ce que tu touches se transforme en or. Tu es arrivé là où tu es en cernant chaque situation et chaque personne à la perfection. Aussi parfaitement que tu m'as cernée, à cent pas.

Il glissa les doigts dans ses cheveux, enroula une mèche autour de son poignet et en respira le parfum.

— Ne te compare à personne. Rien chez toi n'a à voir avec ce que j'ai connu auparavant. Il n'y avait pas de jugement de ma part quand tu m'as captivé à cent pas de distance. Et tu l'as fait alors que je te tournais le dos.

Elle cilla.

— Vraiment ?

— Vraiment. J'étais sur la mezzanine quand ton aura m'a délicieusement envahi.

Il embrassa le bout de ses seins, qui débordaient de son bustier.

— Nous sommes déjà convenus qu'il y avait de la magie à l'œuvre, dit-il.

— C'est juste.

Impossible de le contredire sur ce point.

— Alors, tu n'es pas en train d'orchestrer les événements juste pour observer les invités, et écarter ceux qui ne font clairement pas l'affaire ?

— Si tu me penses si exceptionnel, ne crois-tu pas que je laisserais les CV décider pour moi ?

Soudain, elle comprit ce qui se produisait. Ils étaient passés de la passion aveuglante à un badinage délicieux, sans connaître le stade de la gêne qui suivait le plaisir assouvi. Et elle s'en réjouissait.

Elle posa la main sur sa joue, savourant sa rugosité.

— Je l'aurais pensé, si tu ne venais pas de promettre d'accorder un traitement préférentiel à mon patron s'il est au-dessus du niveau « correct ». Ou peut-être que j'empêche ton esprit de fonctionner convenablement, moi aussi.

Une lueur incandescente emplit soudain son regard. Puis il couvrit sa main de la sienne.

— Tu te rends compte que c'est la première fois que tu me touches ?

Elle fut déroutée.

— Je n'ai pas cessé de te toucher environ une minute et demie après avoir posé le regard sur toi.

— Non. Tu ne m'as pas touché une seule fois. Tu m'as laissé te toucher. C'est ton premier contact volontaire.

Elle se repassa le film des événements.

Il avait raison. Elle ne l'avait pas touché une seule fois !

Elle était simplement restée debout, ou allongée, et l'avait laissé faire tout ce qu'il voulait.

— J'étais trop submergée pour être capable de quoi que ce soit d'autre que de te laisser faire. Mais laisse-moi me rattraper.

Elle posa son autre main sur son visage, remontant sur sa joue, gémissant sous la sensation merveilleuse, avant de céder à la tentation qui la tenaillait depuis tout à l'heure : glisser les mains dans les cheveux qui recouvraient sa nuque. La masse épaisse était comme de la soie entre ses doigts. Il retint son souffle quand elle prit quelques mèches et tira dessus.

La seconde suivante, elle était allongée sur le dos, et lui, sur elle. Il ondulait entre ses cuisses écartées, ses baisers fébriles et avides ne ressemblant plus à ses précédents baisers.

Elle s'offrit dans une soumission encore plus totale. Et plongea dans une folie encore plus profonde. A présent qu'elle était au courant des risques, elle voulait le libérer de sa promesse, lui dire de la prendre maintenant, sans penser aux conséquences.

Mais, à son grand désarroi, il écarta ses lèvres des siennes. Il s'assit et se pencha en avant, les avant-bras sur les genoux, les cheveux tombant sur son front et cachant ses yeux tandis qu'il s'efforçait de reprendre son souffle.

— Je croyais que le fait de te toucher me faisait perdre la tête… mais, quand c'est toi qui me touches, c'est bien plus dévastateur.

Il lui lança un regard vorace tandis qu'il saisissait ses mains et l'aidait à se relever.

— Laisse-moi prendre les rênes ce soir, dit-il. Jusqu'à ce que je m'entraîne à supporter ton contact sans sauter sur toi.

Tremblante, elle s'assit, chaque cellule de son corps se rebellant contre son décret. A présent, elle ne voulait rien d'autre que le toucher, et être possédée. Et songer aux conséquences ne l'en dissuadait pas. Ce qui prouvait bien que cette exposition à son influence la rendait vraiment folle.

Le fait qu'il refrène les exigences de ses désirs très... évidents, pour elle, signifiait beaucoup. Et son aveu de faiblesse, encore plus. Car Rafael Moreno Salazar n'avait jamais montré de faiblesse durant son ascension fulgurante jusqu'au sommet d'un domaine qu'il avait révolutionné à lui tout seul.

Elle avait encore du mal à imaginer que *cet* homme et *son* homme soient une seule et même personne. Et à en mesurer les conséquences. Quoi qu'il en dise, elle savait que son identité causerait des problèmes.

Pour l'heure, il était à elle, dans un moment de perfection où elle était tout pour lui. Tout comme il était tout pour elle. A quoi bon penser à demain ? Elle ne se faisait pas d'illusions, cet interlude magique ne mènerait à rien d'autre.

Mais cette parenthèse n'était pas encore refermée.

Malgré ses avertissements, elle posa les mains sur ses épaules, caressa son dos jusqu'à la taille, et glissa les mains sous sa chemise ouverte. Puis elle emprunta le même chemin en sens inverse, et revint, encore plus bas. Le plaisir exquis d'avoir cette liberté, ce privilège, était enivrant.

Il la prit brusquement dans ses bras, le visage marqué par un désir sauvage. Et elle fit une autre chose inédite. Elle posa les lèvres sur les siennes.

Commencer ce baiser lui permettait de décider de sa saveur, et de sa température, douce et brûlante à la fois. Il la laissa le savourer — durant environ trente secondes. Puis il la repoussa et se leva brusquement.

— Si tu ne veux pas te retrouver sur le dos, nue, avec moi en toi, tu ferais mieux de ne pas me toucher et de ne pas m'embrasser de nouveau.

— Et toi, tu ferais mieux de trouver un moyen d'écourter ton entraînement, car, à présent que je t'ai touché et embrassé, je ne veux rien faire d'autre.

— Tu devrais cesser de dire de telles choses. Elles ont le même effet que tes caresses.

Elle sentit ses paupières s'alourdir sous le poids du désir.

— Si tu le dis.

Il fit un pas vers elle, puis s'arrêta, tremblant de retenue.

— Tu m'as ensorcelé.

— Toi aussi.

Soudain, il afficha un grand sourire et s'assit, en prenant soin de laisser quelques centimètres entre eux.

— Je note toute transgression, et j'obtiendrai réparation pour chacune d'entre elles. Mais d'abord j'ai besoin de clore le sujet professionnel.

Il reprit son sérieux.

— Ce ne sera pas du favoritisme quand je donnerai à ton patron la priorité sur les candidats aussi qualifiés. A candidature égale, la préférence personnelle est un facteur décisif acceptable. Il pourrait ne pas décrocher *le* partenariat, mais pour toi je lui proposerai une affaire dont il est digne. Je parie qu'il est bien plus que « correct ». Tu ne travaillerais pas pour quelqu'un d'incompétent.

Cédant à une impulsion sauvage, elle écarta les mèches de jais sur son front, et retint son souffle quand ses yeux s'embrasèrent et que tout son corps se tendit.

— Sur quoi fondes-tu une telle croyance ? demanda-t-elle.

Soudain, un soupçon s'insinua en elle.

— Tu ne penses pas que je m'appuie sur autre chose que mes compétences professionnelles, dis-moi ?

Il sembla offensé.

— Quoi ? Non. Je l'aurais senti à mille pas.

Il la prit par les épaules, l'air déterminé.

— Une grande part du discernement dont tu fais l'éloge repose sur mon instinct, et mon instinct me dit tout ce que j'ai besoin de savoir sur toi. L'effet que tu as sur moi transcende mon jugement, il ne l'annihile pas. Mes capacités de discernement me disent que tu es d'une intelligence vive, mais aussi d'une intégrité sans faille. Tu ne te fondes que sur tes mérites personnels, même s'il y a beaucoup d'autres chemins à ta disposition.

Elle fixa ses lèvres. Tout ce qu'il disait était si lyrique que cela accentuait son charme envoûtant. Sa voix hypnotique avait cet accent qu'elle ne pouvait identifier. Et c'était la chose la plus sexy qu'elle ait jamais entendue.

Et puis il avait dit toutes ces choses incroyables sur elle. Personne n'avait jamais eu autant d'estime pour elle. Et que cela vienne de Rafael Moreno Salazar — un homme qui monnayait ses analyses des millions auprès des gouvernements et des grandes multinationales — était tout bonnement incroyable.

Elle lui donna un baiser plein de gratitude.

Quand elle recula, euphorisée par sa saveur et ses compliments, il rugit comme un lion affamé.

— Tu prends de grands risques, Eliana.

Le prénom qu'elle n'avait jamais aimé, jailli de *ses* lèvres, énoncé avec une telle élégance et une telle autorité, lui parut soudain magnifique. A présent, elle ne pouvait pas imaginer s'appeler autrement.

Elle déposa un autre baiser sur sa joue.

— Tu ne peux pas dire de telles choses et t'attendre à ce que je ne te saute pas dessus, rétorqua-t-elle.

Desserrant les dents, il lui lança un regard en guise d'avertissement.

— Je mettrais en jeu ma réputation d'analyste infaillible sur la précision de chaque mot. Et si ton agence mérite une invitation...

Il haussa un sourcil.

— Je suppose que ton patron *est* invité ?

Elle rit.

— Je peux t'assurer que oui.

— Alors, cela valide ma théorie selon laquelle il est bien plus que « correct ». Et, s'il t'a invitée, cela veut dire que tu as un poste important dans cette agence. Et, pour l'avoir si jeune, tu dois exceller dans ta spécialité.

— Je ne suis pas *si* jeune.

— Je sais que tu as plus de dix-huit ans. Mais à peine. J'ai presque l'impression d'être un vieux pervers à côté de toi.

— Tu n'as que trente-deux ans !

Il sembla impressionné.

— Tu es bien renseignée. Mais cela fait toujours dix ans d'écart. Tu n'as sans doute pas plus de vingt et un ans.

— J'aurai vingt-quatre ans dans trois mois.

— C'est à peine trois ans de plus que mon estimation.

— Trois années, cela fait une énorme différence. Surtout dans mon cas. J'avais deux ans d'avance au lycée, j'ai quitté l'université il y a presque quatre ans, et je prépare actuellement mon second master. Et, grâce à mon environnement familial, j'acquiers de l'expérience dans mon travail actuel depuis mes douze ans.

— Tu vois ? Mon analyse était juste. Tu ne suis aucune règle, et ta compétence n'a rien à voir avec ton âge.

Il approcha les lèvres des siennes, la réchauffant par son souffle et ses paroles.

— Et j'ai changé d'avis. Oublie ton patron. Je te volerai à lui. Enonce tes conditions. Quelles qu'elles soient, je les remplirai.

Elle le repoussa.

— Je t'arrête tout de suite. Tu ne sais même pas quelle est ma spécialité !

Il la fit s'étendre sur le canapé et s'allongea à côté d'elle.

— Quelle qu'elle soit, j'ai toujours besoin d'esprits uniques et de talents exceptionnels dans mon équipe. C'est ainsi que mon conglomérat a prospéré si vite, en offrant aux candidats tout ce qu'ils n'auraient jamais eu ailleurs en termes de liberté, de ressources et de rémunération.

Elle le savait. Mais jamais elle n'aurait imaginé qu'il tenterait de la débaucher, en aucune circonstance. Encore moins à cet instant, alors qu'ils étaient enlacés...

Elle le repoussa faiblement tandis qu'il enfouissait le visage dans son cou.

— Je connais tes méthodes de travail, mais... la réponse est non. Cela ne ferait que rendre la situation encore plus... inextricable. Les gens pensent encore que j'ai eu mon poste actuel par népotisme. Avec toi, ils penseraient que je l'ai eu parce que...

— Parce que tu m'as rendu fou de désir et que c'est littéralement douloureux de ne pas te toucher ?

Il l'étreignit.

— Je ne peux te dire à quel point je suis indifférent à ce que les gens pensent. Tu es exactement le genre de talent rare que je cherche.

— *Rare...* ? Je t'en prie !

— Tu as dit que j'en étais là où je suis car je cerne parfaitement les gens. Je t'ai cernée mieux que je n'ai cerné personne. Alors, ou tu ne sais pas à quel point tu es rare, ou alors tu es trop modeste, ou trop influencée par les opinions des autres. Je peux te libérer de tout cela, et te donner tout ce qu'il te faut pour accomplir ton potentiel. Tu es exactement celle dont j'ai besoin. Sur tous les plans.

Elle sonda son regard, et la tête lui tourna. Il n'avait aucune raison de la flatter, puisqu'elle lui avait déjà promis la nuit. Et autant de nuits qu'il voudrait. Il pensait donc ce qu'il disait.

Il sourit.

— Mais, tout comme j'irai en douceur dans le domaine du plaisir, je ferai de même pour te courtiser en affaires.

— Arrête. S'il te plaît, Rafael...

Il frissonna contre elle, ses doigts s'enfonçant dans son postérieur, la plaquant contre son érection.

— Oui, dis mon nom. Dis-le, *minha beleza.*

— *Rafael.*

Cela ressemblait à un long gémissement de protestation.

— S'il te plaît... cesse de parler affaires, sous quelque forme que ce soit. Je veux me concentrer uniquement sur nous. C'est tout ce qui compte pour moi.

Il la relâcha et prit appui sur son coude, l'air sombre, avant de soupirer.

— Comme tu voudras. Pour l'instant.

En un mouvement d'une incroyable souplesse, il fut debout, avec elle dans ses bras. Elle noua les bras autour de son cou, non pour s'accrocher à lui, mais parce qu'elle adorait ça.

— Tu dois être morte de faim, dit-il en souriant. Dînons en attendant la fin du bal, et ensuite...

Soudain, elle se débattit, et il la reposa à terre.

— Il faut que j'aille au bal ! s'exclama-t-elle.

Il la retint quand elle fit volte-face.

— Certainement pas. Tu ne voulais pas y aller, de toute façon.

Tandis qu'elle cherchait son sac du regard, elle prit conscience du sens de ses paroles.

— Comment sais-tu que je ne voulais pas venir ?

— Je t'ai dit que je pouvais lire en toi, déclara-t-il avec un sourire entendu.

Elle sentit une douce chaleur monter en elle. Il la devinait en effet avec tant de précision que c'en était effrayant. Merveilleusement effrayant.

Elle caressa sa joue, et il saisit sa main pour y déposer un baiser.

— Je ne cesserai jamais de me réjouir de m'être forcée à venir. Mais il faut que j'aille trouver mon... patron. En cet instant, il doit penser que je suis tombée d'une falaise.

Après un instant de réflexion, il lâcha sa main. Il aperçut le sac à main qu'elle avait laissé tomber près de la porte et le lui apporta.

— Appelle ton patron. Donne-lui une excuse pour ne pas assister au bal.

Elle cilla.

— Maintenant que tu parles de téléphoner, je m'étonne qu'il ne m'ait pas appelée un million de fois.

Elle se jeta sur son sac... et gémit en ne trouvant pas son téléphone.

— J'ai dû le laisser dans ma voiture, ou même chez moi. Je

dormais à moitié. Oh ! il doit être fou d'inquiétude, et penser qu'il m'est arrivé quelque chose !

Fronçant les sourcils, il se pencha en silence pour ramasser sa veste. Sortant son téléphone, il le lui tendit.

Elle secoua la tête.

— Il faudrait que j'explique pourquoi j'appelle avec le téléphone de quelqu'un d'autre, et que je dise à qui il est. Or, je suppose que tu ne veux pas que je lui dise que c'est le tien ?

— Ça ne m'ennuie pas.

— Moi, si. Tu n'imagines pas toutes les questions que ton nom susciterait. Et je ne veux pas inventer d'histoires. Je vais aller le rassurer en personne.

Il boutonna sa chemise, la glissa dans son pantalon, puis enfila sa veste et la suivit, la prenant par la taille.

— Je ne te laisse pas quitter mon champ de vision.

Elle embrassa son torse.

— Je n'en ai que pour dix minutes.

— Mais je ne veux pas te quitter une seule minute.

Elle appuya la tête contre son épaule. Il était inutile de débattre avec lui, cet homme obtenait ce qu'il voulait. Et, en cet instant, c'était elle qu'il voulait. Comment pourrait-elle s'opposer à ses désirs ?

Soupirant de plaisir, elle se résigna tout de même à pointer l'évidence.

— Même si je n'ai jamais trouvé de photos de toi, je ne peux pas dire que j'ai beaucoup cherché. Mais si quelqu'un en avait trouvé et te reconnaissait ? Toi qui tiens à rester insaisissable pour mieux agiter le marché mondial, tu cours le risque de ne plus l'être.

— Je suis prêt à courir ce risque pour que tu restes dans mon champ de vision.

— Mais si les gens te reconnaissent tu seras débordé, le taquina-t-elle. Cela pourrait reporter nos… projets.

— Si c'est le cas, j'exploserai et je mettrai tout le monde dehors.

Il déposa un baiser ardent sur ses lèvres.

— A présent, cesse de temporiser.

Elle rit. Blottie contre lui, elle sortit du bureau où sa vie avait changé à jamais, sentant qu'elle entrait dans un nouvel univers empli de possibilités infinies. Un univers dont Rafael était le centre.

Pour aussi longtemps qu'il voudrait bien d'elle.

En retournant dans la salle de bal avec Eliana, Rafael se rendit compte que son bureau était très à l'écart. Quand il avait porté Eliana, il lui avait pourtant semblé à quelques pas à peine.

— Cet endroit est magnifique.

Il regarda la superbe créature blottie contre lui. Il avait l'impression que son corps délicat était une extension du sien, que son sourire, sa voix et ses yeux étaient le moteur de son cœur. Ces quelques heures avec elle avaient été les moments les plus incroyables et les plus euphoriques de sa vie.

Elle regardait autour d'elle comme si c'était la première fois qu'elle voyait cet endroit. En fait, c'était le cas. Car elle n'avait eu d'yeux que pour lui lors de son premier passage.

Il effleura sa joue, incapable de ne pas la toucher.

— C'est une maison de maître qui a été transformée en hôtel de luxe. Je roulais le long de la côte quand je l'ai vue, et j'ai décidé d'y passer la nuit. Le lendemain, je l'ai achetée. Je l'ai remeublée, mais j'ai préservé l'essentiel de ce qui m'avait plu.

Elle le regarda avec cette appréciation sans réserve, sans chercher à la tempérer ou à la masquer.

— Elle doit avoir un attrait touristique immense, surtout dans un état aussi somptueux.

— Je ne l'ai pas achetée pour des objectifs commerciaux.

Elle ouvrit de grands yeux.

— Tu comptes vivre ici ?

En l'espace d'un battement de cœur, il imagina toute une existence passée ici, avec elle. Mais quelque chose l'empêcha de partager cette vision, alors que jusqu'ici il lui avait dévoilé tous ses sentiments. Sans doute la crainte de l'effrayer, comme tout à l'heure quand il avait proposé de l'engager. C'était le seul moment où elle lui avait résisté.

— Je n'y avais pas pensé, dit-il.

Car, depuis son arrivée au Brésil, il n'avait eu que la vengeance en tête. Jusqu'à ce qu'il la voie. A présent, tout ce qui n'était pas elle semblait inconséquent.

— J'achète toujours ce que mon instinct me dicte, et je décide ensuite de ce que je vais en faire. Cet endroit représentait le meilleur décor pour ce bal. Néanmoins, même si je suis habitué à vivre dans des endroits spacieux et isolés, cette maison pourrait s'avérer trop grande pour moi seul.

— Tu n'as personne avec qui partager cet endroit… ?

Elle s'interrompit, l'air soudain mortifié, et se raidit.

— Ça ne m'est même pas venu à l'esprit de te demander si tu avais une… une famille.

A cause de Ferreira, il n'en avait plus.

Mais ce n'était pas la famille dont elle parlait. Elle était horrifiée à la pensée d'avoir failli coucher avec un homme qui pourrait être marié.

Avant d'entrer dans la salle de bal, il la prit par les épaules.

— Est-ce que j'émets des vibrations d'homme infidèle et sordide ?

Elle rougit adorablement, en fuyant son regard réprobateur.

— Tu sais quelles vibrations tu me transmets. Le genre qui court-circuite mon esprit.

Il contempla son visage, et eut le cœur serré en voyant la vulnérabilité et l'incertitude dans ses yeux. En l'étreignant avec force, il sut qu'il ferait tout pour ne plus jamais revoir ce regard.

— Même avec l'esprit court-circuité, tu m'as bien cerné, sur tous les plans. Je n'ai personne, *minha beleza*. Je suis totalement libre de t'adorer. Et je le ferai. A partir de maintenant.

Son regard s'éclaira aussitôt. Et elle ne discuta pas l'expression « à partir de maintenant », comme elle l'avait fait quand il lui avait proposé des rencontres nocturnes. En fait, il ne considérait plus celles-ci comme suffisantes. Il comprenait à présent ce que cela voulait dire de vouloir être constamment avec quelqu'un. C'était le cas avec elle.

Il prit conscience d'autre chose : selon toute logique, cette lueur dans ces yeux enchanteurs n'aurait pas dû s'y trouver. Après tout, ils ne se connaissaient que depuis quelques heures. Pourtant, cette lueur était là depuis le début, et chassait le froid dans les recoins les plus reculés de son cœur. Cette lueur de confiance. Ce n'était pas le genre de confiance qu'il avait vue dans les regards de ses frères. Celle-ci était unique. Propre à elle. Et totale.

Impatient de lui dire à quel point il se sentait fier qu'elle lui accorde cette confiance, il la conduisit jusqu'à la salle de bal pour qu'ils trouvent son patron au plus vite, afin qu'il puisse ensuite l'avoir de nouveau pour lui seul.

A quelques pas, il eut l'impression qu'un champ de force se rapprochait d'eux. Bien sûr... quoi d'autre que l'orage vivant qu'il avait pour associé pourrait causer une telle agitation ?

Richard se dirigeait en effet vers eux. Il était sans doute impatient de pavoiser, en soulignant qu'il avait eu raison au sujet d'Eliana. De la part de Richard, Rafael n'attendait rien d'autre que des réprimandes et du mépris. De tous ses frères apparemment sans cœur, comme il avait cru l'être avant de rencontrer Eliana, Richard était le plus impitoyable. Tandis que son ami approchait, Rafael vit qu'il n'essayait pas de cacher le démon en lui. Ne voulant pas qu'Eliana le voie ainsi pour leur première rencontre, il lança un regard en guise d'avertissement à Richard, avant de sourire à Eliana.

— Eliana, je te présente mon associé, Richard Graves.

Cessant un instant de chercher son patron du regard, elle tendit la main avec grâce à Richard.

— Enchantée, monsieur Graves.

Richard ne prit pas sa main, et ne la regarda même pas quand il avança vers Rafael et marmonna :

— Je dois te dire un mot. *Maintenant*.

— Oh ! intervint-elle, je vais vous laisser.

Elle prit congé de Richard en lui offrant un sourire exquis, alors qu'il était évident que son impolitesse l'avait contrariée.

— Je vais finir ma mission, dit-elle.

Avant qu'il puisse la retenir ou dire à Richard ce qu'il pouvait faire de son mot, un mouvement attira son attention. Ferreira. Il se dirigeait vers eux.

Avant même que Rafael puisse réagir, Ferreira prit Eliana dans ses bras.

Il sentit une déferlante d'agressivité le submerger. Ferreira était le patron d'Eliana. Et il la serrait dans ses bras ?

Ensuite, les mots que Ferreira ne cessait de répéter parvinrent à son esprit hébété, avant d'exploser comme autant de grenades dégoupillées.

— *Ellie, a minha menina, você está bem.*

Ellie, ma petite fille, tu vas bien.

Rafael fixa la femme qui lui avait fait perdre la tête, blottie dans les bras de l'homme qu'il était venu détruire.

Et tout devint clair.

Eliana était la fille de Ferreira.

4

Ellie aurait aimé que le sol puisse vraiment s'ouvrir en deux et avaler les gens. Car en cet instant elle aurait eu bien besoin de disparaître !

D'abord, l'associé de Rafael l'avait ignorée, après un regard bref qui lui avait donné l'impression que, s'il restait seul un instant avec elle, jamais on ne la retrouverait.

Puis, alors qu'elle essayait de faire croire à Rafael que l'attaque à peine voilée de son associé ne l'avait pas affectée, son père avait surgi de nulle part.

A présent, il la serrait assez fort pour l'étouffer. Et il l'appelait « ma petite fille », une expression qu'il avait pourtant promis de ne jamais employer en public.

Elle avait accepté ce poste dans son agence au détriment d'autres offres, à la condition expresse qu'il ne lui accorde pas de traitement de faveur. Mais elle sentait qu'il lui faudrait bientôt partir, même si elle adorait son travail. Dès que les gens apprenaient que son employeur était son père, ils ne la prenaient plus au sérieux. Raison pour laquelle elle n'avait rien dit à Rafael. Elle avait craint qu'il parvienne à la même conclusion que celle à laquelle tout le monde en arrivait invariablement. Elle s'était dit que cette information particulière pourrait attendre, jusqu'à ce qu'il apprenne à la connaître mieux.

A présent, il était trop tard. Elle avait été démasquée, de la manière la plus embarrassante qui soit. Cela lui apprendrait à ne pas évacuer les sujets majeurs d'emblée ! Non qu'elle considère *cela* comme majeur. Rien chez elle ne l'était.

Anxieuse de connaître la réaction de Rafael, elle tenta de tourner la tête, mais elle était coincée contre l'épaule de son père. Tout ce qu'elle parvenait à voir, dans cette position, c'était Richard Graves. Il sortait de la salle de bal, sans avoir dit ce « mot » qu'il avait presque forcé Rafael à écouter.

Graves parti, au moins, elle se sentirait moins gênée.

Mais une autre pensée jaillit en elle, ravivant son désarroi.

Que pouvait bien penser Rafael de ce qui était en train de se passer ?

— Papa, tu m'étouffes.

Son père recula brusquement, en la tenant toujours par les épaules, et l'observa de ses yeux inquiets.

— Où étais-tu passée ? Comme je ne cessais de tomber sur ta boîte vocale, je suis allé chez toi, en espérant que tu sois simplement endormie. J'ai tambouriné à ta porte en vain. Sachant comme ton sommeil est léger, j'ai pensé que tu étais tombée et que tu t'étais blessée... et puis je me suis souvenu que tu m'avais donné une clé. Je suis entré, mais tu n'étais pas là, ton téléphone était déchargé, alors je me suis dépêché de revenir ici, en espérant te trouver, mais...

— Je suis vraiment désolée de t'avoir inquiété à ce point.

Elle éleva la voix pour se faire entendre par-dessus la cacophonie des conversations et de ses reproches frénétiques, se sentant terriblement coupable. Il avait fait plus de quatre heures de route. Et tout ce temps elle avait été avec Rafael.

— Je me suis juste... euh... perdue...

Ce qui était vrai, en quelque sorte. Elle s'était perdue quelques instants, en cherchant son chemin. Puis elle s'était perdue totalement, dans les bras de Rafael.

Avant que son père se lance dans un autre monologue, elle le fit pivoter vers Rafael, qui le regardait comme s'il était une créature révoltante. Sans doute parce qu'il ne comprenait pas qui il était réellement. Ou qu'il trouvait son extrême agitation rebutante. Ou les deux.

En grimaçant, elle toucha le bras de Rafael, et ressentit un pincement au cœur quand elle mesura à quel point il était devenu vital pour elle, et à quel point ce simple contact, même en ces circonstances, affolait son cœur.

— Rafael, je te présente mon père, Teobaldo Ferreira.

Le regard de Rafael se porta sur elle, et elle sentit son cœur cogner si fort qu'elle en eut le souffle coupé. Il y avait quelque chose dans ses yeux, quelque chose... d'étrange. Comme s'il avait oublié qui elle était. Elle avait dû rêver. C'était sans doute l'expression qu'il avait quand son esprit brillant évaluait de nouvelles situations et de nouvelles variables.

Semblant reprendre enfin ses esprits, et même s'il ne savait manifestement pas qui était Rafael, ou qu'il ne pouvait croire que c'était l'homme avec qui il voulait désespérément faire affaire, son père lui tendit la main.

Rafael fixa la main de son père.

Elle grimaça. Elle savait qu'il n'avait pas voulu avoir de contacts avec ses candidats ce soir, or, son père en était un. En l'occurrence, il ne s'agissait pas d'affaires, mais d'une simple poignée de main entre son père surprotecteur et Rafael, l'homme qui venait de démolir les fondations de son existence.

Elle se hissa sur la pointe des pieds pour que Rafael soit le seul à l'entendre.

— Dis simplement bonsoir et disparais. Je te retrouve plus tard.

Elle tenta de capturer son regard, pour y voir l'anticipation de la nuit à venir. Son cœur palpita devant ses yeux sombres, puis tressauta quand, sans un mot ni un regard, ignorant la main de son père comme son associé avait ignoré la sienne, il tourna les talons et s'en alla.

— Qu'est-ce qui vient de se passer ? Qui est cet homme ?

Détachant son regard de Rafael, elle fixa son père, hébétée, l'esprit en plein chaos.

Elle ne voulait pas confirmer ses soupçons sur l'identité de Rafael. Si son père se rendait compte qu'elle était subitement si intime avec l'homme dont il espérait tant obtenir les faveurs, il la soumettrait à un interrogatoire interminable, ou demanderait à être présenté correctement. Non seulement elle perdrait du temps, mais cela compliquerait la situation, comme elle l'avait prédit. Or, elle ne voulait pas que le monde réel intervienne maintenant, ne voulait pas qu'ils cessent d'être l'homme et la femme qui avaient découvert cette passion pure et mutuelle, et redeviennent le magnat des affaires et la fille d'un associé potentiel.

Mais... comment Rafael avait-il pu partir comme cela ? S'il choisissait de ne pas serrer la main de son père parce qu'il ne voulait aucun contact avec des candidats ce soir, elle pouvait le comprendre. C'était un peu excessif, et blessant, mais elle ne laisserait jamais aucun problème avec son père s'immiscer entre eux. En revanche, la façon dont il l'avait regardée puis s'était éloigné, même après qu'elle avait donné l'identité de son père...

Assez. Son esprit devait lui jouer des tours, après tous les bouleversements des heures passées. Elle devait être au-delà de la fatigue, à présent, et tenir debout uniquement grâce à l'adrénaline... et à d'autres hormones. Qui ne favorisaient pas les observations rationnelles.

Quelqu'un avait dû capter le regard de Rafael, quelqu'un d'important qu'il avait dû aller saluer sans attendre. Ensuite, il reviendrait.

— Qu'est-ce qu'il t'arrive, ce soir ? Parle-moi, *querida*.

Elle cilla et reporta son attention sur son père. Se forçant à se reprendre, elle le serra dans ses bras.

— Je suis vraiment désolée de t'avoir fait une telle frayeur.

Elle se sentit rougir en se souvenant pour quelle raison.

— Je suis venue aussi vite que j'ai pu pour te rassurer. Mais maintenant je dois partir.

— Tu as appelé cet homme Rafael. Est-il celui que je crois qu'il est ?

Elle chercha Rafael du regard, et l'aperçut à l'entrée de la salle de bal. Alors, il n'allait pas revenir. Il attendait qu'elle le rejoigne. Pour commencer leur première nuit ensemble.

Impatiente d'aller le retrouver, elle se tourna vers son père.

— S'il te plaît, papa, ne me pose pas de questions maintenant, d'accord ?

Elle l'embrassa sur la joue.

— Je te raconterai tout plus tard.

L'air à la fois curieux et préoccupé, il l'observa.

— Tu es sûre que tout va bien ?

Mesurant son inquiétude, elle hocha la tête. Elle reporta son regard vers Rafael... et retint son souffle.

Une femme s'approchait de lui. Elle était sculpturale, et possédait une cascade de boucles rousses flamboyantes qui tombait jusqu'à ses fesses, et des courbes fatales soulignées par sa robe fourreau noire. Elle semblait être en transe. Ellie avait sans doute eu la même expression quand elle avait avancé vers lui, quelques heures plus tôt.

S'efforçant de respirer de nouveau, elle répondit d'un ton absent aux autres demandes de son père, n'étant plus si pressée de le quitter. Elle ferait mieux de rester là, jusqu'à ce que Rafael envoie son admiratrice sur les roses.

La femme le rejoignit. Il la fixa d'un air sombre, puis regarda Ellie droit dans les yeux.

Son cœur s'emballa d'abord, puis ralentit quand elle vit son expression vide. Espérant rétablir le lien que la rencontre avec l'associé de Rafael et avec son père avait rompu, elle se força à afficher un sourire que lui seul comprendrait.

Mais son sourire s'évanouit : le regard de Rafael demeurait tout aussi inexpressif. Elle se figea quand la splendide rousse passa son bras autour de lui et l'entraîna hors de la salle de bal.

Elle sentit des tremblements secouer chacun de ses muscles, tandis que son esprit tentait de trouver une explication logique. Rafael essayait sans doute de se débarrasser de cette femme sans faire de scandale. Quand ce serait fait, il reviendrait. Ou pas. Il s'attendait peut-être à ce qu'elle le suive à l'extérieur. C'était sans doute ce qu'il lui avait dit avec ce regard vide.

Elle se tourna vers son père.

— Je te vois demain, d'accord ?

Sans lui laisser le temps de répondre, elle s'éloigna.

Une fois sortie de la salle de bal, elle eut l'impression qu'un nuage noir s'était abattu sur elle. Ensuite, elle remarqua la source de cette obscurité.

Richard Graves était appuyé contre le mur aux panneaux dorés, et regardait les gens tel un prédateur décidant quelle proie il choisirait en premier, avec dans la main ce qui ressemblait à un whisky sec. Lorsqu'il la vit, il se redressa nonchalamment, lui donnant l'impression que le monde s'était rétréci.

— Monsieur Graves, dit-elle avec un hochement de tête.

— Vous cherchez Rafael ?

Très mal à l'aise sous son regard perçant, mais se sentant piégée puisqu'elle ne savait pas où regarder, elle répondit :

— Je vais attendre qu'il revienne.

— Dans ce cas, vous attendrez jusqu'au matin. Je pense qu'il va passer toute la nuit avec cette bombe rousse.

Elle sentit son cœur cogner douloureusement dans sa poitrine. Ce n'était pas ce qu'il avait dit, s'avisa-t-elle. C'était Graves lui-même. Elle ne se laissait pas intimider aisément, mais cet homme pourrait effrayer des monstres. Et, pour une raison qu'elle ignorait, il avait décidé qu'il ne l'appréciait pas.

Peu lui importait. Elle se souciait uniquement de l'opinion de Rafael.

— Vous vous trompez, monsieur Graves. Rafael est...

Elle fut incapable de continuer tant sa gorge était nouée. Le regard impitoyable de Graves l'ébranlait, et son incertitude et sa confusion grandissaient. Mais que fabriquait Rafael ?

— A l'heure qu'il est, Rafael est avec ou plutôt *dans* cette rousse.

Il avait le regard de quelqu'un qui prenait un malin plaisir à verser de l'acide sur une plaie ouverte.

— Apparemment, il vous avait promis une séance d'exercices intensive, mais il a modifié ses projets. Et trouvé un tapis d'exercices de bien meilleure qualité. Moi, hélas, je n'ai rien de prévu ce soir. Je pourrais me laisser convaincre de prendre sa place.

Elle se mordilla la lèvre pour l'empêcher de trembler sous ses attaques.

— Pourquoi êtes-vous si... odieux ?

Il haussa les épaules.

— En fait, je me montre charitable. Je vous épargne un embarras futur — si vous en éprouvez —, et je vous offre une alternative, pour que vos efforts de ce soir... ne soient pas totalement gâchés.

Abasourdie, incapable de croire que quelqu'un puisse lui parler de manière si offensante, elle lâcha :

— Je ne sais pas pourquoi vous m'avez détestée au premier regard...

— Les jugements immédiats. Et les exécutions. Ce sont deux de mes brillantes qualités, parmi de nombreuses autres.

Elle soutint son regard acerbe, et sentit ses yeux la brûler.

— Vous dites la vérité ?

— Quand je dis que Rafael a emmené cette rousse dans ses quartiers et qu'il a sans doute une relation sexuelle avec elle au moment où nous parlons ? Oui.

Elle détourna les yeux, tandis qu'une dernière fois elle priait en silence Rafael de revenir, et de lui prouver que cet homme cruel avait tort.

Mais Rafael ne reviendrait pas.

Et toutes ses justifications idéalistes furent démolies, laissant place à la sordide vérité.

Rafael était sans doute allé au bal avec elle pour voir si quelqu'un lui plairait davantage avant de gâcher sa nuit avec elle. Et il *avait* trouvé une femme plus belle, qui sans nul doute ne lui demanderait pas de différer son plaisir. Alors, il l'avait oubliée, tout simplement. Il ne l'avait plus jugée digne d'une autre parole ou d'un autre regard, comme si ces heures magiques n'avaient jamais eu lieu.

Mais ce n'était pas de la magie. Pas entre eux. La magie était venue uniquement de lui. C'était un sorcier, qui avait jeté son sort maléfique sur une victime consentante pour se distraire pendant qu'à distance il tirait les ficelles de centaines d'autres marionnettes.

Graves vida son verre avant de la fixer de son regard dur.

— Vous serez mieux sans lui. Rafael ne joue pas dans la même cour que vous.

Elle fixa cet homme au cœur de pierre, qui la détruisait sans la moindre once de pitié. Mais ce qui faisait le plus mal était qu'il avait raison. Sur toute la ligne.

Il roula des épaules, ce qui lui donna l'air encore plus menaçant, et lui lança un regard suggestif.

— Je joue dans une cour encore plus prestigieuse, mais si vous êtes intéressée...

— Assez... s'il vous plaît.

Et elle s'enfuit, hors de cette demeure dans laquelle elle était entrée il y avait semblait-il des années, intacte et innocente. A présent, elle la quittait avec un trou dans le cœur, creusé par la cruauté gratuite du seul homme avec lequel elle avait baissé sa garde, tandis que les premières larmes d'un torrent coulaient sur ses joues.

La fille de Ferreira.

Les deux mots ne cessaient de passer dans la tête de Rafael, menaçant de la faire exploser.

Il avait perdu toute notion du temps, toute notion tout court, depuis qu'il avait compris qui était Eliana. Il avait dû sortir de la salle avant de commettre un acte catastrophique. Mais le choc et la rage, loin de se dissiper, étaient devenus incontrôlables.

Eliana, la femme qu'il désirait de tout son être, qui avait fait voler ses défenses en éclats, était la fille de celui qui l'avait vendu comme esclave.

Rafael, je te présente mon père, Teobaldo Ferreira.

L'homme qui avait autrefois été le meilleur ami et associé du père de Rafael.

Il ne se souvenait que trop bien que Ferreira avait été une présence constante dans la vie de sa famille. Le père d'Ellie n'avait pas beaucoup changé en vingt-quatre ans. En fait, à soixante-quatre ans, il était *très* bien conservé. Contrairement au père de Rafael, bien plus marqué par des années de souffrance. Des souffrances dues au crime odieux de Ferreira, l'homme que son père avait aimé et auquel il faisait autrefois confiance.

Rafael se souvenait comment lui-même l'avait aimé et lui avait fait confiance. A l'époque, il l'appelait *tio Teo*. Ses fréquentes visites étaient l'un des plus grands plaisirs de l'enfant qu'il était alors.

Durant l'enquête qu'il avait menée sur son enlèvement, il avait découvert que, quelque temps avant ce jour funeste, son père avait mis un terme à son partenariat avec Ferreira. Rafael avait approfondi ses recherches, et avait trouvé des preuves démontrant qu'une seule personne avait pu orchestrer son enlèvement : Ferreira.

Se souvenant de l'homme dans les bras duquel il se jetait à chaque visite, et qui lui avait témoigné tant d'affection et d'attention, il avait rejeté ces preuves, et repris l'enquête depuis le début. Il n'avait pas voulu que Ferreira soit le coupable. Il aurait voulu que ce soit n'importe qui sauf lui. Mais chaque nouvelle enquête avait conduit aux mêmes résultats. De surcroît, les motivations de Ferreira étaient apparues comme évidentes.

Organiser son enlèvement faisait d'une pierre deux coups. Se venger de son père, qu'il avait publiquement accusé de l'avoir détruit, et accumuler assez d'argent pour compenser les pertes financières majeures dont Ferreira avait rendu le père de Rafael responsable. L'Organisation achetait *très cher* ses recrues. Ses frères et lui avaient été les plus onéreuses de leurs acquisitions. Ceux qui les avaient vendus connaissaient leur valeur, avaient exigé le prix fort… et l'avaient obtenu. Dans son cas, Ferreira.

Après avoir trouvé une preuve concluante, Rafael avait imaginé la vengeance parfaite. Il comptait mettre en place une vraie collaboration avec Ferreira, afin de lui donner un aperçu alléchant de l'augmentation de ses profits et de sa renommée, et ainsi laisser ses ambitions et sa cupidité croître. Avant de l'écraser impitoyablement. Ensuite, il enverrait Ferreira en prison, tout comme Ferreira l'avait envoyé en enfer. A la différence que Ferreira n'en sortirait jamais.

Néanmoins, il ne s'était pas précipité pour mettre son plan à exécution. A la vérité, il avait encore du mal à superposer l'image du monstre qui l'avait vendu comme esclave et celle de l'oncle affectueux qu'il avait aimé. Voilà pourquoi il avait tardé à organiser une rencontre.

Ensuite, il avait aperçu Eliana, et plus rien d'autre qu'elle n'avait compté. Jamais il n'aurait pu deviner que Ferreira était son père !

Un rugissement monta du fond de sa gorge.

Puis quelque chose explosa contre le mur.

La porte s'ouvrit violemment. Richard entra en trombe, l'arme au poing, prêt à tirer sur n'importe quel intrus.

Son associé parcourut la pièce du regard, avant de ranger son pistolet dans son étui.

— Tu refais déjà la décoration ?

Richard désignait les dégâts sur le mur de plâtre mouluré et les vestiges de son bureau à présent en morceaux. Rafael n'avait même pas pensé pouvoir le soulever, encore moins le projeter contre le mur. Il n'avait pas été aussi déchaîné depuis… En fait, il ne l'avait jamais été à ce point.

— Je croyais que cette rousse te calmerait mieux que ça.

— Quelle rousse ?

— Tu l'as déjà oubliée ? Alors, c'est pire que je le pensais.

Rafael secoua la tête, tentant de contenir l'adrénaline qui parcourait ses veines. Il devait reprendre le contrôle de ses émotions. Sous peine d'avoir une crise cardiaque.

— Comment l'as-tu su ?

Le « mot » que Richard avait voulu lui dire tout à l'heure concernait sans doute la véritable identité d'Eliana. Une fois que Ferreira était arrivé, son intervention était devenue inutile, et il était parti, le laissant gérer la situation tout seul.

— Que la femme de tes rêves était la fille de Ferreira ? La question est plutôt comment *toi*, tu as pu l'ignorer ? Tu n'avais donc pas étudié cet homme en long et en large ? La première chose que tu aurais dû connaître de lui, c'était son histoire familiale.

— Je connaissais déjà ses trois fils issus de son premier mariage. Le plus jeune avait mon âge. Ils étaient mes meilleurs amis, et nous passions notre temps les uns chez les autres, même quand il a divorcé de leur mère deux ans avant mon enlèvement. J'ai découvert qu'il s'était remarié juste après, qu'il avait eu une fille avec sa seconde épouse, et qu'il s'était retrouvé veuf trois ans plus tard. Alors, oui, je sais tout sur lui, mais j'ai pensé que les détails de sa vie personnelle n'étaient pas utiles à mon projet.

— C'est le seul défaut que je vois dans ton plan : tu ne comptes pas l'étendre à sa vie personnelle.

— Ses enfants n'ont rien à voir avec ses crimes.

— En es-tu sûr ?

— Je suis certain qu'ils n'avaient rien à voir avec mon enlèvement.

— Le fait qu'ils soient devenus eux-mêmes magnats de manière si précoce pourrait suggérer qu'ils aient participé aux infamies de leur père, avant que chacun blanchisse son image et son histoire.

— Comme nous avons blanchi notre image ?

— Exactement. Mais nous, nous l'avons fait pour des raisons différentes.

Rafael haussa les épaules.

— Quels que soient les crimes qu'ils pourraient avoir commis ou non, je ne suis juge, jury et bourreau que pour le crime qui me concerne.

— C'est ton droit. Mais tu es un homme qui n'oublie ni ne manque jamais rien, or Eliana n'est pas un prénom que l'on entend tous les jours. Ça ne t'a pas mis la puce à l'oreille ?

Rien n'aurait pu lui mettre la puce à l'oreille, tant il avait été captivé par Eliana.

— La seule explication, c'est qu'elle t'ait donné un surnom, renchérit Graves.

— C'est le cas, mais elle m'a donné son vrai prénom presque aussitôt.

— Te l'a-t-elle donné dès que vous vous êtes rencontrés ?

— Elle n'en a eu l'occasion que bien après.

— Tu vois, fit Richard d'un air satisfait.

Rafael fronça les sourcils.

— Je vois quoi ? Quelle différence cela fait-il, qu'elle m'ait dit son nom au début ou plus tard ?

— Le choix du moment fait toute la différence. Plus tard, tu étais totalement sous son charme, et tu n'étais plus capable de réfléchir.

Exactement ce qu'il s'était dit, même si sa vision de la nature du sortilège était bien différente de celle de Richard.

— Comment peux-tu lui prêter des intentions si perfides, alors que tout ceci n'était qu'une coïncidence ?

Richard le regarda comme s'il avait perdu cent points de quotient intellectuel.

— Je le peux parce que c'est la fille de Ferreira, la femme qui travaille avec lui, et qu'il l'a amenée ici à la place de ses associés pour qu'elle serve d'appât. Et cela aurait marché à merveille sans ces deux petits détails qu'il ignore : ta véritable identité, et le fait que toi aussi tu veux l'appâter.

Il chassa les théories de Richard d'un revers de la main.

— C'est ridicule. Tu *sais* que c'est moi qui l'ai courtisée, et qu'elle ignorait complètement qui j'étais.

Richard eut un sourire goguenard.

— Elle en savait assez sur toi pour te jeter un charme et attendre que tu te démasques en allant la trouver.

Il le dévisagea, stupéfait.

— Tu crois vraiment de telles balivernes ?

Richard haussa les épaules.

— Le monde, en particulier cette partie du monde, est rempli de choses inexplicables. Comme cette impulsion qui t'a saisi quand elle est entrée.

— Ça s'appelle l'attirance. C'est censé être une magie

inexplicable, du moins au début. Ensuite, je l'ai touchée, je lui ai parlé, et tout s'est expliqué. Pour moi, elle est... parfaite.

Ce fut au tour de Richard d'avoir l'air sonné.

— Tu vois ? Ce n'est pas toi qui parles. Je commence à penser qu'un exorciste est nécessaire.

— Nous sommes passés du charme à la malédiction ? Ce qu'elle et moi avons partagé...

Richard ricana.

— Bonté divine ! Partagé ? Tu as passé combien de temps avec elle ? Trois, quatre heures ?

— Le temps ne compte pas, quand quelque chose est aussi puissant.

Richard secoua la tête, et le regarda avec une expression de consternation et d'amusement mêlés.

— Il semble que je doive trouver un spécialiste des envoûtements puissants pour te guérir. Et moi qui espérais que le sortilège s'était rompu quand tu es parti avec cette rousse ! Qu'as-tu fait d'elle, au fait ?

— Quelle rousse ?

Richard le dévisagea.

— Tu ne te souviens vraiment pas d'elle ?

Soudain, il se rappela vaguement quelque chose. Une femme qui lui parlait, alors qu'il n'entendait que la cacophonie de ses propres pensées, ne voyait qu'Eliana de l'autre côté de la salle de bal. La femme s'était accrochée à lui et l'avait emmené hors de la salle. Une fois à l'extérieur, il s'était dégagé sans un mot, et avait regagné son bureau par un autre chemin.

— Pas étonnant que tu ne te rappelles pas la tentatrice qui te mangeait des yeux. Tu étais encore obnubilé par la fille de Ferreira même si tu t'étais éloigné d'elle.

C'était la chose la plus difficile qu'il ait jamais faite. Il avait eu l'impression qu'on lui arrachait le cœur à chaque pas. Quand il avait atteint le seuil de la salle de bal, il n'avait pas pu aller plus loin. Il avait voulu fuir, mais chaque cellule de son corps avait exigé qu'il reste près d'elle, pour ne pas la perdre de vue.

A cet instant, il rêvait encore d'aller la retrouver, et de l'enlever pour qu'ils puissent avoir leur nuit promise.

— Baisse le volume, mon gars.

Devant son sursaut, Richard eut un sourire narquois.

— Je peux t'entendre penser à retourner la chercher. Mais, avant que tu ne t'engages sur cette voie, permets-moi de te rappeler qu'elle est la fille que Ferreira a abreuvée de son amour pendant qu'il te privait de ta famille, et ta famille, de toi. Il t'a envoyé en enfer, où tu aurais pu mourir à cause de maltraitances indicibles. Tu ne peux pas laisser cette fille interférer avec ta vengeance.

Rafael en était conscient, mais son esprit était dépassé...

Richard claqua des doigts.

— Reprends-toi, mon gars.

— Enlève ta main de devant ton visage, *mon gars.*

Soudain, sa fureur fut de nouveau à son paroxysme.

— Et tu as cru que j'avais quitté Eliana pour coucher avec cette femme ? Comme ça ?

— C'est ce que j'aurais fait. Mais tu n'es pas moi. Et tu n'es plus toi.

Richard sembla réfléchir froidement durant un instant.

— Mais cette histoire avec la fille de Ferreira peut tourner en ta faveur.

— Comment ça ?

— Réfléchis. Qu'as-tu appris à son sujet ?

Rafael le fusilla du regard. S'il pensait qu'il allait lui raconter quoi que ce soit...

Ensuite, il comprit. Richard lui parlait de l'Eliana de Ferreira, pas de la sienne.

Il soupira lourdement, se rappelant les détails qu'il avait jugés superflus sur la fille unique alors inconnue de Ferreira.

— Elle est née aux Etats-Unis, et sa mère, Anita Larsen, était une Américaine d'origine scandinave.

A présent, il prenait conscience que c'était le mélange des origines ethniques qui avait produit sa beauté unique.

— Ses parents l'ont appelée Eliana, pensant que Dieu avait

répondu à leurs prières quand elle est née, puisque sa mère avait fait deux fausses couches précoces…

Il avait dit presque la même chose quand il avait commenté son prénom, mais n'avait pas fait le lien alors qu'il l'aurait dû.

S'il l'avait fait, cela aurait-il changé quelque chose ? Aurait-il mis un terme à leurs ébats ? L'aurait-il pu ? Ou avait-il été perdu dès l'instant où il avait posé les yeux sur elle ?

Comme Richard lui faisait signe de poursuivre, il reprit en soupirant :

— Elle a fait ses études à l'université de San Francisco, a décroché un double diplôme de gestion et de psychologie de l'enfant. Elle a déjà un master dans le premier domaine et est en train d'en passer un autre dans le second.

Exactement ce qu'elle lui avait dit, hormis le fait qu'elle n'avait pas mentionné ses spécialités exactes. Pourtant, il n'avait pas eu l'ombre d'un soupçon.

— Mais pourquoi poses-tu la question ? Tu as dû découvrir cela tout seul.

— En effet. Mais tu ne parles pas de la partie pertinente. La femme de Ferreira est morte, lui laissant leur fille de trois ans comme seul souvenir d'elle. Tu ne vois donc pas que c'est une occasion en or ? Se servir de sa fille contre lui rendrait ta vengeance cent fois plus puissante.

L'idée même était si détestable que la bile lui monta dans la gorge.

— Si j'avais voulu inclure sa famille dans ma vengeance, je me serais servi de ses fils. Ce sont eux qui sont en désaccord avec lui.

De nouveau, Richard l'observa comme s'il craignait qu'il ait subi des dommages permanents au cerveau.

— Tu prends le problème à l'envers. Ses fils sont issus d'un mariage de convenance sans amour qui a implosé après des années de guerre froide. Cela fait longtemps qu'ils font leur vie, et ils feraient des lames très émoussées. Mais la fille qu'il a eue avec la seule femme qu'il ait aimée, la personne qu'il chérit le plus au monde, est une arme mortelle.

— Non !

Devant son rejet catégorique, Richard haussa les épaules.

— J'imagine que c'est aussi bien que tu rejettes l'idée. Tu ne pourrais sans doute pas te servir d'elle maintenant, pas après avoir couché avec cette rousse.

— Je n'ai rien fait de tel !

— Ce n'est pas ce que la fille de Ferreira pense.

Rafael fut à court de mots pendant de longues minutes. Ensuite, il explosa.

— *Tu* le lui as fait croire.

Richard accueillit sa colère noire avec un calme détaché.

— Quand tu es parti, j'ai cru que ton épisode de folie passagère était fini et que tu coucherais avec cette femme. Alors, quand la fille de Ferreira a couru après toi, j'ai décidé de m'assurer qu'elle n'essaie pas de te jeter un autre sort.

Elle avait couru après lui. Même quand il l'avait quittée sans un mot. Et Richard avait...

— Pour être tout à fait franc, ajouta Richard, je lui ai aussi proposé de coucher avec elle à ta place.

La seconde suivante, Richard était sur le dos, et la main de Rafael semblait cassée.

S'agenouillant au-dessus de Richard, qui s'était redressé sur ses coudes, il gronda d'une voix pleine de rage et de douleur :

— Reste allongé.

Richard tendit une jambe, balayant celles de Rafael pour le faire tomber. Rafael se rattrapa et se mit en position d'attaque.

Richard fit un mouvement élastique qu'aucun homme de sa taille n'aurait dû pouvoir faire, et se retrouva accroupi. Le côté droit de sa mâchoire était déjà enflé.

— Je n'ai pas envie de t'envoyer en soins intensifs, Numbers, mais si tu me touches je n'hésiterai pas.

— Essaie pour voir, salaud !

Richard se releva, l'air exaspéré.

— Tu es vraiment sous son charme, hein ?

— Si tu l'as touchée, Cobra, je te jure que...

— Je ne l'ai pas touchée. Je voulais juste voir comment elle réagirait. Elle a fui en pleurant, comme c'était prévisible.

Soudain, Richard le prit par les épaules.

— Tu ne peux pas la laisser te déconcentrer. Oublie-la.

— Impossible. Il faut que je la fasse mienne. A tout prix.

— Même si tu dois laisser son père impuni ?

— C'est la seule chose que je ne ferai pas pour elle.

— C'est déjà ça. Mais tu ne veux même pas envisager qu'elle ait pu venir ici avec des motifs cachés ?

— Non. Jusqu'à preuve du contraire, je sais cerner les gens.

— Vraiment ? Tu as cerné son père ?

— Je n'étais qu'un enfant.

— Je parlais de ce soir.

Rafael serra les dents. Il n'avait pas réussi. Malgré le choc, même en sachant que Ferreira était un monstre, il n'avait toujours pas *senti* sa malveillance.

Richard lut sa réponse dans son silence.

— Tu sembles avoir un sérieux problème de jugement avec cette famille.

Il marqua un temps avant de poursuivre :

— Tu savais qu'en plus d'être formée pour être le bras droit de son père elle se consacre à des œuvres caritatives et fait beaucoup de bénévolat ? Et que son principal centre d'intérêt, ce sont les orphelinats ?

Rafael sentit son cœur s'arrêter. Puis battre à se rompre.

Incapable de supporter plus longtemps la présence de Richard, il lâcha :

— Va-t'en.

Richard haussa les épaules, comme pour dire que son travail était fini, puis se dirigea vers la porte.

Avant de sortir, il lança :

— Occupe-toi de cette main. J'espère qu'elle est cassée. Ainsi, elle te rappellera ce que cette femme t'a coûté. Et ce qu'elle continuera de te coûter si tu ne gardes pas tes distances.

La douleur dans sa main pulsa tandis qu'il observait les dégâts qu'il avait causés, dans la pièce où il avait connu la félicité avec Eliana. Une métaphore de la façon dont leur soirée s'était achevée.

Les orphelinats et les enfants défavorisés… c'était le point pour lequel il ne pouvait pas trouver d'explication rationnelle. Ce pourrait être la coïncidence de trop. Et les implications pourraient être… terribles.

Les orphelinats étaient un lieu de recrutement parfait pour l'Organisation, puisqu'ils étaient remplis d'enfants que personne ne défendrait ou ne regretterait. Ferreira avait-il trouvé sa vente lucrative ? Leur fournissait-il encore des esclaves ? Eliana travaillait-elle avec lui, en apprenant à connaître ces enfants pour choisir les meilleurs spécimens ?

Deus. Il ne pouvait même pas envisager que son Eliana…

Mais son Eliana n'était peut-être pas réelle. La seule Eliana était peut-être celle de Ferreira.

Si c'était vrai, si tout ce qu'il avait perçu chez elle n'était que mensonge et qu'elle était la complice de son père, il les réduirait tous les deux en poussière.

5

Ellie avait l'impression que quelque chose s'était brisé en elle.

Elle gardait la main appuyée contre sa poitrine, comme pour retenir les morceaux cassés jusqu'à ce qu'ils se réparent. Mais les bouts pointus ne cessaient de piquer ses organes vitaux.

Cela faisait vingt heures qu'elle avait fui la maison de Rafael, à minuit... et, non, l'ironie de la situation ne lui avait guère échappé.

Mais elle n'était pas Cendrillon, et son prince s'était avéré être un prédateur. Comme elle aurait dû s'y attendre.

Depuis qu'elle avait fui sa demeure, elle comptait les heures. Les minutes. Elle attendait que la souffrance diminue, que le souvenir de tout ce qu'elle avait vécu avec lui s'estompe. Mais le temps ne faisait que magnifier ces instants, et réduisait les morceaux brisés en poussière.

Son comportement était absolument stupide... en fait, *elle* était stupide. Les gens penseraient qu'elle était la femme la plus bête de la Terre, s'ils savaient à quelle vitesse et jusqu'à quel point elle avait été charmée par Rafael. Elle était même allée plus loin, et avait fait ce qu'elle n'avait jamais fait auparavant : elle lui avait accordé sa confiance. Elle lui avait confié sa sécurité, son cœur, et... tout le reste. Elle s'était offerte de façon si totale que le rejet de Rafael n'en avait été que plus dévastateur.

N'était-ce pas pitoyable, d'être anéantie par quelqu'un qu'elle ne connaissait que depuis quelques heures ? A sa décharge, elle avait été si envoûtée qu'elle avait eu l'impression de le connaître depuis toujours. A présent, elle savait la vérité. Ce qu'elle avait cru être une rencontre magique n'avait été qu'un interlude au rabais, entre un papillon de nuit naïf et une flamme qui s'ennuyait.

Pourtant, même en sachant tout cela, elle n'avait pas cessé de pleurer. Alors qu'elle ne pleurait jamais ! Les larmes coulaient de nouveau chaque fois qu'un souvenir se rejouait avec une précision et une clarté infinies dans son esprit. Chaque regard, chaque caresse, chaque mot de lui. L'homme avec lequel elle avait senti un tel accord, une telle symbiose n'était finalement qu'un manipulateur parmi tant d'autres, mais d'un niveau inégalé.

Toutefois, ce n'était pas une excuse. Elle oscillait entre les regrets en songeant à toute cette beauté qui s'était révélée illusoire, sa colère contre Rafael, démon si parfait, et l'humiliation d'avoir été une cible si consentante.

Elle avait dû courir à la salle de bains trois fois pendant qu'elle jouait avec les enfants, pour qu'ils ne la voient pas pleurer. Toutefois, elle n'avait pas pu cacher son état à leurs yeux inquiets. Mais leurs questions frénétiques et leurs étreintes l'avaient fait culpabiliser davantage. Sa colère contre elle-même lui avait donné assez de force pour contrôler ses émotions.

Ces enfants orphelins s'inquiétaient pour elle, alors que c'étaient eux qui dépendaient de la bonne volonté et des soins intermittents de gens comme elle. Alors, elle allait cesser de s'apitoyer sur son sort.

Dire qu'elle avait même songé à annuler son divertissement du vendredi soir ! Elle n'allait pas laisser une voix enrouée, un visage bouffi et un cœur brisé l'empêcher de donner aux enfants le spectacle nocturne hebdomadaire qu'ils adoraient.

Quand elle annonça que le spectacle allait commencer, tous les enfants coururent vers leur lit avec excitation.

Ce dortoir comptait trente-six enfants, de sept à dix ans. Elle adorait les cent vingt enfants de l'orphelinat de Casa do Sol, mais ceux de ce dortoir tout particulièrement. C'était son public le plus enthousiaste. Un garçon se détachait vraiment. Diego.

L'enfant de huit ans l'aida à procéder au dernier inventaire de ses accessoires, brancha son téléphone sur la station d'accueil munie d'enceintes, puis courut vers son lit, un immense sourire d'anticipation aux lèvres.

Une fois tout le monde au lit, elle commença à jouer les différents personnages, au son d'une musique dramatique et en changeant de costume au fur et à mesure. Elle leur donnait toujours sa propre version des contes de fées, et dans celle-ci Blanche-Neige était un personnage à la Robin des Bois, les sept nains, ses compagnons d'armes, et elle sauvait le prince charmant, que la méchante reine voulait épouser et transformer en monstre sans cœur.

Une fois plongée dans l'histoire, elle oublia ses tourments tandis qu'elle sautait sur les lits, virevoltait, s'agenouillait et changeait de voix, de perruque et de vêtements, sous les rires et les acclamations des enfants.

— Et ils vécurent tous très heureux.

Elle fit une révérence théâtrale sous les applaudissements chaleureux du public tandis que la musique s'achevait sur une note magistrale.

Après avoir rangé tous les accessoires dans sa valise à roulettes, elle passa de lit en lit, pour embrasser et border les enfants. Comme d'habitude, elle termina par Diego. Elle lui glissa discrètement la liseuse électronique qu'elle lui avait promise, afin qu'il puisse lire sous les couvertures. Il adorait les livres, une des choses qu'ils avaient en commun.

Tandis que Diego s'accrochait à son cou, il lui murmura à l'oreille :

— Tu veux bien demander à ton ami de venir plus tôt la prochaine fois, pour qu'il puisse venir nous voir ?

Elle recula pour observer l'enfant aux cheveux noirs et aux yeux bruns, pensant qu'il lui avait attribué un ami imaginaire comme celui qu'il s'était inventé. Elle sourit et embrassa sa joue douce et mate.

— Dis-moi, à quoi mon ami ressemble-t-il ?

— A un superhéros.

— Est-ce qu'il porte un costume et une cape ?

— Non, il portait un jean bleu clair et une veste noire avec un T-shirt noir. Et il y avait une attelle bleu foncé sur sa main gauche.

Eh bien, c'était assez détaillé. Elle ignorait que Diego avait un tel talent pour habiller ses personnages.

— Ce sont des vêtements normaux. Et l'attelle est la preuve qu'il n'est pas invulnérable. Alors, pourquoi dis-tu qu'il ressemble à un superhéros ?

— Parce qu'il est très grand et ressemble à Batman sous son identité secrète. Il est entré pendant ton spectacle, et personne ne l'a remarqué. Il a mis un doigt sur ses lèvres, pour que je ne t'interrompe pas. C'est ton ami, ou ton mari ?

— Personne d'autre ne l'a remarqué, hein... ?

Le reste mourut dans sa gorge. Dans le calme et le silence relatifs du dortoir, elle la ressentit soudain. Cette aura.

Elle tourna la tête vers la porte et vit une immense ombre se détacher de l'obscurité du couloir.

Rafael.

Elle se releva, mais le sang n'afflua pas jusqu'à sa tête. Elle s'efforça de se tenir droite tandis qu'il approchait. Il applaudissait... Mais avec une main dans une attelle, comme Diego l'avait dit.

— C'est la meilleure version de *Blanche-Neige* que j'aie jamais entendue. Et le spectacle le plus dynamique et le plus divertissant que j'aie jamais vu. Tu as raté ta vocation, tu devrais être sur scène.

Il était habillé comme Diego l'avait décrit. D'un chic si décontracté et d'une beauté si désarmante que c'était même douloureux de le regarder. A l'évidence, il ne s'était pas rasé depuis leur rencontre. Sa barbe lui donnait l'air d'un pirate irrésistible.

— Qu'est-ce que tu fabriques ici ? assena-t-elle.

Ignorant sa colère, il passa doucement un doigt sous l'un de ses yeux bouffis et dit d'une voix rauque :

— Je t'ai fait pleurer.

Réprimant un frisson, elle recula.

— Je me suis fait pleurer. Mais j'ai fini de pleurer. Réponds à ma question.

Au lieu de s'exécuter, il posa son regard sur Diego.

— Merci de ne pas avoir attiré l'attention sur mon entrée et de m'avoir donné l'occasion d'admirer le spectacle d'Eliana. Est-elle toujours aussi fantastique ?

Diego hocha la tête avec enthousiasme.

— Toujours. C'est la seule qui nous fasse rire. Et c'est la seule qui me fasse réfléchir.

Un feu apparut dans le regard de prédateur de Rafael quand il se tourna vers elle.

— C'est la seule qui me fait... beaucoup de choses, aussi.

Il reporta son attention sur Diego, et lui tendit la main.

— Rafael.

Le garçon posa sa petite main dans celle de Rafael avec toute la solennité d'un jeune prince rencontrant un nouvel allié vital.

— Diego.

Elle eut la gorge nouée tandis que Rafael serrait la main de l'enfant avec le plus grand sérieux. C'était comme si elle voyait deux versions de Rafael, séparées par le gouffre du temps et des circonstances, comme si le passé et le présent se rencontraient. On aurait dit que chacun reconnaissait quelque chose de fondamentalement identique chez l'autre.

Elle cilla pour chasser ses larmes. Comment était-ce possible ? Rafael, le magnat tout-puissant, ne pouvait rien avoir en commun avec un enfant abandonné comme Diego. Même si elle ne savait rien du passé de Rafael, elle ne pouvait imaginer qu'il ait été aussi défavorisé que Diego.

Mais... à quoi avait ressemblé son enfance ? Comment était-il devenu cette force de la nature complexe et irrésistible ?

Non. Pas irrésistible. Pas pour elle, plus maintenant. Et elle se fichait de son passé ou de son présent. Elle ne voulait rien savoir de lui, ni rien avoir à faire avec lui.

— J'ai demandé à Ellie si elle pouvait vous demander de

revenir, mais plus tôt, pour que vous puissiez passer un peu de temps avec nous avant le coucher.

— Ce serait un plaisir et un honneur, Diego.

Il lança à un regard à Ellie.

— *Si* Eliana est d'accord.

Elle retint un cri de surprise. Elle était sidérée de le voir traiter Diego avec tant de respect et d'égards. D'autant plus qu'il avait snobé son père hier. Avant de faire de même avec elle.

— Pourquoi l'appelez-vous Eliana ? demanda Diego. Nous l'appelons tous Ellie.

— Pour moi, c'est Eliana. Sais-tu ce que ce prénom veut dire ?

Diego secoua la tête avec vigueur.

— Cela veut dire : Dieu a répondu.

— Répondu à quoi ?

— Aux prières. Eliana est la réponse de Dieu aux prières.

Totalement captivé, Diego demanda :

— Les prières de qui ?

— Celles de ses parents. Les miennes. Et les tiennes aussi, il me semble.

Rafael reporta son regard sur elle. Son expression et la façon dont il avait dit « les miennes » lui firent oublier que la soirée d'hier s'était achevée dans l'humiliation. Mais cela ne dura que quelques instants. Ensuite, elle s'apprêta à lui crier qu'elle ne voulait plus jamais le revoir.

Mais elle sentit Diego s'accrocher à son cou, avec encore plus de ferveur qu'à l'accoutumée.

— S'il te plaît, laisse-le revenir.

Sa colère contre Rafael s'intensifia. Mais elle ne pouvait pas l'exprimer devant l'enfant émerveillé. Toutefois, elle ne pouvait pas non plus lui donner de faux espoirs.

— Nous verrons, trésor. Endors-toi, maintenant. Ou pas.

Avec un clin d'œil complice, elle le serra une dernière fois dans ses bras et se leva sans lui laisser le temps de protester.

Elle s'efforça de ne pas courir pour sortir du dortoir. C'était encore pire qu'elle l'avait cru. Tous les enfants étaient assis dans leur lit, et regardaient Rafael avec la plus grande fascination. Ils n'avaient jamais vu quelqu'un comme lui. En constatant leur intérêt et leur ferveur, elle n'en maudit que plus Rafael. Puis il aggrava la situation, en souriant et en leur faisant des signes de la main pour leur souhaiter bonne nuit. Ils lui répondirent tous avec enthousiasme.

Dès qu'elle eut refermé la porte, elle fit volte-face vers lui.

— A quel genre de jeu malveillant joues-tu ?

— Je ne joue jamais. Je suis ici pour t'emmener. J'ai une promesse à tenir, concernant des plaisirs indescriptibles. Et toi aussi.

— Tu es sérieux ? Non... inutile de répondre. Je veux juste...

— Senhor Moreno Salazar !

Elle se retourna et vit les nonnes qui dirigeaient l'orphelinat avancer vers eux, le regard fixé sur Rafael, un immense sourire aux lèvres.

Sœur Cecelia, celle qui l'avait appelé, prit la parole.

— A présent que vous avez vu Ellie, si vous êtes d'accord, nous aimerions vous faire visiter notre orphelinat. Je sais que vous n'avez guère eu l'occasion de voir les enfants aujourd'hui, alors, vous n'aurez pas une idée précise des activités et des équipements, mais...

Rafael chassa ses explications anxieuses d'un revers de la main.

— J'en ai vu suffisamment. Et je sais déjà que vous êtes les meilleures, puisque Eliana soutient votre établissement.

Il sortit un chéquier et un stylo, remplit un chèque et le tendit à sœur Cecelia.

— Ce n'est qu'un début, en attendant que vous puissiez me donner une liste plus exhaustive de vos besoins et de vos projets.

La nonne prit le chèque, l'air stupéfait, et lut le montant tandis que les deux autres nonnes se pressaient contre elle pour faire de même.

Leurs soupirs de surprise indiquèrent à Ellie que c'était une somme indécente. Du moins, pour les simples mortels. Pour lui, un homme qui jonglait avec les milliards, tout n'était que de la petite monnaie.

— Mais… Senhor Moreno Salazar… c'est… c'est…

— Juste un début pour vous permettre de lancer ces projets dont vous m'avez dit que vous aviez dû les reporter par manque d'argent.

Il lui tendit une carte de visite.

— Ce sont mes numéros de téléphone personnels. Appelez-moi, quand vous serez prête à discuter de vos projets en détail. Et, je vous en prie, n'hésitez pas à me contacter à n'importe quel moment. Si vous n'avez pas de directeur de projet, de comptable ou d'avocat de confiance, ou si vous ne pouvez pas vous offrir leurs services, les miens sont à votre disposition.

Les sœurs se répandirent en remerciements pour son incroyable générosité. Il leur serra la main, en leur assurant qu'il ferait d'autres visites. Puis il se tourna vers Ellie, et lui fit signe de le précéder pour sortir du bâtiment.

En ayant l'impression d'être entrée dans une autre dimension, elle ouvrit la voie. Sœur Cecelia la rejoignit et Rafael les suivit, flanqué des deux autres sœurs.

— Où avez-vous trouvé cet ange, Ellie ? se pâma sœur Cecelia en lançant des regards furtifs vers l'ange en question.

Donc même les nonnes n'étaient pas insensibles aux charmes de Rafael ! Ellie était prête à parier qu'aucune créature vivante ne l'était.

En se mordant la langue pour ne pas mettre le mot « déchu » après « ange », elle se contenta d'un vague sourire, et reporta la conversation vers les projets du week-end tandis qu'ils se dirigeaient vers la sortie.

Les nonnes leur firent des gestes de la main et soupirèrent jusqu'à ce que Rafael et elle disparaissent à l'angle de la rue. Alors seulement, elle allongea le pas, impatiente d'échapper à Rafael.

Sans même faire d'effort, il resta à sa hauteur, sa silhouette imposante séparant les piétons autour d'eux tel Moïse devant la mer Rouge.

Enfin, essoufflée, elle s'arrêta.

— *Quoi ?*

En guise de réponse, il la prit dans ses bras et l'embrassa.

Tout comme pour son premier baiser, il n'y eut pas de préliminaires. Ce fut un plongeon direct dans la passion dévorante. Et, comme dans ce couloir désert, ses sens se mirent aussitôt en alerte. La rugosité de sa barbe drue et de sa main en attelle attisait le feu que pas même son comportement n'avait éteint, tandis que les bruits de Rio disparaissaient autour d'elle.

Des images jaillirent dans son cerveau. Rafael qui la regardait comme s'il ne la connaissait pas, s'éloignant sans un mot puis disparaissant avec cette femme...

Elle détacha ses lèvres des siennes, et se débattit jusqu'à ce qu'il la repose à terre. Mais il refusa de la laisser quitter la prison de ses bras.

Elle le fusilla du regard.

— Qu'est-ce que c'était que tout ça ? Cela t'amuse, de faire des promesses immenses et creuses aux gens vulnérables ?

— Je ne fais jamais de promesses creuses.

— C'est ça ! Parce que tu comptes revenir rendre visite à un orphelin, peut-être ? Et mettre toutes tes ressources à la disposition d'un orphelinat des quartiers pauvres ?

— Oui, c'est exactement ce que je vais faire.

Il y avait une telle conviction et une telle fermeté dans ses paroles ! La veille au soir, elle l'aurait cru sans réserve. Elle aurait eu autant d'étoiles dans les yeux que les enfants et les nonnes tout à l'heure. Elle l'aurait pris pour le superhéros ou l'ange qu'ils voyaient en lui. Il avait été encore davantage pour elle. L'incarnation de tous ses fantasmes. Ensuite, il était parti, et la vérité lui avait explosé en pleine figure.

Le plus terrible, c'était que, même en connaissant cette vérité, elle ne parvenait pas à la *ressentir*. Encore moins la voir. Rafael semblait sincère, franc. Et encore plus splendide. Les ombres dures de sa barbe et ce qui ressemblait à de la fatigue le rendaient irrésistible. Même ses vêtements décontractés lui donnaient une sensualité plus brute.

Tandis que son attelle s'enfonçait délicieusement au creux de son dos, il écarta doucement sa frange pour dévoiler ses yeux.

— Tu étais époustouflante dans cette robe de soirée. Mais dans ce pull et ce jean, sans maquillage et avec cette cascade de cheveux qui se balance derrière toi comme la queue d'une jument fougueuse, tu sembles encore plus... alléchante. Et j'ai très envie de te dévorer.

Elle le repoussa encore, et cette fois il la libéra.

— Comment réussis-tu ce tour de magie ? Apparaître tout à coup et lire dans l'esprit des gens ? Ce doit être un de tes meilleurs tours pour que les stupides filles comme moi te tombent dans les bras.

Il serra les lèvres.

— D'abord, tu es tout sauf stupide. Ensuite, je ne suis pas intéressé par les « filles ». Il n'y a que toi que je veux voir me tomber dans les bras. Enfin, ce n'est pas un tour. Nous sommes sur la même longueur d'onde, voilà tout.

— Mais bien sûr. Comme c'est charmant. Eh bien, je ne peux pas dire que j'ai été contente de te revoir. J'aurais préféré me casser un orteil.

Consciente qu'elle avait l'air puéril, elle s'éloigna brusquement. Rafael la suivit aussitôt.

— Viens avec moi, insista-t-il. Nous avons des choses à nous dire.

Elle se retourna, prête à exploser, mais il ajouta :

— Et nous devons nous consommer mutuellement.

Malgré elle, elle sentit une vague de désir la submerger. Mais elle devait mettre une chose au clair.

— Eh bien... à propos de ça. Merci pour ce que tu as fait hier soir. Ou plutôt ce que tu n'as pas fait. Quelle que soit la raison pour laquelle tu t'es retenu, je t'en suis reconnaissante.

— Je t'ai dit pourquoi je m'étais retenu.

— Oui, pour moi... ce genre de choses. J'ai dit que je me fichais de tes raisons, mais je te suis reconnaissante quand même. Cela aurait été bien pire dans le cas contraire. Mais tu peux cesser cette comédie, maintenant.

— Ce n'est pas une comédie.

Elle poussa un soupir exaspéré.

— Je ne t'en veux pas d'être parti, d'accord ? C'est ce que tout homme devrait faire quand il se rend compte qu'il a affaire à une idiote naïve qui lui causera bien plus d'ennuis qu'elle n'en vaut. Il est naturel que tu recherches une femme plus belle et plus sophistiquée, qui ne semble pas sortir de l'adolescence, qui ne te demande pas de reporter ton plaisir jusqu'à ce qu'elle soit prête. Mais ce que je ne comprends pas, c'est pourquoi tu es revenu. Si la rousse avec laquelle tu as passé la nuit ne t'a pas satisfait, et que tu regrettes de ne pas en être resté à ton premier et néanmoins moindre choix, je suis désolée. Ma folie temporaire est déjà finie.

— J'ai passé la nuit seul, et j'ai souffert de l'excitation prolongée la plus douloureuse que j'aie jamais connue. Tu étais et restes mon seul choix. Après tout, j'ai choisi le meilleur.

Comment faisait-il ? Comment parvenait-il à avoir l'air si... convaincant ?

Elle avait envie de se gifler pour vouloir le croire encore.

— Ton histoire est plausible. Mais, quelle que soit l'histoire réelle, je te prie de me laisser tranquille. Comme ton associé l'a fait remarquer avec si peu de charité, je ne joue pas dans la même cour que toi.

— Eliana...

— Taxi !

Elle s'écarta de lui quand le taxi qu'elle avait hélé s'arrêta brusquement, manquant de la renverser. Au Brésil, les chauffeurs de taxi maîtrisaient l'art d'écraser quasiment leurs clients en s'arrêtant pour les prendre.

Avant que Rafael puisse la retenir, elle sauta dans le taxi, comptant sur le chauffeur pour qu'il soit impossible à Rafael de la rattraper. Elle ne fut pas déçue. Avant même qu'elle lui ait donné son adresse, le chauffeur fila dans un crissement de pneus, comme pour reprendre une course de rallye.

Elle jeta un regard en arrière quand ils commencèrent à traverser le chaos qu'était la circulation nocturne de Rio, et vit Rafael, les deux pieds plantés au sol, les poings serrés, l'air en proie à une frustration volcanique.

Réprimant l'envie de crier au taxi de faire demi-tour, elle se cala sur la banquette. Bouclant sa ceinture, elle tenta de laisser les secousses de la conduite nerveuse et la cacophonie des klaxons la distraire.

Mais elle ne vit que le visage de Rafael ; sa saveur persistait sur sa langue, son souffle brûlait encore ses joues, l'empreinte de ses mains et de son sexe en érection marquait encore sa peau. Elle gémit sous la force des sensations fantômes. Mais elle avait annihilé toute possibilité d'avoir Rafael pour de vrai. Il avait dû s'attendre à ce qu'elle lui tombe de nouveau dans les bras, et comme elle ne l'avait pas fait il disparaîtrait. Pour de bon, cette fois. C'était ce qu'elle espérait... car, si elle s'exposait de nouveau à lui, les dommages s'étendraient et laisseraient des séquelles permanentes.

Soudain, elle fut projetée en avant, puis brutalement ramenée en arrière par sa ceinture de sécurité. Il lui fallut quelques instants pétrifiés pour se rendre compte que l'accident qu'elle avait anticipé n'était finalement pas arrivé. C'était simplement le taxi qui s'arrêtait violemment devant son appartement d'Ipanema.

Après avoir payé le chauffeur et l'avoir remercié de l'avoir suffisamment effrayée pour qu'elle oublie Rafael, elle descendit du véhicule, les jambes chancelantes, qui vacillaient encore quand elle entra dans son appartement, au vingt-sixième étage.

Elle était tombée amoureuse de cet endroit dès qu'elle l'avait vu. Situé dans un bâtiment en front de mer, l'appartement était assez haut pour lui offrir une vue magnifique sur le lac Rodrigo de Freitas le jour, et sur les lumières scintillantes de Rio la nuit.

Ce lieu lui avait en partie fait oublier sa réticence à venir au Brésil. Deux mois plus tôt, son père l'avait suppliée de le rejoindre ici le temps qu'il tente de décrocher le partenariat avec Rafael. Elle avait accepté, à la condition de ne pas habiter avec lui dans sa villa de Copacabana. Il avait été très déçu, ayant cru que ce serait une occasion de l'avoir de nouveau auprès de lui, après qu'elle avait quitté sa maison en Californie, un an plus tôt.

Sachant à quel point cela lui manquait de jouer les papas poules, elle avait failli céder. Mais, si elle vivait chez lui, il serait satisfait. Or, elle ne voulait pas qu'il soit satisfait. Elle voulait qu'il se sente seul, afin qu'il voie enfin le joyau qui était juste sous ses yeux, la splendide Isabella Da Costa, cinquante-deux ans, sa loyale assistante depuis quatre ans.

Chaque fois qu'elle l'encourageait, son père répétait qu'il était l'homme d'une seule femme, et qu'il avait perdu cette femme. Et, chaque fois qu'elle soulignait que vingt ans, c'était trop long pour rester seul, il rétorquait qu'il n'était pas seul. Puisqu'il l'avait, elle. Alors, elle s'assurait de ne pas être là, au moins la moitié du temps. Sachant à quel point il était dépendant de sa présence, elle espérait que cela le forcerait à chercher de la compagnie ailleurs.

Même si elle avait fait des progrès, en le conduisant presque à avouer son attirance pour Isabella, il arguait que ce ne serait pas juste de donner à cette femme moins que tout l'amour qu'il avait donné à sa mère. Ellie savait qu'Isabella se contenterait de peu, et elle était certaine qu'une fois qu'il aurait ouvert la porte de son cœur son assistante énamourée le charmerait totalement. C'était l'homme le plus aimant qui soit, et avec le temps il donnerait tout à la femme qui l'aimerait.

Voilà pourquoi elle vivait ici, loin de lui. Elle ne perdait pas espoir. Ni Isabella.

Jusqu'à la veille au soir, elle avait toujours eu l'impression d'être l'adulte, qui avait affaire à un adolescent ambivalent. Ne pas connaître la passion l'avait rendue froidement cérébrale quand elle jugeait les situations et donnait des conseils sages.

Puis Rafael était arrivé.

A présent, elle avait révisé tout ce qu'elle savait sur elle-même et sur le monde, et elle éprouvait une vraie empathie pour les tourments de son père. Si seulement elle n'avait pas eu à payer un tel prix pour gagner cette clairvoyance !

S'appuyant contre la porte qu'elle venait de fermer, elle regarda autour d'elle. Cet endroit allait lui manquer. Mais elle allait partir, tout de suite. Sans le dire à son père. Une fois de retour à San Francisco, elle lui expliquerait tout, et lui dirait qu'il était inutile qu'il reste au Brésil plus longtemps. Rafael ne lui donnerait même pas les affaires mineures qu'il lui avait promises quand il s'était amusé à ses dépens. Elle avait su que mélanger plaisir et affaires finirait mal. Mais elle n'aurait pas cru que cela finirait si mal, et si vite.

En poussant un soupir de découragement, elle posa son sac en entrant dans le salon... et manqua de défaillir.

Rafael était assis sur son canapé à fleurs. Il avait ôté sa veste, et son T-shirt s'étirait sur son torse massif. A voir ses bras musclés étalés sur le dossier et ses longues jambes puissantes étendues sous la table basse, on aurait dit qu'il était là depuis des heures.

— Comment... ?

Ce fut tout ce qu'elle put dire avant de s'effondrer contre le mur. Elle était même étonnée d'être restée si longtemps debout.

— J'ai couru, dit-il, répondant à sa question inachevée. J'ai pris des raccourcis pour arriver bien avant ton taxi.

— Tu as *couru* ? s'exclama-t-elle. Tu n'es même pas essoufflé !

— Je suis en excellente forme physique.

Ça, oui ! Elle promena son regard avide sur son corps, avant de vaciller et de revenir vers son visage.

— Comment es-tu entré ?

— Mon passé dans le crime organisé est très utile.

Alors, c'était donc vrai. Il avait été membre d'un gang... ou pire. Ce qui expliquait ce côté dangereux chez lui. Elle se demandait à quel point il avait été dangereux autrefois. Peut-être l'était-il toujours. Elle se demandait aussi pourquoi elle n'avait pas le moins du monde peur de lui. Sa présence ne l'effrayait pas. Elle la contrariait, seulement. Et pour être tout à fait sincère... elle l'excitait.

Il fallait dire qu'il n'avait qu'à respirer pour l'exciter. Même maintenant...

Plus furieuse contre elle-même que contre lui, elle fulmina :

— C'est tout ce que tu as à dire ? Tu t'es servi de tes expériences dans le crime organisé pour endormir mon concierge, puis crocheter ma serrure ?

Il pencha la tête avec un calme olympien.

— Oui.

— Eh bien, monsieur le marathonien, tu peux courir pour rentrer chez toi de la même manière que tu as couru pour arriver ici. Je n'ai plus rien à te dire.

Il se cala encore plus confortablement sur le canapé.

— Moi, j'ai quelque chose à te dire. Je me suis rendu compte que j'avais oublié de t'expliquer le plus important : pourquoi je suis parti.

Elle se redressa sur des jambes toujours faibles.

— Tu as trouvé une femme qui te plaisait davantage.

— Je le répète, aucune femme ne m'a plu ou ne me plaira davantage que toi.

— Oh ! je t'en prie.

Il se leva et, en trois longues enjambées, la rejoignit. Comme la veille au soir, il la plaqua contre le mur.

— Inutile de me faire prier pour ce que je compte faire. Te donner du plaisir et répondre à tes moindres désirs.

— Rafael...

Il plaqua ses lèvres sur les siennes, avala son cri de surprise et explora sa bouche. Le plaisir explosif mit tous ses sens en émoi, tandis que son érection appuyait contre son ventre et que sa langue dansait en elle. L'assaut sensuel lui fit tout oublier.

Ce fut lui qui interrompit le baiser. Quand il releva la tête, ses yeux brillaient comme un crépuscule d'argent.

Il lui prit la main, la posa sur son torse, et la guida vers le bas. Elle la suivit du regard, tout son corps se penchant quand il la plaça sur le renflement qui étirait son pantalon.

— Tu sens cela ? Tu le vois ? C'est dans cet état d'excitation évidente que j'étais, quand je t'ai emmenée dans la salle de bal, hier soir.

Elle ne l'avait pas remarqué car elle avait été trop occupée à regarder son père. Mais elle se souvenait que son excitation était restée apparente tout le temps qu'ils avaient passé dans son bureau.

— Même le fait de me retrouver face à ton père ne m'a pas... calmé. Je ne voulais pas être présenté à un homme avec lequel je vais travailler dans cet état. Surtout quand cet homme se trouve être ton père. Je ne savais pas comment affronter le problème, alors je suis parti. C'était immature et indélicat, mais, une fois le mal fait, je ne pouvais pas revenir en arrière.

Ses lèvres planèrent au-dessus des siennes, son souffle réchauffant son visage.

— J'ai attendu que tu viennes à moi, pour que tu me dises comment faire oublier mon faux pas. Mais tu n'es pas venue.

— Alors, tu es parti avec une autre.

Elle gémit quand il plia les genoux pour s'appuyer contre la jonction de ses cuisses.

— Non. Quand elle m'a entraîné à l'extérieur, j'ai juste continué de marcher jusqu'à ce que je revienne dans mes quartiers. J'ai cru que tu me rejoindrais. Comme ça n'a pas été le cas, j'ai pensé que tu étais fâchée, et je me suis dit que c'était aussi bien. Si tu étais revenue, je t'aurais prise sur-le-champ. Et, depuis hier, je mène l'enquête sur toi.

Enfin, elle sortit de la prison de sa séduction.

— Je pensais que les détails sur ma vie n'avaient pas d'importance.

— Ils n'en avaient pas tant que je ne devais pas te retrouver. Mais j'ai appris bien plus en étant dans ton appartement.

Soudain, elle fut embarrassée que cette créature parfaite soit dans sa demeure en désordre.

— C'est une location. C'est sans doute nouveau pour toi, d'être dans un lieu si encombré.

Il afficha un sourire tout en indulgence.

— Tu es une collectionneuse, n'est-ce pas ? Puisque ce n'est pas l'un de tes logements permanents, ça veut dire que tu voyages avec tes souvenirs.

— Oui, je les déballe en premier, je les mets sur toutes les surfaces libres, et je les accroche sur chaque mur dès que j'arrive dans un endroit où je compte rester plus d'un mois. Le rangement et moi, cela fait deux.

Il effaça la distance qu'elle avait mise entre eux et la reprit dans ses bras.

— J'adore ton bazar. Tout est douloureusement en ordre dans ma vie. Où que j'aie vécu, c'était minimaliste. Je fais tout selon des équations. Mais quand je suis entré chez toi c'était comme si une brise chaude m'avait enveloppé, chassant le froid que je porte avec moi. Tout ici raconte qui tu es, qui tu aimes, ce qui compte pour toi. Et c'est exquis. Comme toi.

Le déluge de compliments la fit fondre.

— Seigneur, où as-tu appris à... parler ainsi ?

— Je n'ai jamais appris. Cela me vient comme ça quand je suis avec toi. Et j'ai besoin que tu sois aussi spontanée avec moi. Je ne peux pas supporter les murs que tu as érigés entre nous. J'ai besoin que tes yeux couleur passion m'admirent sans réserve, comme hier.

— Couleur passion..., répéta-t-elle dans un soupir.

Il était trop beau pour être vrai. Et elle le désirait avec trop d'ardeur.

— D'accord. Allons-y.

Il eut l'air désarçonné.

— De quoi parles-tu ?

— Couchons ensemble.

6

— Je suppose que tu as une protection, cette fois... ?

Rafael s'extirpa des bras d'Eliana avec la même prudence que s'il s'éloignait d'une bombe.

Tout aussi prudemment, il répondit :

— Non.

— Il y a une pharmacie qui livre à domicile dans le quartier, murmura-t-elle.

Il secoua la tête, comme si cela allait changer ce qu'il avait entendu.

— Qu'est-ce qui te prend ?

Elle haussa un sourcil plein de défiance.

— C'est pour ça que tu es là, non ? Pour cette histoire de plaisir indescriptible que nous nous étions promis ? Alors, allons droit au but.

— Comment ça ?

— Plus je te résiste, plus tu sembles me désirer, alors je mets un terme à ton attente. Faisons-le.

— Cesse de dire « le ».

— Comment veux-tu que je parle de sexe ?

— Ne dis pas cela non plus. Quand je te prendrai, ce ne sera pas du sexe.

— Tu préfères l'expression « faire l'amour » ?

— Je ne fais jamais référence à cela sous un nom particulier.

— Tu te contentes de le faire, hein ? Ça me va.

— J'ai dit arrête, Eliana.

Il lui adressa un regard réprobateur, mais elle ne semblait pas repentante. Et cela l'enflamma encore plus.

— Mais, si je dois donner un nom à ce que nous allons partager, ce serait quelque chose comme... plonger dans la passion.

Sa moue lui indiqua ce qu'elle pensait de ses descriptions fleuries. Comment le lui reprocher ? Lui-même était sidéré par ce qui ne cessait de se déverser de ses propres lèvres.

Il poussa un soupir vigoureux quand elle continua de le fixer d'un air buté.

— Pourquoi ce soudain revirement ? demanda-t-il.

Elle haussa les épaules.

— Je doute de désirer un jour un homme comme je te désire, et tu veux coucher avec moi... oh, pardon, *plonger dans la passion* avec moi. Sans doute parce qu'aucune femme ne t'a jamais dit non, et que tu tiens à ton palmarès. Mais je ne me soucie plus de tes motivations. Je veux simplement découvrir pourquoi on en parle tant. Une fois que tu seras apaisé, tu reprendras ta route, et cela sera fini.

— Tout d'abord, je n'ai pas de palmarès. Ensuite, je ne partirai nulle part.

— C'est ce que tu dis.

— Alors, tu ne crois pas à mes explications ?

— Elles ne sont plus utiles. Alors, si tu veux coucher avec moi, je le veux aussi. Mais soyons clairs : ce sera une aventure d'un soir, ou au mieux une brève liaison.

Il sentit son ventre se nouer. La situation devenait incontrôlable.

— C'est ce que tu veux ?

— C'est ce qui va se passer, dit-elle avec désinvolture.

— Il s'agit de ma fortune et de mon pouvoir ?

— Il s'agit de tout ce que tu es. J'ai toujours su me défendre, mais avec toi je ne peux pas. Tu es très au-dessus de moi.

— Cesse de dire cela aussi, gronda-t-il, de plus en plus exaspéré.

— C'est la vérité, comme ton horrible ami l'a souligné.

— Apparemment, il devra répondre de plus de fautes que je ne le pensais.

— Il a simplement souligné ce que j'essayais de ne pas voir. J'ai besoin d'équilibre dans une relation, aussi fugace soit-elle, et ce grand déséquilibre des pouvoirs entre nous, je ne peux pas m'en accommoder.

Il prit ses mains avec précaution, comme s'il avait peur qu'elle fuie et ne le laisse plus jamais approcher.

— Ces petites mains peuvent me transformer en bouillie. Avec toi, je n'ai aucun pouvoir. Et, puisque c'est toi qui veux me résister, cela fait de toi celle qui a le pouvoir dans cette relation.

Elle retira ses mains, qu'elle posa autour de sa taille dans un geste défensif.

— Nous n'avons pas de « relation ». Et, au cas où tu ne l'aurais pas remarqué, cette volonté de te résister a duré environ une heure. Alors, me voilà... m'offrant comme je l'ai fait hier soir. Mais cette fois je sais à quoi m'attendre. Alors, prends-moi, ou va-t'en. A toi de choisir, dit-elle d'un ton définitif.

Il était au comble de la frustration, mais il sentait au fond de lui qu'elle ne jouait pas la comédie.

— Hier soir, tu m'as cru sans réserve. Pourquoi doutes-tu à présent de tout ce que je dis ?

Elle haussa les épaules. Puis elle retira ses baskets, s'assit dans un fauteuil à côté du canapé, et ramena ses jambes sous elle.

Elle semblait si petite, si vulnérable ! Si différente de la créature pleine d'énergie qui avait diverti les enfants de l'orphelinat. Pourtant, elle était la femme la plus forte qu'il ait jamais rencontrée. Son emprise sur lui se renforçait de seconde en seconde. Et elle était peut-être déjà invincible.

— Quelque chose a changé quand tu es parti, dit-elle. Et j'imagine que... je me suis réveillée. J'ai essayé de m'accrocher à mon fantasme, mais heureusement ton associé et toi avez rendu cela impossible. Ton explication est si peu convaincante qu'elle est sans doute vraie, puisque tu aurais pu trouver mieux si tu mentais. Mais ça ne rétablit pas la foi que j'avais en toi. Tu n'es plus l'homme auquel je faisais confiance d'instinct, mais juste quelqu'un avec qui je dois être prudente, comme avec tout le monde. C'est pourquoi j'ai besoin d'un cadre bien défini, pour être sûre de ne pas souffrir comme hier soir.

C'était sur ce point précis qu'il avait commis une erreur. Il était venu ici en comptant sur sa confiance pour rendre ses justifications acceptables, mais il n'avait pas compris qu'il avait déjà pulvérisé sa foi en lui. Et que le fait qu'elle lise en lui si clairement se retournerait contre lui. Elle détectait le côté factice de ses explications, tout comme elle avait senti la vérité de chaque mot et chaque émotion la veille.

Certes, il ne méritait pas sa confiance, en ce qui concernait son père, mais il avait pensé chaque mot la concernant. Et, maintenant qu'il était certain que son travail à l'orphelinat était purement désintéressé, il était libre de s'abandonner à ce qu'il éprouvait pour elle.

Comment ses sentiments allaient cohabiter avec son projet de se venger de Ferreira, il n'en avait aucune idée. Et pour l'heure il s'en moquait. Il avait juste besoin de retrouver la confiance d'Eliana, et sa spontanéité.

Et il ferait *tout* pour qu'elle soit de nouveau toute à lui.

Il s'agenouilla à côté d'elle, en réprimant l'envie de l'enlacer.

— Alors, donne-moi une chance de faire revivre ton fantasme, et j'en ferai une réalité. J'effacerai le changement qui s'est produit en toi.

Elle se recroquevilla de plus belle, comme un chat fuyant les caresses.

— Le changement s'est produit en *toi*, rétorqua-t-elle. Je ne peux pas l'expliquer, mais... ça m'a blessée.

Avait-elle perçu sa haine et son agressivité quand il avait vu son père, et cela l'avait-il peinée ? Etait-elle donc si suprêmement sensible à tout ce qu'il éprouvait ?

— Je sais que je ne te connaissais pas depuis assez longtemps pour avoir le droit de sentir ou de dire quoi que...

Il prit les mains qu'elle tordait dans son giron et les porta à ses lèvres.

— Tu as tout à fait le droit de sentir et de dire tout ce que tu veux. Nous étions déjà convenus que ce que nous partageons transcende le temps.

— J'ai adhéré à cette idée quand j'étais encore ensorcelée.

— Alors, laisse-moi te jeter un autre sort.

Elle arracha ses mains des siennes.

— Non, merci. Le sexe est la seule chose que je veuille de toi désormais, la seule chose que j'aie à offrir. Si tu veux jouer à d'autres jeux, je ne suis plus disponible.

— Il n'y a jamais eu aucun jeu, Eliana. Ce qu'il y a entre nous est très sérieux pour moi.

Il succomba au besoin d'enrouler les bras autour d'elle, et posa la tête sur ses seins, écoutant la musique de ses battements de cœur.

— J'ai passé une nuit fébrile, l'esprit noyé sous un flot de sensations et d'images. Les draps de soie trempés de ta sueur, tes jambes douces et chaudes autour de moi, tes cris s'élevant dans la nuit.

Il entendit son cœur s'emballer à chaque mot qu'il prononçait, mais quand elle prit la parole sa voix était aussi tendue que son corps.

— Inutile de fantasmer plus longtemps. Prends-moi, qu'on en finisse.

Il recula. Ce n'était pas ainsi qu'il voulait la faire sienne. Et puis il y avait une chose qu'il devait savoir.

— Tu as dit tout à l'heure... que tu voulais découvrir pourquoi on en faisait toute une histoire. Parlais-tu de moi, ou du sexe en général ?

— Je parlais du sexe avec toi. Après tous ces préliminaires, je te préviens, j'ai des attentes gigantesques.

— Je saurai les combler.

Il saisit ses mains dans sa main valide.

— Mais j'ai besoin de savoir. Es-tu vierge ?

— Vas-tu coucher avec moi, oui ou non ?

Il gronda en entendant le mot « coucher ».

— Non.

— Eh bien, quand tu décideras de tenir tes promesses, je te le ferai savoir. En attendant, c'est une information confidentielle.

La colère brilla dans ses iris.

— Que t'importe, de toute façon ?

— Je me renseigne, tout simplement. Si tu es vierge, je m'en accommoderai. Sinon... je m'en accommoderai aussi.

— Les deux hypothèses te semblent aussi fâcheuses l'une que l'autre. Dommage, ce sont les deux seules possibles.

Il caressa sa joue du bout de l'index, et savoura le frisson qu'il provoqua dans son sillage.

— En fait, les deux me vont très bien. J'apprécierais simplement de savoir laquelle est vraie, puisque cela dicterait mon... approche.

Elle eut un rire acerbe.

— Alors, pourquoi refuses-tu de coucher avec moi tout de suite pour mettre un terme au suspense une bonne fois pour toutes ?

— Parce que je t'ai promis d'y aller en douceur.

— Puisque je te dis que je ne veux plus de douceur !

— C'est uniquement parce que tu veux me punir.

— Eh bien, railla-t-elle d'un ton sarcastique, je ne me rendais pas compte que ce serait une telle épreuve pour toi de coucher avec moi !

— Tu ne peux pas me pardonner, alors, tu veux m'avoir pour pouvoir être libérée de ton désir et te débarrasser de moi. Le seul fait que tu le veuilles est le châtiment le plus terrible qui soit.

Libérant ses boucles de son élastique, il massa son cuir chevelu, scella leurs lèvres et souffla sa promesse en elle.

— Mais tu m'as dans la peau, *minha* Eliana.

La façon dont elle s'abandonna à son étreinte était grisante.

— C'est vrai ? demanda-t-elle.

De crainte d'oublier sa résolution et de la prendre sur-le-champ, il la relâcha.

Elle haleta.

— Je... je te pardonne, dit-elle.

Il sentit son cœur tressauter.

— Pour hier soir. Mais je ne peux pas te pardonner pour aujourd'hui.

— Tu parles du fait je me suis montré à l'orphelinat sans y être invité ? Et que j'aie assisté à ton spectacle sans ton consentement ?

Elle le repoussa, le regard débordant de larmes de colère.

— Disons plutôt que tu t'es pavané devant ces enfants démunis, surtout Diego. Il rêve d'une présence adulte masculine dans sa vie. Tu es apparu tel un génie capable de réaliser chacun de ses vœux, en lui faisant croire qu'il comptait pour toi, et en lui faisant de vaines promesses. Tu ne t'es pas dit que tu allais ajouter une autre déception dans sa vie faite d'abandons ?

Ses reproches cinglants étaient comme du sel sur ses blessures ouvertes.

— Je pensais toutes les promesses que je lui ai faites.

Elle se leva d'un bond, et le fusilla du regard.

— Quand tu as dit que tu lui rendrais visite ? Une fois ? Plusieurs fois ? Et ensuite, quoi ? Tu ne te rends pas compte des espoirs qu'il pourrait placer en toi ? Tu n'as pas vu qu'il t'admirait déjà comme un héros ?

Il se leva, et soutint son regard avec fermeté.

— Es-tu en train de me déconseiller de le revoir ?

— Je te dis que c'est dangereux, irréfléchi, et que cela pourrait finir par le blesser. J'ai vu ses attentes quand il te regardait. Et, quand tu lui as témoigné de l'intérêt et de la considération, tout s'est emballé devant mes yeux. Un brusque retour à sa morne réalité serait dévastateur.

Elle avait raison. Même si cet enfant lui rappelait terriblement l'enfant qu'il avait été quand il s'était retrouvé sans famille, il devait se montrer prudent. Il avait éprouvé un lien incroyable et instantané avec Diego, presque aussi fort que celui qu'il avait ressenti avec elle. Et, même s'il avait des projets qu'il mènerait à bien, il n'avait pas encore de plan précis. Alors, il se contenta de soupirer et de hocher la tête.

Elle expira, puis passa à un autre sujet.

— A propos du chèque que tu as fait à l'orphelinat, peux-tu

me donner un chiffre ? Juste pour que j'évalue la gravité de la crise cardiaque que tu as donnée aux sœurs ?

— Un million de dollars.

Elle poussa un cri de surprise.

— J'ai estimé que la somme couvrait leurs besoins immédiats, expliqua-t-il, et permettrait de reconstruire les parties du couvent et de l'orphelinat détruites par le dernier orage tropical. Mais, une fois qu'elles me donneront une liste exhaustive de leurs besoins, je mettrai en place un financement régulier.

Elle le dévisagea, muette. Puis elle déglutit.

— Merci.

Il se pencha et l'embrassa à pleine bouche. Il ne pouvait pas garder ses mains et ses lèvres loin d'elle plus de quelques minutes.

Elle rejeta la tête en arrière, offrant sa gorge.

— Merci à toi, dit-il.

— Merci pour quoi ? s'étonna-t-elle.

Il releva la tête.

— Pour m'avoir guidé vers Casa do Sol. Mon engagement caritatif se concentre sur l'enfance, et je sais que beaucoup d'orphelinats sont des taudis. Parfois, les enfants servent à attirer les dons, qui finissent dans la poche des directeurs. Je dois toujours régler des problèmes d'inefficacité ou de corruption avant de pouvoir faire bénéficier les enfants de mon aide. Quand j'ai découvert que tu avais surtout travaillé avec Casa do Sol depuis que tu es à Rio, j'ai mené l'enquête, et j'ai appris que c'était le seul orphelinat au-dessus de tout soupçon, et aussi celui qui offre la meilleure qualité de vie à ses pensionnaires. C'est pourquoi je leur ai fait un chèque sur-le-champ.

Cette expression approbatrice dont il était déjà dépendant réapparut dans ses yeux, mêlée à un certain embarras.

— C'était très... consciencieux de ta part. Et j'ajouterais très gentil.

— Ce n'est qu'un début. Si tu as des idées pour améliorer l'orphelinat, ou des souhaits spécifiques pour les enfants, fais-moi une liste. Je les réaliserai.

— Merci, je vais le faire.

Quand ses joues s'empourprèrent, elle cacha soudain son visage contre son torse.

— J'ignorais que tu t'investissais à ce point en faveur des enfants défavorisés. Je suis désolée de t'avoir accusé d'être indifférent à leurs besoins.

Il lui releva le menton.

— Tu veillais à leurs intérêts.

— Je n'aurais pas dû interpréter tes actions de la pire façon juste parce que j'étais en colère contre toi. Je suis vraiment désolée.

Ses yeux s'embuèrent.

Il l'étreignit pour lui faire oublier son désarroi.

— Je *suis* trop puissant, et, quand tu t'inquiétais que je puisse inconsidérément blesser des êtres vulnérables, tes craintes étaient fondées. Tu ne pouvais pas savoir ce que je fais, puisque je garde le secret sur ces activités.

Elle se blottit de nouveau contre lui, secouant la tête.

— Tout de même, je n'aurais pas dû tirer de conclusions hâtives.

— Tu es extrêmement juste. J'adore cela chez toi, tant que la peine que tu infliges par ta justesse n'est pas dirigée contre toi.

— Ça ne te dérange pas si elle est dirigée vers toi ?

— J'accueille volontiers tout ce que tu m'infliges. Je n'attends même que ça.

Il lui donna un baiser profond et enivrant.

Quand il libéra ses lèvres, elle laissa échapper un rire cristallin.

— Diego t'a cerné tout de suite. Il a dit que tu ressemblais à Batman sous son identité secrète. C'est aussi un philanthrope milliardaire.

— A la différence que Bruce Wayne fait la promotion de sa philanthropie. Moi, je ne supporte même pas le mot.

Son regard se fit songeur, puis chaleureux. Une expression qui lui avait tant manqué.

— Alors, tu n'aimes pas considérer ce que tu fais comme de la philanthropie ? demanda-t-elle.

— J'ai simplement les moyens d'accomplir les choses. Et j'en profite.

— Tu caches ton altruisme alors que tu laisses fuiter des informations sur ton passé dans le crime organisé. Tu veux que le monde connaisse ta facette dangereuse, mais pas ton côté tendre, n'est-ce pas ?

Il la fit virevolter dans ses bras, à son grand plaisir, et lui offrit un large sourire.

— Tu vois ? dit-il. Tu lis en moi comme personne.

La reposant à terre, il demanda :

— Mais toi, comment as-tu su pour Casa do Sol ? Tu as mené l'enquête, toi aussi ?

— Non. J'ai juste visité des tas d'orphelinats, et c'était le seul où... je me sentais bien.

— Alors, ton instinct s'est révélé infaillible. Tu cernes tout le monde, pas seulement moi. C'est *ton* superpouvoir.

— Ça ne m'a jamais semblé être une bonne chose. Car j'ai à peine quelques précieuses personnes dans ma vie.

— Il te suffit de quelques personnes qui *sont* précieuses. Quoique je préférerais que tu n'aies besoin que de moi.

La rougeur qui envahit son visage était adorable. Il voulut faire un commentaire sur sa timidité paradoxale — étant donné qu'elle lui avait demandé de coucher avec elle sans ciller. Mais il se rendit compte que sa main lui faisait un mal de chien. Il s'en était servi comme si elle n'était pas blessée.

— Tu ne vas pas m'interroger sur ma main ? demanda-t-il.

— Non, rétorqua-t-elle avec obstination.

— Tu te moques que je l'aie cassée ?

— Tu acceptes de me faire l'amour, maintenant ?

— Non.

— Alors, je m'en moque, dit-elle avec un air de défiance.

Il éclata de rire. Il n'avait jamais ri de cette façon, de manière si joyeuse et insouciante.

Il la porta dans ses bras, et sentit son cœur s'emballer quand elle s'accrocha à son cou, remplissant le vide en lui. Quand le souvenir de son rejet, tout à l'heure, le traversa, il la serra plus fort. Plus jamais il ne la laisserait partir.

Dans sa chambre, une autre pièce pleine de souvenirs, il l'étendit sur le couvre-lit bordeaux et s'allongea à moitié sur elle. Elle l'attira pour qu'il vienne sur elle.

Il se hissa sur un bras, torturé de désir.

— Tu vas griller tous mes fusibles.

Elle se cambra vers lui.

— Tu l'as bien cherché.

— Mais ça ne t'aidera pas.

Elle rit, et l'amena entre ses jambes.

Il gémit.

— J'avais raison. Tu es magicienne.

— J'avais tort. Tu n'es pas magicien. Cela implique une certaine bienveillance. Or, tu es le mal incarné.

Amusé mais grondant de douleur, il se dégagea et s'allongea à son côté. Il n'était pas habitué à attendre pour obtenir ce qu'il voulait. Mais avec elle l'attente était la chose la plus agréable qu'il ait jamais connue.

Si quelqu'un lui avait dit qu'il serait étendu dans son lit, en se contentant de la tenir dans ses bras et de discuter, alors qu'il n'avait jamais désiré une femme autant qu'il la désirait, il l'aurait pris pour un fou. Pourtant, à cet instant, il ne pouvait rien imaginer de mieux quand elle glissa les jambes exactement là où il en avait besoin, et l'étreignit avec l'intensité exacte dont il rêvait.

Quand elle se blottit contre lui comme si elle l'avait fait toute leur vie, il tendit le bras et saisit un cadre sur sa table de chevet.

La photo était celle d'une femme et d'une petite fille, qui souriaient toutes deux sans réserve au photographe, leurs bras grands ouverts comme pour l'étreindre. L'objet de leur affection était manifestement le père d'Ellie.

Il eut le ventre noué devant cette nouvelle preuve de la profondeur des sentiments qu'elle avait pour cet homme.

Chassant Ferreira de ses pensées, il se concentra sur un autre détail qui la rapprochait de sa mère.

— Tu lui ressembles beaucoup.

Elle hocha la tête, glissant les doigts dans ses cheveux.

— Je ressemble aussi beaucoup à mon père.

Après les avoir vus ensemble, il devait admettre que c'était vrai. Ferreira était un très bel homme. Et Rafael était certain qu'Eliana n'avait pas été corrompue par ses faiblesses et sa noirceur.

— En tout cas, tu es devenue un amalgame unique.

Il lui embrassa le front.

— Tu te souviens d'elle ?

Son regard se troubla soudain.

— Tout le monde pense que je ne peux pas me souvenir d'elle puisque je n'avais que trois ans à sa mort, et que ce que je crois être mes souvenirs, ce sont juste les choses que mon père m'a racontées. Mais je me souviens d'elle. Très bien. Trop bien, parfois.

Il déposa une pluie de baisers sur son visage pour la réconforter.

— Est-ce pour cette raison que tu consacres tant de temps aux orphelins ?

Il savait qu'elle y passait presque chaque week-end, et quasiment toutes ses soirées.

— Parce que tu as l'impression d'être une orpheline, et que ta mère te manque si vivement ?

— Si j'ai cette impression alors que j'ai le meilleur père du monde, je ne peux imaginer comment ce doit être pour ceux qui ont perdu leurs deux parents, ou qui n'en ont jamais eu.

Le meilleur père du monde. L'homme qui l'avait envoyé en enfer. Mais elle n'avait rien à voir avec ses crimes. Et il la protégerait de leurs conséquences, quoi qu'il lui en coûte.

Il ravala la bile qui montait dans sa bouche.

— La prochaine fois que je verrai sœur Cecelia, je rectifierai ses propos. L'ange, c'est toi.

Elle ouvrit de grands yeux.

— Tu l'as entendue ?

— J'ai une très, très bonne ouïe.

Elle le regarda des pieds à la tête.

— Tout chez toi est très, *très bon.*

Il mordilla doucement sa langue, l'aspira dans sa bouche.

— Je suis douloureusement touché par ce compliment… comme tu peux le constater.

Il pressa son érection contre elle. Elle gémit de plaisir, et se plaqua contre lui. Il faillit presque céder à l'impulsion d'oublier sa promesse et de prendre possession de son corps, exactement comme elle l'avait demandé. Mais il devait attendre. Attendre qu'elle soit aussi dépendante de lui qu'il l'était d'elle.

Glissant une jambe entre les siennes, elle appuya le genou contre son érection, et il la repoussa avec un grondement rauque.

Elle rit. Elle considérait sans doute qu'elle lui avait rendu la monnaie de sa pièce.

— Mais sœur Cecelia avait raison, même si j'avais envie de répondre que l'expression « ange déchu » t'irait mieux.

— C'est le cas. J'ai fait des choses très, très mauvaises autrefois. J'en fais encore, en cas de besoin.

Son regard se fit sérieux.

— Mais pas aux innocents, dit-elle.

C'était une affirmation, et non une question. Il était fier qu'elle lui fasse de nouveau confiance, et qu'elle devine cette vérité fondamentale.

— Non. Mais la loi considère toujours ce que j'ai fait et ce que je fais comme illégal.

— Faire le bien, ce n'est pas toujours légal. Et tant qu'aucun innocent n'a été blessé, tant que tu les aides comme quand tu anéantis ces gens corrompus pour sauver des enfants démunis, alors j'appelle cela de l'héroïsme.

Elle poussa un soupir mélancolique.

— Parfois, j'aimerais en faire autant, mais je n'ai pas assez de pouvoir. Je suis juste heureuse que quelqu'un comme toi existe, et que tu te serves de ton pouvoir de cette façon.

Si elle savait pourquoi il voulait détruire son père, trouverait-elle sa vengeance héroïque ? Du moins, excusable et compréhensible ?

— Tu n'as pas idée à quel point je me sens impuissante la plupart du temps.

Sa douleur lui donna envie de démolir tout ce qui lui avait donné cette impression.

— J'essaie d'atteindre autant d'enfants que je le peux, pour qu'ils aient quelqu'un qui se soucie d'eux, qui soit là pour écouter leurs problèmes et leurs idées, pour prendre part à leurs activités, pour encourager leurs talents. Mais, malgré tous mes efforts, j'ai toujours le sentiment que rien de ce que je fais ne suffit. Dieu merci, il y a des gens comme les sœurs qui font bien plus. Mais toi, tu fais encore davantage.

Il eut la gorge nouée.

— Tes efforts auront une influence sur le psychisme de ces enfants, dit-il. Moi, je ne fais que me servir de mon argent et de mon pouvoir, mais je n'améliore jamais en personne la journée d'un enfant. Je n'ai jamais eu d'interactions avec eux, jusqu'à Diego, aujourd'hui.

— Mais, sans ton argent et ton pouvoir, nous ne pourrions pas offrir quoi que ce soit aux enfants.

— Alors, nous nous complétons.

Elle se blottit contre lui et hocha la tête.

— Nous le savions déjà, mais nous ignorions à quel point.

Son regard et son sourire furent comme une caresse sur sa peau.

— A présent, tu sais sans doute tout sur moi depuis ma naissance. Et je ne sais rien de toi.

Il s'appuya sur un coude.

— Qu'as-tu besoin de savoir ?

— Parle-moi de ta famille.

Il avait préparé une histoire fabriquée. Mais il ne pouvait supporter entre eux plus de mensonges que nécessaire. Il lui dirait la vérité — une version soigneusement modifiée.

— Mes parents ont divorcé quand j'avais dix ans. Ma mère s'est remariée assez vite et a eu trois autres enfants, deux filles et un garçon. Mon père s'est remarié bien plus tard, et a eu deux enfants, une fille et un garçon. Je suis sorti de leur vie très tôt, et je n'y suis jamais vraiment revenu. Je les surveille à distance, en quelque sorte.

— C'est ce que tu veux ?

— Avec le genre de vie que je mène, ce dans quoi j'ai été impliqué, il valait mieux que je sois aussi loin d'eux que possible. Quand j'ai pu les approcher de nouveau, je sentais que ce n'était pas dans leur meilleur intérêt que je dérange leur existence.

— Comment peux-tu dire cela ? Je suis certaine qu'ils adoreraient que tu fasses partie intégrante de leur vie.

Il la chatouilla, tentant d'insuffler de la légèreté dans ce qui était soudain d'un sérieux oppressant.

— Tu ne serais pas un peu partiale ?

Elle eut un sourire espiègle, puis retrouva son sérieux.

— Je suis certaine qu'ils choisiraient d'être aussi proches de toi que possible, si tu leur laissais le choix.

Les serres qui lui déchiraient déjà la gorge s'enfoncèrent un peu plus profondément devant sa conviction.

— C'est un peu plus compliqué que ça.

Il s'attendit à ce qu'elle lui pose d'autres questions, mais elle se contenta de soupirer.

— Si tu es sûr que c'est le mieux. Toutefois, même si c'est le cas, je trouve dommage que tu te sois exilé de ta famille. Que tu aies choisi d'être seul.

— Je ne suis pas seul. Je fais partie d'une... fraternité, en quelque sorte.

— L'un d'eux est cette terreur qui te sert d'associé ?

Il rit devant son air méfiant.

— C'est une pièce rapportée à notre fraternité. C'était autrefois mon mentor.

— Il pense qu'il est ton père. Ou ton « Big Brother », dit-elle en mimant les guillemets.

— Tu analyses tout avec une précision si absolue, commenta-t-il en riant. C'en est troublant.

— Je n'ai pas eu besoin de l'analyser. Il m'a frappée par ses « brillantes qualités », dit-elle en mimant d'autres guillemets.

— Je t'assure qu'il ne s'en est pas sorti *et* qu'il ne s'en sortira pas comme ça. En parlant de famille… j'ai insulté ton père presque autant que Richard t'a insultée.

— Oh ! non, il n'y a pas de comparaison ! Mon père n'a presque rien remarqué tant il était inquiet pour moi.

— J'aimerais tout de même lui présenter des excuses. Tu veux bien organiser une réunion ?

Elle le fixa.

— Tu veux le rencontrer… parce que c'est mon père, ou parce que c'est un associé potentiel ?

— Je ne peux pas le rencontrer pour ces deux raisons ?

— Tu sais quelle est ma position sur cette question.

— Pourquoi ne me laisses-tu pas m'occuper de cela ?

— Parce que je n'ai jamais été aussi malheureuse qu'hier soir, et que je ne veux pas prendre le risque que quelque chose de ce genre se reproduise.

— Ça n'arrivera pas. Je te le promets.

A voir son air troublé, il faillit renoncer. Mais elle hocha la tête, puis se blottit contre lui.

Tandis qu'il l'enlaçait, cette confiance dont il rêvait, qu'elle lui accordait pleinement de nouveau, pesa sur sa conscience. Cela ne ressemblait plus à un privilège mais à une responsabilité.

Car, malheureusement, il devrait trahir cette confiance.

7

La réunion avec Ferreira se déroula l'après-midi suivant. Pendant le déjeuner, à la demande d'Eliana. Ainsi, l'entrevue serait brève.

Rafael choisit la Casa da Feijoada, un lieu prisé dans le quartier chic d'Ipanema, à un kilomètre de chez Eliana et des bureaux de Ferreira. Les murs tendus de rotin conféraient une allure tropicale au restaurant, et l'ambiance était familiale. Rafael arriva en avance pour réserver une table avec vue sur la plage et commander les plats. Ses invités se présentèrent à 13 heures précises, et Eliana le salua du même baiser ardent que celui avec lequel elle lui avait dit au revoir, quand il avait quitté son appartement à 2 heures du matin.

Même si elle avait confié avoir parlé à son père de la nature de leur relation, Rafael perçut une lueur d'inquiétude dans les yeux de Ferreira quand il les vit s'embrasser. Mais, fidèle à sa réputation de gentleman, Ferreira, à l'apparence et aux manières impeccables, ne fit aucun commentaire. Ni sur cela, ni sur le comportement offensant de Rafael pendant le bal.

Ils s'installèrent, et le service se déroula sans accroc. Hormis l'effort que Rafael avait consenti pour s'asseoir face à Ferreira, l'homme qu'il avait jadis aimé comme un oncle et qui l'avait trahi de la façon la plus terrible, et pour faire comme s'il s'agissait réellement de leur première discussion, rien de notable ne se produisit.

Ironie du sort, l'homme qui tentait de le rencontrer depuis

deux mois ne semblait pas se soucier du fait que Rafael puisse tenir son avenir professionnel entre ses mains, mais uniquement de l'influence néfaste qu'il pourrait avoir sur sa fille. Ferreira passa tout le repas à les regarder interagir, et parla peu. Pas une fois il n'aborda le sujet du partenariat. Les seules questions qu'il lui posa, ce fut quand Eliana alla se repoudrer le nez. Des questions indirectes, pour sonder ses intentions, et l'avertir de ne pas jouer avec elle. De manière tout aussi indirecte, Rafael lui fit savoir qu'en ce qui concernait Eliana ils étaient sur la même longueur d'onde. Elle passait en premier pour lui aussi.

Sa réponse sembla perturber Ferreira et non le rassurer. Il considérait les propos de Rafael comme exagérés, puisque leur liaison avait débuté à peine trois jours plus tôt. Mais, quand Rafael déclara que leur relation avait sauté les étapes habituelles nécessaires pour atteindre leur niveau d'engagement actuel, Ferreira se détendit enfin. Quand bien même il n'aurait jamais cru Rafael capable de nouer un tel lien avec une femme, d'après ce qu'il avait entendu à son sujet, il avoua qu'il avait connu une expérience similaire, avec la mère d'Eliana. Ils s'étaient mariés une semaine après leur rencontre et avaient vécu un bonheur de tous les instants, jusqu'à ce qu'elle soit emportée par un cancer du pancréas.

Au retour d'Eliana, la conversation porta sur des anecdotes relatives à la mère d'Eliana, ainsi que sur ses demi-frères et leur mère. Dans le domaine marital, Ferreira avait connu les deux extrêmes. D'abord, son père l'avait marié avec la fille de son associé, et cette union de convenance avait été une bataille de tous les instants. Puis Ferreira avait eu un coup de foudre et épousé l'amour de sa vie. Depuis, il vivait dans le souvenir de sa femme, et pour leur fille.

Le déjeuner dura une demi-heure de plus que prévu, puis Ferreira se leva pour prendre congé. Tandis que Rafael lui serrait la main, l'homme lui adressa un regard appuyé qui voulait dire « ne faites pas de mal à ma fille ». Rafael répondit par un regard qui signifiait « jamais je ne lui ferais de mal ».

Il espérait que la partie « mais je vous ferai du mal, à vous » n'était pas déchiffrable.

Dès que son père fut parti, Eliana attira Rafael à elle et lui donna un baiser torride.

Il avança pour approfondir le baiser, mais elle recula en riant.

— Je ne devrais pas t'embrasser juste après m'être empiffrée de cette *feijoada*. Même un rinçage de bouche ne suffit pas à estomper son goût aillé.

Le plat national brésilien avait en effet des saveurs puissantes. Le restaurant qui se proclamait « la maison de la *feijoada* » avait la réputation de servir la meilleure de Rio. Rafael ne s'était pas attendu à cette cocotte géante débordante de viande et de haricots noirs croquants. La soupière était remplie de saucisses fumées et poivrées, de jambon séché et d'un assortiment de découpes de porc.

Attirant Eliana contre lui, il prit possession de ses lèvres.

— Puisque j'ai mangé la même chose, tout ce que je sens, c'est ta douceur.

Il lui donna un autre baiser.

— Et l'amertume des baies d'açaï, du fruit de la passion et du fruit du dragon de ce smoothie amazonien, ajouta-t-il.

Soudain, elle poussa un cri perçant, et eut un mouvement de recul.

— Tu me mets toujours en feu, mais maintenant tu le fais littéralement. Ces piments *malagueta* parfument encore ta bouche et ta langue.

Passant la langue sur ses lèvres pour apaiser les picotements, elle sourit.

— Merci, dit-elle.

Il serra les lèvres comme pour retenir ses baisers.

— De quoi ?

— D'avoir été gentil avec mon père.

— C'est un homme gentil.

Il n'avait même pas besoin de mentir. Hormis la tristesse qu'il avait vue dans le regard de Ferreira — qui, selon Eliana, voilait ses yeux depuis la mort de son épouse — et ses doutes relatifs aux intentions de Rafael, Ferreira était en apparence l'homme gentil et agréable dont il se souvenait. Le crime qu'il avait commis à son encontre n'avait gravé aucun signe révélateur sur son visage.

— Je pense que tu ne l'aimes pas beaucoup, mais tu as tout de même été extrêmement courtois avec lui. Alors, merci.

Deus. L'instinct d'Eliana était encore plus aiguisé qu'il l'avait pensé. Il croyait avoir joué son rôle à la perfection.

Il s'apprêta à répliquer pour atténuer ses doutes, mais elle ajouta :

— C'est normal, pour une première rencontre avec mon père, si méfiant et protecteur. Il a passé le déjeuner à observer chacun de tes gestes. Et tu ne supportes ni d'être surveillé ni d'être jugé.

Il était soulagé qu'elle ait trouvé une raison à l'hostilité qu'elle avait perçue chez lui.

— Il est naturel qu'il s'inquiète de la vitesse à laquelle les choses se passent entre nous. Je pense avoir réussi à le rassurer.

— Je sais.

Elle sourit à la serveuse qui posa l'addition devant lui.

— Pourquoi suis-je allée aux toilettes, à ton avis ?

— Et moi qui croyais qu'il n'y avait pas une once de malice en toi !

Il sourit et sortit sa carte de crédit.

— Aucune malice là-dedans, je t'assure, dit-elle en riant. Avant de venir, papa m'a suppliée de lui laisser une occasion d'être seul avec toi. Il a dit qu'il lui était impossible de te « cerner » si j'étais là. Il m'a aussi implorée de refréner ma franchise habituelle en sa présence.

Elle lui lança un regard espiègle.

— J'ai tout de même réussi à ne pas dire des choses comme : « Tu n'as pas à t'inquiéter que Rafael me séduise, papa. J'ai passé toute une nuit à le supplier de coucher avec moi, et c'est lui qui s'est retenu et qui m'a réprimandée sur mon langage ! »

Il rit de bon cœur.

— C'est une bonne chose que tu te sois retenue. Tu lui aurais donné une crise cardiaque.

Elle eut un rire cristallin.

— Je lui en ai donné une petite, avec ce baiser à notre arrivée. Le pauvre s'est toujours vanté d'être le seul homme de sa connaissance qui ne faisait jamais de cauchemars à cause des petits amis de sa fille, puisque je n'en avais jamais eu aucun. Et voilà que je m'acoquine avec quelqu'un qui cause autant d'ennuis que dix mille hommes réunis.

— Alors, je suis tous ses cauchemars incarnés à moi tout seul.

Elle était loin de se douter qu'il disait vrai.

— Exactement, approuva-t-elle en riant.

Ses yeux étincelants comme des gemmes brillaient dans le soleil de Rio. Tandis qu'il les admirait, fasciné, il posa quelques billets sur la table. Elle rit de plus belle.

— Avec un pourboire pareil, tu pourrais devenir associé du restaurant !

— La cuisine et le service étaient impeccables. C'est mérité.

— C'était parfait, oui. Toutefois, le seul fait d'être avec toi rendrait n'importe quel endroit merveilleux.

Il savait qu'elle pensait chaque mot. Elle était la première femme, la première personne qui lui disait tout ce qu'elle ressentait, sans fard. Et c'était enivrant.

— Je veux aussi te remercier de ne pas avoir parlé affaires.

— Je veux discuter de quelques points avec toi avant d'aborder le sujet avec lui. J'ai des rapports, mais je veux apprendre ce que seule une personne en interne peut savoir.

— Oublie cela. Même mon père n'a pas abordé le sujet. A présent qu'il nous a vus ensemble, je doute qu'il le fasse.

— Je sais qu'il a de gros problèmes financiers, Eliana.

Il vit une lueur de désarroi passer dans son regard.

— J'imagine que c'était trop espérer que d'imaginer qu'un homme tel que toi l'ignore. Mais nous cherchons une solution, et j'espère que nous la trouverons bientôt.

— Si je m'associais avec lui, cela l'aiderait à remettre sa

société sur pied. Même si je ne vais pas jusque-là, je veux tout de même l'aider.

Il comptait en effet sauver l'entreprise de son père, pour elle. Il avait vu le testament de Ferreira, et savait qu'elle était la seule bénéficiaire. Quoi qu'il ressente envers son père, Rafael ne la laisserait pas hériter d'une entreprise mal en point. Il embrassa sa paume.

— Laisse-moi t'aider.

Elle caressa sa joue d'une main tremblante, le regard empli de gratitude.

— Peu importe si tu peux l'aider ou pas, le seul fait que tu le veuilles me suffit.

— Je peux faire tout ce que je veux, tu te souviens ?

— Oh ! oui, tu peux !

Son sourire était la tendresse incarnée. Puis, soudain, elle recula sa chaise et se leva.

— Où vas-tu ? demanda-t-il en se levant à son tour.

— Je retourne travailler. Ensuite, je vais à l'orphelinat.

Elle saisit son manteau en souriant.

— Comme tu le sais déjà.

Il l'aida à enfiler le vêtement, assorti à la robe bleu roi qu'il avait rêvé de lui ôter durant tout le déjeuner.

Elle passa son sac en bandoulière.

— Je te retrouve chez moi plus tard ? Ou préfères-tu que je vienne chez toi ?

— C'est moi qui viendrai. Et je ne veux plus que tu conduises seule sur cette route, alors, chaque fois que tu voudras venir chez moi, je passerai te prendre. 20 heures ?

— Disons 21.

Son sourire était radieux quand elle avança pour lui donner un baiser qui attira l'attention de tous les clients du restaurant.

Quand elle fut partie, quelques hommes levèrent les pouces en direction de Rafael.

Il répondit par une petite révérence, puis sortit et plongea dans le brouhaha des embouteillages de Rio. En ce milieu d'après-midi, les Cariocas emplissaient les rues, comme à chaque heure de la journée. Les touristes venaient à Rio pour ses plages et son ambiance décontractée autant que pour ses paysages époustouflants et ses nombreuses attractions touristiques. Et les Cariocas donnaient l'impression d'être en vacances perpétuelles.

Il respira profondément la brise océane et les parfums uniques de cette ville dans laquelle il avait passé ses années de formation. Pourtant, il se sentait terriblement étranger ici. Son kidnapping avait réellement coupé tous les liens avec son passé, avec l'être qu'il avait été.

Rio demeurait la ville à laquelle il avait été arraché, et c'était ici qu'il était revenu pour assouvir la vengeance qu'il avait attendue presque un quart de siècle. Trois quarts de sa vie.

Et puis, en l'espace de trois jours, Eliana avait bouleversé son monde et l'ordre de ses priorités.

Toutefois, ses plans n'étaient que reportés, pas annulés. Il se vengerait de son père, comme prévu.

Mais pas avant de la mettre à l'abri.

A 20 heures précises, le perroquet amazonien de son horloge se mit à chanter.

Ellie courut vers la porte, le cœur en joie, et l'ouvrit à la volée, s'attendant à voir Rafael. Il était là. Mais il n'était pas seul.

— Je te présente mon goujat d'associé, Richard Graves.

Elle sentit son cœur tressauter quand elle leva les yeux vers cet homme menaçant. Puis elle décocha un regard réprobateur à Rafael.

— Tu ne devrais pas te promener avec lui avec tant d'insouciance. Et sans laisse.

— Je te promets que je l'ai bien en main, répondit-il en riant. Tu veux bien nous laisser entrer, *querida* ?

— Non.

— Même maintenant qu'il a eu ce qu'il méritait ? insista-t-il avec un sourire enjôleur.

Il poussa Graves en avant.

Graves leva les yeux au ciel, mais consentit à se placer sous la lumière du palier, pour montrer à Ellie le côté droit de son visage. Une tache rouge foncé se distinguait sous sa barbe naissante. Un instant après, il recula et lui adressa un regard dur.

Elle se tourna vers Rafael, hébétée.

— Tu l'as frappé ?

— Crois-tu que j'aurais pu faire moins quand j'ai découvert ce qu'il avait fait ? Ce qu'il t'avait dit ?

Elle s'adressa à Graves.

— Alors, vous lui avez parlé des avances que vous m'avez faites ?

— Bien sûr.

Soudain, elle eut une prise de conscience. Elle se tourna vers Rafael avec anxiété.

— C'est ainsi que tu t'es blessé à la main ?

— Oui. Il n'y a que sa mâchoire de béton qui puisse me briser les os.

— Ta main est réellement cassée ? demanda-t-elle, abasourdie.

— Deux de mes os métacarpiens sont fissurés.

Elle l'attira à l'intérieur, et toucha son attelle.

— Seigneur. Et moi qui me suis moquée de ta blessure ! J'ai cru que c'était une foulure, ou même une plaisanterie.

— Ce n'est pas une plaisanterie.

Sans y être invité, Graves entra et ferma la porte.

— Sous votre influence, il s'est fracturé la main, commenta-t-il. Alors que j'ai passé des années à lui apprendre comment se battre sans se blesser ! C'est un élève calamiteux.

Il émit un rire sans joie.

— Et il n'a même pas fait embrasser son bobo pour la peine.

Elle entraîna Rafael sur le canapé et fusilla Graves du regard.

— Oh ! ce sera fait. Et il sera embrassé à quantité d'autres endroits. Beaucoup l'ont déjà été, bien sûr.

Devant l'air surpris de Graves, Rafael afficha un sourire triomphant.

— Pour ton information, si je n'ai pas employé les techniques que tu m'as généreusement enseignées, c'est parce que je voulais te blesser. Et me blesser. Car c'est moi qui t'ai donné l'impression que tu pouvais être impoli avec Eliana.

— Est-il toujours malveillant avec les femmes dont il pense que tu ne veux plus ? Ou est-il impoli de nature ? Cela ne me surprendrait guère. Il ne me semble pas très humain.

Graves reporta son attention vers Rafael.

— Très maligne, à ce que je vois. Et trop franche, aussi. Tu devrais peut-être la garder.

Rafael la dévora du regard.

— C'est bien mon intention.

— Comme c'est gentil de votre part à tous les deux ! railla-t-elle. Mais je sais me garder toute seule, merci. Alors, si les deux forces de la nature que vous êtes allaient répandre leur charisme et leur testostérone ailleurs ?

Graves sourit.

— Oui, tu devrais la garder.

— Seulement si elle me garde.

— Je t'ai formé mieux que ça, Numbers.

— Il semble que tous tes efforts n'aient servi à rien, Cobra.

— Numbers ? Cobra ? s'étonna-t-elle. Vous avez des noms de code, dans votre fraternité ?

Graves haussa un sourcil. Il semblait surpris que Rafael lui ait parlé de leur groupe. Non que Rafael lui ait dit grand-chose. Celui-ci haussa les épaules en guise de réponse.

— Numbers..., dit-elle d'un air songeur. Je ne vois vraiment pas ce qui t'a valu ce surnom. Mais Cobra est tout à fait indiqué. Toutefois, pour plus de précision, ton associé devrait porter le nom d'une substance mortelle. Un nom comme Venin.

Cette fois, Graves rit.

— Pas de doute, il faut que tu la gardes, décréta-t-il.

Rafael sourit, puis reprit un air sérieux.

— A présent, fais tes excuses à Eliana, ou je brise mon autre main et ta mâchoire, cette fois.

Ignorant Rafael, Graves posa son regard sur elle et prit la parole avec un accent britannique plus prononcé.

— Il fanfaronne, mais il sait qu'il est en un seul morceau uniquement parce que j'ai cette tendresse inexplicable pour lui. Cela dit, et sachant que je fais cela uniquement à cause de mes manières de gentleman profondément enfouies, je vous présente mes excuses. A part pour…

Elle leva les mains.

— Arrêtez. Arrêtez-vous tant que vous êtes sur la bonne voie.

Rafael la prit contre lui.

— Est-il pardonné ?

— Avec mise à l'épreuve, railla-t-elle.

Il rit et prit possession de ses lèvres. Elle sourit contre sa bouche en entendant Graves émettre un son de dégoût.

Quand Rafael recula à contrecœur, elle embrassa son attelle, puis chacun de ses doigts.

— Tu ne te casses plus rien pour moi, d'accord ?

— Désolé, je ne peux rien promettre.

Elle soupira.

— Au moins, plus de bagarres entre vous à cause de moi, entendu ? demanda-t-elle en s'adressant aux deux hommes.

Richard fit une courbette.

— Je ferai tout ce qu'il faut pour que votre objet sexuel reste en parfait état de fonctionnement.

Elle rit. Ce mastodonte avait le sens de l'humour, en définitive. Elle pourrait même finir par l'apprécier.

Elle se leva et regarda les deux hommes.

— Si vous êtes de bons magnats, je vous inviterai à manger mon méli-mélo de fruits de mer magique. Vous pourrez même m'aider à le préparer.

Rafael se leva à son tour.

— Je suis très, très doué.

— Et moi j'ai le mal de mer, ironisa Graves.

Rafael et elle rirent tandis qu'ils se dirigeaient vers la cuisine. Marmonnant ce qui ressemblait à des jurons colorés, Graves leur emboîta le pas.

La soirée fut un succès total.

Eliana était une hôtesse parfaite. Elle orchestrait tous les détails avec facilité et efficacité, et les gérait, eux, des hommes devant lesquels le monde se courbait, avec assurance et grâce. Etonnamment, Richard réduisit ses piques au niveau minimum, et fut même coopératif quand elle les réquisitionna pour l'aider à préparer le méli-mélo, qui se révéla en effet magique.

Le temps passa vite, et après le dîner ils passèrent au salon pour boire de la *yerba maté* chaude, déguster des *cocadas*, une friandise traditionnelle à la noix de coco, discuter et se livrer à des joutes verbales. Ellie tenait tête à Richard comme personne. Enfin, se blottissant contre Rafael sur le canapé, elle se mit à bâiller.

Il déposa un baiser sur son front, puis fit un signe à Richard, qui se leva aussitôt.

Quand Rafael voulut le suivre, elle le retint par le bras.

— Reste.

La proposition était tentante.

— Il faut que tu dormes.

Elle frotta son visage ensommeillé contre son cou.

— J'ai besoin de dormir avec toi.

— Demain. Je viendrai seul.

Elle lança un regard à Richard.

— Vous pouvez rentrer chez vous tout seul, n'est-ce pas, Graves ?

— C'est Rafael qui ne le peut pas. Je dois le border.

— J'aurais dû savoir que vous ne me seriez d'aucune aide.

Elle s'accrocha au cou de Rafael.

— Au moins, porte-moi jusqu'à mon lit.

— Toi, mon enchanteresse, tu es machiavélique.

— Je te veux, c'est tout.

— Et je ne veux rien d'autre que toi.

Il embrassa sa moue boudeuse avant de se lever. Elle lâcha ses épaules, et ses bras retombèrent comme des pétales de fleur.

— Ferme à clé derrière nous, dit-il.

Sans se laisser le temps de changer d'avis, il quitta l'appartement avec Richard. Quand ils se dirigèrent vers l'ascenseur, Rafael ressentait déjà le manque.

— Que comptes-tu faire avec elle ? demanda Richard calmement.

— Ce ne sont pas tes affaires, Cobra. Ton rôle est fini.

— Un conseil, dit-il en appelant l'ascenseur. Un avertissement, plutôt. Cette femme va te mettre sens dessus dessous.

— Tu ne penses pas que c'est déjà fait ?

— Je le croyais. Mais maintenant que j'ai été exposé à elle, à cette... chose entre vous, je sais que j'ai été trop optimiste. Ce que tu ressens maintenant, ce n'est rien à côté de ce que tu ressentiras dans une semaine. Dans un mois, tu seras totalement mordu.

Il haussa un sourcil quand ils entrèrent dans la cabine.

— Alors, tu l'apprécies, maintenant ?

— Je n'apprécie personne. Mais cette femme est fatale.

— Tu penses toujours qu'elle est la complice de son père ? Que son travail à l'orphelinat cache de sinistres motivations ? Tu penses que je fermerais les yeux si je soupçonnais une chose pareille ?

— Non. En fait, je crois en sa bienveillance. Et c'est ce qui la rend si dangereuse. Elle est sincère. Tu n'auras aucune défense face à elle.

— Qui a dit que j'en voulais ?

Richard se tut quand d'autres personnes montèrent. Cette ville ne dormait jamais. Une fois dans la rue, et avant que chacun n'aille de son côté, il demanda :

— Tu abandonnes ta vengeance ?

Rafael sentit son cœur se serrer.

— Je ne ferai jamais ça.

— Alors, sais-tu au moins comment l'assouvir sans perdre cette femme ?

— Je trouverai un moyen.

Richard se contenta de lui lancer un regard sceptique, avant de s'éloigner.

Rafael le regarda partir, l'esprit en ébullition.

Il *détruirait* le père d'Eliana. Il le fallait. Mais, si jamais elle soupçonnait que c'était lui le responsable, il pourrait la perdre. C'était inenvisageable.

Dès lors, faire savoir à Ferreira que c'était lui qui l'avait anéanti était désormais hors de question. Il devrait éliminer chaque preuve conduisant à lui, afin qu'Eliana ne sache jamais rien.

A moins que, dans un mois, son attirance pour elle ait disparu. Ainsi, il pourrait punir son père sans craindre les conséquences pour leur relation.

Mais il n'avait pas besoin d'attendre pour savoir que cette passion brûlante qui faisait rage entre eux ne pouvait qu'aller crescendo.

Et il ne se trompait jamais.

Ils titubèrent sur tout le trajet depuis les portes de la maison de Rafael jusqu'à sa suite, en s'embrassant et en s'étreignant comme s'ils n'allaient faire qu'un.

Il leur fallut un moment pour arriver à la chambre, car les appartements de Rafael occupaient tout le quatrième étage. Au moins, constata-t-elle, il s'était assuré que la maison soit vide, pour que les employés ne les surprennent pas comme ces trois dernières semaines.

Il la jeta sur son lit extra-large. Elle se plaça au centre, sur les draps de satin, tandis qu'il s'allongeait au-dessus d'elle. Elle se cambra pour intensifier le contact de leurs corps, savourant son poids et son ardeur quand il s'appuya sur elle.

Il l'embrassa avec fougue, sa langue plongeant en elle pendant qu'il se faufilait entre ses cuisses.

Il lui retira son haut, remonta sa jupe jusqu'à la taille, puis fit glisser son slip sur ses hanches. Quand elle écarta les jambes pour lui, il encercla sa taille et la hissa contre la tête de lit. Puis il enfouit le visage entre ses seins.

La vision de sa chevelure sombre contre elle la fit gémir, et elle appuya sa tête plus fort contre sa peau en feu.

Il marmonna quelques mots qui transpercèrent son cœur

tandis que ses mains détachaient son soutien-gorge, libérant ses seins prêts à être possédés.

Emprisonnant ses mains au-dessus de sa tête de sa main valide, il reporta son regard sur elle. Ses yeux brillaient de désir. Sans doute parce qu'elle était à moitié nue, et qu'elle s'abandonnait totalement, comme lors de leur première rencontre.

Dans un grondement rauque, il lâcha ses mains pour prendre avidement ses seins en coupe. Elle se cambra de plaisir et offrit sa chair plus pleinement. Il la massa, caressa ses seins, jusqu'à ce qu'elle s'agite... et le supplie.

Il arracha sa chemise, exposant son corps musclé. Elle explora de ses mains émerveillées et tremblantes sa perfection dorée et sculptée. Ses grondements se firent plus rauques quand il frotta son torse contre sa poitrine.

— *Querida*...

Il prit ses seins à pleine bouche, comme pour la dévorer. Des décharges de plaisir la parcoururent à chaque aspiration, chaque mouvement torride de sa langue, jusqu'à ce qu'elle frissonne de tout son corps, et que sa moiteur coule le long de ses cuisses.

Quand sa main glissa sur elle, prenant toute liberté avant de se poser entre ses jambes, elle resta impuissante, balayée par une déferlante de désir. Ses doigts forts et sensibles glissèrent vers sa chair intime, qui pulsait à présent, attendant son assaut sensuel. Tout en prenant sa bouche, il écarta les replis de sa féminité.

Il ne fallut que quelques caresses de ses doigts de virtuose pour la plonger dans l'extase. Elle convulsa, et cria dans sa bouche.

Ses doigts accentuèrent son plaisir, encerclant son clitoris avec douceur. Le désir s'embrasa de nouveau au creux de son ventre, et ce vide qui la rongeait en permanence devint insupportable.

De frustration, elle tapa des pieds contre le lit.

— *Prends-moi, enfin !*

Il prit son sexe en coupe, plaqua son corps encore tremblant contre le sien, ce qui la fit taire. Pourtant, elle savait qu'il n'accéderait pas à sa requête.

Elle tourna le visage contre son torse, et se mit à sangloter.

— Pourquoi ne veux-tu pas me donner ce que je te demande ? Je ne veux plus attendre. Je te désire en permanence.

— Tu es juste excitée.

Elle le fusilla du regard.

— Eh bien... je ne m'en étais pas rendu compte ! ironisa-t-elle.

Son visage était marqué par un désir sauvage, même si elle souriait.

— Je veux dire que tu es trop excitée pour penser. Il y a trois semaines, tu ne voulais pas me revoir.

— Il y a trois semaines, je t'ai demandé de me faire l'amour. Comme je l'ai fait chaque jour depuis.

— Tu essayais de te débarrasser de moi.

— Peut-être ne pouvais-je pas attendre pour t'avoir. Tout comme je ne le peux pas maintenant. Tu n'as pas pensé à cela ?

— Je veux te faire la cour, *querida*, je veux que nous connaissions l'anticipation, et que nous explorions tous les chemins vers le plaisir, sauf le chemin ultime. Quand j'unirai nos corps, je veux que tu sois certaine que tu me veux, moi, et pas seulement la libération que je t'apporterai.

Elle plongea les mains dans ses cheveux, l'implorant du regard.

— J'en suis certaine. Je le suis depuis l'instant où je t'ai vu.

— Mais, quand tu avais les idées claires, tu savais que le mieux pour toi, pour nous, était que je ralentisse.

— Mais pas à ce point.

— A t'entendre, on pourrait penser que je te tourmente depuis des mois.

— Plutôt des années.

Son sourire déborda d'une satisfaction purement masculine.

— J'aime quand tu te consumes de désir pour moi.

Elle faillit lâcher : « Et moi je t'aime tout court », mais ravala ses paroles au dernier moment.

Elle n'avait aucune illusion sur la nature de son engagement avec elle, et ne tenait pas à ce que ses sentiments bien différents et plus intenses l'effraient ou l'éloignent. Il était impossible qu'un homme comme lui soit à elle, sauf de manière éphémère. Et elle avait l'impression que plus le temps passait, moins elle l'aurait pour elle seule.

Et maintenant il allait partir. Il devait se rendre avec l'un de ses « frères » au Japon. Même s'il avait promis que ce ne serait que pour quelques jours, elle avait l'impression que cela allait écourter leur histoire d'autant.

Toutes ses pensées troublées disparurent quand il écarta ses cuisses et descendit sur son corps tremblant.

— Laisse-moi apaiser la brûlure en toi, *querida*.

Il l'avait fait de toutes les manières, sauf de celle dont elle rêvait.

Elle tenta de serrer les cuisses, car elle avait besoin de lui, et non d'un orgasme.

— Et la brûlure en toi ? rétorqua-t-elle.

— Tu peux l'apaiser si tu en as envie.

— Oh ! oui, j'en ai envie, tant envie !

Quand il la laissait l'honorer, cela la soulageait un peu. L'intimité avec son sexe massif et impressionnant la faisait frissonner, et elle se demandait si Rafael parviendrait à la pénétrer. Mais elle était impatiente de connaître la douleur qu'il devrait lui infliger. Elle voulait avoir mal, elle avait besoin qu'il la fasse sienne dans la douleur.

Mais, si cette intimité lui donnait du plaisir, cela ne faisait que la rendre plus folle de désir, et lui aussi.

— Alors, tu assouviras ton désir, promit-il. Juste après que j'aurai assouvi le mien.

Et, lorsqu'il posa la bouche contre ses replis chauds et glissa sa langue en elle, le monde disparut dans un tourbillon de sensations.

— Tu veux bien baisser les vibrations de ton inquiétude ? Elles sont en train de faire des trous dans le fuselage.

Rafael releva la tête en entendant les sarcasmes de son frère. Il regarda distraitement Raiden s'asseoir face à lui dans le siège confortable de son jet privé.

Quand son camarade boucla sa ceinture et lui lança un regard réprobateur, l'exaspération de Rafael grimpa en flèche.

— Je pourrais, gronda-t-il, si ton maudit pilote choisissait un trajet où j'ai du réseau !

Raiden, alias Lightning, lui avait demandé de l'accompagner à Tokyo cinq jours plus tôt. Il était sur une piste sérieuse pour retrouver sa famille, et avait demandé à Rafael d'examiner les registres qui ne pouvaient être sortis des instituts et des temples, et de les analyser. Rafael avait réussi à relier les éléments entre eux. Et Raiden avait enfin découvert d'où il venait.

Rafael, quant à lui, avait uniquement découvert le sens du mot souffrance.

Quand Richard avait affirmé que le temps aggraverait son état, il avait eu raison. Toutefois, Rafael n'était-il pas dans cet état depuis le début ? Cela faisait un mois qu'il avait rencontré Eliana, et il était en effet totalement mordu.

Depuis qu'il l'avait quittée, il lui avait téléphoné au moins dix fois par jour. S'il avait pu, il lui aurait parlé au téléphone toute la journée. Et l'aurait regardée par webcam toute la nuit.

Puis était venue la torture des vols de vingt-quatre heures. Pendant douze de ces heures, les transmissions cellulaires étaient coupées. Ne pas pouvoir lui téléphoner pendant si longtemps le mettait sur les nerfs. A l'aller, il avait réussi à se contrôler. Mais maintenant il était en train de devenir fou.

Raiden avait d'abord respecté son tourment. A présent, il s'en amusait.

— Selon le pilote, les transmissions devraient reprendre d'un instant à l'autre.

Raiden lissa en arrière les cheveux qu'il avait coupés court pour la première fois de sa vie, afin d'entrer dans les hautes sphères conservatrices de la société japonaise.

— Mais tu ne peux toujours pas allumer ton téléphone, puisque nous amorçons la descente, ajouta-t-il.

Rafael lui lança un regard furieux.

— Pourquoi parles-tu si tu n'as rien d'utile à dire ?

— Eh bien, Numbers...

Raiden sourit et étendit ses longues jambes. Une lueur malicieuse brillait dans son regard si frappant.

— Après Richard et Numair, tu étais le dernier que j'aurais cru voir un jour dans cet état à cause d'une femme.

— Et, dans cet état, je suis capable de faire des choses que le Numbers que tu connais ne ferait pas. Alors, tais-toi, Lightning.

Raiden n'obéit pas. Et, quand Rafael lui lança ses écouteurs dernier cri à la figure, il se mit à rire.

Même s'ils amorçaient leur descente, Rafael sortit son téléphone et l'alluma. Les mains tremblantes d'une anxiété inexplicable et envahissante, il accéda à son répondeur. Il y avait un message d'Eliana.

— Rafael... je... j'ai eu un accident... Ils m'emmènent à l'hôpital Copa D'Or. Oh ! mon Dieu... où es-tu ?

Un bruit de fracas s'ensuivit, comme si elle avait fait tomber le téléphone.

Et puis plus rien.

8

Rafael devenait fou.

A chaque battement de cœur, il le devenait davantage.

Le téléphone d'Eliana était hors service. Elle n'était pas au Copa D'Or, l'hôpital où avaient été emmenés les nombreux blessés après l'accident.

Un camion-benne s'était encastré sous un pont, qui s'était effondré sur des dizaines de voitures dans la circulation dense du matin. Quatre personnes avaient été tuées, et des dizaines d'autres, blessées. Rafael parcourut tout l'hôpital en quête d'Eliana, questionna chaque personne. Aucune ne put lui donner d'informations sur l'état d'Eliana. Ou sur l'endroit où elle se trouvait.

Pour Richard, cela voulait dire qu'elle allait assez bien pour avoir quitté l'hôpital. Mais Rafael voyait seulement qu'il ne pouvait pas la trouver, ni la protéger. Ses hommes passaient les rues au peigne fin, et avaient déjà vérifié tous les lieux où elle pouvait se trouver. Elle n'était pas chez elle, ni dans la villa de son père à Copacabana, ni à son bureau. Son père non plus, et Rafael se rappela après coup qu'il était retourné à San Francisco. Et, maudit soit cet homme, son téléphone était aussi hors service.

Ne sachant plus quoi faire, il se rendit dans le dernier endroit auquel il pouvait penser. Sa propre maison.

Parmi les lieux qu'Eliana fréquentait, c'était le plus éloigné de l'hôpital. Il y avait plus de deux heures de route, avec cette circulation. Et Eliana n'avait pas de raison de s'y rendre s'il n'y était pas, d'autant que son appartement n'était qu'à vingt minutes de l'hôpital. Mais il n'avait pas d'autre idée.

Sentant le monde s'écrouler, il arriva chez lui juste après la tombée de la nuit. Les gardiens l'informèrent qu'aucune voiture ne s'était approchée des grilles. Et la demeure était vide, puisqu'il avait donné congé à tous les employés durant son voyage au Japon.

Malgré tout, il parcourut la maison en criant son nom. Puis il entra en trombe dans sa chambre... et faillit s'effondrer.

Elle était sur son lit.

Recroquevillée en position fœtale, les cheveux étalés en boucles sauvages et libres sur son oreiller, elle avait le dos tourné. Son tailleur-jupe vert pastel était déchiré par endroits, et taché de crasse et de sang.

Elle ne bougeait pas.

Avec l'impression qu'il venait de recevoir plusieurs coups violents à la tête, il avança vers elle en titubant, le cœur battant.

Il tomba à genoux à côté du lit, pétrifié par la terreur.

Il ne pouvait pas la toucher. Il ne pouvait pas découvrir qu'elle... qu'elle...

Non. Elle allait bien. Elle était venue jusqu'ici. Elle était sans doute épuisée par cette épreuve...

Mais elle était si immobile ! Comme si elle ne respirait pas.

La gorge nouée, il supplia d'une voix étranglée :

— *Eu imploro, por favor, meu amor...* Eliana, je t'en supplie... réveille-toi.

Aucune réaction. Rien. Alors, il sut.

Si elle ne se réveillait pas, il ne voulait plus vivre.

Avec cette certitude nouvelle, sachant qu'il ne souffrirait pas longtemps si elle n'était plus avec lui, il eut enfin la force de tendre le bras pour la toucher.

Sa main tremblante se posa sur son cou.

Sa peau était chaude, brûlante, et elle... elle...

Elle ouvrit les yeux.

— Rafael.

Ce mot tremblant provoqua une décharge de mille volts dans son cœur figé, et le fit repartir. Rafael posa les mains sur tout son corps, exposant sa peau, pour s'assurer que tout en elle était intact, en état de fonctionnement… et entier.

Une bête folle rugit dans son ventre à chaque hématome et éraflure qu'il découvrait. De nouveau, il crut qu'il allait devenir fou en songeant qu'il n'avait pas pu empêcher ces blessures, et qu'il ne pouvait pas revenir en arrière. Ses lèvres se posèrent sur chaque blessure, tentant de l'apaiser et de la faire disparaître, déversant des regrets partout sur elle pour n'y être pas parvenu.

Tout ce qu'il pouvait faire, c'était être peau contre peau, pour la première fois sans aucune barrière, s'exposer totalement afin de lui transmettre sa puissance, et d'absorber l'épreuve qu'elle venait de vivre.

Comme si cela fonctionnait, ses bras affaiblis commencèrent à s'accrocher à lui, son corps mou se tendit contre lui, jusqu'à ce qu'ils semblent ne faire plus qu'un. Puis ses paroles entrecoupées de sanglots enfiévrés commencèrent à être intelligibles.

— Mon… mon chauffeur… a été écrasé. J'ai… essayé de le sortir de la voiture… mais je… je n'ai pas réussi… Ensuite, j'étais à terre, à plat ventre, et on m'a emmenée… Je ne pensais qu'à toi… je devais te joindre… mais je suis tombée sur ton répondeur… puis mon téléphone s'est éteint…

Il trembla contre elle, et l'étreignit quand elle fondit en larmes. Il embrassa ses joues humides, déversant un flot de promesses.

— Je suis là, maintenant. Jamais plus je ne te quitterai.

— J'ai… j'ai perdu mon sac, je n'avais que mon téléphone… je l'ai donné au chauffeur de taxi comme paiement. Mais il a dit que venir jusqu'ici l'éloignerait de son secteur, alors, il m'a laissée sur la route…

Enfin, il y avait quelque chose qu'il pouvait réparer.

— Je vais retrouver ce chauffeur, et lui faire regretter tous les actes méprisables qu'il a commis dans sa vie.

Soudain, elle cessa de pleurer, et ouvrit de grands yeux, l'air désemparé.

— Non, non... ça ne fait rien...

— N'essaie pas de me calmer, Eliana. Ce type a non seulement pris ton seul moyen de communication en guise de paiement au lieu de te fournir un chargeur, mais il t'a laissée à des kilomètres de ta destination, blessée et seule. Il *paiera*.

La seconde suivante, il se maudit en la sentant se recroqueviller devant son agressivité, même s'il voulait seulement la défendre. Elle était si secouée, et semblait si fragile, comme si elle était...

La terreur l'envahit de nouveau. Et si elle avait des blessures internes ?

— *Deus, meu amor...* je dois t'emmener à l'hôpital.

Elle résista quand il voulut la porter.

— Je n'ai rien.

— Tu n'en sais rien. Pour certaines blessures, comme les commotions cérébrales, les symptômes apparaissent plus tard. Il faut te mettre sous observation.

— Mais je n'ai pas été touchée. La partie de la voiture dans laquelle je me trouvais était totalement intacte.

— Et les éraflures et les bleus sur tout ton corps ?

— Je les ai eus en essayant de sortir mon chauffeur de la voiture.

— Mais tu dis que tu étais à plat ventre quand ils t'ont trouvée. Tu t'es peut-être évanouie.

— C'était simplement une réaction à la vue des blessures horribles de mon chauffeur, à l'adrénaline quand j'ai essayé de le dégager et que... qu'il est mort sous mes yeux.

De nouveau, il fut submergé par un sentiment d'impuissance. Il aurait tant voulu remonter jusqu'à ces moments terribles, les effacer de sa mémoire.

Mais il y avait une chose qu'il pouvait faire.

— Tout de même, tu dois passer une nuit ou deux à l'hôpital.

— Non. Ils m'ont donné le feu vert pour sortir. Je m'en suis miraculeusement sortie indemne, j'étais juste... désemparée, en pensant à la façon dont j'aurais pu mourir ou pire.

Ses yeux s'embuèrent tandis qu'elle s'accrochait à lui.

— Il fallait que je sois là où je pouvais te toucher. J'ai trouvé un endroit abîmé dans le mur autour de ta propriété, et je suis passée par là, car les grilles étaient trop loin et je devais aller dans ton lit...

Saisi par une émotion brute et déchirante, il gémit et la serra contre son cœur.

— Je suis là, maintenant, *preciosa*. Je t'ai trouvée, et je ne te perdrai plus jamais de vue. A partir de maintenant, je veillerai à ta sécurité. *Toujours*.

— On ne peut pas contrôler le destin.

Il voulut jurer qu'il le pouvait, mais elle reprit, les mains tremblantes contre sa peau brûlante :

— Quand ce pont s'est écrasé et que j'ai cru mourir, je n'avais qu'un regret... ne jamais avoir fait l'amour avec toi.

La pensée insupportable que sa vie aurait pu être étouffée en quelques secondes, qu'il aurait pu la perdre, le dévasta une fois de plus.

Elle sanglota de nouveau.

— Tu ne peux pas contrôler le destin, Rafael, mais tu peux profiter de l'instant. Laisse-moi t'avoir maintenant, avoir tout de toi. Prends tout de moi et montre-moi à quel point tu es vivant. Montre-moi à quel point je suis vivante, *meu amor*.

Meu amor. Elle l'avait appelé mon amour.

Alors, tout en lui céda.

Il s'allongea sur elle, sentit son cœur battre au même rythme effréné que le sien, sut qu'elle ne pourrait pas supporter des préliminaires ou de la douceur, car elle avait besoin qu'il réaffirme qu'elle était en vie, avec férocité.

Plongeant les mains dans ses boucles soyeuses, il plaqua sa tête contre le lit. Ses yeux capturèrent son regard ruisselant tandis qu'il se plaçait entre ses cuisses et appuyait le sommet de son sexe endurci contre l'entrée de son sexe brûlant. Puis il la pénétra d'un mouvement brusque.

Il sentit sa chair tenter de repousser son invasion. Le cri qu'elle poussa détona dans sa tête tandis qu'il se heurtait à sa barrière. Elle se cambra sous l'effet de la douleur, mais hocha la tête avec frénésie. Elle voulait qu'il prenne possession d'elle, pleinement. Et il accéderait à tous ses désirs.

Il recula entre les parois de l'anneau qui le serrait comme un étau, puis revint plus fort, et déchira ce qui restait de son innocence, sentit la brûlure de son sang et de sa soumission enrober son sexe.

Ses cris où la douleur et l'euphorie se mêlaient le balayèrent. Ils devinrent des geignements de protestation quand il se retira, jusqu'à ce que seule l'extrémité de son sexe en érection demeure en elle. Puis il replongea en elle, dans l'étau chaud et étroit de son sexe, creusant un nouveau chemin, un chemin qui n'était qu'à lui.

Il unit ses lèvres aux siennes, avala ses souffles saccadés et ses cris quand sa chair céda, l'aspirant dans un brasier de sensations.

La sensualité, la réalité, la *signification* de cette union de leurs corps... le dépassèrent. Il devait tout donner de lui, se perdre en elle, transpercer son être et la consumer.

Il se glissa hors de son fourreau étroit, et revint juste au moment où elle se cambra, l'attirant encore plus loin en elle. Le plaisir explosa en lui.

— Eliana... un tel plaisir ne peut pas exister. Prends tout de moi, Eliana, et donne-toi tout entière.

— Oui... Rafael... *oui.*

Elle plaqua son corps contre le sien, et le projeta dans une frénésie de sensations. Il augmenta la force et la cadence de ses va-et-vient, tandis que ses seins voluptueux remuaient sous lui, que ses jambes tremblantes s'ouvraient davantage, et que ses replis devenaient encore plus accueillants.

La chaleur, la friction s'intensifièrent, jusqu'à ce qu'il sente le centre de son plaisir sur le point d'exploser tant son besoin d'être libérée était fort.

Il releva ses hanches. Il ne pouvait pas s'enfoncer jusqu'à

la garde, dans ce corps étroit et novice. Mais il ajusta sa position, cherchant à atteindre ses points les plus sensibles pour embraser son plaisir.

Dans un cri, elle s'atomisa autour de lui, ses muscles intimes se contractant autour de son sexe, le flot de son orgasme le rendant fou.

Il explosa en elle, des décharges de plaisir le parcourant, se déversant de son sexe, sa semence se mêlant au courant de son plaisir, jet après jet de pure extase.

Tout sembla disparaître. Ne restait plus qu'Eliana, son être et sa chair mêlés aux siens...

Haletant, Rafael revint à lui.

Tandis que ses sens se réveillaient, il comprit qu'il avait perdu connaissance... pour la première fois de sa vie. La libération de sa peur et de son désir avait été brutale. Cela n'avait pas été un soudain évanouissement, mais une plongée dans un royaume dans lequel il n'avait fait qu'un avec Eliana, sur tous les plans.

Il se souleva et prit appui sur ses bras tremblants. Elle ne revint à elle que lorsqu'il bougea, son sexe se contractant malgré elle autour de son érection qui n'avait pas diminué, lui arrachant un gémissement de plaisir guttural.

Elle ouvrit les yeux, encore rouges et enflés. Ce rappel de l'accident lui noua le ventre.

Quand elle afficha un grand sourire, comme si elle venait de découvrir un secret, et qu'il vit son regard chargé d'une telle satisfaction, il eut envie de se frapper le torse.

La seconde suivante, la morsure de la honte le saisit lorsqu'il songea avec quelle férocité il l'avait prise, tempérant sa propre satisfaction.

Elle gémit quand il commença à se retirer.

— Reste en moi.

Il se figea.

— Tu dois avoir mal.

— Oh ! oui... délicieusement.

Ses jambes douces caressèrent ses flancs, ses talons s'enfonçant dans ses fesses, le ramenant en elle.

— Si j'avais su à quel point ce serait incroyable, j'aurais trouvé un moyen de te convaincre plus tôt. En l'occurrence, il a fallu un accident presque fatal pour venir à bout de ta résolution.

Son regard s'assombrit, mais elle fit un effort pour y insuffler de la légèreté.

— Etant brillant dans tous les domaines, tu m'as donné tant de plaisir que je me suis évanouie.

— Toi aussi, tu m'as submergé de plaisir, et je n'ai même pas l'excuse d'être novice.

Elle ouvrit de grands yeux.

— C'est vrai ?

— Oui. J'ai perdu connaissance pour la première fois de ma vie. Ça ne m'était jamais arrivé, même quand j'ai reçu des coups de poing en pleine figure. Il n'y a que toi qui aies réussi à me mettre K-O.

Son air ravi et fier valait tous les portraits. Il rit, en remerciant le ciel. Parce qu'elle existait, qu'elle était indemne, et qu'elle était à lui. Sur tous les plans, à présent.

Fou de soulagement, il s'allongea sur le dos, l'entraînant avec elle, et resta en elle, comme elle l'avait exigé. Les vagues soyeuses et brillantes de sa chevelure se répandirent sur son torse.

Il contempla le profil exquis appuyé contre son cœur, les membres doux enlacés aux siens. En voyant ses hématomes, il fut de nouveau gagné par le désarroi, en songeant à quel point cela aurait pu être pire.

Il expira pour évacuer sa peur et sa culpabilité.

— Et dire que je t'avais demandé si tu étais vierge pour adapter mon approche ! J'ai compris que tu l'étais, pourtant, j'ai pris ta virginité avec toute la finesse d'un pillard.

Elle leva vers lui un regard impérieux.

— J'avais besoin de toi, moi aussi. J'avais besoin que tu me prennes avec vigueur, pour me donner toute ta force, sans retenue. La douleur n'a fait qu'intensifier les sensations. J'ai même cru mourir de plaisir pendant un instant.

Ses bras tremblèrent autour d'elle.

— Tu *vivras* de plaisir. Tu vivras, tu t'épanouiras, et tu seras cet être plein de vie, et délicieux, tu comprends ?

Elle hocha la tête, l'air rêveur.

— Et je veux vivre avec toi en moi le plus souvent possible.

— Le plus dur pour moi serait de ne *pas* être en toi.

Il s'enfonça encore plus loin dans son intimité chaude et étroite.

Rejetant la tête en arrière dans un cri, elle eut de nouveau le regard embué.

Alors qu'il se maudissait et tentait de se retirer de ses profondeurs, elle resserra son étreinte.

— J'ai besoin de toi, Rafael.

— Tu auras encore plus mal, puisque tu es déjà endolorie.

— Je veux avoir mal.

Dans son regard déjà enfiévré, il vit toute l'étendue de son désir. Il ferait toujours tout pour y répondre.

Il l'étendit sur le dos, et s'allongea sur elle. Elle avait besoin d'une autre preuve d'avoir survécu, et seule une chose aussi intense que le plaisir teinté de douleur lui donnerait le sentiment d'être pleinement vivante.

Elle remua sous lui, déjà moite. Elle avait besoin qu'il la chevauche, la domine, et provoque en elle une myriade de sensations. Qu'il la fasse vivre pleinement.

Tandis qu'il commençait à onduler en elle, désirant lui donner l'ardeur dont elle avait besoin tout en sachant qu'elle aurait mal, il eut une prise de conscience un peu tardive.

Il ne s'était pas protégé tout à l'heure. Ni maintenant.

Mais les conséquences ne l'inquiétaient pas. Mieux, elles étaient bienvenues. Il voulait qu'elle soit enceinte de son enfant. Il en avait *besoin*.

Il aurait donné sa vie pour cette femme qu'il aimait de tout son être. Il avait voulu mourir quand il avait cru l'avoir perdue. Et il voulait qu'elle soit liée à lui de toutes les manières possibles.

Il avait déjà le lien du désir et de l'extase. Mais désormais il devait s'assurer d'avoir les liens les plus forts de tous. L'amour. Et un enfant.

Pour la faire sienne à jamais. Ainsi, quand il détruirait son père, et si jamais elle découvrait la vérité, il ne la perdrait pas.

Ellie ouvrit les jambes pour Rafael, ses ongles s'enfonçant dans son dos et ses fesses pour l'inciter à aller plus loin. C'était douloureux, mais elle avait l'impression qu'elle exploserait s'il se retirait. Elle avait besoin que sa chair l'emplisse, pour ne faire plus qu'un avec lui.

Elle était encore sous le choc. Révoltée par l'horreur dont elle avait été témoin, pétrifiée d'avoir frôlé la mort.

Comme Rafael n'avait pas décroché son téléphone, elle avait perdu l'esprit. Mue par le besoin de le voir, elle avait marché jusqu'ici, pour être entourée de sa présence et de son parfum.

Et maintenant il était là, et l'enveloppait de sa passion, de sa protection. Elle était si dépendante de lui que c'en était effrayant. Mais c'était aussi euphorisant. De savoir qu'il existait, lui, le seul être qui la rendait vraiment vivante.

Tout ce qu'elle avait cru savoir sur le sexe avait été anéanti. Dès l'instant où il l'avait envahie, où il avait uni leurs deux corps, et l'avait emmenée jusqu'aux limites mêmes de sa mortalité. Cette expérience indescriptible l'avait transfigurée. Elle était désormais une personne totalement différente. Une femme. *Sa femme.* Enfin.

A présent qu'elle savait ce qu'était le plaisir — un plaisir absolu, envahissant, écrasant —, elle voulait absolument en avoir plus. Pour prouver à quel point ils étaient en vie. La douleur ne faisait qu'intensifier leur union, confirmait la domination intégrale qu'il avait sur elle et l'abandon total dont elle faisait montre avec lui.

Il était appuyé au-dessus d'elle, et tentait manifestement de refréner sa puissance. Il se retira, puis, en un coup de reins brusque, la transperça jusqu'à ses replis les plus lointains.

Le choc pour son corps fut total.

Paralysée par le trop-plein de sensations, elle le dévisagea. Cette souffrance sublime *était* plus intense que la première.

Il resta immobile en elle, apparemment aussi pétrifié qu'elle était fascinée. Elle eut un sourire de fierté.

Il brisa alors le silence de sa voix rauque.

— Eliana, le plaisir que tu me donnes… *Deus*…

Il s'appuya sur ses paumes, se retirant de nouveau, lui arrachant un cri de protestation. Elle s'agrippa aveuglément, avide de sentir de nouveau la douleur déchirante et le plaisir exquis. Et il revint en elle.

Au retrait suivant, elle perdit le peu d'esprit qui lui restait. Elle leva les hanches, cherchant à l'emmener encore plus loin. Il la plaqua de nouveau sur le lit, exposant sa gorge, mordillant sa peau.

— Oui, Rafael, cria-t-elle. Dévore-moi… achève-moi.

— Tout ce que tu voudras. Toujours.

Il ondula de nouveau en elle. La première fois qu'il l'avait prise, sa chair inexpérimentée avait entravé son avancée. Cette fois, ces premiers plongeons n'avaient été que des préliminaires. A présent, il allait plus loin à chaque coup de reins, en étirant sa chair de manière presque insupportable, jusqu'à ce qu'elle le sente frapper l'épicentre de son essence même, la plongeant dans un tourbillon de sensations.

La vague de plaisir la balaya par son intensité, la fit crier, convulser, se cramponner à lui dans ce chaos sensuel. Sa vision s'accrocha à son magnifique visage, tandis qu'il s'employait à l'emmener jusqu'aux cimes du plaisir, jusqu'à ce qu'elle le voie se tendre, comme s'il ignorait quand lâcher prise.

Alors, elle le supplia.

— Donne-moi… donne-moi tout…

Et il obéit. Elle sentit chaque pulsation, chaque vague de son orgasme en elle. Quand les jets chauds heurtèrent sa chair intime enflée, elle remua, pleura, ne pouvant plus endurer les pics de plaisir tandis que tout s'assombrissait et s'évanouissait…

Sa conscience s'éveilla, enveloppée dans un cocon de satisfaction. Puis Ellie comprit ce qui l'avait réveillée. Rafael était en train de se retirer.

Elle voulut protester, mais finit par gémir de contentement quand il l'allongea sur son corps massif tout en restant en elle, mêlant leur sueur et leur béatitude.

Les yeux clos, elle laissa l'instant s'enregistrer dans ses cellules. Elle aurait besoin de ces précieux souvenirs plus tard.

Quand, un jour, leur histoire s'achèverait.

Mais ce n'était pas encore fini. Et elle chérirait chaque seconde avec lui. Célébrerait le fait d'être en vie et désirée par lui, jusqu'à ce que cela s'arrête.

— Si j'avais su que ce serait ainsi entre nous..., gronda la voix de Rafael sous son oreille, que cela dépasserait de loin mes fantasmes perfectionnistes, je t'aurais prise il y a des semaines.

Elle leva la tête, s'émerveilla une fois de plus de sa beauté, et de la vision de leurs deux corps enlacés.

— Tu vois ? La prochaine fois, tu devrais céder à mes exigences.

— Je le ferai, pour sûr, dit-il en souriant. Toutefois, je pense que nous avions besoin de ce mois d'attente, de nous connaître mieux et de souffrir de l'abstinence pour atteindre ce niveau inégalé d'intimité et de plaisir.

— Si tu le dis.

Il saisit ses cheveux avec douceur et fit pivoter son visage vers l'endroit qu'il désignait.

— Tu vois ça ?

— Ta veste ?

— Oui. La veste pleine de préservatifs que je n'ai pas utilisés.

Elle se redressa sur des bras tremblants, en appuyant les paumes sur son torse sculpté. Elle sentit le désarroi la gagner. Elle n'avait même pas songé à se protéger. Cette fois encore.

Peut-être était-elle... ?

En un battement de cœur, elle entrevit tout un champ de possibilités, une vie tournant autour d'un bébé aux cheveux de jais et aux yeux d'argent.

Elle s'assit, sentant la semence de Rafael en elle, qui avait fait d'elle une femme. Une femme qui aurait tout donné pour que cette semence prenne racine en elle.

Mais Rafael ne partagerait pas ce sentiment.

— Tu pourrais être enceinte, déjà.

Elle détourna le regard.

— Tu n'as pas à t'inquiéter pour cela.

Il ramena son visage vers le sien, mais elle garda les yeux baissés. Elle ne voulait pas voir de l'angoisse dans ses yeux. Car ce serait le début de la fin.

— Regarde-moi, *meu coração.*

La façon dont il avait dit « mon cœur » la poussa à le regarder. Et ce qu'elle vit dans ses yeux fit monter des larmes chaudes et désormais familières dans les siens.

— Même si j'espère que tu ne l'es pas, parce que je veux que nous ayons du temps pour nous avant de devenir parents, il n'y a rien que je veuille davantage que de te voir porter mon enfant un jour.

Une émotion brûlante lui serra la gorge.

— Rafael...

— *Eu te amo,* Eliana, la réponse à toutes mes prières.

Elle le dévisagea. Avait-il vraiment dit « je t'aime » ?

— Je crois t'avoir aimée au premier regard, et même avant cela. Je pense t'avoir attendue toute ma vie, et t'avoir reconnue avant même de t'avoir vue. A présent, je sais que je ne peux pas vivre sans toi. Littéralement.

Il poussa un grand soupir.

— Aujourd'hui, quand j'ai cru te perdre, je n'ai plus voulu vivre. Je te veux à mes côtés pour toujours, *meu amor.* Et ce toujours commence maintenant.

Il caressa avec adoration son visage tremblant.

— Dis-moi que tu me veux pour toujours, toi aussi. Dis-moi que tu m'aimes.

Elle tenta d'obéir à ses ordres, de dire tout ce qui était dans son cœur. Mais elle n'arrivait pas à respirer. Ses paroles, ses confessions... Comme toujours, il la submergeait.

— Tu ne m'aimes pas ?

Il se redressa, l'air sombre. Puis une arrogance absolue se peignit sur ses traits.

— Tu ne m'aimes peut-être pas encore, mais tu y viendras. Je ferai en sorte que tu m'aimes.

— Tu veux rire ? s'exclama-t-elle. N'est-il pas évident que je t'ai aimé au premier regard, moi aussi ?

Elle prit son visage entre ses mains tremblantes.

— Je t'aime tant que c'est une douleur et une terreur de tous les instants.

Il fronça les sourcils.

— Pourquoi est-ce douloureux et terrifiant ?

— Parce que j'ai cru que tu ne m'aimerais jamais en retour. Parce que je croyais qu'un jour tu t'en irais, et que je ne te verrais plus jamais.

— Comment as-tu pu penser pareilles sottises ? Ne t'ai-je pas montré à chaque instant, et de toutes les manières, combien je tiens à toi ? Jamais je ne te quitterai.

Consciente qu'il lui faudrait du temps, peut-être l'éternité, pour composer avec l'idée qu'il éprouvait de tels sentiments pour elle, elle poussa un soupir tremblant.

— A présent, j'ai un regret, dit-elle.

— Je ne peux pas accepter que tu éprouves des regrets.

— Oh ! c'est un tout petit regret. J'aurais aimé ne pas te dire que je t'aime totalement. J'aurais adoré voir jusqu'où tu serais allé pour « faire en sorte que je t'aime ».

— Inutile de te poser la question. J'irai très loin, de toute façon. A cette fin, il faudra que tu deviennes ma femme.

Elle fut sans voix.

Il l'attira contre lui et prit ses lèvres dans un baiser qui secoua son âme. Quand il reprit la parole, sa voix était grave et rauque.

— Epouse-moi, Eliana.

9

Ellie se pencha pour embrasser Rafael dans le cou, là où son pouls battait. Puis elle déposa une pluie de baisers sur son torse. Elle atteignit sa cicatrice, seule imperfection de son corps superbe, qui partait de son dos et courait jusqu'à son rein gauche, avant de remonter sur son abdomen, sous ses côtes. Il lui avait dit qu'elle était la trace d'une opération réalisée en urgence, il y a des années, sans lui donner plus de détails. Cette cicatrice la peinait terriblement chaque fois qu'elle la voyait ou la touchait. Mais elle ne semblait pas gêner Rafael. Et quand elle la touchait, comme maintenant, avec ses lèvres et sa langue, cela le rendait fou. A cet instant, son grand corps frissonnait sous ses baisers dans un long gémissement plaintif.

Elle se sentait toute-puissante de susciter un tel désir chez lui. Saisissant ses fesses d'acier, elle glissa une jambe entre ses cuisses puissantes, appuyant le genou contre son érection, qui semblait plus ferme et plus impressionnante que jamais.

Elle ne cesserait pas d'être stupéfiée que leur désir puisse se renouveler constamment. Ils étaient de nouveau en feu, et pourtant ils avaient fait l'amour à peine une heure plus tôt.

Comme toujours avec lui, le temps se déformait. Cela faisait déjà six semaines qu'il l'avait demandée en mariage. Depuis, elle avait dit oui un nombre incalculable de fois. Et ces six semaines lui paraissaient à la fois six heures et six années. Il s'était passé tant de choses depuis. Tant d'expériences, tant de plaisir. Tant d'amour.

L'amour. Elle ne parvenait toujours pas à y croire. Rafael l'aimait. Autant qu'elle l'aimait. Toutefois, étant le mâle dominant suprême, qui se devait d'être supérieur en tout, il affirmait l'aimer davantage. *Bien* davantage. Elle rétorquait simplement qu'elle avait toute une vie pour lui démontrer qu'il avait tort.

Elle avait emménagé chez lui le jour de sa demande en mariage. Ou plutôt elle était restée chez lui. Il avait affecté une assistante à son service, qui s'était rendue chez elle pour emballer toutes ses affaires et mettre un terme à son contrat de location. Rafael refusait qu'elle vive à plus de deux heures de route, et, s'il n'avait tenu qu'à lui, elle n'aurait plus jamais conduit non plus. Ne serait plus montée dans une voiture. En fait, il lui avait alloué un hélicoptère pour la conduire à son travail.

Elle le laissait la couvrir de ce genre de luxes. Pour l'instant. Il était encore sous le choc de l'accident, et réagissait de manière exagérée. Petit à petit, elle le convaincrait de la protéger et la choyer de manière moins extrême.

Néanmoins, il y avait un domaine où elle espérait qu'il ne cesserait jamais d'être excessif : au lit. Lorsqu'il avait parlé d'exigences inhabituelles lors de leur rencontre, c'était un doux euphémisme.

Si quelqu'un lui avait dit qu'avec son inexpérience et son ignorance elle répondrait aux exigences insatiables d'un dieu sensuel tel que Rafael, elle aurait ri. Ce qu'ils partageaient n'aurait même pas dû être possible. Mais c'était mieux que possible. C'était réel. Et indescriptible.

Leurs nuits étaient d'autant plus incendiaires que leurs journées étaient incroyables. Rafael s'investissait de plus en plus dans le travail qu'elle effectuait pour son père, ainsi qu'à l'orphelinat. Et il l'avait laissée entrer dans son monde, en la présentant à ses « frères » et en lui faisant découvrir ses activités.

C'était ainsi qu'elle avait découvert le niveau époustouflant de son pur *génie*.

Elle savait à présent que le pseudonyme de Numbers était tout à fait approprié. Rafael était un vrai prodige, et les ramifications de ses compétences étaient presque infinies. Toutefois, il n'appréciait pas qu'elle parle de lui en ces termes. Il avait été clair, elle ne devait en parler à *personne,* car il ne voulait pas que l'on connaisse la véritable étendue de ses capacités. Il trouvait très pratique d'être sous-estimé.

Quand elle avait compris que ce « personne » incluait son père, elle avait répondu que tout ce qui le concernait, ou les concernait tous deux, ne serait jamais divulgué à quiconque.

Cela demeurait la seule ombre au tableau, dans le monde merveilleux et scintillant de sa vie avec Rafael : le fait que l'homme qu'elle aime mette plus de temps que prévu à apprécier son futur beau-père. Pourtant, son père, après avoir vu à quel point Rafael était merveilleux avec elle, pensait lui aussi qu'il était une réponse à ses prières.

Certes, rien dans le comportement de Rafael n'indiquait qu'il n'appréciait pas son père. C'était juste... un sentiment. Il se montrait attentif et chaleureux, et s'intéressait de près aux difficultés financières de Teobaldo Ferreira. Il avait même demandé à Ellie de lui donner tous les détails, afin qu'il puisse trouver des solutions. Après tout, il *pouvait* tout faire.

Voilà pourquoi elle le laissait diriger un autre projet : leur mariage.

Elle avait encore du mal à croire que, dans deux semaines, elle deviendrait Senhora Moreno Salazar. Plus précisément, comme elle le lui avait dit en riant, Eliana Larsen Ferreira Moreno Salazar.

Rafael avait mis le monde à sa disposition pour la préparation de leur mariage. Mais elle avait insisté pour qu'il s'en charge, à condition qu'il en fasse une cérémonie *très* simple. Rien qu'eux deux, son père et ses demi-frères, et les frères de Rafael, ici, dans les jardins de la propriété.

Elle n'allait pas élargir le cercle des invités aux amis et aux collègues, car cela ne ferait que la distraire du vrai but de la cérémonie : leur union. Tout ce qu'elle voulait, c'était porter sa bague à son doigt, et prononcer leurs vœux devant les êtres les plus chers à leur cœur, avant de s'éclipser pour « plonger plus profondément dans la passion ».

Oui, cela s'était avéré être la seule façon précise de décrire ce qu'ils partageaient.

Elle était désormais impatiente de replonger.

Le caressant du bout des doigts, traçant des dessins avec ses cheveux, elle rit quand il vibra de tout son corps.

— J'espère que tu sais à quoi tu t'exposes par cet acte d'extrême provocation.

— De quel acte parles-tu ?

Elle mordilla ses tétons, ravivant sa passion, tandis que son propre désir faisait rage en elle.

Et c'était la faute de Rafael. Durant leurs derniers ébats, tout à l'heure, et après lui avoir fait connaître les orgasmes multiples, il lui avait fait découvrir les orgasmes continus. Nul doute qu'il avait créé un monstre. Du moins, un monstre plus grand que celui qu'il avait engendré au départ.

Il la prit par la taille, la portant comme si elle était aussi légère qu'une plume, et l'installa à califourchon sur lui, le regard torride.

— J'ai une liste. Chacun a une conséquence propre.

Elle ondula contre lui, en frottant son sexe contre le sien, déjà ferme.

— Des conséquences terribles, j'espère.

— Indicibles.

Il la fit descendre sur lui tout en se cambrant, s'enfonçant en elle jusqu'à la garde.

Il cria son nom, et elle sentit son corps et son esprit s'atomiser quand elle s'abandonna au plaisir.

Puis il lui montra les conséquences de sa provocation, donnant à chaque coup de reins sa pleine force, suscitant un orgasme à chaque fois qu'il allait au plus profond d'elle, jusqu'à ce que le monde se résume à lui, et à ce qu'il lui faisait.

Bientôt, elle cria, impatiente de se laisser aller à cette explosion finale qui la comblerait. Comme toujours, sachant exactement quand la conduire à l'orgasme, il accéléra ses va-et-vient. Juste au moment où l'extase devint un courant constant, il s'enfonça plus profondément en elle avec un grognement rauque, projetant sa semence en elle, jusqu'à ce qu'elle déborde.

Elle sursauta à chaque vague de plaisir chaud, se contracta autour de lui, et puis... tout devint noir.

Réticente à quitter ce royaume de félicité, mais impatiente de rejoindre Rafael, Ellie ouvrit les yeux. Tandis que son regard s'adaptait lentement à la lumière, elle vit qu'il était à l'autre bout de sa vaste chambre.

Il rencontra son regard dans le miroir, et ses narines frémirent de cette passion sans retenue dont elle était devenue dépendante, et qui constituait maintenant les fondations de son monde.

— Je ne voulais pas te réveiller, tu semblais si paisible. J'adorerais troubler cette paix et corrompre cette apparente innocence, malheureusement, j'ai un rendez-vous.

Elle écarta la couette dont il l'avait recouverte, s'étira langoureusement, dévoilant ses seins.

— Un rendez-vous qui ne pourrait pas attendre une petite demi-heure ?

— Tentatrice. Je te le ferai payer dès mon retour.

Il revint vers elle, tout de noir vêtu, ressemblant au dieu de la finance impitoyable et inexorable qu'il était.

— En attendant, je vais en prendre un petit acompte pour la route.

S'asseyant à côté d'elle, il l'attira dans ses bras, ses mains caressant son corps jusqu'à ce qu'elle remue entre ses bras, le souffle court.

— Chut, laisse-moi prendre soin de toi, *meu alma*.

Elle ouvrit les cuisses, et il caressa son clitoris avec adresse et douceur, puis glissa les doigts entre ses replis intimes. Il alla et vint en elle tandis que son pouce traçait des cercles autour de son nœud engorgé, avec la pression et la vitesse parfaites pour lui procurer un orgasme brut presque instantané.

S'abandonnant dans ses bras, elle soupira.

— Même pressé par le temps, mon fiancé sait comment me donner un aperçu des plaisirs à venir, pour s'assurer qu'il me laisse sur ma faim.

— C'est mon plan machiavélique, en effet.

Soudain, son regard redevint sérieux.

— En parlant de plans..., il y a une chose dont je voulais te parler.

Elle s'assit, sentant que le sujet était important.

— Laquelle ?

— Il s'agit de Diego. Je veux lui offrir davantage que des visites et un soutien financier. Je veux étudier la possibilité de l'accueillir chez nous, ou même de l'adopter. Je sais qu'il est un peu âgé pour être ton fils, mais peut-être pourrait-il être un petit frère...

Elle s'accrocha à son cou.

— Oui ! Oh ! Seigneur, oui, Rafael ! Tout ce que tu voudras. Diego est un ange, et il t'adore. Oh ! Seigneur, je t'adore tant que c'en est douloureux.

Son regard s'emplit d'une infinie tendresse.

— Tant que c'est une douleur agréable.

Enfouissant le visage dans son cou, elle trembla d'émotion.

— La meilleure qui soit.

Il s'écarta, effleurant sa joue rosie.

— Je n'aurais pas dû aborder ce sujet si important alors que je dois partir. Mais réfléchis. Pense aux questions techniques et à la logistique. Je me rends compte que c'est beaucoup de travail, mais je tiens à le faire. Pour Diego, et pour nous.

Elle hocha la tête, une galaxie d'étoiles dans les yeux tandis qu'il l'embrassait et se levait.

Caressant sa joue, il déclara :

— *Eu te amo, minha* Eliana, la réponse à mes prières. Les prières que je n'avais même jamais faites.

Elle se rendormit dès que Rafael fut parti, et fit des rêves merveilleux. Des songes vagues, non liés à leur réalité ou aux nouvelles possibilités avec Diego. Mais elle se réveilla en sursaut. Et fut presque certaine d'une chose.

Une heure plus tard, après avoir appelé une pharmacie qui livrait à domicile, elle était fixée.

Elle *était* enceinte.

Le cœur battant, elle s'assit, tenant le bâton aux lignes rose vif dans sa main.

C'était… trop. Tout était trop parfait. Trop incroyable. Rafael seul était déjà tout cela. Mais il y avait l'amour qu'il lui portait, un avenir avec lui, Diego qui rejoignait leur famille… et maintenant un bébé ?

Elle était certaine d'être tombée enceinte lors de leur première fois. Elle s'était abandonnée de manière absolue, afin qu'il laisse sa marque sur elle. Et il l'avait fait. Sa semence avait pris racine en elle, et allait grandir pour donner vie à un petit miracle.

Elle était impatiente de lui annoncer la nouvelle. Peut-être serait-il un peu déçu d'être déjà en compétition avec leur enfant pour avoir son amour et son attention, mais elle lui montrerait qu'il n'aurait jamais à s'inquiéter. Son amour pour leur bébé n'interférerait jamais avec l'amour qu'elle avait pour lui. Jamais.

Se levant d'un bond, elle s'habilla en hâte, comptant lui rendre une visite surprise. Puisqu'il n'allait plus au bureau le week-end, il avait une réunion dans un hôtel tout proche. Il ne ramenait jamais de travail ou de personnes liées au travail chez eux. Les seules exceptions étaient ses frères.

Elle s'immobilisa, et gémit. Elle avait oublié qu'il avait invité trois de ses frères intimidants à dîner.

Après avoir rencontré les deux autres frères qui viendraient ce soir, Raiden Kuroshiro et Numair Al Aswad, elle considérait Graves comme le moindre mal.

Elle descendit l'escalier prestement, et téléphona au chauffeur de Rafael. Daniel l'informa que Rafael avait fini sa réunion, et était déjà parti.

La joie l'envahit quand elle courut le trouver. Il était 18 heures, et ses frères devaient arriver aux alentours de 20 heures. Elle avait le temps de lui annoncer la nouvelle. Et peut-être même d'initier une séance sensuelle de plus.

En approchant du bureau de Rafael, « leur pièce », elle l'entendit parler. Ralentissant le pas, elle se demanda si elle devait entrer ou attendre qu'il termine son coup de fil. Mais elle entendit une autre voix. Puis encore une autre. Ses frères étaient déjà là.

Que faisaient-ils ici, si tôt ?

Pendant qu'elle hésitait, l'un d'eux prit la parole. C'était Numair. Elle aurait reconnu sa voix glaciale entre mille. Et ce qu'il dit la pétrifia.

— Nous avons mis nos projets plus importants en suspens pour que tu puisses venir au Brésil et approcher Ferreira. Nous n'avons accepté que parce que tu voulais avoir la satisfaction de le regarder dans les yeux quand tu le détruirais.

Avant qu'elle puisse trouver une explication, Rafael prit la parole, lui épargnant cet effort.

— Le détruire de manière anonyme, cela m'ira aussi.

— Tiens-t'en à ton plan d'origine, Numbers.

C'était Raiden. Trompeusement suave, et encore plus dangereux pour cela.

— Une fois que ce type croupira en prison, tu pourras aller le voir et lui dire que c'est toi qui l'y as envoyé. Il ne pourra plus rien faire.

— En fait, ton plan d'origine n'est rien comparé à ton nouveau plan, lança Numair. Séduire sa fille et lui faire cracher les secrets de son père, c'est ta meilleure arme. Juste après le mariage, tu pourras t'en servir pour l'anéantir.

— Alors, tu pourras tout lui dire, renchérit Raiden. Avec sa fille dans ton lit et à ta merci, il gardera le silence à jamais.

Graves se fendit d'un rire carnassier.

— Vous autres, vous n'avez aucune idée du genre de mine sur laquelle vous venez de trébucher.

Leurs voix étaient de plus en plus proches. Ce ne fut que lorsqu'elle se trouva sur le seuil de la pièce dans laquelle sa vie avait changé pour toujours qu'elle se rendit compte qu'elle avait avancé.

Tous se levèrent en même temps. Elle vit le désarroi dans leurs regards. Quelque chose la poussa à chercher le regard de Rafael en dernier. Car elle craignait d'y voir la confirmation de ses dires. Et ce fut exactement ce qu'elle y trouva.

— Tu veux détruire mon père ?

Elle ne reconnut pas sa propre voix.

— Tu m'as « séduite » pour faire tomber mon père ? C'est pour cela que tu m'as soutiré toutes ces informations ? Et que tu veux m'épouser ?

— Eliana, non...

Il s'interrompit et se tourna vers les autres.

— Qu'est-ce que vous attendez ? Sortez d'ici !

Raiden et Numair le regardèrent comme s'il était devenu fou. Puis, sans aucune trace de désarroi à présent, ils la fixèrent froidement en passant devant elle. Seul Graves sembla presque désolé.

Une fois qu'ils furent seuls, Rafael avança vers elle prudemment, comme s'il approchait une gazelle.

— Je suis désolé que tu aies entendu cela.

— C'est tout ce que tu as à dire ? rétorqua-t-elle, sonnée.

Il serra les lèvres.

— J'aurais tout donné pour que tu n'apprennes jamais tout cela. En particulier maintenant.

— Maintenant ? C'est ton seul problème ? Le fait que j'aie appris tes projets avant qu'ils se réalisent ? C'est la seule raison pour laquelle tu es perturbé ? Parce que, maintenant que je les ai entendus, ils ne se réaliseront pas ?

— Je ne voulais pas te perturber.

— Tu veux envoyer mon père en prison, mais tu ne veux pas me perturber ?

Ses yeux, ceux de l'homme qu'elle avait aimé de toutes les fibres de son être encore quelques minutes plus tôt, brillèrent dangereusement.

— Ton père mérite tout ce que je lui ferai subir. Mais je voulais t'épargner autant que possible.

Et enfin elle comprit. Tout cela expliquait les dix dernières semaines bien mieux que ce conte de fées, trop beau pour être vrai. Rien n'avait été vrai.

Ceci était la vérité.

La glace qui l'enveloppait se fissura.

— Tout ce que nous avons vécu... depuis le premier instant... ce n'était qu'un complot. Un mensonge.

— *Non.*

Il l'attira vers lui.

— Cette première nuit était réelle. Je ne savais pas qui tu étais, jusqu'à ce que je te voie avec lui.

Elle se dégagea de son étreinte. Incapable d'aller bien loin, elle s'effondra sur le sol, près du canapé sur lequel ils avaient partagé leur première intimité.

En marmonnant des jurons, Rafael se précipita à ses pieds, la porta et s'assit sur le canapé avant de la prendre sur ses genoux. Incapable de le repousser de nouveau, elle resta là, sans force et tremblante.

— C'est pour ça que tu es parti, dit-elle d'une voix étranglée. Ensuite, tu as pensé que tu pourrais te servir de moi... et tu es revenu dès que tu as eu un nouveau plan. Tout ce qui s'est passé depuis... est une mascarade. *Tout.*

Elle le sentit accentuer son étreinte autour d'elle.

— Non, Eliana. Tout entre nous était réel. *Est* réel.

Elle laissa tomber sa tête faiblement sur son épaule, refusant de le regarder dans les yeux tandis que les larmes commençaient à couler.

— Je vois clair, maintenant. J'ai toujours senti quelque chose en toi, comme si tes actes étaient calculés, mais rien n'expliquait que tu puisses me manipuler. Je n'aurais jamais été assez paranoïaque pour imaginer que je n'étais pour toi qu'une arme contre mon père.

— Je n'ai jamais voulu que toi.

Il tenta de tourner son visage vers le sien. Quand elle céda et le regarda, ses larmes redoublèrent. Il était l'exacte réplique de l'homme qu'elle aimait. Mais l'homme qu'elle aimait n'existait pas.

— Je n'ai jamais eu l'intention de me servir de toi contre lui. Et le seul calcul que tu as perçu ciblait ton père.

— A présent, tout s'explique. La... malveillance envers lui que j'ai perçue chez toi. J'ai fini par te donner tout ce dont tu avais besoin... pour détruire mon père.

Un sanglot la secoua.

— Tout n'était qu'une comédie...

Il l'étreignit.

— Je n'ai jamais joué la comédie avec toi.

— Quoi que tu dises... je n'y crois plus... c'est fini.

— Il le faut. *Eu te amo*, Eliana. Je t'aime, et c'est la seule vérité. Et quand tu te souviendras de tout ce que nous avons partagé...

— Je... m'en souviens.

A présent, tous ses mots étaient entrecoupés, tant la souffrance était insupportable.

— Chaque caresse... chaque mot... chaque regard. Ils sont tous souillés par... ce que je sais désormais.

Ses mains parcoururent son visage et son corps, comme s'il allait effacer ce qu'elle savait aujourd'hui.

— Tu dis cela sous l'effet du choc. Tu es juste en colère.

Les sanglots secouaient violemment sa poitrine.

— Je ne suis pas... en colère... je suis... détruite. Tu... m'as détruite... Rafael.

— Non... *Deus,* Eliana, ne dis pas ça ! Je ne te ferais jamais de mal. Je ne pense qu'à toi, à nous.

— Il n'y a... pas... de nous...

— Il n'y a *que* nous. Mes plans concernant ton père n'ont rien à voir avec nous. *Rien*. Et après notre mariage...

Enfin, la douleur fut trop insupportable. Elle lui donna la force de fuir son étreinte, en le repoussant comme s'il la brûlait.

— Tu... crois que je vais t'épouser... comme si de rien n'était ? Comme si tu étais encore l'homme que j'aime ?

Il se leva d'un bond.

— Si c'était arrivé un mois après notre mariage, je t'aurais déjà mise à l'abri, ainsi que notre couple.

A ces mots, ses larmes cessèrent brusquement.

— Même si nous étions mariés depuis dix ans, cela aurait mis un terme à notre mariage.

Il passa les mains dans ses cheveux et poussa un lourd soupir.

— Je vois que je n'arrive pas à te convaincre, et qu'au contraire j'empire la situation. Mais, je te le jure, Eliana, nous n'avons rien à voir avec ce que j'avais prévu contre ton père. Je ne t'ai jamais menti sur mes sentiments, et je n'ai jamais voulu te blesser.

— Alors, prouve-le. Ne blesse pas *mon père.*

Le feu dans son regard fit place à cette froideur terrible, terrifiante.

— Ton père doit payer.

— *Payer pour quoi ?* s'exclama-t-elle en gémissant.

Son visage devint un masque opaque.

— Ça n'a rien à voir avec nous, Eliana. Rien à voir avec toi.

— Cela a *tout* à voir avec moi. C'est la personne la plus importante de mon monde.

Son regard s'embrasa de nouveau.

— Je croyais que c'était moi.

— Je ne sais même plus qui tu es. Mais je sais qui il est. C'est l'homme qui a toujours été là pour moi, depuis ma naissance. C'est mon père.

Elle tira sur son annulaire avec virulence. Quand elle réussit enfin à retirer sa bague de fiançailles, elle haletait, pleurait et tremblait de tout son être.

— Remets ma bague à ton doigt, Eliana. *Maintenant.*

En soutenant son regard volcanique, elle laissa l'anneau tomber sur le parquet immaculé.

Une dernière fois, elle leva les yeux vers lui. Le rêve le plus incroyable de sa vie s'était avéré être son cauchemar le plus dévastateur.

— Si tu es l'ennemi de mon père, alors tu es le mien aussi.

D'un pas chancelant, elle quitta la pièce. Elle sortit de la maison. Et de sa vie.

De toute façon, elle n'en avait jamais vraiment fait partie.

10

Sur le lit d'une chambre d'hôtel, Ellie était allongée, tel un objet cassé et mis au rebut, submergée par une vague de tristesse.

Elle n'avait pas exagéré en disant que Rafael l'avait détruite. Il avait anéanti quelque chose en elle. Sa foi en son propre jugement, qui lui donnait son équilibre, qui la guidait dans l'existence. Il l'avait fait une fois déjà, avant de la restaurer, puis de la faire sans cesse croître. Et voilà qu'il l'avait anéantie de nouveau, de manière irrévocable, et en même temps toute la beauté et l'espoir en elle.

Il y avait à peine quelques heures, elle était au sommet du monde, enveloppée de l'amour de l'homme qu'elle adorait, enceinte de son bébé, et sur le point de l'épouser. A présent, tout était en ruine dans la coquille vide qu'elle était devenue.

Tout n'avait été que mensonge.

Comment avait-elle pu croire un seul instant que tout cela avait été réel ? Plus elle se souvenait comment Rafael l'avait conduite à lui donner tous les détails sur le travail de son père, et plus il était clair qu'elle n'avait toujours été pour lui qu'un moyen de parvenir à ses fins.

Et cela, c'était plausible. Comment avait-elle pu croire une seconde qu'un homme comme lui pourrait l'aimer comme il l'aimait ? Ne savait-elle pas qu'il était bien au-dessus d'elle ?

Et puis le déluge recommença.

Chaque seconde depuis l'instant où il avait posé les yeux sur elle, chaque souvenir, si brutalement précis, si déchirant de beauté, transperçaient son cœur. La cascade fut renforcée par les bribes de souvenirs qui annihilaient sa dignité, et la plongeaient dans l'humiliation. Chaque mot qu'elle avait prononcé, quand elle l'admirait et le croyait ; chaque regard avide et adorateur qu'elle avait posé sur lui ; chaque liberté qu'elle l'avait supplié de prendre avec son cœur, et son corps ; la confiance totale qu'elle lui avait accordée, certaine qu'il la chérirait.

Les dommages ne feraient que s'étendre, s'aggraver, jusqu'à ce qu'il ne reste plus d'elle que des cendres. Et tout cela n'avait conduit à rien. Pour lui, elle n'était rien. Elle était moins que rien. Elle avait été le couteau qu'il avait aiguisé pour poignarder son père.

Elle ne pouvait que se réjouir qu'il ait brisé ce couteau avant d'avoir pu s'en servir.

Soudain, elle se redressa avant de s'effondrer de nouveau, affaiblie par les heures passées à pleurer… et par la terreur pure.

Qu'arriverait-il à son père ?

Rafael était très puissant, et pouvait être — était — impitoyable. Avec ou sans elle, il était impossible de l'arrêter.

Si seulement elle pouvait découvrir la raison de son hostilité ! Alors, elle pourrait peut-être trouver une solution. Mais elle l'avait vu dans ses yeux : jamais il ne lui dévoilerait ses motifs.

Un seul autre homme pourrait lui donner des informations.

— Es-tu sûre que c'est juste un virus ?

C'était la cinquième fois que son père lui posait cette question en cinq minutes. Elle n'avait pu trouver que cette excuse pour expliquer sa mine horrible.

— Oui. Le pire est passé.

Mais il ne sembla pas rassuré. Depuis que la mère d'Eliana s'était plainte de ce qu'ils avaient pris pour des troubles digestifs, et qui s'était révélé être un cancer en phase terminale, son père était devenu un éternel angoissé, qui imaginait toujours les pires scénarios. Depuis, il était obsédé par la santé de sa fille.

— Papa, s'il te plaît, réponds-moi.

Elle lui avait demandé s'il avait commis un délit sérieux au cours de sa vie. Il avait cru qu'elle s'interrogeait parce qu'elle doutait que ses décisions malavisées soient la seule explication à ses ennuis financiers. Il n'imaginait pas que Rafael en avait après lui, et ignorait pourquoi il pouvait lui en vouloir. Au moins, elle n'allait pas découvrir qu'elle ne connaissait pas son père non plus.

Il se laissa tomber à côté d'elle sur le canapé, en parcourant d'un regard distrait le grand salon aux tons chauds, avec vue imprenable sur l'Atlantique.

Il avait offert cette villa à la mère d'Eliana en guise de cadeau de mariage. C'était elle qui l'avait décorée, et il n'avait absolument rien changé depuis. Pendant des années, il n'avait pas réussi à y revenir. A présent, c'était ici qu'il trouvait son seul réconfort.

— Je suis désolé de n'avoir jamais eu le courage de t'en parler, Ellie. Je ne voulais pas perdre ton respect.

Le cœur battant à coups redoublés, elle serra sa main.

— Je ne t'aimerai jamais moins, papa. Dis-moi.

Il poussa un soupir tremblant avant de se lancer.

— Quand j'ai subi ces lourdes pertes financières, j'ai fraudé le fisc pour les compenser, et cela a pris des proportions gigantesques. Tout va de mal en pis, et je suis au bord de la faillite.

Il prit sa tête entre ses mains.

— Oh ! ma petite fille, je suis vraiment navré, mais j'ai un autre aveu à te faire. En fait, j'étais assez désespéré pour demander l'aide de Rafael. Je sais que tu ne veux pas mêler ton mariage avec les affaires, mais je me suis dit que ce serait un jeu d'enfant pour Rafael de résoudre tous mes problèmes.

Si la fraude fiscale était condamnable, cela ne justifiait pas que Rafael veuille se venger. Elle ne pensait pas que son père ait pu faire quoi que ce soit pour le mériter. Mais apparemment elle était dans une impasse.

Elle se leva et l'embrassa.

— La prochaine fois, promets-moi de tout me dire, afin que je puisse t'aider avant que la situation ne dégénère, d'accord ?

Quand son père acquiesça, et qu'elle lui assura que tout s'arrangerait, il la raccompagna, totalement ignorant du danger qu'il courait et de la désolation dans la vie de sa fille.

De retour à l'hôtel, elle tomba sur le lit, l'esprit en ébullition, tandis que l'épuisement l'entraînait dans une obscurité tumultueuse.

Elle devait aller trouver Rafael. Il avait leur sort entre ses mains. Tout était entre ses mains.

Elle-même, son monde, son âme… sa destruction.

Rafael. Tout revenait toujours à Rafael…

Une puissance chaude revigora son corps épuisé ; un feu délicieux envahit son intimité endolorie. Avec un doux soupir, elle s'enfonça plus profondément dans cette sensation, un gémissement de désir sur les lèvres.

— Rafael…

— *Sim, meu amor, sim…* je suis là, je suis à toi.

Sa promesse fut comme une résurrection, après toute la peine qui avait anéanti son énergie.

Elle ouvrit les yeux. Le fantasme avait le visage et le corps de Rafael… et il… Rafael…

Il était vraiment là !

Soudain, elle eut l'impression de se noyer, et remua contre lui, comme pour remonter vers une surface qui n'existait pas.

— Ne me repousse pas, *meu alma…*

Et elle fut submergée. Toute la souffrance, l'amertume, le désespoir qui la consumaient se déversèrent de ses lèvres en vomissements douloureux et incontrôlables.

Plongée en plein tumulte, elle sentit Rafael la porter vers la salle de bains, l'envelopper de sa force infinie. Il la serra contre lui, l'embrassa, l'apaisa. Enfin, elle s'effondra contre lui, vidée et affaiblie. Il l'étendit sur le sol, et massa les muscles qui avaient failli se déchirer sous la violence de ses vomissements. Puis, lui ôtant ses vêtements souillés et se déshabillant à son tour, il l'emmena sous la douche.

Il la maintint debout sous le jet d'eau chaude, en la caressant avec une douceur et une patience infinies. Enfin, il la fit asseoir sur lui, sur le sol de la douche, et la puissance qui avait planté la graine miraculeuse en elle traça un chemin brûlant entre ses fesses. Ce n'était pas un geste sensuel, elle le savait. Il voulait la soutenir, et non l'exciter, et ne pressait son corps contre lui que pour lui transférer sa vitalité. Pourtant, le plaisir qu'elle éprouva malgré elle s'embrasa. Le creux de son ventre se contracta, réclamant d'être envahi.

Comme toujours au diapason de ses moindres désirs, il appuya l'extrémité de son érection contre son sexe. Elle se sentit fondre, à l'intérieur comme à l'extérieur, et ouvrit les jambes en signe de soumission.

Lorsqu'il soutint son regard, elle lut dans ses yeux du désir, de l'imploration et de la détermination. Il vit sa capitulation, et plaqua son torse contre ses seins, leva les reins, et entra en elle. Ses muscles intimes se contractèrent autour de son sexe engorgé, qui l'étirait au-delà de ses limites dans un plaisir brûlant. Une fois enfoui en elle, il se figea. Plongeant la main dans sa chevelure trempée, il se retira si lentement que ce fut un supplice.

Lorsqu'il la pénétra de nouveau, il murmura de sa voix la plus grave et la plus sombrement envoûtante :

— Tu m'appartiens, Eliana. A moi de te donner du plaisir. De te protéger. De t'aimer.

Il effleura le centre de son plaisir.

— Tu es à moi.

A ces mots, elle lâcha prise. Elle fut secouée de spasmes exquis et brûlants. Serrant les dents, il siffla contre sa joue quand il libéra son plaisir en elle, la marquant au fer rouge, la dominant, intensifiant l'orgasme qui la secouait. Elle trembla contre lui, et riva son regard au sien tandis qu'il l'achevait.

Un long moment après, alors qu'elle était dans ses bras, tremblante, satisfaite, mais le cœur en morceaux, il se retira avec douceur, puis finit de la doucher. Ensuite, il la sécha et la porta jusqu'au lit.

Sous la couette, il la serra dans ses bras, couvrit son visage de baisers, sa main caressante dérivant jusqu'à son ventre.

— Tu portes mon enfant.

— Qu'est-ce qui t'a mis la puce à l'oreille ? ironisa-t-elle avec un petit rire.

— Les nausées matinales viennent de me le confirmer, mais j'avais déjà remarqué des changements dans ton corps.

Il goûta ses tétons, ce qui provoqua une décharge de plaisir au creux de son ventre.

— Ces délices sont plus sombres, dit-il, et ils te donnent encore plus de plaisir quand je fais ceci.

Il aspira chacun de ses mamelons entre ses lèvres chaudes, et elle se cambra malgré elle, s'abandonnant au flot de sensations.

— Tu es aussi plus réactive, alors que je croyais cela impossible, et tu t'enflammes bien plus vite.

— C'est juste ton talent. Tu as appris à mon corps à attendre plus de plaisir à chaque fois, au point qu'il est perpétuellement prêt à s'enflammer d'une simple caresse.

Sa confession fut récompensée par un regard de pure satisfaction masculine.

Il se leva et se dirigea vers la salle de bains, où elle l'entendit s'affairer. Puis il revint, lui prit la main, et glissa sa bague de fiançailles sur son annulaire.

— Tu n'enlèveras plus jamais ma bague, décréta-t-il en posant sa main contre son cœur, et tu ne me quitteras plus jamais. Je ne t'ai laissée partir que pour que tu aies le temps de te remettre, mais je ne veux pas que tu t'infliges cela. Passe ton angoisse sur moi, jamais sur toi.

Devant son silence plein de tristesse, il serra les dents.

— Tu n'allais pas me parler du bébé ?

— Tu ne me connais donc pas du tout ? rétorqua-t-elle.

Elle vit son regard s'adoucir, et s'emplir d'une telle… adoration ! Etrangement, il semblait toujours aussi sincère.

— Je sais tout de toi. C'est pourquoi tu me possèdes tout entier.

Son regard s'assombrit.

— Tu as dû découvrir ta grossesse hier, et tu venais sans doute me l'annoncer quand tu as surpris notre conversation.

Comme toujours, il avait vu juste. C'était sa perspicacité qui lui avait permis de la manipuler avec tant de facilité.

— Oui, je suis arrivée juste à temps pour les entendre te féliciter sur les ajustements de ton plan.

— Si tu avais attendu, tu m'aurais entendu les sermonner pour avoir refusé de croire que tu n'avais jamais fait partie de mon plan, et leur interdire de mentionner ton nom à l'avenir. Richard est le seul qui connaisse notre relation, et il savait qu'ils venaient d'entrer sur un territoire interdit.

Elle se souvenait en effet que Graves avait dit quelque chose d'approchant.

— Mais je me fiche de ce qu'ils pensent, dit-il. Tout ce qui m'importe, c'est toi. Je suis venu pour te ramener chez nous, *meu amor.*

— Je ne peux pas... je ne peux plus faire l'amour avec toi.

— Tu viens de le faire. Et tu le pourras toujours.

— Tu sais ce qui vient de se passer. Je suis incapable de te résister, mais maintenant cela me tuera.

— Ne dis jamais de choses pareilles. Je te laisserai du temps, pour que tu puisses te faire à la situation, à condition que tu ne me rejettes plus jamais.

— J'ai plus de valeur, maintenant que je sers deux objectifs. Je suis une arme pour ta vengeance, et une mère pour ton héritier.

Avant qu'il exprime de vives protestations, une terrible pensée jaillit dans son esprit. Un marché.

— Mais je ferai tout ce que tu souhaites, Rafael... si tu renonces à détruire mon père. Quoi qu'il m'en coûte, je te dédommagerai.

Il s'assit, laissant désormais libre cours à l'animosité qu'elle avait toujours perçue et qu'il avait si bien cachée.

— Il est impossible de me dédommager pour ce que ton

père a fait. Et ne me demande pas ce que c'était. Je t'ai déjà dit que cela n'a rien à voir avec toi. Tu ne sauras rien de plus.

C'était peine perdue. Elle quitta le lit sur des jambes tremblantes, et alla chercher ses vêtements. Une fois qu'elle eut enfilé les habits propres, elle sortit de la salle de bains et vit qu'il lui bloquait le passage.

Elle le contourna.

— Je ne peux pas te contrôler, Rafael. Mais je peux te quitter.

Il avança vers elle d'un pas déterminé.

— Tu ne peux pas. Tu ne cesseras jamais de m'aimer, tout comme je ne cesserai jamais de t'aimer.

— Même si c'était le cas, ça ne change rien. Notre relation, quelle qu'elle ait été, est terminée.

— Ce ne sera jamais fini entre nous, Eliana. Je te protégerai et te chérirai toujours, chaque seconde de ma vie. Je serai présent à chaque seconde de ta grossesse, et quand notre enfant naîtra nous serons mariés depuis longtemps.

Sa conviction l'ébranla. Luttant contre une autre vague de nausées, elle passa devant lui en titubant.

La voix de Rafael était si calme et assurée qu'elle en était profondément troublée. D'un pas chancelant, elle se dirigea vers la sortie de l'hôtel.

Une fois à l'extérieur, elle trouva Daniel en train de l'attendre. N'étant pas en état de refuser ses services, elle monta dans la limousine luxueuse et climatisée, s'enfonça sur son siège et ferma les yeux, tandis que les mots de Rafael résonnaient dans son esprit, accentuant son désespoir.

Notre mariage aura lieu comme prévu.

Consciente qu'il était inutile de fuir Rafael continuellement, puisqu'il la poursuivrait sans relâche, Ellie retourna à la propriété. Mais elle refusa de partager son lit.

Il la laissa choisir sa chambre. Elle choisit la suite la plus éloignée de la sienne, au rez-de-chaussée, et fut soulagée qu'il n'essaie pas de la rejoindre une fois qu'elle s'y réfugia.

Apparemment, il lui laissait le temps de « se faire à la situation », comme il l'avait dit.

Mais comment pourrait-elle s'accommoder de la situation, alors qu'elle se méfiait de lui, qu'elle ne connaissait pas la raison de sa soif de vengeance, et qu'elle s'attendait à ce qu'une catastrophe s'abatte sur son père à tout moment ?

Après une autre journée en enfer passée à le désirer, et consciente qu'il était vain d'exiger qu'il lui avoue tout, elle eut soudain une idée.

Elle savait qui pourrait lui dire la vérité.

Les frères de Rafael.

Aussi impitoyables fussent-ils, Ellie était certaine que Graves, Raiden et Numair aimaient Rafael.

Du moins, dans la mesure où ces hommes *pouvaient* aimer. Elle était prête à parier que, quoi qu'ils ressentent, ils ne compromettraient pas davantage le plan de Rafael.

Alors, elle exigea de les voir, et eut recours à une menace : s'ils en parlaient à Rafael, elle prétendrait que c'était leur faute quand elle l'abandonnerait devant l'autel.

Raiden et Numair, craignant qu'elle mette sa menace à exécution, cédèrent. Graves ne la croyait pas une seconde, mais il céda aussi.

Après avoir eu recours à des manœuvres complexes pour déjouer la surveillance de Rafael, elle était à présent assise dans l'appartement-terrasse de Graves avec vue sur l'océan, au Palace Hotel de Copacabana. En observant les trois hommes assis face à elle tel un tribunal antique sur le point de décider de son destin, elle se demanda une fois de plus pourquoi ils avaient tant en commun avec Rafael.

Tous semblaient impitoyables et dangereux. C'était comme s'ils avaient été façonnés dans le même creuset.

Raiden l'étudiait froidement, comme s'il décidait d'une stratégie offensive. Elle ne doutait pas que, quand il attaquait, il le faisait en sortant de nulle part et réduisait ses opposants en cendres, comme son nom de code, Lightning — « la foudre » —, le suggérait.

Numair — Phantom — portait très bien son nom de code, lui aussi. Il était glaçant, insaisissable et insondable. Avec lui, personne ne savait à quoi s'attendre, et elle avait le sentiment que cela faisait de lui le plus dangereux de tous.

Graves la regardait avec la tolérance qu'il aurait pu avoir pour un chat agressif qui ne se rendrait pas compte qu'il est plus attendrissant qu'intimidant.

Enfin, elle se pencha en avant.

— Vous m'avez assez jaugée comme ça ?

Comme les hommes continuaient de l'observer, elle expira.

— Venons-en au fait. Puisque vous avez si gentiment brisé mes illusions l'autre soir, vous devez maintenant achever votre tâche, et me dire ce que Rafael refuse de me dire.

Graves secoua la tête.

— Laissez tomber. Connaître la vérité ne vous apportera que de la souffrance.

— Y a-t-il plus grande souffrance que de savoir que l'homme que j'aime, le père de mon enfant, se sert de moi pour envoyer mon père en prison ?

Les hommes se regardèrent. Ils n'étaient pas au courant pour le bébé. Alors, Rafael la considérait en effet comme un territoire interdit qu'il ne partageait avec personne. Maintenant qu'ils savaient pour le bébé, le changement dans leur attitude était presque palpable.

— On peut toujours souffrir davantage, mademoiselle Ferreira, déclara Numair avec une sérénité effrayante. Certaines fosses à serpents doivent rester fermées à jamais.

Elle se fendit d'un rire sans joie.

— Eh bien, celle-ci est grande ouverte, et les serpents glissent partout sur moi. Je sais que vous êtes ici parce que vous voulez éviter d'autres ennuis à Rafael. Mais, s'il pense que ça me fait moins de mal, croyez-moi, il a tort. Je ne peux pas vivre dans l'ignorance.

Ils échangèrent d'autres regards éloquents avant que Graves

finisse par se pencher en avant. Apparemment, ils l'avaient élu comme porte-parole.

Retenant son souffle, consciente que ce qu'elle allait entendre changerait tout, elle s'accrocha à chacune des paroles quand il commença à raconter.

Et elle comprit alors ce qu'ils avaient voulu dire en affirmant qu'on pouvait toujours souffrir davantage.

Ce qui était arrivé à Rafael, à eux tous, les souffrances qu'ils avaient dû endurer… C'était au-delà de ses pires cauchemars.

Chaque cellule de son corps s'engourdit, comme pour tenter de repousser l'horreur, de protéger son esprit de la destruction. Imaginer Rafael enfant emprisonné, maltraité, brisé… c'était… c'était… Elle ne pouvait le décrire, le concevoir, le supporter…

Ellie ouvrit les yeux.

Quand elle s'assit brusquement, le monde tourna autour d'elle, et elle dut se rallonger. Sur un lit. Sans doute celui de Graves.

— Bon sang, marmonna-t-elle en tentant de se rasseoir.

Des mains la saisirent de chaque côté pour l'y aider. C'étaient celles de Raiden et de Numair.

— Je n'ai jamais eu de vertiges de toute ma vie, et maintenant je m'évanouis tous les jours.

— Vous devez promettre que vous ne parlerez jamais à Rafael de cela.

Le visage intimidant de Graves apparut dans son champ de vision trouble quand il vint au pied du lit.

— Il ne doit jamais savoir que vous étiez dans mon lit. Je tiens à certaines parties de mon anatomie.

Elle leva les yeux vers lui, puis vers ses deux acolytes, et des larmes montèrent du fond de son être.

La stupéfaction des trois hommes s'intensifia quand des sanglots la secouèrent. Ces hommes qui avaient vaincu les pires maux n'avaient aucun moyen de gérer les pleurs d'une femme. Tandis qu'ils échangeaient des regards inquiets, elle songea qu'ils auraient sans doute préféré avoir affaire à une bombe sur le point d'exploser.

Mais c'était plus fort qu'elle. Plus elle pensait aux atrocités que Rafael avait dû subir enfant, plus ses pleurs étaient violents.

Sa détresse leur devint bientôt insupportable, et ils se réfugièrent dans l'action. Elle se retrouva entourée d'oreillers de tous côtés, tandis qu'ils tamponnaient ses joues, posaient sur son visage brûlant des compresses froides, réchauffaient ses mains glacées dans les leurs et lui offraient tous les mets et les boissons de Rio.

Epuisée par l'angoisse, elle accepta toutes leurs attentions, sauf celles qui étaient comestibles. Au premier haut-le-cœur, ils se hâtèrent de mettre les aliments hors de sa vue.

Il lui sembla que des heures avaient passé quand elle fut enfin à court de larmes. Elle était là, allongée, ayant à peine assez de force pour respirer. Les hommes semblaient tout aussi épuisés, assis autour du lit comme s'ils sortaient d'un combat de trente rounds contre un gorille.

— S'il vous plaît, dites-moi que vous avez fini de pleurer, dit Raiden en gémissant.

Elle sentit son souffle se bloquer. Tandis qu'ils se tendaient tous de nouveau, elle se contenta de hocher la tête. Il n'y avait plus de larmes en elle. Pour l'instant.

Poussant un soupir de soulagement, Graves lança :

— Comment est-il possible qu'une femme de votre gabarit ait tant d'eau en elle ?

— En parlant d'eau, intervint Raiden en grimaçant, vous devez remplacer les torrents que vous avez perdus.

Il alla chercher une carafe.

Etonnamment, ce fut Numair qui sembla le plus secoué par cet orage lacrymal.

— Buvez doucement, avertit-il. Sinon, vous pourriez vous étouffer. Ou vomir. Ou les deux. Ou, pire, éclater en sanglots une nouvelle fois.

Tandis qu'elle buvait en suivant ses conseils, Numair l'observa de près.

— C'est à cause de Rafael. Vous ne pouvez pas supporter d'imaginer ce qu'il a enduré.

Elle eut de nouveau du mal à respirer.

— Et de savoir que je ne peux rien y faire, dit-elle.

Numair lança un regard à Raiden. Puis il secoua la tête.

— Alors, vous l'aimez vraiment.

Elle dévisagea les deux hommes entre ses paupières gonflées.

— Vous avez compris cela tout seul ?

Et elle vit ce qu'elle avait cru impossible. Un semblant de sourire sur les lèvres cruelles de Numair.

— C'est plutôt inattendu.

Soudain, tout se mit en place dans son esprit.

— Rafael pense que mon père a joué un rôle dans son enlèvement !

Après avoir consulté les autres du regard, Numair décida que ce serait à lui de lui raconter les détails.

Cette fois, il n'y eut pas de larmes. Juste une conviction. Qui lui donna la force de se redresser et de s'asseoir.

— Mon père n'y est pour rien !

Raiden haussa les épaules.

— Rafael a des preuves.

S'effondrant sous le nouveau coup de massue, elle sentit son monde plonger dans le chaos.

Graves s'avança, et vérifia sa température.

Elle s'accrocha à sa main.

— Il faut que j'en sache plus !

Lui aussi interrogea ses frères du regard.

— Qu'avez-vous besoin de savoir ? demanda-t-il.

— Ce ne sont pas vos vrais noms.

— En effet. Mais ce sont nos noms désormais.

— Comment Rafael a-t-il choisi le sien ?

— Il a été blessé en mission. Bones, notre expert médical, a pratiqué une opération en urgence sur le terrain, il lui a retiré son rein et sa rate pour arrêter son hémorragie interne, même s'il le pensait condamné. Mais Rafael s'est totalement remis, comme si c'était un miracle divin.

— Rafael. « Dieu a guéri. »

Quand Graves hocha la tête, un autre sanglot la déchira. Cette cicatrice. Elle l'avait sentie porteuse d'une telle... douleur... Elle avait eu raison. Rafael... Tout ce qu'il avait perdu... Tout ce à quoi il avait survécu...

— Il a opté pour Rafael Moreno Salazar, l'informa Raiden. Qui veut dire « vieille maison noire », tout comme j'ai choisi Kuroshiro, qui signifie « château noir » en japonais, une sorte d'hommage perverti au fait que nous sommes le produit de cet endroit ancien et sinistre, dans lequel nous avons été emprisonnés et réunis.

— Je me disais justement que vous sembliez avoir été forgés dans le même enfer, murmura-t-elle.

— Je commence à comprendre pourquoi Rafael est tombé amoureux de vous, dit Raiden avec un regard approbateur.

— Il n'est pas amoureux. Il s'est juste servi de moi.

Graves balaya ses paroles d'un revers de main.

— Il est fou de vous. Totalement. J'étais là. Je ne pourrais pas expliquer comment c'est arrivé, mais c'est arrivé, croyez-moi.

Devant son air triste et incrédule, il reprit :

— Il s'est fait des cheveux blancs tant il a eu peur de vous perdre ! Que vous faut-il de plus comme preuve ?

En effet, ses tempes étaient grisonnantes depuis l'accident. Rafael avait affirmé que ce n'était qu'une coïncidence, mais elle avait pensé la même chose que Graves... jusqu'à ce qu'elle surprenne cette funeste conversation. Se remettre à croire qu'il l'aimait ne faisait qu'empirer les choses.

Alors, elle changea de sujet.

— Si Rafael est brésilien, pourquoi n'a-t-il pas fait du Brésil sa base d'opérations depuis le début ?

— Sa patrie a toujours été le seul endroit où il ne voulait pas vivre, expliqua Numair. Seuls trois d'entre nous connaissent leur famille, dont Rafael, mais quand nous nous sommes échappés il n'a pas contacté ses proches, de crainte que l'Organisation les surveille, au cas où il reviendrait. Ensuite, il a appris que ses parents avaient divorcé après son enlèvement, qu'ils s'étaient remariés chacun de leur côté et qu'ils avaient eu d'autres enfants. Pourtant, même quand nous avons pris notre nouvelle identité, il n'a pas voulu bouleverser leur vie une nouvelle fois.

C'était aussi ce qu'il lui avait expliqué, en omettant de révéler les raisons qui l'avaient empêché de renouer avec sa famille. Cela n'avait pas été un choix de sa part, mais une nécessité.

— Il a cru qu'il était devenu quelqu'un de totalement différent de l'enfant qu'ils avaient perdu, renchérit Graves. Il croit toujours qu'il vaut mieux pour eux qu'ils ne connaissent pas l'homme qu'il est devenu. Pendant des années, il les a regardés de loin, mais je l'ai eu à l'usure, et il a fini par revenir dans leur vie il y a deux ans. Mais, têtu comme il est, il ne s'est présenté que sous sa nouvelle identité, et reste une simple connaissance pour eux.

Même quand il avait enfin retrouvé ses proches, il s'était contenté de les voir... comme un étranger.

— Mais il est au Brésil, maintenant, comme une sorte de justice immanente, intervint Raiden. Car c'est ici qu'il a été kidnappé, que tout a commencé, et c'est ici qu'il veut que sa vengeance s'accomplisse, et que tout se termine.

L'étau qui entourait perpétuellement son cœur se resserra.

Tout cela était au-delà de l'entendement, du supportable. Même si Rafael l'avait manipulée, il avait une raison écrasante de l'avoir fait. Ce qu'il avait subi était monstrueux, impardonnable, irréparable.

Mais il était impossible que son père soit le coupable.

Absolument impossible.

— Rafael...

Il aurait pu jurer avoir senti la présence d'Eliana à l'instant où elle avait pensé à venir le trouver. Mais il avait refréné le besoin de courir vers elle. Si elle ne venait pas de son plein gré, cela ne signifierait rien.

Elle était là, sur le seuil de la pièce, l'air aussi dévasté que si elle était en deuil.

— Je sais tout.

Il se leva lentement, serrant les dents pour contrer la vague de désarroi qui l'envahissait.

— Je vais leur arracher la peau, assena-t-il.

Elle approcha, et il lui fallut faire appel à toute sa maîtrise pour ne pas effacer la distance entre eux et l'étreindre de toutes ses forces.

— J'ai menacé de ne pas t'épouser s'ils ne me racontaient pas tout.

Elle s'arrêta à un mètre de lui. Son regard rougi était empli de douleur, de reproches et... de compassion ?

— Tu as eu tort de me cacher la vérité.

— Je préférais que tu me détestes moi plutôt que ton père.

La surprise se peignit sur son visage pâle et hagard. Apparemment, elle n'avait même pas songé à cela.

— Je pensais pouvoir venir à bout de ta rancœur avec le temps, mais je ne voulais pas que le monde que tu avais bâti sur la confiance en ton père s'écroule. Même si je le châtiais, je voulais que tu continues de penser que le méchant, dans l'histoire, c'était moi, pas lui.

Brusquement, elle agrippa ses bras. Même si son étreinte était dictée par l'inquiétude, il était heureux de ce contact physique.

— Je suis sûre que tu te trompes, Rafael. Mon père n'est pas un bandit. Et il ne ferait jamais de mal à un enfant.

Etant donné la force de ses protestations, s'il la contredisait, il risquait de rompre leur lien désormais ténu.

Tout en elle avait été abîmé. Leur relation ne tenait plus qu'à un fil. Elle était encore incapable de cesser de l'aimer ou de le désirer, mais il était possible qu'il aggrave ses blessures, les rende inguérissables, et finisse par la perdre.

Il préférait encore mourir.

Alors, il n'avait plus qu'une solution.

— Je suis prêt à accorder à ton père le bénéfice du doute,

et à rechercher d'autres preuves. Quel que soit le temps que ça prendra. Est-ce acceptable pour toi ?

Elle plongea son regard dans le sien, et acquiesça.

Enfin, il la serra contre lui.

— Veux-tu bien m'épouser, maintenant ?

11

Eliana avait accepté de reprendre leurs projets de mariage.

Mais il semblait que la foi qu'elle avait dans ses sentiments n'était pas encore rétablie. Elle n'était pas revenue dans leur chambre.

Rafael ne pouvait pas la presser. Pas alors que tout en elle semblait éteint, même s'il se montrait très passionné et attentionné. Sans doute pensait-elle que tout ce qu'il faisait était calculé, et qu'elle était toujours un instrument au service de ses objectifs. D'abord, la vengeance, et maintenant l'enfant qu'il était impatient d'accueillir, un enfant auquel il offrirait la vie dont on l'avait privé.

Il ne pouvait rien faire, hormis continuer à l'aimer, et espérer que le temps lui montre ce que les promesses ne pourraient jamais prouver.

Ellie parcourait la vaste et somptueuse demeure de Rafael, inspectant les chambres d'amis.

Le mariage aurait lieu le lendemain. Ses demi-frères feraient le voyage depuis les Etats-Unis, et les frères de Rafael assisteraient au dîner de répétition. Ils passeraient tous la nuit dans cette maison.

Rafael lui avait confié le soin d'attribuer les chambres aux invités. Il lui laissait carte blanche. Non que cela lui donne l'impression d'être la maîtresse de maison. Auparavant, elle s'était au moins sentie chez elle ici, mais désormais elle avait le sentiment d'être une intruse. Ce sentiment allait-il disparaître un jour ?

Pour l'heure, elle devait veiller à ce que tout soit prêt pour l'arrivée de leurs familles respectives. Elle leur avait réservé les suites donnant sur la piscine. Certaines avaient une vue panoramique sur l'océan, les jardins, les cascades et le flanc de colline qui plongeait dans la baie de Ferradura. D'autres s'ouvraient sur les jardins botaniques luxuriants et les lagons étincelants.

Mais aucune ne disposait de l'impressionnante vue à 360°, de la douche en plein air, de la terrasse et du jacuzzi de la suite de Rafael. C'était autrefois *leur* suite, et Ellie la réintégrerait à partir de demain soir.

Mais comment pouvait-elle de nouveau partager l'espace et le lit de Rafael ? Même s'il avait dit qu'il prendrait en compte de nouvelles preuves, comment pourrait-elle en trouver ? Et, même s'il mettait en suspens ses projets de vengeance, quel genre de vie auraient-ils, avec toutes ces choses qui se dressaient entre eux ? La duplicité initiale de Rafael, son animosité envers son père, et le fait qu'elle craigne toujours qu'il s'en prenne à lui ?

Incapable de voir plus loin que le jour présent, elle s'adonna à la tâche de préparer les suites avec la légion d'employés de Rafael, ce qui lui vida l'esprit.

A partir du lendemain soir, sa vie en tant qu'épouse de Rafael et mère de son enfant commencerait. Cette perspective l'emplissait de joie… et de tristesse.

Dans les jardins sud qui surplombaient l'Atlantique, Rafael avait les yeux rivés à Eliana, qui avançait dans l'allée au bras de son père, l'homme qui l'avait condamné à l'enfer.

Ce n'était qu'une répétition. Seuls les gens qui auraient un rôle dans la cérémonie étaient présents. Les autres, comme les demi-frères d'Eliana et l'assistante de Ferreira, Isabella Da

Costa, n'arriveraient que le lendemain. Mais, avec Eliana, tout semblait toujours réel. Car elle seule comptait.

Tandis qu'elle s'approchait de lui, dans sa robe pistache fluide, et coiffée de son habituelle queue-de-cheval qu'il adorait défaire, il sentit tout son être s'emplir d'amour.

Elle riva son regard au sien. L'émotion dans ses yeux était immense. Et cela le rendait fou de ne pas pouvoir la déchiffrer. Enfin, elle ne fut plus qu'à un souffle de lui, et l'homme qu'il détestait depuis si longtemps lui confia sa main.

Il regarda Ferreira un long moment... et soudain il sut.

Il n'avait plus de colère.

Tout cela lui était égal. Plus rien ne comptait, à présent. Rien, hormis elle.

Même si cette répétition ne servait qu'à régler les détails de la cérémonie, et qu'il était prévu qu'il ne prononce ses vœux que le lendemain, il était impatient de partager cette révélation avec Eliana.

Alors, il porta ses mains à ses lèvres, puis à son cœur.

— Eliana, la réponse à toutes mes prières... je renonce à tout, mon cœur. Je m'accroche seulement à ton amour, et ne veux rien d'autre que ton bonheur et ta tranquillité d'esprit, *meu coração.*

Le serment de Rafael était la dernière chose qu'Ellie avait attendue de sa part. Depuis, il résonnait en elle, abattant toutes ses barrières, dissipant tous ses doutes.

Incapable d'attendre d'être seule avec lui, elle posa son regard sur lui quand la répétition prit fin. Son cœur se débarrassa des vestiges de sa tristesse, et se mit à battre de nouveau, mû par l'anticipation.

Tandis qu'il étreignait ses trois frères — il en manquait un, dont tous refusaient de parler —, elle ne vit rien d'autre que lui.

Tout de noir vêtu, il avait maigri ces deux dernières semaines. Il n'en paraissait que plus grand, et ses épaules et son torse semblaient encore plus larges en comparaison de sa taille plus fine. Son visage était plus aiguisé, plus anguleux, son teint cuivré, d'une nuance plus sombre, plus douce, ce qui intensifiait la luminescence de ses yeux. Les discrètes mèches d'argent dans ses cheveux de jais, cette preuve de son amour absolu, achevaient de rehausser son charme.

Puis elle se retrouva dans ses bras, sous les cris et les protestations de ses frères, qui trouvaient qu'il les couvrait de honte en anticipant la nuit de noces. Guère en état d'être embarrassée, elle s'accrocha à lui durant tout le trajet jusqu'à leurs appartements.

Mais, dès qu'il la déposa sur le lit et s'allongea à son côté, elle fut de nouveau inquiète.

Enroulant sa queue-de-cheval autour de son poignet, il amena son visage vers le sien, avec une férocité à peine teintée de douceur.

— Plus de distance, *minha vida,* plus jamais.

— Ce n'est pas cela... Je... je... Oh ! s'il te plaît, Rafael, montre-moi les preuves que tu as contre mon père !

Une expression ferme apparut sur son visage.

— J'ai *renoncé* à mon plan. Je considère que tout ce que j'ai traversé m'a mené jusqu'à toi. Tu te souviens, quand tu as dit que tu me dédommagerais ? Te trouver est une compensation bien plus grande que tout ce que j'aurais pu rêver.

— Mais tes preuves sont irréfutables, n'est-ce pas ?

— C'est ce que je craignais. Que ta foi en lui soit irrévocablement abîmée, et que cela te fasse trop de peine.

Elle avait mal à la poitrine, et ses yeux la brûlaient.

— Tout en moi refuse de croire à la culpabilité de mon père, mais ce n'est pas pour cela que je souffre. C'est pour toi. Ce que tu as subi est inimaginable.

— C'est du passé.

— Mais cela influe sur le présent, et l'avenir. Comment puis-je partager ma vie, mon corps et mon bébé avec toi s'il y a la moindre possibilité que mon père ait commis ce crime impardonnable ? Même s'il l'avait fait sous la contrainte ? T'avoir jeté en enfer alors qu'il m'abreuvait de son amour...

Elle poussa un soupir tremblant.

— Même si tu as décidé de fermer les yeux pour mon bien et pour celui de notre vie de couple, je ne peux pas en faire autant. Je ne peux pas vivre avec l'idée qu'une des personnes essentielles de ma vie ait infligé à l'autre un calvaire si indescriptible, pour quelque raison que ce soit.

Après un long moment, il répondit :

— Crois-tu au fond de toi que ton père est innocent ? Ou du moins qu'on l'a forcé ?

— Oui. Mais je ne peux même pas imaginer comment on aurait pu le contraindre.

— Alors, ça me suffit. Désormais, je suis prêt à me fier au seul verdict de ton cœur. Il ne se trompe jamais. Ton cœur a vu au-delà de la haine qui recouvrait le mien, a fait voler en éclats mon amertume et ma colère, et m'a fait connaître ce dont je n'aurais jamais cru être capable : un amour sans limites. Je fais confiance à ton cœur, et uniquement à lui.

Elle fut sans voix, submergée par tant d'amour.

Et il en avait encore à donner.

— Je ferai tout pour déterrer de nouvelles preuves en faveur de ton père. Dans ce but, si tu veux bien, je veux l'interroger. Il est le seul qui puisse nous fournir les informations manquantes pour connaître la vérité.

Elle était terrifiée à l'idée d'une confrontation entre son père et Rafael. Mais elle devait en avoir le cœur net. Aussi, elle donna son accord. A une condition.

— S'il s'avère que mon père a fait ce dont tu le soupçonnes, et qu'il n'avait aucune raison valable pour commettre ces actes, je veux que tu t'occupes de lui comme bon te semble, et que tu ne lui accordes aucun traitement de faveur. Tu dois obtenir justice... et clore le chapitre.

Jamais il ne remplirait cette condition, songea Rafael tandis qu'il escortait Eliana vers la suite attribuée à son père.

Ferreira, déjà couché, crut qu'il était mal réveillé quand Rafael lui apprit sa véritable identité.

Son expression passa de la neutralité à la sidération. Puis il se leva d'un bond et s'élança pour étreindre Rafael.

— *Deus,* c'est vraiment toi ? s'exclama-t-il, les larmes aux yeux. Oh ! *meu caro*... ta disparition m'a anéanti presque autant que tes parents. La douleur indicible m'a rapproché de ton père, après notre stupide dispute. Il s'est accroché à moi pendant les recherches, mais ensuite la police a classé ton dossier. Nous avons continué à te chercher partout, par nos propres moyens, mais, quand ton père a eu la certitude de t'avoir perdu, il n'a plus voulu voir personne.

Un chagrin profond marquait son visage.

— C'est pour cela que ta mère et lui ont divorcé. Ils ont géré leur chagrin chacun à leur manière, et n'ont pas réussi à se retrouver. J'ai essayé de rester en contact avec lui, mais il ne supportait pas de voir des gens qui faisaient partie de son ancienne vie, celle où tu étais présent.

La réaction de Ferreira dissipa les derniers doutes de Rafael. Cet homme n'avait rien à voir avec son enlèvement. Alors, il restait une seule explication. Le vrai coupable avait laissé des indices menant à Ferreira, des indices si ingénieux que la police était passée à côté. Seul Rafael avait été capable de les retrouver, vingt-quatre ans plus tard.

Eliana apprit à son père que Rafael l'avait cru coupable d'avoir orchestré son enlèvement, et la réaction abasourdie de Ferreira acheva de le convaincre de son innocence.

L'air immensément soulagé, elle se tourna vers Rafael, en quête de son approbation, qu'il s'empressa de lui donner.

— Ce n'était pas lui, *meu amor.* Comme toujours, ton cœur est ma boussole.

Après un baiser enfiévré et mouillé de larmes, elle reporta son attention sur son père.

— As-tu la moindre idée de la personne qui pourrait t'avoir piégé, papa ?

Ferreira regarda sa fille et Rafael tour à tour, l'air sonné. Apparemment, il s'efforçait de réviser tout ce qu'il pensait savoir des derniers mois, depuis que Rafael était entré dans leur vie.

Enfin, il s'exclama :

— Es-tu en train de me dire que, tout ce temps, tu as cru que c'était moi ? Tu es venu ici pour me punir ? C'est pour ça que tu as abordé Ellie ?

— Je ne faisais pas partie de son plan, papa.

Rafael fut envahi par une vague de soulagement et de fierté. La foi d'Eliana en lui avait été restaurée. Cette foi pure dont il était devenu dépendant.

— C'est grâce à Eliana que tout s'est réglé, dit-il. Son amour m'a écarté du chemin de la destruction, et m'a fait entrer dans une vie que je n'aurais jamais cru avoir. Mais j'ai besoin que vous réfléchissiez. Tout ce dont vous parviendrez à vous souvenir pourra m'aider. C'était sans doute quelqu'un qui était proche de vous. Réfléchissez, Ferreira.

Le père d'Eliana cilla, l'air hébété.

— Tu m'appelais *tio Teo*, autrefois, dit-il.

— Je vous aimais presque autant que j'aimais mon père.

Il tenta de sourire malgré la peine qui lui serrait le cœur.

— Mais je ne pense plus pouvoir vous appeler ainsi.

Eliana l'embrassa sur l'épaule.

— Et si tu l'appelais simplement Teo ? suggéra-t-elle.

Le regard plein d'émotion, il répondit :

— Tout ce que tu voudras, *minha alma*.

Soudain, Teo lui saisit le bras.

— Je me souviens de quelque chose. Quand j'ai rencontré la mère d'Ellie, elle était suivie par un harceleur. J'ai engagé un spécialiste en sécurité, pour la protéger jusqu'à ce que ce type soit arrêté. Je ne vois personne d'autre dans ma vie qui avait le genre de compétences et les relations secrètes nécessaires pour faire quelque chose comme… comme…

Ferreira s'interrompit, une lueur dans le regard. A l'évidence, il cherchait d'autres éléments, et reliait des événements apparemment sans lien.

Enfin, il reporta son attention sur Rafael.

— Il a dû se rendre compte, quand je parlais de toi, que tu

étais exactement ce que l'Organisation recherchait. Et il était en mesure de fabriquer des indices pour m'incriminer.

— Donnez-moi son nom.

Quand Ferreira le lui eut communiqué, Rafael se leva. Après avoir donné un baiser à Eliana, il déclara :

— Je vais lancer une enquête immédiatement.

— Merci, *meu amor*, murmura-t-elle contre ses lèvres.

— Je ferai toujours tout pour toi, *minha vida*. Toujours.

Une heure plus tard, Rafael retourna voir son futur beau-père. Il s'arrêta à la porte de la suite, et admira la vue d'Eliana, l'amour de sa vie, blottie dans les bras de son père.

Des émotions irrépressibles le submergèrent. Suscitées non seulement par Eliana mais aussi par son père. Cet homme était de nouveau l'oncle qu'il avait adoré, mais surtout il était l'homme qui avait engendré Eliana, fruit d'un amour absolu.

Ravalant les larmes qui lui piquaient les yeux, il entra dans la pièce. Et... quelle chaleur, quel bonheur il lut sur leur visage ! Il sentit les vestiges de sa peine, de son amertume et de sa fureur disparaître.

Il s'agenouilla devant eux, et se réjouit de la façon dont Eliana se jeta à son cou, appuyant la tête contre son cœur.

— Merci pour avoir cru papa, *meu amor*. Même si tu ne peux pas trouver de preuves, le fait que tu veuilles en chercher me suffit.

— Tu as trouvé quelque chose ? demanda Teo avec anxiété.

Rafael leva les yeux vers lui.

— Une fois que j'avais un nom, et le lien avec vous, tout s'est mis en place. J'ai retracé tous les faits et gestes de cet homme, ses contacts et ses transactions bancaires depuis le jour de mon enlèvement. Et il n'y a pas de doute. C'est lui.

Eliana poussa un cri étouffé, et les serra, son père et lui, dans ses bras, les inondant de larmes de soulagement.

Lui était encore plus soulagé. Pour elle. Plus rien d'horrible ne se dressait entre les deux personnes qu'elle aimait le plus, et elle n'aurait plus à se sentir coupable des épreuves qu'il avait dû subir.

Quand ils l'eurent tous deux embrassée et apaisée, il prit la main de Teo dans la sienne et la serra.

— Je vous demande pardon, Teo, pour avoir cru en votre culpabilité quand mon enquête m'a mené jusqu'à vous. Je ne voulais pas que ce soit vous, mais chaque fois que j'enquêtais je me retrouvais sur les mêmes pistes.

Teo serra sa main à son tour.

— Il était impossible pour toi de connaître l'existence de cet homme. Anita était si effrayée par toute cette histoire que je ne pouvais en parler à personne, même pas à ton père.

Il poussa un soupir de regret.

— Ironiquement, ce sont les grosses sommes que j'ai payées à cet homme, et que je ne pouvais pas justifier, qui ont conduit ton père à mettre un terme à notre association. Ensuite, j'ai perdu Anita, puis ton père... et cet homme s'est effacé de ma mémoire.

La rage de Rafael était désormais dirigée contre l'homme qui lui avait tant coûté, et à cause duquel il avait bien failli détruire des êtres innocents.

— Ne pensez plus à lui. Son sort est déjà... réglé.

Teo ouvrit de grands yeux.

— Tu veux dire que... ?

Eliana agrippa le bras de son père, et le feu et la glace se mêlèrent dans son regard.

— Rafael s'assurera de ne faire de mal à personne d'autre. Et cet homme n'aura que ce qu'il mérite.

La surprise de Teo devant le ton tranchant d'Eliana n'était rien comparée à celle de Rafael. Il l'attira contre lui.

— Alors, ma fleur d'amour peut être fatale quand elle défend et venge les innocents.

Les flammes dans ses yeux mirent ses sens en émoi.

— Oh ! oui, confirma-t-elle.

Il haussa un sourcil, curieux de savoir jusqu'où elle le soutiendrait.

— Alors, tu approuves tout ce que je déciderai de faire à cet homme ?

Elle serra ses lèvres pulpeuses.

— Il n'a rien d'un homme. C'est un monstre. Et tes frères et toi êtes des justiciers. Je sais que ce que tu décideras de lui infliger sera le bon choix.

Une vague de joie monta en lui.

— Tu as déjà annoncé la bonne nouvelle à Teo ?

Soudain, elle eut l'air timide.

— Je ne t'ai pas demandé si tu m'autorisais à en parler à quelqu'un, dit-elle.

Il rit de bon cœur.

— Quelqu'un, cela n'inclut pas ces six calamités qui ne cessent de me taquiner sur le sujet ?

Elle rougit violemment.

— J'ai en quelque sorte laissé cela m'échapper devant le trio de la terreur, quand je leur ai soutiré des informations. Et ils se sont empressés d'annoncer la nouvelle aux autres !

— *Tu es enceinte ?* s'exclama Teo.

Il mit les bras autour d'eux.

— Je vais être grand-père ! s'exclama-t-il avec enthousiasme.

Eliana l'embrassa.

— Je sais que tu n'attends plus après mes frères, et que tu penses que je suis ta seule chance d'avoir des petits-enfants. Sache que tu vas avoir non pas un, mais deux petits-enfants.

— Tu attends des jumeaux ? s'étonna-t-il. Est-ce possible de le savoir si tôt ?

Eliana attendit le consentement silencieux de Rafael puis poursuivit :

— Nous allons adopter Diego.

Teo s'effondra sur le canapé.

— Vous avez d'autres surprises bouleversantes et monumentales en réserve ? Mieux vaut toutes me les annoncer en même temps.

— Cela suffira pour aujourd'hui, dit Rafael en riant.

— C'est plus que suffisant pour toute une vie, rétorqua Teo, le regard embué. Si je mourais à cet instant, je serais l'homme le plus heureux de la terre.

Rafael lui adressa un regard faussement sévère.

— Allons, Teo, ne repartons pas du mauvais pied. L'homme le plus heureux de la terre, c'est moi. Compris ?

— Si tu le dis, fit Teo avec un soupir bienveillant.

Cette fois, Rafael rit aux éclats quand il porta sa fiancée dans ses bras, qui souriait et pleurait de bonheur.

— J'en suis sûr. On ne peut plus sûr.

Tandis que Rafael et les demi-frères d'Ellie plaisantaient et riaient ensemble, Ellie se sentit euphorique.

Après avoir accueilli l'annonce de la véritable identité de Rafael et toute son histoire avec la gravité adéquate, ses demi-frères l'avaient ensuite naturellement traité comme un vieil ami d'enfance, et un futur beau-frère plus que bienvenu dans la famille.

Soudain, elle sentit Rafael se tendre. Après avoir jeté un coup d'œil à son téléphone, il s'excusa auprès de ses futurs beaux-frères et s'éloigna.

Le cœur battant, elle le suivit dans le jardin qui surplombait l'océan, où la cérémonie se déroulerait. Ils marchaient vite, et elle se félicita une nouvelle fois d'avoir choisi une robe de mariée à la fois pratique et jolie : d'un blanc immaculé, en mousseline et en satin rehaussés de perles et de sequins, elle était composée d'un bustier drapé et d'un bas fluide et évasé qui lui permettait de courir.

Quoiqu'elle ne pût pas courir.

— Doucement, *amor*.

En la voyant grimacer, Rafael ralentit aussitôt. Hier, ils avaient fini leur soirée au lit. Après ces deux semaines de chaos et de séparation, la décharge de passion avait été cataclysmique. Ellie était délicieusement endolorie, après avoir été honorée par Rafael plusieurs fois, comme elle l'avait supplié de le faire, et avait passé la journée à s'efforcer de marcher droit.

Ils retournèrent dans la maison par son entrée ouest, et elle sentit son pouls s'accélérer quand ils approchèrent de l'homme et de la femme qui se tenaient au centre du salon.

Les parents de Rafael.

Elle l'avait supplié de leur téléphoner, pour leur annoncer que le fils qu'ils avaient cru avoir perdu était vivant, en bonne santé, et incroyablement heureux. Elle ne pouvait supporter l'idée que ses parents gardent cette cicatrice permanente, et n'aient pas le choix de renouer avec lui. Il avait fini par céder, et leur avait téléphoné.

Ses parents, en particulier son père, avaient été bouleversés.

En leur demandant de garder le secret tant qu'ils n'avaient pas trouvé un moyen de le présenter à ses frères et sœurs, il les avait invités à assister à son mariage. Numair et Rafael avaient envoyé leurs jets privés les chercher à Fortaleza et Belém. Ils avaient reporté la cérémonie au coucher du soleil, pour laisser à ses parents le temps d'arriver.

Rafael était face à eux, enfin. Même s'ils le connaissaient depuis deux ans, c'était uniquement sous sa nouvelle identité. A présent, ils avaient devant eux leur fils disparu.

Pour Ellie, cela semblait irréel de rencontrer son père, Andrés Rios Navarro, autrefois le meilleur ami de son propre père. Bianca Franco Molena, la mère de Rafael, avait autrefois été l'amie de sa mère.

— Je suis tellement navré..., commença Andrés avant de fondre en larmes.

La mère de Rafael fit de même.

Rafael serra son père dans ses bras.

— C'est moi qui suis désolé de ne pas te l'avoir dit plus tôt.

Il attira sa mère dans leur étreinte, et les laissa pleurer pour toutes les années de désespoir, de terreur, de chagrin, tandis qu'il les enveloppait de sa puissance protectrice.

Quand l'orage émotionnel se calma, Rafael tendit le bras vers Ellie. Elle s'empressa de se joindre à eux.

Il les embrassa tour à tour, adressa un sourire tendre à ses parents, et un autre plein d'amour à Eliana.

— Si j'ai recouvré mes esprits, c'est grâce à ma fiancée, la femme qui a tout remis en ordre dans ma vie.

Et Ellie se retrouva dans les bras de ses parents, qui l'étreignirent, l'embrassèrent et la remercièrent d'avoir contribué à ce miracle.

— C'est moi qui vous remercie de m'avoir donné le seul homme que j'aimerai jamais, dit-elle d'une voix émue. Mais vous a-t-il dit qui j'étais ?

Ils eurent l'air dérouté. Quand elle leur eut donné son nom complet, ils furent sans voix pendant un instant. Puis ils se mirent à parler en même temps.

— La fille de Teo ?

— Comment est-ce possible ?

— Il est ici ?

Elle les prit par le bras et les conduisit vers le jardin.

— Il est ici, et il attend depuis des années de vous revoir.

La cérémonie se déroula sans accroc, et sembla presque accessoire. Hormis les retrouvailles entre les parents de Rafael et le père d'Ellie, le fait que Rafael ait serré Teo dans ses bras quand il lui avait confié la main de sa fille, et que Teo avait enfin échangé son premier baiser avec Isabella, juste après les vœux des mariés, toutes les choses les plus importantes s'étaient passées pendant et après la répétition.

Tous les invités s'étaient retirés dans leur suite, après de longues heures à faire la fête. Ellie était dans les bras de Rafael. Et elle ne pouvait retenir ses larmes.

— *Deus, coração,* je ne veux pas te voir pleurer, même si ce sont des larmes de joie.

Il l'observa, puis s'exclama :

— Ce ne sont pas des larmes de joie !

— Pardon, *meu amor*, mais j'ignore si je cesserai un jour de pleurer pour l'enfant que tu étais, et pour ce que tu as perdu.

— Avec ce que j'ai gagné, toi, notre futur bébé, Diego et de nouveaux frères, je suis à présent extrêmement béni. J'ai même récupéré tout ce que j'avais perdu. Mes parents, et bientôt mes frères et sœurs. Et Teo.

Elle se blottit contre son torse.

— Et, ensemble, nous donnerons à notre bébé et à Diego tout ce dont j'ai été privé, et ce que même toi tu n'as pas eu. Un père et une mère.

Il la serra soudain très fort.

— Nous ne les quitterons pas des yeux !

Partagée entre rire et larmes, elle bredouilla :

— Tu ne vas pas étouffer d'amour notre bébé et Diego !

— Tu as à t'en plaindre, personnellement ?

— Tu marques un point, dit-elle, l'attirant contre elle. Etouffe-moi encore un peu.

— Tu es une magicienne, dit-il contre ses lèvres.

Mais, tandis qu'il commençait à lui faire l'amour, il reprit son sérieux quand elle effleura sa cicatrice.

— J'aimerais être une vraie magicienne, *meu amor.* J'aurais effacé cette cicatrice, et tous les souvenirs de ta souffrance.

— C'est déjà fait. Tu m'as trouvé. Tu m'as fait tien, tu as guéri mes blessures et effacé toutes mes cicatrices.

Il unit leurs deux corps, avala son cri de plaisir.

— Désormais, tu m'aimeras pour toujours. Tu n'es pas seulement magicienne. Tu es magique.

Elle l'enlaça, l'emmena encore plus loin en elle, et murmura :

— Je pourrais en dire autant de toi.

OLIVIA GATES

Le désir défendu

LE SERMENT DE BLACK CASTLE
VOLUME 1

Traduction française de
ROSA BACHIR

SAGAS
HARLEQUIN

Titre original :
SCANDALOUSLY EXPECTING HIS CHILD

Ce roman a déjà été publié en 2020.

1

Raiden Kuroshiro observa la jeune femme qui se trouvait à côté de lui. Megumi portait bien son prénom, qui signifiait « magnifique bénédiction » en japonais. Avec son teint pâle et parfait, ses cheveux noirs brillants et ses lèvres naturellement rouges, elle ressemblait à Blanche-Neige. Et sa robe bleu roi qui soulignait à la perfection sa petite silhouette fine lui donnait l'air d'une princesse de conte de fées. Le port de tête altier, elle recevait avec grâce les félicitations des invités pour leurs fiançailles. Raiden l'épouserait dans dix semaines.

Et il ne ressentait absolument rien pour elle.

Heureusement, les sentiments que Megumi lui portait étaient tout aussi inexistants.

Ce qui était normal.

Les raisons pour lesquelles ils se mariaient ne nécessitaient même pas qu'ils se tolèrent. C'était un pur mariage de convenance.

Megumi leva les yeux vers lui, et un sourire poli se peignit sur ses lèvres délicates. Même s'il n'avait rien fait pour le mériter, il n'eut pas de mal à le lui rendre. Connue pour être un ange, Megumi se serait entendue avec le diable lui-même. Et d'ailleurs c'était le cas. Raiden avait la réputation d'être un démon. On l'avait surnommé ainsi pendant ses années comme mercenaire, et on l'avait affublé de surnoms bien pires quand il avait opéré une ascension fulgurante dans le domaine du capital-risque, jusqu'à en devenir une figure majeure.

— Je peux rejoindre ma mère si tu le souhaites.

Il entendit à peine Megumi par-dessus le *gagaku*, la musique de cour traditionnelle, et le brouhaha des cinq cents personnes réunies dans la salle de bal. C'était la première fois qu'il côtoyait autant de membres de la haute société japonaise en même temps. Son objectif était non seulement d'appartenir à cette classe, mais aussi de la diriger. Megumi le savait, et elle lui offrait gentiment de s'éclipser, afin qu'il puisse profiter pleinement de l'événement sans que sa présence l'entrave.

Même si l'offre était tentante, il la déclina d'un signe de tête. Ces gens l'observaient de près, et Raiden savait qu'il serait mal vu de délaisser sa future épouse durant leur première apparition publique, à plus forte raison lors d'une soirée destinée à fêter leur mariage imminent.

Au moins, il n'avait pas à jouer le marié énamouré comme en Occident. C'était un soulagement que, dans la société japonaise, les futurs partenaires de mariages arrangés ne doivent témoigner l'un envers l'autre que de la plus grande courtoisie. Ce qui était aisé avec Megumi. Avec elle, il n'avait pas à feindre la galanterie.

Mais il ne l'aimait pas. Il n'aimait personne. A l'exception de ses « frères » de Black Castle — qui faisaient partie intégrante de son être —, il attribuait aux gens des rôles bien définis. Il avait des alliés, des subordonnés, et des ennemis. Megumi se situait quelque part entre les deux premières catégories. Il n'avait pas fait mystère de la place qu'elle occuperait dans sa vie, et elle semblait accepter la situation.

Ce qui était compréhensible. Car il était le futur époux et futur père le plus fortuné et le plus puissant qui soit. Même s'il n'avait pas été le plus beau parti du moment, en tant que fille obéissante, Megumi l'aurait tout de même épousé. Son père voulait à tout prix que Raiden fasse partie de sa famille.

Et c'était là la raison principale pour laquelle il épousait Megumi. Elle était l'unique moyen d'obtenir la seule chose dont il ait jamais rêvé, d'atteindre le but qu'il visait depuis dix ans.

Récupérer son héritage.

Toutefois, même si tout se passait comme il l'avait prévu, une chose le tracassait. S'il épousait Megumi, c'était aussi pour avoir des héritiers de sang japonais. Ce qui signifiait qu'il devrait… honorer son épouse. Il craignait de ne pas y arriver. Pas sans employer le seul moyen de faire fondre sa libido glacée. Fantasmer sur *elle*.

Cela l'irritait de devoir recourir à cette mesure pour… être à la hauteur, mais il était très pragmatique. Il aurait recours à ce qui marchait, point. Une seule fois, avec un peu de chance. En choisissant le bon moment, cela pourrait suffire pour inséminer Megumi.

Après la conception, autre soulagement majeur, la plupart des épouses de convenance japonaises se retiraient dans leurs quartiers et consacraient leur vie à leur enfant. D'après ce qu'il avait entendu dire sur cette société encore étrangère pour lui, dans le genre de mariage qu'il s'apprêtait à faire, il était admis que le rôle du mari soit celui d'un donneur de sperme et d'un soutien financier. L'épouse le reléguait surtout aux activités sociales et aux apparitions publiques, et ne recherchait des rapports charnels que pour concevoir un second enfant. Ce qui était exactement le genre de mariage qu'il souhaitait. Le seul qu'il puisse supporter.

Il observa Megumi, qui souriait gracieusement à un invité, et s'interrogea sur l'intense aversion qu'il éprouvait à l'idée de coucher avec elle. Si les gens apprenaient à quel point l'idée d'honorer une telle beauté le rebutait, ils remettraient en question sa virilité. S'ils savaient qu'il devrait invoquer le souvenir d'une autre femme pour assumer son devoir conjugal, ils le trouveraient pitoyable. S'ils découvraient que cette femme avait été un imposteur, ils douteraient de ses facultés de discernement. Et, s'ils savaient que même après avoir découvert la vérité sur elle il était resté sous emprise, cela réduirait en miettes la façade inflexible qu'il présentait au monde.

Mais personne n'apprendrait l'existence de cette femme. Ni aucun autre de ses secrets. Il en avait accumulé d'épouvantables durant les vingt ans pendant lesquels il avait été l'esclave de l'Organisation. Il était impératif que le personnage qu'il s'était construit après sa fuite, dix ans plus tôt, demeure invincible. Il ne laisserait rien se mettre en travers de sa route.

Alors, il devait suivre les règles de cette société, jusqu'à ce qu'elles deviennent pour lui une seconde nature. Comme elles l'étaient pour Megumi et sa famille. La famille qui ne se doutait pas un instant qu'il était l'un de ses membres.

Ils ne sauraient jamais qui il était vraiment. Mais il deviendrait l'un des leurs. Il serait un Hashimoto, par son mariage avec...

Soudain, une étrange sensation lui parcourut le corps, de la nuque à la pointe des orteils.

Mais cette alerte maximale ne prévenait pas d'un danger. Raiden savait très bien reconnaître les menaces. Et il n'en percevait aucune.

Sans rien changer dans son expression ni sa posture, il fit appel à tous ses sens pour identifier la source de cette perturbation.

L'instant d'après, Megumi lui agrippa le bras.

Etrange. Megumi ne le touchait jamais. Son corps avait-il anticipé ce contact ? Mais pourquoi Megumi provoquerait-elle une réaction si intense chez lui ?

Reportant son regard sur elle, il fut soulagé de ne rien éprouver, comme à son habitude. Mais la sensation qui l'avait envahi s'intensifiait. Il lui fallut toute sa maîtrise pour ne pas regarder autour de lui afin d'en repérer l'origine.

— Matsuyama-san approche.

Alors, c'était pour cela qu'elle l'avait touché. Pour attirer son attention sur leur hôte. Hiro Matsuyama. L'homme qui avait organisé ce bal somptueux dans sa propriété. Et son plus grand rival en affaires au Japon.

Raiden trouvait encore étonnant d'être mis à l'honneur par un adversaire. Mais au Japon c'était un rituel normal. Et même nécessaire. Ici, la tradition et les convenances étaient primordiales, dans les affaires comme dans la société. Il lui faudrait du temps pour s'y habituer, ainsi qu'à tout le reste, puisqu'il n'avait pas été élevé dans ce pays.

A dire vrai, il n'avait pas été élevé du tout. Depuis l'âge de quatre ans, il avait été façonné. Pour devenir une arme mortelle.

Il laissait ses adversaires entrapercevoir cette facette de sa personnalité, pour les contrôler en leur montrant à qui ils avaient vraiment affaire. Toutefois, même si Hiro représentait sa plus grande menace professionnelle, comparé aux monstres que Raiden avait vaincus autrefois, cet homme était inoffensif. Alors, ce ne pouvait être à cause de lui que ses sens étaient en alerte.

Il se tourna vers Megumi, vit son regard fixe, légèrement brillant, remarqua le tremblement de sa lèvre inférieure. Mais son attention fut détournée quand la sensation étrange gagna encore en puissance.

Enfin, il fut face à Hiro... et à la femme accrochée à son bras. Et il comprit aussitôt.

C'était elle, la source de son trouble.

Elle était la seule femme non japonaise de la salle. Même les hommes d'affaires étrangers présents étaient mariés à des Japonaises. C'était la seule manière d'entrer réellement dans la société, l'unique chemin vers la plus solide forme d'alliance au Japon.

Tous les regards semblaient la suivre. En ce qui concernait les femmes, les Japonais avaient des canons de beauté stricts. Mais la plupart étaient charmés par les traits et le teint européens. Une majorité d'hommes étaient obsédés par les femmes occidentales, même si peu d'entre eux les approchaient, car beaucoup des qualités qu'ils admiraient tant dans leurs fantasmes s'avéraient intimidantes dans la réalité. Or, toutes ces qualités étaient réunies chez cette créature.

Elle était plus grande que tout le monde, et accentuait ce fait par ses escarpins vertigineux. Avec son mètre quatre-vingts, Hiro était grand pour un Japonais, mais elle le dépassait. Elle était presque à la hauteur de Raiden et de son mètre quatre-vingt-quinze.

Et elle se démarquait aussi sur tous les autres plans. Parmi tous ces gens aux cheveux bruns, elle ressemblait à une amazone, avec son teint hâlé, ses courbes voluptueuses, sa sensualité et son assurance débordantes. Et, tandis que toutes les femmes portaient des couleurs pastel ou vives, elle était la seule à porter un noir insondable. Elle avait tout d'une femme fatale, était l'opposé de ce qui était considéré comme désirable chez une femme japonaise, l'antithèse de la délicate et discrète Megumi, à la silhouette menue et au teint de porcelaine. Quoique, si l'on se fiait aux films pour adultes japonais, cette amazone était l'incarnation des fantasmes pas si secrets de la nation.

Mais Raiden ne partageait pas ces fantasmes. D'ailleurs, il n'en avait pas vraiment. Cela s'expliquait par la discipline totale à laquelle il avait été soumis dès l'enfance, pour aiguiser ses compétences jusqu'à atteindre une précision surhumaine. Durant ses années de captivité, il n'avait pas utilisé les compagnes fournies par l'Organisation pour divertir ses agents. Depuis sa fuite, il avait gardé la même rigueur. La seule fois où ses défenses s'étaient effondrées, c'était avec *elle*.

Mais *cette femme* faisait naître en lui la même... compulsion. Alors qu'elle ne le regardait même pas.

Il se força à regarder Hiro, qui s'inclinait devant Megumi. Raiden remarqua à peine qu'elle serrait son avant-bras plus fort, car toute sa concentration était dirigée vers l'autre femme.

Hiro s'inclina avec raideur après que Raiden l'eut salué, avant de s'adresser à Megumi.

— Permettez-moi de vous présenter Mlle Scarlett Delacroix, Megumi-san.

Tandis que les jeunes femmes se saluaient d'une révérence, Raiden étudia le profil de l'inconnue. Puis il croisa le regard de Hiro, qui resserra ostensiblement son étreinte autour de la taille fine de Scarlett Delacroix.

Hiro marquait-il son territoire ? Lui faisait-il comprendre qu'il ne devait pas songer à tenter une approche ? Supposait-il que Raiden l'envisageait, avec sa toute nouvelle fiancée à ses côtés ?

Si oui, Hiro était plus rusé que Raiden l'avait cru. En effet, il voulait tenter une approche. Il en était le premier surpris : cela ne lui arrivait jamais.

Mais peut-être Hiro s'était-il mépris sur sa réaction, et croyait-il simplement que Scarlett Delacroix était irrésistible pour tous les hommes. Il aurait raison sur ce point également. Si Raiden, avec sa maîtrise d'acier, éprouvait ce désir irrépressible pour cette créature pleine de vie, les autres hommes devaient ronger leur frein.

Toutefois, sa réaction l'étonnait véritablement. Il était entouré de femmes splendides, et aucune n'avait attiré son attention. Mais l'effet que cette femme avait sur lui n'avait rien à voir avec ses attributs physiques. Il était identique à l'effet qu'*elle* avait eu sur lui. Tous ses sens le lui criaient, comme s'ils la reconnaissaient...

C'était d'un pathétique ! Projeter sur cette autre femme les réactions qu'il avait eues envers une traîtresse doublée d'une menteuse était stupide.

Mais c'était la première fois que pareille chose lui arrivait.

— Scarlett, je te présente Raiden Kuroshiro, dit Hiro d'un ton réticent.

Arraché à ses pensées insensées, Raiden vit qu'elle lui tendait la main. Il leva la sienne comme malgré lui... et un courant électrique jaillit entre eux dès qu'il la toucha.

Elle retira vivement sa main, un petit cri de surprise s'échappant de ses lèvres pulpeuses, puis afficha un sourire exquis.

— Cela m'apprendra à choisir une robe infroissable en synthétique, plaisanta-t-elle.

Son accent était américain, et sa voix, trop faible pour qu'il puisse la distinguer clairement par-dessus le bruit de fond, mais la chaleur qui émanait d'elle le parcourut tout entier et lui fit serrer les dents.

Hiro attira sa cavalière plus près de lui.

— Ce doit être une simple manifestation de ta personnalité électrisante.

Raiden réprima un grognement moqueur, tant le commentaire de Hiro lui semblait éculé. Mais il eut plus de mal à contenir son irritation croissante devant l'attitude possessive de Hiro.

Ce qui était tout à fait étonnant. *Jamais* il ne s'était senti agressif envers un autre homme à cause d'une femme.

Scarlett se tourna pleinement vers lui, et son sourire n'atteignit pas ses yeux quand ils rencontrèrent les siens pour la première fois. L'éclair qui le frappa faillit le faire vaciller.

Ces yeux. Ces yeux d'un bleu saphir intense, luminescent. Ils étaient de la même couleur que *ses* yeux.

Assez ! Les ressemblances qu'il s'efforçait de trouver entre deux femmes totalement différentes devenaient vraiment ridicules.

— J'ai entendu dire que les félicitations étaient de mise, murmura Scarlett, son regard se portant sur Megumi.

Cela ne pouvait pas être de la timidité. Cette femme connaissait son pouvoir sur les hommes, un pouvoir sans doute perfectionné par des années de pratique et exercé à volonté. Alors, pourquoi évitait-elle de le regarder dans les yeux ?

— Scarlett avait d'autres projets ce soir, déclara Hiro en la regardant avec affection. Mais elle m'a fait l'honneur d'assister à ce bal.

— Comment aurais-je pu refuser, alors que tu organises les plus beaux bals de l'hémisphère Nord, Hiro ?

Scarlett offrit un sourire chaleureux à Megumi.

— De vous à moi, j'espérais qu'en rencontrant les invités d'honneur de ce bal je décrocherais ma première invitation à un mariage japonais dans la haute société.

— Si je suis invité, répliqua Hiro avec un bref regard à Megumi, tu le seras certainement.

— Nous serions honorés que vous assistiez tous les deux au mariage, dit la jeune fiancée.

Megumi semblait loin d'être aussi sereine que d'habitude. Sa voix était nerveuse, son expression, forcée.

Peut-être n'appréciait-elle pas Scarlett ? Peu de femmes l'appréciaient, sans doute. Scarlett devait mettre à mal leur ego, surtout celles qui se considéraient comme belles. Car elle était splendide.

— J'imagine que c'est aussi le sentiment de Kuroshiro-san ? demanda Hiro en le défiant du regard.

Lors de leurs réunions précédentes, Hiro s'était montré réservé, mais il lui avait bien fait comprendre que leur inimitié se limiterait au champ de bataille financier. Pourtant, ce soir, il avait du mal à contenir son agressivité. Se sentait-il possessif avec Scarlett ?

Pourtant, elle n'avait donné à Hiro aucune raison de craindre Raiden. Elle l'avait à peine regardé jusqu'ici.

Hiro, en revanche, le fixait encore d'un regard noir, attendant sa confirmation. Raiden acquiesça d'un signe de tête.

Megumi lui serra de nouveau le bras. Le poussait-elle à donner une réponse verbale ? Il savait qu'il devait obtempérer, sinon, il pourrait offenser son hôte. Son silence jusqu'ici ne jouait déjà pas en sa faveur.

Il n'avait pas envie de répondre. A cet instant, la seule chose qu'il avait envie de faire, c'était ôter le bras de Hiro de la taille de Scarlett.

Pourtant, il obtempéra.

— Matsuyama-san, mademoiselle Delacroix, votre présence à notre mariage n'est pas seulement notre privilège mais une nécessité.

Ses paroles respectueuses ne semblèrent pas apaiser Hiro. Cet homme était déconcertant. Non seulement Hiro avait insisté pour organiser ce bal, mais c'était lui qui lui avait présenté la femme dont ils se disputaient l'attention.

Heureusement, cette rencontre guindée prit bientôt fin, et Hiro et Scarlett s'éloignèrent. Raiden se força à ne pas les suivre du regard. A ne pas *la* suivre du regard. Mais il ne put plus supporter d'avoir Megumi à ses côtés.

Il tenta de lui sourire, en vain.

— Si cela ne t'ennuie pas, Megumi, je vais accepter ta gentille proposition de tout à l'heure, et faire le tour de la salle.

— Naturellement.

Megumi s'effaça, semblant aussi soulagée que lui qu'ils se séparent enfin.

En s'éloignant, il se força à s'arrêter un instant devant quelques invités. Dès qu'il eut l'occasion de sortir, il la saisit. Et il aperçut Scarlett. Elle aussi venait de quitter la salle. Même si elle était de dos, et que plusieurs mètres les séparaient, un sentiment familier le gagna de nouveau. Le même sentiment qu'il avait éprouvé quand *elle* était apparue dans sa vie.

Elle. C'était toujours sous ce terme qu'il désignait en pensée la femme qu'il connaissait sous le nom de Hannah McPherson.

Il l'avait rencontrée à New York par un jour d'été, cinq ans plus tôt. En faisant un écart avec son véhicule pour éviter de renverser un cycliste téméraire, elle avait percuté sa voiture.

Dès l'instant où elle était descendue de sa voiture, plus rien d'autre n'avait compté pour lui. Cette attirance irrésistible qu'il avait ressentie pour elle, il avait pourtant cru ne jamais la connaître. Il lui avait toujours dit qu'elle avait été catapultée dans sa vie, et qu'elle avait pulvérisé toutes ses règles et ses idées préconçues.

Ignorant ses précautions habituelles, il n'avait même pas fait d'enquête de base sur elle. C'était elle qui lui avait appris qu'elle était enseignante de maternelle le matin, et fleuriste l'après-midi, dans une boutique dont elle avait hérité.

Quand il l'avait emmenée dîner, ce premier soir, elle avait affirmé que cela n'irait pas plus loin, car il appartenait à un monde étranger au sien. Elle n'avait pas cédé quand il avait fait valoir que leur attirance surpassait toutes les différences. Il avait fallu leur premier baiser pour qu'elle capitule, et concède que ce qui avait jailli entre eux était irrépressible. Dès ce premier soir, ils avaient commencé une liaison incendiaire.

Puis, après cinq mois de folie, une anomalie inexplicable l'avait conduit à découvrir une toile de mensonges ingénieusement tissée. Et à parvenir à un terrible verdict : elle avait créé son identité juste avant de le rencontrer.

Tout n'avait été qu'un piège. A commencer par l'accident qui les avait réunis. Elle avait sans doute été envoyée par un rival pour l'espionner. Et, pendant ces mois passés ensemble, il lui avait laissé le plein accès à sa vie. Quoi qu'elle ait cherché, elle aurait pu le trouver.

Mais, puisque personne n'avait utilisé d'informations secrètes contre lui, soit elle n'avait pas trouvé ce qu'elle cherchait, soit elle attendait le bon moment pour tirer profit de ses informations auprès de son recruteur. Ou de lui. Ou des deux.

Feignant l'ignorance, en attendant de décider comment agir, il lui avait téléphoné. Elle avait été aussi joyeuse et enthousiaste qu'à son habitude, puis, comme si elle avait senti qu'il jouait un rôle, sa voix avait changé, devenant celle d'une étrangère. Elle lui avait alors demandé s'il préférait qu'elle l'appelle Lightning, « l'éclair », ou s'il avait abandonné ce surnom après avoir échappé à l'Organisation. Alors seulement, il avait pris conscience que c'était bien pire que ce qu'il avait redouté.

Car elle n'avait pas découvert des secrets industriels, mais son secret le plus fatal. Son ancienne identité. Elle avait conscience de la valeur de cette information, et du danger qu'elle pourrait représenter. Si jamais elle le dénonçait, l'Organisation les retrouverait, ses frères et lui. Pour les tuer tous.

La sidération et la rage l'avaient envahi quand elle avait déclaré être heureuse qu'il ait mis fin à cette comédie. Car elle pouvait enfin émettre ses exigences. De l'argent, en échange de son silence.

Par « argent », elle avait voulu dire cinquante millions de dollars.

Au comble de la fureur, il lui avait assuré qu'il ne négociait pas avec les maîtres chanteurs, et qu'il les éliminait. Par conséquent, *elle* avait tout intérêt à garder ce qu'elle savait pour elle.

Guère effrayée, elle avait déclaré qu'il ne retrouverait jamais son recruteur pour mettre à exécution sa menace, mais qu'elle n'avait aucun désir de le dénoncer. Elle avait simplement besoin de cet argent. Ce n'était pour lui que de l'argent de poche, avait-elle fait valoir. Et il ne devait pas craindre qu'elle lui en demande davantage ou qu'elle exploite ce qu'elle savait sur lui d'une autre manière. Une fois la transaction effectuée, il pourrait considérer qu'elle n'avait jamais existé. Car elle n'avait jamais vraiment existé, avait-elle conclu.

Même si l'amertume et la colère l'avaient consumé, la logique avait repris le dessus. Certes, il ne pouvait pas faire confiance à sa propre intuition, ou à elle, mais il pouvait compter sur son instinct de survie. Elle savait déjà à quel point il pouvait être dangereux, elle ne risquerait donc pas de lui extorquer de l'argent une nouvelle fois. Ce serait un versement unique. Et ses frères et lui seraient de nouveau en sécurité.

Mais il s'était interrogé. Si elle avait vraiment besoin d'argent, il l'aiderait volontiers, si seulement elle voulait bien lui dire qu'elle avait été contrainte de l'espionner, et que tout n'avait pas été que mensonge.

En songeant qu'il était prêt à fermer les yeux, rien que pour être rassuré sur ses sentiments pour lui, il était devenu encore plus furieux. Contre lui-même. Décidant de mettre un terme à cette relation sordide, il avait transféré l'argent sur le compte offshore qu'elle lui avait indiqué. Et, comme elle l'avait dit, il n'avait plus jamais retrouvé sa trace. C'était comme si elle n'avait jamais existé. Leur liaison s'était terminée, pour de bon.

Mais ce n'était pas terminé. Pas pour lui.

Son obsession pour elle avait continué de le tourmenter, surtout quand il était au plus bas. C'était dans ces moments qu'il voulait se tourner vers elle, la seule femme qui avait touché son être le plus profond, pour sentir sa vitalité emplir ses bras, sa compassion réconforter son âme, sa passion enflammer ses désirs. Chaque fois, il l'avait maudite davantage d'avoir encore cette emprise sur lui.

Mais sa colère s'était surtout dirigée contre lui-même, le maître de l'espionnage qui n'avait su détecter la moindre trace de duplicité en elle. Et qui, même après avoir eu la preuve de ses mensonges, était resté inextricablement sous son charme.

Chassant ces pensées amères, il quitta la salle de bal pour suivre cette autre femme, qui avait fait naître les mêmes réactions chez lui.

Scarlett Delacroix se mouvait avec grâce sur la vaste terrasse de la propriété, et descendait l'escalier pour rejoindre le traditionnel jardin de thé. Dans la lumière d'une lune gibbeuse, sa cascade d'un roux flamboyant était la seule touche de couleur et de chaleur dans le froid monotone de la scène. Le bas de sa robe fluide traînait derrière elle comme un morceau de nuit vénérant sa silhouette plantureuse.

Comme les gardes du corps de Hiro la surveillaient, Raiden attendit qu'elle traverse le pont de bois et rejoigne le pavillon de jardin, puis prit la direction opposée.

Quelques minutes plus tard, il pénétra sans bruit dans le pavillon par son entrée sud. La chaleur à l'intérieur de la maison de bois sembla le saluer, mais c'était l'aura de cette femme qui l'enveloppait. Elle lui tournait le dos et regardait par la fenêtre.

Etrange. Sa réaction face à elle était identique à sa réaction face à Hannah, alors que physiquement les deux femmes n'auraient pas pu être plus différentes. Pourtant, il ne pouvait se défaire de ce sentiment insensé. Ni résister à son impulsion ridicule.

Il avança vers elle.

Elle ne se retourna pas, se contentant de lui lancer un regard de côté. Pas de doute, elle avait senti sa présence dès son arrivée, et avait attendu qu'il se manifeste.

Lorsqu'elle reporta son attention sur le charmant jardin baigné par le clair de lune, il sentit la chaleur en lui s'intensifier. Jamais personne, et certainement pas Hannah, ne l'avait traité avec une telle nonchalance.

Il s'arrêta à un souffle d'elle, et se pencha pour lui murmurer à l'oreille :

— Pourquoi n'êtes-vous pas dans cette salle de bal, à savourer l'adulation collective dont vous faites l'objet ?

Sans montrer le moindre signe de trouble, elle répondit :

— Non que j'aie remarqué une telle fascination généralisée, mais je suis partie pour trouver un peu d'air frais et de solitude. Je suis légèrement claustrophobe *et* agoraphobe. Les salles de bal pleines ne sont pas ma tasse de thé.

— Vraiment ? Ou alors cherchez-vous à montrer à Hiro que, contrairement à toutes les autres femmes qui gravitent autour de lui, vous n'essayez pas d'obtenir ses faveurs à chaque seconde ? Si vous êtes sortie pour vérifier à quel point votre hameçon s'est enfoncé en lui, êtes-vous déçue qu'il n'ait pas couru après vous ?

— Je plaide non coupable de toutes vos suppositions, monsieur Kuroshiro. Mais la question est : pourquoi êtes-*vous* ici ? Pourquoi n'êtes-vous pas dans cette salle, à accumuler les serments d'allégeance et d'obéissance ? Puis-je supposer que mon prétendu hameçon s'est enfoncé en vous par inadvertance, et que cela *vous* a amené à courir après moi ?

— Vous pouvez en effet le supposer, mademoiselle Delacroix.

Il s'interrompit une seconde, puis décida de céder à cette compulsion irrépressible, aussi absurde soit-elle.

— Ou devrais-je dire mademoiselle McPherson ?

L'espace d'un moment infini, il n'y eut aucune réaction de sa part. Rien que la totale immobilité et le silence.

Enfin, elle se tourna vers lui. Une lueur amusée brillait dans ses yeux d'un bleu éclatant, ourlés de longs cils épais.

— Ai-je bien entendu ? Vous pensez que je suis quelqu'un d'autre ? Quelqu'un que vous connaissez ?

Un petit rire cristallin s'échappa de ses lèvres pleines.

— C'est une approche originale.

Ses mains le démangeaient d'étreindre ce corps qui l'attirait inexorablement. Il eut toutes les peines à résister à la tentation.

— Parce que les hommes vous approchent en disant que vous ne ressemblez à aucune autre ? Rassurez-vous, vous êtes tout de même unique. A tel point que même un visage et un corps totalement différents ne m'ont pas empêché de te reconnaître, Hannah.

Voilà. Les mots étaient sortis. Et ils semblaient ridicules. Du moins, pour sa raison. Mais pas pour son instinct. Et c'était son instinct qu'il suivrait, jusqu'à ce qu'il tire les choses au clair.

Elle sembla incrédule, puis inquiète.

— Est-ce un jeu ? Vous voulez que je fasse semblant d'être cette... cette Mlle McPherson ? Et vous jouerez quelqu'un d'autre aussi ? Quelqu'un qui soit libre de s'abandonner avec une parfaite étrangère ?

Les mains derrière le dos, elle s'appuya contre le cadre de la fenêtre.

— J'ai entendu dire que les jeux de rôle étaient très prisés au Japon, mais je n'aurais pas cru que c'était votre genre. Mais cela semble plausible. Un homme devenu milliardaire si jeune mène sans doute une vie très stressante. Peut-être est-ce votre moyen d'évacuer la pression.

Sa voix calme et son regard assuré provoquèrent un chaos en lui.

Il se fendit d'un sourire amer, pour se moquer de sa propre réaction incontrôlée, et reconnaître l'effet qu'elle avait sur lui.

— Ton sens de l'improvisation est impressionnant. Il faut dire que tu as toujours été la comédienne la plus spontanée et la plus convaincante que j'aie jamais rencontrée.

Elle haussa un sourcil délicat, l'air réellement intéressé.

— Vous en avez rencontré beaucoup ?

— Des centaines. Et je les ai toutes vues venir à des kilomètres. Tu es la seule qui m'ait dupé, dès le début. Mais je suis désormais immunisé à vie contre tes petits numéros.

Elle secoua la tête, comme si elle en avait assez de jouer. Puis, soudain, elle se pencha vers lui, et son regard amusé devint incandescent.

— Vous n'avez pas besoin de m'aborder de manière scandaleuse pour retenir mon attention, monsieur Kuroshiro. Je suis déjà intéressée.

Il ne s'était pas attendu à cela. Non qu'il ait attendu quoi que ce soit. Il naviguait à vue.

— Vraiment ?

— Toute femme dotée d'un cerveau en état de marche le serait.

Elle soupira.

— Dommage que vous soyez fiancé.

— Est-ce que cela compte ?

— J'imagine que non, pour quelqu'un comme vous. Même

si je soupçonne qu'il n'existe personne comme vous et que vous êtes unique. Je suppose que vous n'êtes entravé par aucune règle et que personne n'influence vos décisions.

— Ça, tu le savais déjà.

— Vous voulez dire que cette Mlle McPherson le sait déjà ?

— Vas-tu prétendre encore longtemps que tu n'es pas elle ?

Elle soupira de nouveau.

— Je vous l'ai dit, je suis déjà intéressée. Et, puisque le fait d'être fiancé ne vous arrête pas, cela joue en votre faveur. Car vous recherchez sans doute quelque chose d'intense... et de temporaire. Le seul genre de liaison auquel je suis ouverte.

— Alors, Hiro n'a pas réservé de place dans ton lit ?

— Hiro, comme tout le reste dans ma vie, ne vous concerne pas et n'est pas sujet à discussion. Je fais ce qui me plaît, et personne n'a de droits sur moi.

— Je parie que Hiro l'ignore. Ou alors il le sait et tu agites encore ton appât devant lui. Et, pendant que tu attends qu'il morde à l'hameçon, tu acceptes volontiers les distractions ?

— Pourquoi pas ? Je suis libre.

Elle se redressa de toute sa hauteur.

— Mais j'en ai assez de jouer à votre petit jeu. Revenez me voir quand vous déciderez de me parler à moi, et non à votre personnage imaginaire.

Puis elle se détourna. Il la regarda marcher, telle une déesse rousse disparaissant dans la nuit, tandis que ses pensées se bousculaient.

Venait-il de se ridiculiser ? Les faits semblaient l'indiquer. Son instinct, pourtant, lui criait encore le contraire.

Au comble de l'exaspération, il bondit vers elle, saisit sa taille et la plaqua contre lui.

Elle haleta quand il plongea la main dans sa chevelure soyeuse et attira son visage contre le sien. Dans la lumière dorée des lanternes, elle soutint son regard avec la plus grande contenance, mais ne put s'empêcher de gémir devant sa brutalité. Il avala le son enivrant en appliquant sa bouche sur la sienne.

Elle ouvrit grand les lèvres sous son assaut, le laissa plonger en elle et coller son corps déjà tendu de désir contre le sien. La façon dont elle s'abandonna à son étreinte embrasa ses nerfs. Mais ce fut la certitude qui monta en lui qui le consuma.

Elle. C'était *sa* saveur, *son* délice inimitable. C'était elle.

La bête qui se débattait continuellement en lui fut enfin libérée. Assailli par les souvenirs, par ces cinq années de privation, il devint fou de désir. Le désir de la posséder encore. Et d'avoir enfin une rupture nette.

Mais bientôt une autre sensation monta en lui. Le dégoût. De lui-même. Pour avoir cédé à la seule faiblesse dont il ait jamais souffert. Un dégoût croissant, qui le poussa à détacher ses lèvres des siennes, à s'éloigner du corps qui avait semblé fondre entre ses bras.

Titubant devant son retrait abrupt, elle s'appuya contre le mur le plus proche. Sa seule réaction visible après ce baiser explosif était sa respiration accélérée.

Puis, par ces lèvres qu'il venait de ravir, sa voix se répandit sur lui, calme, sereine... *sa* voix, enfin.

— Qu'est-ce qui m'a trahie ?

2

— Tout.

Le mot explosa dans le silence du pavillon. Son écho flotta dans l'air, débordant d'amertume, chargé de cinq années de colère contenue.

Mais elle ne montra pas le moindre signe d'agitation. Seul un léger tremblement de ses lèvres enflées trahissait une réaction à sa fureur. Un tremblement qui cessa si vite qu'il crut l'avoir rêvé.

C'était sans doute le cas. Leur rencontre ne l'avait nullement perturbée. Et pourquoi en aurait-il été autrement ? Elle était venue au bal en sachant qu'elle le verrait. C'était lui qui avait eu le choc de sa vie.

Avec un calme olympien, elle rétorqua :

— Toi et moi savons que c'est impossible. Même moi, je ne reconnais pas mon reflet dans le miroir.

Elle avait raison. Même de si près, il ne retrouvait pas la moindre trace de son amante traîtresse en elle. Lui-même avait changé en partie son apparence pour ne pas être reconnu, mais elle avait des traits et une structure de visage totalement différents. Même sa carnation semblait tout autre. Hannah avait une peau d'albâtre, si claire qu'il avait pensé qu'elle ne bronzait pas. Mais le hâle doré et uniforme de Scarlett semblait naturel. Comme la nuance auburn de ses cheveux, alors que Hannah lui avait paru être une vraie blonde tout aussi convaincante. Toutes ces modifications étaient certainement artificielles, même si leur résultat semblait tout à fait réel. Les seules modifications naturelles étaient celles de son corps. Les escarpins et le temps pouvaient expliquer l'augmentation de sa taille et la nouvelle rondeur de ses courbes.

Mais, au bout du compte, cette femme ne ressemblait en rien à celle qui avait occupé son lit chaque jour pendant cinq mois.

Il la toisa de pied en cap, avec un regard de dédain.

— J'imagine que c'est grâce à mon argent ? Cette transformation totale et indétectable ?

Sans se départir de son calme, elle le toisa à son tour.

— Pas si indétectable, puisque tu as réussi à me démasquer.

Elle soupira, puis reprit :

— J'ai en effet subi des opérations incroyablement onéreuses pour reconfigurer mon visage en profondeur. Et si ton argent a bien servi à payer les factures, ainsi que les autres mesures cosmétiques et stylistiques nécessaires pour compléter la transformation, tout cela était loin de coûter cinquante millions de dollars ; cela a avoisiné les deux millions. Quelques autres millions ont permis la création de ma nouvelle identité, avec un passé complet et des traces écrites.

— Alors, tu as encore des millions de côté. Ou les as-tu investis ? Est-ce ainsi que tu es entrée dans le cercle d'intimes de Hiro, par les portes que seul l'argent peut ouvrir ?

Elle posa sur lui son regard azur.

— Je suis entrée dans sa vie… par accident, en quelque sorte.

Il sentit sa colère contenue s'intensifier encore.

— Alors, tu utilises encore tes vieilles méthodes.

— Pourquoi changer ce qui fonctionne ?

Soudain, son regard se fit distant, comme si elle replongeait dans le passé et revivait l'accident qu'elle avait imaginé pour entrer dans *sa* vie.

— C'était une autre sorte d'accident, dit-elle.

Elle l'observa, l'air placide.

— Qui s'est révélée tout aussi efficace. Toutefois, même si j'ai utilisé ton argent de la meilleure façon possible, je n'ai hélas pas la main de Midas. Contrairement à toi, qui transformes les millions en milliards perpétuels.

Il serra les poings pour réprimer l'envie brûlante de l'attirer contre lui.

— Tu sembles très à l'aise avec l'idée de divulguer tes machinations et tes secrets.

Elle haussa une épaule gracieuse.

— Tu m'as déjà démasquée, non ? Et j'attends toujours de savoir comment.

— Tes yeux.

Elle afficha un air faussement réprobateur.

— C'est sur eux que j'ai travaillé le plus, aussi suis-je presque sûre qu'ils sont impossibles à reconnaître.

— J'ai reconnu leur couleur.

— Tu ne peux pas m'avoir reconnue uniquement sur mes yeux !

— C'est une couleur unique, qui change de teinte d'une façon tout aussi unique. J'étais fasciné par ses fluctuations, je croyais qu'elles correspondaient à des variations de tes émotions. Ensuite, j'ai découvert que tu n'en avais aucune, et que c'était seulement une réaction aux variations de lumière.

Un instant après, une lueur sarcastique brilla dans ces yeux totalement différents, et pourtant, pour lui, exactement semblables.

— Es-tu en train de me dire que tu m'as démasquée à cause d'une fixation que tu faisais sur la couleur de mes yeux, et d'une réaction à la lumière dont je n'avais même pas connaissance ? Sérieusement ?

— J'ai *senti* ta présence.

Cette fois, il avait réussi à lui faire perdre son air provocateur. Mais elle l'avait contraint à avouer son emprise perpétuelle sur lui.

A présent qu'il avait fait cet aveu, autant aller jusqu'au bout.

— J'ai perçu ta présence avant de me retourner et de te voir au bras de Hiro. Même un déguisement de plusieurs millions de dollars n'aurait pas pu effacer l'empreinte inimitable que tu as laissée sur mes sens.

Il pencha la tête et la fixa avec intensité.

— Et cette histoire ? Tu la trouves plus plausible ? Plus satisfaisante ? questionna-t-il.

Elle le regarda, surprise.

— J'étais loin de me douter que j'avais laissé une marque si indélébile. C'est pourquoi j'ai pensé pouvoir venir ici ce soir. Je n'aurais jamais cru te sembler familière, encore moins être reconnue. J'ai rencontré beaucoup de gens qui me connaissaient bien dans mes précédentes... incarnations, et personne n'a remarqué de vague ressemblance.

— Je ne suis pas « les gens ».

Elle acquiesça d'un signe de tête.

— Je sais que, dans ta précédente incarnation, on disait que tu avais des sens si aiguisés que cela faisait de toi un ninja hors pair. J'ignorais si ces rumeurs étaient des exagérations. A présent, je sais que non.

— Tu avais raison de croire que c'étaient des mensonges éhontés, vu la façon dont ces sens étaient inactifs avec toi. Je n'ai jamais soupçonné que tu me manipulais, pendant ces cinq mois d'intimité totale.

Sans ciller, elle inclina la tête, et sa longue cascade de boucles soyeuses balaya son épaule.

— En parlant de cela, je me suis toujours demandé ce qui m'avait trahie il y a cinq ans.

Il n'allait certainement pas lui avouer que c'était le hasard qui l'avait alerté, et non ses capacités prétendument infaillibles.

— Tu veux le savoir pour ne plus jamais répéter cette erreur, pour parfaire tes compétences en manipulation ? Eh bien, il te faudra cogiter encore. Et t'inquiéter.

— Oh ! je ne m'inquiète jamais. Même les rares fois où je commets une erreur, je réussis toujours à la rattraper. Comme je l'ai fait quand je t'ai devancé.

Il s'était toujours demandé comment elle avait compris à l'époque qu'il l'avait démasquée. C'était même devenu une obsession, qui lui avait fait oublier un temps son besoin de retrouver sa famille.

Réprimant l'envie de se jeter sur elle pour la forcer à tout lui avouer maintenant, il tenta d'imiter sa désinvolture.

— Et maintenant ? Comment vas-tu me devancer, cette fois ?

Elle secoua la tête avec élégance et soupira.

— Il aurait mieux valu pour tous que tu ne m'aies pas reconnue.

— En disant tous, tu parles de toi.

— Tous, cela veut dire tous. A commencer par toi.

Son visage se fendit d'un rire malveillant.

— Tu sous-entends que connaître ta réelle identité me met en danger, moi aussi ?

— C'est un danger pour toi... uniquement.

Sans lui laisser le temps d'enregistrer cette affirmation provocante, elle ajouta :

— Et tu ne connais pas ma véritable identité.

Rendant les armes, il effaça la distance qu'il avait mise entre eux. Il avait besoin de montrer sa domination sur le plan physique, car il sentait bien que cette confrontation tournait à l'avantage de Scarlett.

Il le regretta aussitôt. Même si elle était allée jusqu'à changer de parfum, sa fragrance naturelle l'envahit. Chaude, vitale, enivrante. Le seul bouquet qui avait réussi à réveiller sa libido. Il la regarda fixement, comme si cela pouvait faire pencher l'équilibre des pouvoirs en sa faveur.

— Je sais que cette identité est fabriquée, dit-il. Comme la précédente. Ce qui devrait suffire. Alors, explique-moi comment cette information, que tu as manifestement cachée à tous ici, ne pourrait pas te faire du tort.

— Cela me causerait, c'est vrai, un désagrément intense. Mais c'est toi qui risques des ennuis majeurs si tu me dénonces.

Il voulut ironiser sur le ridicule de sa déclaration, mais elle demanda :

— D'ailleurs, pourquoi voudrais-tu me dénoncer ?

— Pour t'empêcher de piéger Hiro.

Elle sembla déroutée, puis incrédule.

— Qu'est-ce qui te fait penser que je veux le piéger ? Tu considères que je t'ai piégé ?

— Tu n'es pas de cet avis ? Comment appelles-tu ce que tu m'as fait ?

Il agita la main pour couper court à tout argument. Discuter les faits les transformait en points de vue, qui pourraient être contestés et réécrits. Et qu'il soit maudit s'il la laissait faire.

— Quoi que tu fasses avec Hiro, c'est criminel.

— Parce que je cache ma réelle identité ? N'est-ce pas l'hôpital qui se moque de la charité ?

Elle afficha une moue sceptique.

— Tes accusations sont infondées, affirma-t-elle. Et, si tu fais référence à mes actions passées pour les étayer, sache que je n'ai rien fait de criminel avec toi. En fait… je t'ai aidé.

Ce fut à son tour de ressentir de l'incrédulité.

— Bien sûr, en me mentant systématiquement pendant cinq mois, puis en laissant un trou béant de cinquante millions de dollars dans mes actifs. Belle façon de m'aider.

— Ce n'est pas un crime, d'escroquer un escroc. J'ai eu pour mission de démasquer un assassin qui se faisait passer pour un homme d'affaires irréprochable. Les seuls crimes commis faisaient partie de ton passé, pas du mien.

Il resta bouche bée. Même après avoir découvert ses mensonges, même après qu'elle l'avait fait chanter, il avait cru qu'elle lui avait tenu tête uniquement parce qu'il était dans une position défavorable, et surtout parce que leur échange avait eu lieu par téléphone. Il avait toujours pensé que, face à lui, elle n'aurait pas réussi à conserver son calme.

Mais cette femme au sang-froid inébranlable aurait pu regarder sans ciller les monstres les plus terribles auxquels il avait eu affaire. Si elle pouvait prendre le dessus sur lui avec une telle facilité, alors qu'il avait cru qu'elle serait prise au dépourvu et vulnérable, personne d'autre n'aurait une chance contre elle.

Il secoua la tête.

— Je n'ai pas choisi mon ancien personnage, dit-il. Ce n'était pas le vrai moi. Ce nouveau personnage que j'ai créé, si. Je parie que tu ne peux pas en dire autant. Alors, quel que soit le nom que tu donnes à ton activité, je dis que tu es une fraudeuse professionnelle, par choix. Et, quelle que soit l'escroquerie élaborée que tu es en train de commettre, je t'arrêterai. Je t'ai laissée impunie une fois. Je ne te laisserai pas t'en sortir une deuxième fois.

Il avait pris un air menaçant, pensant qu'elle réagirait enfin. Et il fut surpris une fois de plus qu'elle ne se démonte pas.

— Tu ne peux « m'arrêter » que si tu me dénonces. Et tu ne peux pas, car cela voudrait dire te dénoncer en même temps.

— Tu me menaces ? s'étonna-t-il.

— C'est toi qui me menaces. Je ne fais que souligner que ta soif de justice t'aveugle et te cache le fait qu'il est dans ton intérêt de garder mes secrets.

— Tu penses que je ne peux rien faire de ce que *je* sais ?

— Effectivement, si tu veux que ce que *je* sais reste enfoui.

— Alors, c'est bien une menace.

Il décela une lueur d'exaspération dans ses yeux.

— Je t'ai déjà promis de ne jamais me servir de ce que je sais contre toi, et je tiendrai parole, affirma-t-elle.

Il la fusilla du regard, ne réussissant pas à trouver des mots pour exprimer le chaos qui faisait rage en lui.

— Ecoute, Raiden, tu nous mettrais tous les deux dans une impasse, et tu ne devrais pas. Alors que tu es sur le point d'avoir la famille et le statut dont tu as rêvé toute ta vie.

Il sentit son cœur faire un bond dans sa poitrine. Elle savait ?

Il n'aurait pas dû être étonné. Cette femme avait réussi à découvrir ses moindres secrets. Cela avait dû être facile pour quelqu'un d'aussi rusé d'imaginer ses buts et ses projets futurs. Surtout maintenant qu'elle savait qu'il allait épouser Megumi et prendre le nom des Hashimoto.

Cela l'irritait qu'elle en sache tant sur lui, alors qu'il ne savait rien sur elle. Qu'elle lui fasse encore tant d'effet, et qu'elle ait encore tant de pouvoir sur lui.

Comme si elle lisait dans ses pensées, son regard s'adoucit.

— Quoi que tu ressentes à mon égard, quel que soit ton désir de me punir, je ne vaux pas la peine que tu gâches l'image parfaite que tu as créée au prix de tant d'efforts. Et cela arrivera certainement si tu me dénonces. Car comment expliqueras-tu que je t'ai fait chanter ? Tu ne peux pas dire que tu as succombé à mon chantage, puisque cela te ferait paraître faible, ou suspect. Si tu me dénonces de manière anonyme, une fois que le scandale aura éclaté, les détails finiront par refaire surface, pour devenir des mines dont tu ne sauras jamais quel pas pourra les faire exploser.

Il détestait le reconnaître, mais elle avait raison. Toute action contre elle, en cette période délicate, aurait des conséquences qui le toucheraient fatalement. Peut-être pas dans l'immédiat, mais plus tard. Et, quelles que soient ces répercussions, elles éclabousseraient sûrement ses frères. Alors, il ne pouvait assouvir son désir de la punir, comme elle l'avait souligné si précisément.

— Si tu me laissais tranquille et que tu t'occupais de tes affaires ? renchérit-elle avec cette même douceur agaçante. Ton mariage et ton adoption auront lieu dans quelques semaines, et tu ne peux pas te permettre de les mettre en péril.

Une fois encore, elle avait raison. Maudite soit-elle.

Mais il y avait une chose qu'il n'allait pas tolérer.

— Je te laisserai faire, à une condition. Que tu restes à distance de Hiro. Je t'empêcherai de l'exploiter comme tu m'as exploité.

Ses yeux, dans lesquels il voulait, en dépit de tout, se perdre, s'agrandirent. Apparemment, il avait enfin réussi à la surprendre.

— Tu t'inquiètes vraiment pour lui. Je croyais qu'étant son rival numéro un tu te réjouirais de tous les malheurs qui lui tombent dessus.

— Certainement pas. Je combats mes adversaires avec mérite. Je n'aimerais pas gagner de manière contraire à l'honneur.

— Ce ne serait pas contraire à l'honneur si quelqu'un d'autre le faisait chuter pour toi.

— Ce le serait si je savais qu'il court un danger et que je fermais les yeux. Et je m'y refuse.

— Alors, il s'agit d'honneur, n'est-ce pas ? Tu tiens vraiment à t'intégrer dans cette société, à ce que je vois.

— Tu ne comprendras peut-être jamais ce qu'est l'honneur, mais c'est la chose la plus importante pour moi, et je ferai tout pour ne pas trahir le mien. Même si, pour cela, je dois compromettre mes projets.

Affichant sa conviction et son mépris, il soutint son regard incandescent, qui fluctuait entre le bleu et le mauve dans la lumière changeante.

Enfin, elle secoua la tête.

— Tu n'as pas à t'inquiéter pour Hiro. Je ne lui ferais jamais de mal.

Il sentit son ventre se nouer. La façon dont elle avait dit cela... ce regard... c'était comme si elle tenait vraiment à Hiro.

Mais les souvenirs l'assaillirent, anesthésiant la douleur. Autrefois, elle l'avait contemplé avec ce même regard. Sa capacité à feindre l'authenticité était inouïe. Elle faisait peut-être la même chose à cet instant. Sûrement.

— Je peux presque te voir classer ce que je viens de dire dans la catégorie des mensonges.

Ses yeux étaient opaques, sa voix, feutrée.

— Je n'y peux rien, mais il y a quelque chose que je peux faire, dit-elle. Avant que quelqu'un se rende compte que tu es ici avec moi, et pas avec ta fiancée, ce qui provoquerait un scandale inutile, je vais te rendre service et faire ce que tu sembles incapable de faire. Je vais partir. Laisse-moi m'en aller, et tu pourras tout oublier de moi, cette fois encore.

Elle se dirigea vers la porte par laquelle elle était entrée. Sur le seuil, elle se retourna vers lui, et le vent piquant du soir fit danser ses cheveux comme des flammes.

Chaque cellule de son corps lui criait de la rejoindre. Sa voix parvint jusqu'à lui, dans la chaleur immobile, mélodieuse, rauque, exactement comme pendant leurs nuits de passion.

— Tu ne le croiras sans doute pas, Raiden, mais j'ai été...

contente de te revoir. Cette fois, au moins, j'ai l'occasion de te dire adieu.

Scarlett marchait d'un pas rapide et assuré. Ses talons aiguilles résonnaient sur le pont de bois relié au pavillon de jardin, au-dessus de l'étang.

En elle, c'était le chaos absolu.

Cette confrontation avec Raiden avait été un choc total.

Quand Hiro lui avait téléphoné, quelques heures plus tôt, pour la convaincre de venir au bal, elle avait accepté à contrecœur. Même avec un nouveau visage et une nouvelle identité, elle redoutait les réceptions, et étouffait quand elle se sentait observée. Entre son physique actuel et le fait qu'elle soit une *gaijin*, c'est-à-dire une étrangère, et par-dessus le marché la cavalière de Hiro, elle avait eu la certitude que tout le monde l'observerait. Mais elle n'avait pas fait part à Hiro de ses réserves. Elle ne pouvait rien lui refuser.

Lorsqu'il l'avait informée qu'il lui ferait livrer la robe qu'il souhaitait la voir porter, sa curiosité dormante s'était éveillée. Quand elle avait remarqué que sa voix n'était pas chaleureuse comme à son habitude mais nerveuse et acerbe, elle avait posé des questions, avec tact.

Il lui avait alors révélé pourquoi il l'avait si peu vue ces derniers mois. Pourquoi il organisait ce bal, et pour qui. Pour la femme qu'il désirait. Elle s'était fiancée à un autre, pour obéir aux exigences de sa famille. Il tenait à lui montrer qu'il ne pleurerait pas sa perte, et qu'il avait une beauté exotique à laquelle prodiguer l'affection qu'elle avait rejetée. Puis il lui avait donné le nom de l'homme à cause duquel il avait perdu cette femme. Raiden.

Par la suite, elle avait été aussi nerveuse que Hiro.

Ces trois dernières années, après avoir refait surface sous sa nouvelle identité, elle avait vu Raiden plusieurs fois, mais de loin. Il était même la raison indirecte pour laquelle elle était venue au Japon. Mais le voir de près était bien différent.

A cette perspective, elle avait été gagnée par l'agitation et l'enthousiasme.

Alors, elle avait enfilé sa jolie robe, et joué le rôle que Hiro souhaitait la voir jouer quand il l'avait présentée à Raiden et à sa fiancée. Elle avait compati à la souffrance de Hiro quand il avait vu Megumi. Et, quand elle s'était retrouvée face à Raiden, c'était comme si elle avait reçu un coup en plein cœur.

Pourtant, elle avait continué à jouer la comédie, pour Hiro, et s'était presque effondrée contre lui quand, ne pouvant supporter plus longtemps d'être près de Megumi, il avait écourté leur entrevue. Elle avait cru que la soirée s'arrêterait là.

Pas une seconde elle n'avait envisagé que Raiden puisse remarquer la moindre similarité entre son nouveau personnage et la blonde svelte aux vêtements décontractés et aux chaussures plates d'autrefois. Même lorsqu'elle l'avait senti la suivre, elle avait cru qu'il cherchait à séduire la nouvelle conquête de Hiro. Le Raiden qu'elle avait connu n'aurait pas attaqué un adversaire de cette façon, mais il avait peut-être changé depuis qu'elle l'avait trahi.

Puis il l'avait mise au défi de lui dire la vérité, et chaque pilier qu'elle avait soigneusement bâti pour maintenir sa contenance s'était écroulé.

Mais elle était très bien entraînée. Elle avait toujours su jouer la comédie à la perfection, ce qui lui avait permis de se sortir des pires situations. Et elle avait connu nombre de situations cauchemardesques. Aucune, cependant, ne l'avait affectée comme son histoire avec Raiden.

Dans le pavillon, elle avait eu recours à ses manœuvres de sécurité. Reléguant son agitation tout au fond d'elle, elle avait adopté l'un de ses modes de réaction automatiques. Mais ensuite il l'avait prise dans ses bras, et l'avait noyée dans un baiser qui avait dissous les derniers vestiges de sa résistance. Alors seulement, elle avait cessé de faire semblant.

Ce qui avait suivi avait été un supplice. Mais elle espérait avoir maintenu un semblant d'indifférence pendant leur conversation.

Une chose lui permettait de tenir, tandis qu'elle s'éloignait de Raiden. Le fait de savoir qu'il écouterait sa mise en garde, et la laisserait tranquille. Elle ne le verrait plus et n'entendrait plus jamais parler de lui. Ou, s'ils se recroisaient, il ferait comme si elle était la parfaite étrangère qu'il venait de rencontrer ce soir.

Même s'il détestait cela. Elle l'avait senti bouillir, en proie à l'envie de la punir, et de se venger de tout le tort qu'elle lui avait, selon lui, causé. Elle sentit son regard durant tout le chemin jusqu'à l'entrée de la propriété, plein de rage et de mépris contenus.

Quand elle arriva enfin jusqu'à l'une des limousines de Hiro, elle avait épuisé ses forces. Après avoir donné l'adresse de son appartement de Shibuya au chauffeur, elle se cala dans son siège, tremblante, les nerfs à vif.

Expirant avec force pour dissiper son agitation, elle tenta d'admirer le spectacle nocturne de Tokyo. La ville était l'un des endroits les plus exotiques et les plus excitants qu'elle ait jamais connus, et elle en avait connu de nombreux.

Bientôt, elle renonça, résignée à l'idée de ne rien voir pendant ce trajet d'une heure que le visage magnifique et furieux de Raiden. A l'idée de ne rien ressentir hormis la brûlure des souvenirs.

Cela faisait-il vraiment cinq ans? Le tourbillon des événements depuis qu'elle avait créé cette nouvelle identité lui donnait l'impression qu'un demi-siècle s'était écoulé. Mais le souvenir de Raiden était si précis que leur rupture aurait aussi bien pu remonter à cinq jours. Elle n'avait absolument rien oublié de lui. Il était toujours d'une beauté indescriptible, comme dans son souvenir, et l'effet qu'il avait sur elle était écrasant.

Lorsqu'elle avait été envoyée en mission pour l'espionner, elle avait appris que c'était un milliardaire américain d'origine japonaise travaillant dans le domaine du capital-risque. Son passé professionnel était remarquable, et son passé personnel, ordinaire. Il avait grandi avec une mère célibataire, morte quand il avait dix ans, puis avait été placé en foyer jusqu'à dix-huit ans. Ensuite, il avait parcouru le monde, avant de revenir aux Etats-Unis à vingt-six ans, pour se faire une place comme investisseur en capital-risque. Quand elle l'avait rencontré, il avait vingt-neuf ans et était déjà milliardaire. A présent, à trente-quatre ans, il était indéniablement au sommet, avec quelques autres, parmi lesquels Hiro.

Le recruteur de Scarlett étant convaincu que Raiden était un ancien meurtrier, il lui avait donné pour mission de le séduire, afin d'obtenir des preuves solides. Et elle avait réussi. Raiden lui ayant donné le plein accès à son domaine, elle avait utilisé ses compétences en espionnage pour consulter ses dossiers secrets, et avait obtenu ces preuves.

Ensuite, il lui avait fallu des années de recherches pour reconstituer l'histoire de sa véritable vie. Elle avait appris des choses que lui-même ignorait à l'époque où il était avec elle. Cela faisait à peine quelques mois qu'elle avait découvert exactement comment il était devenu ce ninja surnommé Lightning.

Il avait deux ans quand il avait perdu sa famille, lors d'un tremblement de terre et d'un tsunami qui avaient frappé la préfecture d'Akita, au Japon. Recueilli dans un refuge, il y était resté deux ans, jusqu'à ce que son extraordinaire agilité attire l'attention d'une « recruteuse » de l'Organisation, une entreprise secrète qui enrôlait des enfants et les transformait en mercenaires implacables, capables d'exécuter des opérations à haut risque pour les plus offrants. Prétendant être une parente, la recruteuse l'avait recueilli, dans le seul but de le vendre à l'Organisation.

Raiden avait alors rejoint les centaines de garçons provenant des quatre coins du monde, dans une forteresse des Balkans, où ils étaient entraînés et formés brutalement, jusqu'à ce qu'ils soient prêts pour le terrain. Ils exécutaient des missions sous la stricte surveillance de leurs formateurs personnels. Toute tentative d'insubordination ou de fuite était punie par la mort. Raiden était l'un des rares qui leur ait jamais échappé. Scarlett soupçonnait que certains voire tous ses partenaires de Black Castle Enterprises étaient aussi des rescapés.

Elle s'était souvent demandé s'il avait pris le nom de Raiden, dieu du tonnerre et des éclairs au Japon, pour rappeler son nom de code, Lightning. Peut-être avait-il pensé que jamais personne ne le lierait à sa précédente identité. Après tout, sa couverture était ingénieuse, et Raiden était un prénom assez commun au Japon. Quant à Kuroshiro, son patronyme, il signifiait château noir. *Black castle*, en anglais. Elle s'était aussi demandé s'il l'avait choisi d'après le nom de son entreprise commune avec ses associés, ou s'ils avaient pris celui de Raiden pour nommer leur entreprise.

Tout à coup, elle faillit tomber de son siège. Son chauffeur lui avait ouvert sa portière, et elle n'avait même pas remarqué qu'ils étaient arrivés.

Elle le remercia, sortit du véhicule et rejoignit son immeuble.

Tandis qu'elle se dirigeait vers l'ascenseur, qui l'emmènerait au trentième étage, elle observa le hall élégant et fut de nouveau très reconnaissante à Hiro de lui avoir permis de vivre ici.

Lorsque, à son arrivée au Japon, un an plus tôt, elle avait tenté de louer un appartement, elle avait appris ce que l'expression « *hikoshi bimbo* » signifiait. « S'appauvrir pour emménager. » En effet, la somme immense que les locataires devaient débourser avant d'emménager les appauvrissait invariablement.

Puisqu'elle n'avait pas d'économies, elle avait dû renoncer. Quand Hiro, effaré, avait découvert qu'elle dormait à même le sol sur son lieu de travail, à l'Unicef, il avait proposé de l'héberger.

Elle avait refusé de vivre chez lui, puisque être redevable à quelqu'un était à ses yeux un anathème. L'autonomie et la solitude étaient une nécessité vitale pour elle. Elle avait aussi refusé d'occuper l'appartement au loyer exorbitant qu'il avait trouvé près de chez lui. Il avait argué qu'il possédait des milliards, et que s'il était encore en vie pour les dépenser c'était uniquement grâce à elle. Elle avait rétorqué que, même si le logement avait été gratuit, il était trop éloigné de son bureau, situé en plein centre-ville.

Au bout du compte, Hiro lui avait trouvé un appartement récent et spacieux. L'endroit était cher mais, maintenant qu'elle travaillait pour lui à temps partiel comme consultante, elle pouvait accepter le logement en guise de salaire.

Elle entra dans l'appartement insonorisé, et soupira de plaisir en retrouvant le mélange exquis de modernité et d'ambiance traditionnelle japonaise. Lançant son châle sur le portemanteau et retirant ses sandales, elle gémit de soulagement tandis que ses pieds foulaient le tatami, le tapis traditionnel japonais en paille de riz recouvert d'une douce paille d'*igusa*. Marcher sur cette merveille était de la physiothérapie en soi.

Elle n'avait qu'une envie, se jeter sur son lit japonais traditionnel tout aussi thérapeutique et s'enfoncer dans un profond coma. Elle se réjouissait de ne pas avoir à travailler demain.

Avec un peu de chance, après une journée en pyjama, elle retrouverait un semblant de la normalité qu'elle avait atteinte après tant d'efforts. Une normalité que sa rencontre avec Raiden avait fait voler en éclats, une fois de plus.

Alors qu'elle traversait le salon pour gagner sa chambre, elle se figea quand une sensation électrisante courut dans son dos. Tous ses sens furent en alerte, lui indiquant qu'elle n'était pas seule. Puis une voix résonna derrière elle.

— Bienvenue à la maison, chérie.

3

Scarlett eut la gorge nouée, la peur se mêlant à l'incrédulité, au désarroi… et à l'euphorie, dans un tourbillon enivrant.

Raiden.

Il était là.

A quelques mètres… quelques centimètres… à un souffle, à présent.

Les souvenirs l'assaillirent, et son corps s'enflamma, jubila à l'approche de l'être qu'elle avait autrefois connu aussi bien qu'elle-même. Pendant cinq mois enfiévrés de passion et de plaisir purs, jusqu'à ce qu'elle ait dû couper tout lien avec lui. Depuis, elle saignait intérieurement.

Elle ignorait comment il était entré. Mais, d'après ce qu'elle avait appris sur lui, il pouvait accomplir tout ce qu'il voulait.

Quant à la raison de sa présence, qu'importait ? C'était une occasion de plus d'être près de lui. Une occasion qu'elle avait cru ne jamais se voir offrir de nouveau. Un cadeau inattendu, et inestimable.

Mais, à en juger par son ton débordant de sarcasme, d'amertume et d'agressivité refoulée, c'était la dernière chose qu'il voulait lui offrir.

En fait, il était sans doute ici pour… éliminer le danger qu'elle représentait. Elle était la seule qui connaisse en détail les secrets qu'il avait enfouis au prix de risques inimaginables. Son existence constituait une menace non seulement pour le personnage qu'il avait construit et pour les projets auxquels il se consacrait depuis qu'il avait échappé à l'Organisation, mais aussi pour sa vie.

Même s'il avait éliminé un nombre incalculable de gens et que, selon lui, elle méritait sans doute d'être tuée, elle ne craignait pas un instant qu'il soit venu pour cela. Même s'il était dangereux, il ne l'effrayait pas le moins du monde.

A dire vrai, rien ne l'effrayait. Avec le genre d'existence qu'elle avait mené, elle n'avait jamais tenu suffisamment à sa vie pour craindre de la perdre. La seule véritable peur qu'elle ait jamais éprouvée avait été pour lui.

— Tes pieds te font souffrir, mon amour ?

Une vague de nostalgie la submergea. Elle ferma les yeux et ravala le gémissement qui faillit s'échapper de ses lèvres.

L'appeler « chérie » et « mon amour » à son arrivée… C'étaient les mêmes expressions qu'il avait employées, la dernière fois qu'il l'avait accueillie dans son appartement de New York, cinq ans plus tôt. C'était la première fois qu'il disait ce genre de choses… en dehors du lit.

Elle avait alors pris conscience de l'intention de Raiden de faire passer leur relation au stade supérieur. Et que bientôt elle serait forcée d'y mettre un terme.

Ce soir-là, incapable d'affronter pareille perspective, elle s'était jetée dans ses bras avec toute la passion qu'il avait réveillée en elle, savourant chaque seconde comme si c'était la dernière. Même dans ses pires cauchemars, elle ne s'était pas attendue à ce que ses craintes soient si proches de la vérité, et que le lendemain tout se termine de façon si bouleversante et effrayante.

Après cela, elle avait cru ne jamais le revoir.

Pourtant, elle l'avait revu ce soir. Et maintenant il était là. Et le pont vers le passé qu'elle avait cru réduit en cendres s'était reconstruit. Car elle semblait avoir laissé son empreinte sur lui comme il avait laissé la sienne sur elle.

Il lui avait dit que c'était ainsi qu'il l'avait reconnue, alors qu'elle avait le corps de quelqu'un d'autre. Ce qui la stupéfiait. Même s'il s'était attaché à elle dans le passé, c'était à travers le personnage qu'elle avait joué. Elle avait cru qu'il n'éprouvait plus que de la rage et de la répugnance à son égard. Jamais elle n'aurait imaginé qu'il serait obsédé par elle.

Pourtant, en répétant les mots exacts de leur dernière soirée ensemble, il lui faisait savoir que c'était le cas. Et, par son ton traînant, il lui faisait comprendre que l'emprise qu'elle avait encore renforçait son besoin de la punir pour tous les torts qu'elle lui avait causés, avec cinq ans d'intérêts.

Elle l'aurait laissé faire, si elle avait été la seule à payer le prix. Mais il était dans une position bien plus délicate qu'elle. Toute action impulsive lui serait nuisible, bien plus qu'à elle. Et elle ne pouvait pas le laisser s'infliger cela. Pas après ce qu'elle avait fait pour le protéger. Elle le protégerait de nouveau, à n'importe quel prix, contre lui-même s'il le fallait.

Justement, il était temps qu'elle le protège, en mettant un terme à leur histoire, ici, une bonne fois pour toutes.

Sentant la chaleur de son corps parvenir jusqu'à elle, elle se tourna lentement, prudemment. Son équilibre était déjà précaire, et elle ne voulait pas finir effondrée à ses pieds.

En posant les yeux sur lui, elle se sentit chanceler.

Tout à l'heure, elle n'avait pas manqué de remarquer qu'il était encore plus splendide qu'autrefois, les années ayant ajouté à son charme comme elles continueraient sans nul doute de le faire. Il était devenu un vrai dieu, faisant honneur à son prénom.

Et maintenant... ce ne devrait pas être possible, mais il semblait encore plus stupéfiant qu'une heure plus tôt.

Il avait retiré sa veste de smoking, défait son nœud papillon et quelques boutons de sa chemise, exposant une étendue de peau hâlée tentante. Ses épaules musclées et son torse semblaient plus larges sous l'étoffe de soie qui les recouvrait. Et, s'il lui faisait un tel effet alors qu'il était encore habillé, elle n'osait imaginer ce que ce serait s'il était nu.

Mais ce fut son visage qui, comme d'habitude, la laissa sans voix. Ses cheveux n'étaient plus soigneusement coiffés mais légèrement ébouriffés, et quelques mèches de jais retombaient sur son front. Cela lui donnait un air sauvage et brut qui rendait ses pommettes puissantes encore plus saillantes, ses yeux de miel encore plus intenses, ses lèvres sculptées plus érotiques, sa mâchoire ciselée plus masculine.

Il suffisait qu'elle le regarde pour sentir sa raison commencer à lui faire défaut. Quant à son corps... il suffisait qu'elle soit près de lui, qu'elle pense à lui, pour qu'il s'enflamme, qu'elle soit submergée de désir. Son corps ne cessait de réclamer celui de Raiden depuis qu'elle l'avait vu dans la salle de bal.

Le regard appréciateur qu'il posa sur elle fit naître une onde de chaleur au creux de son ventre. Puis sa voix de velours embrasa tous ses sens.

— Ton chirurgien n'a pas seulement fait de toi une femme totalement différente, mais aussi le modèle le plus magnifique qui soit.

Elle soutint son regard empli de mépris avec un calme qu'elle avait perfectionné au fil du temps. Malgré la douleur qui lui nouait le ventre, elle mit dans sa voix la même neutralité.

— Chirurgiens, au pluriel. Ce résultat est un effort collaboratif, obtenu en plusieurs étapes. Mais c'est moi qui leur ai fourni ce « modèle ». Je devais être belle.

— Tu as toujours été belle.

Son cœur manqua quelques battements avant de se remettre en marche. Mais elle savait qu'il ne verrait aucune preuve de l'effet de ses paroles sur elle.

— Pas autant que maintenant.

— Alors, tu pensais devoir intensifier ta beauté, pour augmenter ton efficacité en tant que sirène ? Je croyais que tu saurais, d'après une expérience intensive, que la beauté extérieure ne fait qu'attirer les hommes, mais que ce qui les piège, c'est l'intelligence et la ruse derrière l'apparence.

— Puisque j'en suis aussi dotée, je suis plus que jamais parfaite.

Ses yeux splendides se plissèrent, ses lèvres alléchantes enflèrent, comme si son impudence l'excitait en même temps qu'elle le rendait furieux. Elle fit mine de soupirer, mais c'était pour expirer l'air bloqué dans sa poitrine.

— Mais la beauté seule ouvre les portes, ajouta-t-elle.

— Des portes qui pourraient mener à des ennuis indicibles.

Elle lui décocha son regard le plus assuré.

— C'est vrai. Pour des innocentes sans expérience, dont la beauté est un fléau qui en fait des cibles. Moi, je suis une professionnelle aguerrie qui adapte ses atouts en fonction de la situation. Je peux amoindrir ma beauté, la cacher ou en jouer au maximum, selon les besoins.

Le regard de Raiden s'enflamma, alors même que son expression devenait glaciale.

— Ce doit être si libérateur de pouvoir te vanter de tes talents avec quelqu'un que tu as déjà dupé. Quelqu'un qui ne peut pas partager ses connaissances avec tes futures victimes.

— Je ne me vante pas. Je m'en tiens aux faits.

Sans lui laisser le temps de répondre, elle fit dévier la conversation sur lui.

— A mon tour de te poser des questions, décréta-t-elle.

Il fit la moue.

— Puisque tu sais probablement tout de moi, la seule question qui demeure doit être la raison de ma présence ici.

— Je sais en effet tout sur toi, concéda-t-elle. Sauf ça. Comment as-tu réussi à arriver ici avant moi ? Et comment as-tu pu entrer sans laisser aucun signe d'effraction ? Tu as escaladé les murs jusqu'au trentième étage ?

— Contrairement à ce que l'on voit dans les films, nous autres ninjas ne défions pas la mort inutilement. Nous choisissons le chemin le plus facile chaque fois que c'est possible.

— Je ne me souviens pas avoir jamais vu un ninja soudoyer un concierge.

— Je ne l'ai pas fait non plus.

Avant qu'elle fasse un autre commentaire, il leva la main et afficha un sourire sans joie.

— Je ne te dirai pas comment je suis arrivé avant toi, ou comment je suis entré, alors épargne ta salive. Je ne partagerai plus mes secrets avec toi, c'est terminé. Et tu n'en découvriras pas d'autres par toi-même.

Craignant de s'effondrer sous son regard intense, elle lança :

— Je parie que tu n'as goûté aucun des sushis de première classe de Hiro ni siroté son excellent *shochu*. Comme moi.

Il ouvrit de grands yeux devant le brusque changement de sujet. Sans lui laisser le temps de réagir, elle se dirigea vers la cuisine.

— On dirait que nous allons avoir une longue nuit, lui lança-t-elle par-dessus son épaule. Tu veux manger quelque chose ?

Raiden regarda la seule femme avec laquelle il avait vraiment été intime s'éloigner en se déhanchant, dans ce corps étranger.

Il sentit le sien gagné par une rage implacable... et un désir féroce.

Tout à l'heure, elle lui avait conseillé de l'oublier de nouveau. Comme s'il l'avait jamais oubliée !

La raison lui avait commandé de suivre ses conseils. Retourner au bal et à sa fiancée, à ses projets et à sa vie, et oublier qu'elle existait. Car en fait elle n'avait jamais existé. Son identité actuelle n'était qu'une autre fiction qui bientôt s'effacerait sans laisser de traces, une fois qu'elle aurait obtenu ce qu'elle cherchait. Elle l'avait fait avec lui, quand il avait cessé de lui être utile.

Mais il n'y avait rien de raisonnable dans les sentiments qu'elle éveillait chez lui. Ni hier ni aujourd'hui. Depuis qu'il l'avait revue, il avait été saisi par la fièvre qu'il avait connue autrefois, comme si cette fièvre n'avait jamais disparu. Ce qui était le cas.

Le besoin de tout savoir sur elle mettait à mal son contrôle. Il n'avait que des hypothèses, pas un seul fait pour étancher sa soif de vérité.

Si ses frères et lui avaient effacé leur passé et créé une nouvelle identité parfaitement crédible, elle avait de loin surpassé leurs prouesses à eux tous. Ce qu'ils n'avaient fait qu'une fois, elle l'avait fait à de si nombreuses reprises qu'elle semblait n'avoir jamais eu d'identité d'origine.

Quant à leur relation, qui l'avait marqué comme son existence cauchemardesque n'avait pas réussi à le faire, il n'avait que des théories, et non de vraies réponses à ses deux grandes questions : « comment ? » et « pourquoi ? »

A présent, il devait connaître la vérité.

Même s'il était certain qu'elle avait respecté sa part du marché, puisqu'il n'y avait eu aucun soupçon d'aucune sorte sur son identité actuelle, il devait tout savoir, afin de prévenir une autre menace comme celle qu'elle avait fait peser sur lui.

Du moins, c'était ce qu'il s'était dit en venant jusqu'ici. Que c'était une nécessité, une mesure préventive.

A pas lents, il rejoignit la cuisine semi-ouverte. Il trouva Scarlett en train de s'affairer, les cheveux relevés en une masse merveilleusement décoiffée.

Dès qu'il approcha, elle regarda par-dessus son épaule et désigna le comptoir d'un signe de tête.

— Assieds-toi. Je n'en ai pas pour longtemps.

Au lieu de s'asseoir, il s'avança vers elle, et s'efforça de ne pas l'attirer contre son corps tendu de désir.

Elle continua à cuisiner avec des mouvements rapides et précis, ne s'arrêtant que quand il remit en place une mèche de cheveux tombée sur son épaule.

Il se pencha, et lui murmura à l'oreille :

— Après ce qui s'est passé entre nous, tu ne trouves pas ça étrange, de m'inviter à dîner ?

Elle se redressa, et se remit à la tâche avec un zèle redoublé.

— Pourquoi ? Je t'ai déjà invité par le passé.

Et il avait trouvé que tout ce qu'elle lui avait servi était de l'ambroisie.

— Tu étais quelqu'un d'autre à l'époque. En fait, tu n'étais personne, juste un rôle. Un rôle qui nécessitait de satisfaire chacune de mes faims pour m'amadouer, afin de pouvoir me duper. Et tu as réussi. Tu n'as donc plus de raison de me nourrir.

Elle lui lança un regard qui le frappa en plein cœur.

— C'est le moins que je puisse faire après avoir creusé un trou de cinquante millions de dollars dans ta poche.

— C'est un repas à cinquante millions de dollars, alors ?

Il recula, craignant de céder à la tentation et de la dévorer, elle, et non les plats aux effluves alléchants qu'elle préparait. Il retourna vers l'îlot, recula un tabouret et posa ses mains qui le démangeaient sur le comptoir de marbre.

— Il vaudrait mieux que ce soit *vraiment* bon.

— Bien sûr, que ça le sera.

Voilà qu'elle recommençait avec cette suprême assurance. Elle n'avait jamais rien montré de tel par le passé.

Mais ce n'était pas la vraie *elle* qu'il avait connue. Elle avait joué le rôle d'une fleuriste à temps partiel et d'une enseignante de maternelle, qui n'était pas à sa place dans son monde à lui. En fait, après tout ce qu'il avait fait et vu, c'était peut-être l'inverse qui était vrai.

Elle posa devant lui une assiette trois fois plus remplie que la sienne et s'assit.

Il continua à la regarder, se demandant si c'était la vraie *elle*, cette fois, ou juste un autre rôle.

Elle haussa un sourcil élégant.

— Tu es affamé. Mange.

Un rire lui échappa. Elle ne cessait de le surprendre.

— Et comment le sais-tu ?

— J'ai calculé que tu n'as pas mangé depuis au moins six heures. Je t'ai vu il y a cinq heures, et je suppose que tu n'avais pas mangé depuis au moins une heure. Je me souviens que tu avais besoin de te restaurer toutes les trois heures, étant donné tes entraînements physiques quotidiens et ton métabolisme nucléaire. Tu semblais absorber presque la moitié de mon poids chaque jour. Ta masse musculaire ayant augmenté, tu dois être mort de faim à cette heure-ci.

C'était le cas. Sur tous les plans. Et il n'avait pas mangé depuis le petit déjeuner. Il avait cru que son appétit, que rien n'avait jamais affecté hormis elle, avait été perturbé par la perspective du bal. Apparemment, cela avait été un signe annonciateur de sa rencontre avec *elle*.

Lorsqu'elle se mit à manger, il céda et l'imita.

Dès que le mets entra en contact avec ses papilles, un grondement appréciateur lui échappa.

— Qu'est-ce que c'est ? demanda-t-il.

— *Nasu dengaku.*

— Pardon ?

Elle contracta les lèvres.

— Tu ne connais pas tes classiques japonais, on dirait.

Son regard se posa sur sa bouche quand elle afficha ce qui ressemblait à un sourire franc. Mais cela ne pouvait pas être ça. Cette femme était sans doute incapable d'être spontanée.

Serrant les dents, il réprima l'impulsion stupide de lui rendre son sourire.

— Je n'ai de japonais que l'apparence, tu te souviens ? Durant mes vingt-quatre premières années, j'ai été un mercenaire sans identité, et après ma fuite je suis devenu américain. J'ai appris tout ce que je pouvais sur le Japon avant de venir, mais rien ne peut remplacer l'apprentissage sur le terrain.

Elle hocha la tête tout en mâchant.

— C'est un pays et une culture très complexes, dit-elle. Un mélange de modernité et de traditions, avec beaucoup de particularités régionales. Il te faudra au moins six mois pour acquérir les pratiques quotidiennes les plus communes, et une année pour commencer à être à l'aise dans ce pays et cette société.

S'il avait été naïf, il aurait cru qu'elle lui donnait un conseil sincère pour faciliter son intégration dans sa nouvelle patrie. Mais il n'était pas naïf.

Alors, qu'était-elle en train de faire ? Elle jouait encore la comédie, sans doute.

Les sens aiguisés qui ne lui avaient jamais fait défaut tentèrent vainement de mieux cerner sa duplicité. Elle était vraiment douée.

— Tu parles d'après ton expérience personnelle ? demanda-t-il.

— Je suis ici depuis un peu plus d'un an.

Elle pencha la tête, et ses cheveux soyeux d'un roux profond brillèrent comme des flammes sous les spots halogènes.

— Il pourrait te falloir des années pour t'intégrer pleinement. La bonne nouvelle, c'est que parler japonais couramment va accélérer et faciliter le processus. Ça a été le cas pour moi.

Elle ne lui avait jamais dit qu'elle comprenait le japonais.

— J'ai d'autres atouts pour accélérer et faciliter le processus. J'aurai une épouse japonaise. Chose que tu n'avais pas.

— Je n'avais pas d'épouse japonaise, c'est sûr.

Il soutint son regard taquin. Et le besoin de poser sa question devint irrépressible. Pas l'une des dizaines de questions pertinentes qui tournaient dans sa tête, mais celle qui lui brûlait les lèvres à cet instant.

— Est-ce que tout cela — il fit un grand geste pour la désigner — est réel ? Je sais que ton ancien toi était une comédie. Ce nouveau personnage fait-il partie de ta nouvelle stratégie ?

Au lieu de répondre avec la franchise dont elle avait fait preuve jusqu'à maintenant, elle baissa les yeux vers son assiette et se remit à manger.

Il mangea aussi, parce que la nourriture était délicieuse et qu'il était affamé. Mais aussi pour s'occuper en attendant sa réponse.

Enfin, elle leva les yeux.

— Je n'ai jamais vraiment joué avec toi. En dehors du fait que je prétendais être quelqu'un de… normal…, avec ce que cela impliquait de détails préfabriqués et fictifs, le reste — mes actes, mes traits de caractère, ce que je t'ai dit, ce que j'ai fait avec toi —, tout cela, c'était le vrai moi.

Son cœur cogna dans sa poitrine.

— Mais oui, bien sûr.

— Tu m'as posé la question, et j'ai donné ma réponse. Libre à toi de l'accepter ou non.

— Je vais décliner, si ça ne t'ennuie pas.

— Ça ne m'ennuie pas.

Cela, il voulait bien le croire.

Après avoir englouti la dernière bouchée de ce mets mystérieux, il demanda :

— Alors, qu'est-ce que je viens d'avaler, au juste ? Qu'y a-t-il dans ce *nasu dengaku* ?

— Ce sont des tranches d'aubergines grillées, marinées dans un mélange de pâtes *hacho-miso* et *shiro-miso,* recouvertes de gingembre et de grains de sésame grillés. C'est l'un de mes plats préférés.

— Et c'est devenu l'un des miens.

Il se cala sur sa chaise.

— Y a-t-il autre chose à manger ? Même si c'était délicieux, il n'y avait vraiment pas assez de calories pour mon métabolisme prétendument nucléaire.

— Evidemment. C'était seulement une mise en bouche.

Elle se leva, et prépara puis servit deux autres plats et deux desserts.

Pendant tout le reste du repas, il s'efforça de ne pas se laisser envahir par l'impression surréaliste d'être retourné dans le passé. Il avait le sentiment que c'était la même femme qu'il avait autrefois désirée de tout son être, et qu'ils partageaient un repas chaud et très agréable chez eux. Et il se sentait de plus en plus affamé. D'elle.

Avant que cette faim ait raison de lui, il se leva pour l'aider à tout débarrasser.

— C'était inattendu, dit-il ensuite, et ce n'est certainement pas ce pour quoi je suis venu. Mais merci quand même.

— Ce sont les pires remerciements que j'aie jamais entendus.

Elle fronça le nez.

— Tu ne me dois aucun merci. Mais je veux bien croire que tu essayais d'être courtois.

— Ce n'était pas mon but. Comme tu l'as souligné, je ne te le dois pas.

— Mais tu devais de la courtoisie à ta fiancée et à Hiro, et tu as été pire avec eux. Si tu veux t'intégrer dans la haute société japonaise pour en prendre le contrôle, tu dois changer d'attitude. La politesse est capitale ici, et plus on grimpe dans les hautes sphères, plus elle est essentielle. Si tu ne peux pas agir avec courtoisie envers ta fiancée et envers l'homme qui a organisé le bal de tes fiançailles, tu es dans de beaux draps.

— Ton numéro d'actrice est impressionnant. Je devrais peut-être prendre des cours auprès de toi.

— Peut-être.

Ils se défièrent du regard pendant une longue minute.

Avant qu'il fasse quelque chose qu'il regretterait, il posa enfin la question qu'il était venu poser.

— Tout à l'heure, tu as déclaré que ta mission était de prouver que j'étais un assassin. Explique-toi.

Elle haussa une épaule.

— Qu'y a-t-il à expliquer ?

— Tout.

— Encore ? Je n'ai pas le temps pour tes généralisations. Alors tiens-t'en à ce que tu veux savoir, s'il te plaît.

Il réprima un grondement.

— Qui t'a envoyée ?

— Boris Medvedev.

Sa réponse si immédiate, si succincte, aurait déjà suffi en soi à le choquer. Mais ce nom le frappa comme un coup de massue, et il recula d'un pas.

Medvedev. Son formateur personnel, qui lui avait été assigné quand il avait dix ans. Raiden avait passé quatorze horribles années sous la surveillance et le fouet sadique de cet homme.

Medvedev avait été puni, brutalement, quand il avait « perdu » Raiden. Tous les formateurs de ses frères l'avaient été quand ils s'étaient échappés de Black Castle. Son frère Rafael avait souffert à cette idée, puisqu'il considérait son formateur, Richard, comme son mentor. Raiden, en revanche, s'était réjoui que Medvedev ait subi le plus grand châtiment.

Medvedev n'était pas seulement sadique, il était obsessionnel. C'était pour cela que la fuite de Raiden avait été la plus difficile. Tous les formateurs avaient été envoyés à leurs trousses, mais il était prêt à parier que seul Medvedev avait continué de les rechercher après que tout le monde avait abandonné. Pour se venger. Et, surtout, pour retrouver son statut après avoir été rétrogradé. Même si Medvedev avait été enlevé par l'Organisation lui aussi, il avait souffert d'un syndrome de Stockholm et s'était totalement identifié à ses tortionnaires. L'Organisation et sa place au sein de son système étaient tout pour lui.

Pourtant, Raiden avait pensé que même Medvedev avait fini par abandonner les recherches. Il avait donc sous-estimé la profondeur de son obsession. Et sa perspicacité.

Son formateur le connaissait si bien qu'il avait deviné quel était son nouveau personnage.

Mais les soupçons ne suffisaient pas. Il lui fallait des preuves solides, pour convaincre l'Organisation que Raiden Kuroshiro, figure très médiatisée d'un conglomérat mondial comme Black Castle Enterprises, était l'agent qui leur avait échappé. *Lui* avait échappé.

Alors, cinq ans plus tôt, Medvedev l'avait engagée, *elle*, sans nul doute la meilleure espionne qui soit, pour trouver ces preuves. Et elle les avait trouvées.

Puisque Medvedev ne s'était pas manifesté depuis, cela indiquait qu'elle avait respecté sa part du contrat. Maintenant qu'il savait que Medvedev était son recruteur, Raiden ignorait comment elle avait fait pour réussir cette prouesse.

Il l'observa, encore plus dérouté.

— Medvedev était obsédé par l'idée de me retrouver. Il a dû observer tous tes gestes pendant ces cinq mois, exiger des rapports réguliers de tes progrès, et des preuves que tu étais sur la bonne voie.

Son regard devint d'un bleu indigo.

— Je ne lui en ai donné aucune.

— Et il a continué de financer la vie fictive que tu menais ? Pendant cinq mois, sans aucune certitude qu'il pourrait récupérer son argent ? Cela aurait d'ailleurs duré plus longtemps si je ne t'avais pas démasquée. Ensuite, tu as respecté notre marché, et tu lui as dit que je n'étais pas celui qu'il pensait. Et il n'a pas soupçonné que tu avais décidé de me faire chanter ? Ça ne lui ressemble pas.

— Je peux me montrer très convaincante. Tu es bien placé pour le savoir.

Elle sembla ensuite considérer que la conversation était close, et passa devant lui pour sortir de la cuisine. Il la rattrapa, et la plaqua contre lui.

Elle haleta, son souffle caressant son cou.

— Je n'ai pas fini, dit-il en resserrant son étreinte.

Même si elle était bien plus petite sans ses escarpins et semblait vulnérable entre ses bras, elle soutint son regard avec plus de force et d'aplomb qu'il n'en avait jamais rencontrés chez personne.

— Moi, si, dit-elle d'une voix rauque.

— Peut-être que toi, oui, Scarlett, ou Hannah, ou ton vrai prénom, quel qu'il soit. Mais ce n'est pas fini *entre nous*.

En un seul mouvement explosif nourri par cinq ans de frustration, il la hissa sur le comptoir, remonta sa robe noire, exposant des jambes dorées, les écarta et, d'un mouvement brusque, se plaça entre elles.

Il observa ses yeux une dernière seconde. Ils semblaient lui crier : « Viens ! »

Alors, il leur obéit. Il se jeta sur elle, l'allongea sous lui, plaqua ses lèvres contre les siennes.

Il avala le cri qu'elle poussa et gronda dans sa bouche. Il mordilla ses lèvres pulpeuses, mêla sa langue à la sienne, encore et encore, tandis qu'elle s'abandonnait totalement. Sa chaleur et sa saveur annihilaient le peu de raison qui lui restait.

Puis il glissa ses mains avides partout sur sa peau douce et soyeuse, tandis que les souvenirs l'assaillaient. Il se faufila entre les replis de son intimité, recherchant toutes les zones érogènes dont il se souvenait, jusqu'à ce qu'elle remue sous lui.

Quand elle gémit, il se coula le long de son corps jusqu'à la jointure de ses cuisses. Il mordilla son sexe à travers son slip, la faisant crier et trembler, puis lui retira le sous-vêtement avec ses dents, sans jamais détacher son regard du sien. Ses yeux lui avaient toujours dit exactement ce qu'elle ressentait, ce qu'elle voulait. Ils avaient toujours été bien plus puissants que n'importe quel aphrodisiaque. Et ils l'étaient encore.

Elle avait aussi toujours exprimé ses désirs à voix haute, confirmant les confessions et les exigences de son regard. En cet instant, pourtant, elle se taisait. Mais son corps parlait pour elle. Son dos était cambré, ses jambes tremblaient, et son sexe était moite d'excitation. Elle était prête, déjà. Comme elle l'avait toujours été. Il s'était toujours demandé si cela avait fait partie de ses talents de comédienne, si elle avait une astuce pour simuler des excitations et des orgasmes si puissants à chaque fois.

Mais cela avait semblé réel à l'époque. Comme à cet instant. Elle semblait aussi éperdue que lui, le corps secoué de tremblements, le souffle court, la peau brûlante. Le parfum de son excitation emplissait la pièce, le rendant fou.

Il se releva, libéra son sexe durci, puis lui écarta les jambes.

Plongeant dans ses yeux, qui ressemblaient à des brasiers de cobalt, il la pénétra sans préliminaires, et ondula en elle, mettant toute sa puissance, son désir et sa colère longtemps réprimés derrière chaque coup de reins.

Le cri qu'elle émit attisa encore son excitation. Comme un fourreau de velours, son sexe étroit l'enveloppa et le brûla.

Pendant des instants enfiévrés, il se figea en elle. C'était le souvenir de ces sensations qui l'avait rendu fou, toutes ces années.

Puis, mu par le besoin de la conquérir et de se perdre de nouveau en elle, il se retira, puis revint, encore et encore, de plus en plus fort, de plus en plus vite. Elle ponctua chaque coup de reins par des cris déchirants.

Il s'enfonça en elle jusqu'à la garde, et elle se cambra violemment, ses muscles internes se contractant autour de son sexe dans un supplice exquis. Au prochain coup de reins, il le savait, elle s'atomiserait de plaisir.

Et il mit toute sa force dans son assaut.

Son cri strident le transperça tandis que son sexe tremblait autour de son érection, et il fut balayé par l'orgasme le plus puissant qu'il ait jamais connu, même avec elle. Un plaisir presque insoutenable le parcourut tandis que sa libération jaillissait en elle en jets chauds, jusqu'à ce qu'il ait l'impression de s'être vidé de son essence même.

Le monde sembla disparaître quand il se laissa retomber sur elle. Ne resta plus que son corps encore tremblant sous le sien.

Après ce qui aurait pu être une heure, les bras et les jambes languides autour de lui commencèrent à se tendre, comme le velours qui enserrait son érection.

Elle en voulait encore. Comme toujours. Elle ne s'était jamais contentée d'une fois. Et lui non plus. Avec elle, il en avait toujours voulu plus, plus longtemps, plus fort.

Se sentant écœuré de lui-même, il se retira, se dégageant de son étreinte.

Dès qu'il fut debout, elle descendit du comptoir, et sa robe retomba, couvrant sa semi-nudité. Quelques secondes après, elle reprit un air tout à fait normal, comme si rien ne s'était passé.

Détachant son regard, il se rhabilla avec une violence contenue, puis alla dans le salon pour récupérer sa veste.

Une fois à la porte, il se retourna vers elle. Elle était debout, et le visage qui avait été saisi par une passion enfiévrée quelques minutes plus tôt devint un masque de beauté inanimée.

Avec un dernier regard teinté de mépris, il déclara :

— Maintenant, c'est fini.

4

Scarlett se sentait détruite, et maudite.

Tout était fini, comme Raiden l'avait dit.

La veille au soir, leurs ébats explosifs, dont elle avait rêvé pendant cinq interminables années, lui avaient fait connaître un plaisir que lui seul pouvait lui prodiguer. Mais elle en avait voulu plus, bien plus. Toute une nuit dans ses bras. Une nuit à l'adorer, à se donner à lui, à retrouver l'intimité qu'elle n'avait connue qu'avec lui, et qu'elle ne pourrait jamais connaître avec aucun autre homme. Elle avait voulu avoir un nouveau souvenir intense de lui, pour empêcher la terre gelée en elle de s'étendre jusqu'à sa dernière flamme de vie. Une terre gelée qui était apparue à cause de lui.

Ces dernières années, enquêter de manière obsessionnelle sur lui avait été la seule chose qui avait empêché la flamme de s'éteindre. Voir qu'il était en sécurité et qu'il accumulait les succès l'aidait à tenir bon.

Puis il l'avait prise, ce qu'elle n'aurait jamais osé espérer. Et, tandis qu'il avait empli ses bras et son corps, un espoir fou s'était allumé dans le désert de désespoir auquel elle s'était résignée. L'espoir qu'il puisse être à elle de nouveau, sans qu'il lui soit nécessaire de lui cacher quoi que ce soit, pendant toute une nuit. Plus, s'il le permettait.

Mais il en avait décidé autrement.

Lui avait eu besoin de cette étreinte pour l'oublier enfin. Pour apporter une conclusion à leur histoire. Maintenant qu'il l'avait obtenue, il pouvait enfin tourner la page. Comme elle voulait qu'il le fasse. Car elle n'avait jamais voulu que son bonheur.

Mais la façon dont il avait mis fin à cet interlude insensé — avec ce dégoût, à l'évidence dirigé davantage contre lui-même que contre elle...

Son téléphone sonna. Elle le saisit, heureuse de cette distraction. C'était Hiro.

Un sentiment affectueux l'envahit tandis qu'elle décrochait.

— J'ai embrassé Megumi.

Après un moment de surprise devant cette confession abrupte, elle rit.

— Moi qui croyais devoir m'excuser pour être partie hier soir sans te prévenir. Apparemment, je t'ai rendu service. Tu as ainsi pu prendre la femme de tes rêves à part, et faire ce que tu aurais dû faire il y a longtemps.

— Il n'y a pas de quoi plaisanter, Scarlett.

Hiro semblait au bord de l'apoplexie.

Elle s'étonnait toujours que Hiro, ce magnat de la finance impitoyable, puisse être si différent dans sa vie personnelle. Avec elle, il était tendre comme un marshmallow. Mais avec Megumi c'était encore pire, apparemment.

Les Japonais n'avaient pas pour habitude d'exprimer leurs émotions, même avec leurs proches. C'était sans doute parce qu'elle était une gaijin et une amie extérieure à son cercle d'intimes que Hiro se sentait libre de lui montrer une facette qu'il ne laisserait jamais voir à sa famille ou à ses compatriotes. Et aussi parce qu'ils avaient partagé cette expérience terrible, qui les avait rapprochés l'un de l'autre. Elle était certainement plus proche de lui que la femme de ses rêves, qu'il avait enfin osé courtiser. Même si c'était un peu tard.

Scarlett ne comprenait pas pourquoi il ne s'était pas lancé plus tôt. Il le lui expliquerait quand il le jugerait bon, s'il le jugeait bon. Quelle que soit sa décision, elle le soutiendrait, comme il la soutenait, sans poser de questions.

— J'ai rompu mon code d'honneur. J'ai compromis l'honneur de Megumi, je lui ai montré de l'irrespect et j'ai abusé de la confiance de Kuroshiro, qui a accepté mon hommage et l'a conduite dans ma maison. C'est un désastre complet, conclut-il d'une voix étranglée.

Elle aurait aimé lui dire qu'il ne devait pas avoir de remords par rapport à Raiden. Lui non seulement l'avait embrassée, mais aussi lui avait fait l'amour. Toutefois, même si Hiro se souciait de l'opinion de Raiden, il s'inquiétait surtout pour Megumi.

Décidant d'aller au cœur du sujet, elle demanda :

— A-t-elle réagi ?

Il fut si surpris que cela le calma un instant. Mais ensuite il répondit, scandalisé :

— C'est tout ce que tu as à dire ? Quelle différence cela fait-il, qu'elle ait réagi ou non ?

— Cela fait toute la différence. Alors, t'a-t-elle rendu ton baiser, oui ou non ?

Elle ne récolta pour toute réponse qu'un soupir profond et irrégulier.

— Laisse-moi le formuler autrement. T'a-t-elle résisté ?

— Non. Elle s'est abandonnée, comme j'en avais toujours rêvé, et m'a offert ses lèvres.

Il poussa un soupir d'exaspération.

— Mais ce n'était pas du tout une réaction.

— Oh ! Hiro, ne connais-tu donc rien aux femmes ? S'abandonner à toi, te laisser faire, *c'était* sa réaction.

Elle avait fait la même chose avec Raiden. Une vague de chaleur l'envahit quand elle se souvint de ce que Raiden lui avait fait, du plaisir inimaginable qu'il lui avait donné quand il l'avait prise si brusquement, sans préliminaires, comme s'il jouait sa vie. Cela avait toujours été enivrant de lui rendre baiser pour baiser, caresse pour caresse, de prendre ce qu'elle voulait de lui, c'est-à-dire tout. Mais son plaisir ultime avait toujours été de se soumettre à sa domination, comme la veille au soir.

Hiro reprit :

— Mais ensuite elle a semblé... choquée.

Tentant de réprimer le désir qui s'était réveillé en elle, elle se concentra sur son ami en détresse.

— Rien d'étonnant. Tu ne lui as jamais montré que tu avais des sentiments pour elle, et soudain, à sa fête de fiançailles, tu la prends à part et tu l'embrasses avec passion.

— Je lui ai montré mes sentiments, protesta-t-il. Chaque fois que je l'ai vue, durant ces six derniers mois. Mais mon père était un yakuza, et j'ai pensé que c'était peut-être la raison pour laquelle elle n'envisagerait jamais de m'épouser.

C'était la première fois que Hiro admettait que son défunt père avait été membre de la mafia japonaise, et elle n'allait pas creuser la question.

— Tu avais tenté des approches avant-hier soir ?

— J'inventais des moyens de la voir aussi souvent que possible.

— L'a-t-elle remarqué ? Ou as-tu si bien caché tes intentions qu'elle n'a pas compris que tu avais organisé ces événements dans l'unique but de la voir ?

— Elle évolue dans des cercles totalement différents des miens, alors, j'ai rejoint toutes les organisations caritatives avec lesquelles elle travaille, bien qu'elles soient totalement éloignées de mes intérêts. Elle a dû comprendre que je n'ai fait cela que pour la voir. Et je lui ai fait de nombreux compliments. J'ai aussi mentionné plusieurs fois que c'était le moment idéal pour me marier. J'avais l'impression qu'elle appréciait mon intérêt. Je rassemblais mon courage pour aller demander sa main à son père. Mais, il y a une semaine, ses fiançailles avec Kuroshiro ont été annoncées. Un homme qu'elle avait rencontré à peine quelques jours plus tôt. Un homme que son père approuve.

Alors, tout cet arrangement était très récent.

— Ecoute, Hiro, la jeune femme que j'ai vue hier soir se sentait peu sûre d'elle, malgré son incroyable beauté. Elle n'arrivait sans doute pas à croire qu'un homme tel que toi puisse s'intéresser à elle. Peut-être avait-elle besoin d'une approche directe, et pas de tous ces indices compliqués. Je peux t'assurer qu'elle était vraiment agitée quand tu m'as présentée à elle et à... M. Kuroshiro.

— Elle n'en avait pas l'air.

— Ce qui montre que tu ne sais pas lire dans ses pensées, et que tu as sans doute manqué tous les signes de son intérêt pour toi. Car elle était agitée, je peux te l'assurer, et c'était à cause de toi.

Elle expira.

— Il semble qu'il s'agisse d'un tragique manque de communication.

— Et maintenant il est trop tard ! se lamenta Hiro. Si je t'avais demandé conseil plus tôt, tout ceci ne serait peut-être pas arrivé. A présent, j'ai aggravé mon cas en l'embrassant. J'espérais continuer à la voir en public, mais maintenant je ne pourrai plus la voir du tout. Je l'ai perdue pour de bon.

Elle voulut lui assurer que non, mais elle se ravisa.

Megumi était la femme que Raiden épouserait dans dix semaines. Raiden avait besoin de l'épouser, pour une raison que personne d'autre qu'elle ne connaissait. Et il ne laisserait personne se mettre en travers de sa route. Il valait mieux pour Hiro qu'il oublie Megumi. Car elle était *déjà* perdue pour lui.

Elle aurait aimé pouvoir le prendre dans ses bras. Ils avaient encore plus en commun qu'elle l'avait pensé, puisque tous deux désiraient la seule personne qu'ils ne pourraient jamais avoir. Ironie du sort, les deux personnes qu'ils voulaient allaient se marier ensemble. Mais Hiro était dans une situation encore plus difficile, car il se dirait toujours qu'il aurait pu avoir Megumi s'il avait agi autrement. Elle, d'un autre côté, n'avait jamais entretenu l'espoir que Raiden lui appartienne un jour. La certitude du désespoir valait mieux que les regrets.

— Je suis navrée, Hiro. Si cela peut te consoler, je crois que Megumi partageait tes sentiments. D'après ce que j'ai vu hier soir, je pense qu'elle t'aurait choisi si elle l'avait pu. Pour moi, tu n'as pas compromis son honneur et tu ne lui as pas manqué de respect en l'embrassant. Tu lui as simplement fait savoir que c'était elle qui t'intéressait, et non le prestige de sa famille. C'est une pensée qu'elle chérira toute sa vie.

Hiro changea brusquement de sujet, comme s'il ne pouvait plus supporter de parler de Megumi, mais qu'il était trop poli pour raccrocher. Elle le fit pour lui, en prétextant devoir finir son travail. Quand il lui dit au revoir, il semblait qu'elle avait fait valoir tout ce qu'il fallait pour dissiper son désarroi. Mais elle ne pourrait rien pour sa tristesse.

Perdre la seule personne que l'on désirait était l'expérience la plus douloureuse qui soit. Elle avait connu nombre d'expériences horribles, et rien ne l'avait autant anéantie que de perdre Raiden.

Et elle ne pouvait rien y faire, pas plus aujourd'hui qu'hier.

Mais elle pouvait faire quelque chose pour le rapport sur lequel elle travaillait. Elle devait boucler la dernière étape de son projet, ensuite, elle pourrait quitter le Japon. Après ce qui s'était passé avec Raiden, elle ne pouvait plus rester ici. Etre dans le même pays que lui, savoir qu'il se mariait, et même le voir de loin, tout cela lui avait semblé supportable quand elle avait cru qu'il ne la reconnaîtrait jamais. Mais maintenant qu'elle était démasquée, et qu'il avait rallumé son désir, elle ne pourrait pas supporter de le revoir, même par hasard. Hiro lui manquerait terriblement, mais ne plus avoir sa présence constante dans sa vie était un prix qu'elle devait payer.

Pour l'heure, elle devait finaliser l'ouverture des refuges de Kyoto. Elle ne serait plus là pour les superviser comme prévu, alors elle devait mettre un système en place pour compenser son absence.

Après avoir rejoint les rangs de l'Unicef, elle était venue au Japon spécialement pour installer une antenne de l'organisation caritative à Tokyo. Elle avait terminé depuis longtemps l'installation du quartier général, dans le centre de la ville. Depuis, elle avait travaillé sur quelques sites à travers le Japon pour installer des refuges, et des centres de réhabilitation pour les enfants qui avaient perdu leur famille et survécu aux traumatismes liés aux crises humaines et aux catastrophes naturelles, principalement le tremblement de terre et le tsunami qui avaient frappé le pays quelques années plus tôt. A présent, elle allait devoir tout abandonner et partir, alors qu'elle avait cru rester plusieurs années. Elle n'en avait plus que pour quelques semaines, à présent. Quelques jours, si possible.

Ensuite, elle ne reverrait plus Raiden.

Cette fois, ce serait vraiment fini.

Dans son nouveau quartier général, Raiden regardait d'un air distrait par la fenêtre qui surplombait le centre de Tokyo. Il tenta une nouvelle fois de contrôler ses émotions rebelles. En vain.

Sa colère était entièrement dirigée contre lui-même. Cette fois, Scarlett n'y était pour rien. C'était uniquement sa faute s'il avait succombé à ce besoin malsain d'elle. Même en sachant exactement ce qu'elle était, et, pire, sans rien savoir d'elle hormis que tout chez elle n'était que mensonge. Et, pour couronner le tout, il ne pouvait s'empêcher de revivre chaque moment de leurs ébats torrides.

Il devait l'admettre, rien n'était fini entre eux.

La posséder une fois ne lui suffirait pas. Il lui en fallait plus, pour être enfin libéré de l'emprise qu'elle avait sur lui. C'était impératif. Et cela n'arriverait pas en fuyant et en tentant d'étouffer son envie. Ce désir le consumait depuis cinq ans, mais maintenant qu'il avait goûté de nouveau à elle le feu brûlerait encore plus fort, et réduirait en cendres sa raison plus vite.

Il y avait un seul moyen d'en terminer : se repaître d'elle jusqu'à l'excès.

Et il devait le faire maintenant, pour que le problème soit réglé avant son mariage. Rien ne devait mettre ses projets en péril. Et surtout pas sa propre faiblesse. Tout ce pour quoi il avait œuvré ces dix dernières années était en jeu.

Oui, il lui avait fallu dix ans pour retrouver sa famille. Il avait commencé sa quête juste après avoir échappé à l'Organisation. Mais il n'avait pas fait que cela. Il avait aussi rejoint ses frères qui s'étaient échappés avant lui, et ensemble ils avaient fondé Black Castle Enterprises. Il lui avait fallu un peu de temps pour adapter ses méthodes de ninja au monde des affaires. Mais la quête de ses origines était restée une question primordiale. La seule fois où il avait totalement oublié cette quête, c'était durant sa liaison avec Hannah.

Quelques mois auparavant, grâce à des années d'efforts et à l'aide de ses frères, en particulier à la faveur des dernières analyses fournies par Rafael Salazar, il avait enfin découvert qui il était, et comment il avait atterri dans l'Organisation.

Même si l'Organisation elle-même ignorait tout de ses origines, il ne pouvait révéler à sa famille qu'il était un de ses membres. Raiden était certain que l'Organisation n'avait jamais classé son dossier. Si ses origines étaient rendues publiques, cela pourrait l'alerter. Un enfant perdu dans un tsunami retrouvant une famille aussi réputée que les Hashimoto après être devenu un adulte si médiatisé, cela ne manquerait pas d'attirer l'attention de ses anciens tortionnaires, et de les amener à tirer les bonnes conclusions.

Il avait frôlé la catastrophe cinq ans plus tôt. Avec Hannah... ou Scarlett. A présent qu'il savait que c'était Medvedev qui l'avait traqué, et qu'elle l'avait déjà débarrassé de lui une fois, il était plus impératif que jamais qu'il garde son secret, ou il risquait d'éveiller de nouveau les soupçons de ce monstre.

Il ne pouvait pas non plus prendre le risque que sa famille récemment retrouvée découvre ses origines. Les Hashimoto étaient, avec quelques autres familles, seconds dans l'ordre de succession au trône de l'empereur. Leur lignée s'étendait sur plus de mille ans de l'histoire du Japon. S'ils obtenaient la moindre information sur son passé, ils le rejetteraient irrévocablement. Même s'il n'avait rien à se reprocher. Les Hashimoto n'avaient que des samouraïs dans leur lignée. Les ninjas étaient pour eux des anathèmes.

Toute sa vie, il avait rêvé de retrouver son nom de famille, d'occuper la place qui lui revenait de droit à la tête du clan et dans la société japonaise, et de maintenir les traditions.

Mais puisqu'il était hors de question que sa famille sache qu'il était l'héritier de son père, et le chef de plein droit, il avait mis au point un autre plan pour atteindre ses objectifs sans divulguer sa véritable identité.

Ce plan lui était venu à l'esprit pendant qu'il faisait des recherches sur la société japonaise. Il avait découvert que les adoptions d'adultes étaient la forme la plus courante d'adoption au Japon. Notamment pour permettre aux gendres de prendre le nom de famille de leur épouse et de devenir héritiers de leur famille d'adoption. Puisque le second cousin de son père, Takeo Hashimoto — à présent chef de clan —, avait une fille unique célibataire, Raiden avait décidé de l'épouser, et par *yōshi-engumi,* littéralement « le mariage et l'adoption », de devenir un *mukoyōshi,* un époux adopté.

Il avait mis son plan en action un mois plus tôt, et était venu au Japon pour se faire valoir devant Takeo, en tant que magnat que toute famille rêverait d'avoir comme *mukoyōshi*. Il avait été certain que son oncle ferait une offre. Et il avait eu raison. Takeo lui avait offert Megumi, son nom de famille, et la direction de ses entreprises.

Après avoir fait mine de refuser, puis de réfléchir, Raiden avait accepté sa proposition. Dans quelques semaines à peine, il retrouverait tout ce qu'il avait perdu, tout ce qui lui revenait de plein droit.

Le seul obstacle sur sa route était son obsession de Scarlett. Il n'avait donc pas d'autre choix que de se guérir de cette obsession.

Une heure plus tard, il était assis à l'arrière de sa limousine, pendant que son chauffeur et garde du corps américain faisait une pause pour fumer une cigarette. Raiden le permettait parce qu'il ne sentirait pas l'odeur de la fumée à travers la vitre de séparation. Et parce que Steve était le meilleur.

Son employé était loin d'être à son niveau, bien sûr. Mais c'était le meilleur dans le monde de la sécurité privée.

Soudain, Raiden se tendit, les sens en alerte. L'instant d'après, il la vit sortir du bâtiment devant lequel ils étaient garés.

Une fois de plus, il avait senti sa présence avant de la voir.

Scarlett croisa son regard et s'arrêta.

Sans la quitter des yeux, il ouvrit la portière.

— Monte.

Un instant après, elle avança vers la limousine, d'un pas lent et gracieux. Les passants qui allaient et venaient sur le trottoir s'écartèrent devant elle. Les gens l'observèrent, fascinés par la *gaijin* qui semblait être une touche de couleur vivante parmi la population majoritairement en noir et blanc.

Quand elle atteignit la limousine, il se poussa sur la banquette pour lui faire de la place, et la dévora des yeux quand elle assit son corps voluptueux et élégant à côté du sien. Sa chaleur et son parfum l'enveloppèrent, le submergeant de désir.

Elle avait une tout autre allure aujourd'hui. Rien à voir avec la femme fatale de la veille au soir. Elle avait maintenant l'apparence d'une femme active, avec des vêtements pratiques, un visage dépourvu de maquillage et une queue-de-cheval sage. Mais elle aurait aussi bien pu porter la lingerie la plus indécente ou même être nue, à en juger par la façon dont il était submergé de désir.

Il se cala sur son siège et détourna les yeux pour ne pas se jeter sur elle. Steve grimpa dans le véhicule aussitôt et, après avoir monté la cloison opaque et insonorisée entre eux, démarra selon les ordres que Raiden lui avait donnés précédemment.

Au bout d'une minute, alors qu'elle regardait devant elle sans rien dire, il lança :

— J'ai une proposition à te faire.

— Je t'écoute, dit-elle calmement.

Mais elle avait répondu immédiatement, ce qui prouvait qu'elle était impatiente d'entendre son offre.

Lui aussi était impatient de la faire.

— Je te veux dans mon lit, chaque nuit, à partir de ce soir. Jusqu'à mon mariage. Tu peux me demander ce que tu veux en échange, et tu l'auras.

Le silence s'étira entre eux après cette déclaration succincte.

Enfin, elle se tourna vers lui, le poussant à lui faire face comme par pur magnétisme.

Ses yeux émirent un feu bleu et chaud dans la pénombre de la limousine, les vitres teintées tamisant les lumières vives de la ville. Son expression était énigmatique.

— Tu ne crois pas qu'un épisode de passion est une chose, mais qu'une liaison en est une autre ?

Il haussa les épaules.

— Ce n'est pas une liaison. C'est un arrangement. Purement sexuel.

Elle baissa les cils quelques instants, avant de le regarder de nouveau.

— Et tes fiançailles ? Ta fiancée ?

— Megumi veut uniquement faire honneur à sa famille en épousant l'homme le plus influent possible, et en lui donnant des héritiers qui auront ses gènes et accéderont à sa richesse. Tout comme moi, elle s'attend à ce que nos vies demeurent séparées, et que les moments d'intimité ne se produisent que pour engendrer ces héritiers.

— Alors, avez-vous commencé à... vous entraîner ?

Il fronça les sourcils. Après ses ébats avec elle, l'idée même le révulsait.

Il serra les dents pour contenir cette réaction involontaire.

— Bien sûr que non. Tu n'as pas à t'inquiéter que je vienne à toi après avoir quitté son lit ou celui d'une autre femme. Comme par le passé, pendant que je serai avec toi, je serai avec toi seule.

Il sentit le doute lui nouer le ventre.

— Je ne sais pas ce que tu as fait à l'époque, mais j'attends la même exclusivité de ta part maintenant.

— Je ne fréquentais personne d'autre, affirma-t-elle.

Etrangement, même s'il savait maintenant que son métier consistait à séduire des hommes, il la croyait.

Le silence s'installa de nouveau, pendant un moment si long qu'il eut envie de la secouer et d'exiger qu'elle lui dise ce qu'elle pensait. Il réprima son impulsion, se rappelant que tout ce qu'il ressentait était le produit d'un désir intense. Une fois ce désir satisfait, la curiosité, la possessivité et tout le reste disparaîtraient.

Il inspira.

— A présent, fais-moi la promesse que tu seras à ma disposition pour les dix prochaines semaines.

Elle feignit la surprise.

— Tu veux dire que tu croirais en ma « promesse » ?

Devant son brusque signe de tête, elle expira.

— Et je peux demander ce que je veux ?

— Tout ce que tu veux.

— Même cinquante autres millions de dollars ?

— Oui.

Si elle avait eu le moindre doute sur la force de son désir pour elle, elle ne devait plus en avoir, à présent. Cela ne le dérangeait pas qu'elle soit au courant. Pendant toute la durée de cet arrangement, il céderait à ses propres impulsions, quelles qu'elles soient, et dirait et ferait tout ce qu'il voulait, au moment où il le voulait, sans préméditation. C'était la seule façon de guérir de son obsession pour elle, la seule façon de s'en sortir entier.

Pour faire bonne mesure, il ajouta :

— Je paierai toute la somme d'avance.

— Comment peux-tu, toi l'homme d'affaires impitoyable, payer cette somme exorbitante à l'avance ? Comment sais-tu que je ne vais pas empocher l'argent et disparaître comme je l'ai fait dans le passé ?

— Je le sais pour deux raisons. La première, c'est que tu as tenu ta promesse autrefois. Tu sembles avoir un code d'honneur personnel. La seconde, et la plus importante, c'est que tu n'en auras pas envie. J'étais là hier soir, tu te souviens ? Tu avais envie de moi comme j'avais envie de toi. Je te méprise peut-être, je crois peut-être que tout ce qu'il y avait entre nous n'était que mensonge, mais je sais que l'aspect physique était réel.

— Ah, oui ?

Sa douce provocation eut raison du peu de maîtrise qui lui restait. D'un geste brusque, il l'attira sur ses genoux, et la pressa sur son érection. Elle ne put retenir un gémissement.

— Oui, j'en suis certain. Je sais que je suis le meilleur amant que tu aies eu. Que tu n'as rien connu qui approche ce que nous avons partagé. Qu'après hier soir tu es encore plus affamée.

Le piégeant par son regard fascinant, elle hocha la tête, confirmant en silence tous ses dires.

— Alors prends-moi, Raiden, intima-t-elle d'une voix rauque et brute. Maintenant.

— Oui, siffla-t-il.

Aussitôt, il défit sa braguette, puis remonta la jupe de Scarlett avant de la placer au-dessus de son sexe. Elle haleta lorsqu'il lui arracha son slip.

Son érection appuyait contre ses replis brûlants, et elle enfonça les doigts dans ses épaules.

— Maintenant, Raiden. *Maintenant.*

Tout en lui se tendit quand elle enroula les doigts autour de son sexe et le positionna devant son entrée moite. Puis elle tenta de descendre sur lui.

Elle était plus étroite que jamais, et il avait toujours pensé qu'il pourrait lui faire mal. Mais leur fusion presque impossible l'avait toujours rendue folle de plaisir, les conduisant tous deux à des sommets de satisfaction brute. Cela avait été ainsi la veille. Ce serait toujours ainsi. Le parfum de leur désir s'éleva dans l'habitacle, lourd et humide, quand il commença à entrer en elle.

— Tu es tellement prête.

Il émit un râle de plaisir tandis qu'elle s'ouvrait à lui, l'entourant de sa chaleur et de son excitation.

Elle ferma les yeux et gémit quand il s'enfonça en elle. Appuyant la main contre le bas de son ventre, il glissa le pouce entre ses replis humides, et traça de lents cercles autour de son clitoris. Elle cria, se contracta plus fort autour de lui, l'emmena plus loin en elle. Puis elle ouvrit des yeux assombris et le regarda fiévreusement.

Elle était si belle, ainsi offerte entre ses bras, attendant qu'il lui donne son plaisir. A ses yeux, elle serait toujours *elle*, la seule femme qu'il désirait, quels que soient son apparence ou son personnage.

— Parfaite, murmura-t-il, serrant les dents tandis qu'il commençait à aller et venir en elle. Toujours parfaite.

Sous l'effet de ses éloges, elle devint encore plus chaude, plus moite, et il glissa plus loin en elle.

— C'est si bon, si chaud... Prends-moi, Raiden, viens en moi, encore plus loin... *Raiden*...

Elle répéta ses paroles encore et encore, s'agitant autour de lui pour apaiser la douleur qu'elle avait avoué avoir toujours ressentie quand il était en elle. Mais il savait aussi que cette douleur exacerbait son plaisir, et rendait ses orgasmes plus explosifs. Son corps le lui confirmait, ondoyant autour de lui, se contractant, au bord de l'orgasme. Et il ne s'était pas encore totalement enfoncé en elle. Lui aussi était tout près de la jouissance.

Il marmonna un juron, songeant qu'ils allaient se consumer trop vite. Il fallait qu'il s'introduise au plus profond d'elle-même, comme elle l'avait exigé, comme il en avait besoin.

Agrippant ses hanches, il la cambra sur lui, pour pouvoir prendre pleinement possession d'elle. Un cri haletant lui échappa quand elle le sentit onduler en elle.

Après avoir savouré la sensation aveuglante, il se retira, lui arrachant un doux cri de protestation. Puis il revint. Et elle cria, s'atomisa, le corps secoué de convulsions. Il la prit plus durement encore pendant qu'elle jouissait, son emprise sur ses hanches devenant féroce. Lorsque les spasmes de l'extase se dissipèrent, elle replongea aussitôt dans la spirale de la frénésie charnelle.

— S'il te plaît..., implora-t-elle.

Elle plaqua ses lèvres contre les siennes, ses mains agrippant ses cheveux mouillés de sueur tandis qu'elle le chevauchait, le suppliant par son corps et par ses prières tremblantes de mettre un terme à son tourment renouvelé.

— Je vais jouir de nouveau. Raiden, s'il te plaît, jouis avec moi...

Alors, il perdit la tête, totalement submergé par le besoin de l'achever et s'abandonner en elle. Il la fit pencher vers lui, et adapta ses coups de reins pour mieux la stimuler. Elle se contracta aussitôt et trembla, puis explosa dans un autre orgasme dévastateur. Saisissant sa nuque, il nourrit ses spasmes en ondulant violemment en elle. Elle s'agita et gémit encore plus fort, son corps se soulevant à chaque décharge de plaisir.

— Hannah !

Son cri d'extase résonna sauvagement à ses propres oreilles. Enfin, la déferlante de plaisir s'abattit sur lui, et sa semence se déversa en jets brûlants tout au fond d'elle.

Ils s'abandonnèrent au plaisir jusqu'à ce qu'il soit vidé de ses forces et qu'elle s'effondre sur lui, en une masse frissonnante, languide et satisfaite. Elle appuya le visage contre son cou chaud et humide, aussi essoufflée que lui.

La limousine roulait doucement dans les rues de Tokyo tandis qu'ils étaient allongés là, comme la veille, encore vêtus mais sexe contre sexe, ce qui rendait le moment terriblement érotique. Il déposa un doux baiser sur ses lèvres, comme pour la réconforter à la suite de cet interlude explosif. Cela non plus, il ne l'avait pas attendu ni planifié.

— Appelle-moi Scarlett, murmura-t-elle, haletante.

— Est-ce ton vrai prénom ?

— Non. Mais... il a une signification pour moi.

Laquelle ? Et quel était son vrai prénom ? Le lui dirait-elle un jour ? Devait-il exiger des réponses ?

Non. Leur relation était purement physique, et n'irait jamais plus loin. Il avait cru le contraire autrefois, mais il avait eu tort. Désormais, il n'y avait pas de place dans sa vie pour autre chose que ses projets. Et, même s'il n'avait pas eu de projets, il n'y avait pas de place dans son existence pour quelqu'un comme elle. Il était certain que la réciproque était vraie.

Il se dégagea avec précaution, même si son corps réclamait déjà le deuxième round, et remit leurs vêtements en place.

Quelques minutes plus tard, elle était de nouveau assise à côté de lui, l'air si trompeusement sage avec ses vêtements décontractés et sa queue-de-cheval. Difficile de croire qu'elle venait de se consumer dans ses bras, et de lui faire connaître un nouveau sommet de plaisir. Il écarta des mèches de cheveux humides de ses tempes, et posa sa main contre sa joue.

Elle frissonna et s'appuya contre sa paume.

— J'imagine que tu es satisfaite, dit-il en souriant.

Son regard s'assombrit de désir.

— Plus que satisfaite. A présent, j'en veux plus.

Une vague de fierté l'envahit. Il savait qu'elle disait vrai.

— Tu n'as qu'à me donner ta parole, et tu auras dix semaines de plus. Avec une énorme motivation en espèces. Pour mettre les choses en perspective.

Son regard devint opaque, lui faisant regretter ses derniers mots. Avant qu'il trouve un moyen de les lui faire oublier, elle hocha la tête.

Mais elle ne lui laissa pas le temps d'être soulagé.

— Puisque c'est pour la bonne cause, dit-elle, si on doublait cette motivation pour passer à cent millions de dollars ?

5

— Tu pleures encore la perte de cette somme à neuf chiffres ? lui chuchota-t-elle à l'oreille.

Penchée par-dessus le canapé, Scarlett caressait le corps à demi nu de Raiden.

Il demeura immobile, et continua d'admirer la vue spectaculaire sur la baie de Tokyo et le coucher de soleil.

Etrange, songea-t-elle. Depuis qu'ils avaient commencé cet... arrangement, trois semaines plus tôt, il se précipitait toujours pour l'accueillir, impatient, enfiévré, vorace.

C'était devenu un rituel nocturne et, chaque fois que c'était possible, un rituel de mi-journée aussi. Ils se retrouvaient chez lui, dans cet appartement qu'il avait acheté le lendemain du jour où elle avait accepté sa proposition, afin de n'être qu'à quelques rues de chez elle. Il faisait tout pour lui faciliter les choses, et pour leur permettre de profiter au maximum l'un de l'autre, sans perdre de temps dans les trajets.

Avant de le rejoindre ici, chaque soir, elle faisait une halte chez elle et préparait un sac pour la nuit. Quand elle repartait au petit matin, avant l'arrivée des femmes de ménage, elle ne laissait aucune trace de son passage.

Si elle s'arrêtait chez elle chaque soir, c'était aussi pour prendre une douche. Lui se douchait dès qu'il rentrait chez lui, étant toujours affamé d'elle à la fin de sa journée de travail, aussi ne pouvait-elle pas le laisser l'attirer jusqu'à leur lit sans être elle aussi douchée au préalable. Elle se rendait souvent dans les zones encore touchées par les derniers tremblements de terre et les tsunamis, dans le nord-est de l'île de Honshu, et le travail de terrain qu'elle y effectuait était harassant. Plus de trois cent mille personnes habitaient encore dans des logements temporaires, dont dix mille enfants, sur lesquels elle concentrait ses efforts. Elle se démenait pour leur faire bâtir des refuges spécifiques. Et elle tenait à ce que tout soit prêt lors de son départ.

Un départ encore plus impératif à présent. Le jour, à *l'heure* où sa liaison avec Raiden serait terminée, elle quitterait le Japon pour ne jamais y revenir.

En attendant, elle passait chaque seconde possible avec Raiden. Et il était très généreux de son temps. Comme il l'avait décrété, il lui laissait ses journées — seulement s'il ne pouvait pas se libérer pour la retrouver. Mais la nuit elle était toute à lui. Et cet arrangement la comblait.

Au matin, ils sortaient séparément, et ne se retrouvaient jamais ailleurs. Il n'y avait donc pas de déjeuners, de dîners ou de soirées à l'extérieur. Ils avaient pris toutes les précautions pour s'assurer que leur liaison demeure secrète. Scarlett était encore plus prudente que lui. Quand elle partirait, cette fois, elle voulait ne lui laisser que des bons souvenirs, ni séquelles ni dégâts d'aucune sorte.

Du moins, en dehors du trou de cent millions de dollars sur son compte en banque.

Elle n'arrivait toujours pas à croire qu'il ait pu se délester d'une pareille somme si facilement. Pourtant, il l'avait fait, sans ciller. A l'instant où elle lui avait fait sa demande, il avait sorti son chéquier de sa veste sur mesure, et rédigé un chèque. Payable dès le lendemain.

Lorsqu'elle s'était étonnée qu'il accepte sa requête alors qu'elle ne le faisait pas chanter, il avait haussé les épaules. Il avait affirmé que le fait d'avoir ces dix semaines avec elle était aussi vital pour lui que le fait de garder son identité secrète. Elle avait rétorqué qu'il n'avait pas besoin de lui donner quoi que ce soit, qu'elle ne voulait que lui. Il avait simplement répondu qu'il le savait.

Pourtant, il s'était volontiers séparé de cette somme faramineuse. Pour mettre les choses en perspective, avait-il dit. Pour ne pas qu'elle s'imagine que leur liaison pourrait mener à une relation permanente.

Elle aurait pu lui rétorquer qu'il n'y avait jamais eu le moindre danger sur ce plan.

Mais elle s'était tue. Et elle continuait de ne rien dire d'important. Pour profiter au maximum de ces moments passés ensemble. Dix semaines de pur plaisir.

Elle doutait que cela dure si longtemps, toutefois. Il était impossible que Raiden continue à la voir jusqu'au jour de son mariage.

La gorge nouée par une émotion perpétuelle qu'elle n'avait pas le droit d'éprouver, elle passa les paumes sur son torse et son abdomen, savourant la sensation de ses muscles d'acier moulés dans le velours, soulignant chaque ligne et chaque vibration de sa perfection ciselée.

Elle alla plus bas, craignant de trouver d'autres preuves de désintérêt. Elle poussa un soupir haletant quand sa main se referma autour de son sexe dont elle sentit toute la puissance.

Les lèvres tremblantes, elle mordilla le lobe de son oreille.

— J'ai besoin que tu fasses des choses bien plus agréables que de regarder l'horizon. Par exemple, me prendre ici, tout de suite.

— Scarlett.

Ce fut tout ce qu'il dit tandis qu'il appuyait la tête contre le canapé, offrant son visage et son cou à ses baisers.

Mais il n'avait pas dit son prénom d'une voix sensuelle ou pleine de promesses. On aurait dit qu'il… essayait de comprendre.

Soudain, le sol se déroba sous ses pieds. Raiden l'avait saisie et retournée sans effort, de sorte qu'elle se retrouva sur ses genoux.

Epoustouflée par sa force et son agilité, elle le dévisagea, muette.

Il prit sa bouche entrouverte dans un baiser qui la secoua jusqu'au tréfonds de son être, et s'écarta pour l'observer, tandis qu'elle restait là, blottie dans ses bras, encore affaiblie par la surprise et le plaisir pur. S'il n'avait tenu qu'à elle, elle serait restée ainsi pour toujours.

Il porta une épaisse mèche de ses longs cheveux à ses lèvres avant de l'enrouler autour de sa main et de tirer dessus, ce qui fit naître en elle une myriade de délicieux picotements.

Elle était dépendante du plaisir qu'il lui donnait à chaque contact, chaque caresse. Mais quand, dans le feu de la passion, il la tenait par les cheveux pour la soumettre à ses exigences, elle perdait la tête. Cela confinait à la sauvagerie, et elle adorait cela.

Elle aurait aimé lui demander de laisser pousser sa splendide crinière, pour pouvoir l'agripper quand il allait et venait en elle et la conduisait au-delà de ses limites.

Mais elle n'avait pas le droit de lui demander quoi que ce soit, même s'il ne lui refusait rien. Quand bien même elle le lui demanderait et qu'il accéderait à sa demande, elle ne resterait pas au Japon assez longtemps pour en apprécier les résultats.

Contrairement à Megumi. Raiden croyait que sa fiancée endurerait le devoir conjugal dans le seul but de procréer des héritiers, mais Scarlett pensait que toutes les femmes qu'il touchait le désireraient pour toujours ensuite. Comme elle.

— C'est trop évident, lança-t-il à brûle-pourpoint. Choisir Scarlett comme prénom, parce que tu as choisi d'être rousse sous cette identité.

Il semblait poursuivre une conversation avec lui-même. Etait-ce pour cela qu'il était perdu dans ses pensées ? Parce qu'il cherchait à comprendre son prénom ?

A plusieurs reprises, il lui avait posé des questions qui auraient pu les conduire à discuter de son passé et à le disséquer. Elle avait changé de sujet à chaque fois. Mais il ne cessait de revenir à son prénom, celui qu'elle avait choisi pour sa plus récente et, elle l'espérait, dernière identité. C'était comme s'il essayait de saisir l'extrémité d'un fil qui l'aiderait à percer son mystère. Le prénom de naissance d'une personne révélait peu de chose, mais un prénom choisi en disait beaucoup, et pourrait être un indice qui mènerait à sa vérité. Or, personne, et surtout pas lui, ne devait connaître cette vérité.

Pourtant, au lieu d'esquiver une fois de plus sa question, elle décida de lui donner une petite dose de vérité.

— J'ai en effet pris ce nom parce que les gens penseraient que mes parents l'ont choisi à cause de ma couleur de cheveux. Mais surtout parce qu'il a une signification personnelle pour moi, que personne ne pourrait soupçonner.

Il fut tout ouïe.

— C'est-à-dire ?

— Il me rappelle ma mère.

Son regard s'adoucit.

— Tu l'as perdue il y a longtemps ?

— Il y a plus de vingt ans.

Il fronça les sourcils.

— Tu devais être trop jeune pour te souvenir d'elle.

— J'étais assez âgée pour me souvenir de tout.

Il l'observa de plus près.

— Je ne te donnerais pas plus de vingt-cinq ans.

— Je suis plus âgée que j'en ai l'air.

En fait, elle avait presque vingt-neuf ans, et elle avait sept ans lorsqu'elle avait perdu sa mère. Ou plutôt lorsque sa mère l'avait perdue.

Elle n'allait pas révéler son âge précis. Elle ne donnerait pas de détails, mais elle apaiserait sa curiosité par une information de plus.

— Le premier conte de fées que ma mère m'ait lu était *Le Petit Chaperon rouge*. C'est resté mon histoire préférée. Mais, puisque je ne pouvais pas m'appeler Rouge, j'ai choisi un prénom qui signifiait écarlate, Scarlett.

Dès qu'elle se tut, il prit ses lèvres dans un long baiser enivrant. Comme s'il la récompensait pour avoir satisfait un peu de sa curiosité.

Lorsqu'elle leva les yeux vers lui, elle remarqua dans son expression une émotion qu'elle n'avait pas perçue depuis leurs retrouvailles, mais qu'elle avait souvent remarquée quand il la prenait pour Hannah McPherson, la jeune femme ordinaire qui avait perdu ses parents comme lui. De l'empathie. De la tendresse, même. Se pouvait-il qu'elle ait rêvé ? Elle ne devait pas.

— J'avais deux ans quand j'ai perdu mes parents. Mais, ça, tu le sais déjà.

Elle hocha la tête, et eut la gorge nouée en imaginant le petit garçon qu'il avait été. Elle se rendit compte que c'était la première fois qu'il abordait le sujet. Elle n'aurait jamais cru qu'il partagerait le moindre souvenir douloureux avec elle.

Il commença à la caresser tout en parlant, sans la quitter des yeux, mais apparemment plongé dans ses souvenirs.

— Durant les deux années que j'ai passées au refuge, personne ne m'a dit que mes parents étaient morts. Ils pensaient sans doute que j'étais trop jeune pour comprendre, ou ils ne savaient pas vraiment qui étaient mes parents. Il y avait encore des milliers de disparus.

C'était souvent le cas après un tremblement de terre ou un tsunami. Des années plus tard, des milliers de personnes étaient encore portées disparues.

— Quand l'Organisation m'a recruté, j'avais quatre ans, il m'a fallu longtemps pour comprendre que j'étais emprisonné et que je ne reverrais jamais ma famille, la famille dont je me souvenais à peine. Ce n'est que vingt ans plus tard que j'ai réussi à m'échapper.

Elle ne put s'empêcher de l'embrasser, comme si elle pouvait absorber sa douleur et toutes les maltraitances qu'il avait subies.

Après l'avoir laissée se rassasier de lui, il l'allongea sur l'immense canapé. Il s'étendit sur elle, son érection appuyant là où elle en avait besoin à travers leurs vêtements. Il portait uniquement un pantalon noir. Le reste de son corps n'était que muscles saillants et puissants. Comment allait-elle vivre sans le plaisir de le sentir contre elle de cette façon ? Elle ne pouvait même pas y songer. Elle l'avait fait une fois déjà, et la seule façon de survivre avait été de se mettre en sommeil.

Elle ignorait si elle pourrait avoir de nouveau recours à cette échappatoire.

Elle sentit son cœur battre douloureusement tandis que Raiden interrompait leur baiser et se levait. Incapable de le lâcher, elle s'accrocha à ses bras. Il la laissa faire, s'abandonnant à ses caresses, tel un grand félin nonchalant.

Puis il replongea dans ses souvenirs.

— Cela me mettait toujours en colère de penser que je ne me rappelais même pas ma famille. Je regrettais de ne pas avoir été plus âgé quand je les ai perdus. Au moins, j'aurais eu des souvenirs. Cela a été tellement plus dur de retrouver leur trace.

Il l'observa avec tendresse.

— Mais, quand tu as dit, à l'instant, que tu te rappelais tout à propos de ta mère, j'ai pris conscience que ma situation est la moins pire. Les souvenirs sont bien plus douloureux que leur absence.

La gorge nouée, elle tenta de retenir ses larmes. Alors qu'elle était sur le point de perdre la bataille, il posa la main sur sa nuque et tourna son visage vers lui.

— Alors, tu n'es pas une vraie rousse non plus.

— Non.

Il plongea son autre main dans sa chevelure.

— Tu faisais aussi une blonde très convaincante. Toutes les teintes te vont si bien qu'on les croirait naturelles.

Elle grava dans sa mémoire les éloges dont il la couvrait, pour les années arides à venir. Même si ces compliments concernaient surtout son apparence, qui n'était plus la sienne de toute façon, elle s'y accrocherait.

— Le blond me permettait de passer à d'autres teintes plus rapidement. Maintenant que je n'ai plus besoin de changer de couleur, je peux avoir une nuance plus foncée.

— Puisque tu n'as plus besoin d'en changer, pourquoi ne pas revenir à ta couleur d'origine ? Ne serait-ce pas plus pratique ? Ou aimes-tu le fait que le roux attire l'attention ici ?

Elle ne pouvait pas lui avouer que, si elle continuait à teindre ses cheveux de manière obsessionnelle, c'était pour ne pas voir l'épaisse mèche de cheveux blancs qui était apparue dans sa crinière après qu'elle l'avait quitté. Un souvenir flagrant de la période la plus éprouvante de sa vie.

Au lieu de cela, elle lui expliqua pourquoi elle avait choisi cette nuance.

— C'était la couleur de ma tante paternelle. Je l'adorais, je trouvais qu'elle ressemblait à une reine de conte de fées. Et mon visage ressemble à celui d'une amie d'enfance. Du moins, celui que je l'imagine avoir à l'âge adulte.

— Ta tante et ton amie sont mortes aussi ?

Devant son hochement de tête douloureux, l'empathie qu'elle avait cru voir laissa place à une expression songeuse.

— Alors, tu as créé cette nouvelle identité à partir des souvenirs des gens que tu aimais et que tu as perdus, en devenant un hommage vivant à leur mémoire.

Son analyse si perspicace eut raison de sa résistance. Des larmes chaudes et piquantes emplirent ses yeux.

Détournant le regard, elle murmura :

— Je n'ai jamais songé à cela. En fait, cela me réconfortait de me regarder dans le miroir et de voir le reflet de celles que j'aimais, d'entendre le nom qui me rappelle la douce voix de ma mère me racontant des histoires le soir.

Posant la main sur sa joue, il essuya ses larmes avec délicatesse. Son regard se fit pénétrant, et elle eut l'impression qu'il avait percé chacun de ses secrets sans qu'elle ait besoin de lui donner d'autres détails.

Soudain, il demanda :

— Combien d'identités as-tu eues dans ta vie ?

Elle tenta d'afficher un sourire malicieux.

— Tu as décidé de poser toutes tes questions ce soir ?

Il sourit à son tour.

— Tu me fascines. Je pensais que personne ne pourrait jamais me démasquer, jusqu'à toi. Je donnerais n'importe quoi pour entrer dans tes pensées.

— N'importe quoi ?

Elle fit glisser un doigt le long de son torse, sur le creux entre ses abdominaux, puis plus bas.

— Donne-moi ton prix, dit-il.

— N'importe quel prix ?

Il hocha la tête, avide. Ses iris semblaient avoir piégé le coucher de soleil.

Comment un homme pouvait-il être d'une beauté si absolue ?

En soupirant, elle se plaqua contre son érection, et explora de ses mains gourmandes son dos musclé.

— Tu connais mon prix.

— Ce n'est pas un prix, c'est un privilège. Un privilège dont je vais profiter pleinement, dès que tu auras assouvi ma curiosité. Alors, combien ?

— Combien de personnages ai-je joués, tu veux dire ? Beaucoup.

— Je suis sûr que tu connais le nombre exact.

— Soixante-sept.

Il ouvrit de grands yeux. Il avait dû s'attendre à ce qu'elle esquive la question, et ne pouvait sans doute pas imaginer que quelqu'un ait pu enchaîner autant de fausses identités.

— En comptant les deux personnages que je connais ?

— Non.

— Pourquoi ? Ce sont des personnages bien dessinés, et marquants.

— Ils ont un nom et une histoire à part.

— Tu prétends toujours que tu n'as jamais joué la comédie avec moi ?

— A toi d'en juger.

Elle prit sa main, la guida sous son slip. Quand il glissa les doigts entre ses replis enflés et moites, elle sentit son érection appuyer douloureusement contre elle.

— Est-ce que je peux faire semblant pour ça ? demanda-t-elle.

— Non, c'est sûr.

En gémissant de plaisir, elle s'ouvrit à lui, et de ses longs doigts puissants il caressa ses lèvres féminines et les écarta, se frayant un chemin dans son désir, sachant exactement quels points caresser, avec quelle pression, quelle cadence. Elle cria, trembla, car les sensations étaient presque insupportables. Et ce fut pire quand il inséra deux doigts en elle. De nouveau, elle mesura à quel point elle se sentait vide. Et seul Raiden en elle remplissait ce vide.

— Prends-moi, Raiden. Sans préliminaires… s'il te plaît.

Avec des mouvements d'une efficacité qui confinait à la magie, il la débarrassa de ses vêtements, et elle se retrouva nue en moins de dix secondes. Elle voulut ouvrir sa fermeture Eclair pour le libérer et l'amener en elle, mais il glissait déjà le long de son corps.

Protestant faiblement, mais ne pouvant que s'abandonner, elle s'arqua désespérément tandis qu'il stimulait chaque zone érogène. Encore et encore, elle tenta de le ramener vers elle, en vain. A présent, son magnifique visage était entre ses cuisses, ses lèvres et sa langue enflammaient le cœur de sa féminité. Le voir faire était encore plus excitant que les sensations physiques.

Enivrée, elle le regarda la choyer, savourer son essence, son plaisir. Puis, comme toujours, il sut exactement quand elle atteignit la limite de ce qu'elle pouvait supporter.

Il mordilla son clitoris tout en frottant son point interne le plus érogène.

— Laisse-moi voir et entendre à quel point je te donne du plaisir, Scarlett.

Ce furent ses paroles qui brisèrent la spirale de tension en elle. Son corps se souleva dans une réaction en chaîne, et elle poussa un cri strident. Elle soutint son regard, comme il l'exigeait toujours. Car il adorait voir les émotions qu'il provoquait en elle.

Sans parvenir à reprendre son souffle, à travers des yeux hagards, elle le regarda renouveler son supplice, avec d'autres méthodes.

Elle savait qu'il était inutile de le supplier. Il ferait ce qu'il voudrait d'elle. Et lui donnerait un plaisir extrême.

Elle devrait épargner son souffle pour les cris de plaisir qu'il lui arracherait toute la nuit.

Et, si une voix dans son esprit enivré lui disait que la fin de leur histoire serait bien plus douloureuse cette fois, elle s'en moquait.

Elle avait encore plusieurs semaines devant elle. Et elle savourerait chaque instant avec lui, jusqu'à la toute dernière seconde...

A son réveil, la première chose que Raiden vit fut Scarlett. Il dut cligner des yeux pour s'assurer qu'il ne rêvait pas. Ces derniers temps, il la voyait même quand elle n'était pas là. Elle occupait toutes ses pensées, tous ses fantasmes.

Mais elle était bien présente, cette fois. Quoique plus pour longtemps. Elle s'était déjà douchée, habillée, et avait rangé ses affaires dans le sac qu'elle prenait toujours avec elle. Sa boîte à malices, comme elle l'avait surnommé un jour. Elle l'avait rempli d'objets destinés à exacerber ses sens. De la lingerie, des huiles et un assortiment de stimulants surprenants qu'elle avait concoctés elle-même.

Non qu'il soit sensible à ce genre d'accessoires. Ils n'avaient d'effet sur lui que parce que c'était elle qui les portait ou les maniait.

Elle passa le sac autour de son épaule, s'apprêtant à quitter la chambre.

Depuis le début de leur liaison, six semaines plus tôt, c'était la première fois qu'il se réveillait avant qu'elle parte. C'était incroyable. Non le fait de s'être réveillé cette fois, mais d'avoir dormi toutes les autres fois. Ses sens ayant été conditionnés pour être en alerte en permanence, il ne s'était jamais détendu avec quelqu'un assez pleinement pour laisser le sommeil s'emparer complètement de lui, pas même avec ses frères.

Il avait toutes les raisons de ne pas avoir confiance en Scarlett. Et pourtant son instinct lui disait le contraire. Voilà pourquoi, avec elle, il pouvait dormir — d'un sommeil profond, serein, régénérateur. Et pourquoi il pouvait continuer à dormir même quand elle s'affairait dans son espace. Parce qu'il était encore plus en sécurité quand elle était présente.

Mais elle partait toujours à la première heure, sans jamais le réveiller pour lui dire au revoir. Il avait espéré que ce soit différent aujourd'hui, puisqu'il lui avait dit qu'il n'irait pas travailler avant midi. Il avait espéré qu'elle prenne cela pour ce qu'il avait voulu que ce soit : une invitation à faire la grasse matinée avec lui et à savourer un petit déjeuner tardif.

Pourquoi était-il si déçu qu'elle n'ait pas tenu compte de son implication ? Après tout, en dehors de ses exigences sexuelles incessantes, il faisait preuve d'un grand détachement dans tous les autres domaines. Elle ne s'était sans doute même pas rendu compte qu'il y avait eu une invitation cachée dans ses paroles.

Son attitude froide n'était qu'une façade. En réalité, plus il passait du temps en sa compagnie, plus les mauvais souvenirs s'évanouissaient. C'était comme s'ils étaient arrivés à quelqu'un d'autre, et il ne voyait plus Scarlett à travers leur prisme sombre. A présent, il voyait la vraie femme en elle, son être profond. Et il partageait ses sentiments. Même si elle ne s'exprimait que dans le feu de la passion, il aurait pu jurer que pour elle ce n'était plus purement sexuel. Si cela l'avait été un jour.

Et il n'était pas en train de se bercer d'illusions. Tout cela, il l'avait ressenti avant que le fait d'apprendre la vérité sur son travail actuel le fasse radicalement changer d'opinion sur son personnage.

Lorsqu'il avait commencé à enquêter sur ses activités au Japon, il croyait que son travail humanitaire avec l'Unicef n'était qu'une façon ingénieuse d'approcher les grands hommes d'affaires comme Hiro, et de leur soutirer des dons qu'elle détournait à son profit. Lorsqu'elle lui avait demandé cent millions de dollars, elle avait affirmé que tout cet argent serait investi dans ses projets caritatifs. Sur le moment, il n'avait pas été en état de se soucier de la raison d'une telle demande. Il avait vaguement pensé qu'elle avait dû exagérer sur l'utilisation qu'elle comptait faire de cette somme. Mais, après qu'elle avait encaissé son chèque, elle avait continué à travailler plus dur que jamais. Alors, il avait dû réviser ses soupçons, puisqu'il lui avait donné l'équivalent de plus de dix ans de dons.

Après des investigations plus poussées, il avait découvert les résultats exceptionnels qu'elle avait obtenus avec constance ces trois dernières années, en particulier durant les quinze mois passés au Japon. Tout avait semblé en accord avec ce qu'il ressentait en son for intérieur. Et c'était avant qu'il découvre qu'elle avait financé son projet le plus ambitieux avec son propre argent. L'argent qu'elle lui avait pris.

Il avait compris alors qu'elle le lui avait demandé uniquement pour ne plus être dépendante des dons et autres sources de financement officielles. Le champ de ce qu'elle pouvait accomplir était limité, et elle pouvait être contrainte d'arrêter ses projets si jamais les dons s'arrêtaient ou diminuaient. Il avait même découvert qu'une partie de la première somme qu'il lui avait donnée avait été consacrée à d'autres causes humanitaires. Raiden était à présent certain que le reste avait été utilisé à bon escient, comme elle le lui avait affirmé ce premier soir. Il avait cru qu'elle faisait de la provocation, mais elle lui avait dit la vérité. En s'attendant à ce qu'il croie le pire.

Pourtant, il lui aurait donné un milliard si elle le lui avait demandé. A présent, à la lumière de ses récentes découvertes, il était prêt à lui céder tous ses actifs.

Il l'observa à travers ses yeux plissés tandis qu'elle s'arrêtait à la porte de la vaste chambre et se retournait vers lui. Avec ses vêtements pratiques et sa queue-de-cheval, elle semblait si normale, si jeune. Si fragile. Elle avait perdu beaucoup de poids ces six dernières semaines, et il aurait parfois pu jurer qu'elle revenait à son ancien personnage.

Elle ne s'était pas rendu compte qu'il s'était réveillé. Et l'expression qu'il vit sur ses traits lui lacéra le cœur.

Une telle mélancolie, une telle tristesse !

Bien après l'avoir entendue sortir de l'appartement, il resta allongé, dans ce lit qui avait accueilli leurs ébats époustouflants, et fixa le plafond.

Pourquoi ressentait-elle ces émotions ? Les ressentait-elle vraiment ?

Il ne pouvait le dire avec certitude. Pas tant qu'il ne saurait pas tout sur elle.

Tout ce qu'il connaissait d'elle était fondé sur des sentiments, des observations et des informations sur son statut actuel. Mais son passé demeurait toujours aussi inaccessible.

Après cette nuit, trois semaines plus tôt, où elle lui avait dit pourquoi elle avait choisi le prénom Scarlett, cette teinte de cheveux et ce visage, elle s'était remise à esquiver ses questions. Certes, elle lui faisait part de ses pensées immédiates, et se montrait explicite sur le plan sexuel, mais elle ne lui donnait aucune information sur son passé.

Un passé dont il ne pouvait plus supporter de ne rien connaître.

Il ne s'agissait plus d'apporter une conclusion nette à leur histoire, afin de l'oublier et de tourner la page. D'ailleurs, il n'avait jamais voulu l'oublier. Il pouvait se l'avouer, maintenant, lorsqu'il était tombé sur les premières impasses en enquêtant sur elle, il s'était convaincu qu'il ne pourrait jamais rien trouver sur son histoire. Inconsciemment, il avait voulu éviter de découvrir des choses qui le dérangeraient. Ou, pire, qui l'effaceraient irrévocablement de son esprit.

A présent, tout était différent. Cette femme avec laquelle il partageait des plaisirs sensuels qu'il n'avait jamais voulu connaître avec aucune autre était la femme qu'il avait pensé qu'elle était autrefois. Elle n'avait pas menti en disant qu'elle n'avait jamais joué la comédie avec lui. Et elle n'avait jamais fait une utilisation personnelle de l'argent qu'elle lui avait pris, hormis pour se construire un nouveau personnage. Il devait découvrir ce qu'il l'avait conduite à cette vie de mercenaire dans le passé, et ce qui l'avait poussée à en sortir au prix de tant d'efforts et de souffrances.

Il ne savait pas par où commencer, ni si une enquête ne déboucherait pas sur d'autres impasses.

Mais il pouvait enquêter sur l'un de ses proches : Hiro. Son passé était très documenté, et quelques bribes de sa relation avec Scarlett lui permettraient peut-être de percer le mystère.

Pour en savoir davantage sur la relation entre Scarlett et Hiro, Raiden n'avait eu qu'à entrer leur nom dans un moteur de recherche.

Des douzaines d'articles détaillaient l'incident qui les avait réunis.

Un an plus tôt, Hiro était à bord de l'un de ses jets privés, après avoir assisté à un gala de charité à Kyoto. Scarlett faisait partie de la douzaine d'organisateurs de l'événement, et avait été invitée à retourner à Tokyo avec lui. L'avion avait été frappé par la foudre.

Cinq personnes étaient mortes dans le crash, d'autres avaient été blessées, mais avaient réussi à s'extirper de l'épave. Cependant, Hiro s'était retrouvé piégé. Les rescapés avaient tenté de le sortir de l'avion, mais, se rendant compte que celui-ci était sur le point d'exploser, tous avaient fui, l'abandonnant à son destin. Tous, sauf Scarlett.

Risquant sa propre vie, elle avait refusé de le laisser seul, même quand il l'avait suppliée de se sauver. Elle était finalement parvenue à le libérer et à l'éloigner de l'avion juste à temps. Puis elle avait stoppé le saignement de l'artère principale de sa jambe, et veillé sur lui jusqu'à l'arrivée des secours. Et, tout ce temps, elle avait ignoré ses propres blessures.

Hiro s'était exprimé de nombreuses fois dans les médias, louant le courage et l'héroïsme de Scarlett, et déclarant qu'il lui devait la vie.

Raiden avait poursuivi son enquête par ses propres moyens. Il avait découvert que, depuis le crash, Hiro et Scarlett étaient les meilleurs amis du monde. Et rien de plus. Hiro avait fait don de grosses sommes d'argent aux organismes pour lesquels Scarlett travaillait. Mais il n'y avait jamais assez d'argent pour financer les services permanents qu'elle mettait en place. Et il valait bien mieux avoir de l'argent personnel, auquel elle avait un accès immédiat, puisque les dons de Hiro étaient toujours soumis à des procédures légales interminables avant d'être utilisables.

Tout ceci prouvait que Scarlett était la personne qu'il avait toujours pensé qu'elle était, et que ce qu'elle lui avait raconté sur sa relation avec Hiro était vrai. Cette révélation avait dissipé sa dernière idée fausse sur elle.

Mais il n'en savait toujours pas davantage sur son passé.

Ce qui signifiait qu'il lui restait une dernière option.

Avoir recours aux pouvoirs d'investigation de ses frères.

Il ne l'avait jamais envisagé auparavant. La dernière chose qu'il souhaitait, c'était qu'ils découvrent l'existence de Scarlett, et qu'ils sachent à quel point il avait été près de les exposer tous, involontairement.

Mais découvrir la vérité sur Scarlett était impératif. Encore plus que découvrir la vérité sur lui-même l'avait été.

6

— Donc il y a une femme qui sait tout sur toi. Et tu juges bon de ne nous en parler que maintenant ? Cinq ans après les faits ?

Assis à son bureau, Raiden observa tranquillement les trois mastodontes assis face à lui, en demi-cercle, tel un tribunal de demi-dieux.

Trois de ses six frères avaient pu se libérer pour cette réunion. Il venait de leur relater une version abrégée de son histoire avec Hannah/Scarlett.

A la fin de son récit, Numair avait pris la parole en premier. Il était le chef de leur fraternité Black Castle. Le chef de Raiden.

Numair Al Aswad, ou Phantom, le nom sous lequel Raiden l'avait connu durant les vingt ans qu'ils avaient passés dans la prison de l'Organisation, était le plus âgé d'entre eux, et celui qui avait passé le plus de temps en captivité. Chacun d'eux l'avait rencontré quand il était déjà l'étoile montante de l'Organisation, en arrivant dans la forteresse qu'ils avaient appelée plus tard Black Castle. Numair avait passé presque vingt-cinq de ses quarante années là-bas, d'abord comme élève, puis plus tard comme formateur. Il leur avait enseigné chacune de ses méthodes discrètes et mortelles dans le domaine de l'espionnage et des exécutions.

Il n'était pas seulement le meilleur agent de l'histoire de l'Organisation, il était aussi le plus rusé. C'était lui qui avait choisi Raiden et ses frères parmi des centaines d'autres garçons, jugeant qu'ils étaient non seulement la crème de la crème, mais aussi des alter ego. Il les avait pris sous son aile, pour former son équipe, et les avait guidés durant ces années d'esclavage interminables. C'était lui qui avait forgé leur fraternité, et lancé leur pacte de sang : ils s'étaient juré de s'échapper, de devenir riches et puissants, et d'anéantir ceux qui les avaient vendus comme esclaves et l'Organisation elle-même.

Numair œuvrait à cette fin depuis qu'il avait à peine dix ans. C'était son plan extrêmement complexe et de longue haleine qui leur avait permis de s'échapper, de disparaître et de créer leur nouvelle identité. Avec l'aide de Richard, l'ancien formateur de Rafael, il avait aussi lancé la création de Black Castle Enterprises.

A l'instar de Raiden, Numair ne se rappelait aucun détail précis de sa famille. Il se souvenait uniquement de quelques noms, et avait adopté l'un d'eux comme patronyme. Quant aux autres, il avait compris depuis longtemps qu'ils désignaient des royaumes du désert. Tout comme Raiden, Il avait recherché ses origines, et avait récemment découvert non seulement qu'il venait de l'un de ces royaumes, mais qu'avant son enlèvement et son recrutement par l'Organisation il était l'héritier du trône.

Toutefois, récupérer son héritage ne serait pas aussi facile que pour Raiden. Le retour de Numair dans son royaume mettrait la région sens dessus dessous, et pourrait même déclencher une guerre.

Ce qui ne dérangeait pas Numair. Rien ne l'empêcherait de réclamer ce qui lui revenait de droit. Et ce ne serait pas la première fois qu'il provoquerait des conflits armés.

Numair observait Raiden avec des yeux aussi immobiles et insondables qu'un abysse. Mais son calme absolu ne trompait pas Raiden. Cet abysse était empli d'acide.

Raiden avait compromis tout ce pour quoi Numair s'était battu : leur liberté, leurs réussites, leur vie même. Numair était en proie à une colère froide. Et, dans cet état, il était encore plus dangereux. Quiconque ayant l'instinct de survie aurait eu peur. Très peur.

— Alors, pourquoi as-tu mis autant de temps à nous en parler ? demanda Wildcard.

D'origine russe, son frère était arrivé dans l'Organisation à un âge assez avancé pour se rappeler sa vie passée. Mais il avait choisi de ne pas reprendre contact avec sa famille après sa fuite, et avait adopté le nom d'Ivan Kostantinov. Un autre nom russe, mais il n'avait jamais expliqué son choix. Beaucoup de ses rivaux dans le monde du cyberdéveloppement pensaient que le surnom d'Ivan le Terrible lui allait bien mieux.

Devant l'absence de réaction de Raiden, Ivan insista :

— Toi qu'on surnomme l'Eclair, tu es devenu une tortue sans nous le dire ?

— Puisque c'est aussi un ninja, il en a toujours été une.

Ivan jeta un regard noir à Bones, le plus nonchalant de ses frères. Du moins, comparé à eux. Pour le reste du monde, Antonio Balducci était un tourbillon d'énergie qui accumulait les succès, une figure énigmatique qui inspirait la crainte, un génie de la médecine qui avait les femmes à ses pieds. Ancien expert médical et chirurgien de terrain, Antonio dirigeait maintenant le service de recherche et développement médicaux de Black Castle Enterprises. C'était aussi un maître de la chirurgie reconstructrice, dont le travail confinait à la magie.

Depuis leur période à Black Castle, Antonio et Ivan ne cessaient de se harceler mutuellement, mais aucun ne pouvait vivre sans l'autre.

— Tu savais qu'elle savait, reprit Ivan. Et non seulement tu l'as laissée partir une première fois, mais tu as renoué avec elle à présent. Tu ne...

— J'ignorais ce qu'elle tramait jusqu'à ce qu'il soit trop tard, coupa Raiden. Je l'ai laissée partir parce qu'elle m'avait donné sa parole qu'elle ne se servirait jamais de ses connaissances. Elle l'a tenue et...

— Tu n'avais aucun moyen d'en être certain, interrompit Numair. C'était un pari fou et inconscient. Tu t'es mis en danger et, par association, tu nous as tous mis en danger. Tu as aggravé la situation quand tu as pris la décision de nous laisser dans l'ignorance. Cela aurait pu nous coûter notre vie.

Raiden comprenait le point de vue de Numair, qui pouvait sembler juste, si l'on s'en tenait aux faits bruts. Mais à l'époque il avait suivi son instinct, ce qu'il ne pouvait absolument pas leur avouer. Il aurait semblé encore moins fiable aux yeux de ses frères, et Scarlett, encore plus dangereuse.

Il soupira.

— J'ai pris la décision de la croire. Et j'ai eu raison.

Antonio ricana.

— Qu'en sais-tu ? Rien ne prouve que cette femme n'a pas divulgué des informations stratégiques sur toi, ou nous, ces cinq dernières années. Pour ce que nous en savons, chaque problème que nous avons rencontré aurait pu être de son fait.

Raiden eut un gloussement incrédule.

— Tu ne penses pas que, si elle avait laissé fuiter des informations sur notre identité, nous nous serions retrouvés avec une balle entre les yeux, et non confrontés à quelques revers financiers inoffensifs ? Elle n'a divulgué et ne divulguera rien.

Antonio haussa les épaules.

— Alors, tu as eu de la chance. Jusqu'ici.

— Ce n'était pas de la chance. C'était un jugement. Je m'y tiens.

— Je peux comprendre que tu commettes une erreur une fois, déclara Ivan. Même si, venant de toi, c'est incroyable. Mais répéter cette erreur… C'est totalement incompréhensible.

— Quelle que soit la faute que j'ai commise dans le passé, aucune des variables de l'époque ne s'applique aujourd'hui. Je ne suis pas en train de répéter mon erreur.

— Dit l'homme dont le mariage a lieu dans trois semaines, ironisa Ivan. Le mariage qui assurera ton entrée dans la famille que tu as mis dix ans à retrouver, un clan ultra-conservateur qui te rejetterait au moindre soupçon de scandale.

Antonio secoua la tête.

— Et tu n'as même pas attendu de récupérer officiellement ton nom de famille pour céder à ton désir pour cette veuve noire.

Ivan approuva d'un signe de tête.

— Tu risques tout ce pour quoi tu as œuvré toute ta vie, en t'acoquinant avec cette femme au moment le plus critique. Le pire, c'est que tu n'as même pas l'air de t'en rendre compte.

Oh ! si, il s'en rendait compte. Surtout cette dernière semaine. Oubliant la prudence, il était allé chercher Scarlett à son travail, avait tenu à la conduire chez elle, puis chez lui. Il ne supportait plus de rejoindre ou de quitter son appartement sans elle, et de suivre toutes les mesures de discrétion qu'il s'était imposées.

D'abord, elle avait refusé d'abandonner ces précautions, mais il avait assuré qu'il savait ce qu'il faisait. Ce qui était faux. La seule chose qu'il savait, c'était qu'il ne pouvait plus compartimenter sa présence dans sa vie. Il voulait être avec elle autant que possible, et ne supportait plus de gâcher la moindre seconde. Il ne se préoccupait plus, à ce stade, de savoir comment tout cela affecterait ses projets. Son temps avec elle s'écoulait de plus en plus vite, comme dans un sablier, et cette notion changeait l'ordre de ses priorités.

Pour ses frères, tout cela prouverait qu'il avait perdu la raison. Il ne pourrait guère contester leur diagnostic. Car sa raison n'entrait pas en ligne de compte quand il s'agissait de Scarlett.

Devant le silence de Raiden, Antonio soupira.

— De son propre aveu, c'est une Mata-Hari qui a fait chanter au moins une douzaine d'hommes avant toi. Tu penses être si spécial pour elle qu'elle ne te jouera pas le même tour... une deuxième fois ? Comment as-tu pu reprendre votre liaison alors qu'elle t'avait extorqué cinquante millions de dollars ?

— Je l'ai fait quand elle m'a demandé cent millions, cette fois.

Ses trois frères le regardèrent comme s'il était devenu fou.

— En dehors de l'argent qu'elle a utilisé pour créer son identité actuelle, elle n'emploie ces fonds que dans son travail humanitaire, expliqua-t-il.

— Et quand l'as-tu su ? railla Ivan. Bien après les faits, j'en suis certain. Cette femme exige une somme exorbitante, et, sans même te demander si tu as raison de céder, tu la lui donnes. Sans nous consulter.

— Et sans nous mettre au courant du danger qu'elle aurait pu représenter pour nous tous à l'époque, et qu'elle pourrait encore représenter aujourd'hui ou à l'avenir.

Antonio secoua la tête, incrédule.

— C'est encore pire que ce que je pensais au départ, conclut-il.

Raiden jeta un regard aux trois hommes. Ils étaient en train de juger son cas. En se fondant sur la fureur d'Ivan, la consternation d'Antonio et l'impassibilité de Numair, il sut que la sentence qu'ils auraient aimé prononcer était une mort sans douleur. Pour abréger leurs souffrances à eux tous.

Penchant la tête, il soupira.

— Vous avez fini ?

— En fait, non, gronda Ivan. Comment croyais-tu que nous réagirions ? Tu ne te rends pas compte des risques insensés que tu as pris ? Et que tu prends encore ?

Numair se pencha en avant. Cela voulait dire qu'il avait décidé de mettre un terme aux discussions. Il allait rendre son verdict.

— Donne-moi une raison pour laquelle je ne devrais pas quitter ce bureau et aller éliminer la menace que représente cette femme, dit Numair.

Le silence qui s'ensuivit était assourdissant.

Le cœur battant, Raiden inspira brusquement. Une fois que Numair avait pris une décision, rien ne pouvait l'arrêter. Alors, Raiden devait le convaincre avant qu'il arrête un plan d'action.

— Une seule raison. Moi, dit-il d'une voix tranchante.

Il regarda ses trois frères, pour leur faire comprendre que Scarlett était une limite qu'il ne laisserait jamais personne franchir. Pas même eux.

— Nous avons survécu à l'enfer, puis nous avons conquis le monde en nous faisant une confiance absolue, leur rappela-t-il. Votre survie a dépendu de moi et de mon instinct un nombre incalculable de fois. Aujourd'hui, je vous demande de faire confiance à l'instinct qui ne nous a jamais trompés.

— Il t'a trompé dans le cas de cette femme, souligna Antonio.

— Non, pas du tout. Je pense maintenant qu'elle a été obligée de m'espionner. C'est pourquoi j'ai organisé cette réunion, pourquoi je vous ai parlé d'elle. J'ai besoin que vous m'aidiez à découvrir qui elle est, comment Medvedev est arrivé jusqu'à elle, et quel pouvoir il détenait sur elle.

— C'était déjà une espionne professionnelle qui avait un long passif quand Medvedev l'a engagée, fit valoir Antonio.

— Et je veux savoir comment elle en est arrivée là. Comment elle est entrée dans cette vie, la vie qu'elle a tout fait pour quitter.

Il leur laissa un instant pour digérer ses exigences, puis continua.

— Promettez-moi de faire tout ce qui est en votre pouvoir pour m'aider à régler ce problème une bonne fois pour toutes.

— Je peux certainement régler son problème sans le moindre effort, ironisa Numair avec un humour glaçant.

— *Numair !* tonna Raiden.

Numair affronta son regard tempétueux quelques secondes, puis haussa les épaules.

— Il vaudrait mieux pour toi et pour nous tous qu'elle... disparaisse, tout simplement. Si j'étais à ta place, je ne pardonnerais jamais une personne qui m'a trahi. En aucune circonstance. Et je me ficherais de connaître les raisons pour lesquelles elle m'a trahi.

— Tu n'es pas à ma place, Numair. Maintenant, donne-moi ta parole.

Numair hocha vaguement la tête. Avec ses longs cheveux noirs, ses sourcils angulaires et ses traits frappants, il ressemblait à un génie malfaisant de conte oriental.

— Ta parole, Phantom, intima Raiden entre ses dents.

Il devait l'obtenir, sinon Numair quitterait son bureau et irait mettre à exécution sa menace à peine voilée. Quand il s'agissait de protéger leur fraternité, Numair était prêt à tout. Mais il avait aussi un sens de l'honneur inébranlable, et aurait donné sa vie pour respecter une promesse. A condition de l'avoir formulée à voix haute.

Numair l'observa avec le calme que Raiden lui avait toujours connu, celui du grand frère austère et sage. Numair n'approuvait pas, mais il comprenait que Raiden ne défendait pas ses erreurs passées ou ses caprices actuels. Il défendait la femme qu'il désirait de toutes les fibres de son être.

Même s'il n'avait aucune raison de céder, hormis la conviction de Raiden, Numair déclara enfin :

— Tu as ma parole.

— Les nouvelles ne sont pas bonnes, annonça Numair.

Raiden sentit son cœur cogner dans sa poitrine.

Numair ne s'était pas levé pour le recevoir quand Abbas, son bras droit, avait fait entrer Raiden dans sa suite présidentielle de l'hôtel Mandarin Oriental. Il avait continué d'observer les lumières scintillantes de Tokyo.

Raiden approcha, remarquant à peine la décoration luxueuse de la pièce. Installé sur un canapé de soie brune, Numair prit une carafe en cristal et se servit un whisky sec. Sans même lever les yeux vers Raiden, il vida son verre.

Raiden n'avait guère été surpris lorsque, quatre jours à peine après sa réunion avec ses frères, Numair lui avait téléphoné pour lui dire qu'il avait trouvé ce que Raiden cherchait.

Lorsqu'il n'était encore que Phantom, les capacités d'investigation de Numair étaient déjà immenses. Aujourd'hui, en tant que Numair Al Aswad, ou Black Panther, son surnom dans le domaine de l'espionnage, dont il était l'un des plus grands experts mondiaux, il avait multiplié ses ressources par cent. Le seul qui puisse rivaliser avec lui était Richard, ou Cobra, l'ancien formateur de Rafael. Mais Raiden n'avait jamais envisagé de demander l'aide de Richard. Non parce qu'il avait encore de la rancœur envers celui qui avait été un ancien membre de l'Organisation, mais à cause de l'inimitié entre Numair et Richard. Il y avait toujours une possibilité pour que ces deux-là finissent par s'entre-tuer. Pourquoi ces deux forces de la nature se haïssaient tant, même après être devenues des alliés, aucun d'eux ne l'avouerait jamais.

La panique menaçant le peu de contrôle qui lui restait, Raiden serra les dents.

— Dis-moi simplement ce que tu as trouvé.

Enfin, Numair leva les yeux vers lui. Son regard n'était plus indifférent mais grave.

— Assieds-toi, dit-il. Et sers-toi un verre.

Raiden obéit, car ses jambes ne le portaient plus. Il se laissa lourdement tomber dans le fauteuil face à Numair. Un frisson le parcourut tandis qu'il se versait un whisky.

— C'est si terrible que ça ?

— Pire.

Raiden sentit l'étau se resserrer autour de son cœur quand Numair prit une tablette sur la table, accéda à une application, puis fit glisser la tablette vers lui. Son cœur fit un bond quand Raiden vit ce qu'il y avait sur l'écran.

La photo d'une charmante jeune fille aux cheveux couleur miel, au visage impassible et aux yeux éteints. Une version plus jeune de la Hannah qu'il avait connue, avec une teinte de cheveux différente. Mais sans son expression chaleureuse et gaie. C'était elle sans fard. La vraie *elle*. Une fille sans espoir.

Le front perlant de sueur et le ventre noué, il interrogea Numair du regard.

— C'est Katya Petrovna, dit Numair, que tu as connue sous le nom de Hannah McPherson, et maintenant de Scarlett Delacroix.

Katya. Son vrai prénom, enfin. Il lui allait bien. Comme tout le reste. Car elle prenait possession de tout. Les noms, les couleurs de cheveux, les visages. Lui.

Numair poursuivit.

— Elle est née à Tbilissi, en Géorgie, dans l'ancienne URSS, et a grandi sur la Riviera russe, côté mer Noire. Elle est issue d'une famille géorgienne noble. Lors de l'effondrement de l'Union soviétique, elle a été séparée de sa mère pendant une émeute, à l'âge de sept ans. Elle s'est retrouvée dans un réseau de traite des Blanches.

Son cœur se mit à cogner plus fort encore, jusqu'à ce qu'il

secoue tout son corps. Il pouvait y avoir une centaine de possibilités après cela, toutes horribles et effrayantes. Mais il avait le terrible sentiment de savoir où cela menait.

— A dix ans, elle a été recrutée par l'Organisation.

Tous ses nerfs lâchèrent quand ses soupçons furent confirmés.

Le verre de cristal qu'il tenait s'écrasa sur le sol de marbre, se brisant en mille éclats.

Scarlett. Ou Hannah. Ou Katya. *Elle*. Elle avait été esclave de l'Organisation, elle aussi. Tout comme lui. Comme eux tous.

Sans prêter attention au verre brisé, Numair but un autre whisky, comme pour se donner du courage. Puis il reprit :

— C'était l'une des centaines de filles enfermées dans une prison pour femmes équivalente à notre Black Castle. Comme nous, les filles étaient classées selon leurs compétences et leurs talents, mais aussi selon leur apparence. Toutes les filles étaient entraînées comme nous l'étions, mais les plus belles suivaient des formations en séduction et en manipulation. Elles étaient utilisées comme appâts pour les puissants de ce monde, ou les cibles que l'Organisation voulait piéger ou éliminer sans laisser de traces. Selon ma source, elle était la meilleure dans son domaine. Mais la piste s'est arrêtée il y a cinq ans. A l'évidence, elle a simulé sa mort.

Raiden retint un cri de douleur. Les détails que Numair venait de relater si cliniquement constituaient un tableau terrible. Cette fille sur la photo savait qu'elle était perdue, et que personne ne viendrait jamais à son secours. Elle avait cru qu'elle serait un otage éternel, vivant une vie faite de dangers et d'humiliations, un instrument au service de ceux qui payaient ses maîtres pour utiliser ses talents et la maltraiter comme ils le voulaient. Cette fille était devenue une femme, qui savait que fuir était impossible, et que la seule porte de sortie était la mort.

Il avait commencé son enquête en espérant découvrir qu'elle avait été forcée de le trahir. A présent, il aurait souhaité que ce ne soit pas le cas. Avoir raison signifiait qu'elle avait enduré des souffrances indescriptibles et qu'elle était marquée à vie. Il aurait donné n'importe quoi pour qu'elle soit juste une femme qui avait commis des actions répréhensibles, et qui avait décidé de rentrer dans le droit chemin.

Mais ce n'était pas le cas. Elle avait été une esclave, comme lui. Et il ne pouvait supporter de penser qu'elle avait souffert comme il avait souffert. Qu'elle avait connu pire, bien pire.

— Je pense maintenant que tu as raison, Raiden. Elle ne te dénoncera pas, ni aucun de nous. Car cela signifierait qu'elle s'exposerait elle-même. Nous sommes tous dans le même bateau, pour ainsi dire.

Raiden voulait hurler que Numair avait tort, que ce n'était pas pour cela que leurs secrets étaient à l'abri. Mais ses cordes vocales ne répondaient plus.

— L'important, c'est que tu peux t'abandonner à ton désir pour elle. Tant que tu ne mets pas en danger tes plans.

Numair s'interrompit, comme s'il se demandait s'il devait lui en dire plus ou non.

— Il y a autre chose que tu dois savoir, dit-il enfin.

Quelques minutes après, Numair s'interrompit. Raiden ne put écouter un mot de plus.

Il se leva, en réprimant un rugissement de douleur. Alors qu'il s'apprêtait à quitter la suite, Numair lança :

— Ne lui dis rien.

— Pourquoi ne m'as-tu rien dit ?

Scarlett avait deviné qu'il y avait un problème dès qu'elle était entrée dans l'appartement, et qu'elle avait vu Raiden face à la porte, comme s'il l'attendait depuis des heures. Son visage et ses mains étaient tendus.

En un battement de cœur, elle sut à quoi était due cette humeur sombre.

Il connaissait la vérité. Sa vérité.

Inutile de lui demander comment. Il savait, voilà tout.

Raiden était la seule personne devant laquelle elle avait tenu à rester un tant soit peu mystérieuse et attrayante. Et maintenant elle était exposée, avec chacun de ses secrets sordides. Elle savait qu'il était inutile de reporter l'inévitable.

Alors, elle haussa les épaules.

— A quoi bon ?

— Que...

Il semblait ne plus trouver ses mots. Un instant après, il reprit :

— Tu ne considères pas que le fait d'avoir été victime de la même organisation que moi soit pertinent ?

— Pas vraiment.

Elle alla s'asseoir sur le canapé, pour ne pas s'effondrer.

— Puisque nous nous sommes tous les deux échappés, conclut-elle.

Il la rejoignit rapidement, s'assit à côté d'elle, et prit ses mains dans les siennes.

— J'ai besoin que tu me racontes tout. Je sais seulement qui tu étais, comment tu as fini entre les mains de l'Organisation, comment ils t'ont formée et utilisée. A présent, j'ai besoin de connaître les détails de la mission qui me concernait.

Elle avait toujours souhaité pouvoir effacer ces détails de sa mémoire et de son esprit, comme elle avait effacé sa précédente identité. Ou comme elle avait cru l'avoir effacée. Elle n'y était pas parvenue, puisque Raiden avait tout découvert.

Mais cacher la vérité ne ferait que prolonger la torture. Elle devait se débarrasser de ce fardeau et tourner la page. Après tout, leur relation serait bientôt terminée. Le mariage de Raiden aurait lieu dans seize jours.

Parvenant à peine à se contenir, elle commença ses explications.

— Medvedev travaillait parfois avec nous. Il était l'amant de ma formatrice. C'est elle qui m'a recommandée quand il a décrit l'éventail de compétences nécessaires pour cette mission. J'ai compris plus tard qu'il s'agissait d'une vengeance personnelle. S'il avait raison, il triompherait, et s'il avait tort il devrait cacher cette honte secrète. Il n'a pas donné de détails à ma formatrice, mais il a dû lui promettre une récompense assez lucrative pour qu'elle accepte de faire croire à l'Organisation que j'étais en mission pour eux. Elle m'a donné tout le temps dont j'avais besoin pour m'occuper de toi. Medvedev lui a promis de me surveiller et de me ramener, une fois ma mission accomplie.

Elle s'interrompit pour reprendre sa respiration, tandis qu'il continuait de la fixer de son regard aussi perçant que des lasers.

— Il m'a prévenue que la tâche serait très difficile. Ton dossier avait été expurgé du système de l'Organisation. Il n'y avait pas de photos, pas d'empreintes digitales, vocales ou rétiniennes, pas d'ADN pour m'aider. Même les dispositifs de traçage implantés en toi étaient désactivés. Je suppose que c'est ton œuvre.

Raiden hocha la tête, puis fit un signe d'impatience pour lui enjoindre de poursuivre.

Elle obtempéra.

— Ses seules preuves étaient ta ressemblance avec son ancien élève et son intuition. Mais il ne pouvait pas bâtir un dossier là-dessus. Il avait besoin de preuves tangibles. Des preuves que je devais fournir.

Faisant mine de changer de position, elle retira ses mains, car le contact de sa peau la brûlait. Mais Raiden avait déjà reposé ses mains sur son corps. Elle devait conclure son récit, en espérant qu'il soit satisfait.

— Quand je lui ai demandé ce qui se passerait si je ne parvenais pas à t'approcher ou si cela prenait trop de temps, il m'a dit de ne pas m'inquiéter. Il m'a assuré qu'il me donnerait toutes les ressources et le temps nécessaires pour lui obtenir ces preuves. Ensuite, sans doute pour que j'épouse sa cause, il m'a promis qu'en cas de succès il me libérerait de l'Organisation.

Jusqu'ici, elle avait relaté des faits et des détails qu'il connaissait déjà ou qu'il avait déduits. Rien ne semblait le surprendre.

— Il a dit qu'il t'extorquerait une immense somme, en prétendant que c'était le prix à payer pour son silence. Il a affirmé qu'il me donnerait une partie de l'argent pour me construire une nouvelle vie et simuler ma mort, afin que l'Organisation ne me recherche pas. Puisqu'il m'avait fait cette promesse sans que ma formatrice soit au courant, j'ai compris qu'il trahirait n'importe qui pour obtenir ce qu'il voulait, à commencer par moi. Mais je n'avais pas d'autre choix que d'obéir, et de garder son secret, si je voulais rester en vie.

Elle s'interrompit, prenant une inspiration tremblante.

— Tu connais la suite. Je t'ai approché sous ma fausse identité, et nous sommes devenus amants. Ensuite, j'ai fait un faux pas, et tu m'as démasquée. J'ai conclu ce marché avec toi, et j'ai réussi à échapper à Medvedev après l'avoir mis sur une fausse piste. J'ai utilisé l'argent pour créer un nouveau personnage et simuler la mort de l'ancien.

Elle se tut, mais le regard de Raiden continuait de mettre ses nerfs à vif. Il attendait qu'elle en dise plus.

Elle ne pouvait pas. La suite était tout simplement trop horrible.

Quand il fut sûr qu'elle ne dirait rien d'autre, il se tourna pour lui faire face et répondit :

— Connaissant Medvedev et son obsession pour moi, et sachant ce que ma fuite lui a coûté, ce ne sont pas deux échecs qui l'auraient arrêté. Rien ne l'aurait jamais arrêté. C'était ma plus grande interrogation, quand tu m'as dit que c'était lui qui t'avait recrutée. Comment il avait pu te laisser partir, et cesser de me traquer. Maintenant, je sais.

Le cœur en suspens, elle pria pour que ce ne soit pas le cas.

Mais ce qu'il déclara lui montra que sa prière était vaine.

— Il est mort il y a cinq ans, dit-il, dans une chambre d'hôtel, poignardé dans l'œil.

Son regard était devenu un brasier quand il l'attira plus près de lui.

— C'est toi qui l'as tué, n'est-ce pas ?

7

Raiden lui avait posé une question qui n'en était pas une. C'était un commentaire, qui exigeait simplement une confirmation de sa part. Les mots résonnèrent dans sa tête inlassablement, jusqu'à la rendre folle.

C'est toi qui l'as tué, n'est-ce pas ?

Pour ne plus les entendre, elle s'extirpa de ses bras. Mais il la rattrapa et l'étreignit avec vigueur.

— Dis-moi, Scarlett, lui intima-t-il.

Les terribles souvenirs montèrent en elle comme une encre empoisonnée.

— S'il te plaît, Raiden. Ne m'y oblige pas.

Il resserra son emprise, et la main qui tenait sa tête contre son large torse trembla, comme s'il voulait la faire entrer en lui.

— Libère-toi de tout cela, Scarlett. Laisse-moi te soulager de ton fardeau.

Elle remua contre lui, comme si elle se noyait et qu'elle essayait de remonter à la surface. Mais il la serra plus fort, pour lui faire comprendre qu'il n'allait pas céder, cette fois. Car il fallait qu'il sache si elle lui avait tout raconté. Pas seulement à propos de Medvedev, mais à propos d'elle, d'eux, de tout. Et il ne se satisferait pas de moins que toute la vérité.

Incapable de faire de telles confessions en étant dans ses bras, elle lâcha d'une voix étranglée :

— Je te dirai tout… mais… laisse-moi respirer.

Avec un juron sonore, il la libéra aussitôt, pensant qu'il

l'étouffait. Elle n'avait pas assez de souffle pour lui dire que ce n'était pas lui qui la privait d'oxygène. C'était la pensée de tout avouer.

Se défaire des masques derrière lesquels elle s'était cachée depuis ses sept ans était plus difficile qu'elle l'aurait cru. C'était même effrayant.

Elle s'assit à côté de lui, sentit sur elle son regard empli de compassion, et rassembla chaque once de volonté et de courage pour faire ce qu'elle devait faire. Lui montrer qui elle était vraiment, pour la première fois.

Elle prit une inspiration, puis plongea son regard dans le sien, et laissa les barrières s'effondrer.

Il ouvrit de grands yeux, ses narines frémirent, et il s'affaissa comme si elle l'avait frappé en plein ventre. Cela signifiait qu'elle avait réussi à lui montrer sa vraie nature. Et il était abasourdi.

Elle surmonta ses dernières réticences.

— A propos de Medvedev...

Il posa un doigt sur ses lèvres pour l'interrompre, le visage empreint d'émotions qu'elle n'avait jamais vues. Elles étaient si complexes qu'elle ne parvenait pas à les déchiffrer.

— Commence par le commencement, Scarlett. Raconte-moi comment tu es arrivée jusqu'à moi.

Seul un récit complet jusqu'aux moindres détails le satisferait, c'était compréhensible. Elle le lui devait bien.

Hochant la tête, elle laissa échapper un soupir tremblant.

— Avant de te rencontrer, j'ai enquêté sur toi, comme je le faisais avant chaque mission pour adapter mon approche à chaque... cas. Mais tu étais une énigme, car il n'y avait aucune information sur ton personnage. Alors, je t'ai observé. J'ai compris qu'avec toi une approche directe ne fonctionnerait pas, et que tu ne répondrais pas favorablement à un numéro de séduction, contrairement à la plupart des hommes que j'avais connus.

Il serra les dents. Sans nul doute, il détestait entendre qu'il avait été une mission, et qu'il y en avait eu beaucoup d'autres avant lui.

Elle avait prévu cette réaction, et pour l'instant elle ne lui avait expliqué que ce qu'il savait déjà. Alors, elle continua.

— J'ai organisé l'accident de voiture, et créé ce personnage ancré dans la normalité, car j'ai estimé que seule une femme comme la fictive Hannah McPherson pourrait te donner le sentiment d'être assez en sécurité pour te laisser approcher. Et j'ai eu raison.

Il lui saisit la nuque, le regard brûlant.

— Tu avais tort, affirma-t-il avec force. C'est toi, la femme derrière le masque, qui m'as attiré. Je l'ai prouvé en étant attiré de nouveau, alors que ton personnage était totalement différent.

Il caressa sa nuque, et elle se sentit fondre.

— Tu as dit que tu n'avais jamais joué avec moi, lui rappela-t-il. Etait-ce parce qu'après m'avoir rencontré tu as jugé que je réagirais mieux avec la vraie toi ?

Elle s'apprêta à faire sa première confession irrévocable.

— Jusqu'à ce que je te rencontre, j'ignorais qu'il y avait une vraie moi.

Ses yeux s'enflammèrent comme des supernovae, et il saisit ses cheveux avec ardeur, lui arrachant un gémissement de plaisir et de douleur mêlés.

Soudain, ces confessions lui semblaient être un poison qu'elle devait recracher.

— Dès l'instant où je t'ai rencontré, tous mes scénarios sont partis en fumée, et je n'ai pu être avec toi que la personne que tu connaissais, celle dont je n'avais pas eu conscience de l'existence. C'est avec toi que j'ai découvert ma vraie personnalité.

Quand il gémit, elle appuya le visage contre son épaule, pour échapper à son regard intense.

— J'ai compris presque aussitôt que j'éprouvais quelque chose pour toi. Et, parmi tous les périls que j'ai affrontés, ces sentiments inconnus étaient la chose la plus dangereuse qui me soit jamais arrivée. C'était comme si tu étais mon premier amant. Et c'était le cas. Avec tous les autres, le sexe était une mission, un mal que j'avais été contrainte d'endurer avec un sourire séducteur pendant que mon âme avait des haut-le-cœur ou, au mieux, était engourdie.

— Scarlett...

Elle se blottit contre lui, mais elle ne pouvait plus s'interrompre. A présent, les vannes s'étaient ouvertes.

— C'est avec toi que mes sens se sont éveillés pour la première fois, que j'ai compris ce qu'étaient le plaisir et la passion. Tu étais mon premier amant... puis tu es devenu mon premier et, j'en suis certaine, mon dernier amour.

Jamais, même dans ses rêves les plus fous, Raiden ne se serait attendu à cela. Au mieux, il avait espéré qu'elle lui dise la vérité, et que l'un de ses aveux lui permettrait de valider les sentiments qu'il éprouvait pour elle. Il avait souhaité entendre qu'il n'avait pas été une simple mission, qu'elle avait éprouvé quelque chose de réel pour lui. Autrefois, et aujourd'hui. Jamais il n'aurait osé imaginer qu'elle dise quoi que ce soit qui approche ce qu'elle venait de dire.

Mais elle avait dit ces choses. Elle les avait ressenties. Elle les avait toujours ressenties.

Alors, la dernière barrière qu'il avait érigée en lui, pour se protéger de la peine qu'elle lui avait faite, s'effondra. Et il prit enfin conscience de la nature de ses sentiments pour elle.

Tout comme elle avait pris vie grâce à lui, il avait fait de même grâce à elle. Elle était sa seule amante et son seul amour.

Les émotions déferlèrent sur lui tel un raz-de-marée.

De ses mains tremblantes, il tenta de lui relever la tête. Il avait besoin de communier avec elle par le regard.

— Scarlett, chérie, s'il te plaît, laisse-moi...

Mais elle résista, et garda le visage collé contre son cœur battant. Puis elle reprit dans un flot de paroles :

— Mais ce n'est pas seulement à cause de mes sentiments pour toi que je voulais annihiler le danger qui te menaçait. Dès l'instant où je t'ai rencontré, j'ai su que tu n'étais pas comme toutes ces ordures criminelles que j'ai dû affronter, qui méritaient leurs châtiments, et de loin. Je pensais que les êtres tels que toi n'existaient pas. Tu étais un homme noble qui utilisait ses pouvoirs pour faire le bien, et qui ne faisait jamais la promotion de sa générosité. C'est en voulant suivre ton exemple que j'ai décidé de travailler dans le domaine caritatif.

Lorsqu'elle releva la tête, il eut l'impression de recevoir un coup au cœur. Ses yeux. Seigneur, ses yeux !

Il était abasourdi par les émotions qu'il y lisait. C'était comme si tout ce qu'elle avait réprimé, caché, à lui et au monde entier, se déversait tout à coup. Et il fut submergé.

Elle plongea des mains tremblantes dans ses cheveux, avec une tendresse infinie.

— Ensuite, j'ai découvert que tu étais comme moi, mais que tu t'étais échappé, alors que je savais que je ne le pourrais jamais. Si je t'aimais déjà avec tout mon cœur nouvellement découvert, je t'ai aimé davantage ensuite, avec les parts brisées de mon être et les parts entières, découvertes grâce à toi. Dès lors, tout ce qui m'importait, c'était te protéger à tout prix.

Ses mains caressèrent fiévreusement sa tête, son torse et ses épaules, comme si elle voulait être sûre qu'il était sain et sauf, entier, et qu'elle l'avait sauvé.

— Pour te protéger, j'ai dû envoyer Medvedev sur une fausse piste. Je l'ai fait patienter jusqu'à ce que je trouve comment prouver que tu n'étais pas son ancien élève, et comment rester avec toi aussi longtemps que possible.

Chaque mot qu'elle prononçait était comme un coup de poignard.

— Pourquoi ne m'as-tu pas tout raconté ? Je me serais occupé de Medvedev et je t'aurais sauvée de l'Organisation !

Elle leva brusquement les yeux vers lui, et les larmes qui embuaient ses yeux se mirent à trembler. A l'évidence, elle n'avait jamais pensé avoir cette porte de sortie.

— Craignais-tu que je te punisse si je connaissais la vérité ?

— Non. J'avais seulement peur que tu traques Medvedev, et je ne pouvais pas risquer de te perdre. C'était un monstre imprévisible.

Il grimaça.

— Tu ne me connaissais donc pas assez pour savoir que j'aurais pu battre Medvedev les yeux fermés ? Ou pensais-tu que je le ferais, mais que je ne t'aiderais pas ?

Son regard semblait l'implorer de la croire. Alors qu'il aurait préféré douter de lui-même plutôt que d'elle.

— Je me souciais uniquement de ta sécurité, et de la nouvelle vie que tu avais bâtie. Et je voulais neutraliser Medvedev sans que tu découvres la vérité sur moi, et sur ce qui m'avait menée jusqu'à toi. Je voulais rester la seule personne à qui tu te fiais. Je ne pouvais supporter de voir la confiance et la passion dans tes yeux se transformer en mépris et en dégoût si tu apprenais la vérité. Je voulais m'accrocher aux souvenirs. Ces mois passés à tes côtés, la façon dont tu me regardais, dont tu me traitais, comptaient plus que tout.

— Plus que ta vie ?

— *Oui !* cria-t-elle.

Il fut abasourdi.

Elle avait vraiment cru que préserver ses souvenirs et l'opinion qu'il avait d'elle était plus important qu'échapper à son esclavage, ou même protéger sa vie.

L'idée de ne pouvoir retourner dans le passé pour lui dire qu'il lui aurait tout pardonné, qu'il n'y avait rien à pardonner, le rendait fou. Les fausses idées qu'elle s'était faites l'avaient privé de la chance de la protéger, de la sauver.

Il ne pouvait même pas la venger. Medvedev était déjà mort.

Mais il pouvait la venger d'une autre manière. Il œuvrait à détruire l'Organisation — pour lui-même, ses frères et tous ces enfants inconnus qui avaient été maltraités. Mais maintenant, plus que tout, il la détruirait pour elle. Désormais, sa vengeance ne connaîtrait pas de limites. Et elle ne lui avait pas encore dit le pire… même s'il ne savait plus s'il pourrait supporter d'entendre la suite.

Toutefois, il l'écouterait, quoi qu'il lui en coûte. Il devait la soulager de tous ses fardeaux, de toutes les manières possibles.

Le regard lointain, elle reprit :

— Mais toutes mes précautions ont été inutiles. Quand tu m'as téléphoné, cette dernière fois, dès l'instant où j'ai entendu ta voix, j'ai su que tu m'avais démasquée. Je savais que c'était la fin, et je n'étais pas prête. Je n'aurais jamais été prête. Tout ce que je craignais est arrivé. Tu avais la voix que j'avais toujours redoutée : furieuse, désabusée, dégoûtée. J'étais heureuse de ne pas voir toutes ces émotions sur ton visage. Alors, il ne me restait plus qu'une chose à faire. Noircir le tableau.

Elle le regarda dans les yeux, sans plus rien cacher de ses émotions.

— Je comptais disparaître de la circulation. Pour que Medvedev ne puisse jamais me retrouver. Je voulais aussi aider mes camarades d'infortune, mais je savais que le coût financier de notre liberté serait immense. Alors, je t'ai fait chanter pour obtenir cet argent. Cela m'a également permis de finir notre histoire sur la pire note possible. Mais, avant que je quitte le pays, Medvedev est entré dans la chambre d'hôtel que j'avais prise sous un faux nom. Il était assez malin pour deviner que j'allais fuir. Je lui ai affirmé que je voulais seulement échapper à l'Organisation, et que je ne comptais plus sur son aide puisque j'avais seulement la preuve que tu n'étais pas son ancien agent. Mais il était convaincu que j'avais des preuves du contraire, il a même déduit que je t'avais fait chanter. Néanmoins, il pensait que je l'avais fait pour un motif purement mercenaire. Il a dit qu'une fois que je lui aurais livré mes informations il allait te faire chanter lui-même. Pas seulement toi, mais aussi tes partenaires, car il était persuadé que c'étaient les autres fugitifs de l'Organisation. Il disait qu'il gagnerait plus d'argent qu'il ne l'aurait jamais cru.

Elle s'interrompit le temps de prendre une inspiration tremblante.

— Je n'avais pas réussi à le mettre sur une fausse piste, et il savait tout. Je me rendais compte qu'il allait transformer ta liberté chèrement gagnée en une nouvelle prison, et qu'il finirait par te livrer à l'Organisation pour se racheter. La seule carte qui me restait, c'était son besoin d'informations solides, que je refusais de lui donner. D'abord, il a promis de respecter sa part du marché si je respectais la mienne. Mais j'ai refusé, et j'ai dit qu'il ne pourrait rien faire sans preuves. Alors, il a commencé à me torturer.

Il sentit la fureur embraser tout son corps. Une fureur envers un homme mort qu'il ne pouvait pas tuer une nouvelle fois.

— Je savais que je ne quitterais pas cette pièce en vie, mais je pouvais te sauver si je l'éliminais. Avec mes dernières forces, je l'ai poignardé avec une baguette dont je me servais pour retenir mes cheveux. Je sais maintenant comment tuer un homme en un seul coup, mais ce n'était pas un homme ordinaire. Au lieu de se figer net, il s'est jeté sur moi. Il a failli me tuer... avant de succomber.

Il se mit à trembler de tout son corps. Elle avait combattu un monstre tel que Medvedev et subi des blessures presque mortelles... pour lui.

— J'ai réussi à arrêter mon hémorragie, pour quitter l'hôtel sans être vue, et je suis arrivée dans un centre médical secret avant de m'évanouir. Il a fallu des jours pour me stabiliser.

Elle s'interrompit, et le silence s'étira. A chaque seconde, il eut l'impression que son sang brûlait et se glaçait en même temps.

Puis elle reprit la parole, comme en pilote automatique.

— Dès que j'ai été suffisamment remise, j'ai commencé à acquérir ce nouveau visage et une nouvelle identité. Je suis revenue ici en croyant que j'aurais le plaisir douloureux de te voir de loin, sans aucun risque que tu me reconnaisses. Mais tu m'as reconnue, et maintenant tu as même découvert ce qui devait rester caché pour toujours.

Après de longues minutes de silence, en proie à un tourment insupportable, il lâcha :

— Pourquoi ne m'as-tu pas dit tout cela quand tu m'as retrouvé ? Alors que je n'étais plus en danger ? Pourquoi m'as-tu laissé penser le pire de toi ?

Son regard ressembla soudain à celui qu'elle avait sur la photo que Numair lui avait montrée. Sans vie, sans espoir.

— Parce que ça ne servait à rien. Je suis allée à ce bal en

pensant que tu m'avais oubliée depuis longtemps. Ensuite, tu m'as reconnue, et tu m'as offert cet arrangement, mais je savais que je ne faisais que passer dans ta vie. Je voulais juste profiter de ces quelques semaines avec toi, avant de tourner la page. Je savais que tu poursuivrais les buts auxquels tu as consacré tant d'efforts, et que tu ne penserais plus jamais à moi. D'ailleurs, je ne voulais pas que tu penses à moi. Je voulais te donner la conclusion dont je t'ai privé la première fois.

— Je ne voulais pas de conclusion, Scarlett.

Il saisit son visage, les mains tremblantes.

— Toutes ces années, j'ai cru devenir fou en cherchant une explication, *cette* explication. J'étais incapable de comprendre le décalage entre ce que je ressentais, ce que je percevais de toi, et les apparences. Je n'ai pu avoir aucune sorte de rapports sexuels depuis.

— Tu veux dire que tu n'as pas...

Une toute petite flamme jaillit dans ses yeux, avant de s'éteindre aussitôt.

Il l'étreignit, le cœur serré devant le désespoir qui se lisait dans son regard. Elle n'avait jamais envisagé qu'il puisse éprouver les mêmes sentiments qu'elle.

Et pourtant il n'avait jamais été qu'à elle. Il voulait qu'elle le croie, voulait effacer chaque moment terrible qu'elle avait vécu. Il lui souleva le menton et soutint son regard.

— Non. Je ne pouvais pas. Je ne pensais qu'à la seule femme que j'aie jamais désirée, et c'était un supplice, parce que je te prenais pour une illusion. Mais non seulement tu as toujours été réelle, et tu as toujours été tout ce que j'ai désiré et plus encore, mais tu m'as protégé ainsi que mes frères. Tu nous as sauvé la vie. Et cela a failli te coûter la tienne.

Cela m'a coûté quelque chose qui m'était plus précieux que ma vie.

Scarlett se retint à peine de le lui crier.

Elle ne pouvait pas lui parler de cela. Vraiment pas. Mais elle ne pouvait pas le laisser dire que son acte avait été un sacrifice. Renoncer à lui, là était son sacrifice. Le protéger en risquant sa vie avait été un privilège.

Elle tenta de balayer sa gratitude du revers de la main, mais il insista.

— Tu dois accepter ce qui te revient. Et tu auras aussi la gratitude et l'allégeance éternelles de mes frères. Oui, mes associés de Black Castle Enterprises sont tous des fugitifs de l'Organisation. Nous avons formé une fraternité dans notre prison, avons fait le pacte de nous échapper, de devenir invincibles et d'anéantir l'Organisation et tous ceux qui y étaient associés. Nous passons la liste en revue, en allant de la périphérie vers le centre, et de la base vers le sommet, en passant par des chemins si complexes qu'ils ne sauront pas ce qui leur arrive quand nous les détruirons.

Soudain, il fronça les sourcils, comme s'il se rappelait quelque chose.

— Qu'est-il arrivé aux personnes que tu voulais aider ?

Elle se souvint des amies qui l'avaient soutenue toutes ces années, avant et après Raiden. Elles étaient maintenant en sécurité dans leur nouvelle vie. Elle sourit à cette pensée.

— Je les ai libérées, et je leur ai construit une nouvelle identité, à elles aussi. Je t'avais dit que j'avais fait très bon usage de ton argent.

La fierté qu'elle lut dans ses yeux magnifiques fit battre son cœur plus vite.

Mais aussitôt la fureur le gagna de nouveau.

— Les petites cicatrices sur ton ventre, ce sont les coups de couteau de Medvedev ?

Elle sentit l'étau des souvenirs douloureux l'enserrer, et elle détourna le regard pour être en mesure de lui répondre. Par une demi-vérité.

— Elles ont été réparées par la chirurgie esthétique en même temps que mes autres opérations.

— Dis-moi qu'il est mort dans d'atroces souffrances, gronda-t-il.

— Sans doute. J'étais trop obnubilée par ma propre douleur et le danger que je courais pour y prêter attention.

Il enfonça les doigts dans ses épaules.

— Pourquoi ne m'as-tu pas téléphoné ? Pour l'amour du ciel, Scarlett, as-tu pensé que je ne te sauverais pas ?

Sa fureur contre Medvedev, mort depuis longtemps, était palpable. Mais c'était sa frustration envers elle, pour ne pas avoir recherché sa protection et son aide, qu'il semblait incapable de contenir. Pour un meneur tel que lui, habitué à résoudre les problèmes, se sentir impuissant devait être le pire qui puisse arriver. Il devait avoir ce sentiment à cet instant, étant incapable de changer le passé.

— Je t'ai dit comment je voyais les choses, murmura-t-elle. Te contacter dans n'importe quelles circonstances n'était même pas une option.

— Même si tu pensais mourir ?

— Surtout à ce moment-là. Je voulais te protéger. Je n'aurais jamais envisagé de t'attirer sur une scène de crime. Tu aurais risqué ta réputation et tu te serais retrouvé sous l'œil de la justice.

A présent, il semblait sur le point de faire une attaque. Tout son corps vibrait, comme pour contrôler sa rage.

Puis il attaqua sur un autre front.

— Quelle était l'étendue précise de tes blessures ? Combien de temps ta guérison a-t-elle pris ? Souffres-tu de séquelles ou de douleurs continues ?

Je souffre des deux, voulut-elle gémir.

Mais c'était la seule chose qu'elle ne lui dirait pas. C'était une douleur qu'elle ne pouvait partager avec lui.

Il continuerait de poser des questions jusqu'à ce qu'il n'y ait plus de place pour aucun secret. Mais elle devait garder celui-là.

Pour détourner son attention, et parce qu'elle ne pouvait supporter de gâcher un moment de plus avec lui, elle s'agrippa à lui, ses mains s'enfonçant dans ses cheveux soyeux, l'attirant plus près.

— Plus de questions, Raiden. Je te veux, maintenant.

Son corps se tendit soudain, comme s'il venait de recevoir un coup de fouet.

Il immobilisa ses mains avec les siennes, tremblantes, et l'avertit :

— Arrête, Scarlett. Je ne suis pas maître de moi-même. Je ne l'ai jamais été avec toi.

Sans tenir compte de sa mise en garde, elle se jeta sur lui, sortit sa chemise de son pantalon, s'attaqua à sa fermeture Eclair.

— Je te veux incontrôlé. Je te veux sauvage, rude, irrépressible. Prends-moi vite et fort, maintenant, Raiden. Je ne peux pas attendre. Je ne peux *pas*.

Sa respiration saccadée prouvait qu'il appréciait sa frénésie, pourtant, il l'interrompit, capturant ses mains avides. Quand elle s'agita contre lui, déposant une pluie de morsures et de baisers partout où elle le pouvait, il céda enfin, et fit ce qu'elle attendait de lui. Il la porta dans ses bras et fonça vers le lit.

Une fois qu'il l'eut atteint, il la plaqua sur le ventre, puis s'étendit sur elle, la couvrant de son corps puissant. Comme pour la protéger, la cacher, et elle ne put retenir un cri. Les grondements continus de Raiden ressemblaient à ceux d'une bête protégeant sa femelle, furieuse et dévastée de ne pas avoir pu empêcher qu'elle soit blessée.

Emue par son instinct protecteur, enivrée par sa possessivité, elle leva la tête et rencontra son regard brûlant dans le miroir de la tête de lit. En le voyant si dominateur, et en se voyant, elle, si soumise, elle s'enflamma. Et les mots qu'il prononça achevèrent de la consumer.

— Cinq ans, Scarlett, cinq interminables années, à tenter de me remettre après t'avoir perdue. Maintenant, c'est encore pire, car je sais que tu as lutté aussi, et que tu as souffert plus que moi, déplora-t-il d'une voix décomposée.

Elle se souleva contre lui, comme pour absorber sa détresse.

— Mais je t'ai retrouvée, à présent, et tu viens de me rendre chaque souvenir que je croyais devoir rayer de ma mémoire. Tout était vrai. Ceci est vrai. *Ceci.*

Il s'appuya contre elle, comme s'il ne pouvait supporter les frontières physiques qui les séparaient, et son érection appuya contre son corps docile. Elle s'abandonna, lui montrant qu'elle voulait ne faire plus qu'un avec lui, se dissoudre en lui.

Son regard la maintenait captive, et son souffle chaud brûlait son visage.

— Je devenais fou chaque nuit, parce que j'avais besoin de toi et que je savais que je ne pourrais plus jamais te posséder. Le désir montait en moi, sans aucun espoir d'être assouvi un jour.

La première fois qu'il lui avait fait cet aveu, son esprit l'avait esquivé. L'idée qu'il n'avait eu aucune relation depuis elle était inconcevable. Mais cette fois il lui était impossible de fuir ses paroles. Même si elle avait toujours autant de mal à les comprendre.

Elle chercha son regard dans le miroir.

— Tu veux vraiment dire que tu n'as pas... tu n'as pas... tout ce temps ?

— Oui, c'est bien ce que je veux dire.

Il s'appuya plus fort sur elle.

— Pendant des années, j'ai exercé un contrôle absolu sur mes besoins, pour aiguiser mes compétences. Résultat, je n'étais pas intéressé par le sexe, et de surcroît j'abhorrais la forme disponible pour moi. L'Organisation nous fournissait d'autres captives pour satisfaire notre libido.

Il soutint son regard, et elle devina qu'il se demandait si elle avait été l'une de ces captives, si quelqu'un qu'il connaissait l'avait utilisée dans ce but.

Incapable de supporter cette idée, elle enfonça la tête entre les draps de soie, les larmes roulant sur ses joues.

D'une main tremblante, il lui releva la tête.

— Ça ne compte pas pour moi, et tu ne devrais pas y accorder d'importance non plus, affirma-t-il avec une conviction farouche. Toi et moi avons fait beaucoup de choses contre notre volonté, et nous ne sommes responsables d'absolument rien de tout cela. Cela ne nous rend pas inférieurs. Au contraire, cela fait de nous des personnes meilleures. Nous sommes des survivants, des conquérants, des gagnants. Mais toi... tu es parfaite.

Le cœur au bord de l'implosion, elle se souleva si fort qu'il se retrouva projeté à côté d'elle. Elle grimpa sur lui, s'accrocha avec ses bras, ses jambes, ses lèvres. Les larmes qui coulaient à flots étaient maintenant des larmes de gratitude et de soulagement.

Un instant après, il reprit le dessus.

— Mes frères me surnommaient le Moine, souffla-t-il contre ses lèvres. Je pensais en être un, jusqu'à notre rencontre. Avec toi, je suis devenu insatiable. Après toi, après avoir connu la passion et l'extase véritables, je ne pouvais me contenter de simples relations sexuelles que je n'avais de toute façon jamais voulues. Je te voulais, toi. Et rien que toi. Même quand je pensais ne plus jamais te revoir. Mais maintenant tu es là, et je ne pense qu'à une chose, prendre possession de toi, et te faire tout ce dont je rêve.

— Tout ?

Elle gémit, ondulant contre lui, car elle avait besoin qu'il s'enflamme autant qu'elle.

— Comment ? murmura-t-elle. Montre-moi.

— Comme ça...

Il l'allongea sur le dos avec une rudesse délicieuse, lui retira son haut et prit en coupe ses seins engorgés qui semblaient faits pour ses mains. Il les massa avec une ardeur contrôlée. Bientôt, elle se cambra, et tenta frénétiquement de le déshabiller. Il fallait qu'il apaise sa faim, et qu'il lui fasse tout oublier.

D'une main, il saisit les siennes, puis fit ce qu'elle n'avait pas réussi à faire. Il arracha sa chemise et la jeta au sol. Elle avait besoin de poser ses lèvres et sa langue partout sur lui, de planter ses dents dans sa chair.

— Et ça, dit-il.

Il glissa le long de son corps, le velours de sa peau laissant un brasier dans son sillage.

— Et ça.

Il mordilla ses tétons tour à tour, lui arrachant un cri, puis se mit à les aspirer impitoyablement, jusqu'à ce qu'elle le martèle pour exiger la libération que seule son invasion lui procurerait.

Il échappa à l'emprise de ses mains, descendit plus bas, lui retirant sa jupe et son slip.

— Et ça.

Il écarta ses jambes, les couvrit de baisers, titilla ses orteils.

— Et ça.

Tout en lui mordillant les mollets, il remonta les mains vers l'intérieur de sa cuisse, avant d'écarter ses replis intimes. Augmentant son supplice, il lécha la moiteur de son excitation en longs coups de langue nonchalants.

— Et ça, gronda-t-il.

Il s'arrêta sur le centre de son plaisir, et le mordilla brusquement.

La libération fut si explosive que Scarlett se souleva, secouée de spasmes si violents qu'elle crut que sa colonne vertébrale allait se rompre.

Sans pitié, il inséra deux doigts en elle, attisant encore son plaisir jusqu'à ce que sa voix se brise. Et il ne s'en tint pas là. Il aspira chaque tremblement, chaque frisson, tout en poussant contre sa peau sensible des râles torrides.

— Et ça.

Son pouce encercla son clitoris enflé, et elle s'abandonna à une nouvelle déferlante qui lui fit perdre la tête.

— Jouis pour moi une nouvelle fois, ma chérie.

Ce fut le « ma chérie » qui déclencha un autre orgasme en elle.

Il se mit au-dessus d'elle, la regardant trembler de plaisir, sa main dessinant des caresses apaisantes sur son dos et ses fesses. Muette, saturée de plaisir, mais plus affamée que jamais, elle l'observa, mais les émotions brutes passaient trop vite sur son visage pour qu'elle les déchiffre. Qu'elle les supporte.

Ecartant les jambes, elle le supplia :

— Viens, Raiden. Viens en moi.

Ses cheveux barrèrent son front léonin quand il leva le visage vers elle.

— Je veux être en toi en permanence, Scarlett. Et je n'ai pas pu l'être pendant cinq ans. Comme tu ne me faisais pas confiance, et que tu me pensais incapable de comprendre, tu ne m'as pas donné l'occasion de t'aider, de te protéger, de te sauver.

Son corps se tordit sous l'assaut de ses réprimandes passionnées.

— Je suis désolée... je ne pensais pas...

Il captura son visage entre ses mains ferventes.

— Justement, tu as trop pensé, et mal pensé. Tu peux être désolée. Quand je pense à ce que tu as failli te faire, ce que tu nous as coûté en me laissant dans l'ignorance, croyant me protéger, j'ai l'impression que ma tête va exploser.

— Je t'ai protégé, protesta-t-elle faiblement.

— Et je veux que tu me donnes ta parole que tu ne feras plus jamais ce genre de choses. Ne me cache plus jamais rien, Scarlett.

— Promis.

Elle mentait à moitié, car elle lui cachait encore des choses, mais c'était pour lui épargner une douleur terrible. Pour détourner son attention, et parce qu'elle avait tant besoin de lui, elle noua les jambes autour de sa taille.

— Cesse de me punir. Prends-moi, c'est tout.

Son corps se transforma en granite entre ses bras.

— Tu nous as punis tous les deux en te sacrifiant pour moi. Ne sais-tu donc pas que je préférerais mourir plutôt que de te voir souffrir ? Et quand je songe que tu as été blessée pour moi... Seigneur, j'ignore comment je vais vivre avec cette pensée.

Elle regarda ses yeux peinés, la détresse lui nouant la gorge de nouveau. Non, elle n'avait pas su tout cela. Elle n'avait jamais même osé rêver de quoi que ce soit d'approchant.

Même si la culpabilité la submergeait, elle devait lui faire oublier le passé, que l'on ne pouvait changer, et le ramener à l'instant présent.

— Tu me fais souffrir, maintenant, Raiden, à me faire attendre.

Un changement instantané s'opéra sur son visage. La désolation fit place à la voracité.

Tel un prédateur, il se redressa, se débarrassa de son pantalon et de son caleçon. Elle sentit son ventre se nouer, intimidée comme à chaque fois par la vue de son sexe impressionnant, lisse et ferme. Elle brûlait d'être possédée, non seulement pour le plaisir suprême que cela lui procurerait, mais parce que c'était ainsi qu'elle se sentait le plus proche de lui.

— Prends-moi, *s'il te plaît...*

Enfin, il accéda à sa requête. Il la pénétra d'un coup de reins brusque, et mit toute sa puissance, sa frustration et sa faim dans ses va-et-vient. Le sommet de son érection, presque trop grand pour elle, frottait contre sa chair, abrasant ses nerfs dans un supplice exquis. Même après les orgasmes qu'il lui avait donnés, elle était si enflammée qu'il ne fallut que quelques coups de reins déchaînés pour qu'elle se cambre violemment et pousse un cri. Dans son extase, elle ne vit que son visage adoré, contracté par le plaisir, ses yeux avides et incandescents.

— Je ne peux pas... S'il te plaît... Tu... tu... Maintenant...

Il comprit, et lui donna ce dont elle avait besoin. La vue de son visage tendu, ses rugissements qui faisaient écho à ses cris, la sensation de sa semence qui jaillissait en elle intensifièrent son orgasme, au point qu'elle fut incapable d'endurer le pic de plaisir. Tout se troubla, s'évanouit...

Une respiration lourde et de lents battements de cœur résonnèrent dans sa tête comme depuis un long tunnel, tandis que les parfums de la satisfaction parvenaient jusqu'à elle. Lentement, sa conscience se réveilla, mais son corps était si satisfait qu'il était engourdi.

Elle ne ressentait qu'une chose. Raiden. Encore en elle, et même plus ferme, plus large. Elle ouvrit ses paupières qui semblaient peser une tonne, et le vit entrer et sortir de son champ de vision. Il était encore agenouillé entre ses jambes, enroulées autour de lui. L'une de ses mains massait ses seins, l'autre glissait sur ses épaules, ses bras, son ventre.

— Tu es à moi. *A moi.* Comme Scarlett. Comme Hannah. Comme Katya.

Elle vacilla en l'entendant prononcer son vrai prénom. Elle

s'était doutée qu'il le connaissait, à présent, mais l'entendre le dire...

Elle gémit tandis qu'il s'enfonçait en elle, atteignant le stade où l'expansion familière se transformait presque en douleur. La sensation de sa domination était délicieuse, addictive, puissante, et même un peu effrayante.

— Dis-le, lui intima-t-il. Dis que tu es à moi. Chaque version de toi.

— Il n'y a eu qu'une seule version. La version née pour t'aimer.

Elle ne sut vraiment pas ce qui se passa après cela.

Raiden la dévora, l'acheva, puis recommença, encore et encore.

C'était comme si sa passion avait toujours été refrénée, et que désormais toutes ses entraves étaient brisées.

C'était au-delà des mots.

Après cette nuit de plaisir explosif, elle resta allongée dans ses bras, hébétée, submergée par la félicité. Du moins, jusqu'à ce que le compte à rebours reprenne dans sa tête.

Ses dix semaines avec lui étaient presque finies. Peu importait ce que Raiden avait affirmé ou ce qu'il ressentait, ses projets étaient plus importants, et ne pouvaient être modifiés. Bientôt, elle devrait sortir de sa vie.

Mais elle ne pouvait même pas envisager d'être séparée de lui pour toujours.

Il n'y avait qu'un moyen d'éviter cela.

Sur des bras tremblants, elle s'appuya au-dessus de son large torse. Une fois de plus, elle s'émerveilla à l'idée que toute cette beauté et cette puissance puissent être à elle, ne serait-ce que temporairement.

Puis elle se lança.

— Je veux amender notre arrangement, Raiden. Je veux rester ta maîtresse après ton mariage.

8

Raiden se releva lentement, non seulement parce que la proposition de Scarlett l'avait profondément secoué, mais aussi parce qu'il avait l'impression d'avoir vidé sa force vitale en elle. A quatre reprises.

Quand elle avait dit être née pour l'aimer, il ignorait ce qui lui était arrivé. C'était comme si toute la maîtrise acquise au fil des ans avait cohabité avec une sauvagerie qui avait crû au même rythme, et qu'il n'avait libéré qu'une petite partie de cette sauvagerie autrefois, avec elle, sans doute parce qu'il avait senti que quelque chose n'était pas normal. Depuis qu'ils s'étaient retrouvés, la clandestinité de leur relation l'avait incité à se refréner. Mais, lorsqu'elle lui avait fait cette déclaration, c'était comme si un barrage en lui avait explosé.

La manière dont il l'avait prise, la façon dont elle s'était abandonnée sans condition, le plaisir explosif qu'ils s'étaient donné l'un à l'autre... Cela l'avait transfiguré.

Après leurs derniers ébats sous la douche, il l'avait ramenée jusqu'au lit, et avait senti un autre cataclysme s'annoncer. Puis elle lui avait fait cette offre inattendue, et sidérante.

Elle l'observait, le regard avide, ses cheveux tombant sur ses épaules luisantes en épaisses mèches humides, ses lèvres et son corps portant les traces de leurs ébats ardents.

Il n'avait jamais rien vu de plus beau, n'avait rien connu de plus puissant.

Le sourire sur ses lèvres enflées de leurs baisers échangés

n'allait pas jusqu'à ses yeux. Il vacillait tandis qu'elle caressait sur son torse.

— Les hommes puissants, au Japon, ont presque toujours des maîtresses, et c'est toléré, tant qu'ils sont discrets et ne déshonorent pas leur épouse et leur famille. Je prendrai toutes les précautions nécessaires pour garder notre secret.

Elle afficha une moue faussement réprobatrice.

— Il te faudra vraiment contenir tes récentes impulsions, et cesser de surgir partout où je suis, et t'afficher avec moi en public.

Soudain, il eut envie de se lever, de fuir, de mettre un terme à tout cela.

Mais, avant qu'il puisse faire le moindre geste, elle enlaça sa taille avec force, et posa son visage chaud contre son cœur battant.

— Si tu ne peux pas te passer de moi, dit-elle contre ses lèvres, comme je ne peux pas me passer de toi, nous ne sommes pas obligés d'arrêter. Je ne veux pas te perdre, et je ferai tout, je vivrai n'importe où, tant que je peux être avec toi. Je sais qu'après ton mariage ta situation va changer, mais tu n'as pas besoin de m'abandonner pour avoir la famille, l'héritage et les héritiers que tu avais prévu d'avoir depuis si longtemps. Tu peux me garder indéfiniment si tu le souhaites, et avoir en même temps tout ce que tu désires et que tu mérites.

Dans la tête de Raiden, ce fut la cacophonie. Toutes ses réponses stridentes se mêlaient, et il ne put que la dévisager, paralysé, muet.

Elle lui donnait carte blanche avec sa propre vie.

Une fois de plus, c'était la dernière chose qu'il aurait imaginée. Non qu'il ait attendu quoi que ce soit, après le tumulte de la nuit passée.

Mais, s'il avait pu réfléchir, il serait parvenu à une seule conclusion. Il ne pouvait plus la quitter, ni à la date prévue ni jamais. A présent, il ne pouvait même pas envisager sa vie sans elle. Il ne voyait pas d'autre raison de vivre que le fait d'être avec elle, à elle. Il était enfin à même de laisser libre cours à ses sentiments, au fait qu'il l'aimait depuis le premier jour, et qu'il n'avait jamais cessé de l'aimer. Mais il l'aimait désormais avec une profondeur dont il ne se serait pas cru capable. Et maintenant il savait qu'elle l'aimait en retour. S'il avait réfléchi, il aurait conclu que c'était lui qui aurait dû la supplier de rester auprès de lui.

Mais elle l'avait précédé, en s'offrant sans réserve, en se reléguant à une place permanente dans l'ombre.

Le plus douloureux était qu'elle croyait être à sa place naturelle, et qu'elle méritait d'être cachée comme un secret honteux. Elle se croyait ternie à jamais par une souillure indélébile.

Il avait quantité d'arguments pour lui prouver le contraire. Mais, avant qu'il puisse en formuler un seul, elle devint livide.

— Tu... tu ne veux pas passer plus de temps avec moi, et encore moins indéfiniment, c'est ça ?

Ses lèvres blanches se tordirent.

— Quand... quand tu as dit... j'ai cru que tu... Oh ! mon Dieu, je suis désolée...

Ses excuses tremblantes s'interrompirent brusquement quand elle roula des yeux et s'évanouit sur le lit.

La stupeur qui s'empara de lui fut telle qu'il faillit perdre connaissance à son tour.

Seule la terreur le maintint conscient.

Puis la stupeur se dissipa, et il se jeta sur elle, le cœur battant à tout rompre.

— Scarlett... Seigneur, Scarlett... chérie...

Elle ne bougea pas quand il la secoua. Ses mains tremblaient si fort qu'il ne parvenait pas à sentir son pouls.

Arrête ! Reprends-toi !

Il s'entendit crier cette réprimande à lui-même, tenta de s'obliger à réfléchir. Mais il pensa seulement qu'elle était là, allongée, blême, inerte. Et qu'il ne réussissait pas à la réveiller, qu'il ignorait si elle respirait.

Pourtant, malgré la panique, les automatismes auxquels il recourait en cas de pression maximale revinrent, et il exécuta les procédures d'urgence.

Ensuite, il fit ce qu'il avait toujours fait quand lui-même ou l'un de ses frères étaient blessés ou malades : il téléphona à Antonio.

Dès que son frère décrocha, Raiden lâcha d'une voix étranglée :

— Scarlett s'est évanouie. Je n'arrive pas à la réveiller.

Aussitôt, Antonio réagit en professionnel.

— Allonge-la sur le dos, retire tout vêtement qui l'entraverait, soulève ses jambes d'environ trente centimètres au-dessus du niveau du cœur, puis vérifie que ses voies aériennes ne sont pas bloquées. Surveille les vomissements. Si elle vomit, place-la sur le côté.

— J'ai déjà fait tout cela, mais elle ne se réveille pas.

Sa voix était à peine audible, et des larmes inutiles commençaient à couler sur ses joues.

— Donne-moi ses fonctions vitales.

Il indiqua son rythme respiratoire et sa fréquence cardiaque.

— Lent, mais pas inquiétant. Statut neurologique ?

— Les réflexes sont normaux. Mais elle est inconsciente !

— Cela ne veut rien dire en soi. Quelle que soit la raison de son évanouissement, elle ne court aucun danger immédiat.

— Tu n'en sais rien !

— D'après ton rapport, si, je le sais. Tu as appelé une ambulance ?

— Je t'ai appelé. Tu es le meilleur. Il faut que tu viennes ici *maintenant*.

— Je présume qu'« ici », c'est ta nouvelle résidence ?

Raiden répondit par un juron, et Antonio soupira.

— Calme-toi, ou tu vas nous faire une attaque. Je préférerais n'avoir qu'un patient à traiter à mon arrivée.

Raiden eut envie de crier à faire trembler les murs, mais il entendit les portes claquer à l'autre bout du fil.

— Je suis déjà en route, déclara Antonio avant de raccrocher.

Raiden lâcha le téléphone et se précipita vers Scarlett. Il vérifia son pouls et sa respiration inlassablement, la caressa, la supplia de se réveiller.

Mais elle était encore inconsciente quand Antonio arriva,

après ce qui lui avait semblé une éternité. Dix minutes seulement s'étaient écoulées, qu'il avait comptées seconde par seconde. A en juger par son état de transpiration, Antonio avait couru sur tout le trajet depuis son hôtel, à quelques rues d'ici.

Durant ces minutes interminables, Raiden avait enfilé des sous-vêtements à Scarlett, puis avait enveloppé son corps froid dans une couverture. Il était blotti contre elle pour la réchauffer quand Steve avait fait entrer Antonio. Raiden eut bien du mal à quitter son corps inerte et à rester sur le côté pour laisser son ami l'examiner.

Antonio avait pensé à tout, et pris sa « sacoche médicale magique », comme ses frères l'appelaient. Elle contenait des médicaments et des instruments pour gérer tout type de problèmes, depuis une simple coupure jusqu'à une blessure nécessitant de la chirurgie de campagne.

Il examina Scarlett de ses mains expertes et de ses yeux perspicaces, prit sa tension, fit une prise de sang, procéda à des tests neurologiques, utilisa quelques instruments que Raiden ne reconnut pas. Puis, enfin, il rangea tout dans sa sacoche.

Fou d'inquiétude, Raiden gronda comme une bête acculée.

— Pourquoi ne l'as-tu pas réveillée ?

Antonio l'observa sereinement.

— Parce que je ne peux pas.

— Comment ça, tu ne peux pas ?

Antonio le fixa de ses yeux verts imperturbables.

— Je suis capable de presque tout sur le plan médical, mais contrairement à la croyance commune je ne peux pas faire de miracles.

— Il faudrait un miracle pour la réveiller ? s'exclama-t-il en s'étranglant presque.

— Arrête d'imaginer le pire, Raiden, pour ton bien. Ce que tu vois dans les films, les injections instantanées, les gifles, les sels à respirer, ce n'est que du spectacle. Dans le monde réel, il *faudrait* laisser une personne inconsciente se réveiller toute seule, après s'être assuré qu'elle n'a pas d'autre problème.

— Mais il doit y avoir un problème. Elle s'est évanouie soudainement, et ne se réveille pas !

— J'ai un diagnostic.

Antonio se leva, et le regarda dans les yeux comme quelqu'un qui allait lui annoncer une nouvelle qui changerait sa vie.

— Elle est totalement épuisée. Sérieusement secouée. Et *certainement* enceinte.

Scarlett sortit de ce qui ressemblait à un abîme.

C'était un endroit sombre, oppressant. Pourtant, elle n'avait pas eu envie de s'en échapper. Au moins, elle y était en sécurité, et c'était préférable à l'alternative. Celle de sortir pour retrouver un endroit bien plus désolé. Un endroit où Raiden l'avait rejetée.

Elle s'était offerte à lui, sans attaches, pour aussi longtemps qu'il le voudrait. Le désarroi qu'elle avait lu sur son visage lui avait fait si mal qu'elle n'avait pas pu le supporter. Elle avait souhaité ne plus rien ressentir, pour ne plus souffrir.

Et elle s'était évanouie. Ce qui était étrange. C'était la première fois que sa conscience avait failli, pour se réfugier dans le néant. Pas même dans ses pires instants, et elle en avait connu de terribles, la perte de connaissance n'était venue à sa rescousse comme aujourd'hui. Toutefois, rien n'avait été aussi brutal que d'apprendre que tout était fini avec Raiden. A présent, elle était réticente à quitter cet état d'inconscience protecteur. Elle aurait voulu rester enveloppée dans son manteau froid pour toujours.

Mais cela ne servait à rien. Elle était déjà réveillée. Même avant d'ouvrir les yeux, elle sut ce qu'elle allait voir. Raiden.

Elle le sentait debout près d'elle, devinait son regard sur elle. Un regard impatient, sans doute parce qu'il attendait qu'elle se réveille. Elle percevait aussi son trouble.

Etait-ce dû à son évanouissement, ou à la proposition qu'elle lui avait faite juste avant ? Ou les deux ? Pensait-il qu'il devrait affronter une femme hystérique une fois qu'elle se réveillerait ?

Une femme qui commencerait à s'accrocher à lui, et qui lui créerait des problèmes qu'il ne pouvait se permettre ?

Autant ouvrir les yeux et le rassurer. Il n'avait rien à craindre d'elle. Elle avait fait une offre désespérée pour gagner plus de temps avec lui, et elle avait perdu. Elle avait su qu'il refuserait, mais elle avait voulu essayer quand même. Maintenant que c'était fait, elle se terrerait dans le silence, comme elle en avait eu l'intention. Mais Raiden l'ignorait, il était donc temps de le lui apprendre.

Lorsqu'elle ouvrit les yeux, l'image de Raiden emplit son regard. Il avait enfilé son pantalon et se tenait au-dessus d'elle comme un monolithe. Chaque muscle de son corps majestueux était tendu, lui donnant l'air encore plus parfait, plus intimidant. Ce corps qui l'avait possédée et qui lui avait donné un plaisir magique ne serait bientôt plus qu'un souvenir. Comme tout le reste. Quelle que soit la force de son désir pour elle, ses projets passaient avant tout. Et c'était bien normal.

Elle se redressa péniblement, et écarta les cheveux qui lui barraient le visage.

— Pardon de m'être évanouie de cette façon.

— Comment peux-tu t'excuser ? Ce n'est pas comme si tu avais pu faire quoi que ce soit pour l'empêcher.

La voix de Raiden était rauque. Et la sienne aussi. Elle avait poussé trop de cris de plaisir. Cela paraissait si étrange, si froid, après cet interlude indescriptible d'intimité, qu'il soit debout, séparé d'elle. Mais elle avait toujours su que ce moment arriverait. Peut-être cet évanouissement était-il arrivé à point nommé, pour l'empêcher de faire une scène.

— J'imagine que non. Mais je te demande de m'excuser pour ce que j'ai dit avant de m'évanouir. C'était sans doute sous le coup de l'euphorie, après nos ébats époustouflants. Mais je retire tout ce que j'ai dit, et nous allons nous en tenir à la séparation que nous avions prévue. En fait, je pense avancer la date d'expiration. Nous avons eu les révélations, les confessions, nous nous sommes dit tout ce que nous avions sur le cœur, et nous venons de connaître une nuit de passion sans précédent, qui ferait un magnifique épilogue. Tout ce qui viendrait après cela serait superflu, alors, il est temps de se dire au revoir.

Elle écarta la couverture comme si elle la brûlait, même si elle était maintenant extrêmement gênée d'être à demi nue devant lui. A présent que leur liaison était terminée, elle se sentait comme elle l'avait été toute sa vie, dépourvue de sa dignité, sans nulle part où se cacher. Mais c'était pire maintenant. Avec n'importe quel autre homme, le sentiment d'être un objet souillé et facilement remplaçable ne lui aurait pas importé.

Elle commença à se rhabiller.

— Je quitte le Japon dans une semaine, déclara-t-elle. Avant ton mariage, donc. Cette fois, quand je disparaîtrai, tu n'auras pas à t'inquiéter de me revoir.

— Quel était le plan d'origine ? Disparaître sans rien me dire ?

Elle cilla. Le visage de Raiden était tendu et marqué par une émotion qu'elle n'arrivait pas à déchiffrer. On aurait dit qu'il portait un insupportable fardeau.

— Te dire quoi ?

— Que tu es enceinte.

Si Raiden lui avait dit qu'il était un extraterrestre et qu'ensuite il avait volé dans les airs pour le prouver, elle n'aurait pas été plus stupéfiée.

Elle resta médusée pendant des minutes entières, avant de surmonter sa surprise.

— Quand allais-tu me le dire, Scarlett ?

Lentement, prudemment, comme si elle testait sa voix pour la première fois, elle répondit :

— Jamais, j'imagine. Puisque je ne suis pas enceinte.

Le regard de Raiden se perdit dans le vague.

— Je l'ai *senti* dans chaque cellule de ton corps. J'ai remarqué ton manque d'appétit, la sensibilité accrue à certains parfums, à mes caresses. Mais je ne suis pas parvenu à la conclusion évidente, car je pensais que tu me le dirais si tu étais enceinte. Mais tu n'as rien dit.

Il reporta un regard tempétueux sur elle.

— Pourquoi, Scarlett ? Parce que tu pensais que nous allions nous quitter, et que je n'avais pas à savoir ?

Tout à coup, il devint blême.

— Ou était-ce parce que c'était une erreur, que tu comptais... réparer ?

Elle secoua la tête, chacun de ses mots lui donnant la nausée.

— Si tu penses que j'ai perdu conscience parce que je suis enceinte, rassure-toi. Je ne peux pas être enceinte.

— Pourquoi ? Je n'ai pris aucune précaution.

Elle leva les mains. Il fallait interrompre cette discussion avant qu'elle s'évanouisse de nouveau, ou qu'elle vomisse, ou les deux.

— Tu n'en as pas pris car tu as supposé que je l'avais fait. Si tu penses que tu n'aurais pas dû me laisser cette responsabilité, et que si j'étais enceinte cela te créerait de gros problèmes, rassure-toi. Je ne suis pas enceinte.

Ce fut au tour de Raiden de rester sans voix.

— Tu ne sais vraiment pas que tu es enceinte, alors ?

— Ecoute, Raiden, non seulement je ne le suis pas, mais je ne peux pas l'être. Alors arrête... *s'il te plaît.*

— Que veux-tu dire par tu ne peux pas ? Tu l'es.

— Non, pas du tout.

Comme il protestait encore, elle cria pour se faire entendre par-dessus sa voix.

— Je ne pourrai jamais avoir d'enfant ! J'ai fait une grave fausse couche et les médecins m'ont dit que je ne pourrais plus jamais tomber enceinte !

Raiden recula en chancelant. Même les mots les plus inoffensifs de la part de Scarlett le touchaient plus durement que les coups terribles qu'il avait reçus dans sa vie, au sens propre comme au sens figuré. Ce coup avait bien failli le faire chuter, alors que rien n'avait jamais ne serait-ce que compromis son équilibre.

Elle ignorait réellement son état. Elle pensait ne pas pouvoir tomber enceinte. Parce qu'elle… elle…

C'était logique, et cela expliquait la tristesse toujours présente dans ses yeux, celle que pas même son passé ou leur situation actuelle n'expliquait. C'était cela qui l'avait poussée à être en retrait, comme il l'avait senti. Il devait guérir cette blessure encore ouverte.

— Tu portais mon enfant ?

Il posait la question au cas où le bébé n'aurait pas été le sien. Elle ne lui avait pas donné de date, et cela aurait pu arriver bien avant leur rencontre. Même si tout en lui criait qu'elle avait perdu *leur* bébé.

A en juger par son regard blessé, le fait qu'il ait pris cette précaution l'offensait.

— Tu crois que j'aurais pu tomber enceinte d'un autre ? Me protéger, c'est la première chose que l'on m'a enseignée dans le domaine dans lequel on m'a poussée.

Alors, elle avait prémédité cette grossesse.

— Tu as fait exprès de tomber enceinte de mon enfant ?

Elle détourna les yeux, comme si elle ne pouvait plus supporter de le regarder.

— Je savais qu'il n'y avait pas d'avenir possible pour nous, mais je voulais au moins garder une part de toi, pour toujours. J'avais un plan, te sauver de Medvedev, échapper à l'Organisation et me réfugier dans un endroit sûr pour élever le bébé seule, et lui offrir la vie dont nous avions tous deux été privés. Mais toi et moi savons ce que ça a donné.

En songeant au courage incroyable, à l'altruisme et à l'amour dont elle avait fait preuve, il atteignit un nouveau palier dans la douleur.

Il avait envie de tomber à genoux devant elle, et d'implorer son pardon. Pour ne pas avoir été présent, pour n'avoir rien remarqué, pour ne pas lui avoir donné tout ce qu'elle méritait.

— Ton plan a marché à merveille, pour l'essentiel. Tu m'as sauvé de Medvedev, et tu as échappé à l'Organisation.

— Pas parce que mon plan était ingénieux. La seule raison

pour laquelle j'ai réussi, c'est que Medvedev m'a sous-estimée, et qu'il a sous-estimé ce que je pourrais faire pour te protéger. C'était une situation critique, et le prix à payer a été notre…

Son visage se figea, comme si elle venait de se rendre compte d'une terrible erreur.

— Le bébé. A présent, je suis incapable d'en avoir un autre.

Il voulait lui dire qu'elle devait toujours l'appeler « notre bébé », la convaincre qu'elle portait un autre enfant, mais d'abord il fallait qu'il élimine un autre poison en elle.

— C'est le coup de poignard de Medvedev qui a tué notre bébé, déclara-t-il.

Il vit sa gorge trembler quand elle acquiesça pour confirmer sa supposition. Mais son visage portait ce masque impassible, dont il se rendait compte qu'il cachait ses émotions sombres et ses souffrances.

— Les médecins m'ont dit que c'était le bébé qui m'avait sauvé la vie, en subissant la plus grande partie des dommages à ma place. Mais que les blessures de mon utérus étaient trop étendues, et que je n'aurais plus jamais d'enfant.

Il ne trouvait pas les mots pour exprimer sa douleur et ses regrets, sa rage et sa frustration. Il aurait tant voulu pouvoir changer le passé, donner sa propre vie pour défendre la sienne, effacer ses cicatrices, mentales et physiques. Et il aurait aimé infliger mille châtiments à Medvedev. A défaut, il se promit une fois de plus qu'il punirait tous ceux qui étaient responsables des souffrances de Scarlett, passées et présentes.

Pour l'heure, il devait dissiper au moins une de ses peines.

Sortant la preuve de sa poche, il la posa dans la paume de Scarlett.

— Ceci est un test sanguin que le médecin de génie de Black Castle Enterprises, Antonio, a breveté. Il a une fiabilité de cent pour-cent et permet le diagnostic d'une variété d'états, parmi lesquels la grossesse. Antonio est venu m'aider quand tu t'es évanouie, il a fait le test, et son diagnostic est sans appel. Tu es bien enceinte.

Elle regarda d'un air hébété le rectangle de plastique

transparent de la taille d'une carte de crédit. La fenêtre du beta-HCG, l'hormone qui révélait la grossesse, affichait un rouge vif positif.

Secouant la tête, elle leva un regard incrédule vers lui.

— Ce doit être une erreur. Je… je ne peux pas être enceinte.

— Antonio ne commet pas d'erreurs, Scarlett. Ceux qui se sont trompés, ce sont les médecins qui t'ont donné ce verdict.

Quand elle secoua la tête de nouveau, elle chancela, et il la saisit par les épaules pour la stabiliser.

— Nous referons un test, juste pour te rassurer. Mais mes frères et moi avons une entière confiance en Antonio. S'il est sûr de ce qu'il dit, alors moi aussi. Selon lui, tu es enceinte de huit semaines.

L'air sonné, Scarlett murmura :

— C'est la date de notre première nuit.

Il amena son corps adoré plus près du sien.

— J'ai en effet le sentiment que tu es tombée enceinte ce soir-là.

Les larmes surgirent dans ses yeux rougis, puis coulèrent sur ses joues, creusant des sillons dans le cœur de Raiden.

— Mais j'ai vu les radios, objecta-t-elle. Les blessures étaient trop importantes. Même si je suis enceinte… il est impossible que je mène une grossesse jusqu'à son terme. Ou pire, c'est une grossesse extra-utérine, ce qui expliquerait le résultat positif.

La pensée qu'elle puisse avoir raison l'emplit de terreur. Il se précipita vers son téléphone et appela Antonio.

Lorsqu'il lui eut ordonné de revenir sur-le-champ, Antonio demanda si Scarlett était réveillée. Raiden répondit par l'affirmative, et Antonio lui demanda simplement de mettre le haut-parleur.

Tremblant d'angoisse, Raiden obtempéra sans chercher à comprendre.

Une fois le haut-parleur activé, Antonio s'adressa à Scarlett.

— Je suppose que vous ignoriez être enceinte ? Car vous pensiez cela impossible ?

Scarlett sembla sidérée par la perspicacité d'Antonio.

— Et maintenant vous vous inquiétez de la viabilité de votre grossesse ? C'est pour ça que Raiden est de nouveau sur le point de faire une attaque ?

Scarlett hocha la tête faiblement, comme si Antonio pouvait la voir, et il continua comme si c'était le cas.

— Je comprends ce qui vous fait penser cela. J'ai réalisé un examen complet par ultrasons, mais Raiden était sans doute trop agité pour le remarquer. J'ai vu vos anciennes cicatrices, internes et externes, et, d'après leur localisation et leur étendue, je comprends pourquoi les médecins vous ont délivré un pronostic de stérilité. Et ils auraient eu absolument raison, s'il n'y avait pas quelque chose d'exceptionnel en vous. Vous êtes l'une des rares personnes qui aient la chance d'avoir une peau qui ne marque pas. Cela veut dire que vos blessures guérissent et que les tissus endommagés redeviennent presque aussi élastiques que vos tissus intacts. C'est pourquoi votre chirurgie esthétique est quasiment indétectable. D'après l'état actuel de votre utérus, vous devriez avoir une grossesse sans incident et pourrez mener une activité normale jusqu'à au moins trente-deux semaines. Au-delà, je vous recommande de rester alitée. Le développement de votre bébé miracle est au-dessus de la moyenne, et vous ferez sans doute tout pour qu'il continue à grandir au même rythme. A trente-six semaines, il devrait être assez mature pour voir le jour. Je conseille une césarienne, que je réaliserai moi-même, bien sûr.

Quand Antonio eut fini son rapport médical détaillé, il promit de consacrer à Scarlett toute une journée pour un check-up complet. Après avoir subi le flot de remerciements de Raiden, il raccrocha en expliquant qu'il était en pleine opération.

Scarlett n'avait pas quitté Raiden des yeux pendant toute la conversation. Soudain, le masque craqua, et tout un éventail d'émotions défila sur son visage. Ce qu'elle avait désiré si longtemps avant de perdre espoir devenait réel, contre toute attente... Cela changerait sans doute sa vie, ses perspectives et ses attentes, pour toujours. Comme c'était le cas pour lui.

Toutefois, la grossesse ne changeait pas ses sentiments pour elle, ni ce qu'il comptait faire. L'amour qu'il lui portait avait déjà tout changé. Cette grossesse inespérée était juste un bonheur de plus. Et c'était le moins que le destin devait à Scarlett, après tout ce qu'elle avait surmonté, tout ce qu'elle faisait pour épargner à d'autres de vivre les mêmes souffrances qu'elle.

Et ce n'était que le début. Désormais, elle aurait son amour, et tout ce qu'il avait à lui offrir, pour le restant de ses jours.

— Raiden...

Elle chancela encore, et il la rattrapa. L'étreignant avec ferveur, il la reconduisit au lit.

Elle ferma les yeux dès qu'elle fut allongée. Ce trop-plein d'émotions l'avait épuisée. Cependant, cette fois, elle n'était pas évanouie mais plongée dans un sommeil profond et réparateur. Son sourire béat le prouvait.

Il n'avait qu'une envie, la déshabiller, se mettre nu et dormir tout contre elle, pour les envelopper elle et leur futur bébé dans son amour et sa protection.

Alors qu'il s'apprêtait à la rejoindre, son téléphone sonna.

Pensant que c'était Antonio qui rappelait pour lui donner d'autres conseils médicaux, il répondit avec empressement, et une pointe de nervosité.

— Raiden-san, retrouve-moi dans mon bureau sur-le-champ.

L'ordre péremptoire de son oncle le contraria.

— Très bien.

Son oncle raccrocha aussitôt. Quoi qu'il ait à lui dire, il le lui dirait seulement en face-à-face.

Une seconde après, Raiden sourit. Tout s'enchaînait à merveille. Les découvertes de Numair avaient conduit aux confessions de Scarlett, puis au diagnostic d'Antonio. A présent, à en juger par la froideur de son oncle, habituellement courtois, la confrontation que Raiden attendait aurait lieu. Mais, au lieu de rassurer son oncle et de se faire taper sur les doigts pour s'être montré en public avec Scarlett ces deux dernières semaines, il l'informerait qu'il n'était plus son futur gendre.

Une demi-heure plus tard, Raiden trouva Takeo Hashimoto debout, les paumes appuyées sur le bureau. Son visage dénué d'expression et le fait qu'il n'avance pas vers lui pour le saluer indiquaient qu'il était furieux.

Bien. Cela faciliterait les choses. Il était toujours plus difficile de se séparer des gens quand ils étaient courtois.

— Nous avons découvert ta relation illicite avec cette étrangère, lança Hashimoto sans préambule.

C'était bien ce qu'il pensait. Il se demandait même pourquoi cette confrontation n'avait pas eu lieu plus tôt.

Il regarda son oncle calmement et s'assit face à lui. Dommage que Hashimoto ne devienne pas un membre de sa famille. Raiden commençait vraiment à sentir qu'ils étaient du même sang. Mais c'était sans doute la dernière fois qu'il voyait cet homme. Ou, s'il le revoyait, ce serait comme adversaire, du moins pour Hashimoto. Si Raiden brisait son pacte d'honneur, ce serait une offense irréparable.

— Nous ? Vous en avez parlé à Megumi ?

— C'est elle qui m'en a parlé.

Cela le surprenait. Non le fait que Megumi soit au courant, car elle avait sans doute été la première à remarquer ses indiscrétions. Mais il n'aurait pas cru qu'elle s'en soucierait, encore moins qu'elle irait trouver son père si vite pour lui faire part de cette information.

— C'est ce maudit Hiro Matsuyama qui est derrière tout cela. Et maintenant il prétend que cette femme porte ton enfant.

Raiden était abasourdi. Est-ce que tout le monde avait compris que Scarlett était enceinte avant eux ?

Mais il posa à son oncle une question plus pertinente.

— Qu'est-ce que Hiro a àvoir là-dedans ?

Hashimoto le regarda comme s'il était un abruti.

— Il l'a amenée à ce bal, qu'il avait soi-disant organisé en l'honneur de tes fiançailles avec Megumi. Mais ce n'était que pour pouvoir mettre cette séductrice sur ta route.

Raiden sentit la panique le submerger. Se pouvait-il que Hiro ait découvert l'identité passée de Scarlett ? Non, impossible. Mais dans ce cas pourquoi dirait-il de telles choses sur elle ?

Se penchant en avant, il choisit ses mots avec soin.

— Elle travaille dans le domaine humanitaire, et c'est la meilleure amie de Hiro. Comment êtes-vous parvenu à la théorie que Hiro l'a mise sur ma route afin qu'elle me séduise ? Pourquoi Hiro le voudrait-il, d'abord ?

— Parce qu'il convoite Megumi ! tonna Hashimoto. Non seulement il veut empêcher votre mariage, mais il a besoin d'un scandale assez grand pour que la disgrâce qui s'ensuive nous empêche d'aspirer à un autre mariage de valeur. Ainsi, je serais forcé d'accepter un homme tel que lui comme gendre.

Une autre surprise, et de taille ! Raiden n'avait pas remarqué que Hiro était attiré par Megumi. Cela dit, la seule fois où il les avait vus ensemble, il avait cru que Hiro était épris de Scarlett.

Si Hiro s'était montré hostile envers lui, c'était donc à cause de Megumi. Et l'agitation de Megumi était due à Hiro.

Ces deux-là étaient amoureux !

C'était sans doute Megumi qui avait parlé à son père de la liaison entre Raiden et Scarlett. Afin qu'il rompe ses fiançailles et qu'elle soit libre d'épouser Hiro.

Comment avait-il pu être aussi aveugle ?

Au moins, aucun dommage réel n'était à déplorer. Raiden téléphonerait à Hiro une fois qu'il aurait mis fin à son accord avec son oncle, et lui conseillerait de faire sans tarder une offre très élevée, tant que Hashimoto était ouvert aux propositions compensatrices. Même venant de quelqu'un qu'il considérait comme socialement incompatible.

Pour le bien de son oncle, Raiden espérait qu'il accepterait Hiro comme gendre. Son snobisme, quoique dicté par les normes sociales, commençait à l'agacer. Si son oncle rejetait Hiro tout en sachant qu'un amour mutuel était en jeu, Raiden lui montrerait son mécontentement. Il était sûr que son oncle n'aimerait pas voir cette facette de lui.

— Alors, vous venez de l'apprendre ? demanda-t-il.

— Megumi m'en a parlé trois semaines après le bal.

Si tôt ? Il s'était pourtant montré discret au début. La seule manière dont Megumi pouvait avoir appris la vérité, c'était par Hiro. Etant proche de Scarlett, celui-ci avait dû remarquer son soudain changement d'emploi du temps, et tous les autres signes caractéristiques d'une femme régulièrement et férocement aimée. Ou alors Hiro avait eu un rapport de leur rencontre dans le pavillon ce premier soir, et avait tiré les bonnes conclusions. Peut-être même les avait-il suivis pour confirmer ses soupçons. Quant à savoir comment il s'était rendu compte que Scarlett était enceinte, elle présentait en effet tous les signes, si l'on prenait la peine de les observer.

— Pourquoi avez-vous gardé le silence tout ce temps ? demanda Raiden.

La désapprobation se lut sur le visage digne de Hashimoto.

— Au début, vous étiez discrets, et j'ai cru que tu t'amusais avec cette femme quelque temps, avant de t'engager dans une vie de respectabilité avec une épouse pure. Ensuite, tu es devenu imprudent. Tu t'affichais avec elle devant nos associés et nos rivaux, tu l'emmenais chez toi à la vue de tous. Nous sommes à deux semaines de ton mariage, et je suis sûr que je viens de t'arracher aux bras de cette femme.

— Oui, en effet.

— Est-il aussi exact qu'elle est enceinte de toi ?

Il n'avait pas encore totalement enregistré le fait que Scarlett porte leur bébé miracle, mais il sourit de plaisir à cette pensée.

— C'est absolument vrai.

Hashimoto sembla horrifié.

— Ne mesures-tu pas l'ampleur du scandale que cela va provoquer ?

Raiden hocha la tête calmement.

— Ce ne sera pas aussi terrible que vous le pensez.

S'il avait épousé Megumi, puis avait eu un enfant illégitime avec Scarlett, cela aurait constitué une infamie sociale indélébile pour les Hashimoto. Mais rompre ses fiançailles, même tardivement, pour sa maîtresse *gaijin* enceinte... Cela ne ferait que donner matière à des ragots malveillants, et à une humiliation temporaire. Raiden quitterait le Japon pour ne jamais y revenir, et sa sortie de scène éteindrait le scandale.

— Raiden-san, j'attendais vraiment mieux de toi. Je n'aurais jamais pensé que tu étais si crédule, et qu'une femme comme elle pourrait te mettre dans une position si catastrophique.

Raiden grimaça. Il était temps de mettre les points sur les *i* et d'en finir.

— Mlle Delacroix est une femme noble, courageuse, et généreuse, Takeo-sama, et je ne permettrai pas le moindre soupçon d'irrespect envers elle. C'est la femme que j'aime, la mère de mon futur enfant, et celle que je vais épouser.

Hashimoto sembla abasourdi.

Raiden soupira.

— J'espérais sincèrement que nous ferions partie de la même famille, Takeo-sama. J'aurais été honoré d'être votre fils adoptif. Mais finalement c'est mieux ainsi. Je suis désolé de ne pas vous avoir prévenu plus tôt, ce sont les circonstances qui ont décidé du moment. Vous avez demandé à avoir cette discussion avant moi, mais le résultat aurait été le même, de toute façon.

Hashimoto s'effondra sur sa chaise, comme si Raiden venait de lui tirer dessus.

— Tu ne peux pas faire ça, Raiden-san... tu ne peux pas. Je... je t'ai convoqué pour exiger que tu mettes fin à ta liaison sans délai, et que tu renvoies cette femme...

Devant son regard réprobateur, Hashimoto déglutit.

— Que tu envoies Mlle Delacroix loin du Japon.

— Maintenant, vous savez pourquoi je suis venu vous voir.

— Même si tu ne veux plus entrer dans notre famille, ou que tu te fiches de détruire notre honneur, il y a des milliards en jeu. Pour tous. Et tous, cela inclut les chefs yakuzas.

Raiden s'avança au bord de sa chaise.

— Mais de quoi parlez-vous ?

— Pensais-tu qu'une fusion de cette ampleur pouvait se réaliser sans qu'ils réclament une part conséquente du gâteau ? Il y a une douzaine de branches yakuzas qui comptent sur ton futur statut de chef de famille. Ils attendent ce mariage et espèrent qu'il sera solide et engendrera des héritiers. Mais, grâce à ton manque de discrétion, ils sont au courant de ta liaison avec Mlle Delacroix, et s'inquiètent.

Raiden voulut rétorquer qu'ils pouvaient tous aller en enfer. Mais Hashimoto enfonça le clou.

— Ce sont des vautours qui attendent les fusions pour toucher leurs commissions. Ils envisageaient déjà d'intervenir pour mettre un terme à ta liaison quand ils étaient sûrs que tu épouserais Megumi. S'ils découvrent que tu renonces au mariage, Mlle Delacroix deviendra un obstacle sur le chemin de leurs intérêts. Ils n'hésiteront pas une seconde à l'écarter de ton chemin... de façon permanente.

9

Raiden observait les lumières et la vie nocturne trépidante de Tokyo.

Ne pouvant plus supporter de regarder plus longtemps cette ville à laquelle il s'était senti appartenir, autrefois, il ferma les stores automatiques et traversa l'appartement dans l'obscurité.

Il n'avait pas besoin de lumière. Il avait opéré dans le noir plus de la moitié de sa vie. Il n'avait eu besoin de rien d'autre que de ses talents, de sa volonté, et de ses frères. Pour réussir, pour exceller, pour survivre.

Pour vivre, il n'avait besoin que de Scarlett.

Tout le monde ne cessait de lui dire qu'il ne pouvait pas être avec elle. Ses frères, son oncle, la société. Tout cela ne comptait pas. Leur opinion pouvait être changée ou ignorée.

Mais les yakuzas comptaient. Car leur opinion ne pouvait être changée.

Et ils lui avaient envoyé son oncle pour délivrer un message clair.

Soit il se débarrassait de Scarlett, soit ils s'en chargeraient eux-mêmes.

Il avait cru avoir connu la peur autrefois, lorsqu'il n'était qu'un enfant sans défense aux mains de monstres. Il n'avait plus ressenti son goût âcre depuis qu'il était devenu un membre de sa fraternité, et il avait oublié la sensation. Mais en fait il n'avait jamais su à quoi ressemblait vraiment la peur. A présent, il savait. Craindre pour la sécurité de Scarlett était une terreur pure, qui détruisait sa raison.

Son oncle avait dit qu'il ne rendrait pas publique la décision de Raiden d'annuler le mariage avec Megumi pour épouser Scarlett. Pas tant que Raiden n'avait pas décidé comment affronter la menace des yakuzas. Même s'il en voulait à Raiden d'être revenu sur ses promesses, il s'inquiétait pour lui.

Quand Raiden, en proie à une rage meurtrière, lui avait rétorqué qu'il pouvait se protéger et protéger les siens, son oncle lui avait opposé des arguments valides.

Les yakuzas avaient besoin de cette fusion pour récolter des bénéfices immenses. Le genre de profits qui ne provenaient que de mariages stables. Ils avaient déjà acheté des actions et fait des paris, et sa relation avec Scarlett avait déjà entravé leurs affaires. S'ils n'avaient encore rien fait pour y remédier, c'était parce qu'ils attendaient que Raiden obéisse, et qu'ils voulaient éviter de le contrarier inutilement. Mais, si Raiden renonçait à son mariage, ils n'auraient plus rien à perdre. Eliminer Scarlett serait une punition pour lui, et un exemple dissuasif pour quiconque n'obéirait pas à leurs règles.

Raiden avait juré à son oncle qu'il les tuerait tous en premier.

Son oncle l'avait regardé comme s'il avait perdu l'esprit. Puis il lui avait déclaré qu'il ferait tout son possible pour les amadouer, gagner du temps, jusqu'à ce que Raiden se reprenne.

Même dans sa colère folle, Raiden avait compris que son oncle avait raison. Les tuer tous n'était pas une option viable.

Il pourrait éliminer à lui seul une douzaine de chefs yakuzas avant la fin de la soirée. S'il enrôlait ses frères, cela multiplierait sa force préventive par six. Mais il était impossible de les éliminer tous. Si on retirait les tumeurs principales, d'autres apparaissaient à leur place. Tôt ou tard, il y aurait des représailles. A moins de se cacher indéfiniment, ou de changer d'identité une fois de plus, Scarlett serait toujours en danger. Même si Raiden disparaissait avec elle, il restait ses frères. Les yakuzas n'oubliaient pas leurs vendettas, et avaient besoin de donner des leçons brutales, afin de contrôler leurs futures proies. Quand la cible principale leur échappait, ils la forçaient à refaire surface en frappant les êtres qui lui étaient le plus chers. Si cela ne fonctionnait pas, au moins, ils avaient fait un exemple qui leur assurait que personne ne les contrarie de nouveau.

Frapper en premier ou se cacher n'étaient pas la solution. Il y avait trop en jeu. Scarlett était en jeu.

Or, elle était tout pour lui.

Les protéger elle et leur bébé requérait un mode d'attaque différent. Et, pour cela, il avait besoin de ses frères. Tous ses frères. Car il n'avait pas droit à l'erreur.

Il entra dans sa chambre plongée dans le noir. Il savait que Scarlett était encore endormie sur son lit. Son parfum l'enveloppait ; son essence l'imprégnait.

Faisant ce qu'il avait eu envie de faire avant ce rendez-vous funeste avec son oncle, il se dévêtit, la débarrassa de ses vêtements et l'enveloppa avec son corps, comme pour la faire entrer en lui, là où elle serait totalement à l'abri.

Il devait se reposer maintenant, pendant qu'elle dormait.

Demain, une guerre commençait.

Raiden se réveilla en même temps que Scarlett.

Il garda les yeux clos pour qu'elle ne le remarque pas. Il était nécessaire qu'elle aille travailler comme si rien n'avait changé. Les yakuzas les observeraient de près, maintenant qu'ils avaient envoyé leur message. Cependant, Raiden ne pouvait pas effrayer Scarlett trop tôt. Cela le tuait déjà de devoir le faire bientôt.

Allongé sur le côté, il la sentit séparer son corps précieux du sien comme elle l'avait fait chaque matin, en douceur, pour ne pas le réveiller. Puis, comme si c'était plus fort qu'elle, elle s'appuya contre lui un instant, et déposa de doux baisers sur son torse. Il crut que son cœur allait exploser.

Pour qu'elle ne le sente pas battre à tout rompre sous ses lèvres, il fit semblant de se retourner dans son sommeil. Elle poussa un minuscule soupir de félicité tandis qu'elle déposait un dernier baiser sur son épaule, avant de quitter le lit.

Durant le quart d'heure qu'il lui fallut pour se préparer, il fut saisi d'une douzaine d'envies contradictoires. Il voulait la ramener dans le lit et se perdre en elle, fuir le Japon et disparaître avec elle, tout lui avouer maintenant, et non plus tard. Mais ce qu'il voulait surtout faire, c'était abattre ceux qui la menaçaient. Ce besoin, il ne pourrait pas l'assouvir. Néanmoins, il se fit le serment de faire subir à ces abrutis des châtiments insupportables.

Mais la sécurité de Scarlett passait avant tout.

Tandis qu'elle sortait de la chambre, il crut l'entendre fredonner un air. Son cœur s'arrêta, puis battit à coups redoublés. Elle n'avait jamais rien fait de si spontané avec lui. Il ne l'avait jamais entendue si... gaie. Pour la première fois de sa vie, elle était heureuse.

Et bientôt il devrait gâcher ce bonheur.

Dès que la porte de l'appartement se ferma derrière elle, il se leva d'un bond. En quelques minutes, il organisa un rendez-vous avec ses frères encore présents au Japon, et convoqua les autres par visioconférence.

Il lui fallait une solution avant la fin de la journée.

Et il l'aurait.

— Quels chefs yakuzas ont émis cette menace ?

Comme d'habitude, une fois que Raiden eut exposé la situation, Numair fut le premier à prendre la parole et à poser la question la plus pertinente.

Raiden avait mené l'enquête. Il savait maintenant d'où venait la menace. Et il communiqua ses informations à ses frères.

Tous connaissaient les puissants de ce monde, des chefs d'Etat aux parrains du crime organisé. Les noms qu'il venait de mentionner étaient parmi les plus terribles.

Après une minute de silence, Richard lança :

— Tu es sûr que tu veux contrarier ces vipères ? Vous, les

Japonais, vous avez cette obsession bizarre de l'honneur et des rituels, et vos vendettas durent des siècles. C'est pour ça que vos criminels sont les plus tenaces de la planète.

Raiden soutint le regard de son frère britannique.

— Non seulement je contrarierais le diable en personne pour Scarlett, mais je suis prêt à mourir pour elle, en entraînant tout le monde avec moi. C'est pour cela que je vous ai réunis, pour trouver un autre plan qui ne les contrarie pas. Je veux une solution cordiale et parfaite, pour qu'il n'y ait jamais aucune répercussion d'aucune sorte.

— J'aimerais avoir une précision, intervint Jakob Wolff.

Les médias le surnommaient le Dieu nordique, et la gent féminine approuvait la comparaison. Surnommé Brainiac pendant ses années dans l'Organisation, il avait mis à profit son intelligence exceptionnelle dans le domaine de l'armement et de la haute technologie. La division R & D qu'il avait créée était sans doute le plus grand succès de Black Castle Enterprises. Raiden et lui avaient toujours eu des... divergences de points de vue.

Par écran interposé, Jakob plongea son regard bleu acier dans celui de Raiden.

— Quand tu dis que tu emmènerais tout le monde, je suppose cela nous inclut ? Et pourquoi devrions-nous accepter cela ?

Raiden avait bien envie de lui décocher un *Kakato Geri*, coup de pied très puissant, en plein dans son visage de mastodonte. Mais il se contenta de le foudroyer du regard.

— Parce que vous devez à Scarlett votre fortune, votre sécurité, et votre vie. Medvedev m'avait démasqué, et par association vous aussi, et il était à nos trousses. Elle a presque sacrifié sa vie pour l'éliminer. Voilà pourquoi.

Jakob soutint son regard avec la plus grande contenance.

— Alors, c'est une bonne raison, conclut-il. Je pensais que tu voulais que nous mourions pour toi. Au temps pour moi.

— La ferme, Brainiac, ordonna Numair d'une voix calme.

Jakob répondit par un grognement dédaigneux. Mais il interrompit son duel visuel avec Raiden. Numair resterait toujours leur chef. Il les avait protégés lorsqu'ils étaient enfants, et même s'ils étaient devenus puissants ils suivraient toujours ses ordres.

— Qu'attends-tu de nous, Raiden ? demanda Rafael.

C'était sans doute le frère dont Raiden était le plus proche. Raiden lui avait téléphoné à contrecœur, puisque Rafael était un jeune marié et un futur père. Dès que Raiden avait rencontré son épouse, Eliana, au Brésil, où le couple vivait, il avait eu un faible pour elle. Ellie ferait une amie idéale pour Scarlett.

— Je veux que vous utilisiez toutes les ressources à votre disposition, que vous fassiez jouer vos relations, et que vous ayez recours à tous les moyens de pression pour convaincre les yakuzas qu'il est dans leur intérêt d'oublier que Scarlett existe.

Rafael acquiesça aussitôt. Les autres réfléchissaient à la logistique et à la mise en œuvre de ses exigences.

Toutefois, Raiden n'envisageait pas un instant que l'un d'eux puisse lui dire non. Tous feraient tout leur possible pour l'aider, il le savait. Néanmoins, il ne devait laisser aucun doute sur la gravité de la situation.

— Si je ne peux pas être certain que Scarlett sera en sécurité, de manière totale et permanente, j'abandonnerai mon identité et je simulerai ma mort et la sienne. Pour nous mettre tous à l'abri de représailles, je ne vous donnerai pas nos nouveaux noms. Donc vous ne me reverrez jamais.

— Et comment pourrions-nous vivre sans une plaie telle que toi, Lightning ? plaisanta Ivan.

Mais il semblait inquiet. Ivan ne pouvait envisager de perdre un autre frère comme ils avaient perdu Cypher.

Richard renchérit :

— Rafael et toi êtes la seule raison pour laquelle je supporte ce groupe de fouines et votre monstre de chef. Je ferai tout pour que tu restes dans le groupe.

Les autres ricanèrent, puis chacun lui promit son aide à sa manière.

— Perdre l'un des nôtres, même les casse-pieds — Numair

fixa Jakob — ou les pièces rapportées — il reporta son regard sur Richard —, sera toujours hors de question.

Il s'interrompit, songeant sans doute à Cypher. Il avait disparu sans laisser de trace, sans qu'ils puissent rien y faire. Ils portaient tous une culpabilité qui ne disparaîtrait jamais.

— Quant à ta chère et tendre..., reprit Numair.

— Elle est tout pour moi, rétorqua Raiden avec force. Et bientôt elle sera encore davantage. Elle porte notre bébé miracle.

En adressant un regard reconnaissant à Antonio, il expliqua pourquoi ce bébé était un tel miracle. Ses frères prirent quelques instants pour appréhender la nouvelle, puis le bombardèrent de plaisanteries et de félicitations.

Il s'accorda quelques instants pour accepter cette autre forme de soutien. Son cœur s'accéléra quand il prit conscience qu'il commençait à éprouver une fierté de futur père — et une anxiété terrible.

— Nous aurions retourné la terre entière pour Scarlett, déclara Numair, parce que tu l'aimes. Mais, maintenant que nous savons qu'elle s'est presque sacrifiée pour toi, et pour nous, et ce que lui a coûté son sacrifice, quiconque osera la menacer le paiera cher. Tôt ou tard.

Numair consulta les autres du regard. Tous acquiescèrent d'un signe de tête. Hochant la tête à son tour, Numair pianota sur le bras de son fauteuil et se pencha en avant, comme chaque fois qu'une décision était prise et qu'il était temps de discuter de sa mise en œuvre.

— Maintenant, voyons comment nous allons amener les yakuzas à offrir de protéger Scarlett et votre bébé au prix de leur vie.

Durant les trois heures suivantes, ils discutèrent de chaque détail et chaque possibilité, et élaborèrent un plan. Puis chacun prit congé, pour commencer à tisser la toile de manipulation qu'ils avaient conçue.

Numair resta encore quelques minutes, pour s'assurer que Raiden n'allait pas reporter la première chose qu'il devait faire.

Le cœur serré, Raiden concéda que cette action était

nécessaire. C'était la chose la plus difficile qu'il aurait jamais à faire : donner aux yakuzas ce qu'ils voulaient.

Et il lui faudrait être très convaincant.

Lorsqu'elle rejoignit son bureau, Scarlett remarqua aussitôt les regards avides qui se braquèrent sur elle.

Elle attirait déjà un intérêt extrême depuis que Raiden était venu la chercher ici. Et c'était avant qu'ils apprennent qui était le dieu qui l'emmenait régulièrement dans son royaume.

Désormais, ils ne se cachaient plus pour parler d'elle. Les ragots étaient un passe-temps primordial ici, bien plus que dans tous les autres endroits du monde. Elle était déjà une cible de par son apparence et son statut de *gaijin*, mais aujourd'hui la curiosité à son égard était bien plus flagrante, et elle ignorait pourquoi.

Elle n'eut pas à s'interroger longtemps. Hiro l'attendait dans son bureau, ce qui expliquait tout.

Hiro était le second milliardaire qui soit venu la voir en l'espace de quelques semaines. Elle avait récemment appris que c'était un héros national, ayant abandonné le milieu criminel de son père pour devenir une puissance majeure au Japon, en partant de rien. Même si tout le monde savait qu'ils étaient amis, ses collègues ne l'avaient jamais vu, puisque Hiro et elle se retrouvaient toujours en dehors de leurs lieux de travail respectifs. Sa présence ici devait constituer pour eux un événement fabuleux.

Comme d'habitude, elle était heureuse de le voir, mais elle était aussi vraiment et follement heureuse pour la première fois de sa vie. Avec un grand sourire, elle courut vers lui. Décidant de donner à ses collègues de quoi cancaner davantage, elle l'étreignit avec exubérance. Elle crut entendre quelques-uns prendre des photos. Qui se retrouveraient sans doute dans le cyberespace que tous fréquentaient assidûment.

— Que me vaut cette merveilleuse surprise ? s'enquit-elle.

— Tu ne trouveras pas cela merveilleux quand tu sauras pourquoi je suis ici.

Ce fut alors qu'elle remarqua son air peiné. Aussitôt, sa joie se mua en inquiétude.

— Tu as un problème ? Avec Megumi ?

Il hocha la tête avec difficulté.

— Il s'est passé quelque chose de terrible. Quelque chose dont elle et moi sommes coupables.

— Pour l'amour du ciel, Hiro, dis-moi !

L'air accablé, Hiro répondit :

— Le soir du bal, un de mes gardes m'a rapporté qu'il vous avait vu Kuroshiro et toi aller dans le pavillon l'un après l'autre. Après cela, tu étais... différente, et je savais que c'était à cause de lui. Alors, je t'ai suivie. Quand j'ai eu la confirmation qu'il se passait quelque chose entre vous deux, je l'ai dit à Megumi.

C'était une surprise totale ! Jamais il ne lui était venu à l'esprit qu'*il* soupçonnait quelque chose. Cela montrait bien à quel point elle était obnubilée par Raiden. Elle ne voyait plus rien d'autre que lui.

Elle soupira, conduisit Hiro vers le canapé et le fit asseoir à côté d'elle.

— Tu voulais que Megumi rompe ses fiançailles.

— Il n'y a pas de fiançailles. Ces neuf dernières semaines, il l'a vue cinq fois en tout et pour tout, et jamais seul. Il est avec toi en permanence. Mais, quand elle a fait part de la situation à son père, il lui a répondu qu'il était normal que des hommes comme Raiden aient une maîtresse.

Le mot « maîtresse » la fit grimacer, ainsi que le fait que le père de Megumi, l'homme qui allait devenir le père adoptif de Raiden, soit au courant de leur liaison. Mais la réaction flegmatique de cet homme montrait une chose : Raiden savait ce qu'il faisait quand il avait commencé à afficher leur liaison au grand jour. Il avait compris que son oncle n'y verrait pas d'inconvénient, que cela ne mettrait pas en danger son adoption. Elle espérait que rien ne la mettrait en danger.

Elle n'avait pas songé à cela dans le tumulte de la nuit

dernière, mais elle y songeait maintenant. Elle savait que sa grossesse ne changerait rien, et elle l'acceptait.

Mais peut-être Hiro venait-il de lui apprendre la meilleure des nouvelles. Si l'oncle de Raiden se moquait de leur liaison, peut-être pourrait-elle demeurer dans la vie de Raiden, comme elle l'avait suggéré. Elle pourrait être auprès de lui, au moins jusqu'à ce que sa grossesse commence à se voir. Avoir une maîtresse était une chose ; avoir une maîtresse enceinte en était une autre. L'une des raisons principales pour lesquelles Raiden se mariait était d'avoir des héritiers. Légitimes. Un enfant hors mariage serait un problème pour n'importe quel homme ici, puisque l'illégitimité était très mal considérée. Mais Raiden, futur membre d'une famille si noble, était dans une position si délicate que le scandale serait intenable.

Quoi qu'il arrive, elle était déjà heureuse de porter le bébé de Raiden. *Son bébé.*

De nouveau, elle se sentit déborder de joie.

D'abord choquée, puis incrédule, elle avait ensuite basculé dans une euphorie si puissante qu'elle s'était effondrée une fois de plus, incapable de résister à tant d'espoir et de bonheur. Tomber enceinte avait été si inimaginable qu'elle avait ignoré tous les signes évidents de son état. Pourtant, ce qui avait été son espoir suprême autrefois, et qu'elle avait abandonné depuis longtemps, s'était vraiment réalisé. Antonio considérait peut-être que c'était une particularité physique chez elle qui avait rendu cette grossesse possible, et surtout viable, mais elle préférait penser que c'était son amour pour Raiden qui avait guéri toutes ses blessures. Et que, peut-être, le destin avait voulu se faire pardonner, avec un miracle qui effacerait tout ce qu'elle avait subi.

— Scarlett ?

Elle s'était allongée sur le canapé, submergée par ses pensées grisantes. Et elle avait sans doute l'air enivré. La tête lui tournait, et elle avait la nausée. Elle espérait ne pas vomir en présence de Hiro. Encore. Elle l'avait déjà fait la semaine dernière, et avait cru couver quelque chose.

Elle s'efforça de s'asseoir.

— Pardon pour mon malaise. On dirait que ce virus que j'ai attrapé est tenace.

— Je sais que tu es enceinte, Scarlett.

Le sourire qu'elle affichait se figea net.

— J'ai remarqué tous les signes pendant ces deux dernières semaines. Tu avais des nausées, tu ne supportais plus le parfum de mon après-rasage alors que je n'en ai pas changé, tu trouvais que tout avait un goût différent, et ta perception du froid et du chaud n'avait rien à voir avec la météo.

Elle secoua la tête, sidérée.

— Eh bien, tu connais vraiment les signes et les symptômes de la grossesse.

— J'ai des sœurs et dix neveux et nièces. Je sais tout ce qu'il y a à savoir sur le sujet.

— J'imagine qu'il est inutile de nier. Mais je peux compter sur toi pour garder mon secret, n'est-ce pas ?

Elle lui donna un coup de coude joueur.

— Eh bien, non, lâcha-t-il.

De nouveau, la stupéfaction la saisit.

— Je te demande pardon ?

— C'est ce que je suis venu t'avouer, dit-il avec une agitation croissante. Je voulais dénoncer Raiden, et l'obliger à agir dignement avec Megumi et avec toi. Je suis allé annoncer ma découverte au père de Megumi, et je l'ai fait… en élevant la voix. Tout le monde dans les bureaux m'a sans doute entendu. Ce n'est que longtemps après mon départ que je me suis rendu compte que je t'avais exposée aussi, et que j'avais trahi ta confiance. J'espérais encore que rien n'arriverait. Puis je me suis réveillé ce matin, et je l'ai vue, alors j'ai accouru pour au moins m'expliquer avant que tu ne la voies toi-même.

Elle eut l'impression que son cœur était en suspens.

— Que je voie quoi ?

— La nouvelle de ta grossesse, dans tous les médias.

Cela faisait deux heures que Hiro était parti. Scarlett était encore assise à l'endroit où il l'avait laissée. Tout ce qu'elle avait fait depuis, c'était surfer sur sa tablette pour lire les journaux à scandale.

Et toute l'histoire était là, ainsi que des photos de toutes ses apparitions avec Raiden. Les articles cancaniers disséquaient leur liaison torride, et émettaient des hypothèses abracadabrantes sur leur avenir. L'un d'entre eux avançait même que Raiden se convertirait à une religion qui l'autoriserait légalement à pratiquer la bigamie.

C'était un désastre complet.

Et les ondes de choc avaient sans doute atteint Raiden, à cette heure-ci.

En fait, elles avaient dû l'atteindre depuis un moment. Il fallait qu'elle le voie, tout de suite, pour comprendre...

— Scarlett...

Raiden. Ici. Comme si elle l'avait fait apparaître.

Elle tourna la tête si vivement que tout vacilla autour d'elle, et qu'elle dut s'allonger sur le canapé. Raiden courut depuis la porte grande ouverte et s'agenouilla à son chevet. Il semblait épuisé, tremblant et nauséeux. Tout comme elle.

Avant qu'elle puisse dire quoi que ce soit, exprimer ses excuses pour les ennuis qu'elle lui avait causés, il saisit son visage entre ses mains, et lui donna un baiser avide.

Elle n'était plus qu'une masse de désir quand il recula. Le tourbillon d'émotions qui émanaient de lui la brûla. Puis il prit la parole, et à mesure qu'il parlait elle se sentit fondre entre ses bras.

L'étreignant avec force, il répéta ce qu'il venait de dire. Jusqu'à ce qu'elle ait l'impression que son cœur allait exploser.

— Je t'aime, Scarlett. Je t'ai toujours aimée, et je t'aimerai jusqu'à mon dernier souffle.

Il l'avait répété, encore et encore. Enfin, elle put exprimer sa stupéfaction.

— Oh ! mon Dieu, Raiden... est-ce vrai ?

— A quoi attribuais-tu ces cinq mois magiques ? Et ces cinq

années pendant lesquelles je n'ai même pas songé à coucher avec une autre femme ? Et ces huit semaines miraculeuses, qui ont engendré ce cadeau du ciel ?

— Je... je n'ai pas réfléchi, je t'aimais, simplement, je voulais simplement t'aimer... et j'ai adoré chaque seconde passée avec toi.

— Tu ignorais que je t'aimais, jusqu'à maintenant ? Tu n'as pas deviné que je voulais être auprès de toi pour toujours ?

— Je... je pensais que tu aimais Hannah, qui n'existait pas.

Il passa les doigts dans ses cheveux.

— Je n'ai jamais vu que *toi*, quel qu'ait été ton prénom ou ton visage. Tu as admis que tu avais toujours été toi-même avec moi, et je t'ai déjà dit que c'était toi que je voulais. Mais je ne m'étais jamais confessé totalement. Je le fais maintenant. Je ne cacherai plus jamais un iota de ce que je ressens pour toi. Je t'aime. Je vénère chacune de tes respirations. Tu es tout pour moi, ma chérie, tout. Toi et notre enfant miracle.

Elle ferma les yeux, pour piéger cette image de lui à jamais. Puis elle les rouvrit, et eut l'impression de renaître. De revivre, dans un monde où elle n'avait pas à être seule, et où elle avait l'amour de la seule personne qu'elle ait jamais aimée, de tout son être.

— A présent, Scarlett, je veux que tu fasses quelque chose pour moi. Sans poser de questions.

Elle saisit ses mains, et son cœur s'affola quand elle remarqua la tristesse qui teintait son regard et sa voix.

— Tu sais que je ferais n'importe quoi pour toi, assura-t-elle.

— Je veux que tu quittes le Japon. Aujourd'hui. Je veux que tu prennes quelques affaires et que tu retournes aux Etats-Unis. Je ferai expédier tout le reste quand tu m'auras donné une adresse où l'envoyer.

Elle le dévisagea, incapable de voir la logique entre la pureté de ses aveux et sa soudaine demande.

Venait-il de lui déclarer son amour uniquement pour lui dire ensuite qu'il ne pouvait plus se permettre de l'avoir à ses côtés ? Elle avait toujours cru que son désir de retrouver son nom de famille et son héritage était primordial pour lui, et qu'elle finirait par le perdre, tôt ou tard. Mais, après cette confession qu'elle avait crue sincère, que pouvait signifier cette exigence soudaine ?

— Me fais-tu confiance ?

Sa question s'infiltra dans le chaos de ses pensées.

Oui, elle lui faisait entièrement confiance. Quant à la perspective d'être réunis un jour… cela, elle n'y croyait pas.

Il répéta la question, avec plus d'empressement. Elle hocha faiblement la tête.

— Alors, crois au fait que je t'aime, et que je ferai tout pour avoir ton amour. Pour *notre* amour et *notre* enfant. Ne doute pas une seconde… et pars. Maintenant. S'il te plaît.

Elle voulut le supplier de lui donner une explication, mais les mots se figèrent dans sa gorge. Elle devait croire qu'il avait les meilleures raisons pour avoir fait redémarrer son cœur, étouffé par le désespoir, et pour le lui arracher maintenant de façon si brutale.

Elle s'accrocha à lui tandis qu'il l'aidait à se lever. Puis il alla chercher son sac et le mit sur son épaule.

— Steve t'attend dehors. Il veillera sur toi en permanence. Prends ce téléphone. Appelle-moi dès que tu seras dans l'avion.

Sa main trembla autour du téléphone qu'il y avait placé. Puis Raiden se releva, la privant de sa chaleur. Sans son soutien, elle faillit s'effondrer.

Mais il faisait des signes de tête, l'implorant de partir. Engourdie, elle acquiesça, et recula vers la porte ouverte. La plupart de ses collègues étaient sortis de leur bureau, et l'observaient ouvertement depuis le couloir. Ils avaient sans doute été témoins de toute la scène. Et avaient probablement pris des photos. Peut-être étaient-elles déjà sur Internet.

Mais tout cela la laissait indifférente. Se sentant détruite, encore plus que la première fois qu'elle avait quitté Raiden, elle se retourna pour poser ce qui ressemblait à un dernier regard sur lui.

Raiden. Son seul amour.

Il la regardait d'un air dévasté.

Même s'il avait promis qu'ils se reverraient, et que cette séparation n'était qu'une manœuvre d'urgence pour contrôler les dégâts qu'il devait provoquer, elle avait le sentiment que tout était fini.

En son for intérieur, elle lui dit adieu, car l'espoir était plus douloureux que le désespoir. Puis elle s'en alla.

10

Raiden regarda Scarlett marcher d'un pas incertain, pour se frayer un chemin entre ses collègues. Il eut l'impression de se vider de sa force vitale à mesure qu'elle s'éloignait.

A présent que tous ces gens avaient compris que c'était bien réel, qu'il venait de lui demander de partir, leur curiosité bruyante se transforma en inquiétude. Certains la suivirent, lui demandant s'ils pouvaient l'aider. A la façon dont elle balaya leur sollicitude d'un revers de la main, il comprit qu'elle gardait à peine contenance. Il voulut hurler à tout le monde de la laisser tranquille, mais il devait rester là, et supporter chaque terrible seconde, jusqu'à ce qu'elle disparaisse.

Au moment où elle sortit de son champ de vision, il se détourna, et tenta de ravaler les larmes qui avaient surgi du plus profond de lui. Il n'aurait pas fallu que ces gens prennent une photo de lui dans cet état. Car cela aurait pu compromettre tout ce qu'il était en train de faire.

Il sortit son téléphone et appela Steve, pour passer en revue le programme des prochains jours. Les gardes du corps assignés à la constante protection de Scarlett, les protocoles qu'ils devraient suivre, les rapports qu'ils lui feraient chaque heure, et tout ce qui assurerait à Scarlett une sécurité qu'aucun chef d'Etat n'avait jamais eue.

Ensuite, il resta là, dans le bureau qui n'était plus celui de Scarlett, attendant que Steve l'emmène loin de lui, s'efforçant de ne pas courir après elle au mépris des conséquences. La laisser partir était l'épreuve la plus difficile qu'il ait jamais vécue.

Mais il devait tenir bon. Il fallait que les yakuzas pensent qu'il l'avait chassée. Voilà pourquoi il avait agi devant des témoins, afin qu'ils s'empressent de répandre la nouvelle.

Il ignorait combien de temps serait nécessaire pour que le plan élaboré avec ses frères fonctionne, et ceci à la perfection. Ces deux prochaines semaines, jusqu'à la date de son mariage supposé, auraient été la période la plus dangereuse pour Scarlett si elle était restée ici.

La menace étant émise, la présence de Scarlett, surtout maintenant que sa grossesse était un scandale largement diffusé, aurait été considérée comme un danger direct pour les intérêts des yakuzas, et une provocation. Les yakuzas pourraient trouver ces deux transgressions dignes d'une mesure disciplinaire.

Il avait espéré pouvoir expliquer pourquoi il ne pouvait risquer qu'elle reste, même une nuit de plus. Mais il n'avait pu que lui dire ce qu'il ressentait, et lui promettre un amour éternel, tout en la suppliant de partir. Il avait espéré qu'elle le croie, au moins au fond d'elle. Et que son trouble et sa sidération convaincraient tout le monde qu'il s'agissait d'une séparation brutale, et définitive.

Tout à l'heure, il l'appellerait sur le téléphone sécurisé qu'il lui avait donné, afin de lui donner des explications.

Mais il ne lui dirait pas exactement de quel genre de danger il la protégeait, car il ne pouvait supporter de la perturber davantage. Au moins, jusqu'à ce qu'il résolve la situation, elle était en sécurité.

Malgré tout, même avec ses ressources illimitées, il savait qu'il était impossible qu'elle soit parfaitement en sécurité plus de quelques jours. Au-delà, il lui faudrait l'emprisonner, et faire savoir aux yakuzas que ses frères et lui allaient riposter. Ses frères et lui n'avaient qu'une brève fenêtre de tir, pour régler le problème de façon permanente.

Pour mettre la dernière touche à cette scène, il se dirigea vers la sortie. Les gens se pressèrent autour de lui comme autour d'une vedette du rock, le suivant et lui posant des questions tels des paparazzi.

Une fois à l'extérieur, il leur accorda enfin son attention, et fit une déclaration dont il savait qu'elle ferait le tour du Japon en quelques minutes.

Chaque mensonge le lacérait, mais il se força à l'énoncer avec ce qu'il espérait être un sourire nonchalant et non une grimace de douleur.

— Malheureusement, Mlle Delacroix ne reviendra pas. Mais elle continuera son excellent travail à distance, jusqu'à ce que ses projets soient menés à terme. Quant à sa grossesse, c'était une fausse alerte. Et, oui, mon mariage aura bien lieu dans deux semaines.

Plusieurs voix s'élevèrent, mais cette fois il balaya les questions d'un geste de la main, et entra dans l'autre limousine qui l'attendait.

Tandis que le véhicule s'éloignait, il monta la vitre de séparation et s'enfonça dans son siège, en comptant les minutes avant de pouvoir téléphoner à Scarlett. Après cela, il commencerait à compter les secondes jusqu'au moment où il pourrait la revoir.

Et cette fois il la retrouverait pour ne plus jamais la quitter.

— Ce maudit plan est interminable ! gronda Raiden.

Un bruit de fracas s'ensuivit.

Il avait fait sursauter l'hôtesse qui venait lui apporter son repas, au point qu'elle avait lâché le plateau. Marmonnant des excuses, et chassant d'un geste ses tentatives pour tout remettre en place, il regarda distraitement par le hublot de son jet privé, tentant de refréner la fureur constante en lui. Même les techniques des arts martiaux qu'il maîtrisait à la perfection n'avaient pas réussi à le détendre. Il était en train de perdre le contrôle.

— Cela ne fait que deux semaines, objecta calmement Numair à l'autre bout de ligne.

Cela ne le calma pas du tout.

— Si tu ne considères que la dimension temporelle, marmonna Raiden.

— J'ignorais qu'il existait une autre façon de considérer le temps qui passe.

— Phantom, ce n'est vraiment pas le moment de plaisanter. Je me fiche de savoir combien de temps s'est écoulé. C'est plus que ma patience peut en supporter.

— Ta patience a duré deux secondes après son départ.

Il voulut lui envoyer une repartie cinglante, puis se ravisa. En fait, sa patience s'était érodée *avant* le départ de Scarlett.

Et puis Numair avait raison. Objectivement, cela n'avait pas été si long. Même si la puissance combinée de ses frères était étourdissante, deux semaines, c'était peu pour démêler et retisser différemment la toile des intérêts, régler tous les détails et mettre en place toutes les mesures de sécurité nécessaires.

Mais ses frères l'avaient déjà fait. Ce n'était qu'au moment où les invités du mariage avaient empli la salle de bal, quelques heures plus tôt, que Numair et Richard avaient donné le signal que tout danger était écarté. Hashimoto était ensuite apparu pour annoncer l'annulation du mariage. Raiden avait suivi, et présenté ses excuses pour ce changement de dernière seconde, en assurant à tous que le dîner et les divertissements étaient maintenus. Puis il avait quitté l'hôtel à la hâte pour embarquer à bord de son jet en direction de New York. Pour rejoindre Scarlett.

Numair, maudit soit-il, lui avait téléphoné après le décollage pour lui dire de revenir, ou au moins d'attendre à New York qu'il lui donne le feu vert pour aller la voir. Numair prétendait que tout n'était pas encore fini, et que Raiden était allé un peu vite en besogne.

Selon son frère, ils devaient encore apporter la touche finale à leur plan.

C'était plus qu'il n'en pouvait supporter.

— Assez, Numair. Tue qui tu as à tuer et finissons-en. Et ne dis pas que je dois attendre encore. *Je ne peux pas.* Et, même si je le pouvais, j'ai déjà téléphoné à Scarlett et je lui ai dit que j'étais en chemin. Et je ne vais pas la décevoir. Je m'y refuse. *Tu m'entends ?* rugit-il.

Un silence total s'ensuivit.

Puis il entendit des ricanements. Des ricanements ?

— Je pense que même les dieux de l'Olympe t'ont entendu, Lightning.

— Je ne t'en aurais jamais cru capable, Phantom.

Raiden fronça les sourcils. C'était la voix de Richard, suivie par celle de Jakob. Que se passait-il ?

— Nous avons fait un pari pour savoir si Phantom aurait le courage de te faire marcher, Lightning, expliqua Ivan.

— J'ai parié contre lui, déclara Jakob. J'ai dit qu'il ne pourrait pas te torturer une seconde de plus que ce que tu as déjà été torturé. Maintenant, je dois me soumettre à *sa* torture pendant toute une journée.

Rafael intervint d'une voix contrite :

— J'ai essayé de les en empêcher. Mais tu sais qu'on ne peut rien contre eux.

— C'est un cadeau de notre part à tous, taquina Ivan. Pour la façon dont tu nous as maltraités durant ces deux dernières semaines.

— Surtout moi, affirma Antonio dans un bâillement. Tu m'appelais toutes les minutes non seulement pour avoir des mises à jour sur notre plan, mais aussi pour me parler de la grossesse de Scarlett. Sais-tu que je me suis endormi pendant une opération ? Et que j'ai même rêvé ?

Raiden secoua la tête.

— Vous voulez dire qu'il n'y a pas de touche finale ?

Une seconde passa, puis il entendit ses frères soupirer.

— Il n'a même pas compris que c'était une blague, se lamenta Jakob.

— Bien joué, Raiden ! s'exclama Rafael en riant. Tu t'es vengé d'eux sans même le faire exprès.

— J'aurais dû savoir qu'il était impossible de faire une blague à un homme complètement malade d'amour, railla Ivan.

— Seigneur, cette maladie est horrible, lâcha Jakob avec un tremblement de dégoût. Bones, tu as inventé un vaccin pour ça ? Je veux bien être ton cobaye.

— Il y *a* une touche finale, intervint Numair, mettant un terme aux joutes verbales de ses frères. Et elle a été apportée avant que nous ne te donnions le feu vert tout à l'heure. Désormais, les yakuzas préféreraient tuer leur propre famille que d'approcher ta femme et ton enfant.

Après cela, il n'entendit plus rien. Il ne sut même pas quand la conversation s'acheva.

Tout ce qu'il savait, c'était que Scarlett et lui pouvaient enfin être réunis. Et que Numair avait dit « ta femme et ton enfant ».

Sa femme et son enfant.

Scarlett et leur miracle.

Ils lui appartenaient, enfin. Comme il leur appartiendrait toujours.

Quinze heures plus tard, Raiden était sur le seuil de chez Scarlett.

Il avait passé une partie du vol à lui parler par téléphone, afin de tout lui expliquer. Quand elle avait découvert l'étendue du danger auquel il les avait soustraits, elle s'était effondrée de nouveau.

Ces deux dernières semaines, cela lui était arrivé souvent. Même si elle ne doutait plus de l'amour de Raiden, elle avait connu tant de malheurs qu'elle craignait que quelque chose, n'importe quoi, survienne et les empêche de se retrouver. Même s'il avait juré que rien ne le pourrait, la peur, l'épreuve de leur séparation et les hormones de grossesse avaient fragilisé son moral et ses nerfs.

Enfin, elle ouvrit la porte.

Et son cœur se serra. Ces deux semaines de séparation, la terreur à l'idée que le destin lui porte un autre coup, fatal cette fois, marquaient son visage, striaient ses joues, affaissaient ses épaules. Elle semblait aussi dévastée que lui. Et elle était la plus belle chose qu'il ait jamais vue.

Enfin, ils furent dans les bras l'un de l'autre. Ils s'embrassèrent, partagés entre rires et larmes, en gémissant et en s'arrachant leurs vêtements.

Bien vite, ils se retrouvèrent dans le lit, et ne firent plus qu'un.

Leur réunion fut brève, ardente, et bouleversante, après ces jours de terreur et de manque.

Longtemps après, depuis le puits de satiété le plus profond, il entendit sa voix, rauque de pleurs et de plaisir.

— Je n'ai jamais voulu cela.

Il s'appuya sur un coude, et l'interrogea du regard.

— Je n'ai jamais voulu que tu abandonnes tes projets et tes rêves pour moi, précisa-t-elle. De tout mon cœur, j'espérais que tu réclames ton héritage et que tu retrouves une famille, ta famille.

Il lui offrit un sourire plein d'adoration.

— C'est toi, ma famille. Quant à mon héritage, j'en aurai un. Celui que nous bâtirons ensemble et que nous transmettrons à notre enfant.

Son regard confus s'emplit de larmes.

— Mais il devait y avoir un moyen d'avoir les deux. Ton héritage et moi. J'aurais été à toi quoi qu'il advienne. Je n'ai pas besoin d'un papier officiel pour t'appartenir.

— Mais j'ai besoin de te faire mienne officiellement, et de toutes les manières existantes ou à venir.

Lorsqu'elle grimaça et blottit son visage contre son torse, il la força à le regarder de nouveau.

— Je te veux pour épouse, et je veux devenir ton époux. C'est ce que j'ai toujours voulu, dès l'instant où je t'ai rencontrée. Et j'ai continué à le vouloir, contre toute logique, toutes ces années.

Un souvenir lui revint et le fit sourire.

— Sais-tu qu'avant de te retrouver, quand je pensais devoir engendrer des héritiers, j'étais résigné à fermer les yeux et à penser à toi pour pouvoir... assurer mon devoir ?

— Oh ! Raiden, arrête...

— Si tu ne peux même pas supporter de m'imaginer dans un lit hypothétique avec une femme hypothétique...

— Megumi n'était pas si hypothétique.

— Tu vois ? dit-il en riant. Tu penses peut-être que tu aurais pu me partager, mais tu as mal au ventre rien que de l'imaginer, alors que tu sais que ça n'arrivera jamais.

— J'aurais tout supporté pour être avec toi. Du moins, j'aurais vécu en ayant la nausée en permanence. J'étais une esclave, qui n'osait même pas rêver qu'elle pouvait décider de sa vie.

— Tu n'as jamais été une esclave. Tu as toujours été ma maîtresse, dans tous les sens du terme. La maîtresse de mon cœur, la reine de ma vie. J'étais né pour t'aimer.

Elle se jeta à son cou, et il la serra contre lui.

— Je rêvais de retrouver mon héritage et ma famille, car je pensais pouvoir combler le vide en moi par le devoir et la tradition, je croyais qu'ils seraient des ancres qui donneraient un sens à ma vie. Ensuite, je t'ai rencontrée, et je n'ai plus eu besoin que de toi. Je n'ai repris les recherches sur ma famille que lorsque je t'ai perdue, pour emplir le gouffre que ta disparition avait laissé. Mais tu es de nouveau à mes côtés, à présent. C'est toi, mon ancre. Toi, et la famille que nous allons former ensemble. Tu es mon alter ego, l'autre moitié de mon âme, la seule qui m'ait jamais compris. Tu as vu les ténèbres, la douleur et les cicatrices en moi, mais aussi la puissance, la résilience et la volonté indomptables. Nous sommes semblables, et nous sommes les seuls qui puissions nous apaiser et nous soigner mutuellement, et nous donner l'amour infini dont nous avons besoin.

Après avoir répondu par un baiser fougueux et plein de gratitude, elle recula, et joua amoureusement avec ses cheveux, le regard brillant de larmes d'adoration.

— Quand j'ai voulu me lancer dans le domaine caritatif, j'ai pensé à l'enfant que tu étais, impuissant et seul, et j'ai voulu aider tous les enfants qui se trouvaient dans la même situation que toi.

C'était une nouvelle preuve de l'amour absolu qu'elle lui portait, songea-t-il, ému.

— Tu as encore plus souffert que moi. Pourquoi n'as-tu pas consacré tes efforts à des filles qui avaient enduré la même chose que toi ?

— Parce que je t'aime plus que moi-même. Bien plus.

Il la croyait aisément. Car lui aussi l'aimait bien plus qu'il ne s'aimait lui-même, bien plus que tout.

— Imaginer ta douleur me faisait plus de mal que me souvenir de la mienne. Mais, une fois que ce nouveau refuge sera achevé, je ferai ce que tu suggères dans ma région d'origine. Là-bas, je ne me battrai pas contre les catastrophes naturelles mais contre le crime organisé.

Elle serra son bras.

— J'aurai besoin de tes muscles.

Il se tendit aussitôt de désir.

— Tous mes muscles sont à ta disposition. Et ceux de mes frères aussi.

— Tu es sûr qu'ils seraient d'accord ? objecta-t-elle en riant. Antonio m'a téléphoné quand tu étais en route, et il m'a suppliée de le débarrasser de toi. Le pauvre homme est en manque de sommeil chronique parce que tu es obsédé par ma grossesse.

— Et alors ? Il peut opérer les yeux fermés. Il l'a fait hier, d'ailleurs.

Elle gloussa, et il caressa sa joue.

— Alors, que penses-tu de l'adoption ?

Déroutée par le brusque changement de sujet, elle marqua un temps, puis afficha un grand sourire.

— J'en pense que, maintenant que j'ai un mari ninja et milliardaire, j'aimerais adopter quatre enfants.

Il haussa les sourcils.

— Pourquoi quatre ?

— Parce que j'ai repéré deux filles et deux garçons au refuge. Et ils m'ont repérée, eux aussi. Ils ont entre deux et six ans. Je songeais à les adopter seule, mais maintenant...

— Nous les adopterons ensemble. Et notre bébé, à sa naissance, aura déjà une grande famille impatiente de l'entourer d'amour.

— Eh bien... si tu réfléchissais encore un peu ? Adopter, c'est une immense décision, encore plus immense que celle d'avoir un enfant biologique.

— Je le sais. Et j'ai déjà réfléchi. Pourquoi crois-tu que je t'aie posé la question ?

Soudain, une pensée surgit dans son esprit.

— Et toi, pensais-tu à l'adoption parce que tu croyais ne pas pouvoir concevoir d'enfant ?

— Savoir que je porte un enfant ne change rien. Je veux aider autant d'enfants que je le peux, les protéger et, si possible, leur donner un foyer aimant.

— A travers eux, tu sauves l'enfant que j'étais, n'est-ce pas ?

Quand elle hocha la tête puis appuya le visage contre son torse, il lui releva le menton, et plongea son regard dans ses yeux azur brillants de larmes.

— Et nous sauverons aussi l'enfant que tu étais. Nous trouverons une fille plus âgée à adopter, dans ton pays.

De nouveau, elle se jeta à son cou, avec un cri étouffé et poignant. A cet instant, on sonna à la porte.

Il se redressa.

— Tu attends quelqu'un ?

— Je n'ai informé personne de mon retour.

En une fraction de seconde, il fut en alerte. Il bondit du lit avec souplesse.

— Eh bien, s'exclama-t-elle en enfilant son peignoir. Un jour, il faudra que tu me montres toutes les acrobaties de ninja que tu es capable de faire.

— Je t'en ai déjà montré beaucoup.

Et il lui en montra une autre, en sautant littéralement dans son pantalon.

Tandis qu'elle se trémoussait et applaudissait, il posa l'index sur sa bouche pour lui enjoindre de faire moins de bruit, et sortit de la chambre à pas feutrés.

Elle le suivit.

— Tu n'avais pas réglé la situation avec les yakuzas ? Pourquoi es-tu inquiet ?

De nouveau, il lui fit signe de baisser la voix.

— Parce que personne ne devrait venir te voir.

— Les gardes du corps sont encore là, non ?

— C'est bien ce qui m'inquiète. Ils ne nous ont pas prévenus et ont laissé quelqu'un venir jusqu'à ta porte.

— Ils ont dû penser que ce quelqu'un serait bienvenu.

— Je ne veux prendre aucun risque.

Soudain, elle se tapa le front.

— Tu m'as fait oublier que j'avais un visiophone.

Il cilla. Apparemment, ses propres circuits avaient été irrévocablement endommagés, et tous ses automatismes acquis avaient été effacés. Il devrait tout réapprendre. A commencer par la simple logique.

Se sentant penaud, il vérifia avec elle le flux vidéo. Tout en pointant son arme en direction de la porte.

Lorsqu'il vit qui était derrière, il laissa retomber ses bras.

C'était son oncle, accompagné de Megumi et de Hiro.

Avec un cri de surprise, Scarlett courut leur ouvrir.

Raiden resta figé, incapable de trouver une raison à leur venue. Il avait cru ne jamais les revoir, et encore moins ensemble.

Scarlett les fit entrer. Elle étreignit Hiro, l'air ravi de voir son ami, et il aurait pu jurer qu'elle était également ravie de voir les deux autres visiteurs.

Le trio se tourna vers Raiden, et tous braquèrent leur regard sur l'arme qui pendait de sa main.

Il l'agita avec autodérision.

— Je suppose que je n'ai pas besoin de ça, et que vous venez en paix ?

Megumi gloussa. A la grande surprise de Raiden.

Apparemment, c'était la perspective d'épouser Raiden qui l'avait rendue si guindée.

Tandis qu'il rangeait son arme, Scarlett invita le groupe à

la suivre dans le salon. Dès qu'ils furent assis, Hiro lança sans préambule :

— Je ne vous en aurais pas voulu si vous aviez tiré à vue sur moi, Kuroshiro-san.

— Quand je pensais que vous étiez intéressé par Scarlett, vous étiez vraiment en danger. A présent, étant son meilleur ami, vous êtes devenu le mien aussi.

— Ce serait un honneur d'être votre ami et votre allié, Kuroshiro-san.

Hiro lui tendit la main, et lui offrit pour la première fois un regard chaleureux.

Raiden lui serra la main.

— Si devons être amis, je vous demande de m'appeler Raiden. Et je vous appellerai comme Scarlett vous appelle… Hiro.

Il donna une tape sur le dos de Hiro. Celui-ci fut si surpris que Raiden lui fit un clin d'œil.

— La prochaine fois que vous voudrez m'obliger à agir dignement, prenez votre téléphone et menacez-moi. Si cela peut m'éviter de me retrouver en une de tous les tabloïds et sur la Toile.

Hiro semblait si mortifié que Raiden eut pitié de lui.

— Et, si nous devons être amis et alliés, il nous faut commencer à travailler sur votre sens de l'humour. Je vous taquinais, c'est tout.

— Vous ne devriez pas, objecta Hiro. Inconsidérément, j'ai provoqué un immense scandale qui vous a fait du tort, à vous et à Scarlett, mais aussi à Hashimoto-sama et à Megumi-san.

Raiden attira Scarlett contre lui.

— De mon point de vue, votre acte faisait partie d'une suite d'événements qui m'a conduit jusqu'ici. Je suis l'homme le plus heureux du monde.

Scarlett leva la main.

— Et moi, je suis la femme la plus heureuse de *l'histoire.*

Apparemment, elle ne supportait pas de voir son ami se flageller, et voulait le pousser à être indulgent avec lui-même. Raiden partageait son sentiment. Quand bien même les actes de Hiro auraient pu avoir de terribles conséquences, tout s'était bien terminé. Et le bonheur qu'il partageait avec Scarlett était si prodigieux qu'il pouvait tout pardonner.

— Et puis vous ne faisiez que défendre votre aimée, ajouta-t-il. Pour la sauver d'un destin pire que la mort : épouser un homme qui en aime une autre alors qu'elle vous aime.

Il offrit un grand sourire à Megumi et à Hiro, qui semblait encore embarrassé.

— Alors, cela fait de vous un héros à mes yeux, conclut-il.

— Peut-être me pardonnez-vous tous les deux parce que mes actes ne vous ont occasionné qu'une détresse temporaire. Mais, si les choses ont été résolues de manière si spectaculaire, ce n'est pas grâce à moi. Alors, je me réserve le droit de ne pas me pardonner et d'être toujours à votre disposition.

— Acceptez la porte de sortie que je vous offre, Hiro. J'aurai sans doute besoin que vous m'en laissiez une un jour.

Hiro acquiesça avec réticence. Raiden lui sourit, puis reporta son attention sur son oncle.

— Non que je ne sois pas heureux de vous revoir, mais je ne pensais vraiment pas que cela arriverait un jour. Alors, qu'est-ce qui vous amène ? Si vous avez besoin de quoi que ce soit, vous savez que je répondrai toujours présent et que je viendrai à vous, où que je sois.

— Il fallait que je vienne en personne pour te faire cette offre, répondit Hashimoto.

— Quelle offre ?

— Quand tu as annulé le processus d'adoption, je me suis senti déshonoré, et je voulais couper tout lien avec toi. Mais ensuite je me suis souvenu à quel point je me suis inquiété quand tu étais menacé, et j'ai pris conscience que je te considérais déjà comme un membre de la famille. La véritable disgrâce serait de m'accrocher à ma fierté et de faire passer les ragots et la censure publique avant les relations vraies.

Soudain, Hashimoto se pencha en avant, prit la main de Raiden et celle de Scarlett, et les réunit entre les siennes.

— Une fois les choses calmées, je me suis souvenu de ce

que tu avais dit : tu aurais aimé que nous fassions partie de la même famille. Je suis toujours d'accord. Je t'offre le nom de notre famille, et le statut de chef. Les mêmes choses que tu aurais obtenues par l'adoption maritale. Mais maintenant je te les offre par une adoption simple.

C'était une surprise, qui s'ajoutait à une suite d'événements inattendus. Pourtant, étrangement, ce que Raiden avait tant souhaité dix semaines plus tôt le laissait à présent de marbre. Il avait réellement tout ce qu'il désirait, et tout ce dont il avait besoin, maintenant qu'il était avec Scarlett.

Il secoua la tête.

— Je ne veux plus et je n'ai plus besoin de ces choses. Ma famille est ici.

Il serra l'épaule de Scarlett. Elle lui lança un regard à la fois étonné et réprobateur.

— Mais cette fois, s'empressa d'ajouter Hashimoto, nous ne te voulons pas seulement toi, nous voulons vous adopter en tant que couple marié. Et notre famille espère que vous accepterez de l'envisager. Vous pourriez ainsi prendre tous les deux le nom Hashimoto, et faire de notre famille la vôtre.

Le silence s'étira dans la pièce.

Enfin, Raiden soupira et reprit la parole.

— C'est une offre très généreuse, Takeo-sama. Malgré tout, je dois la décliner.

— Mais pourquoi, Raiden-san ? intervint Megumi, sortant de sa réserve habituelle. Nous aurions formé un couple calamiteux, mais je sais que c'est parce que tu étais fait pour être mon frère. Et je n'aimerais rien plus que d'avoir Scarlett-san comme sœur.

— Hashimoto-sama a accepté de me donner la main de Megumi-san, annonça Hiro avec enthousiasme. Je serais non seulement votre ami, mais aussi votre frère.

Ravi pour Hiro et pour Megumi, Raiden donna une autre tape sur le dos de Hiro.

— Vous êtes rapide, hein, Hiro ? Je vous félicite.

Il se tourna vers Megumi, qui rougissait avec délicatesse.

— Vous deux, j'ai l'impression que vous étiez autrefois un tout qui a été coupé en deux. C'est bon de vous voir réunis.

— Alors, tu ne vas pas y songer ? demanda Megumi, l'implorant du regard. Pourquoi refuses-tu ?

Raiden posa un regard sombre sur Hashimoto.

— Parce que je n'ai pas oublié ce que vous avez dit sur Scarlett, et la façon dont vous la considériez. Scarlett est et a toujours été la personne la plus intègre et la plus héroïque que je connaisse. Non seulement je l'adore, mais je la respecte et l'admire plus que quiconque. Je ne veux que le meilleur pour elle, et jamais je n'accepterais qu'elle soit un mal toléré mais secrètement honni, sous prétexte que votre famille a encore besoin de moi.

Scarlett lui saisit le bras et le tança du regard.

— M. Hashimoto était sous pression, et il avait des idées fausses.

Hashimoto attrapa la bouée que Scarlett venait de lui lancer et s'adressa à elle.

— C'est vrai, et maintenant je regrette mes paroles, et mes pensées. Je n'avais aucune preuve pour les étayer hormis des rumeurs, que j'ai écoutées parce que votre présence allait à l'encontre des intérêts de ma famille. Pouvez-vous accepter mes excuses, et l'assurance que mon opinion était dictée par l'ignorance et l'égoïsme, et qu'elle a irrévocablement changé ?

— Bien sûr, je les accepte, monsieur Hashimoto, assura Scarlett avec ferveur. J'ai failli vous causer de terribles ennuis à tous, à cause de ma présence et de mon amour pour Raiden. Et, comme Hiro l'a dit, ce n'est pas grâce à moi que tout a été évité et que nous avons trouvé le bonheur.

Raiden commença à protester, mais elle l'enlaça, le regard débordant d'amour.

— Ne nous attardons pas sur tout ce qui est arrivé auparavant. Le passé est mort et enterré. Gardons seulement les bons souvenirs, et tournons-nous vers un avenir radieux.

Il savait ce qu'elle voulait dire. Ils ne pourraient jamais oublier le passé, mais il les avait conduits jusqu'ici.

Elle lui donna un bref baiser.

— Mais nous avons tous les deux besoin d'une famille, pour remplacer celle que nous avons perdue. Et ce sera merveilleux pour notre futur bébé, et tous les autres enfants que nous aurons, d'avoir une grande famille pour les aimer.

Soudain incapable d'attendre une seconde plus, il la porta dans ses bras, et prit la direction de la chambre.

Scarlett poussa un cri de protestation, et il s'arrêta. Les trois visiteurs étaient debout et semblaient désappointés.

Il haussa un sourcil taquin.

— Euh, désolé, vous attendiez une réponse de ma part ?

Il gémit de plaisir quand Scarlett lui mordilla la mâchoire en guise de punition.

— Je vais vous donner un tuyau pour l'avenir, dit-il au trio. Une fois que Scarlett a parlé, je ne suis que l'exécutant de sa volonté. Elle veut que nous soyons une famille, alors nous *serons* une famille.

Après un moment d'incertitude, son oncle, Megumi et Hiro laissèrent apparaître un sourire, puis avancèrent vers eux, l'air soulagé et ravi.

Raiden reposa Scarlett pour qu'elle puisse recevoir avec lui les accolades des trois personnes qui allaient devenir leur famille.

Après un interlude de remerciements mutuels et d'euphorie, surtout de la part des femmes, qui semblaient enchantées d'avoir une nouvelle amie dans leur vie dominée par la testostérone, Raiden porta de nouveau Scarlett.

Cette fois, le petit groupe saisit le message et s'éloigna. Scarlett bredouilla qu'il devait la reposer, et qu'elle n'avait même pas offert quelque chose à boire à leurs visiteurs. Mais il ne l'écouta pas. Hashimoto déclara qu'il était temps de les laisser tous les deux se retrouver, après une séparation si éprouvante.

Quand le petit groupe fut sur le point de sortir, Raiden leur lança :

— Je suis heureux que nous soyons une famille. Mais, souvenez-vous, ce n'est possible que parce que Scarlett l'a décrété. A présent, vous lui êtes tous redevables.

Ils approuvèrent ses dires, puis fermèrent la porte derrière eux. Aussitôt, Raiden se dirigea vers la chambre.

Posant Scarlett sur les draps encore froissés avec infiniment de révérence, il la dévêtit, se déshabilla à son tour, puis rejoignit les bras qu'elle lui tendait.

— Je ne le faisais pas seulement mariner, tu sais, chuchota-t-il contre ses lèvres. Je comptais vraiment refuser.

Elle rougit de passion et d'embarras, incapable comme d'habitude d'accepter ce qui lui revenait de droit.

— Mais tu ne l'as pas fait, dit-elle, et maintenant tu auras tout ce que tu as toujours voulu et que tu mérites. Je n'aurai pas à me sentir perpétuellement triste et coupable que ma présence dans ta vie t'ait privé d'un bonheur aussi immense.

— Il ne sera immense que parce que je le partagerai avec toi. Sans toi, sans ton pardon et ton désir de faire partie d'une famille, je n'aurais pas accepté. Alors, ils te doivent vraiment beaucoup. Tout comme je te dois mon bonheur, et ma vie.

Les larmes aux yeux, elle l'attira contre elle.

— Moi aussi, je te dois mon bonheur et ma vie.

Et elle l'accueillit en elle. A présent, plus rien ne pourrait les séparer.

OLIVIA GATES

Un séduisant chantage

LE SERMENT DE BLACK CASTLE
VOLUME 1

Traduction française de
ROSA BACHIR

SAGAS

HARLEQUIN

Titre original :
PREGNANT BY THE SHEIKH

Ce roman a déjà été publié en 2018.

1

Jenan Aal Ghamdi regardait son futur fiancé passer d'un groupe d'invités à l'autre quand elle fut saisie d'un haut-le-cœur. Un de plus.

Chaque fois qu'elle le regardait, ou même qu'elle songeait à lui, elle était prise de nausée. Son fiancé pouvait s'estimer heureux qu'elle n'ait pas encore vomi sur ses chaussures.

Si ce n'était pas arrivé, c'était uniquement parce qu'elle se refusait à participer à cette farce tragique censée être une fête de fiançailles. Il lui avait fallu plus d'une heure pour échapper aux hordes d'invités indiscrets et compatissants, et se réfugier à l'autre bout de la grande salle de bal. Si elle avait réussi à se faufiler sans se faire remarquer, c'était uniquement parce qu'elle avait refusé de porter la tenue que son « fiancé » lui avait envoyée. Il avait voulu étaler sa richesse récente en parant son « acquisition » d'un costume étouffant et lourdement orné. Avec la tonne de bijoux qu'il lui avait fait parvenir, elle aurait ressemblé à un sapin de Noël. En l'occurrence, dans sa robe de soirée d'un noir de deuil tout à fait approprié, elle se fondait parfaitement dans l'ombre de la galerie de la salle de bal. C'était une toute petite victoire, mais dans sa situation, et avec ses perspectives réduites à néant, tout était bon à prendre.

Lorsqu'elle fut à l'écart des regards, elle retrouva une respiration normale. Et fut de nouveau envahie par un sentiment étrange de détachement. Comme si tout cela arrivait à quelqu'un d'autre. Comme s'il s'agissait d'un rêve ridicule dont elle était sûre qu'il s'achèverait dès qu'elle ouvrirait les yeux.

Cette sérénité artificielle ne dura que quelques instants. Ensuite, l'illusion vola en éclats, et la réalité s'abattit sur elle, accompagnée d'une autre vague de nausée.

Elle allait se fiancer à Hassan Aal Ghaanem !

L'homme qui régnait sur Saraya et qui tenait sous sa coupe Zafrana, royaume voisin et patrie de Jenan.

Non, elle n'allait pas être fiancée à cet homme, elle allait être échangée. Vendue. Cette soirée semblait marquer la fin de la vie telle qu'elle l'avait connue jusqu'ici. La fin de sa vie tout court. Après son mariage, ce ne serait plus sa vie. Pas selon ses critères.

Bien qu'elle ne puisse échapper à son destin, elle avait tout de même refusé que la réception ait lieu à Saraya ou à Zafrana. Hassan avait cédé et accepté de l'organiser ici, à New York, la ville préférée de Jenan.

Elle y vivait depuis douze ans. Et elle devrait la quitter pour commencer à purger sa peine en tant qu'épouse d'Hassan. Mais elle voulut repousser le plus possible le moment où elle retournerait dans cette région du monde où elle serait enterrée vivante pour le restant de ses jours. Elle avait fui son pays autrefois, décidée à ne jamais y revenir, hormis pour de rares et brèves visites.

Mais elle avait regretté le choix du lieu dès l'instant où elle avait vu la décoration excessive de la salle. S'il y avait quoi que ce soit qu'elle détestait plus qu'Hassan à cet instant, c'était être le centre de l'attention d'un événement si extravagant et surexposé.

Si cette soirée avait eu lieu dans une de leurs patries respectives, il n'y aurait eu aucune couverture médiatique, compte tenu des protocoles de sécurité imposés par les têtes couronnées. Mais puisqu'elle se déroulait au cœur de New York, dans un lieu prestigieux, avec tous ces invités célèbres, cette fête de fiançailles serait relayée par les médias du monde entier. Cela lui servirait de leçon ! Elle n'aurait pas dû se débattre alors qu'elle s'enfonçait dans des sables mouvants. Sa tentative pour s'affirmer n'avait fait qu'aggraver les choses.

Toutefois, en organisant ce spectacle, Hassan n'avait pas cherché à lui donner de leçon pour avoir osé le défier. Cet homme ne pensait qu'à lui-même. Souverain d'un royaume désormais prospère — maintenant que le roi Mohab Aal Ghaanem de Jareer accordait à Saraya trente pour cent de sa richesse pétrolière infinie —, Hassan Aal Ghaanem était saisi d'une frénésie de folies, après des décennies de vaches maigres, en raison des finances limitées de son pays.

Voilà pourquoi ils étaient réunis ce soir dans la grande salle du Plaza, où nombre de célébrités avaient organisé des événements importants. Et Hassan se considérait comme leur égal.

A tout autre moment, elle aurait apprécié la salle de bal de près de cinq cents mètres carrés, récemment restaurée. Lorsqu'elle y était venue à d'autres occasions, elle avait admiré les fresques du plafond, les arcades et les piliers sculptés de la galerie d'inspiration Renaissance. Les lustres de cristal d'époque, les soubassements et les tapis ajoutaient une touche de raffinement au style classique. Mais aujourd'hui, cette salle ressemblait au décor de son pire cauchemar.

Détachant son regard des cinq cents invités qui emplissaient la salle, elle fixa ses mains nues. Elle avait refusé les bijoux inestimables de la couronne de Saraya en guise de *shabkah*, ce qui signifiait littéralement « entraves ». Plutôt mourir que de porter ces chaînes en public…

— Es-tu certaine de ce que tu fais, Jen ?

La voix douce était à peine audible par-dessus les airs de fête sarayens qui résonnaient dans les haut-parleurs. C'était celle de Zeena, sa jeune demi-sœur. Si quelqu'un était aussi désespéré qu'elle ce soir, c'était bien elle.

Jenan se tourna vers sa cadette et tenta d'afficher un sourire léger.

— Oui, Zee. Je suis sûre qu'il n'y a pas d'autre moyen pour sortir père et Zafrana de cette situation critique. Je dois épouser ce vieux bouc.

Les problèmes du royaume n'étaient pas récents, ils remontaient à plusieurs décennies. Jenan avait d'ailleurs contribué à les aggraver, de manière indirecte.

Tout avait commencé lorsque son père, Khalil Aal Ghamdi, s'était retrouvé sur le trône de Zafrana après le décès du roi Zayd, son cousin éloigné. Contraint de jouer un rôle pour lequel il n'était pas taillé, son père, un rêveur et un artiste, s'était laissé manipuler par de nombreux conseillers peu qualifiés ou malveillants, et n'était pas devenu le grand homme d'Etat dont le royaume avec besoin.

Quand Jenan était revenue à Zafrana après avoir obtenu un diplôme en économie et administration des affaires, elle avait mesuré tous les dégâts causés par la politique imprudente de son père. Elle avait alors tenté de le guider, mais s'était heurtée à une opposition féroce dans l'entourage du roi. Ces conseillers et ministres avaient défait tout ce qu'elle avait accompli, ne lui laissant que deux possibilités : consacrer sa vie à lutter contre ce cercle vicieux, ou se retirer de la bataille et quitter le pays, dont le mode de vie lui était intolérable. Elle avait choisi la seconde option.

Résultat, Zafrana croulait maintenant sous les dettes… contractées auprès de Saraya. Et Hassan s'apprêtait à annexer le royaume par ce mariage d'Etat. Annexion qui, comme son père l'en avait informée, était le seul moyen de sauver Zafrana. Connaissant l'étendue des créances, Jenan le croyait aisément.

— Mais tu ne peux pas l'épouser. Il… il est *vieux* !

Jen soupira avec amertume.

— Oui, j'avais remarqué. Aussi vieux que notre père. Et abominablement ennuyeux ! Dire que quand cette idée de mariage d'Etat a été lancée, j'ai catégoriquement refusé d'épouser Najeeb !

Une lueur d'espoir brilla dans le regard miel de Zeena.

— Peut-être n'est-il pas trop tard pour revenir sur ton refus ! Je sais que tu aimes Najeeb comme un frère, mais si tu dois épouser quelqu'un, lui au moins est un type génial. Et un vrai adonis. Tu pourrais finir par l'aimer… de *cette* façon !

Jen observa sa sœur, une splendide beauté de dix-sept ans, ce qui lui rappela pourquoi elle avait fait ce choix.

— Crois-tu que je n'aurais pas saisi cette occasion si elle avait encore été sur la table ? Mais Najeeb était tout aussi opposé que moi à ce mariage, destiné uniquement à servir les ambitions politiques de son père. Et puis, il est reparti accomplir ses missions humanitaires aux quatre coins de la Terre. Voilà pourquoi Hassan a décidé qu'il m'épouserait lui-même.

— Cet homme n'a-t-il donc pas une once de décence ? Il a deux ans de plus que père !

— En fait, il estime agir par pur altruisme, puisqu'il a d'abord proposé son fils aîné et prince héritier. Selon lui, c'est parce que Najeeb et moi avons refusé de nous marier qu'il a eu recours à cette option. Il se sent tout à fait vertueux, je t'assure.

Zeena fut au bord de larmes. Depuis qu'elle avait appris la nouvelle, cela lui arrivait souvent.

— Mais si tu dois vraiment l'épouser… — elle frissonna —, peut-être ce mariage ne durera-t-il pas longtemps ?

— Tu espères qu'Hassan va bientôt trépasser et me libérer de ma peine à perpétuité ?

Elle secoua la tête. Sa sœur était si jeune, si naïve !

— Zee, trésor, je sais qu'à partir de quarante ans, tout le monde est vieux pour toi. Je n'ai que trente ans, et tu me donnes l'impression d'être vieille chaque fois que tu es choquée que je fasse des choses que tu estimes réservées aux « jeunes ». Mais Hassan est un homme très robuste pour ses soixante-cinq ans, et je m'attends à ce qu'il vive encore trente détestables années en pleine santé.

Il était clair que Zeena ne pouvait imaginer ce terrible destin, ou que si elle le pouvait, cela l'horrifiait. Ses larmes coulèrent, et sa voix se brisa.

— Au moins, dis-moi que ce sera uniquement un mariage de façade !

Que répondre à cela ? Leur père avait assuré que oui, mais c'était sans doute pour ne pas se sentir encore plus coupable de la sacrifier. Hassan avait déjà une ferme emprise sur les ressources et les capitaux de Zafrana, mais sur le plan politique, les liens du sang comptaient bien plus que l'argent. Ce mariage devait engendrer un héritier, afin qu'Hassan acquière tout le pouvoir qu'il voulait sur Zafrana. Seul un fils permettrait à Hassan de diriger Zafrana pendant que le père de Jenan était en vie, puis d'annexer le royaume à la mort de ce dernier. Une fois que son héritier serait roi, Hassan deviendrait régent jusqu'à ce que son fils soit en âge de gouverner. Hassan avait songé à tout. Et elle était la première à devoir se plier à ses exigences.

Zeena avait dû lire la vérité dans son regard résigné, car ses larmes coulèrent de plus belle. Néanmoins, elle lança :

— Si tout ce qu'il a comme moyen de pression sur père et Zafrana, ce sont des dettes, peut-être pouvons-nous trouver quelqu'un pour les payer. Les autres monarques de la région, par exemple. Des hommes nobles comme le roi Kamal et le roi Mohab accepteront sans doute de nous aider.

Jen secoua la tête.

— J'ai déjà approché tous ceux qui avaient du pouvoir, mais tout ce que les rois pouvaient faire, que ce soit Kamal, Mohab, Amjad ou Rashid, c'était tenter de convaincre Hassan de leur transférer nos dettes, et il a refusé. A moins d'avoir recours à des mesures radicales, il n'y a rien qu'ils puissent faire.

— Pourquoi refusent-ils d'employer ces mesures ? L'heure est grave !

— Ce n'est pas si facile. Ces souverains ne peuvent pas impliquer leurs propres royaumes dans les crises d'autres pays. Et maintenant qu'Hassan dispose d'un afflux d'argent grâce au pétrole, il a de grands alliés étrangers, qui s'offusqueraient si les autres royaumes imposaient des embargos à Saraya ou provoquaient un conflit. Etant donné la structure tribale de la région, ces rois ont aussi des liens familiaux avec Saraya, ce qui complique encore la situation.

Elle savait que tous ces rois réprouvaient Hassan. Mais ils avaient les mains liées par de nombreux protocoles. Ils étaient obligés d'accepter toute forme de solution pacifique, même si cela les démangeait de recourir à un moyen extrême.

Cette *solution pacifique*, c'était elle, et son utérus, pourvu qu'il soit fertile.

— Alors, c'est ainsi ? demanda Zeena. Il n'y a pas de porte de sortie ?

— Non.

Zeena vacilla. Puis, elle se jeta dans ses bras, ses larmes mouillant sa poitrine.

Jen sentit son regard s'embuer. Elle n'avait pas pleuré depuis la mort de sa mère, lorsqu'elle avait sept ans. Mais elle n'avait jamais pu supporter les larmes de détresse de ses jeunes sœurs.

Non seulement Zeena et Fayza étaient les personnes qui l'aimaient le plus au monde, mais elles l'admiraient. Chacun de ses succès était un triomphe pour elles. Elle était leur modèle, et la vie qu'elle menait constituait un exemple qu'elles espéraient suivre. Zeena pleurait non seulement pour l'avenir compromis de Jen, mais aussi pour le sien.

Or, si Jen avait accepté ce mariage, c'était justement pour préserver l'avenir de ses sœurs.

Si elle avait affirmé à Zeena qu'il n'y avait pas d'autre solution, c'était pour éviter que sa cadette se sente coupable. Car Jen avait eu une porte de sortie : elle aurait pu dire à son père et à Hassan d'aller au diable, tout simplement. Mais elle ne l'avait pas fait. Pour deux raisons.

La première, et la moindre, c'était parce qu'elle ne pouvait supporter de laisser leur père se faire humilier. Elle l'aimait malgré ses faiblesses, et voulait le protéger. Elle savait qu'il n'aurait pas dû devenir roi, et que cette fonction était encore un insupportable fardeau pour lui. Mais le destin avait conspiré pour le mettre sur le trône, et à l'époque, son couronnement avait apaisé de nombreuses tribus. Il avait sacrifié ses propres désirs pour Zafrana, et cette crise n'était pas de sa seule responsabilité. Après avoir émigré aux Etats-Unis, Jen avait cessé de suivre l'actualité de Zafrana, jusqu'à ce que les choses se détériorent et atteignent un point de non-retour. Désormais, la situation était explosive. Les tribus principales, dont les intérêts étaient menacés par la prise de contrôle imminente sur Saraya, réclamaient une solution rapide. Sinon, une guerre civile éclaterait.

Néanmoins, si Jen avait accepté ce mariage, c'était avant tout pour ses sœurs. Elle aurait pu laisser son père et son peuple à leur sort, mais elle ne pouvait supporter l'idée que Fayza et Zeena subissent un destin qu'elles n'avaient pas choisi. Si Hassan ne pouvait pas avoir Jenan, il exigerait d'épouser l'une de ses sœurs. Et leur père serait forcé d'obéir.

Mais ses cadettes n'étaient pas comme elle. Elles étaient trop jeunes, trop protégées et inexpérimentées. Et, contrairement à Jen, elles n'avaient pas de deuxième nationalité ou de richesse personnelle pour les protéger. Si Jen se défilait, aucune de ses sœurs ne pourrait échapper à ce mariage. Zeena s'effondrerait, et Fayza, qui avait deux ans de plus, aurait recours à une solution plus drastique.

Alors, c'était à elle de les protéger. Elle devait épouser ce vieux monarque avide de pouvoir. Pour sauver ses sœurs, mais aussi toute sa famille et son royaume.

Elle étreignit Zeena et déposa un baiser sur le haut de son crâne.

— Ne t'inquiète pas pour moi, Zee. Tu me connais. Je suis une survivante, une gagnante, et je vais trouver un moyen de... de...

Ses mots et ses pensées s'évanouirent. Toute la scène se brouilla, puis disparut. Jen ne distingua plus rien, hormis un homme. L'homme le plus magnifique qu'elle ait jamais vu...

— De quoi ?

Jen sursauta, et cilla comme pour sortir d'une transe. Pendant quelques secondes, elle ne sut qui elle était, pourquoi Zeena et elle partageaient cette accolade fervente, et pourquoi sa petite sœur la regardait d'un air implorant.

Puis les sons, les lumières, les mouvements et les souvenirs s'enregistrèrent de nouveau dans son esprit. Mais ses sens demeurèrent piégés par l'inconnu, debout devant les portes grandes ouvertes de la salle de bal à observer la foule, l'air aussi sérieux qu'un général étudiant un champ de bataille. La force de son aura emplissait son esprit, annihilant toute autre pensée. C'était comme un puits gravitationnel, auquel rien ni personne ne pouvait résister.

Puis il avança, et la foule s'écarta pour le laisser passer, comme s'il avait un projecteur braqué sur lui, qui l'illuminait alors même qu'il s'enfonçait dans des zones sombres.

— Mais *qui* est-ce ?

Jen s'obligea à porter son attention sur sa sœur. Zeena avait suivi son regard, et dévisageait le mystérieux étranger, bouche bée. Alors, il avait le même effet sur elle. Ce n'était guère étonnant. Cet homme hypnotisait la foule entière.

Etrange. Elle ignorait qui il était, pourtant elle avait l'impression... de le reconnaître.

Déroutée par ses réactions et ses pensées inexplicables, elle haussa les épaules.

— Je n'en ai aucune idée.

Zeena la relâcha, et, son inquiétude dissipée, une expression malicieuse apparut sur son visage.

— Tu veux que j'aille me renseigner ?

— Et comment, je te prie ?

— J'irai le voir, je me présenterai comme la sœur de la fiancée et je poserai la question, tout simplement.

Jenan grimaça en entendant le mot *fiancée*, mais balaya la proposition de sa sœur d'un revers de la main.

— Merci, trésor, mais tu seras sans doute incapable de bouger, encore moins de parler, si tu es à moins d'un mètre de lui.

Zeena soupira.

— C'est vrai, je me transformerais sans doute en pierre s'il m'accordait ne serait-ce qu'un regard.

Alors, même Zeena, avec son expérience limitée du monde en général et des hommes en particulier, était troublée par cet homme. Quant à Jen, après dix ans passés à étudier, à voyager et à se faire une place dans le monde des affaires, elle avait rencontré certains des hommes les plus puissants de la planète. Elle savait, sans l'ombre d'un doute, que cet homme était exceptionnel même parmi ceux-là. Plus que cela. Il était unique en son genre. L'effet qu'il avait sur elle dépassait tout ce qu'elle avait connu. Et cela alors qu'il était à plusieurs mètres, et inconscient de sa présence.

Soudain, elle n'eut plus qu'une idée en tête : connaître son identité. Avant de commencer une vie factice, dictée par les intérêts des autres, elle avait le droit de s'accorder une dernière liberté. Quoi de mieux que de s'abandonner à sa curiosité irrépressible ? Elle s'était toujours montrée responsable et réfléchie, et où cela l'avait-il menée ? D'ailleurs, pourquoi aurait-elle besoin d'une raison ? Elle allait découvrir qui il était, pas avoir une aventure avec lui.

Comme si une telle force de la nature pouvait s'intéresser à elle !

Quoi qu'il en soit, elle était décidée. Même si, pour une raison étrange, elle avait le sentiment que le simple fait de découvrir son identité aurait des conséquences imprévisibles et immenses.

Elle roula des épaules comme pour se préparer à un combat.

— J'y vais. Je vais aller mener l'enquête.

Zeena la retint par le bras.

— Sois prudente. Cet homme émet des ondes menaçantes.

Jen hocha la tête.

— Cela s'appelle le pouvoir. Un pouvoir immense.

— J'imagine. Mais il me semble... dangereux.

— Trésor, je vais juste découvrir qui il est, pas avoir une aventure avec lui.

Zeena eut un petit rire gêné, et Jen caressa sa joue pour la rassurer avant de s'éloigner.

Tandis qu'elle rejoignait la foule et se dirigeait vers la personne la plus susceptible de connaître le nom de l'inconnu, elle poussa un soupir tremblant.

Zeena avait raison, ce demi-dieu était certainement très dangereux. Mortellement dangereux. Mais cela ne rendait son désir de tout savoir de lui que plus impérieux.

Elle aperçut Jameel Aal Hashem, son cousin maternel, toujours au fait des derniers ragots et de tout ce qui touchait aux célébrités. Elle était prête à parier que l'homme mystère n'avait pas échappé à l'œil de lynx de son cousin.

Et elle en eut très vite la confirmation. Avant même qu'elle puisse poser la question, Jameel désigna l'étranger avec enthousiasme. Après s'être exclamé qu'il n'en revenait pas qu'*il* soit présent, Jameel lui apprit qui il était. Numair Al Aswad.

L'étranger portait très bien son nom. Il était, en effet, aussi majestueux et puissant qu'une panthère noire, la signification de son patronyme.

A présent qu'elle connaissait son identité, elle en savait bien plus sur lui que Jameel ne le pourrait. Puisqu'elle évoluait dans le monde des affaires, il lui était impossible de ne pas connaître Black Castle Enterprises, le conglomérat mondial qu'il avait fondé et qui dominait chacun des domaines majeurs de ce monde.

En tant qu'associé principal, Numair était un leader parmi les génies de la science, de la finance et de la technologie, et l'un des hommes les plus fortunés et les plus puissants de la planète. Mais aussi, comme elle venait de le découvrir, la créature la plus sexy qui soit.

Sa vie personnelle, en revanche, demeurait secrète. On savait seulement qu'il venait de Damhoor, un royaume voisin de celui de Jenan, qu'il avait émigré enfant aux Etats-Unis, et que ses parents étaient décédés depuis longtemps. Autant qu'elle sache, il n'avait jamais été marié.

Tandis que Jameel se joignait à elle pour se pâmer devant l'inconnu, Numair se retourna, et regarda droit vers eux.

Vers *elle*.

Son regard frappa le sien avec la force d'un éclair. Soudain, elle fut inquiète.

Avait-il senti qu'elle le regardait ?

Avant qu'elle puisse reprendre sa respiration, des gens passèrent devant elle, brisant ce contact visuel électrisant.

A la fois soulagée et déçue, elle murmura quelques mots à Jameel et s'éloigna à la hâte, pour ne plus être dans la ligne de mire de Numair.

Une fois sûre qu'Hassan n'avait pas pris la peine de demander après elle, elle retourna vers son point de repli. Elle voulait continuer à observer Numair de loin, à l'abri. Le souvenir de sa splendeur serait ce qu'elle retiendrait de cette soirée désastreuse.

Tandis qu'elle arrivait à sa cachette, un autre électrochoc la secoua. Plus puissant cette fois, au point qu'elle trébucha et fit tomber sa pochette, dont le contenu se répandit sur le sol. Marmonnant un juron, elle s'accroupit pour le ramasser… et eut l'impression que l'obscurité avait envahi la salle. La seconde suivante, elle sut pourquoi. Une silhouette massive planait au-dessus d'elle, bloquant toute la lumière. Elle n'eut pas besoin de lever les yeux pour savoir de qui il s'agissait. Le courant qui la parcourait suffit à lui indiquer.

Numair.

Tandis que son cœur battait de manière désordonnée, elle le vit s'agenouiller devant elle. Avant qu'elle puisse lever les yeux, ses mains, froides et rugueuses, effleurèrent les siennes, et provoquèrent une nouvelle décharge de tension en elle. Il prit la pochette et rangea toutes ses affaires à l'intérieur, avec des gestes contrôlés et élégants.

Quand il lui rendit le petit sac, elle rassembla assez de volonté pour lever les yeux… et perdit ce qui restait de son équilibre compromis. Seule la main qui la saisit l'empêcha de tomber.

Se trouver à quelques centimètres de lui était aussi époustouflant que de se trouver face au prédateur qui portait le même nom que lui. Sous le vernis parfait de sa beauté sauvage se cachait une puissance mortelle.

En fait, elle s'était trompée, s'avisa-t-elle. Numair n'était pas un demi-dieu. C'était un dieu à part entière, qui régnait sur un panthéon entier de divinités. Précisément, un dieu du désert, forgé dans sa chaleur et sa dureté, dans son mystère et sa splendeur. Il n'avait peut-être pas vécu longtemps dans son pays d'origine, mais ses racines étaient gravées sur chacun de ses traits.

Gravées, c'était bien le mot. Chaque once de son corps semblait avoir été sculptée par une force divine. Son costume de soie anthracite et sa chemise noire moulaient un corps aux muscles qu'elle imaginait fermes et ciselés. Ses vêtements sur mesure soulignaient la largeur de ses épaules et de son torse, épousaient la fermeté de son abdomen et de ses cuisses, la finesse de sa taille et de ses hanches. Cet homme était l'incarnation de la virilité.

Et c'était sans compter les détails de son visage. Depuis sa crinière de jais qui lui arrivait aux épaules à ses yeux émeraude frappants et fascinants, en passant par ses lèvres sensuelles et sa peau dorée, tout chez lui était à couper le souffle.

Puis il l'aida à se relever. Lorsqu'il se redressa de toute sa hauteur, elle eut l'impression d'être petite pour la première fois de sa vie. Avec ses talons de dix centimètres, elle atteignait un mètre quatre-vingts, pourtant il la dépassait encore de quinze bons centimètres.

Soudain, il tendit la main vers elle, affolant son cœur. Il écarta la mèche de cheveux qui lui barrait le visage, et la fit glisser entre ses doigts.

— Vous détestez être ici.

Pas de politesses d'usage. Droit au but. Elle ne devrait pas être étonnée que cet homme ne suive aucune règle. Et comme si cela ne suffisait pas, sa voix de velours chaude et grave caressait ses sens. Fallait-il qu'il ait une voix à se damner, par-dessus le marché ?

Malgré elle, elle se surprit à répondre, comme sous l'effet d'un sérum de vérité.

— C'est exact.

Il hocha la tête, comme si elle venait simplement de confirmer une certitude.

— Ceci — il balaya la scène d'un regard dédaigneux — est indigne de votre présence.

Elle fut si déroutée qu'il lui fallut un instant avant de répondre.

— Parfois, nous sommes obligés de supporter des choses, et de faire passer ce qui est important avant nos préférences ou ce que nous pensons valoir.

Son expression se durcit.

— Rien n'est plus important que vos préférences. Et votre valeur n'est pas une question d'opinion. Seul le meilleur est assez bien pour vous. C'est la seule chose que vous devrez toujours attendre, et obtenir.

Même si c'était une hyperbole creuse, elle fut touchée.

— Euh, merci... mais vous ne savez pas grand-chose sur moi. Et il est évident que vous ignoriez qui je suis.

— Dès que je vous ai vue, j'ai su tout ce que je devais savoir sur vous. Quant à votre identité, cela ne fait aucune différence par rapport à qui vous êtes vraiment, et à ce que vous méritez vraiment.

— Oh ! si, croyez-moi !

— Parce que vous êtes Jenan Aal Ghamdi, et que cette soirée est censée être votre fête de fiançailles ?

Alors, il savait qui elle était. Pourtant, cela ne semblait rien changer pour lui.

— Tout cela est hors de propos pour moi, confirma-t-il. Et cela devrait l'être pour vous aussi. Vous ne voulez pas être ici. Mais vous voulez être avec moi.

— Ah... ah, oui ?

— Oui. Autant que je veux être avec vous, affirma-t-il d'une voix pleine d'une certitude arrogante.

Venant d'un autre homme, elle en aurait été offensée. Mais venant de lui, cela paraissait juste. Lui seul avait le droit d'afficher une telle assurance.

Ses yeux s'embrasèrent dans la pénombre quand ils caressèrent ses lèvres entrouvertes.

— Laissez-moi vous enlever à cette mascarade. Je suis le seul qui puisse vous donner tout ce dont vous avez besoin.

Elle fut sidérée. Etait-elle si traumatisée par l'idée d'épouser Hassan qu'elle avait une hallucination dans laquelle ses souhaits se réalisaient ? Avait-elle créé de toutes pièces cet homme divin, et fait en sorte d'exercer la même attirance sur lui que celle qu'il exerçait sur elle ?

Rien de ce qu'elle pourrait faire apparaître ne pouvait être aussi incroyable pour lui. Non, Numair était bien réel. Il l'avait vraiment suivie jusqu'ici, et il lui proposait vraiment de… de…

Elle ignorait ce qu'il proposait au juste. Mais tout ce qui venait de lui semblait plus exquis que tous ses fantasmes. Et plus impossible.

Sa situation était peut-être hors de propos pour lui, mais pour elle…

Soudain, tout se figea en elle. En l'espace de quelques secondes, une idée jaillit dans son esprit. Un plan impulsif, et sans doute fou, mais qui accapara toutes ses pensées.

Cet homme était encore plus puissant que les monarques auxquels elle avait demandé de l'aide. Son pouvoir n'était entravé par aucune considération familiale ou politique, et était plus que suffisant pour résoudre la crise de Zafrana, sans qu'elle ait à se plier à ce rituel barbare de mariage arrangé. Bien sûr, un homme comme lui ne l'aiderait pas juste par bonté de cœur.

Car elle avait le sentiment qu'il n'avait pas de cœur.

Mais s'il était aussi intéressé par elle qu'il semblait l'être, ils pourraient trouver un accord.

En tant que femme d'affaires, elle était habituée à prendre des risques. Le pire qui puisse arriver était qu'il décline son offre. Mais puisqu'elle avait tant à perdre, et que cet homme était si tentant, elle risquait bien plus qu'un simple rejet.

Sans se laisser le temps de réfléchir, elle parla à voix haute.

— Il y a quelque chose dont j'ai besoin.

Maintenant, il était trop tard pour reculer.

— Tout ce que vous voudrez.

Sa réponse instantanée lui donna l'élan de courage dont elle avait besoin pour formuler sa requête.

— J'ai besoin que vous empêchiez mon mariage avec Hassan.

2

— D'accord.

Numair guetta la réaction de Jenan Aal Ghamdi. Ses yeux s'agrandirent, et ses pommettes élégantes et sculptées prient une nuance pêche plus foncée.

De nouveau, il eut envie de caresser cette couleur exquise qui ne cessait d'apparaître sur son visage, preuve de son effet sur cette créature irrésistible. Il brûlait de suivre chaque ligne de ses traits exquis, et de goûter chacun d'eux avant de s'arrêter sur ses lèvres généreuses et humides pour un baiser ardent.

Sa propre réaction le surprenait. Par son intensité, son immédiateté. C'était tout à fait nouveau, et inexplicable. Néanmoins, il n'aurait pas pu rêver mieux. Après tout, il était venu ici pour Jenan.

Il savait déjà tout à son sujet, depuis le jour de sa naissance jusqu'à ce soir. Il avait compilé un dossier plus épais que pour toutes ses autres proies. Sur les photographies, il avait remarqué la symétrie esthétique de son visage mais, comme toujours, il n'avait eu aucune réaction.

Mais ensuite, il l'avait vue en vrai, et la pensée de devoir la séduire par nécessité avait volé en éclats. Des compulsions qu'il n'aurait jamais imaginées l'avaient submergé dès l'instant où il l'avait vue, à l'autre bout de la salle.

Non. Elles l'avaient submergé *avant* qu'il ne la voie. Il avait d'abord *senti* sa présence.

La décharge qui l'avait parcouru dès son entrée dans la salle l'avait dérouté. Il l'avait interprétée comme un élan de résolution, avant de commencer une mission qui lui coûtait. Ces sensations s'étaient renforcées à chaque pas, jusqu'à ce qu'il soit certain qu'elles étaient suscitées par une autre personne. Une femme. Même s'il n'avait jamais éprouvé quoi que ce soit d'approchant à l'égard d'une femme, cette émotion était sans conteste... sensuelle.

Pour autant, il n'avait pas voulu identifier la source de cette agitation. Cela aurait été du sabotage d'établir le contact avec quelqu'un qui suscitait une réaction aussi anormale en lui, alors qu'il était ici pour séduire une femme précise.

La source de son trouble s'était déplacée et, sans pouvoir s'en empêcher, il avait tourné la tête. Alors, il avait croisé son regard. Son cœur, qui ne faiblissait jamais et s'accélérait à peine sous des conditions extrêmes, s'était figé, avant de se remettre à battre à tout rompre. Comme à cet instant.

Quand leurs regards s'étaient croisés, une myriade de sentiments s'était bousculée en lui. L'incrédulité, l'émerveillement, l'euphorie, et une douzaine d'autres. Car sa cible et la femme qui exerçait cette influence inexplicable sur lui ne faisaient qu'une. Il avait été résolu à mener à bien sa mission, quoi qu'il advienne. Mais maintenant, une possibilité qu'il n'avait pas envisagée s'ouvrait : cette mission pourrait être agréable, et même être source de plaisir.

Il s'était dirigé vers elle, non plus par stratégie mais pour obéir à son impulsion. Tout ce qu'il avait dit et fait depuis avait été spontané. Et réel. Une chose l'avait mu, la seule chose dont il était certain.

Le désir.

Puis elle l'avait de nouveau sidéré en lui donnant le moyen d'atteindre ce qu'il était justement venu faire. Empêcher son mariage avec Hassan Aal Ghaanem.

Et il n'avait pas hésité. Sa réponse avait été spontanée.

Mais, aussitôt donnée, il avait voulu la reprendre. Ce n'était pas ainsi qu'il avait prévu que les choses se déroulent. Il avait eu l'intention de la manipuler, de l'attirer en douceur, et d'attendre qu'elle soit fiancée pour la séduire et ainsi gâcher le mariage arrangé d'Hassan. Ce qu'il venait de proposer ne servirait pas son objectif.

Mais il ne pouvait pas reprendre son offre. Pas alors que cette femme avait mis tant d'espoir dans sa requête.

A présent, elle semblait abasourdie. Elle avait dû s'attendre à toutes les réponses, sauf sa promesse succincte.

— Juste... d'accord ? demanda-t-elle de cette voix douce qui mettait chaque cellule de son corps en alerte.

C'était le moment d'ajouter quelques précisions, de poser ses propres conditions. Mais il n'avait pas envie d'interrompre cette suite d'événements imprévus.

Décidant de régler les détails plus tard, il hocha la tête.

— J'ai dit que je ferais tout ce que vous voudrez. Et je compte tenir parole.

Le plus étrange était qu'il disait vrai. Pas seulement parce que cela servait ses propres intérêts, mais parce qu'il voulait effacer cette résignation sur son visage. Il avait cru qu'elle avait accepté d'épouser Hassan pour avoir accès à sa richesse infinie. Certes, c'était une femme indépendante, qui avait une brillante carrière, mais il avait croisé nombre de femmes qui préféraient être entretenues dès que l'occasion se présentait. Puisqu'elle avait refusé d'épouser Najeeb puis consenti à épouser le père, il avait supposé qu'elle avait préféré un homme plus âgé, moins exigeant et plus facile à manipuler.

Mais, en un regard, il avait compris qu'elle trouvait Hassan et l'idée de l'épouser détestables à tous les niveaux. Comment elle avait été poussée à accepter ce mariage, il n'en avait encore aucune idée, mais il était persuadé qu'elle y était contrainte, et qu'elle bouillait de rage à l'idée de ne pas avoir le choix. Un choix qu'il allait maintenant lui offrir.

Elle ne pensait pas que c'était possible, pas aussi facilement qu'il l'avait laissé entendre. Il vit la lueur d'espoir dans ses yeux s'éteindre.

— Les intentions sont une chose, dit-elle. Les mettre à exécution, c'est une autre affaire.

— Pas pour moi. Je réussis tout ce que je veux.

Devant sa conviction, son regard vacilla.

— Mais sûrement pas *tout.*

Il haussa les épaules.

— Je peux faire tout ce que je décide. Je l'ai toujours fait. Et je le ferai toujours.

Ses lèvres tentantes restèrent entrouvertes un instant, puis laissèrent échapper un rire aérien. Chacune de ses réactions l'enflammait. Même dans cette robe peu flatteuse, son corps voluptueux semblait exercer une attraction inexorable sur lui et sur ses émotions.

Elle secoua la tête, et les vagues soyeuses de sa chevelure dansèrent autour de ses épaules.

— Vous savez quoi ? Je vous crois. L'univers doit sûrement se plier en quatre pour vous satisfaire.

Elle reprit un air sérieux. Il eut envie d'avancer dans le temps, jusqu'au moment où elle le regarderait avec des yeux brûlants de passion tandis qu'il la conduirait vers l'extase.

— Ne voulez-vous pas savoir de quoi il retourne, avant de prendre un tel engagement ? demanda-t-elle.

— Tout ce que j'ai besoin de savoir, c'est que vous avez demandé mon aide pour échapper à un destin qui vous semble pire que la mort. Je ferai ce qu'il faut faire, peu importe ce que c'est.

— Vous devez tout de même connaître les détails, afin de décider d'un mode d'action.

Cédant à son envie, il posa la main sur son visage, et gémit lorsqu'il sentit sa peau douce et ferme sous sa paume. Cette alchimie qui avait jailli entre eux était phénoménale.

Il lui fallut faire appel à toute sa retenue pour ne pas prendre ses lèvres qui émettaient des souffles si enivrants.

— Vous pourrez me donner tous les détails que vous voulez... dans ma suite.

Il la prit par le bras et se tourna vers les portes qui donnaient sur l'extérieur, mais elle resta immobile.

Il fronça les sourcils.

— Vous savez qui je suis, dites-moi ?

Elle le savait sans doute. Sinon, elle ne lui aurait pas demandé ce qu'elle lui avait demandé. Qui d'autre que lui pourrait contrecarrer les décisions d'un roi ?

Pourtant, l'incertitude le gagna. Peut-être ignorait-elle qui il était. Après tout, jusqu'ici, rien ne s'était déroulé comme prévu.

En silence, elle hocha la tête, l'air encore sonné.

— Vous n'êtes pas sûre de pouvoir me faire confiance ?

Elle secoua la tête, puis ferma les yeux. Quand elle les rouvrit, il fut envahi par cette sensualité brûlante dont elle n'avait même pas conscience. Il réprima un frisson.

Elle semblait agitée, et sa respiration était saccadée. Il la sentit vaciller contre lui.

Soudain anxieux, il demanda :

— Vous allez bien ?

Elle fit un signe de tête positif.

— Oh non ! s'exclama-t-elle. Je ne cesse de hocher la tête comme si je ne savais plus parler.

Il l'observa tandis qu'il la relâchait à contrecœur.

— Peut-être ne voulez-vous plus me parler.

— Vous plaisantez, n'est-ce pas ?

— A vous de me le dire. Il est clair que... je vous perturbe.

— Oh ! c'est certain. Mais cela n'a rien à voir avec un manque de confiance en vous. Je vous *fais* confiance.

Il observa son expression, ne sachant s'il la déchiffrait clairement. Car, même s'il savait qui elle était, il était trop tôt pour estimer la connaître. Et elle ne lui semblait pas être du genre à faire des déclarations sérieuses sur un ton léger.

Il serra les lèvres.

— Vous n'avez pas à me mentir pour me faire plaisir ou pour être polie. Vous n'avez aucune raison de me faire confiance. Pas encore. Mais je vous donnerai toutes les garanties que vous exigerez, afin que vous vous sentiez en sécurité avec moi.

Elle se fendit d'un petit rire.

— Oh ! vous avez beaucoup de choses à apprendre sur moi ! Quand je n'endosse pas le rôle de consultante en affaires internationales, je dis toujours ce que je pense, sans m'inquiéter des conséquences.

Cela ressemblait à la vérité. Et cette attitude confirmait ce qu'il percevait d'elle.

Parce que son sourire était communicatif, il se détendit.

— Je n'accepterai rien de moins que toute la vérité de vous.

— Eh bien, vous êtes venu voir la bonne personne.

— J'espère bien. Je ne tolère pas les politesses creuses et les gens qui prennent des pincettes.

— Oui, j'avais remarqué. Vous dites les choses comme elles sont, de la façon la plus directe et choquante qui soit. Bienvenue au club.

Lorsqu'elle lui offrit un sourire, il eut soudain envie de la plaquer contre la colonne derrière elle et de l'embrasser avec fougue. Sa retenue fut encore mise à mal quand elle poussa un soupir qui fut comme une caresse sur ses sens.

— Mais je vous fais confiance. Je sais que vous ne me feriez jamais de mal. Ne me demandez pas comment je le sais, cela n'a rien à voir avec ce que j'ai appris à votre sujet. Je le sais, c'est tout.

— Alors, pourquoi étiez-vous si inquiète à l'idée de venir dans ma suite, si vous ne craigniez pas que je profite de la situation ?

Elle eut un rire franc.

— Comme si vous aviez besoin de ça ! Je parie que les femmes vous supplient de profiter d'elles.

— Vous n'êtes pas *les femmes.* Vous êtes vous.

— Même si vous me considérez comme différente...

— Pas différente. Unique.

Elle rougit de plaisir devant ce qui ressemblait à une exagération, mais qui n'en était pas une.

— Même si vous me voyez ainsi, je sais que vous ne vous attaqueriez jamais à quelqu'un de plus faible que vous.

L'opinion qu'elle avait de lui l'emplit d'un sentiment délicieux. Cependant...

— J'ai *senti* votre anxiété, votre détresse. Je les perçois encore.

Elle pencha la tête, l'air amusé.

— Vous vous rendez bien compte que vous êtes l'homme le plus impressionnant qui soit, n'est-ce pas ? Et comme si cela ne suffisait pas, nous avons rompu toutes les règles de bienséance. Fichtre, nous en sommes déjà à parler d'annulation de mariage ! Excusez-moi si je suis décontenancée.

— Inutile de vous excuser. Et je me fiche des règles. Entre nous, elles n'existent pas. Et vous le savez.

— Croyez-vous que je sache quoi que ce soit à cet instant ? Je ne suis même pas sûre que cette conversation soit vraiment en train d'arriver, ou que vous existiez vraiment. Je sais seulement que, quand vous êtes apparu, je n'ai jamais rien connu d'aussi fort.

— Un autre point commun, alors. Avant même que je vous voie, vous avez eu un effet sans précédent sur moi.

Elle fronça le nez de manière adorable.

— Vous n'avez pas à mentir pour flatter mon ego.

— Mais je suis sérieux. Votre ego a tout à fait le droit d'être flatté.

Son rire cristallin était si joyeux qu'il dut serrer les poings pour ne pas la prendre dans ses bras.

— Alors, vous étiez simplement surprise que je vous aie demandé de venir dans ma suite ?

Elle afficha un délicieux sourire en coin.

— « Surprise » est un doux euphémisme ! Sérieusement, j'avais juste besoin d'un moment pour revenir à la réalité. Et respirer. Vous êtes plus époustouflant qu'un tour sur des montagnes russes.

Puis, quelque chose de tout à fait nouveau se produisit. Il sourit, mu par des émotions qu'il ne reconnut pas. S'il devait les nommer, il dirait qu'elles ressemblaient à du plaisir, de la bienveillance, et même de la tendresse.

Son sourire eut autant d'effet sur elle que le sien en avait sur lui. Elle s'appuya contre la colonne derrière elle, comme si ses jambes ne la portaient plus.

— La loi devrait vous interdire de faire cela, avança-t-elle.

Tout chez vous est déjà exacerbé. Un sourire de vous, et surtout de *cette* sorte, peut faire de graves dégâts.

Il sourit de plus belle, triomphant.

— Aucun danger, car je ne souris jamais. Sauf avec vous.

— Alors, je suis un groupe cible à moi seule, hein ?

Quelque chose se serra dans sa poitrine quand il entendit le mot « cible » sur ses lèvres. C'était ce qu'elle avait été pour lui, avant leur rencontre. A présent, ce terme semblait faux.

Inconsciente de ce qui se jouait dans son esprit, elle l'observa avec un mélange de confiance et... d'admiration ?

— Je suis venue ici ce soir pensant que je n'aurais plus jamais de chance. Parce que je vous ai rencontré et que vous m'avez proposé votre aide, j'avais déjà révisé mon opinion, que vous puissiez réellement me secourir ou non. Mais si je suis la seule destinataire de votre sourire, cela veut dire que ma chance a tourné de manière radicale !

Cédant à son envie, il l'attira contre lui.

— Je suis prêt à parler de tout. Mais pas ici. Vous venez avec moi ?

Elle hocha la tête, l'air soudain timide. Cela le toucha, car il savait que lui seul suscitait une telle réaction chez elle. Une réaction sincère, à l'image de toute sa personne.

— Promettez-moi de me laisser reprendre mon souffle de temps en temps, dit-elle.

— Même si c'est la dernière chose que je veux, je vous donnerai tout le temps dont vous avez besoin afin que vous soyez totalement à l'aise avec moi.

Il afficha un autre sourire, qui lui vint plus facilement que le premier.

— Quoique, dit-il, un peu de tension, cela ne fasse pas mal. Tant que c'est une tension agréable.

Elle poussa un soupir théâtral.

— Ce que vous provoquez est trop torride pour être décrit par un mot aussi anodin.

Son aveu suscita un désir impérieux en lui. Incapable d'attendre plus longtemps, il l'entraîna à l'extérieur.

Elle accéléra le pas pour rester à sa hauteur, et fondit contre lui, comme si elle avait besoin de son soutien. Mais, tandis qu'il se dirigeait vers l'ascenseur, il la sentit se raidir.

— Inquiète de nouveau ?

Elle secoua la tête en souriant.

— Vous ne serez jamais une menace pour moi, cheikh Numair. Mais plutôt une tentation à laquelle j'aurai bien du mal à résister.

Quelque chose vrilla dans son ventre quand elle l'appela « cheikh ». Cela semblait si... juste.

Son bras se resserra autour d'elle, comme pour la remercier.

— Ce n'est que justice, puisque vous êtes une tentation pour moi aussi, et bien plus encore.

Ils échangèrent un sourire plein d'anticipation. Et tout en songeant que tout ce qu'il avait prévu était à portée de main, il l'entraîna dans la cabine d'ascenseur.

Tandis que Numair lui tenait la porte, Jen passa devant lui, vacillant sur ses jambes.

Elle était vraiment là. Dans sa suite.

Tentant de se concentrer sur autre chose que sa présence, son parfum et sa chaleur, qui mettaient ses sens en émoi, elle observa les lieux.

Elle avait déjà séjourné au Plaza, mais jamais dans une telle pièce. Cette suite unique égalait la splendeur du palais royal de Zafrana. Toutefois, avec les épreuves difficiles que son pays avait connues, il était difficile de comparer les deux. Cette suite, qui occupait presque cinq mille mètres carrés du légendaire hôtel et surplombait certains des endroits les plus prisés de Manhattan — la Ve Avenue et la fontaine Pulitzer —, était impeccablement entretenue. Avec sa décoration opulente, ses tissus somptueux et ses meubles exquis d'inspiration Louis XV, elle représentait le summum du luxe. A l'inverse, le palais royal de Zafrana, où Jen avait grandi, tombait en ruines.

Elle reporta son attention sur Numair, et se surprit à se demander à quoi ressemblait sa maison.

Elle ne le découvrirait jamais. Quoi qu'il se passe ici, quoi qu'il offre, quoi qu'il veuille en retour, elle ne se faisait pas d'illusions, ce ne serait que temporaire.

Et c'était très bien ainsi. Tout ce qu'elle vivrait avec lui, tout ce qu'il pourrait faire pour elle, serait bien plus que ce dont qu'elle avait osé rêver une heure plus tôt.

Ya Ullah, cela faisait-il seulement une heure ? Elle avait l'impression de le connaître depuis toujours, et d'avoir fait sa demande téméraire plusieurs jours auparavant.

Et maintenant, elle était là. Dans sa suite. Elle n'avait jamais agi de la sorte avec un autre homme. Pas même avec celui qu'elle avait épousé. Elle avait toujours fait venir les hommes sur son terrain, et dicté les règles.

Mais avec Numair, elle n'avait même pas pensé à imposer des règles. Même quand il avait dit qu'il exaucerait chacun de ses souhaits. Ce n'était pas parce qu'elle avait besoin de son assistance ou qu'il avait accepté de l'aider. Simplement, il la... troublait. Et pour la première fois de sa vie, elle se laissait emporter, sans plus rien contrôler. Elle qui était si attachée à son autonomie, elle aurait dû trouver l'expérience déroutante. Au contraire, elle la rendait euphorique.

La main de Numair brûla sa taille à travers sa robe tandis qu'il la guidait à travers une succession de pièces pour gagner un vaste espace de vie, meublé d'une somptueuse table pouvant accueillir dix personnes et d'un salon luxueux.

S'écartant de son contact électrisant, elle alla se réfugier près du piano à queue, niché dans un angle. La distance lui permit de s'extirper de son hébétude.

Numair avait peut-être avoué son attirance pour elle, mais considérerait-il qu'elle avait le droit de suivre son instinct comme lui le faisait ? Elle savait qu'il ne tenterait aucune approche si elle ne l'y invitait pas, mais soudain elle craignait qu'il ne voie pas les choses comme elle. Allait-il changer de comportement, parce qu'elle avait accepté de le suivre, ou était-il progressiste ?

Eh bien, s'il ne l'était pas, ce serait tant pis pour lui, et elle serait bien mieux sans lui. Tout comme elle était bien mieux sans son ex-mari.

Avec une voix qu'elle voulut neutre, elle demanda :

— Vous êtes à New York pour assister à la réception ?

Son regard émeraude brilla.

— Je n'étais pas invité, non.

— Alors, vous avez entendu dire qu'il y avait une fête de fiançailles dans votre hôtel, et vous avez simplement décidé d'enquêter ?

— Quelque chose comme cela.

Elle devrait s'en satisfaire, car il ne semblait pas vouloir s'expliquer. Mais peu importait pourquoi il se trouvait ici. Ce qui comptait, c'était de savoir s'il pouvait vraiment l'aider.

Avant qu'elle puisse revenir à cette question, il approcha du piano.

— Je détecte une sévère chute de température depuis que nous sommes entrés. Vous hésitez, finalement ?

Sa voix était plus grave, plus calme, comme pour apaiser une jument agitée. Il prit le poing qu'elle avait posé sur la surface noire et vernie du piano. Sa main était assez grande pour noyer la sienne, assez dure pour pulvériser de la pierre. Mais la douceur avec laquelle il la poussa à ouvrir sa main, la considération dans son regard tandis qu'il l'observait lui firent regretter ses doutes.

Fermant les yeux, contrite, elle avoua :

— J'imagine que je suis devenue un peu paranoïaque.

— Craigniez-vous que votre foi en moi soit infondée, et que je fasse quelque chose contre votre volonté maintenant que vous êtes dans ma suite ?

Elle secoua la tête avec vigueur.

— Pas du tout. J'ai juste peur que vous changiez... d'attitude.

— Comme les hommes le font habituellement quand ils pensent avoir atteint leur objectif et qu'ils n'ont plus besoin de cacher leur nature mauvaise ? Ces hommes qui appliquent le deux poids deux mesures ?

A la façon dont ses splendides lèvres se serrèrent, elle devina que si de tels hommes croisaient son chemin, ils le regretteraient à vie.

Elle aurait aimé qu'il change de sujet. Mais il n'en ferait rien. Car il avait besoin de tout savoir, de contrôler chaque situation. Il la questionnerait jusqu'à ce qu'elle dise tout ce qu'elle avait pensé.

Elle soupira.

— Les hommes sont ainsi, à un degré ou un autre d'après mon expérience, mais surtout les hommes de mon pays, oui.

Il haussa un sourcil intimidant.

— Tous les hommes sont-ils machos là-bas ?

— Le deux poids deux mesures *est* largement répandu, perpétué par les femmes encore plus que par les hommes. Tous ceux, et surtout celles, qui osent défier les règles et les restrictions culturelles sont montrés du doigt, même si les gens semblent modernes en apparence.

— Pourquoi craigniez-vous que je sois comme eux ? Je suis né dans votre région, mais je n'y ai pas été élevé.

— L'endoctrinement commence à un âge très précoce. Il faut des familles et surtout des mères très progressistes pour éviter que leurs enfants soient imprégnés du pire de la culture. En général, les hommes sont élevés pour avoir des opinions très cruelles des femmes qu'ils perçoivent comme « légères ».

— Et vous pensiez que ma programmation précoce referait surface, et que je vous jugerais pour m'avoir suivi dans ma suite ?

— C'était une pensée fugace, d'accord ? Une peur ancrée qui n'a rien à voir avec vous.

— Mais elle n'est pas ancrée en vous à cause des mœurs actuelles de votre patrie. Cela vient d'une expérience personnelle, n'est-ce pas ?

Elle avait vu juste, il n'arrêterait pas tant qu'il ne saurait pas toute la vérité.

— Que savez-vous au juste sur moi ? demanda-t-elle. A l'évidence, vous avez enquêté à mon sujet avant de vous présenter à cette fête.

Il la guida vers le canapé le plus proche, et la fit asseoir à côté de lui.

— Les enquêtes ne donnent que les grandes lignes, qui peuvent aisément conduire à de fausses interprétations. A vous de me dire ce qui est exact.

Elle frissonna quand sa puissance et sa chaleur l'enveloppèrent. Elle s'appuya contre le canapé de velours, espérant ne pas avoir l'air aussi troublé qu'elle l'était.

— Je suis la définition même de la dépravation dans mon pays. J'ai quitté ma famille à dix-huit ans pour vivre dans un autre pays, je subviens seule à mes besoins, j'ai fait de la réussite professionnelle et de l'autonomie mes objectifs premiers, je suis une divorcée qui n'est pas rentrée dans son pays pour y chercher le refuge de sa famille et le pardon de la société. Je suis le mauvais exemple que les mères citent à leurs petites filles. Tout ce qui m'est arrivé de fâcheux est présenté comme une punition pour mes péchés.

L'expression de Numair se durcit à mesure qu'elle parlait, jusqu'à ce que son visage semble taillé dans le granite.

— Tout ce que vous venez de mentionner, tout ce que vous avez accompli, tout ce que vous êtes, fait de vous un modèle que toutes les femmes de votre pays et d'ailleurs devraient aspirer à égaler.

Elle se fendit d'un rire incrédule. Devant son regard interrogateur, elle expliqua :

— C'est amusant de vous entendre dire ce que mes petites sœurs ne cessent de me répéter. Mais *elles* sont incapables d'être impartiales en ce qui me concerne.

— Je suis totalement partial en ce qui vous concerne. Et il se trouve que j'ai absolument raison.

De nouveau, elle fut tout près de faire quelque chose d'impulsif. Du moins, quelque chose de plus impulsif que de le suivre dans sa suite. Comme se jeter contre son torse massif et l'étouffer de baisers. Ce qu'elle pourrait finir par faire bientôt. Son aura était en train de mettre en pièces le peu de contrôle qui lui restait.

— Vos sœurs ont bien fait de vous choisir comme modèle. Vous êtes parfaite.

Elle balaya ses mots d'un revers de la main.

— N'exagérons rien, voulez-vous ? Je mourrais si elles suivaient certains de mes pas.

— Pourquoi ? N'êtes-vous pas fière de vos réussites ?

— Si. J'en suis fière. Mais je ne suis pas fière de mes erreurs.

— Quelles sont-elles ? Un bref mariage raté ? Vous pensez que cela vous disqualifie en tant que source d'inspiration ?

— Mes choix catastrophiques me disqualifient, certainement. Pour gagner ma liberté et mon indépendance, j'en ai commis plus d'une. Comme épouser le premier homme qui semblait être le contraire des hommes machistes auxquels j'étais habituée, et découvrir très tôt qu'il avait d'autres traits de caractère tout aussi désagréables. Mais que je le mérite ou non, j'étais leur modèle, et je me suis efforcée d'être à la hauteur du rôle. Ce que je déplore le plus dans ce mariage forcé avec Hassan, c'est que je ne peux plus jouer ce rôle pour elles.

— Vous serez toujours celle que vos sœurs admirent. Maintenant, dites-moi exactement comment Hassan vous oblige à vous épouser. N'omettez rien.

Prenant une grande inspiration, elle se mit à expliquer toute la situation.

Il l'écouta avec une telle concentration qu'elle eut du mal à parler. Mais elle y parvint, et ne laissa rien de côté, comme il l'avait exigé.

Son expression devint presque effrayante à mesure qu'elle avançait dans son récit, mais il resta silencieux même après qu'elle eut fini, au point qu'elle commença à trembler d'inquiétude. Et si, maintenant qu'il connaissait l'étendue des dettes de Zafrana, il se rendait compte qu'il ne pouvait rien pour elle ? Allait-il lui dire qu'il était désolé de lui avoir donné de faux espoirs ?

Enfin, il prit la parole, la voix tranchante comme un rasoir.

— Je savais pour les dettes, mais j'ignorais qu'elles étaient si élevées, ou que la situation internationale à Zafrana était si explosive.

— Père ne m'aurait jamais demandé cela, sinon.

Il leva la main, et les muscles de sa mâchoire se tendirent.

— Rien ne justifie que l'on vous force à quoi que ce soit, encore moins que l'on vous sacrifie. C'est lui qui aurait dû se sacrifier.

— Il l'aurait fait si cela avait résolu le problème.

— Il aurait dû envisager toutes les mesures, hormis celle vous donner en mariage à ce vieux bouc.

Elle éclata de rire.

Devant son air sombre, elle bredouilla :

— C'est exactement ce que j'ai dit à Zeena.

Comme son regard devenait plus orageux, elle reprit son sérieux.

— Qu'auriez-vous fait à sa place ?

— Il vaut mieux que vous ne le sachiez pas.

Elle haleta, car ces cinq mots dépeignaient une image claire. Cet homme était aussi fatal qu'elle l'avait pensé, et pas seulement au sens figuré. Eliminer des ennemis ne lui était pas étranger. Même de ses propres mains.

Elle n'eut pas le temps de songer au désastre qu'elle avait peut-être provoqué en requérant son aide, car il déclara :

— J'ai besoin de détails concernant ces dettes.

Elle s'accrocha à ce sujet inoffensif.

— Naturellement. Vous devez tout savoir avant de décider si vous pouvez apporter votre aide, ou même si vous le souhaitez.

Il lui lança un regard réprobateur.

— Ces détails n'ont aucune influence sur ma décision, celle-ci était définitive dès l'instant où je vous ai donné ma parole. Je n'en ai besoin que pour décider quelle attaque sera la plus efficace.

Elle se redressa.

— Une attaque ?

Son regard émeraude se fit glacial.

— Je devrai employer des mesures extrêmes pour libérer Zafrana des griffes de Saraya.

Son cœur s'affola.

— Qu'entendez-vous par *extrême* ?

— Eliminer le problème à la source.

— Et comment vous y prendriez-vous ?

— Cela me regarde.

— Cela me regarde aussi. En fait, je suis la première concernée. C'est moi qui ai demandé votre aide, et si vous comptez... faire du mal à Hassan, je vais devoir retirer ma requête.

— Vous vous souciez de son sort ?

— Non, mais pour autant je refuse qu'il connaisse une fin prématurée. Ce serait terrible pour Saraya. Pour Najeeb. Pour la paix.

Elle crut voir son regard s'embraser à la mention de Najeeb, mais il se contenta de répondre :

— La paix succède toujours à une guerre. Et une guerre cause toujours de lourdes pertes.

— Je ne veux pas retrouver ma liberté si elle a un tel prix.

— Vous pensez que je le tuerai, n'est-ce pas ?

— C'est en tout cas ce que vous avez laissé entendre.

— Il serait facile d'organiser sa disparition.

Alors qu'elle se mettait à bredouiller, effrayée, il afficha un sourire carnassier.

— Mais il se trouve que je n'envisage pas de le supprimer. Je veux juste mettre fin à son emprise étouffante sur Zafrana.

Elle soutint son regard, jusqu'à ce qu'elle décide qu'il disait la vérité, puis s'adossa au canapé, soulagée.

— Pendant un instant, j'ai cru que je venais de signer l'arrêt de mort d'Hassan !

— *C'est* la solution préférable, et la plus nette. Mais je ne le laisserai pas s'en tirer si facilement. Les actes d'Hassan méritent un châtiment prolongé.

— Vous parlez encore comme si vous alliez l'éliminer !

En guise de réponse, il haussa les épaules.

— *Ya Ullah...*, s'exclama-t-elle, levant les mains. Je n'arrive pas à croire que nous sommes assis ici, à débattre des avantages et des inconvénients d'assassiner Hassan.

— L'ôter ou ne pas l'ôter, telle est la question, dit-il avec un air malicieux.

Elle éclata de rire.

— Vilain démon ! Vous me faisiez marcher.

Elle sourit.

— Alors, que comptez-vous faire, en vrai ?

— Quelle partie de *cela me regarde* ne comprenez-vous pas ? Vous avez émis une exigence, maintenant vous n'avez plus qu'à vous asseoir et à me laisser régler le problème comme bon me semble.

— Les mendiants ne peuvent pas décider, hein ?

— Vous ne serez jamais autre chose que ce que vous êtes, une princesse dont les exigences doivent toujours être réalisées.

Ses déclarations ne cessaient de lui couper le souffle, et ses lèvres la picotaient du besoin de goûter la bouche qui les prononçait.

Mais elle devait tout de même s'assurer d'une chose.

— Malgré tout, promettez-moi que vous n'irez pas trop loin. Faites simplement ce qu'il faut pour me libérer, et peut-être remettre Zafrana sur la route de l'indépendance économique. Je ne veux pas que les conséquences éclaboussent mon père ou Zafrana. Ou même Saraya.

Il inclina la tête, et elle rêva une fois de plus de libérer sa chevelure de jais du catogan qui les retenait.

— Je promets d'agir de façon ciblée. Toute la région sera plus saine. Rien que pour vous.

Soudain, elle haleta.

— Alors, vous allez vraiment mettre votre plan en œuvre !

Elle secoua la tête, hébétée.

— Eh bien… donnez-moi un instant pour m'y faire.

— Prenez tout le temps dont vous aurez besoin.

Il saisit une mèche de ses cheveux et la fit glisser entre ses doigts.

— Mais vous pouvez fêter votre liberté retrouvée dès maintenant.

Son regard s'embua, et elle ferma les yeux.

Quand elle les rouvrit, ses larmes coulaient et sa gorge était nouée.

— Je dois vous présenter des excuses.

— Ne vous excusez jamais, pas avec moi. Mais pourquoi pensez-vous me devoir des excuses ?

— Pour avoir pensé ce que j'ai pensé avant de vous faire ma requête.

— Qu'avez-vous pensé ?

— Que vous ne feriez jamais rien par bonté de cœur. Car vous n'en aviez pas.

Il se fendit d'un rire sans joie.

— Vous aviez raison, je n'en ai pas. Pas dans le sens où on l'entend en général.

— Selon moi, vous avez mieux. Je pensais que vous ne feriez jamais rien pour personne sans obtenir en échange une chose de valeur égale ou supérieure, et j'avais tort.

— Vous devriez peut-être retirer vos excuses. Car vous n'aviez pas tort, je veux quelque chose.

Son cœur tressauta.

— Vraiment ?

— Oui.

Elle se sentit happée par son regard intense.

— Un héritier.

3

— Un héritier, répéta Jen, en ayant toutes les peines du monde à reconnaître sa propre voix.

Le regard de Numair se fit plus hypnotique encore, comme pour l'inciter à dire ce qu'il voulait entendre.

Eh bien, cela ne risquait pas d'arriver ! C'était déjà un miracle qu'elle ait réussi à répéter ses paroles. Après l'agitation et l'excitation de leur rencontre, après avoir eu l'espoir puis l'assurance de retrouver sa liberté, elle n'avait pas été choquée qu'il demande une contrepartie. En revanche, elle avait été abasourdie par la contrepartie elle-même.

Il n'avait pas *vraiment* dit...

— Un héritier ? dit-elle de nouveau d'une voix stridente.

Il la regarda, impassible.

— Oui. Un héritier que vous me donnerez.

Ya Ullah, elle avait donc bien entendu. Et cette fois, il ne laissait aucun doute sur la personne qui lui donnerait cet héritier.

La vaste pièce se mit à tourner autour d'elle, et la sensation de malaise qui l'avait saisie tout à l'heure l'envahit de nouveau. Elle appuya la tête contre le canapé.

— Vous ne plaisantez pas.

— Je n'ai jamais été aussi sérieux.

Avec l'impression d'être tombée dans un piège, elle réprima la nausée qui montait en elle.

— Pourquoi faites-vous cela ?

Pour toute réponse, il effaça l'espace entre eux. Avant même qu'elle puisse songer à prendre la fuite, elle se retrouva plaquée contre son corps majestueux.

— Quoi donc ? murmura-t-il.

Son souffle effleura son visage, et son parfum viril ne fit qu'intensifier son malaise. Elle tenta de se dégager, mais il garda sa tête au creux de son bras.

— Etre tout à fait franc sur ce que je veux ? Je pensais que vous apprécieriez l'honnêteté totale.

— Quand avez-vous décidé que vous vouliez un héritier ? Vous ne pouvez y avoir songé quand je vous ai demandé de m'aider.

Elle tenta de secouer la tête, mais sentit la pièce tourner de nouveau. Il la serra plus fort, et sa nausée diminua. Elle gémit, de soulagement, cette fois.

— Je pensais bien que vous demanderiez une contrepartie, mais j'étais loin d'imaginer cela.

— Que pensiez-vous que je demanderais ? Vous ?

A présent qu'il l'avait formulée à voix haute, cette idée lui semblait présomptueuse. Mais, étant donné son intérêt apparent pour elle, c'était la seule chose qui lui était venue à l'esprit.

Elle avait cru qu'il exigerait au maximum une courte liaison, peut-être le temps de son séjour à New York. Ce qui n'aurait pas véritablement constitué pour elle un prix à payer : cela aurait été un plaisir de faire l'amour avec le seul et unique homme qu'elle ait désiré au premier regard. En toute autre circonstance, elle aurait tout donné pour être avec lui, même brièvement. Avoir sa liberté et lui en prime aurait été une chance incroyable.

Mais manifestement, elle avait fait fausse route dans son analyse de la situation. Rectification, elle n'avait pas d'analyse du tout.

Tout était totalement incompréhensible.

Avec douceur, il lui releva le menton, et son regard sombre captura ses yeux incertains.

— Je ne marchande jamais pour obtenir des faveurs sexuelles, et je ne profiterais certainement jamais de la détresse d'une femme, en aucune manière.

De nouveau, elle se sentit idiote d'avoir pensé ce qu'elle avait pensé. Cet homme était sans doute courtisé par les plus grandes beautés de ce monde, et il était impossible qu'il doive payer pour obtenir ce genre de plaisirs. Elle ne pouvait imaginer qu'une femme ne réagisse pas devant lui comme elle l'avait fait, et ne le désire pas de tout son être.

— Je n'ai jamais apprécié les liaisons passagères, dit-il, mais je n'ai jamais eu le désir d'avoir quoi que ce soit de plus. J'ai consacré ma vie à mon travail, à ma soif de succès et de pouvoir. C'étaient mes seuls objectifs, d'aussi loin que je me souvienne. Mais, récemment, tout a changé.

La curiosité et l'empathie prirent le pas sur sa confusion. Avait-il vécu une crise récente qui l'avait poussé à faire le bilan de son existence, et à remettre en question son style de vie ?

Manifestement, il attendait qu'elle le questionne pour s'expliquer. Alors, malgré sa gorge nouée, elle se força à demander :

— Que s'est-il passé ?

— J'ai eu quarante ans. Et j'ai éprouvé le besoin de revoir mes priorités. Auparavant, cela ne m'avait jamais dérangé de ne pas avoir de famille, ni personne à qui léguer ma fortune et mon héritage. Maintenant, si.

C'était, une fois de plus, la dernière chose à laquelle elle s'était attendue. Elle avait cru qu'il lui donnerait une raison aussi unique et bouleversante que lui. Il était la dernière personne sur Terre qu'elle aurait crue susceptible de vivre une crise de la quarantaine.

Peut-être s'était-elle trompée à son sujet, et ce, depuis le début. Tout comme elle avait été loin du compte en supposant quelle contrepartie il souhaitait en échange de son aide. Mais elle ne voyait toujours pas pourquoi il voulait un héritier d'elle, alors qu'il y avait tant d'autres candidates.

— Alors, vous avez décidé de rejoindre la race humaine après une vie à la dominer. Maintenant, vous ressentez le besoin de perpétuer vos gènes. Si vous le faites savoir, les femmes se bousculeront au portillon pour avoir une chance d'être celle qui vous donnera votre héritier.

— Je suis *en train* de le faire savoir. A la seule femme que j'aie envisagée pour réaliser ce souhait.

Elle était de plus en plus confuse.

— Pourquoi moi ? Je ne suis absolument pas qualifiée pour ce rôle.

— Pour reprendre votre expression, vous plaisantez, n'est-ce pas ?

— Pour reprendre la vôtre, je n'ai jamais été aussi sérieuse.

Il saisit son menton entre ses doigts puissants et rugueux.

— Comment pouvez-vous l'être ? Vous êtes ici avec moi, dans mes bras, alors que notre rencontre remonte à une heure. En d'autres circonstances, il n'aurait fallu que quelques minutes. Cette attirance entre nous a jailli dès que je suis entré dans cette salle de bal.

Elle ne pouvait toujours pas croire qu'elle le troublait aussi intensément qu'il la troublait. Toutefois, à supposer que cela fût vrai, ce n'était pas une explication suffisante.

— Je peux comprendre que vous ayez envie de m'avoir dans votre lit...

— Ce que vous auriez considéré comme une juste contrepartie à mes services ?

— Vos *services* auraient été un détail, puisque, de toute façon, j'aurais fini dans votre lit.

Son aveu fit briller une lueur triomphante dans son regard. Ce qui était vraiment étrange. Ne savait-il donc pas que toutes les femmes se jetteraient à ses pieds s'il les laissait faire ?

A l'évidence, non seulement ses propos lui plaisaient, mais ils attisaient son désir. La chaleur irradiant de son corps s'intensifia, et la proéminence qu'elle sentait sous elle devint aussi dure que de l'acier et s'enfonça contre sa cuisse. Elle sentit le désir embraser tout son corps.

Elle voulait l'enlacer, lui dire de tout oublier — ses *services*, ce projet d'héritier — pour simplement assouvir ce désir qui les consumait tous les deux.

Pourtant, elle n'en fit rien.

— Comme je le disais, reprit-elle, même si vous m'avez désiré au premier regard, cela ne fait pas de moi une mère potentielle pour votre héritier. D'après mon expérience avec les riches et les puissants de ce monde, je sais que le désir sexuel n'est même pas une condition pour choisir avec qui procréer. Je suis sûre qu'un homme tel que vous a des critères stricts pour sélectionner sa partenaire, et que de nombreuses autres femmes feraient de bien meilleures candidates que moi.

— Je suis peut-être riche et puissant, mais je vous l'ai dit, je me fiche des règles des autres. Je crée et suis mes propres règles.

Il l'enveloppa d'un regard appréciateur, tandis que sa main descendait de ses épaules jusqu'à ses fesses dans une exploration sensuelle.

— Mais j'ai des critères extrêmement stricts pour choisir la mère de mon héritier. C'est pour cela que vous seule ferez l'affaire.

— Pourquoi ? Est-ce que, sans que je sache comment, je remplis plus de critères que d'autres ?

— Vous remplissez chacun des miens, et d'autres que je n'avais pas avant de vous rencontrer.

Il caressa sa joue, le regard gourmand.

— Je veux que mon héritier naisse de la femme parfaite.

Elle ricana.

— Eh bien, on peut dire que vous vous êtes trompé de cible. Je suis on ne peut plus loin de la perfection.

Il plongea la main dans sa chevelure et tira légèrement dessus.

— Vous êtes parfaite pour moi. Tout comme moi, avec mes défauts flagrants, je suis parfait pour vous.

— Quels défauts flagrants ? Vous êtes parfait, et le seriez aux yeux de n'importe qui.

— Vraiment ? Pourtant, mes alliés comme mes ennemis me considèrent comme un monstre.

Avant qu'elle puisse formuler un contre-argument, il poursuivit :

— Vous connaissez le monde des affaires, vous devez savoir

que j'ai dû me battre pour m'élever jusqu'au sommet et y rester. Vous savez que je dois être impitoyable et implacable, que je me fiche de l'opinion des gens, et que rien n'est impossible pour moi. A présent, vous devez vous rendre compte que je suis dangereux, et même fatal, et que je peux détruire quiconque le mérite selon moi, voire le tuer, sans ciller.

Elle le dévisagea. Il avait mis en mots tout ce qu'elle avait senti chez lui. Tout ce qui le rendait encore plus parfait pour elle.

Elle hocha lentement la tête.

— Mon instinct et ma raison me disent que vous êtes tout cela !

Il afficha un sourire satisfait.

— Tout ce qui fait de moi l'opposé de la perfection. Excepté pour mes associés, je suis un homme que l'on redoute. Les gens me flattent dans l'espoir de gagner mes faveurs, ou pour éviter le danger que je représente. Quant aux femmes qui cherchent à me séduire, la plupart sont attirées par ma fortune et mon pouvoir, et quelques-unes rêvent de dompter le plus dangereux prédateur qui soit. Mais toutes me craignent, et aucune ne me fait confiance.

Il resserra les bras autour d'elle, et son regard se fit plus possessif.

— Vous êtes la seule qui m'ait jamais vu pour ce que je suis, et au lieu de vous rebuter, tout chez moi est exactement ce qui vous attire. Comme on le dit dans nos pays, je suis celui qui *yemla ainek*. Celui qui « emplit votre œil ».

C'était comme s'il lisait dans son esprit. Mieux, comme s'il devinait ses croyances et ses désirs les plus profonds et les plus intimes.

De nouveau, elle hocha la tête, sans même penser à contester son verdict.

— J'ai laissé la naïveté et l'idéalisme derrière moi quand j'avais sept ans, dit-elle. J'ai grandi dans les mondes impitoyables de la politique et des affaires. J'ai appris depuis longtemps que les meilleurs hommes doivent avoir une part monstrueuse en eux, afin d'être assez impitoyables pour prendre les décisions douloureuses, assez rusés pour battre le mal à son propre jeu, assez forts pour imposer des changements difficiles mais nécessaires, et assez résistants pour rester debout après une guerre, et faire autant de bien que possible dans ce monde fou.

Son regard s'assombrit à chaque mot, jusqu'à ce que ces pupilles noient le vert émeraude de ses iris. On aurait dit une panthère prête à fondre sur sa proie. Et elle était impatiente d'être assaillie. Même si elle risquait de ne pas survivre à sa férocité.

Soudain, il exauça son souhait. Avec un grondement rauque, il la souleva comme si elle ne pesait pas plus lourd qu'une plume et la plaqua contre lui. Sa force aurait dû l'effrayer, mais elle ne faisait que mettre ses sens en émoi.

Elle se laissa tomber sur lui, sa robe remontant jusqu'à ses cuisses tandis qu'il l'installait à califourchon sur lui. Dès qu'elle sentit sa puissance pleinement contre elle, elle faillit s'évanouir de plaisir. Puis il embrassa son cou, et elle se sentit fondre. Elle rejeta la tête en arrière, lui donnant pleinement accès à sa gorge, s'abandonnant aux sensations exquises.

Elle avait besoin de cela, de lui, quoi qu'il advienne.

— Vous sentir contre moi et vous goûter est encore plus stupéfiant que je ne l'avais imaginé. Jenan...

Quand il dit son prénom, elle sursauta comme si elle avait reçu un coup de fouet. Elle n'avait jamais aimé son prénom complet. Mais l'entendre sur ses lèvres, prononcé avec cette voix avide, l'excita au plus haut point. A dire vrai, tout ce qu'il faisait la rendait folle de désir. La façon dont il bougeait contre elle, la respirait, la touchait, la massait et la mordillait... c'était trop.

Et trop peu. Elle en voulait davantage. Elle voulait tout. Sa bouche et ses mains partout sur son corps, sa puissance au creux de ses reins.

— Numair...

Quand elle gémit son nom, il sembla aux prises avec le même besoin irrépressible que celui qui la tenaillait. Brusquement, il l'allongea sur le canapé et s'étendit sur elle.

Le monde disparut de nouveau autour d'eux. Plus rien d'autre n'existait que Numair et ce désir ardent qui la dominait.

Lui nouant les jambes autour de sa taille, il s'appuya contre elle, et elle sentit son sexe engorgé contre le sien à travers leurs vêtements. Elle se cambra et poussa un cri, prise dans un tourbillon de sensations.

— *Jenan*, gronda-t-il.

Il la regarda une dernière seconde. Puis ses lèvres prirent possession des siennes. Sa langue envahit sa bouche, brûlante et avide, annihilant toute pensée cohérente.

La pression monta en elle. Derrière ses yeux, dans sa poitrine, au creux de son sexe. Le flot de son désir inondait ses replis intimes. Elle avait besoin de lui, de tout ce qu'il lui ferait. Elle voulait qu'il dévoile ses moindres secrets, que sa virilité emplisse ce vide douloureux qu'il avait créé en elle...

Soudain, quelque chose vibra contre sa cuisse, la faisant sursauter. Après quelques instants, la sensation cessa. Puis la vibration recommença, jusqu'à ce qu'enfin Numair se redresse. Il se leva en marmonnant un juron rageur.

Elle eut un gémissement de protestation. A son regard tempétueux, elle comprit qu'il était dans le même état qu'elle. Affamé et frustré.

Il sortit son téléphone avec une fureur à peine contrôlée. Il marmonna quelques mots, puis raccrocha. Elle avait vaguement compris que c'était l'un de ses associés de Black Castle. Seul l'appel de l'un d'eux aurait pu justifier que Numair interrompe leur premier baiser.

Dès que cette pensée lui traversa l'esprit, elle se surprit à ricaner. Un premier baiser, c'était un euphémisme. Plutôt une première étreinte sauvage.

Numair l'observa avec un air faussement réprobateur et grimaça.

— Je suis heureux que la situation fasse rire l'un de nous deux.

— Je ne ris pas... je ricane.

Il soupira, l'air à la fois amusé et surpris.

— Merci pour ce rectificatif. Vous voulez bien me dire ce qui provoque votre joie ? Cela ne me ferait pas de mal d'oublier le besoin de me venger d'Antonio pour nous avoir interrompus. Ou celui de fondre sur vous pour finir ce que j'ai commencé.

Elle voulut lui dire qu'elle était tout à fait d'accord pour finir ce qu'ils avaient commencé, mais elle se souvint qu'ils avaient engagé une conversation capitale. Et ils n'avaient pas encore trouvé de solution. Peut-être n'y en avait-il pas.

Saisie par une nouvelle vague de désarroi, elle s'assit. Près d'elle, Numair semblait en proie à des réflexions sombres, et elle se trouva si sexy qu'elle eut bien du mal à ne pas se jeter à son cou. Seule la question de l'« héritier » l'en empêcha.

Elle s'apprêta à aborder de nouveau le sujet, mais Numair s'assit soudain à côté d'elle et, avec une facilité étonnante, l'installa de nouveau sur lui, avant de lui donner un autre baiser ardent. Quand il recula pour reprendre son souffle, son regard torride ne laissait pas de doute sur ce qu'il lui ferait une fois que cette conversation serait terminée.

— Avez-vous encore des questions concernant le fait que je vous aie choisie ?

Il porta sa main à ses lèvres, et la mordilla. Elle haleta de plaisir.

— Je ne veux pas seulement que mon héritier naisse de la femme parfaite, dit-il, mais aussi du plaisir parfait. Et entre nous, c'est la perfection. Ce que nous éveillons chez l'autre est magique. Et je n'accepterai rien de moins.

Sur ce point, elle n'avait pas d'arguments à lui opposer. C'était en effet magique. Du moins pour elle. Mais s'il affirmait que pour lui aussi, elle devait le croire. Il n'avait aucune raison de mentir ou même d'exagérer.

D'après son expérience, presque tous les hommes avaient des raisons de mentir. Ils pensaient que dans tous les royaumes de sa région, l'argent du pétrole coulait à flots. Ils ne la croyaient pas quand elle disait que ce n'était pas le cas à Zafrana. Même ceux qui la croyaient pensaient qu'elle parlait d'une pauvreté relative, qui se chiffrait en millions et non en milliards. Elle avait vu trop d'imposteurs tenter de séduire la princesse richissime qu'ils la croyaient être. Son ex-mari avait été l'un de ceux-là.

Mais Numair était bien plus riche et plus puissant que le royaume de Jenan et celui de Saraya réunis. Elle ne pouvait que le croire, et croire que le désir qu'il montrait était totalement réel.

Mais il avait tout gâché avec cette histoire d'héritier.

A présent, il suçotait ses doigts, et chaque aspiration provoquait un pic de plaisir au creux de son ventre. C'était presque douloureux de devoir l'arrêter, mais elle devait lui faire comprendre à quel point elle trouvait sa demande aberrante.

— Numair... je vous désire, oui, totalement, et même éperdument.

Il la pressa contre son érection, lui arrachant un gémissement.

— Malgré tout, je ne peux pas suivre mon désir. Car je sais que la seule raison pour laquelle vous coucheriez avec moi, c'est pour que je vous donne un bébé.

— C'est loin d'être mon seul objectif. C'est en fait le produit de mon seul objectif maintenant : un plaisir indescriptible. Que je donnerai, et prendrai, aussi souvent que vous pourrez le supporter.

Elle remua sur ses genoux, attisant encore leur désir mutuel.

— Et si cela s'avérait décevant ? Si ce feu d'artifice initial n'était qu'un pétard mouillé, et que nous nous révélions incompatibles au lit ?

Il retroussa les lèvres.

— Nous serons incendiaires. Dès que vous direz oui, je vous le montrerai.

Il démontait chacun de ses arguments, et elle se sentait de plus en plus acculée. Néanmoins, elle persista :

— Quand vous parlez d'héritier, vous pensez seulement à un garçon, n'est-ce pas ? Et si j'accepte votre proposition insensée, et que je tombe enceinte d'une fille ? Si je ne peux pas tomber enceinte ? Ou que vous ne pouvez pas avoir d'enfants ?

Il sourit de plus belle, comme s'il considérait ses hypothèses ridicules, mais qu'il trouvait adorable qu'elle se mette dans tous ses états.

— Vous avez fini d'énumérer vos scénarios catastrophe ? Vous n'avez qu'à dire oui, et je m'occupe du reste.

Elle rit.

— J'ai pensé que vous étiez un dieu quand j'ai posé les yeux sur vous, mais vous pensez à l'évidence en être un au sens propre, si vous croyez pouvoir faire plier le destin afin qu'il réponde à vos désirs.

Il haussa une épaule.

— Je crée toujours mon destin selon mes désirs. Comme maintenant. Je vous ai reconnue comme la seule femme qui puisse répondre à mes moindres désirs et exigences. Une fois que vous m'aurez dit oui, je pourrai atteindre toutes les étapes majeures de mon plan directeur.

A ces mots, elle s'assit.

— D'accord, temps mort. Je sais que vous êtes maître de votre plan, des détails, etc., mais même vous devez savoir à quel point ce que vous venez de dire semble fou. Cela m'ennuie de vous l'apprendre, mais il y a des choses dans la vie qui échappent à votre contrôle.

— Nous pouvons modeler et contrôler notre destin. Vous pouvez soit céder le contrôle sur le vôtre en écoutant des gens qui n'apprécieraient jamais vraiment votre sacrifice, quand bien même ils en bénéficieraient pleinement, soit vous pouvez me dire oui et prendre vous-même le contrôle de votre vie.

— Et comment être un instrument de *votre* supposé plan directeur fait-il de moi la maîtresse de mon propre destin ?

— Parce que, contrairement à tous les autres hommes dans votre vie, je ne menacerai jamais votre autonomie. Je vous aiderai à développer vos capacités, je soutiendrai vos projets, j'écarterai les obstacles de votre chemin. Vous *choisirez* de dire oui, car vous pèserez le pour et le contre, et que la balance penchera en ma faveur. Ensuite, nous deviendrons amants. Je vous donnerai tout ce que vous avez jamais désiré, sur le plan sexuel comme sur tous les autres plans.

— Se débarrasser d'Hassan fait partie des « pour », n'est-ce pas ? Vous êtes donc bien en train de demander une contrepartie.

— Non. J'ai promis de vous débarrasser, vous et Zafrana, de Hassan, et je le ferai, quoi qu'il se passe entre nous. Vous pouvez d'ores et déjà annoncer à votre père que vous avez trouvé une solution à tous vos problèmes, et qu'Hassan peut aller au diable.

Il mordilla sa paume, et elle ne put s'empêcher de la plaquer contre ses lèvres.

— Vous deviendrez ma maîtresse et vous porterez mon héritier pour une douzaine d'autres raisons, qui seront toutes les vôtres, la principale étant que vous êtes impatiente d'être dans mon lit, pour que je prenne possession de vous, que je vous domine, que je vous donne du plaisir.

Il ponctua ses mots par des mordillements qui lui donnèrent envie de réclamer tout ce qu'il venait d'évoquer.

— Quelle liberté ? dit-elle dans un gémissement. *Ya Ullah*, Numair, maintenant je sais ce que c'est que d'être emportée par un déluge. Vous en êtes un.

— Je vous emmènerai dans un royaume inconnu pour nous deux, un royaume de pur plaisir. Ensuite, quand vous serez enceinte, nous nous marierons.

A ces mots, elle faillit s'étouffer et toussa, avec l'impression que toute sa force vitale était expulsée d'elle. Numair se rendit compte de sa détresse, mais ses efforts pour l'aider ne firent qu'empirer les choses.

Quand, enfin, elle se reprit, elle le regarda à travers des yeux qui semblaient en feu.

— Pourquoi ne pouvez-vous pas être comme les autres hommes ? Je vous demande un immense service, vous me demandez de coucher avec vous en échange, et voilà. Mais non, il faut que vous exigiez un héritier, et maintenant un mariage ! Qui a dit que le mariage était une option ?

Le visage de Numair devint implacable.

— Moi. Et ce ne sera pas une option. Mais une obligation.

A ces mots, elle se dégagea pour mettre de l'espace entre eux et reprendre son souffle.

— Merci, mais non merci. J'ai été mariée une fois, et ce n'est pas pour moi. J'avais rêvé au mieux d'une liaison torride avec un dieu du sexe qui avait le pouvoir de sortir mon royaume de la pire crise de son histoire. Je ne suis pas prête à devenir une épouse. Et certainement pas celle d'un homme qui, au bout du compte, me considère comme le meilleur spécimen pour concevoir un héritier.

Quand elle s'écarta encore de lui, il la regarda d'un air désapprobateur.

— Si je mets de côté l'inexactitude de vos propos, le fait même que vous les formuliez signifie que vous l'envisagez. Que comptiez-vous faire une fois que vous auriez porté mon enfant ? Accoucher en secret, me le confier et disparaître ? Ou l'avoir hors mariage, vous, une princesse ? Ou comptiez-vous avoir cet enfant ici, et couper tout lien avec votre royaume ? Et moi, dans tout cela ? Vous pensiez que je resterais en retrait ? Que je me contenterais de voir mon enfant une ou deux fois par an ? Que j'aurais envoyé des chèques sans prendre part à son éducation ?

Sans lui laisser le temps de trouver des réponses à ce déluge de questions, il décréta :

— Nous nous *marierons* dès que vous serez enceinte.

Devant sa détermination implacable, elle craignit de s'étouffer de nouveau. Avant d'être terrassée, elle prit sa pochette sur la table basse, puis se leva sur des jambes tremblantes.

Quand elle eut reculé de quelques pas, elle répondit :

— J'ai besoin de temps pour réfléchir.

Elle s'éloigna en titubant. Il ne la retint pas.

Quand elle ouvrit la porte de la suite, elle sursauta quand il posa les mains sur elle.

Elle ne s'était même pas rendu compte qu'il l'avait suivie.

Il la fit pivoter vers lui, et lui donna un baiser qui annihila en elle toute pensée et tout mouvement.

Quand il la relâcha enfin, seul son regard tempétueux trahissait son trouble.

Avant de la laisser sortir, il décréta :

— Je vous laisse jusqu'à demain soir, puis je vous enverrai mon bras droit. Demain soir, vous dormirez dans mes bras.

4

Numair regarda Jenan disparaître dans le couloir, comme si elle fuyait un gouffre qui menaçait de l'engloutir.

Chaque pas qui l'éloignait de lui le faisait vibrer de terreur à l'idée qu'il venait peut-être de commettre les plus grandes erreurs de sa vie. Avait-il eu tort de la laisser partir, et avant cela, d'introduire le sujet de l'héritier et du mariage de façon si prématurée ?

Et si, malgré le désir irrépressible qui avait fait rage entre eux, il était allé trop loin, et qu'elle avait fui, pensant qu'elle ferait mieux d'épouser Hassan, un homme bien plus facile à manipuler ?

Il réprima le besoin de la suivre et de la ramener dans sa suite pour lui faire oublier sa réticence et ses doutes. Il avait peut-être décrété qu'elle serait à lui demain soir, mais il brûlait de prendre possession d'elle sur-le-champ.

Mais il ne pouvait rien faire d'autre que de la regarder partir. S'il allait la trouver maintenant, cela ne ferait qu'aggraver la situation.

Jamais il n'avait été si près de perdre le contrôle. Cela ne lui ressemblait pas. Il n'avait jamais été incapable de prévoir les conséquences de ses actes, n'avait jamais agi sans réfléchir. Ses frères disaient de lui qu'il était l'incarnation du machiavélisme.

Depuis qu'il avait vu Jenan, il n'avait pas agi mais réagi. Sans préméditation, sans calcul. Il souffrait d'une chose qu'il n'avait jamais connue. Une forme de folie.

A cause d'elle. Jenan. Il commençait à penser qu'elle portait bien son prénom.

La signification à laquelle ses parents avaient sans doute songé était le pluriel de *jennah* : les jardins, ce que les anciens appelaient le paradis. Ce sens était également approprié. Mais c'était le sens familier de ce mot qui décrivait son état actuel : folie.

Toutefois, il n'était pas atteint au point de ne pas deviner qu'elle retournait à son appartement de Tribeca, au sud de Manhattan, seule. Que ce soit en taxi ou avec sa voiture, c'était tout de même un trajet d'un quart d'heure, or il était maintenant — il jeta un coup d'œil à sa montre — 2 heures du matin. Avec elle, il n'avait pas vu le temps passer.

S'il la suivait maintenant, il saboterait son propre plan. Alors, pour assurer sa sécurité, il devrait se contenter de la faire suivre.

Dès qu'elle eut disparu à l'angle du couloir, il téléphona à Ameen, lui envoya une photo d'elle, lui ordonna de la suivre jusque chez elle et de lui faire un rapport.

Ensuite, il regarda la photo. Elle ressemblait superficiellement à la femme avec laquelle il venait de passer ces six dernières heures. Sur le cliché, elle portait le masque qu'elle présentait au monde, et qui cachait sa vraie nature. Le charisme de son regard, l'esprit et la fantaisie qui se déversaient de ses lèvres et l'effet qu'elle avait eu sur ses sens étaient absents. Néanmoins, il sentit une onde de chaleur le parcourir tandis qu'il observait la photo, alors qu'avant de rencontrer Jenan, il l'avait observée avec la froideur clinique la plus totale.

Enfin, il referma la porte de sa suite et se dirigea vers le lieu où il avait presque fait l'amour avec Jenan.

S'asseyant, il caressa la place où elle s'était assise. Il eut l'impression de percevoir sa chaleur alors qu'elle n'était plus détectable. Mais la sensation de son corps imprégnait encore ses mains. Et sa saveur picotait encore sur sa langue.

Jenan. Une folie qui le privait de sa raison et de sa volonté.

Il avait voulu lui faire l'amour pendant tout le temps passé avec elle. Mais il avait réussi à se contrôler, pour se concentrer sur ce qu'il jugeait plus vital : négocier les conditions de futurs rapports intimes, et illimités. Puis elle s'était confiée à lui, douce et offerte entre ses bras. Elle s'était montrée telle qu'elle était : une indomptable réaliste qui avait brisé les chaînes de sa culture et de sa condition de femme, sans mettre une once de naïveté ou d'émotivité dans ses attentes. Une femme qui avait affronté le monde et qui avait gagné.

Voilà pourquoi elle avait eu un tel effet sur lui. Son instinct infaillible qui l'avait guidé tout au long de son existence cauchemardesque, grâce auquel il avait non seulement survécu mais triomphé de tout et de tous, l'avait reconnue. Elle était faite pour le comprendre, le soutenir, apprécier le monstre en lui qui effrayait tous les autres.

Après cela, il avait perdu le contrôle.

Il l'aurait prise, et elle l'aurait laissé faire s'ils n'avaient pas été interrompus. A présent, il était rongé par la frustration. Toutefois, la posséder n'aurait pas épanché son désir brûlant, cela ne l'aurait laissé que plus avide encore. Il n'aurait jamais cru qu'un désir aussi intense puisse exister, ou que lui, surtout, puisse en être la proie. Cette attirance mutuelle était la chose la plus euphorisante, la plus vivifiante qu'il ait jamais connue.

Mais aussi la plus dangereuse.

Lui qui avait des méthodes précises et des règles inflexibles s'était soudain transformé en un homme impulsif et avide, qui ne suivait pas de plan et n'avait pas de limites. Il n'avait jamais envisagé l'éventualité de ne pas obtenir tout ce qu'il voulait. Il avait toujours atteint ses buts, car il ne se souciait jamais de ce que l'on pensait de lui. Les gens étaient libres de le détester ou de le mépriser, tant qu'ils lui obéissaient. Comment ils se pliaient à sa volonté, il ne s'en était jamais soucié. En fait, il préférait les voir à genoux.

Mais il ne pouvait se permettre, non, *envisager,* que Jenan ressente la moindre aversion ou réticence envers lui. Elle devait revenir vers lui pleinement consentante, comme tout à l'heure. Il devait faire en sorte que cette confiance totale et cette admiration illuminent de nouveau son visage.

Il fallait qu'elle lui appartienne.

Il était venu ce soir pour séduire la fille de Khalil Aal Ghamdi, afin d'avoir un héritier si vital pour son plan. A présent, au lieu de serrer les dents pour s'accoupler avec une femme dont il avait été certain qu'elle n'éveillerait pas le moindre trouble chez lui, il allait brûler dans les flammes rugissantes de son désir pour Jenan. Si leur bref interlude enfiévré était un signe, il allait connaître le plaisir indescriptible qu'il lui avait promis. Mieux, il connaîtrait le premier vrai plaisir de sa vie.

Si seulement Antonio n'avait pas téléphoné au moment critique ! Numair serait en elle à cet instant, à la conduire vers le premier d'une longue série d'orgasmes. Mais Numair avait dû suivre une règle capitale de la fraternité Black Castle, une règle que *lui-même* avait édictée : toujours répondre immédiatement à toute communication venant d'un frère. Etant donné leur passé dangereux et leur présent périlleux, personne ne savait quand il s'agissait d'une question de vie ou de mort.

Mais Antonio n'était pas en danger. Son frère avait simplement choisi ce moment critique pour lui recommander quelques séances d'hypnose supplémentaires.

Avec un juron véhément, il saisit son téléphone, puis marqua un temps. Même si Antonio l'avait appelé à peine une demi-heure plus tôt, il était peut-être en train de dormir.

Autrefois chirurgien de terrain durant leurs années d'esclavage au sein de l'Organisation, Antonio était devenu le génie médical de Black Castle Enterprises, le créateur et le directeur de leur service recherche et développement d'avant-garde. C'était aussi l'un des chirurgiens les plus brillants et les plus créatifs du monde. Il avait la capacité de dormir sur commande, ce qui lui permettait de recharger ses batteries après avoir passé des heures éreintantes dans son laboratoire, sa salle d'opération ou au conseil d'administration. Numair l'avait vu s'assoupir en moins de trente secondes. Il était donc fort possible qu'il se soit endormi juste après son coup de fil fatidique.

Après tout, qu'importait ? En fait, il espérait qu'Antonio soit plongé dans un sommeil profond et paisible après des mois de privation sévère, ou qu'il était au bord de l'orgasme en compagnie d'une femme qu'il désirait depuis des années. Car il adorerait lui rendre la monnaie de sa pièce.

Il tapa d'un doigt rageur sur la touche « Appel ». A la troisième sonnerie, Numair était prêt à se précipiter jusqu'à l'appartement d'Antonio, situé sur la Ve Avenue, et à lui décocher un coup de poing pour le réveiller.

Enfin, son frère décrocha, et lança d'une voix moqueuse :

— Quand je t'ai téléphoné tout à l'heure, on aurait dit que tu voulais me tuer.

— C'était le cas, marmonna Numair. Et ça l'est toujours.

— J'ai interrompu quelque chose d'important, c'est ça ?

— Tu as interrompu *la* chose la plus importante. Et tu n'étais même pas en danger de mort.

— Alors, c'est un appel de courtoisie, en mémoire de notre passé, avant que tu viennes t'assurer que je rectifie mon erreur ?

N'importe quel homme se serait inquiété s'il avait par inadvertance coûté à Numair ce qu'Antonio lui avait coûté ce soir. Mais puisqu'ils avaient côtoyé la mort au quotidien et s'étaient mutuellement sauvé la vie durant presque quinze ans, Antonio avait raison de ne pas redouter la vengeance de Numair. D'ailleurs, il ne redoutait rien. Antonio était l'être le plus imperturbable qui soit. Numair ne serait pas surpris si ses nerfs étaient véritablement faits d'acier.

Enfin, il tonna :

— Pourquoi diable as-tu téléphoné, Bones ?

— Je te l'ai dit, Phantom.

Ils recouraient toujours à leurs noms de code, ceux qu'ils utilisaient à l'Organisation. Là-bas, les enfants qui se souvenaient de leur vrai prénom n'avaient pas eu le droit de s'en servir. Numair ne se souvenant pas du sien, Phantom était le seul nom qu'il ait connu la majeure partie de sa vie.

Il avait fait partie des centaines de garçons recrutés partout dans le monde et emmenés dans cette forteresse isolée dans les Balkans, où on les avait transformés en mercenaires. Il était très jeune lorsqu'il avait été enlevé, mais il avait tout de même été « brisé », puni, s'il mentionnait son ancienne vie. On lui avait d'abord attribué un nombre. Le nom Phantom était venu bien plus tard. Il avait tout oublié de son passé. Tout ce qui restait de ses souvenirs avant son arrivée à ce qu'il appellerait plus tard Black Castle était le nom de sa panthère en peluche, Numair, et, ce qu'il avait compris bien plus tard, des noms de royaumes du désert, Saraya et Zafrana. Ainsi que le souvenir d'une noyade.

Il avait passé plus de vingt-cinq ans à Black Castle, avant d'orchestrer sa fuite et celle de ses frères, dix ans plus tôt. Il avait passé l'essentiel de ces années dans la frustration de ne pas pouvoir lancer une enquête sur ses origines, les rares souvenirs qu'il possédait étant trop minces. Ne pas savoir qui il était le rongeait.

Mais Antonio avait fini par développer une méthode d'hypnose agressive, adaptée à l'état et à la personnalité de Numair. Il pensait le procédé efficace, mais non sans risque, comme il l'en avait averti. Mais Numair était prêt à tout pour découvrir la vérité. Il était persuadé que quelqu'un était responsable de son calvaire, et il ne goûterait pas le repos tant qu'il n'aurait pas retrouvé et fait payer les coupables.

Les efforts d'Antonio avaient semblé mener à une impasse, mais cet échec initial n'avait pas surpris son frère, puisque Numair était résistant à l'hypnose. Antonio avait prévenu que la thérapie, destinée à exhumer les souvenirs des quatre premières années de Numair, prendrait beaucoup de temps.

De toute façon, Numair était habitué aux entreprises de longue haleine. Il avait commencé à planifier sa fuite de l'Organisation à l'âge de dix ans, et ne l'avait mise en œuvre que vingt ans plus tard.

En captivité, Numair avait grandi vite. Il s'était endurci et avait développé une ingéniosité indétectable, qui lui avait permis de naviguer dans cet univers impitoyable et de manipuler ses geôliers sans merci. A dix ans, il était déjà leur futur mercenaire le plus précieux. Comme il présentait des capacités hors du commun dans le domaine de l'espionnage, on lui avait donné le surnom de Phantom. Par la suite, les autres garçons avaient également eu droit à des noms qui les symbolisaient.

Numair avait toujours su qu'il ne pourrait pas s'échapper seul. Il lui fallait trouver des complices. Et, en échange, aider ces complices à fuir. Après avoir repéré six jeunes garçons, dont les compétences supérieures étaient complémentaires aux siennes, il avait fait en sorte que leurs ravisseurs les réunissent dans la même équipe. Ils avaient ensuite fait le serment de vivre pour leur fraternité et d'atteindre leur but commun : s'échapper un jour et détruire l'Organisation, afin d'éviter que d'autres enfants connaissent le même destin.

Ils avaient mis en œuvre son plan complexe et, après leur évasion, s'étaient forgé de nouvelles identités. Ensemble, ils avaient créé Black Castle Enterprises, en se servant de leurs talents uniques. Seul Cypher avait manqué à l'appel. Il avait quitté leur fraternité après une dispute explosive, en jurant qu'ils ne le reverraient plus jamais. Et il avait dit vrai.

Même si la perte de Cypher restait une blessure ouverte pour eux tous, ils avaient compensé en se concentrant sur leur pacte d'origine, démantelant l'Organisation de manière méthodique et indétectable.

Parallèlement, chacun d'eux poursuivait aussi une quête personnelle, pour retrouver la famille à laquelle ils avaient été arrachés, récupérer l'héritage dont ils avaient été privés, ou trouver un nouveau but à leur existence. Cette quête était parfois reléguée au second plan, le temps que des problèmes plus personnels soient résolus, comme durant la quête de vengeance de Rafael ou la quête d'héritage de Raiden. Les deux hommes avaient fini par atteindre leur but et avaient également trouvé, contre toute attente, des épouses. A présent, c'était le tour de Numair.

Quatre mois plus tôt, les séances d'hypnose d'Antonio avaient enfin porté leurs fruits, et Numair s'était souvenu de suffisamment d'éléments pour reconstituer son histoire.

Il avait découvert comment il avait fini sous l'emprise de l'Organisation. Et qui il était réellement.

Alors, à quoi avait bien pu penser Antonio quand il lui avait téléphoné tout à l'heure ?

Il poussa un soupir exaspéré.

— Pourquoi diable as-tu soudainement pensé que j'avais besoin d'autres séances ? L'objectif a déjà été atteint.

Antonio prit le ton agaçant du médecin omniscient.

— C'est toi qui as décidé qu'il était atteint, pas moi. Tes souvenirs étaient profondément enfouis et partiels, fragmentés par le traumatisme et le refoulement. Alors, je devais y aller en douceur. Etaler les séances, couvrir une période plus longue, sinon je risquais d'endommager ton psychisme et ta raison.

— Tu veux dire que tu aurais pu faire remonter les souvenirs à la surface bien plus vite ? Tu as mis toutes ces années exprès ?

— Tu n'as pas entendu quand j'ai dit que *je risquais d'endommager ton psychisme et ta raison ?*

— Tu penses vraiment qu'il y a quelque chose dans ma tête qui puisse être endommagé ?

— En tant qu'ami, j'aurais dit que ta tête est en acier. Mais en tant que médecin, j'ai découvert quelques endroits cachés et relativement moins fermes. Avec assez de pression, même l'acier peut se briser, et la pierre se pulvériser.

— Où veux-tu en venir, au juste ?

— Tu te rappelles — sans mauvais jeu de mots — le souvenir clé qui était la base de ton enquête sur tes origines ?

Comment l'oublier ? Une fois que le souvenir avait jailli dans son cerveau, Numair avait eu l'impression de le revivre. Il lui avait semblé si réel qu'il avait failli se noyer, avant qu'Antonio le sorte de son état d'hypnose.

Il s'était revu sur un yacht, avec son père, quand des hommes qui ressemblaient à des monstres étaient montés à bord. Son père avait été assommé, puis jeté par-dessus bord. Numair était sûr qu'il s'était noyé tout de suite. Puis les hommes l'avaient jeté à la mer à son tour.

Il aurait dû se noyer aussi. Et il s'était toujours souvenu des sensations de cette noyade, qui avaient laissé en lui une haine irraisonnée de la nage, même s'il avait été forcé d'exceller dans ce domaine. D'autres recherches avaient déterré des souvenirs de cours de natation dans sa prime enfance. Il avait appris qu'il avait réussi à nager jusqu'à une plage de Turquie, et qu'un orphelinat l'avait recueilli. Un an plus tard, un recruteur de l'Organisation l'avait emmené. Et son véritable calvaire avait commencé.

En analysant l'histoire de toute la région à l'époque, il avait découvert que son père était Hisham Aal Ghaanem, alors prince héritier de Saraya. Et Numair était le seul héritier de son père. Il en avait conclu que l'assassinat de son père avait été orchestré par son frère, le roi actuel de Saraya, Hassan. Se débarrasser de Numair avait aussi évité à son oncle de n'être que régent jusqu'à la majorité de son neveu.

— J'aimerais revisiter ce souvenir, dit Antonio, brisant le fil de ses pensées.

— Pourquoi ?

— Fais-moi plaisir.

— Non.

— Non, c'est tout ?

— Oui, tant que tu ne me donneras pas une raison valable pour vouloir m'attacher et fouiner dans ma tête une fois de plus.

— Comme si j'avais envie de fouiner dans ce cachot que tu appelles une tête ! Elle est remplie de cadavres en décomposition et de corps démembrés.

— Comme si la tienne ne l'était pas !

— C'est ma tête, donc je dois vivre avec. Y ajouter le contenu de ton crâne bien plus cauchemardesque me paraît aussi prioritaire que de contracter une MST incurable.

Numair gronda, mais Antonio éleva la voix pour couvrir la sienne.

— Je sens qu'il y a d'autres fragments encore prisonniers de ta mémoire. S'ils refont surface spontanément, je crains qu'ils causent des dégâts immenses. Avant que tu ricanes, imagine que l'équilibre qui te maintient de façon précaire du côté du bien soit détruit. Avec ton pouvoir et ton intelligence, tu es un monstre à part entière. Alors, le monde a vraiment de quoi s'inquiéter.

Numair devait le reconnaître, durant ses années à l'Organisation, il avait vu le genre de désastres que pouvaient provoquer ceux qui avaient été irrévocablement détruits par les épreuves. Même ceux qui étaient loin d'être aussi puissants que lui.

— Quels souvenirs pourraient être plus terribles que de me rappeler le meurtre de mon père et ma quasi-noyade ?

— Je l'ignore. Mais j'ai revu les vidéos et les notes de nos dernières séances, et je suis convaincu que ce que tu sais maintenant n'est pas toute l'histoire.

— C'est la partie pertinente.

— Pourquoi es-tu si têtu ? Je pensais que tu voulais tout découvrir sur ton passé.

— J'en sais suffisamment.

Ce fut au tour d'Antonio de pousser un soupir exaspéré.

— Tu ignores une recommandation médicale. Et tu cours le risque de voir ces souvenirs refaire surface et détruire ce qui t'empêche de devenir fou.

— Je comprends. Autre chose ?

Antonio rit.

— J'aurais dû implanter une suggestion post-hypnotique dans ce crâne impénétrable quand j'en avais l'occasion.

— Mais tu ne l'as pas fait. J'ai toujours dit que ton sens de l'éthique t'empêchait d'exploiter au maximum tes opportunités, dit-il sur le ton du grand frère qu'il avait toujours été pour eux tous.

— Exact. Mais je peux toujours tirer une fléchette tranquillisante sur toi et faire ce que je veux de toi.

— Comme si je n'allais pas te voir venir à un kilomètre !

— Tu me sous-estimes ! plaisanta Antonio. Mais tu repasseras sur ma table d'opération un jour, Phantom.

— Dans tes rêves, Bones.

Peu après, ils mirent un terme à leur conversation.

Ensuite, Numair resta assis, à regarder droit devant lui. Sa conversation avec Antonio déjà oubliée, il songea à Jenan, et ce qui l'avait mené jusqu'à elle.

Jenan était liée à l'autre partie de ses racines. La mère de Numair était Safeyah Aal Ghamdi, princesse de la famille royale de Zafrana, cousine du défunt roi Zayd Aal Ghamdi et parente éloignée de Jenan. Elle avait quitté la région après que son mari et son fils avaient été présumés morts trente-sept ans plus tôt, et n'était jamais revenue. Elle ne s'était jamais remariée, et était morte il y avait quatre ans, en Angleterre.

A la mort du roi de Zafrana, vingt-deux ans plus tôt, le trône était revenu à son parent masculin le plus proche, son cousin Khalil, le père de Jenan.

Le plan de Numair était simple : récupérer son héritage, et punir le monstre qui avait fait assassiner son père, et à cause duquel Numair avait pourri en enfer pendant un quart de siècle.

Il cherchait encore des preuves irréfutables de son identité. Son père étant mort il y avait près de quarante ans, il était difficile de retrouver des traces de son ADN. Le meilleur moyen serait de retrouver son corps, voilà pourquoi Numair faisait ratisser la Méditerranée, dans la zone où le yacht de son père avait sombré.

Une fois qu'il aurait ses preuves, il reprendrait sa véritable identité. Il ne craignait pas l'exposition publique, contrairement à son frère Rafael, enlevé à ses parents. Personne dans l'Organisation ne savait qui Numair était vraiment, puisque, à son arrivée dans la forteresse, il n'était qu'un orphelin anonyme. Lorsque son identité serait connue, il compléterait sa véritable histoire par celle qu'il avait soigneusement créée pour son personnage de Numair Al Aswad.

Une fois qu'il déciderait d'annoncer sa véritable identité, il révélerait la partie où il avait survécu à la tentative d'assassinat. Ensuite, l'histoire s'écartait de la vérité : il avait été retrouvé par des pêcheurs sur les côtes de Damhoor, royaume voisin de Saraya, et placé dans un orphelinat. Un couple qui y travaillait l'avait adopté presque aussitôt, mais en secret, puisque là-bas l'adoption était interdite. Ses nouveaux parents l'avaient ensuite emmené aux Etats-Unis en le faisant passer pour leur fils biologique. Ils ne lui avaient révélé la vérité qu'à l'adolescence.

Il dirait aussi qu'il lui avait fallu des années pour reconstituer son histoire. Ce qui était vrai.

D'ici là, il comptait préparer le terrain. Et punir Hassan. Avant de révéler qu'il était un meurtrier et de le jeter dans un cachot pour le restant de ses jours, il le disgracierait et le détruirait petit à petit. Cela arrangerait tout le monde, puisque tous les monarques de la région souhaitaient qu'un roi plus digne monte sur le trône. Seulement, ce successeur ne serait pas le prince héritier, fils d'Hassan et cousin de Numair, le très apprécié Najeeb, mais Numair lui-même.

Si ses cousins contestaient son droit d'accéder au trône, ce qui était plus que probable, il pourrait les contrôler eux et tous leurs alliés grâce à sa fortune illimitée. Sinon, il pourrait aller au conflit, jusqu'à ce qu'ils se plient à sa volonté. Il n'hésiterait pas à prendre le trône par un coup d'Etat. Ou à provoquer une guerre pour réclamer ce qui lui revenait de droit. Ce ne serait pas la première fois qu'il entreprendrait un conflit armé.

La deuxième partie de son plan consistait à récupérer l'autre partie de son héritage.

Il avait prévu de reprendre également le trône de Zafrana, afin de sauver son autre pays de son roi incompétent. La seule façon d'y parvenir était par un lien du sang. Le sang de Khalil. A travers l'une de ses filles. Jenan avait été un choix évident, puisque ses demi-sœurs étaient trop jeunes. Mais Hassan avait eu la même idée que lui.

Toutefois, cela n'avait pas changé grand-chose à son plan. Au lieu de demander directement Jenan en mariage, il devait d'abord neutraliser Hassan. Numair avait eu l'intention de la séduire, de lui faire un enfant puis de l'épouser, devenant de fait le souverain de Zafrana pendant le règne de Khalil. Après la mort de celui-ci, le trône reviendrait à son fils. Et Numair serait régent jusqu'à ce que son héritier soit en âge de gouverner.

En l'espace de quelques heures, tout avait changé. Maintenant, son objectif majeur était Jenan. Non pour des raisons stratégiques, mais parce qu'il la désirait.

A présent, il craignait que ses manières de pilleur l'aient effrayée.

Il se leva, chacun de ses muscles se contractant comme pour se préparer à la bataille de sa vie.

Il n'allait pas changer de tactique. Il allait revenir à l'assaut, et l'assiéger, pour qu'elle ne puisse pas lui échapper.

Demain soir, Jenan *serait* à lui.

— Tu es mon héroïne !

Zeena se jeta dans les bras de Jen dès qu'elle ouvrit la porte à ses sœurs.

Fayza, son énergique sœur de dix-neuf ans, courut dans l'appartement, tout excitée.

— Quand ils ont compris que tu avais disparu de ta propre fête de fiançailles, père et Hassan ont failli faire une attaque, s'exclama-t-elle. Père, parce qu'il était inquiet, et Hassan parce qu'il était scandalisé. C'était *vraiment* drôle.

Même si ses sœurs semblaient d'humeur très joyeuse, Jen fut inquiète.

— Père va bien ?

— Oui.

Fayza se jeta sur l'immense canapé à fleurs du salon.

— Mais sa tension est au plus haut, dit-elle d'un ton détaché.

— *Ya Ullah,* ta façon de ne rien prendre au sérieux me donnera une attaque *à moi* un jour ! se lamenta Jen. Dis-moi que tu lui as donné ses médicaments !

— Oui, oui, dit Fayza, impatiente de passer au sujet qui la passionnait. Je parie qu'ils n'ont eu d'effet que lorsque nous l'avons appelé en chemin pour lui dire que tu allais bien.

Mais elle n'allait pas bien, et n'irait peut-être plus jamais bien.

Depuis qu'elle avait quitté Numair la veille au soir, elle n'avait pas pu dormir ni même s'asseoir. Elle avait fait les cent pas, le ventre noué par la tension et la faim, mais elle n'avait pas pu avaler ne serait-ce qu'une gorgée d'eau. Elle était si tendue que ses nerfs semblaient sur le point de lâcher.

— Tu sais, grande sœur...

Fayza s'étendit, ses longs cheveux noirs contrastant avec le canapé à l'imprimé pastel, une lueur malicieuse brillant dans son regard doré.

— Nous avons toujours pensé que tu avais accompli des prodiges, mais ce pied de nez à notre région, notre culture et notre histoire bat tous les records !

Elle rit.

— J'aurais donné n'importe quoi pour voir la tête d'Hassan quand il a compris que tu avais tout simplement filé.

Elle se redressa quand Jen approcha, et l'observa telle une chatte inquisitrice.

— Alors, qu'as-tu fait au lieu d'assister à ces fiançailles ? Tu es allée au cinéma ? Tu as fait du roller ? Ou tu es revenue ici pour commander une pizza, regarder un épisode de *Will et Grace* et te vernir les ongles ?

— Elle est partie avec un apollon tout droit sorti des *Mille et Une Nuits*.

La déclaration enthousiaste de Zeena fut suivie d'un silence total. Qui dura trois secondes.

— *Quoi ?* s'exclama Fayza. Et tu ne m'as rien dit ? Zee, je vais te tuer !

— Te dire quoi ? bredouilla Zeena. Tout ce que je sais, c'est que ce génie semblait sorti de nulle part, qu'il s'est matérialisé à côté de Jen et qu'ensuite, *pouf*, ils ont disparu tous les deux.

Jen ne put s'empêcher de rire. Aussi ridicule ce récit soit-il, il semblait plus plausible que ce qui s'était réellement passé.

Fayza regarda Jen avec excitation.

— Raconte ! lui enjoignit-elle.

Sachant qu'il était inutile d'éviter leurs questions, elle leur raconta tout, en laissant de côté quelques éléments clé. Comme le fait que Numair avait failli lui faire l'amour, et qu'il avait exigé un héritier et un mariage.

L'après-midi touchait à sa fin quand Zeena et Fayza repartirent, après avoir commandé des pizzas, regardé des épisodes de *Will et Grace* et verni leurs ongles.

Les deux jeunes filles s'en allèrent d'un pas léger, ravies que leur grande sœur ne soit pas troquée contre la paix et le sauvetage économique du royaume, et qu'un chevalier blanc soit venu à sa rescousse.

Jen ferma la porte derrière elles et s'y adossa. Le sourire qu'elle avait affiché pour rassurer ses sœurs s'évanouit aussitôt. Si elles savaient que son chevalier blanc était en fait un pilleur noir comme le péché, aussi terrible qu'un ouragan...

Certes, elle n'était pas obligée d'accepter sa proposition pour qu'il lui apporte son aide. Sur ce plan, elle croyait Numair sur parole, ce n'était donc pas cela qui la tourmentait.

Non, c'était la proposition elle-même. Devenir sa maîtresse, dormir dans ses bras, semblait follement fantastique. Depuis qu'il l'avait touchée, elle brûlait de désir pour lui. Elle était certaine qu'il était le seul homme capable de lui montrer ce qu'étaient la passion et la satisfaction.

Mais porter son enfant ? Cela semblait terrifiant.

Mais quelle était l'alternative ? Elle pouvait continuer à vivre seule, à travailler, à réussir, à faire du sport, du bénévolat... Bien sûr, c'était formidable, et cela lui avait suffi. Jusqu'à lui. Mais elle avait toujours espéré trouver un jour un homme et tomber amoureuse, ou au moins désirer quelqu'un. Désormais, elle savait qu'aucun homme n'arriverait jamais à la cheville de Numair. Elle ne regarderait plus jamais d'autres hommes, et ne partagerait plus jamais son corps avec un autre. Alors, si elle ne cédait pas à ses désirs de femme avec Numair, elle devrait les mettre de côté pour toujours. Cela semblait aussi horrible qu'une peine de perpétuité. Vivre dans l'espoir, même si cet espoir ne se réalisait jamais, était une chose ; savoir qu'il n'y en avait plus aucun en était une autre.

Quant à avoir un bébé, elle avait toujours pensé qu'elle en aurait un, un jour. Mais puisqu'elle avait renoncé à se remarier, et que personne ne l'avait jamais tentée pour nouer une liaison, elle avait pensé rechercher un donneur. Mais plus maintenant.

A présent qu'elle savait que Numair existait, qu'elle pouvait désirer un homme à ce point, qu'il la désirait aussi fort qu'elle, comment pouvait-elle envisager d'avoir un enfant qui ne soit pas issu de la *perfection* de Numair, comme il l'avait dit ?

Avoir un enfant avec cet être hors du commun *serait* incroyable. Et une fois enceinte, s'ils se mariaient comme il le disait, il ne serait sans doute jamais un époux dépendant, encore moins un profiteur comme son ex-mari l'avait été. Il avait promis de ne jamais l'étouffer. En fait, avec un homme tel que lui, qui portait des fardeaux dont elle ne pouvait imaginer l'ampleur, ce serait même le contraire. Il aurait sans doute peu de temps pour elle, et lui laisserait plus d'espace qu'il ne lui en fallait.

Et puis, l'ardeur de Numair allait sans doute diminuer, petit à petit. La sienne aussi, sans nul doute, surtout avec un enfant qui changerait son existence. Au bout du compte, elle finirait par avoir tout ce qu'elle avait maintenant, mais aussi un enfant, et le meilleur père possible pour l'élever.

Même si Numair avait le sentiment qu'il n'était pas tout à fait humain, elle avait le sentiment qu'il ferait un excellent père. Elle savait au fond d'elle qu'elle serait en sécurité avec lui, et son enfant aussi.

En fait, plus elle y pensait, plus cela semblait trop beau pour être vrai. C'était la réalisation de tous ses rêves. Pourquoi tout cela lui arrivait-il soudain, et à elle, de surcroît ? Tout chez Numair, tout ce qu'il avait dit et fait était la meilleure chose qu'elle aurait pu espérer. Alors, pouvait-elle se fier aux apparences ? Ou y avait-il un piège caché ?

Elle avait mille questions. Et mille inquiétudes. Cet homme était l'être le plus mystérieux qu'elle ait jamais rencontré. Elle savait qu'il était bien plus complexe qu'elle ne pourrait jamais l'imaginer. Et, pour une raison qu'elle ne s'expliquait pas, elle avait le sentiment que toute cette histoire était *beaucoup* plus complexe qu'il n'y paraissait...

La sonnerie retentit juste derrière son dos. Elle sursauta comme si elle venait d'entendre un coup de feu.

Ses yeux se posèrent sur l'horloge murale. 19 heures. C'était sans doute le bras droit de Numair.

Le cœur battant, elle redressa les épaules. Elle *irait* voir Numair. Pour avoir une longue discussion rationnelle.

Elle lui poserait des questions, poserait ses conditions, ou plutôt, ses clauses de sauvegarde. Une fois qu'il lui aurait donné des réponses satisfaisantes et qu'ils auraient une sorte de feuille de route, elle lui arracherait ses vêtements et exigerait qu'il ne montre aucune clémence.

Prenant une grande inspiration pour se donner du courage, elle ouvrit la porte avec le sourire qu'elle réservait aux étrangers. Et se figea net.

Numair. Sur son seuil.

Avant qu'elle s'en rende compte, il la souleva entre ses bras puissants.

Fermant la porte derrière lui, il la regarda avec une avidité qui la fit fondre instantanément.

— J'ai pris conscience que j'ai été négligent, dit-il d'une voix grave et chaude. J'ai parlé du plaisir indescriptible que j'ai en réserve pour vous si vous me dites oui, mais je ne vous ai pas donné de véritable aperçu pour appuyer mes dires. Je suis venu rectifier cet oubli.

5

Une alarme stridente retentissait au loin.

Jen songea vaguement que c'était sa raison qui lui rappelait qu'elle n'avait pas posé ses questions, énoncé ses conditions ou obtenu ses clauses de sauvegarde.

Elle la laissa sonner, puis diminua le volume. Tout ce sur quoi elle l'alertait semblait soudain insignifiant. Tout était insignifiant lorsque l'on était en train de se noyer. Comme elle était en train de se noyer. En Numair.

Et il n'avait encore rien fait d'autre que de la prendre dans ses bras et l'embrasser. Si elle se sentait déjà prise, possédée, dévorée, elle n'osait imaginer ce que ce serait quand il lui ferait l'amour !

Pour la première fois de sa vie, son instinct de conservation était secondaire. Elle désirait Numair plus qu'elle ne voulait être en sécurité. C'était de la folie, et elle le savait. Elle ne commettait jamais de folies de manière consciente. Mais avec lui, elle était prête à tout.

Soudain, le sol céda sous ses pieds, et elle eut l'impression de s'effondrer. Numair n'avait fait que la reposer à terre. Il garda un bras puissant autour de sa taille, l'empêchant de tomber. Puis, il l'attira plus fermement contre lui. Elle était totalement à sa merci, et elle adorait cela. Elle savoura la sensation de son corps ferme contre le sien, tremblant, et gémit quand il posa la main sur sa joue.

— J'ai passé toute la nuit et toute la journée à souffrir. Dites-moi que vous aussi.

Incapable de parler, elle hocha la tête, et sa réponse muette sembla le satisfaire.

— Et pendant que je souffrais, j'imaginais tout ce que je vous ferais, toutes les manières par lesquelles j'allais apaiser cette faim, lentement, complètement.

Elle était tout à fait d'accord pour qu'il l'apaise complètement. Mais elle ignorait si elle pourrait supporter la lenteur. Elle l'aurait supplié de la prendre sur-le-champ si ses lèvres ne tremblaient pas d'anticipation.

Elles tremblèrent davantage quand il en effleura la douce courbure de son pouce.

— Je ne savais pas qu'une telle faim, ou qu'une femme telle que vous, pouvait exister. Je pensais que la force de mon désir vous avait effrayée, et qu'il vous avait fait fuir.

Elle se força à parler.

— Ce qui me faisait peur, c'était à quel point *je* vous désirais. J'étais terrifiée à l'idée d'être devenue folle.

— Vous l'étiez. Tout comme moi. Comme je le suis. Comme je le resterai.

Son pouce s'immobilisa.

— Vous avez encore peur ?

Elle frotta ses lèvres contre sa chair rugueuse, pour le supplier de continuer.

— J'ai seulement peur que mon cœur s'arrête.

Avec une expression de triomphe, il la plaqua contre son sexe en érection.

— Votre cœur *s'arrêtera*. De plaisir.

Elle hocha la tête, ferma les yeux pour savourer les sensations qui envahissaient les zones les plus secrètes de son corps. Puis, dans un gémissement, elle mordilla le pouce qui lui faisait vivre un supplice si exquis.

Lorsqu'il soupira de plaisir, elle sentit ses inhibitions disparaître un peu plus. Elle mordilla sa main, celle d'un guerrier chevronné, endurci au combat, marqué par les épreuves, régénéré par son énergie sans limite et sa résistance. De nouveau, elle se demanda quel genre de vie il avait réellement mené. Comme si le contact de sa peau allait le lui révéler, elle suçota son doigt, faisant naître une onde de chaleur moite au creux de son ventre.

Lorsqu'il inspira, son torse se gonfla et appuya sur ses seins lourds. Il se frotta contre elle jusqu'à ce qu'elle ait l'impression qu'elle allait succomber de plaisir. Avec un grognement rauque, il lui releva la jambe et l'enroula autour de ses hanches, et pressa son sexe durci contre son ventre en feu.

Elle gémit quand il ondula contre elle et couvrit son cou de baisers, dont elle était sûre qu'ils laisseraient leur empreinte sur sa peau. Le plaisir monta en elle, lui donnant le vertige. Elle sentit ses genoux céder sous elle, mais il la rattrapa, puis enroula son autre jambe autour de lui.

Elle avait l'impression que sa vie même dépendait de lui, de son corps et de son souffle, de ses mains et de sa bouche, tandis qu'il goûtait sa peau et prenait le contrôle de sa volonté. Elle n'était plus elle-même, mais une masse de désir offerte, qu'il pourrait exploiter et piller à loisir. Seuls ses grondements voraces et les battements de son propre cœur brisaient le silence lorsqu'il la fit glisser le long de son corps, vers le haut puis vers le bas, et la fit enfourcher son sexe en érection à travers leurs vêtements.

Les pulsations au creux de son intimité s'intensifièrent, et elle cria son nom.

— Je retire ce que j'ai dit, murmura-t-il d'une voix grave. C'est moi qui vais me régaler de vous ce soir, et soutirer à votre corps magnifique tous les plaisirs qu'il est capable de me donner.

Elle hocha la tête, le souffle court. Elle dirait oui à tout ce qu'il voudrait bien lui faire.

Il appuya le front contre le sien.

— C'est incomparable. Douloureux, mais sublime.

— Oui, murmura-t-elle.

Rien de ce qu'elle avait connu ne l'avait préparée à cela. A lui. Elle était en train de se désintégrer tant elle le désirait, mais elle savait que cet embrasement prolongé de leurs sens rendrait leurs ébats plus éblouissants encore.

Lorsqu'il s'écarta d'elle, elle laissa échapper une protestation frustrée. Aussitôt, il la plaqua contre le mur, soulevant lentement sa robe, ne la quittant des yeux que le bref instant qu'il lui fallut pour lui retirer le vêtement.

Le moindre centimètre de peau que ses lèvres et ses mains touchaient s'enflammait, jusqu'à ce qu'il dégrafe son soutien-gorge. Elle haleta quand il posa sur elle un regard torride, guettant sa réaction. Et il lui soutira d'autres souffles irréguliers quand il lui retira le sous-vêtement d'une caresse.

Soudain, elle fut saisie d'une bouffée de timidité inattendue. Cet homme qu'elle avait rencontré la veille était ici, chez elle, et elle était presque nue devant lui alors qu'il était encore tout habillé. C'était insensé. Follement excitant. Et c'était la meilleure chose qui lui soit jamais arrivée.

Avant qu'elle puisse croiser les bras pour cacher sa nudité, il s'agenouilla.

Le voir ainsi devant elle, avec ce regard émerveillé, était une stimulation insupportable. Elle ouvrit la bouche, mais aucun mot ne sortit.

Ce fut lui qui prit la parole.

— Je pensais savoir ce que je trouverais sous cette robe derrière laquelle vous vous cachiez. J'avais tort. Vous êtes une divinité, Jenan.

— Je peux en dire autant de vous, rétorqua-t-elle.

— Assez parlé.

Il l'attira brusquement contre lui.

— A présent, je vais vous honorer.

Elle se serait effondrée si elle n'avait pas pu s'appuyer contre lui. Mais son déséquilibre s'intensifia lorsqu'il tint sa promesse. Elle gémit quand il caressa ses fesses, se cambra lorsqu'il lécha le creux de son nombril, trembla lorsqu'il mordilla ses seins. Ses gémissements s'intensifièrent et se transformèrent en cris quand il prit son téton en bouche.

— Numair... *s'il te plaît.*

En guise de réponse, il fit glisser son slip de dentelle le long de ses jambes tremblantes.

Après quelques secondes, elle fut nue, ne portant rien d'autre que ses sandales. Le regard de Numair l'explorait en détail comme s'il allait la dévorer.

Tout tourna autour d'elle. C'était vraiment en train d'arriver. Numair était là, et il l'avait déshabillée. Il allait prendre possession d'elle. Et elle allait le laisser faire.

Le laisser faire ? Elle l'aurait plutôt supplié si elle avait pu parler, mais elle pouvait à peine respirer.

Elle sentit sa conscience vaciller quand il couvrit ses jambes de baisers, depuis ses pieds jusqu'à ses cuisses.

— Ta douceur, ta saveur, ton parfum sont parfaits. Magiques. Fous. *Enti jenan ann jadd.*

Elle en fut bouche bée. Il venait de parler dans la langue maternelle de Jenan. Il avait dit qu'elle était une pure folie. Elle avait toujours détesté que les gens attribuent cette signification à son prénom. Ce qu'ils faisaient souvent, puisqu'ils imputaient la plupart de ses actions depuis ses dix-huit ans au fait qu'elle était dérangée. Mais la façon dont il l'avait dit, l'intention dans sa voix... Comme pour tout le reste, quand cela venait de lui, elle trouvait cela magnifique.

Quand il eut exploré chaque parcelle de son corps, elle était comme liquéfiée entre ses bras. Elle sentait son excitation couler le long de ses cuisses, et elle savait que Numair la sentait aussi, par la sauvagerie qui émanait de lui. Dans un grondement torride, il la plaqua de nouveau contre le mur, la hissa, puis lui ouvrit les cuisses et les plaça sur ses épaules.

Avant qu'elle puisse comprendre son intention, il se mit à caresser les replis de son sexe. Ses doigts rugueux les écartèrent d'une caresse, puis tâtèrent son désir moite. Elle cria, trembla sous l'afflux de sensations presque insupportables. Le sexe oral l'avait toujours rebutée, mais pas cette fois. Avec Numair, elle brûlait de l'expérimenter. Tandis qu'il enfonçait un long doigt en elle, elle mesura à quel point elle avait été vide toute sa vie. Seul le fait de l'avoir en elle pourrait remplir ce vide.

Mais elle désirait l'avoir *lui*, et elle tenta de le lui dire en serrant les jambes autour de sa tête, et en tirant sur ses cheveux pour le faire remonter vers elle. Mais il ne céda pas, et continua son exploration intime.

Elle cessa de réfléchir quand sa langue et ses dents incendièrent la partie la plus intime d'elle, lentement, complètement, comme il l'avait promis. Voir son magnifique visage entre ses cuisses, savoir ce qu'il était en train de lui faire était presque plus enivrant que ce tourbillon sensuel.

Submergée de sensations inédites, elle le regarda goûter sa saveur, se délecter de d'elle.

— Maintenant, laisse-moi voir à quel point je te donne du plaisir.

Son injonction, combinée à une pression et une cadence parfaites, déclencha en elle une réaction en chaîne incandescente. Il soutint son regard pour observer avidement les sensations qui la balayaient.

Quand il lui eut arraché tout ce que son corps avait à donner, elle s'écroula sur lui. Avec un grondement de satisfaction, il se releva en la tenant contre lui.

Elle s'abandonna dans ses bras comme une poupée de chiffon, jusqu'à ce qu'il lui murmure à l'oreille :

— Accroche-toi à moi, *ya jenani.*

Ses paroles insufflèrent assez de force dans ses muscles engourdis pour qu'elle noue les bras autour de ses épaules et encercle sa taille avec ses jambes. Elle ferait tout ce qu'il voudrait.

Etre enveloppée dans sa puissance, sentir son corps contre le sien, était une sensation indescriptible. Elle savait désormais qu'elle avait été vide et sans ancrage toute sa vie, et qu'elle le resterait si elle ne pouvait plus s'accrocher à lui comme à cet instant. Cette dépendance qu'elle développait lui était inconnue, et aurait dû la terrifier. Mais en cet instant, elle la trouvait incroyable.

Elle appuya la tête contre son épaule pendant qu'il traversait son appartement de trois pièces, comme s'il savait exactement où se trouvait sa chambre. Elle ne serait pas surprise s'il avait déjà obtenu les plans de tout l'immeuble. Cet homme savait toujours tout, sur tout et tout le monde.

Le corps encore vibrant du plaisir qu'il venait de lui donner, elle eut l'impression d'entrer dans un rêve. C'était comme si elle voyait tout pour la première fois. Tout avec lui semblait nouveau, merveilleux, imprégné de magie. Et de folie. Comme il l'avait dit.

Tandis qu'ils entraient dans sa chambre, elle sentit sa délicieuse léthargie se dissiper. Elle regretta la pénombre. Elle aurait aimé savourer en pleine lumière chaque détail de son corps parfait quand il la laisserait enfin le voir. Balayant la pièce du regard, elle songea que la décoration audacieuse, toute en dégradés de teck et de vert, rehaussés des touches d'ébène, ressemblait à Numair.

Tandis qu'il fermait la porte, comme pour s'assurer qu'il les mettait elle et lui à l'abri du monde, elle caressa sa joue ciselée.

— Tu vois cet endroit ? Mon sanctuaire ?

Le sourire qu'il lui offrit était brûlant.

— Il te ressemble.

— Non, c'est à toi qu'il ressemble.

Elle écarquilla les yeux.

— Chaque couleur de la pièce est la tienne, expliqua-t-il. Ta peau, tes yeux, tes cheveux. C'est comme si j'avais choisi chacune d'entre elles pour qu'elles soient assorties à toi, comme un hommage à ta beauté. Il semble que mes préférences pour ce thème de couleurs étaient une sorte de prophétie.

Le regard brillant, il la pressa contre la porte.

— Tout ce que tu dis, tout ce que tu fais, tout chez toi me rend fou. Ta facture est en train de s'allonger. Et j'exigerai que tu la paies en totalité, *ya galbi.*

Sa menace sensuelle la fit frissonner. Et le contact de son érection ferme contre sa chair intime et sensible provoqua un tourbillon de sensations en elle.

Mais ce furent les mots « mon cœur » prononcés dans sa langue maternelle qui lui arrachèrent un sanglot, et la poussèrent à chercher ses lèvres cruellement excitantes.

Lorsqu'elle leva de nouveau les yeux vers lui, il avait le visage d'un prédateur.

— Je n'exagérais pas, tu es un danger pour ma raison, Jenan. J'ignorais que je pouvais perdre le contrôle. Pourtant, c'est le cas en cet instant. Alors, ne me touche pas, ne me presse pas, ne dis pas *un mot*, si tu ne veux pas que je me transforme en fou furieux.

Elle rit.

— Si c'est ainsi que tu es quand tu perds le contrôle, je vais t'obéir. Je ne veux pas mourir de frustration...

Il l'interrompit en plaquant ses lèvres sur les siennes.

Elle avait imaginé son premier baiser depuis qu'elle était en âge de savoir ce qu'était un baiser. Elle avait essayé de nombreux baisers. Finalement, elle n'aurait pas dû prendre cette peine.

Cette avalanche de sensations que seul Numair pouvait provoquer *était* un baiser, un vrai.

Elle se retrouva de nouveau allongée sur le dos, avec Numair au-dessus d'elle, comme la veille au soir. Mais cette fois, elle était totalement nue, et sur son lit. En train de se consumer. Elle ondula sous lui, s'agita, le supplia de se hâter. Mais il ne céda pas et prit son temps. Il lui releva les bras au-dessus de sa tête et, de son autre main, explora son visage, son épaule, prit en coupe son sein lourd et douloureux.

— Tu ne peux pas m'implorer de me hâter, lui dit-il en la fixant avec intensité. Tu ne peux que gémir de plaisir. C'est la limite de ce que je peux supporter.

— Laisse-moi te voir.

— Tu brises déjà les règles.

— Tu es injuste, se lamenta-t-elle.

— C'est ta beauté qui est injuste.

Elle tenta de libérer ses mains, car elle voulait les poser partout où ses vêtements ne le recouvraient pas.

Mais il l'immobilisa, en grondant comme un prédateur en plein festin, et continua d'explorer son corps.

Il la conduisit au bord de l'orgasme plusieurs fois, jusqu'à ce que des larmes coulent sur son visage et mouillent ses cheveux. Alors seulement, il la plaça à califourchon sur lui.

Il massa ses seins, mordilla ses tétons.

— Je n'ai jamais rien vu ni rien goûté d'aussi beau.

Elle posa des mains tremblantes sur sa ceinture.

— Je veux te voir. Je veux que tu me remplisses. S'il te plaît, Numair, s'il te plaît, *maintenant*.

Il échappa à ses mains pour se mettre debout sur le lit, plantant une jambe de chaque côté d'elle, comme les piliers d'une grande statue. Puis il commença à se dévêtir, exposant sa splendeur pour ses yeux avides.

Elle se redressa sur les coudes, et resta bouche bée devant ce corps parfaitement proportionné, cette puissance qui ondoyait sous sa peau dorée, accentuée par sa crinière de jais. Mais son cœur se serra devant les preuves de la violence qu'il avait subie. Elle savait qu'il avait mené une vie dangereuse, qui l'avait conduit à devenir l'expert qu'il était. Mais les marques sur son corps témoignaient d'une vie bien plus dure qu'elle l'avait imaginée.

Elle se releva en sursaut, et posa ses mains et ses lèvres tremblantes sur ses cicatrices. Lorsqu'elle eut atteint celle qui était juste à côté de son cœur, elle sentit une douleur en elle faire écho à celle qu'il avait dû autrefois éprouver, et eut les larmes aux yeux.

Il posa la main sur les siennes.

— C'était il y a longtemps, dans une autre vie.

Ses larmes coulèrent.

— Tu as dû tant souffrir…

— J'ai survécu, et j'en suis sorti plus fort.

Il s'agenouilla et posa ses lèvres brûlantes sur son visage.

— Et tout cela m'a conduit ici, à cet instant, jusqu'à toi.

Ce qu'il venait de dire était si poignant que les spasmes dans sa poitrine s'intensifièrent.

Il lui releva le menton.

— Mes cicatrices te rebutent ?

Sa question dissipa aussitôt sa tristesse.

— *Non*. Tout comme ces choses dures et impitoyables que j'ai ressenties dans ta nature, ces marques de souffrance te rendent encore plus excitant pour moi. Elles me donnent envie de te dévorer encore plus. Numair…

Elle gémit entre les baisers qu'elle déposait partout sur lui, et tendit la main vers le caleçon qui retenait à peine son sexe dressé.

— Tu es encore plus beau que je l'avais imaginé. Je veux honorer chaque parcelle de ton corps.

Avec un gémissement de soulagement, il écarta ses mains de son caleçon et le retira lui-même avec une férocité à peine contenue.

— Plus tard, *ya hayati*, bien plus tard.

Lorsqu'elle l'entendit employer cet autre terme affectueux, « ma vie », elle s'effondra de nouveau, se retrouvant sur le dos. Elle était tremblante d'anticipation, mais aussi intimidée par la puissance de son érection.

Il s'étendit au-dessus d'elle, glissa les doigts dans ses cheveux.

— A présent, je vais prendre possession de toi. Et tu vas prendre possession de moi.

Même si elle doutait pouvoir l'accueillir totalement, elle se cambra et tendit ses bras tremblants.

— Oui.

Il appuya son corps ferme sur le sien, lui arrachant un cri de plaisir.

C'était parfait. Non, sublime. Exactement comme il l'avait dit.

Il saisit ses jambes et les enroula autour de sa taille. Puis il se figea.

Brusquement, il se releva pour attraper son pantalon et en sortit un préservatif. Déchirant l'emballage avec ses dents, il s'agenouilla entre ses cuisses et commença à dérouler la protection sur son sexe dressé.

Enfin, elle prit conscience de ce qu'il était en train de faire. Il la protégeait. Il lui laissait le choix. Alors, elle fit ce choix.

Elle tendit les mains vers les siennes, interrompant son action.

Il lui lança un regard surpris.

— As-tu une contraception ?

Elle secoua la tête.

L'expression de triomphe qu'il eut alors manqua de la faire défaillir.

— Tu es en train de dire oui.

Elle acquiesça, et les larmes inondèrent son visage. Elle disait oui à tout. Elle voulait qu'il prenne pleinement possession d'elle, voulait avoir sa semence en elle, consciente qu'ils pourraient concevoir un enfant, et espérant de tout cœur que ce soit le cas.

— Tu ne veux pas attendre ? Jusqu'à ce que je te démontre pourquoi tu devrais dire oui ?

— J'ai eu toutes les démonstrations dont j'avais besoin dès l'instant où je t'ai vu, dans cette salle de bal, hier soir.

Son visage était empreint d'une telle fierté, d'une telle possessivité ! La veille au soir, cette expression l'aurait fait fuir, mais maintenant, c'était exactement ce dont elle avait besoin.

Elle s'abandonna quand il saisit d'une main puissante ses hanches et l'étendit sur le lit. Il amena son regard vers son sexe dressé qu'il tenait de son autre main, pour qu'elle le regarde tandis qu'il appuyait sa couronne brûlante contre le nœud sensible de sa féminité. Elle se souleva dans un cri d'extase. Il fit glisser le sommet de son sexe contre le sien, encercla son clitoris tremblant tandis qu'il se couvrait de sa moiteur, jusqu'à ce qu'elle s'agite, haletante. Une fois sûr qu'elle était prête à l'accueillir, il s'introduisit en elle, et elle eut l'impression qu'une épée à peine sortie de la forge l'avait pénétrée.

La douleur et le choc la firent crier.

Elle avait espéré ne pas avoir mal, puisqu'elle n'était pas vierge et qu'elle était si excitée. Mais il semblait que rien n'aurait pu la préparer. Rien n'aurait pu l'aider à supporter ce premier coup de reins. Elle doutait que rien le puisse, et se disait qu'il lui ferait toujours mal au début. Mais qu'ensuite il lui donnerait un plaisir inimaginable, en contraste avec la douleur initiale. Même si ce plaisir n'était pas encore venu, elle avait la certitude qu'il arriverait. Et qu'il serait dévastateur.

Au second coup de reins, il sembla prendre conscience de sa douleur.

Il s'immobilisa.

— Tu n'étais pas mariée, autrefois ? demanda-t-il d'une voix râpeuse.

— Je le croyais. Apparemment, je ne l'étais pas.

— Tu es si étroite, c'est comme si ton corps n'avait jamais été pénétré.

— Il ne l'a pas été. Pas par toi.

Elle frissonna tandis que la douleur diminuait et que les spasmes d'un plaisir intense commençaient à contracter ses muscles intimes.

— J'ai en effet l'impression que c'est ma première fois.

Sa vraie première fois n'avait en rien ressemblé à cela. Cela avait été une déception, teintée d'une vague douleur. Elle avait eu lieu lors de sa nuit de noces. Si elle s'était produite avant, le mariage n'aurait jamais eu lieu.

— Je te fais mal.

Il semblait plus secoué qu'elle.

— Oui.

Il jura, tenta de se retirer, mais elle s'accrocha à lui.

— Tu me fais mal, mais c'est si bon ! La douleur n'est rien comparée à la sensation de t'avoir en moi. Je veux avoir mal. Je veux que tu me marques au fer rouge.

Elle serra ses jambes tremblantes et l'attira plus loin en elle. Sans prêter attention à la brûlure, elle leva les hanches et avança aussi loin qu'elle le pouvait.

— Donne-moi tout de toi. N'aie pas de pitié.

— Alors, tu veux vraiment que je devienne un fou furieux.

— Oh ! oui, s'il te plaît !

Mais il se retira, et elle cria, frustrée, pour lui intimer de revenir en elle. Il résista à ses suppliques, et laissa son sexe contre ses replis un instant, avant de la pénétrer de nouveau, lentement.

Il l'observa, mesurant ses réactions, ajustant ses mouvements à chaque soupir, chaque grimace, attendant que le plaisir surpasse la douleur avant de la pénétrer pleinement, avant de ne lui montrer aucune pitié.

— Magnifique, *ya galbi*.

Il se hissa sur ses bras, les muscles saillants, les tendons de son cou apparents. Tout en lui confessait qu'il connaissait le même supplice exquis que celui qu'il lui faisait vivre.

— Tu es si étroite... si brûlante... Jenan... tu me consumes.

Son visage se contracta tandis qu'il commençait à onduler en elle, allant plus loin à chaque coup de reins.

Puis il la serra contre lui et s'enfonça jusqu'à la garde.

— Brûle-moi, *ya jenani*, consume-moi pendant que je t'envahis, prends tout de moi, jusqu'au tréfonds de ton corps.

Elle se cambra, songeant qu'il avait atteint le cœur de son être. Cette union intime était au-delà de tout ce qu'elle avait rêvé. Elle s'était résignée à vivre seule, à ne jamais connaître l'intimité réelle. Mais maintenant, comme il l'avait promis, toutes les sensations que son corps était capable d'éprouver se réunirent. Puis tout explosa.

Un cri étouffé s'échappa d'elle tandis qu'elle s'atomisait entre ses bras. Elle se reprit, pour se désintégrer encore et encore autour de son sexe. Ses cris accompagnèrent l'extase qui submergeait tout son être.

Le rugissement de Numair résonna en elle, et elle le sentit se raidir dans ses bras, allant plus loin encore tandis qu'il déversait sa semence en elle.

C'était le seul homme auquel elle ait jamais laissé prendre son plaisir en elle de cette façon. Mais il était aussi le seul qui lui ait donné bien plus que du plaisir. Grâce à lui, elle venait de connaître son premier vrai rapport intime.

Ses cris faiblirent quand, enfin, tout disparut, et qu'elle perdit peu à peu conscience...

Une caresse délicieuse courut le long de son dos, jusqu'à ses fesses, puis remonta. Encore et encore.

Jen s'extirpa lentement des profondeurs de la félicité, et prit conscience qu'elle était caressée comme une féline. Et qu'elle était allongée sur un grand félin, dont le grondement profond résonnait en elle. C'était le son d'une satisfaction absolue.

Elle savait exactement ce qu'il ressentait. Elle se sentait satisfaite comme elle n'aurait jamais pu l'imaginer, et en paix, pour la première fois de sa vie.

Elle sentit ses lèvres se mouvoir contre son front.

— Je suppose que ces deux heures de sommeil t'ont reposée ?

— Deux heures !

Elle s'appuya contre son torse, et ses cheveux tombèrent en cascade sur lui.

Ceux de Numair étaient étalés sur un oreiller de la teinte exacte de ses yeux. Il ressemblait à un lion à la crinière noire, et non à la panthère élégante qu'il était d'habitude.

— Tu as quelque chose à ajouter, en dehors de ton incrédulité devant la longueur de ta sieste ? Même si tu as déjà dit oui, je suis impatient de savoir si j'ai tenu mes promesses.

Elle grimaça et plongea les mains dans sa luxuriante chevelure.

— Oh ! oui. La preuve, c'est que je suis restée inconsciente pendant deux heures.

— Moi aussi.

— Vraiment ?

— J'ai tenu quelques secondes, le temps de me décaler pour ne pas t'écraser sous mon poids, ensuite, tout ce que je sais, c'est que je me suis réveillé il y a dix minutes et que j'ai découvert que deux heures s'étaient écoulées. Une autre grande première pour moi.

— Ça ne t'est jamais arrivé ?

— Tu es la première chose qui m'ait jamais fait perdre conscience. Et cela, sans même essayer. Je commence à m'inquiéter de ce que tu feras quand tu essaieras.

Il l'attira contre lui pour un long baiser langoureux, avant de murmurer contre ses lèvres :

— C'était, et de loin, la meilleure chose qui me soit jamais arrivée. *Tu* es la meilleure chose qui me soit arrivée.

Elle suçota la langue qui se frottait contre la sienne, caressa le dos musclé qui ondoyait sous ses doigts. Elle n'en revenait toujours pas. De l'avoir trouvé. D'être désirée par lui. D'avoir partagé tout cela avec lui, toute une vie d'événements et d'émotions, en seulement vingt-quatre heures. Pouvait-elle espérer davantage, et même mieux, dans les jours et les semaines à venir ?

Elle sourit et l'embrassa.

— Je pense la même chose. Mot pour mot.

Il l'observa, avec un sourire satisfait et malicieux, puis l'enlaça et glissa son sexe toujours ferme entre ses cuisses.

— Pas lettre pour lettre ?

— Vous êtes trop gourmand, monsieur.

— Pas gourmand, insatiable.

Elle ondula contre son sexe en érection.

— Tu as une preuve solide pour étayer ton propos, dit-elle.

Il l'allongea sur le dos et la caressa, puis s'arrêta brusquement.

— As-tu parlé à ton père ?

— Puisque je n'ai aucun détail, j'ai préféré ne rien dire.

— Alors, tu as disparu de ta prétendue fête de fiançailles, et tu les as laissés se demander ce qui t'était arrivé, sans un mot d'explication ?

— En gros, oui.

Soudain, il afficha l'un de ces sourires qui lui causaient une arythmie sévère.

— Je t'avais dit que tu étais la perfection.

Elle lui rendit son sourire.

— Je ne vais pas répéter tout le temps « Je peux en dire autant de toi. » Je vais enregistrer cette phrase pour que tu puisses le rejouer chaque fois que c'est nécessaire.

Il se mit à rire. Le premier rire franc qu'elle ait entendu de sa part. Ou peut-être était-ce le premier tout court, puisqu'il semblait très surpris, comme si cela ne lui était jamais arrivé.

C'était peu probable. Il ne pouvait pas avoir vécu quarante ans sans rire de bon cœur une seule fois dans sa vie ?

En tout cas, il riait à gorge déployée. Elle adorait cette ambiance décontractée. Pour elle, les moments après le sexe avaient toujours été tendus et presque hostiles. Mais peut-être était-ce parce qu'ils avaient suivi des ébats décevants. Elle n'avait jamais su à quoi pouvait ressembler la véritable intimité après l'amour. Jusqu'à maintenant.

— Tu ne m'as pas dit ce que tu comptais faire, dit-elle, changeant de sujet.

Prenant appui sur ses coudes, il la regarda, l'expression sérieuse.

— Dis à ton père de ne rien dire à Hassan et de rentrer à Zafrana. Nous le retrouverons là-bas, où je le rencontrerai avec son conseil des ministres pour obtenir des détails sur les difficultés et les dettes du royaume. J'ai déjà une idée, puisque j'ai passé la journée d'hier et la nuit à enquêter sur la situation. Je souhaite mettre les choses en œuvre immédiatement. Ensuite, nous irons à Saraya et nous apprendrons à Hassan qu'il n'a plus l'avantage, et qu'il n'est plus ton fiancé.

Le cœur serré, elle l'observa, en plein désarroi.

Semblant se rendre compte de sa détresse, il demanda :

— Tout va bien ? As-tu mal quelque part ?

Elle secoua la tête et se mordilla la lèvre.

— Je veux être claire. J'apprécie ce que tu fais, plus que les mots ne pourraient le décrire. Et je veux vraiment que Zafrana sorte de cette crise. Mais j'espérais vraiment ne pas avoir à y retourner.

Son regard s'éclaircit, puis devint séducteur.

— Mais ce ne sera pas pareil, cette fois, affirma-t-il, se penchant vers elle. Cette fois, tu seras avec moi.

— Tu t'attends à poursuivre notre liaison... là-bas ? Tu veux créer un scandale national ?

— Je me fiche de ce que les gens pensent, comme tu le sais déjà, mais pour ton bien et celui de ta famille, il n'y aura pas un soupçon de scandale. Je sais garder un secret.

Anxieuse malgré tout, elle murmura :

— Je parie que oui.

— Laisse-moi me charger de tout, et concentre-toi seulement

sur le fait d'être totalement libre, et de prendre tout ce que tu veux de moi.

Comment refuser, quand les choses étaient ainsi présentées ?

Il plongea les mains dans sa chevelure, l'attira vers lui, et lui écarta les jambes. Elle retint son souffle.

— Dis oui, *ya jenani.*

Ne pouvant et ne voulant rien répondre d'autre, elle cria :

— Oui !

Et il s'enfonça en elle.

Durant toute la nuit, elle dit « oui » un nombre incalculable de fois, tandis que toutes ses appréhensions disparaissaient dans le brasier qui consumait son corps et son âme.

6

— Peut-on faire confiance à tes sœurs ?

Jen regarda les lèvres de Numair bouger, et le besoin de les embrasser faillit la submerger une fois de plus.

Elle l'avait entendu, elle comprenait chaque mot pris individuellement, pourtant elle n'arrivait pas à trouver un sens à sa question. Son esprit était concentré sur le passé, occupé à revivre ce que ses lèvres lui avaient fait ces trois derniers jours. Ces trois dernières nuits. Et même un quart d'heure plus tôt, juste avant que ses sœurs montent à bord du jet privé de Numair.

Après cette première nuit chez elle, il l'avait emmenée dans sa suite au Plaza, et ils ne l'avaient plus quittée. Ils avaient fait l'amour de bien des manières, certaines dont elle n'avait pas osé rêver ou pas cru qu'elles lui donneraient du plaisir. Pas avant de les découvrir avec lui. Cela avait dépassé ses rêves les plus fous. Numair, cet être incroyable, était le seul à pouvoir lui enseigner tout ce qu'il y avait à savoir sur la passion, le seul à pouvoir lui faire explorer son potentiel sensuel.

Il était debout devant elle, splendide dans un costume noir décontracté et une chemise d'un ton plus sombre que ses yeux. Elle l'avait choisie pour lui, et elle adorait la façon dont le vêtement rendait son regard encore plus incandescent. Il émanait de lui une virilité et une vitalité débordantes, ainsi qu'un désir intense qui semblait croître sans cesse dans son regard. Cela lui donnait le sentiment d'être désirée, et chérie, de manière infinie.

Il haussa un sourcil dense comme pour la pousser à répondre... le même sourcil qu'elle avait souligné avec ses lèvres, ses doigts, mordillé...

— Jenan ?

— Oui ?

Ce fut tout ce qu'elle parvint à dire.

— Je t'ai demandé si je pouvais faire ça...

Il jeta un rapide regard autour d'eux, puis la porta jusqu'à sa cabine, ferma la porte et l'appuya contre. Il se pressa contre elle, déjà en érection, et prit d'assaut sa bouche. Quand il releva la tête, elle avait enroulé les bras et les jambes autour de lui. Il la regarda d'un air satisfait.

— Si je fais cela devant elles, reprit-il, peut-on leur faire confiance pour qu'elles n'en parlent pas au monde entier ?

Son euphorie se dissipa, et elle revint brutalement à la réalité. Elle le relâcha et reposa les pieds par terre.

— En temps normal, je dirais *El serr fe beir,* ou « Le secret est dans un puits » avec elles. Mais il n'y a rien de normal avec toi. Ou nous. Tu es tellement hors normes qu'elles n'en reviennent toujours pas de t'avoir vu de près. Elles brûlent de connaître la nature de notre relation, et elles m'ont déjà posé la question sous une centaine de formes différentes, mais aucune de mes demi-vérités ne les a satisfaites. Je m'attends à ce qu'elles s'attaquent à toi maintenant, pour découvrir la vérité.

Après lui avoir donné un bref baiser, il répondit :

— Et si nous les mettions dans la confidence ?

Elle lécha sa saveur sur ses lèvres avant de répondre.

— Je leur ai toujours fait confiance, mais je ne leur ai jamais demandé de garder un secret. Elles sont habituées à vanter mes exploits, et je suis sûre qu'elles voudront pavoiser si elles sont au courant pour nous. Même si elles promettent de garder le secret et qu'elles le pensent, tu es, comme tu le sais, extraordinaire. Tu amènerais n'importe qui à briser ses propres règles et à faire des choses qui ne lui ressemblent pas du tout.

— N'importe qui, sauf toi.

Elle rit.

— Tu plaisantes, non ?

— Pas du tout. Tu suis les règles que tu t'es forgées toi-même, et tu prends ce que tu penses être bien pour toi sans t'embarrasser des contraintes de la société. Tu es audacieuse, directe, intrépide, et tu sais juger les gens. Tu as su tout de suite que j'étais fait pour toi, et tu n'as pas perdu de temps en vaines manœuvres de séduction, tu as pris ce que tu voulais et ce dont tu avais besoin, simplement.

— Quand tu présentes les choses de cette façon, on dirait presque que je savais ce que je faisais.

— C'est le cas.

Après un autre baiser enivrant, il caressa sa joue, descendant jusqu'au décolleté caché par sa longue robe sage de couleur fauve.

— Alors, nous les mettons dans la confidence, oui ou non ?

— Maintenant que j'y pense, elles passent leur vie sur Internet. Si nous ne voulons pas que notre relation soit partagée par quelques millions d'amis proches sur les réseaux sociaux, tu devras absolument éviter de me toucher.

Il fronça les sourcils.

— Quinze heures sans te toucher du tout ? Ce n'est même pas une possibilité. Je ressemble peut-être à un super-héros, mais je n'en suis pas un.

Elle lui donna un coup de coude joueur.

— Allons, détends-toi. Considère cela comme une chance de découvrir si l'abstinence fait du bien à l'âme, comme on le prétend souvent.

— Qui a dit que j'en avais une ?

Elle rit.

— C'est vrai, tu n'en as sans doute pas, puisque tu ne peux tout de même pas avoir quelque chose de si commun. Cela veut dire qu'avoir une âme est superflu, puisque tu es parfait comme tu es.

Sans lui laisser le temps de fondre sur elle, elle lui échappa, ouvrit la porte et sortit de la cabine à la hâte.

Elle rêvait pourtant de l'attirer sur ce vaste lit pour poursuivre leur étreinte. Mais elle craignait que ses sœurs débarquent dans la cabine, les cherchant tous les deux. Et cherchant des réponses sur la nature de leur relation.

En vérité, elle aurait aimé tout leur avouer. Mais il était inconcevable qu'une femme de leur pays annonce qu'elle avait un amant. La seule relation acceptée était le mariage, ou les fiançailles qui menaient à ce mariage. Toute autre relation devait être nouée en secret, et jamais avouée, ou alors, elle devait ressembler au format socialement accepté. La société poussait l'hypocrisie si loin qu'elle acceptait que les gens qui voulaient partager une aventure d'un soir ou même payer pour des faveurs sexuelles recourent au *katb el ketab,* littéralement « l'écriture du livre de mariage », puis divorcent dès le lendemain. Mais les adultes qui voulaient être ensemble sans subterfuge social étaient punis et persécutés.

Pas étonnant qu'elle n'ait jamais voulu revenir vivre ici !

Toutefois, si jamais leur liaison s'ébruitait, elle pressentait que la puissance de Numair les préserverait, sa famille et elle, du venin de toute la société. Néanmoins, elle n'avait aucune envie que la situation en arrive là.

Numair la suivit. Elle perçut la tension qui émanait de lui, et qui devint explosive quand les voix de Fayza et Zeena s'élevèrent depuis l'espace divertissement que les hôtesses étaient en train de leur faire visiter.

Elle lui lança un sourire taquin par-dessus l'épaule.

— Pense à l'appétit que nous aurons quand nous arriverons à Zafrana. Je suis impatiente de découvrir la cachette que tu nous as réservée là-bas.

Il serra les lèvres.

— Je vais dire à tes sœurs que nous ne les emmenons pas, et qu'un autre de mes jets les conduira à Zafrana.

Elle sourit de plus belle, mais cela ne dura pas.

— Tu es sérieux ?

— Quinze heures sans te toucher, c'est impensable.

Elle le dévisagea.

— Quelle excuse pourrais-tu bien leur donner pour ne pas les emmener ?

— Nous dirons qu'il y a un changement de programme, et que nous devons faire de longues escales pour affaires, dans des endroits où elles ne peuvent pas faire de tourisme ni de shopping. Ainsi, elles accepteront volontiers le vol direct que je leur offrirai.

— Tu as toujours des histoires convaincantes comme celle-ci à disposition ?

A son air buté, elle comprit qu'il avait pris sa décision et qu'il n'en changerait pas. Mais elle devait tout de même essayer.

— Je veux vraiment que tu passes du temps avec mes sœurs, car je doute que tu les revoies seules avant longtemps. Essaie de supporter cette abstinence pendant quelques heures, et je suis sûre qu'elles s'endormiront à un moment ou à un autre. Tu sais qu'alors je m'empresserai de te rejoindre. Nous dirons au personnel de jouer les sentinelles et de nous prévenir de leur réveil.

Il fit la moue.

— Et ensuite quoi ? Tu vas quitter mes bras à la hâte, sauter dans tes vêtements et faire comme si tu étais restée sur ton siège tout ce temps ?

— Non, c'est toi qui le feras, dit-elle avec un sourire malicieux. Tu prétendras que tu m'as laissé ta cabine.

— Tu veux que je quitte tes bras à cause de tes sœurs, et que j'aille les voir ? Tu n'as pas peur que je les mange toutes crues ?

Elle éclata de rire.

— Non, elles sont trop maigres et trop adorables, et tu es habitué à croquer des monstres replets. Tu es désigné d'office parce que tu peux te rhabiller bien plus vite que moi.

— Seulement si tu acceptes que je sorte torse nu.

— Certainement pas ! s'exclama-t-elle, son ventre se nouant lorsqu'elle l'imagina à demi nu. Je ne veux pas qu'elles se jettent à ton cou.

— Tu veux rire ? Ce sont des gamines !

Il prouvait encore une fois qu'il était unique. Elle avait vu comment les hommes de tous âges regardaient ses splendides sœurs, sans se soucier qu'elles puissent avoir l'âge de leurs filles ou même de leurs petites-filles. Ils avaient beau essayer de cacher leur attirance et leur convoitise, celle-ci était bien là, dans leurs yeux.

Il n'y avait rien eu d'autre que de la neutralité dans le regard de Numair lorsqu'elle lui avait présenté ses sœurs. Il les considérait simplement comme des personnes, qui se trouvaient être de très jeunes femmes.

Elle soupira, passa les mains sur le torse qu'elle venait d'imaginer nu.

— Oh ! Numair, toutes les femmes se pâment devant toi, quel que soit leur âge ! Quoi qu'il en soit, nous allons conduire mes sœurs chez nous, et tu ne vas pas les effrayer, ou débouler à moitié nu, ou encore les manger toutes crues parce qu'elles auront eu le malheur de se réveiller et de nous interrompre.

— Si nous demandions à nos sentinelles de les faire patienter jusqu'à ce que nous puissions tous deux sortir et jouer la comédie ?

Il était passé au stade de la négociation, constata-t-elle avec satisfaction.

— Il faut que tu sois seul, et cela pour une raison évidente. Puisque tu es fait d'acier, les effets de nos ébats ne se verront pas sur toi. Non seulement tu ne te transformes pas en une masse enflée et rougie comme moi, mais tes cheveux reprennent leur place même si je les décoiffe. Moi, en revanche, j'ai besoin de dix minutes minimum pour donner à mes cheveux un semblant d'ordre.

— Et si je mettais un sédatif dans le repas de tes sœurs ? Ainsi, elles dormiront pendant tout le vol.

Elle rit.

— C'est trop risqué. Je pourrais avaler ce sédatif par erreur, et que feras-tu alors ?

— Je mourrai de frustration.

Il poussa un lourd soupir.

— D'accord. Nous ferons ce que tu as dit. Mais si elles ne dorment pas...

— Elles dormiront, ne t'inquiète pas. Elles passent la moitié de leur vie à dormir comme des chats.

Il marmonna son accord d'un ton résigné. Elle porta sa main à ses lèvres avant de la poser contre son cœur.

— Allons, ne désespère pas ! Mon plan marchera à merveille, tu verras.

Ses yeux émeraude, dans lesquels elle pourrait se perdre pour toujours, semblèrent s'embraser.

— Avec toi, tout marche à merveille. C'est pourquoi je suis dans un tel état.

Elle n'en revenait toujours pas qu'il soit aussi passionné et incontrôlable qu'elle. Ces premiers jours délicieusement intenses avaient été indescriptibles. Et même si elle n'espérait pas que les choses restent à ce niveau, cette période de pure passion resterait gravée dans son esprit, et elle la chérirait pour toujours.

Il la plaqua contre son sexe en érection, comme s'il ne pouvait pas supporter de ne pas la toucher pendant plus que quelques minutes.

— Je te désire en permanence. Et tout ce qui peut me priver de toi, même de manière temporaire, me rend agressif.

— Pense à des choses positives. Zee et Fay ne pourront pas supporter une once de ton agressivité.

— Zee et Fay ? Tu ne t'attends pas à ce que je les appelle ainsi ?

— Pourquoi pas ? Et je suis Jen, au fait.

— Non. Tu es Jenan.

Son attitude possessive la fit sourire, et elle s'étonna une fois de plus d'adorer venant de lui tout ce qu'elle détestait venant des autres.

— Tous ceux qui m'ont appelée Jenan pour dire que j'étais folle l'ont regretté.

— Tu es *ma* Jenan. *Ma* folie. Quiconque essaiera de plaisanter avec ton prénom et sa signification le regrettera *amèrement*.

— Ne joue pas les Terminator, sinon je n'aurai plus aucun proche.

— Des proches qui te provoquent et se moquent de ton

prénom et de ta personnalité ? Ils méritent certainement d'être éliminés.

— Laisse-moi mener mes propres batailles, tu veux bien ?

— Soit. Jusqu'à ce que tu demandes mon intervention.

Elle le remercia de cette concession en mordillant son menton. Il tenta de prolonger ce moment d'intimité, mais elle recula avec un soupir de regret.

— Pour en revenir à Zee et Fay... Depuis qu'elles sont toutes petites, elles adorent que je trouve des abréviations de leur prénom. Surtout Fayza. Elle déteste son prénom encore plus que je déteste le mien.

— Tu es davantage une mère pour elles qu'une grande sœur.

C'était une affirmation. Tout à fait juste. Même si la mère des filles — la belle-mère de Jenan — était en vie et en pleine forme, elle n'était guère maternelle, et elle avait laissé ses deux filles aux bons soins de proches et de nourrices depuis leur naissance. Très tôt, Jen les avait prises sous son aile. Même après avoir émigré aux Etats-Unis, elle les avait fait venir chaque été et pendant les vacances, chaque fois que c'était possible. Elle avait, pour sûr, joué un grand rôle dans leur éducation.

— Oui, elles sont comme mes filles. Je ferais n'importe quoi pour elles.

Une lueur... intense apparut dans son regard.

— Je ressens la même chose pour mes frères.

— Je croyais que tu étais fils unique ? s'étonna-t-elle.

— C'est le cas. Mes frères sont ceux que j'ai choisis, et notre lien n'est pas un lien du sang, mais un lien forgé dans des épreuves de feu.

— Tes associés de Black Castle ?

Il acquiesça. Elle aurait aimé qu'il lui donne des détails sur la façon dont il les avait choisis, et sur les épreuves qu'ils avaient traversées ensemble.

Mais elle n'était pas du genre à se montrer indiscrète. Il lui en parlerait quand il le souhaiterait, s'il le souhaitait.

— Alors, Fay et Zee ? Tu veux bien les appeler ainsi ? Pour moi ?

— Pour toi. Tu as invoqué la formule magique qui me fait faire n'importe quoi.

Il eut un petit sourire ironique.

— Personne ne me fait changer d'avis une fois que j'ai pris ma décision. Tu me perturbes sérieusement, *ya jenani.*

— Ce n'est que justice, puisque tu as le même effet sur moi.

Il s'apprêta à protester, mais, se hissant sur la pointe des pieds, elle le fit taire d'un baiser ardent.

— De toute façon, tu n'as sans doute pas à t'inquiéter. Je parie qu'elles seront si excitées d'être en ta compagnie qu'elles seront épuisées dans une heure ou deux.

Il afficha un sourire dévastateur.

— Dans ce cas, allons voir tes sœurs, et laisse-moi les occuper.

Quand Jen appela ses sœurs, Fayza et Zeena arrivèrent d'un pas léger. Elles ouvrirent de grands yeux lorsqu'elles virent Numair. Sans nul doute, sa présence et son aura les émerveillaient une fois de plus.

Elle savait très bien ce qu'elles ressentaient. Chaque fois qu'elle le regardait, elle avait le souffle coupé. Comme lors de leur rencontre.

Numair les invita à prendre place dans leurs sièges, puis donna l'ordre de décoller. La conversation fut réduite pendant le décollage et les premières minutes de vol.

Puis Fayza questionna Numair.

— Alors, c'est vous l'homme d'affaires secret qui a acheté ce jet il y a quelques semaines ?

Lorsque Numair porta son attention sur elle, Jen sentit que Fayza regrettait son intervention.

— Vous devez confondre avec un autre avion.

— J'ai vu un Boeing 737 de cent millions de dollars dans une exposition à Shanghai, et il ressemblait beaucoup à celui-là. Apparemment, une réplique a été construite pour un homme d'affaires dont l'identité n'a pas été divulguée.

— J'en ai entendu parler, dit-il, mais mon avion a deux ans, et a été construit par Black Castle Enterprises.

— Parce que votre entreprise fabrique des avions, aussi ?

s'étonna Fayza. Je croyais que c'était l'une des plus grandes entreprises mondiales en renseignement militaire et en contre-terrorisme ?

Numair lança un regard lourd de sens à Jen. Par ce bref contact visuel, il lui assurait qu'il « pensait à des choses positives ». Il rendait aussi hommage à la curiosité et à l'intelligence de Fay, mais surtout à l'éducation que Jen avait donnée à ses sœurs.

— Vous êtes bien renseignée, dit-il en s'adressant à Fayza.

Elle échangea un sourire complice avec Zeena. Celle-ci expliqua :

— Nous avons fait des recherches sur vous sur Internet, dès que Jen nous a dit que vous nous emmeniez à Zafrana dans votre jet.

— Vous avez bien travaillé.

Après ce compliment, Numair afficha une expression énigmatique. Jen ne put s'empêcher de penser que cela le faisait paraître encore plus menaçant que d'habitude.

— Sachant qui je suis, dit-il d'un ton traînant, n'avez-vous pas eu peur de venir seules dans la tanière de la panthère ?

— Nous ne sommes pas seules, rétorqua Zee. Il y a Jen.

— Vous pensez que Jenan peut vous protéger ?

Zee hocha la tête avec vigueur.

— Elle l'a toujours fait. Elle ne laisserait jamais rien de mal nous arriver.

— Même si vous vous révélez être un détraqué, renchérit Fayza. Jen peut affronter n'importe qui, elle est ceinture noire de kick-boxing.

— Vraiment ?

Il se tourna vers Jen, son regard dérivant sur le corps qu'il connaissait à la perfection, la faisant frissonner.

— Non, je ne le suis plus, dit-elle. J'ai arrêté la compétition il y a longtemps. Maintenant, je fais du kick-boxing pour éviter de prendre des kilos.

— Tu es encore la meilleure ! protesta Zeena.

— C'est vrai ! s'exclama Fayza.

— Je n'en doute pas, dit Numair d'un ton rassurant avant

de s'adresser à Jenan. Je paierais cher pour avoir une démonstration de vos talents.

Fayza arbora un air satisfait.

— Vous pouvez en avoir une gratuitement. Il vous suffit de faire un geste inapproprié.

— Dommage, je n'en fais pas. Mes gestes sont toujours préventifs.

— Ils vous vaudraient aussi sans doute une démonstration, dit Zeena en riant.

Il posa son regard brûlant sur Jen.

— Est-ce vrai ?

Elle feignit de le défier.

— Vous n'avez qu'à essayer, pour voir.

Il secoua la tête.

— Je parie que vous réservez vos démonstrations pour défendre les autres. Surtout vos sœurs.

Lorsqu'il se tourna vers elles, elles se recroquevillèrent et se blottirent l'une contre l'autre comme deux chatons acculés.

— Détendez-vous, Fay, Zee ! dit-il en riant. J'ai promis à votre grande sœur de ne pas vous manger.

Tandis que le visage de ses sœurs s'illuminait, Jen finit de dissiper leur inquiétude.

— Ne l'écoutez pas, les filles. Il ne s'abstiendra pas de vous manger parce qu'il l'a promis, mais parce que vous n'êtes pas son régime de base.

— C'est vrai, confirma Numair. Pour mon espèce, les petites filles sont de l'herbe, alors que nous sommes carnivores, buveurs de sang et briseurs d'os.

Pendant un instant, les filles semblèrent se demander s'il était sérieux, puis elles éclatèrent de rire.

— De l'herbe ! s'écria Fayza. Nous sommes de l'herbe.

— Oui, assura Numair avec un sourire. Alors, prenez garde aux lièvres et aux moutons de ce monde. Ce sont eux, le vrai danger.

Maintenant qu'elle y pensait, c'était absolument juste, se dit Jen. Ed avait été un croisement entre ces deux animaux.

Elle n'arrivait toujours pas à croire qu'elle l'avait épousé. Bien sûr, cela avait été un acte de rébellion. A l'époque, elle avait l'âge actuel de Fayza, et cherchait l'opposé des machos de son royaume. Elle avait supporté son mari pendant six mois entiers, avant de le mettre dehors.

— Mais nous ne sommes pas des petites filles ! protesta Zeena un peu tardivement.

Numair eut un petit sourire attendri.

— Oh ! si, vous l'êtes. Vous êtes si petites que j'arrive à peine à vous voir. Mais bientôt vous serez de plus en plus grandes. Vos soucis, vos fardeaux et vos responsabilités vont grandir avec vous. Etre petit, c'est une bonne chose. Savourez votre jeunesse aussi longtemps que vous le pouvez.

La gorge serrée d'émotion devant la tournure que la conversation avait prise, Jen intervint :

— Elles seront toujours petites, tant qu'elles auront leur grande sœur.

— Avoir une grande sœur comme vous est certainement un moyen pour elles d'être protégées, et de ne jamais avoir à affronter le monde seules.

Son regard était si chaleureux à cet instant !

— Et vous, avez-vous été petit un jour ? demanda Fayza, curieuse.

Il haussa les épaules.

— Je n'ai pas eu cette chance.

Jen sentit sa gorge se nouer davantage, en songeant au monde de douleur caché derrière ses mots. Elle avait cru qu'il avait eu ses cicatrices à l'âge adulte. Mais était-ce le cas ? Une enfance maltraitée, cela ne collait pas avec ce que l'on savait de son passé. Mais était-ce son véritable passé ? Un homme tel que lui pourrait réécrire son histoire avec la plus grande facilité. Alors, l'avait-il fait ? Et quelle était sa véritable histoire ? La lui dirait-il jamais ?

Réticent à discuter de son passé, il poursuivit :

— Pour répondre à votre question précédente, Black Castle Enterprises possède des compagnies qui produisent tout, des vis aux avions. Nous produisons également nos moyens de communication et de transport, de a à z. Ainsi, tout est fait selon nos exigences, et cela réduit nos coûts de deux tiers ou plus, sans parler du fait que cela nous permet de contrôler notre sécurité électronique et personnelle.

Les filles semblèrent encore plus impressionnées.

— Alors, combien vous a coûté cet avion, en définitive ? demanda Zeena.

— Environ cinquante millions. C'est encore beaucoup, mais si je l'avais acheté, il m'en aurait coûté cent cinquante. Il a été amorti ces deux dernières années, avec tous les trajets que j'ai faits et les centaines de personnes capitales pour mes affaires que j'ai transportées. Il peut accueillir jusqu'à trente personnes, et je fais jusqu'à deux cents voyages par an. Je ne suis pas devenu milliardaire en dépensant des fortunes pour des choses qui coûtent bien plus que leur valeur et qui ne sont pas rentables au regard des efforts, du temps et de l'argent investis.

— Cinquante millions, dit Fayza en riant, c'est de l'argent de poche comparé au demi-milliard que l'un des rois de notre région a payé récemment pour son dernier jet privé.

Numair haussa un sourcil.

— Je devrais le traquer et débarrasser le monde de ses excès.

Jen se tapa le front de manière théâtrale.

— Ne lui mettez pas d'idées en tête, les filles. Si vous ne voulez pas vous débarrasser de quelqu'un pour de bon, n'en parlez pas à Numair.

Les filles rirent, pensant que c'était une excellente plaisanterie, puis Fayza continua ses questions.

— Et quelles sont les spécificités de ce jet ?

— Il se situe entre un Boeing 737 et un 777 sur le plan de la taille, mais il est normal que vous ayez pensé que c'était un 737. Sans les sièges habituels, il est difficile d'estimer précisément sa taille. Il peut parcourir sept mille milles nautiques à Mach 0,8, soit environ seize heures de vol en continu, sans avoir besoin d'être réapprovisionné en kérosène. Il dispose de trois espaces de couchage. L'espace de réunion est équipé d'un amplificateur de signal Internet, alors c'est le meilleur endroit pour parler sur vos smartphones, jouer sur vos tablettes ou travailler en ligne. Et puis, il y a l'espace divertissement, que vous avez déjà visité. Si vous voulez faire une fête dans les airs, faites-le-moi savoir.

Les deux jeunes filles parurent abasourdies.

Puis Fayza s'exclama :

— Mon Dieu, vous êtes sérieux ?

— Demandez à Jenan. Je ne dis jamais rien que je ne pense pas.

Jen acquiesça.

— Il est sérieux.

Les filles poussèrent des cris de joie et couvrirent Numair de remerciements. Même si elles étaient filles de roi, elles étaient loin d'avoir grandi dans un tel luxe. Leur père l'aurait volontiers permis, malgré l'économie déclinante de Zafrana, mais Jen s'était assurée qu'il s'abstienne, afin de ne pas faire d'elles des enfants gâtées.

Mais un peu de luxe venant de quelqu'un qui pouvait se le permettre, cela ne pouvait pas leur faire de mal. Et elles l'appréciaient tellement ! Numair, d'un autre côté, ne semblait pas à l'aise sous ce déluge de gratitude.

— Alors, demanda-t-il à Fayza, comment connaissez-vous cet autre avion que vous avez pris pour le mien ? Je suis surpris qu'une fille de votre âge s'intéresse à l'aviation.

Fayza se pencha en avant avec enthousiasme.

— Je veux être pilote, et je m'intéresse à tous les objets volants fabriqués par l'homme.

Et Jen faisait tout pour que Fayza puisse réaliser ses rêves.

— Si vous avez besoin de quoi que ce soit pour réaliser votre ambition, je suis à votre service, dit-il.

Jen fut touchée par sa sollicitude.

Quand les filles comprirent qu'il était sérieux, Fayza et Zeena lui exprimèrent de nouveau toute leur reconnaissance.

Cette fois, Jen intervint et se mêla à la conversation. Après un déjeuner exquis, l'ambiance fut encore plus détendue.

Bien sûr, les filles essayèrent de savoir *pourquoi* Numair aidait Jen, et par association, elles-mêmes, ce qu'il y gagnerait et ce qui s'était passé exactement ces quatre derniers jours. Numair parvint à leur donner des réponses qui étaient vraies, sans rien dévoiler de leur relation.

Jen se réjouissait que Numair, malgré sa misanthropie bien connue et sa réticence initiale, se montre si affectueux et indulgent avec ses sœurs. Il se comportait avec elles comme elle avait toujours imaginé qu'un grand frère le ferait. Elle savait qu'elle était en train de s'emballer, mais elle avait cessé de s'inquiéter pour l'avenir. Elle allait simplement savourer l'incroyable présent.

Avec cette idée en tête, elle profita du fait qu'elle était avec les trois personnes avec lesquelles elle préférait être… et espéra que ses sœurs allaient bientôt s'endormir.

En haut de l'escalier de son jet, Numair regardait la terre sur laquelle il n'avait pas remis les pieds depuis son enfance. Zafrana. La moitié de ses racines.

Soudain, tous ses sens grondèrent, et il se tourna vers celle qui les dominait désormais. Jenan était encore plus époustouflante que jamais. Ensemble, ils allaient fouler la terre qu'elle avait abandonnée par choix, et qu'il avait perdue à cause d'une trahison. A présent, il allait retrouver son pays, et en faire un endroit où Jenan pourrait être heureuse et comblée, un pays digne d'elle.

Ses yeux étaient encore emplis des merveilles qu'ils avaient connues ensemble. Mais, pour préserver les apparences et éviter les questions indiscrètes, elle garda loin de lui les mains qui l'avaient rendu fou de désir et de plaisir quatre jours durant.

Elle semblait si reposée, si satisfaite. Car les filles *avaient* dormi. Elles ne s'étaient réveillées que pendant la descente. Il avait eu Jenan dans ses bras, dix heures d'affilée. Cinq heures de plaisir brûlant, suivies de cinq heures d'une sieste réparatrice.

Les sœurs de Jenan arrivèrent derrière eux. Il s'était surpris à les apprécier, à éprouver le besoin de les contenter et de les défendre, et pas seulement parce qu'elles étaient de la famille de Jenan. Ensemble, ils descendirent les marches pour rejoindre la limousine qui devait les conduire jusqu'au salon d'arrivée VIP.

Quand ils entrèrent dans le salon, les filles coururent vers leurs amies, venues inspecter le jet de Numair pour la fête dans les airs promise. Il échangeait un sourire amusé avec Jenan quand une voix grave et profonde résonna derrière eux.

— Jenan !

Faisant volte-face, ils virent un homme avancer vers eux. Presque aussi grand et large que Numair, il semblait à la fois inquiet et furieux. Numair le reconnut aussitôt.

Najeeb Aal Ghaanem. Le prince héritier de Saraya. Son cousin germain, et le fils aîné de son meurtrier d'oncle.

Numair sentit la colère le submerger quand Najeeb serra les épaules de Jenan avec ferveur et déclara :

— J'ai écourté mon voyage dès que j'ai appris la nouvelle. Je me suis rendu à New York hier soir, mais je ne t'ai pas trouvée, et personne n'a pu me dire exactement ce qui s'était passé. J'ai téléphoné au roi Khalil, qui m'a appris que tu rentrais, alors je suis venu t'attendre.

Najeeb serra les dents.

— Mon père a dépassé toutes les limites, cette fois. Je ne saurais te dire à quel point j'en suis navré. Mais tu n'as pas à t'inquiéter, je vais régler ça.

Incapable de se contenir plus longtemps, Numair serra le bras de Jenan et l'attira contre lui.

— C'est *moi* qui vais régler ça.

Najeeb cilla, comme s'il venait seulement de se rendre compte que Jenan n'était pas seule.

Quand il croisa son regard, Numair eut bien du mal à ne pas lui décocher une droite. Ou pire. Il avait tué beaucoup d'hommes en un seul coup, alors qu'il n'avait pas éprouvé la rage aveugle qu'il ressentait maintenant.

Cet homme, maudit soit-il, était non seulement séduisant

mais il semblait également noble, sophistiqué. Et il avait cette... chaleur, ce côté héroïque en lui, par-dessus le marché.

Tout en lui était l'opposé même de sa propre sauvagerie, de sa rudesse, de sa froideur. A cause du père de Najeeb, ils avaient mené des vies radicalement différentes, et cela se voyait partout sur eux. Et Numair détestait Najeeb pour cela.

Mais ce n'était pas pour cette raison qu'il envisageait de le tuer. C'était parce qu'il avait osé poser une main sur elle, et qu'il l'avait appelée Jenan. Mais surtout, parce qu'il existait, et qu'il ferait un bien meilleur époux pour elle que Numair ne le pourrait jamais.

La surprise de Najeeb passa, laissant place à la colère.

— Mais qui êtes-vous ?

Même s'il savait tout sur Najeeb, Numair gronda :

— C'est moi qui pose les questions. Qui êtes-*vous* ?

Tandis que Najeeb retroussait les lèvres et que Numair avançait vers lui, Jenan s'interposa entre eux.

Posant une paume sur leur torse, elle les repoussa calmement. Le geste lui-même, plus que sa force, les fit reculer, et brisa la réaction en chaîne de leur agressivité.

Elle les regarda tour à tour, et sourit avec une douceur et une réserve feintes.

— Laissez cette petite femme sans défense et qui n'a pas son mot à dire faire les présentations. Numair, voici Najeeb Aal Ghaanem, prince héritier de Saraya et fils aîné de mon fiancé. Najeeb, je te présente Numair Al Aswad, magnat du renseignement militaire et du contre-terrorisme... et mon amant.

7

Jenan toisa froidement les deux mastodontes impressionnants qui la flanquaient. Ils interrompirent leur duel visuel et verbal pour la dévisager.

Au moins, elle avait réussi à les choquer, et à empêcher qu'ils se sautent à la gorge.

Cacher à tout prix la vérité à ses sœurs, et ensuite l'avouer de but en blanc à Najeeb, cela pouvait paraître fou. Pourtant, même si elle n'y avait guère songé avant d'agir, elle pensait qu'avec Najeeb, son secret serait bien gardé.

Najeeb était l'être le plus honorable qu'elle ait jamais connu. Depuis qu'elle était enfant, elle l'avait toujours admiré, et elle aurait aimé qu'ils soient plus proches. Il était le grand frère qu'elle avait toujours rêvé d'avoir.

Voilà pourquoi elle pouvait tout lui dire. Najeeb était de l'étoffe des chevaliers d'antan. De ceux qui donneraient leur vie pour protéger leurs alliés.

Toutefois, elle ne voulait rien d'aussi extrême de sa part. Elle voulait seulement parler de sa relation avec Numair à quelqu'un. Najeeb était la seule personne à qui elle pouvait tout dire sans craindre qu'il dévoile ses secrets, quelles que soient les circonstances.

Etonnamment, Najeeb fut le premier à se remettre. Son regard oscillait entre la stupéfaction et l'amusement.

— D'accord, Jenan, ta boutade a été très efficace. Je suis désolé de m'être emporté, mais quand j'ai entendu ce que mon père t'a contrainte à accepter, cela m'a rendu malade. J'étais prêt à balayer tout ce qui, ou ceux qui — il lança un regard méprisant à Numair — se trouvaient sur mon passage.

Formidable. Najeeb était dans le déni, et Numair bouillait encore plus que tout à l'heure.

Elle soupira.

— Je voulais que vous cessiez cette querelle, c'est pourquoi j'ai eu recours à la vérité. Elle est toujours plus choquante que n'importe quelle invention.

Najeeb la regarda, incrédule, pendant encore quelques instants, avant de demander :

— Tu es sérieuse ?

— Pour emprunter l'expression de quelqu'un qui se trouve justement ici, je n'ai été jamais été aussi sérieuse.

— Comment... ?

Après quelques secondes, il sembla prendre conscience de la situation. Il regarda Numair avec hostilité, puis horreur.

— Vous êtes Numair Al Aswad !

— Alors, vous me reconnaissez, maintenant.

— J'aurais préféré ne pas vous reconnaître.

Najeeb se tourna vers Jen, l'air consterné.

— Comment t'es-tu retrouvée avec un homme tel que lui ?

— Si vous avez des questions, ou quelque chose à dire, adressez-vous à moi, intervint Numair d'un ton menaçant.

Jen leva les mains.

— Les garçons, s'il vous plaît, contrôlez votre testostérone. Je suis coincée entre vous deux, et votre agressivité m'est insupportable.

Les deux hommes présentèrent leurs excuses en même temps, se toisèrent d'un regard noir, se lancèrent d'autres mots à la figure, puis se turent enfin. Tandis qu'ils se jaugeaient mutuellement, Jen remarqua soudain quelque chose.

Ils se ressemblaient *énormément*.

Si elle les avait rencontrés pour la première fois, elle aurait cru qu'ils étaient parents, voire frères.

Certes, Najeeb avait les yeux couleur miel et les cheveux

coupés court, néanmoins ce qui les distinguait vraiment n'était pas la génétique, mais leur personnalité et leur parcours radicalement différent. Najeeb n'avait pas la rudesse qui marquait les traits de Numair, ni son côté impitoyable et rusé. Ils étaient presque de la même taille et de la même corpulence, mais Najeeb était un athlète puissant, tandis que Numair était une force destructrice.

Malgré ces différences, et sans qu'elle puisse expliquer pourquoi, elle avait la sensation étrange qu'ils étaient de la même famille. Et soudain, toute cette situation devint intenable.

Tandis que les deux hommes reprenaient leur dispute, elle les saisit chacun par le bras.

— Voulez-vous bien cesser de vous donner en spectacle ?

Elle les regarda tour à tour.

— Pourrions-nous aller dans un endroit privé, ou faut-il un terrain neutre et des forces de maintien de la paix pour que vous vous teniez tranquilles ?

Ils finirent chez Numair.

La « cachette » qu'il avait préparée pour eux. Puisqu'il n'y avait pas de route pour y arriver, le seul moyen de transport était l'hélicoptère.

Même si elle avait vécu dans un palais royal, cet endroit l'émerveillait. Elle ne savait même pas qu'un tel lieu existait dans son propre pays !

Ce qui contribuait au caractère unique de cette propriété immense, c'était sa situation reculée. A cent kilomètres à la ronde, il n'y avait rien d'autre que des terres désertiques préservées.

Une fois qu'ils eurent traversé la palmeraie et passé les grilles de bronze pour entrer dans ce paradis du désert, elle eut le sentiment qu'ils venaient de laisser derrière eux la vie urbaine, mais aussi la vie moderne. Le luxe discret des lieux était en phase avec l'environnement. La villa ne portait aucune trace des éléments artificiels qui l'avaient toujours rebutée dans les endroits opulents qu'elle avait visités à Zafrana, que ce soit le palais royal ou les demeures des têtes couronnées et des hommes d'affaires richissimes. Alors que tous ces lieux s'efforçaient de marquer leur époque sur le plan de l'architecture et de la décoration, cet endroit était intemporel.

Il évoquait le désert, dans ses matériaux, sa palette de couleurs, sa majesté et sa tranquillité. Parmi les nombreuses choses qui lui coupèrent le souffle, il y avait les oryx et les gazelles qui galopaient en liberté juste derrière les grilles, et l'incroyable piscine à débordement, à l'arrière de l'immense demeure. Sur un côté, elle ressemblait à un bassin, avec ses murs, ses marches et ses rebords en mosaïque aux teintes de bleu et de vert, mais à l'opposé, là où le bord semblait disparaître brusquement, l'eau évoquait une source, pareille à celles que l'on trouvait dans les grandes oasis. Une barricade de palmiers longue d'un kilomètre séparait la propriété du reste du désert, dont les dunes ondulaient avec douceur jusqu'aux montagnes Anshar, à l'horizon.

Dans la villa, les espaces se succédaient de manière fluide. Les surfaces étaient faites de pierre, de verre teinté ou de bronze ; les meubles et les sièges faits main étaient tous dans des tons de terre chaleureux, rehaussés de touches de fauve et de rouge. C'était le décor parfait pour une retraite mystique.

Numair avait deviné ses préférences, même si elle ne les avait jamais pleinement formulées. Il avait su ce qui lui plairait le plus. Et durant ces quelques jours qu'il avait passés avec elle, il avait recherché cette demeure, l'avait trouvée et acquise. Elle était sûre qu'il l'avait achetée et non louée, car il évoluait entre ces murs avec l'assurance d'un propriétaire, même si c'était la première fois qu'il venait ici. L'homme qui s'était chargé des formalités et qui leur faisait maintenant visiter la maison était le bras droit de Numair, Ameen. Mais Numair sembler dominer chaque pièce dans laquelle il pénétrait, ainsi que les gens qui se trouvaient l'intérieur.

Elle était impatiente d'être seule avec lui. Mais pour l'heure, elle devait résoudre ce problème avec Najeeb. Surtout, elle devait essayer de corriger cette première impression catastrophique entre Najeeb et Numair.

Ameen laissa le trio dans le grand espace pourvu de plusieurs salons, d'une salle à manger et de quatre cheminées de pierre. Numair la conduisit vers l'un des divans, décorés de coussins aux motifs géométriques zafraniens. Elle tenta de capturer son regard, de retrouver l'intimité qu'ils avaient savourée depuis leur première nuit. Mais Numair était concentré sur Najeeb.

Il était plus qu'évident que la présence de Najeeb le dérangeait. Et il n'était guère content d'elle, à cet instant. Il s'était plié à ses souhaits quand elle avait invoqué ce qu'il avait appelé sa formule magique, réprimant son aversion et invitant Najeeb à se joindre à eux. Mais il n'allait pas faire semblant de s'en réjouir.

C'était déroutant. Non seulement son antipathie pour Najeeb persistait, mais elle semblait se renforcer.

Les deux hommes étaient partis du mauvais pied, tous deux étant déjà d'une humeur explosive. Najeeb, à cause de cette histoire de mariage, et Numair, parce que son instinct possessif s'était pleinement réveillé. Tous deux étant des mâles dominants, la confrontation avait été inévitable.

Mais, tandis que Najeeb était revenu à son calme et à son stoïcisme habituel, l'hostilité de Numair était palpable.

Pourtant, il ne montrait aucune agressivité. En surface, il était encore plus neutre que Najeeb. Mais elle sentait qu'un volcan couvait en lui.

Dès qu'ils furent tous installés et que Jenan se retrouva face à eux, Najeeb se tourna vers elle.

— Je suis tout ouïe.

Prenant une grande inspiration, elle demanda :

— Que veux-tu entendre ?

— La vérité.

— Je te l'ai dite dès le début. Mais si tu veux l'ordre chronologique, voici un résumé de la façon dont les choses se sont passées : tu as refusé de te laisser embarquer avec moi dans un mariage d'Etat destiné à servir les projets d'expansion de ton père, et tu as disparu. Il a alors décidé de faire ce que tu refusais de faire, et de m'épouser lui-même. Il a forcé mon père à lui accorder ma main, puis mon père m'a demandé de me sacrifier. J'ai dû accepter, car je savais que, si je refusais, l'une de mes sœurs serait obligée de prendre ma place. Puis est arrivée cette soirée fatidique il y a cinq jours, dans laquelle j'ai rencontré Numair. La suite, tu la connais.

— *Ya Ullah*, je pars quelques semaines, et il se passe tout cela !

Najeeb sembla réfléchir à tous ces événements. Puis une froide colère se peignit sur son visage.

— A l'aéroport, il a dit qu'il réglerait ça. C'est ce qu'il t'a promis si tu devenais sa maîtresse en échange ? Est-ce ainsi qu'il t'a forcée à le rejoindre si vite dans son lit ?

Avant qu'elle puisse répondre, Numair rétorqua d'un ton cinglant :

— *Il* ne contraint pas les femmes à avoir des relations sexuelles. Et suggérer que je l'ai fait est une insulte à Jenan. Elle ne pourrait jamais être contrainte à ce genre de choses, pour aucune raison.

Najeeb reporta sa colère sur Numair.

— Jenan est une héroïne, elle paierait le prix fort pour sauver ceux qu'elle aime. Elle *a été* contrainte d'épouser mon père pour les sauver.

— *Elle* est assise ici, observa Jen dans un soupir. Et si nous nous parlions *directement* ?

Elle s'adressa à Najeeb.

— Je suis avec Numair parce que je veux l'être, parce que je désire cet homme. J'espère que cela répond à tes questions et clôt le sujet.

Najeeb la dévisagea, à l'évidence estomaqué qu'elle parle si ouvertement de sa liaison avec Numair, cet étranger dangereux sur qui il semblait en savoir encore plus qu'elle. Ils n'avaient jamais parlé d'un sujet si intime, et avec une telle franchise.

Mais il était l'un des êtres les plus ouverts et les plus progressistes qui soient, et elle avait toujours su qu'en cas de besoin elle pourrait lui parler de tout.

Enfin, il hocha la tête.

— Tu es l'une des personnes les plus audacieuses et les plus modernes que je connaisse, Jenan.

Elle laissa échapper un halètement de surprise. C'était bon de savoir qu'il avait une opinion d'elle aussi haute que celle qu'elle avait de lui.

— Pour accomplir tout ce que tu as accompli, en tant que femme, dans cette région du monde, il a fallu que tu sois bien plus tenace qu'un homme. J'ai toujours admiré ta force et ta volonté, la façon dont tu as échappé aux entraves de ton statut et dont tu as affronté la réprobation de notre culture et la stigmatisation de la société. Je suis fier de tout ce que tu as accompli, et je suis fier que tes décisions et tes actions se soient toujours révélées les meilleures pour toi. Et j'ai toujours pensé que tu savais cerner les gens avec beaucoup d'acuité. Mais je ne vais pas te mentir, cette fois, je suis sceptique.

— Tu penses que je ne sais pas ce que je fais, c'est ça ?

Elle haussa les épaules.

— Tu as le droit d'avoir ton opinion sur cette question, dit-elle, et j'ai le droit d'agir comme bon me semble. Et ce que je veux, c'est être avec Numair. Je te demande seulement de garder pour toi ce que je t'ai révélé, jusqu'à nouvel ordre.

— Si tu ne veux pas que les autres sachent, peut-être est-ce un signe que ce que tu ressens est peut-être faux.

— Allons, Najeeb, tu sais bien pourquoi je souhaite rester discrète ! Dans ce pays, il vaut mieux cacher tout ce à quoi on est réellement attaché. Les gens ne connaissent pas le concept de limites, et pensent avoir le droit de s'ingérer dans la vie des autres, d'interpréter les choses selon leur système de valeurs étroit, de les salir et de leur mettre des bâtons dans les roues. Tu sais que quand je suis seule concernée, je me fiche de ce que l'on peut penser, mais cette fois...

Najeeb leva la main.

— Tu n'as pas besoin de me convaincre de quoi que ce soit, ou même de me demander de garder le secret. Jamais je ne te trahirai.

Elle sourit.

— Pourquoi crois-tu que je t'en aie parlé en premier, alors que je ne l'ai même pas annoncé à mes sœurs ?

— Ne pense même pas à le leur dire ! Leurs amies et elles doivent sûrement spéculer suffisamment comme cela, rien qu'en le voyant avec toi.

Elle gloussa.

— C'est exactement ce que je me disais, et c'est pour cela que tu es le seul au courant.

Il laissa échapper un profond soupir.

— *Aih.* Je suis le seul. *Ya Ullah, ya* Jenan… j'espère seulement que tu ne le regretteras pas, et que le prix à payer ne sera pas aussi élevé que je le crains.

Elle sentit une autre vague d'agressivité venir de Numair, mais quand il prit la parole, sa voix était d'un calme glaçant.

— Alors, vous avez changé de stratégie. Maintenant que vous n'êtes pas parvenu à lui faire honte ou la faire douter de sa décision, vous essayez d'instiller la crainte dans son cœur.

Najeeb l'observa avec la même froideur.

— Si elle ne vous craint pas, c'est qu'elle ignore qui vous êtes vraiment. Vous, monsieur Al Aswad, êtes un homme redoutable. Un homme à éviter à tout prix.

Numair pencha la tête.

— Vous avez absolument raison, prince Aal Ghaanem. Je suis bien plus que cela. Avec tout le monde, sauf avec Jenan.

A l'évidence, Najeeb avait très bien compris le message de Numair : il faisait partie des gens qui devraient le redouter et l'éviter. Par son silence nonchalant, Najeeb lui rétorquait qu'il n'était pas « tout le monde ». A voix haute, il lança :

— Etes-vous en train de dire que vous changez votre manière d'être pour elle ? Ou que vous êtes différent avec elle ?

Najeeb se tourna vers elle, l'air réprobateur.

— Et tu as cru à son numéro ?

Avec un mouvement imperceptible dont il avait le secret, Numair se retrouva au bord de son siège, telle une panthère accroupie s'apprêtant à sauter au cou de sa proie.

— J'ai dit, adressez-vous à moi. Je ne le répéterai pas.

— Et si vous gardiez vos menaces pour ceux qui pourraient y accorder une quelconque importance, monsieur Al Aswad ?

— Si vous n'y accordez pas d'importance, c'est que vous ne me connaissez pas aussi bien que vous ne le pensez.

— Et il est clair que vous ne savez rien de moi si vous pensez pouvoir me menacer impunément.

— D'accord, j'en ai assez entendu, décréta Jen en se levant d'un bond, les poings sur les hanches. Puis-je vous rappeler que, tous les deux, vous êtes du même côté ?

Numair et Najeeb se tournèrent vers elle, surpris et offensés par sa déclaration.

Elle se fendit d'un petit rire incrédule.

— *Ya Ullah*, tous les deux, vous êtes si occupés à jouer les mâles dominants et à vous quereller que vous n'avez pas pris le temps de vous en rendre compte !

Devant leurs mines renfrognées, elle soupira.

— Cela m'ennuie de vous le dire, mais c'est le cas. Tous les deux, vous voulez contrecarrer le projet machiavélique d'Hassan, et aider Zafrana à se libérer de son emprise. Et surtout, vous voulez ce qu'il y a de mieux pour moi.

Ne récoltant qu'un silence buté, elle insista.

— Vous voulez tous les deux ce qui est le mieux pour moi, non ?

— Tu sais que...

— Tu sais que...

Quand les deux hommes se rendirent compte qu'ils avaient fait la même réponse en même temps, ils échangèrent des regards furieux.

Et elle éclata de rire.

— Vous voyez ? Non seulement vous voulez la même chose, mais vous dites exactement la même chose. Si vous voulez mon bien, promettez-moi de de ne pas vous entre-tuer dès que j'aurai le dos tourné. J'ai votre parole ?

Najeeb fut le premier à acquiescer. Elle avait cru que Numair s'empresserait de lui donner ce qu'elle voulait. Apparemment, l'antipathie qu'il avait pour Najeeb changeait l'ordre de ses priorités. Etrange.

Mais il finit par acquiescer à son tour. Le regard empli d'émotions indéchiffrables, il précisa :

— Pour toi.

Sa réaction était perturbante sur bien des plans, mais elle s'en contenterait. Elle savait qu'il tiendrait parole.

— Puisque c'est moi qui ai le plus à perdre dans cette histoire, dit-elle, si vous me laissiez mener cette conversation ?

Tous deux hochèrent la tête en même temps. C'était déjà un progrès.

— Je sais que chacun de vous espérait être celui qui résoudrait cette crise, alors, si nous discutions de la manière dont vous comptez procéder ? Peut-être pourriez-vous trouver ensemble un moyen encore plus efficace ?

— Mon plan n'a pas besoin d'être plus efficace, dit Najeeb. Je vais obliger mon père à renoncer à son projet.

Numair toisa Najeeb avec un sourire ironique.

— Quelle coïncidence ! C'est exactement mon plan.

Jenan éclata de rire.

— Vous voyez ? Vous vous ressemblez tellement qu'on dirait des jumeaux.

Lorsqu'elle vit leurs expressions s'assombrir, elle ajouta :

— Pour l'instant, aucun de vous ne veut le voir ni l'admettre, mais un jour vous vous rendrez compte que j'ai raison. Et, ce jour-là, je prendrai un malin plaisir à vous dire : « Je vous l'avais bien dit. » Mais puisque nous avons des problèmes plus urgents à régler, et que vous avez au moins admis que vous avez un but commun, si vous partagiez les détails de vos plans respectifs pour forcer Hassan à libérer mon royaume ?

Aucun d'eux ne révéla les détails de son plan. Ni ne promit de travailler avec l'autre.

Mais au moins l'hostilité qui faisait rage entre eux avait diminué.

Du moins, du côté de Najeeb. Quant à Numair, c'était comme si un bouclier impénétrable l'entourait, empêchant Jen de déchiffrer ses pensées ou de deviner ses sentiments, et l'obligeant à se demander où était la vérité. Mais elle ne pouvait pas lui poser la question. Pas parce que Najeeb était là, mais parce qu'elle ne poserait jamais de questions indiscrètes.

Najeeb, en revanche, était bien plus ouvert. Elle avait insisté pour qu'il reste dîner avec eux, et il avait accepté son invitation, se détendant peu à peu en leur compagnie. Se départant de son attitude défensive, il avait posé à Numair des questions intelligentes sur son travail. Il avait eu l'air réellement intéressé, puis impressionné. Il avait même fini par demander à Numair s'il pouvait solliciter son influence et son expérience uniques pour ses projets humanitaires. Numair avait semblé réticent à donner la moindre réponse. Elle devinait que ce n'était pas parce qu'il ne voulait pas apporter son aide, mais parce que cela l'obligerait à collaborer avec Najeeb. Mais celui-ci était un négociateur hors pair, et avait réussi à lui soutirer son accord.

Quand elle avait enfin pu parler à Najeeb seule, pendant que Numair avait pris un appel important, Najeeb lui avait donné son verdict sur Numair.

Il était assez mature pour admettre qu'il avait eu tort. Son opinion sur Numair et sur leur relation avait radicalement changé. Il avait affirmé qu'il connaissait les hommes et pouvait détecter le moindre signe négatif à un kilomètre. Or, il n'avait vu et perçu que du respect et de la considération dans la façon dont Numair la traitait. Il avait aussi vu à quel point Numair était passionné et protecteur envers elle.

Avant de rejoindre la grande clairière où l'attendait l'hélicoptère, Najeeb avait souligné en riant que la panthère noire de Black Castle avait enfin trouvé celle qui l'apprivoiserait. Il avait toujours entendu dire que les prédateurs les plus dangereux, une fois domptés, faisaient les meilleurs animaux de compagnie.

— J'ai cru qu'il ne partirait jamais ! s'exclama Numair.

Jenan poussa un cri de joie quand Numair la souleva dans ses bras pour l'envelopper de sa puissance.

Elle s'accrocha à lui pendant qu'il traversait d'un pas alerte cet endroit unique. A l'autre bout de la villa, ils entrèrent dans la suite la plus splendide qu'il lui ait été donné de voir. Même s'ils étaient totalement seuls à présent, Numair ferma la porte d'un coup de pied.

Tandis qu'il la portait jusqu'au vaste lit, elle remarqua les décorations élégantes, les meubles sculptés à la main et ce qui ressemblait à d'authentiques antiquités zafraniennes. Des lanternes de cuivre et de verre peint étaient suspendues à de lourdes chaînes, et des appliques assorties ornaient les murs. Des jarres et des vases bédouins de différentes tailles s'alignaient sur les étagères et les tables, et flanquaient les portes en acajou massif qui menaient à la salle de bains. Une commode en bois et en paille tressée trônait près du lit. Des canapés faits des mêmes matériaux et des tables de pierre et de bronze meublaient l'espace salon, face aux portes du balcon. Partout sur le sol, et même sur certains pans de murs, se trouvaient des tapis tissés à la main aux tons de rouge, de miel et de brun. Les mêmes teintes que dans le reste de la villa. Et soudain, elle comprit.

Toutes les couleurs de cet endroit étaient assorties à elle !

Elle avait d'abord pensé qu'il avait acheté cet endroit déjà meublé, mais la décoration était trop précise pour que ce soit une coïncidence. Numair avait sans doute fait cela pour elle, en réponse à la décoration de sa chambre à New York. Mais elle ne pouvait imaginer comment et quand il avait réussi à tout organiser et superviser, à distance de surcroît. Cela prouvait une fois de plus qu'il était encore plus puissant qu'elle le croyait.

Mais il ne s'était pas arrêté à la palette de couleurs. Il y avait d'autres détails incroyables. Par exemple, les jumelles posées sur une table, ou le télescope près du balcon, qui leur permettraient d'observer les animaux le matin et les étoiles à la nuit tombée. Mais ce qui la toucha profondément et lui fit monter les larmes aux yeux fut la découverte du chevalet, des toiles de toutes tailles, et de tout le matériel de peintre soigneusement rangé.

Elle peignait, et il avait sans doute remarqué que toutes ses œuvres accrochées dans son appartement de Tribeca représentaient des paysages du désert. Il avait deviné que ce voyage stimulerait sa créativité, et lui avait donné les moyens de l'exprimer chaque fois que l'envie lui en prendrait.

Elle n'eut pas le temps de le remercier de son incroyable prévenance, car il longea le lit pour ouvrir les portes-fenêtres et sortit sur une terrasse en bois, surplombant une autre piscine plus petite. Le jour, l'eau se déversait dans un splendide paysage du désert. C'était maintenant une étendue turquoise scintillante, dans la nuit éclairée par un croissant de lune montante et une explosion d'étoiles étincelantes. Numair voulait faire l'amour en plein air, avec pour seule couverture la voûte céleste.

Au centre de la vaste terrasse, un immense lit trônait, recouvert d'un dessus-de-lit du même acajou que ses cheveux. Il s'y agenouilla tout en la tenant fermement, et écarta les couvertures avant de la poser sur les draps ivoirins et de s'étendre au-dessus d'elle.

Elle enroula les bras et les jambes autour de lui, tremblante et haletante. Cela faisait à peine douze heures qu'il lui avait fait l'amour, pourtant ses sens étaient déjà exacerbés, prêts à s'enflammer.

Seules les mains de Numair pouvaient lever ses inhibitions et libérer son potentiel. En l'espace de quelques battements de cœur, elle fut nue devant lui, offerte. Puis il explora son corps de ses mains, ses lèvres, sa langue, lui donnant le sentiment, comme à chaque fois, d'être savourée, adorée, honorée.

Puis il se releva pour s'offrir à son désir. Elle resta là, figée tant elle avait faim de lui, admirant son corps parfait à la lueur argentée des étoiles.

Il s'agenouilla devant elle, et elle tendit la main pour caresser son sexe. Ferme et engorgé, il semblait ciselé par des dieux de la virilité, et doté d'une énergie infinie. Tandis que ses mains peinaient à le contenir, elle fut traversée par ce sentiment intimidant auquel elle était désormais habituée.

En réaction à ses caresses intimes, ses doigts tremblèrent dans ses cheveux, et son corps entier vibra de tension. Chez tout autre homme, la perte de contrôle ne voudrait rien dire. Mais venant de Numair, toujours si maître de lui-même, une telle réaction signifiait beaucoup.

A présent, elle ne voulait plus seulement apaiser sa faim. Elle voulait se lier à lui, ne faire plus qu'un avec lui.

— Numair, emplis-moi…

Dans le clair de lune argenté, elle vit une palette d'émotions défiler sur son visage. Il s'allongea sur elle, saisit ses jambes pour les placer autour de sa taille, et la souleva. Il la maintint contre lui d'une main tandis qu'il se redressait à moitié. Puis il s'enfonça en elle.

Le cri qu'elle poussa devant son invasion abrupte ne l'arrêta pas. Car il savait qu'elle voulait sentir la pleine puissance de son sexe en elle, qu'elle attendait d'être dominée et de le dominer. Et il lui donna ce qu'elle voulait. Il ondula en elle à un rythme effréné, et elle le poussa à continuer aussi longtemps qu'elle pouvait le supporter.

Mais, bien trop vite, le raz-de-marée monta. Sentant sa détresse croissante, il se redressa sur ses bras. Elle riva son regard au sien tandis qu'il la poussait à s'abandonner totalement. Quand elle se mit à le supplier, il s'enfonça encore plus loin en elle, et ses coups de reins la plongèrent dans l'extase.

Les orgasmes déferlèrent sur elle, encore et encore. Tandis qu'elle se cambrait et s'agitait contre lui, il gronda comme le prédateur qu'il était. Dans l'avion, après leurs derniers ébats, il lui avait dit qu'il mourrait un jour dans ses bras d'une surdose de plaisir. Chaque fois qu'il était en elle, c'était comme si cette prophétie allait se réaliser. Quelle fin merveilleuse ce serait !

Quand elle s'affaissa enfin, il marqua un temps, puis recommença son assaut, accélérant le rythme de ses va-et-vient, jusqu'à ce qu'elle le supplie de plonger avec elle dans un océan d'extase. Puis, se laissant enfin aller, il jouit dans un rugissement puissant.

La sensation de sa semence en elle, l'intimité de l'instant, l'espoir qu'il implante ce miracle de la vie qu'ils voulaient créer ensemble… Tout cela provoqua un autre orgasme. Encore plus époustouflant que le précédent.

Elle s'abandonna au plaisir, et le monde s'évanouit autour d'elle, plus rien ne restant hormis leurs deux corps unis…

Quand elle sortit de son état de félicité, elle constata qu'elle était allongée sur Numair, sous l'épais couvre-lit, la brise légère de la nuit faisant danser ses cheveux.

Sans bouger, elle déposa un baiser contre son cœur.

— Merci.

Elle entendit un rire résonner dans son oreille.

— Les remerciements doivent être mutuels, en l'occurrence.

— Je ne te remercie pas pour m'avoir fait connaître un plaisir étourdissant. Un simple *merci* ne rend pas justice à ce que tu me fais.

Il la fit tourner sur le côté pour pouvoir la regarder.

— Alors, pour quoi me remercies-tu ?

— Tu devrais me demander pour quoi je ne te remercie *pas*.

Devant son air intrigué, elle mordilla sa mâchoire, et savoura la sensation de sa barbe piquante sous ses lèvres. Il s'était rasé avant l'atterrissage, mais elle avait déjà repoussé.

— Il faut vraiment que tu apprennes à accepter la gratitude et la reconnaissance, dit-elle.

— Quoi que tu penses que j'aie fait…

Le baiser qu'elle posa sur ses lèvres interrompit son argumentation.

— Ce que tu ne cesses de faire n'est pas une question d'opinion, ce sont des faits aussi solides et merveilleux que chaque parcelle de ton corps.

Elle caressa chaque partie de son corps à laquelle elle avait accès.

— Tout ce que je fais pour toi est un privilège absolu et un plaisir intense.

Elle sourit.

— Soit, mais j'ai tout de même le privilège et le plaisir de te remercier, tout le temps, alors, il faudra t'y faire.

Il la regarda, l'air songeur.

— Je ne pensais pas mériter de remerciement aujourd'hui. A l'évidence, tu considères Najeeb comme un ami cher, et je lui ai sauté à la gorge. Je ne me suis pas montré plus sympathique pendant les heures qu'il a passées ici. J'ai été un hôte pitoyable.

— Je savais déjà que tu n'étais pas du genre chaleureux, Numair, et que les bonnes manières n'étaient pas ton fort.

— Contrairement à Najeeb, tu veux dire ? Le parfait gentleman ? L'incarnation du chevalier blanc ?

Elle ouvrit de grands yeux.

— Alors, c'était donc ça ? Tu étais jaloux ?

— Follement, avoua-t-il. Peut-être même aurais-je pu en arriver au meurtre.

Estomaquée, elle marqua un temps avant de s'exclamer :

— Mais nous sommes comme frère et sœur ! Nous avons refusé ne serait-ce que d'envisager de nous marier, c'est d'ailleurs ce qui a déclenché toute cette pagaille.

— Je le savais, sur un plan rationnel. Mais il n'y avait pas moyen de raisonner la bête en moi qui voyait uniquement que sa compagne était si à l'aise avec un autre.

Le mot *compagne* la fit frissonner de plaisir. Il joua avec des mèches de ses cheveux, les enroulant autour de ses doigts avant de les porter à ses lèvres.

— Quand j'ai vu votre complicité, je me suis senti exclu.

Etait-ce de l'insécurité dans son regard ? Etait-ce même possible qu'il éprouve une pareille émotion ?

Ne pouvant supporter qu'il ressente quoi que ce soit de négatif à cause d'elle, elle l'attira contre elle.

— Les quelques jours passés avec toi signifient bien plus pour moi que toutes les années passées avec ceux que j'aime. Je suis plus proche de toi que de quiconque. Et je n'ai jamais rêvé d'un gentleman ou d'un chevalier blanc. C'est toi que je veux, l'homme dont j'ai su au premier regard qu'il était un pilleur impitoyable.

Elle vit ses yeux sombres s'illuminer.

— Alors, tu ne m'en veux pas d'avoir été un tel goujat avec ton ami ?

— Tu ne peux pas t'empêcher de ressentir ce que tu ressens, mais tu as fait ce que je t'ai demandé. Tu as cessé de t'opposer à lui, tu l'as invité ici, chez toi, même si tu voulais que nous ne soyons que tous les deux pour cette première fois...

Il s'allongea sur elle.

— Et pour toutes les autres fois. Dorénavant, Ameen ne viendra entretenir la maison que lorsque nous serons absents. Mais pendant que nous serons ensemble, personne ne mettra les pieds ici. Et c'est *notre* foyer, pas le mien. En fait, j'ai acheté cette propriété pour toi, elle t'appartient.

Elle cilla.

— Comment ça, tu l'as achetée pour moi ?

— Je veux dire qu'elle est à ton nom.

Elle se redressa et s'assit.

— Comment ?

Il s'appuya sur un coude, un petit sourire aux lèvres.

— J'ai une copie de l'acte de propriété ici, et une autre a été envoyée à ton avocat. Cet endroit est à toi, et à ton image. Tout ce que je demande, c'est le privilège et le plaisir de le partager avec toi.

Stupéfiée par l'immensité de son geste, elle ne put que bredouiller :

— Mais... je...

Il l'allongea de nouveau, et lui donna un baiser fougueux qui la fit taire.

Quand le baiser prit fin, la tête lui tournait.

— Demain, j'irai résoudre les problèmes de ton père et de ton royaume. Maintenant, dors avec moi sous les étoiles, dans ce paradis où nous seuls existons, *ya habibati.*

Elle s'abandonna à lui tandis qu'il se calait contre elle et remontait la couette sur eux. Dans une minute, il dormirait sans doute.

Elle, en revanche, ne pourrait pas trouver le sommeil.

Chaque fois qu'elle se repassait ses paroles dans sa tête, elle en avait le souffle coupé.

Il avait dit *ya habibati.*

Alors qu'il n'était pas dans le feu de la passion.

Ma chérie. Mon amour.

8

— Tu aurais dû me prévenir que je te rencontrerais dans un décor des *Mille et Une Nuits*. Je serais venu avec un costume approprié.

En haut de l'escalier qui faisait face à l'héliport, Numair fixa l'homme qui approchait. Le dernier homme sur Terre dont il aurait escompté l'aide. Richard Graves.

L'Anglais avait attendu que les rotors de l'hélicoptère s'arrêtent avant de parler, pour s'assurer que Numair entende sa plaisanterie.

De deux ans son aîné, Richard avait répondu au nom de Cobra pendant les seize années où Numair l'avait côtoyé dans la prison de l'Organisation.

Mais ce n'était pas l'un de ses frères. Il avait été l'un de ses geôliers. Longtemps, il avait été son ennemi. Il était maintenant son associé. La situation était... compliquée.

Richard observa la vaste étendue de désert qui encerclait la maison de Numair.

La maison qui était devenue son foyer ces six semaines. Son premier foyer. Tous les endroits où Jenan vivrait seraient désormais un foyer pour lui. Car c'était *elle*, son foyer. Pour l'heure, elle vivait ici à temps partiel. Elle passait la plupart de ses journées avec lui, mais retournait chaque soir au palais royal pour préserver les apparences.

— Tu as enfin retrouvé tes racines, à ce que je vois. Tu es

content, maintenant ? demanda Richard d'un ton traînant quand il fut à sa hauteur.

Il était le seul qui puisse rivaliser avec lui. Car Richard était aussi fort, puissant, dangereux et impitoyable que lui.

Numair toisa d'un regard noir l'homme qu'il détestait depuis vingt-cinq ans. L'homme qui avait autrefois été son meilleur ami.

Jamais ils n'avaient reparlé de cette brève période d'amitié. Ni entre eux, et certainement pas avec les autres. Tous ses frères de Black Castle savaient qu'ils étaient des ennemis jurés. Ils avaient passé les vingt dernières années à leur demander pourquoi. Mais ni Numair ni Richard n'avaient jamais voulu fournir d'explication. Ce qui s'était passé entre Richard et lui s'était produit avant qu'il forme une équipe avec les autres. Et c'était une chose impardonnable. Richard devait s'estimer heureux que Numair ne l'ait pas tué quand il l'avait pu.

Et il l'aurait fait, sans Rafael Salazar, son plus jeune frère. Richard était l'ancien formateur de Rafael, et celui-ci avait noué un lien indéfectible avec lui. Il le considérait comme son mentor, son grand frère, même. Quand Richard avait quitté l'Organisation et que, cherchant la trace de Rafael, il les avait retrouvés, Numair et les autres avaient décidé à l'unanimité de l'éliminer. Ils l'avaient considéré comme une menace mortelle pour leurs nouvelles identités. Si l'on découvrait qu'ils étaient d'anciens agents qui avaient fui l'Organisation, ils étaient voués à une mort certaine. A tout le moins, cela les obligerait à abandonner les identités qu'ils avaient consacré tant d'efforts à créer.

L'équation avait été simple. Richard ou eux.

Mais Rafael s'était interposé. Il avait une totale confiance en Richard, et s'ils se débarrassaient de son mentor, ils devraient aussi se séparer de lui, avait-il décrété.

Sa position catégorique les avait contraints à faire confiance à son jugement. Néanmoins, Richard ne leur avait pas facilité la tâche. Il les avait avertis que s'ils l'attaquaient collectivement et qu'il se retrouvait seul contre tous, ce serait eux qui seraient en danger.

Apparemment, Rafael avait vu juste, puisque Richard ne les avait pas dénoncés. Mais Numair soupçonnait que c'était uniquement parce que Richard considérait Rafael comme son petit frère. Il avait tué pour lui, il était prêt à mourir pour lui, et il ne pouvait prendre le risque que Rafael tombe avec eux. Numair avait cru ne plus jamais avoir affaire à Richard après cela. Mais bien vite, il avait été contraint de collaborer avec lui pour bâtir Black Castle Enterprises.

Etant pragmatique, il savait que seul Richard avait les connaissances, les compétences et la puissance nécessaires pour bâtir un conglomérat invincible. Son propre domaine de compétences était le renseignement militaire, l'espionnage et le contre-terrorisme, ce qui lui permettait de traiter les immenses problèmes politiques et criminels qu'une entreprise aussi grande et aussi influente devait affronter. Richard, de son côté, était un spécialiste en sécurité, qui traitait les dangers quotidiens, ainsi que les problèmes de sécurité dans le monde réel et virtuel susceptibles d'anéantir n'importe quelle entreprise.

Alors, ils étaient devenus, de fait, des associés. Néanmoins, cela n'avait pas modifié leur relation personnelle. Ils demeureraient à jamais des adversaires.

Richard eut un rictus, ne cachant rien de l'antipathie qu'il ressentait, teintée de son habituelle causticité.

— J'aurais dû savoir que tu venais d'un pays comme celui-ci, ou les vendettas se transmettent de génération en génération et sont vues comme une source d'honneur et de gloire. Tu ne peux pas échapper à ce que tu es, apparemment. C'est dans tes gènes.

D'habitude, Numair suivait Richard dans les rituels de leur guerre froide perpétuelle. Aujourd'hui, il ne pouvait se le permettre. Car ce maudit serpent avait quelque chose dont il avait besoin.

Richard le savait et, décidé à profiter du fait que Numair avait les mains liées, il sourit comme le serpent qu'il était.

Ecartant un pan de sa veste sur mesure, il glissa la main dans la poche de son pantalon noir, l'autre tenant toujours la mallette qu'il était venu apporter. Sans la lui donner, il regarda autour de lui, comme quelqu'un qui évaluait une propriété hypothéquée qu'il était venu acquérir pour recouvrer une créance.

— Je vois que tu t'es installé dans un décor approprié à ton futur statut, en attendant de reprendre le palais royal de Saraya. Tu t'es même trouvé une princesse orientale.

Numair se hérissa, mais s'efforça de ne pas écorcher vif son interlocuteur. Il voulait obtenir cette mallette avec le moins d'agitation possible.

A l'évidence, Richard ne voyait pas les choses ainsi, car il continua :

— D'abord, j'ai cru que tu l'avais séduite pour gâcher le projet de mariage d'Hassan. Je pensais que tu m'avais demandé mon aide pour libérer les capitaux de Zafrana afin de le priver de son moyen de pression, et faciliter son renversement. Mais comme tu as continué ta relation avec elle, j'ai compris que tu cherchais avant tout à ce *qu'elle* et son père te soient redevables, et dépendent de toi. Tu ne veux pas seulement le trône de Saraya, tu veux aussi celui de Zafrana. Et cette princesse est le moyen de parvenir à tes fins.

Cette fois, Numair oublia toute retenue.

Il saisit le bras de Richard avec une force qui avait brisé les os d'hommes moins forts.

— Garde tes réflexions et tes théories pour toi, Cobra, et ne t'avise plus de ne serait-ce que *penser* à Jenan.

Richard écarquilla les yeux, non pas de douleur mais de surprise. Puis, il grimaça.

— Ne me dis pas que toi aussi, Phantom !

Numair savait exactement ce que Richard voulait dire. Deux des frères de Numair avaient déjà succombé à ce qu'ils considéraient tous autrefois comme une maladie contre laquelle ils étaient immunisés. L'amour. Rafael avait épousé la fille de l'homme dont il avait cru qu'il l'avait vendu à l'Organisation, et Raiden avait épousé la femme envoyée par son ancien formateur pour le démasquer.

Mais s'il y avait quelqu'un qu'ils croyaient totalement imperméable à toute émotion, à plus forte raison à l'amour, c'était Numair.

— En dehors de moi, tu es littéralement le dernier homme sur Terre que je m'attendais à voir amoureux, dit Richard, confirmant sa pensée.

Si Richard attendait que Numair nie, il allait être déçu. Dès que Numair le pourrait, il crierait cette vérité sur les toits, si besoin était. Il avait fait la paix avec cette révélation bouleversante.

Il *était* tombé amoureux de Jenan.

Toutefois, cette affirmation n'était pas tout à fait exacte. Il avait fait bien plus que tomber amoureux. C'était comme si Jenan était devenue une extension de lui-même, la part la plus vitale, sans laquelle il mourrait. Dépendre de quelqu'un avait été inimaginable auparavant ; l'autosuffisance était le fait de base sur lequel il avait bâti sa vie entière. Certes, il avait dépendu de ses frères, qui faisaient partie intégrante de sa vie et de son être, pour des questions de survie et des questions pratiques, mais jamais sur le plan émotionnel. Il n'avait jamais eu le sentiment qu'il mourrait s'il les perdait. Or, il avait ce sentiment avec Jenan. Il ne pouvait vivre sans elle.

Cette dépendance avait commencé dès leur première rencontre. Il l'avait tout de suite reconnue comme la seule femme avec laquelle il pouvait s'accorder, la seule qui puisse compléter les parts manquantes en lui. Le sentiment s'était enraciné durant leur première nuit, quand il avait pris possession d'elle et qu'elle en avait fait autant avec lui. Depuis, chaque jour, les racines avaient grandi, s'étaient enchevêtrées, pour envahir tout son être.

Leur intimité, sur le plan sexuel comme sur les autres plans, augmentait de manière exponentielle, et Jenan ne cachait pas les sentiments qu'il faisait naître en elle. Mais elle ne lui avait pas fait une déclaration d'amour directe. Lui non plus, mais il l'appelait « mon amour », « mon cœur », « mon âme », et pensait chaque mot. Elle n'en avait pas fait autant.

Mais, juste avant l'arrivée de Richard, il avait pris conscience d'une chose : en fait, il valait mieux qu'elle ne déclare pas son amour. Pas avant qu'il ait fini sa mission, et qu'il puisse lui dire toute la vérité...

— Sérieusement ? railla Richard, brisant le fil de ses pensées. Tu vas devenir un de ces hommes qui ont le regard perdu dès qu'ils pensent à leur bien-aimée ?

Il se força à reporter son attention sur Richard.

— Jenan est un sujet interdit. Je te défends de parler d'elle. D'émettre des hypothèses sur elle. De penser à elle.

— De penser à elle, rien que ça ? Tu as un moyen de mettre en œuvre cette interdiction ?

— Si tu tiens à tes bijoux de famille, tu vas te taire, me donner cette mallette, et ficher le camp d'ici.

— Tu veux que je m'en aille ? s'exclama Richard d'un ton théâtral. Sans visiter cette reproduction du palais des *Mille et Une Nuits* ?

— Je peux prendre la mallette à ton cadavre, Cobra.

Richard partit d'un rire franc.

— Je n'ai pas prévu de mourir aujourd'hui, Phantom, merci.

Il leva la mallette et la plaqua contre sa poitrine, avec un air de suprême provocation.

— J'ai fait quinze heures d'avion pour venir jusqu'ici. Je ne mérite pas un verre, au moins ?

— Non. Maintenant, donne-moi ces fichus documents.

— Comme ça ? Sans rien en retour ?

— Oui. Je te revaudrai ça. Quand tu veux.

— Eh bien, pourquoi pas maintenant ? Je veux ce verre.

Numair bouillit de frustration. Il pourrait toujours démolir Richard. Le problème, c'était que Richard lui retournerait la pareille. Jenan serait affolée si elle le trouvait blessé et en sang. Ses cicatrices continuaient de la peiner, et il ne pouvait supporter de la perturber davantage. Ce qui voulait dire qu'il ne pouvait pas laisser libre cours à son agressivité. Ni aujourd'hui ni jamais.

— Et je veux rencontrer cet être mythique qui t'a mis à genoux, ajouta Richard.

Numair fit volte-face.

— Tu peux me demander n'importe quoi qui ait une valeur égale à ce que tu me donnes, gronda-t-il. *Tout* ce qui implique Jenan est inestimable, et ne sera jamais une possibilité, ni pour toi ni pour personne. Mais, puisque tu as osé demander cela, je ne t'offrirai pas la moindre gorgée d'eau, quand bien même tu mourrais de soif, alors, tu ferais mieux de déguerpir.

Richard mit la mallette derrière son dos.

— Tu sais que je ne renonce jamais. Et je ne vais nulle part. Alors, que vas-tu faire ? Me tuer comme tu as eu envie de le faire ces vingt-cinq dernières années ?

— Si ça peut me débarrasser de toi.

Richard le défia du regard, et Numair se raidit, se préparant à ce combat cataclysmique dont il rêvait depuis qu'il avait quinze ans.

Un bruit assourdissant résonna dans l'air.

Celui de l'hélicoptère qui ramenait Jenan.

Renonçant à sa confrontation avec Richard, il descendit l'escalier à la hâte pour aller à la rencontre de Jenan.

— Sauvé par l'hélico, railla Richard.

Numair lui lança un regard exaspéré.

— Je parlais de toi, précisa Richard.

Numair regarda l'hélicoptère atterrir pendant que Richard le rejoignait.

— J'imagine que c'est ta bien-aimée. Elle tombe vraiment à pic. Finalement, je vais pouvoir faire sa connaissance.

Numair fut soudain soupçonneux.

— Tu as planifié l'heure de ton arrivée pour pouvoir la croiser.

Richard haussa les sourcils, l'air sincèrement surpris.

— Eh bien, Phantom, ton état est bien plus grave que je le pensais ! Comment aurais-je pu savoir à quel moment elle viendrait ? Ou même si elle vient à heures fixes ?

— Tu peux savoir tout ce que tu veux.

— Exact. Mais seulement si je le veux. Et il y a quelques instants, je ne mesurais même pas l'importance de cette femme pour toi.

Les arguments de Richard semblaient logiques. Peut-être Numair était-il simplement paranoïaque.

Mais il avait appris que cela payait toujours de l'être. Et avec quelqu'un comme Richard, il ne fallait jamais rien prendre pour argent comptant. Il était fort possible que Richard ait deviné depuis longtemps les vrais sentiments que Numair portait à Jenan, et qu'il soit venu pour lui jouer un mauvais tour. Numair ne pouvait le permettre. Il avait assez d'ennuis comme cela.

Il saisit Richard par le col.

— Ecoute, Cobra, si tu penses que j'étais ton ennemi, ce n'est rien à côté de ce que je serai pour toi si tu dépasses la limite d'un millimètre. Je te suis redevable pour m'avoir apporté ces documents originaux signés qui libèrent les dernières actions et obligations de Zafrana, mais tu es ici uniquement parce que tu as dit qu'ils étaient trop importants pour les confier à un messager. J'aurais dû savoir que tu n'étais pas venu parce que tu t'inquiétais pour ces documents ou pour mes projets.

— Ah, non ? Si je m'en fichais, pourquoi t'aurais-je aidé ? J'aurais pu t'envoyer paître.

— Tu es en train de me dire que tu t'inquiètes pour moi maintenant ? Pour ma survie ? Nous sommes ennemis, Cobra, tu te souviens ?

Richard poussa un soupir.

— Comme si tu allais me laisser l'oublier un jour ! Mais je me souviens aussi que nous étions autrefois les meilleurs amis.

— Oui, jusqu'à ce que tu révèles que je planifiais une évasion, afin de gagner les faveurs de tes supérieurs. Mon corps porte encore les cicatrices des soixante jours de torture que j'ai subis, en guise de châtiment.

Voilà. Il l'avait enfin dit à voix haute.

Richard l'observa pendant un long moment chargé de tension. Enfin, il expira.

— T'es-tu jamais demandé pourquoi je l'avais fait ?

— Non. Parce que je le savais déjà. Tu étais un monstre par choix et par préférence, Cobra. Tu l'es toujours.

Richard le fixa, l'air indéchiffrable, avant de hausser les épaules.

— Tout comme toi. Du moins, tu l'étais, jusqu'à la princesse Aal Ghamdi.

Numair reporta son attention sur l'hélicoptère en train d'atterrir, trépignant d'impatience.

— Ne va pas croire que mes sentiments pour elle m'ont rendu docile, Cobra. Un prédateur qui a trouvé sa partenaire est encore plus dangereux.

— Mais aussi plus vulnérable.

Numair n'eut pas le temps de protester, car la porte de l'hélicoptère s'ouvrit. Jenan descendit de l'appareil et, comme d'habitude, courut vers lui. Oubliant Richard, Numair alla à sa rencontre.

La regarder courir était, comme toujours, un plaisir intense. Les rayons déclinants du soleil rehaussaient ses cheveux de nuances de feu et de rubis, et réchauffaient l'or de ses yeux. Elle lui offrit un sourire rayonnant.

Mais soudain son sourire s'évanouit, et ses pas se firent hésitants. Elle venait seulement de remarquer la présence de Richard. Et cela avait tempéré son enthousiasme. Une autre raison de souhaiter que Richard passe une éternité dans le plus profond des abîmes.

Tandis qu'il effaçait la distance et la prenait dans ses bras, Jenan demanda :

— Qui est-ce ?

Il serra les dents pour ravaler les jurons qui lui brûlaient la langue.

— Richard Graves. Mon associé.

— Ce n'est pas l'un de tes frères de Black Castle, n'est-ce pas ?

Numair sentit son cœur s'embraser. Chaque fois qu'elle mentionnait ses frères ou faisait un commentaire qui posait un diagnostic correct sur une vérité qu'il cachait, le besoin de tout lui avouer le submergeait. Grâce à son instinct hors du commun, elle avait compris qu'il ne lui avait pas tout dit.

Mais elle acceptait les parts les plus sombres de son histoire fabriquée, sans réserve, et admirait l'être qu'il était devenu. Alors, il avait l'espoir que, une fois qu'il lui aurait dit toute la vérité, elle le comprenne, et reste auprès de lui.

— Non, en effet, se contenta-t-il de dire.

— Je pensais que Black Castle était un partenariat exclusif entre toi et ces hommes que tu considères comme tes frères.

— Malheureusement, Richard est l'exception.

— Malheureusement, tu dis ? Et malgré cela, il est encore en un seul morceau ? C'est certainement un homme qui vaut la peine d'être rencontré. Tu me le présentes ?

Il devait obéir, il le savait, songea-t-il en serrant les dents. Au moins, il avait fait comprendre à Richard qu'il le *tuerait* s'il se comportait mal avec Jenan. Il espérait, pour le bien de Jenan, que Richard se comporte bien. Il préférerait ne pas le tuer devant elle.

Lui prenant le bras, il la conduisit jusqu'à Richard.

Au cœur de la nuit, Numair se réveilla en sursaut.

Il se calma quand il sentit Jenan allongée sur lui, son corps chaud, ferme et adoré contre le sien.

Après le départ de Richard, ils avaient fait l'amour durant des heures. A la grande surprise de Numair, Richard s'était montré tout à fait galant avec Jenan. Et elle avait été aussi spontanée qu'à l'accoutumée. Numair, cependant, avait toujours envie de le tuer. Il avait de sérieux problèmes d'insécurité, même s'il n'avait aucune raison de s'inquiéter.

Si, il en avait une, rectifia-t-il. Une immense raison. Qui n'avait rien à voir avec la jalousie.

Ces dernières semaines, tout s'était mis en place selon son plan méthodique. Il avait libéré Jenan des griffes d'Hassan et avait forcé le roi à renoncer aux dettes de Zafrana une par une.

Pourtant, pendant tout ce temps, il n'avait cessé de se dire que rien ne se passait comme il l'avait escompté.

Les cousins qu'il avait prévu de combattre n'étaient pas du tout comme il l'avait imaginé. C'étaient tous des hommes et des femmes admirables. Pire encore, il appréciait Najeeb davantage à chaque entrevue. Le projet de lui prendre le trône après avoir fait condamner Hassan pour meurtre et détruit l'honneur de leur famille ne semblait plus réalisable. Car, comment pourrait-il traiter Najeeb avec le sang-froid dont il faisait preuve avec des adversaires, quand il ne le voyait plus comme tel ?

Mais ce n'était qu'une inquiétude secondaire. Sa principale crainte concernait Jenan. Le pressentiment qui l'avait tourmenté ces derniers jours s'était cristallisé durant la visite de Richard.

Il n'aurait jamais cru que viendrait le jour où il regretterait de ne pas avoir été honnête sur les raisons pour lesquelles il voulait un héritier.

S'il mettait le reste de son plan en action, Jenan devinerait son but initial. Et elle se sentirait trahie et manipulée. A présent, il ignorait comment rectifier cette erreur.

Son seul espoir était qu'elle ne soit pas encore enceinte.

Ce qui était sans doute improbable, après des semaines de relations non protégées.

Elle avait sans doute fait des tests réguliers, et si elle n'avait rien dit, il était possible qu'elle ne soit pas encore enceinte. Si elle ne l'était pas, ce serait une chance. Il ne voulait pas qu'un enfant complique la situation à ce stade. Et quand la vérité éclaterait, une grossesse rendrait Jenan encore plus vulnérable et inconsolable.

Il ne serait pas fixé tant qu'il ne lui aurait pas posé la question sur cette éventuelle grossesse.

Alors, il ferma les yeux et fit une chose qu'il n'avait jamais faite.

Il pria. Qui il pria, il l'ignorait. Mais il pria pour qu'elle ne soit pas enceinte, et pour avoir une chance de se rattraper.

Dans le miroir, Jenan regarda Numair avancer vers elle de sa démarche féline, tandis qu'elle brossait ses cheveux en longues caresses nonchalantes, en s'imaginant caresser son corps magnifique.

Mais elle n'avait pas besoin d'avoir recours à l'imagination. Numair lui avait laissé une liberté totale, et elle en avait pleinement profité, faisant tout ce dont elle avait rêvé avec son corps d'apollon. Et il en avait fait autant avec elle. Pour leur plus grand plaisir à tous les deux.

Il s'arrêta derrière elle, et le reflet de son regard émeraude piégea le sien. Dans son esprit, elle rejoua une scène qui s'était produite très souvent durant ces six semaines de folie. Numair qui la soulevait comme si elle était aussi légère qu'une plume, qui la portait entre ses bras puissants, qui la déposait sur un lit pour l'honorer et lui prodiguer un plaisir infini.

Il posa les mains sur ses épaules. Elle frissonna d'anticipation, même si elle savait que le moment était mal choisi pour de nouveaux ébats. Elle avait dit à son père qu'elle serait de retour au palais dans une heure, pour lui apporter la preuve que les dettes de Zafrana étaient réglées. Grâce à Numair.

Mais son père pouvait sans doute attendre quelques heures de plus...

— As-tu... vérifié ? demanda-t-il d'une voix calme.

Sa question fut comme une douche glacée sur son corps excité.

Inutile de lui demander de quoi il parlait. C'était tout à fait clair. Et elle savait pourquoi elle se sentait si mortifiée.

Parce qu'elle n'avait pas fait de test de grossesse.

Elle avait évité d'en faire. Elle avait du retard, mais elle ne voulait pas savoir si elle était enceinte. Numair aurait pu lui assurer que son désir pour elle passait avant son désir d'enfant, mais elle craignait qu'une grossesse détruise leur relation, au lieu de la renforcer.

Elle croyait aussi que s'il insistait pour l'épouser rapidement, c'était pour donner à son héritier la légitimité qu'elle le soupçonnait de n'avoir jamais eue. Il avait toujours évité de parler de son passé, mais elle était maintenant convaincue que les faits qu'il avait dévoilés n'étaient rien d'autre qu'une invention, qu'il n'avait jamais eu de famille, et que son enfance avait été trop horrible pour qu'il puisse la raconter.

Elle voulait réparer tout cela, lui donner tout ce qu'il voulait et dont il avait besoin, pourtant, elle ne pouvait supporter l'idée qu'il l'épouse pour toute autre raison qu'elle-même.

Et puis, elle avait une autre inquiétude. Même s'il se montrait passionné et la couvrait d'égards, elle sentait encore chez lui une retenue... immense. Puisqu'elle ignorait ce qu'il cachait de lui, de son passé, elle ne pouvait envisager sereinement l'avenir.

C'était pourquoi elle redoutait de changer le présent. Or, une grossesse changerait ce présent du tout au tout.

Au lieu d'avouer qu'elle n'avait pas fait de test, elle répondit :

— Il n'y a encore rien.

Cette lueur dans son regard. Ce tressaillement convulsif de ses épaules. Ce frisson qui émana de son corps et parvint jusqu'à elle.

Ce fut comme si un poignard s'enfonçait dans son cœur.

Il était *soulagé.*

Qu'elle ne soit pas enceinte.

Si soulagé qu'il avait failli chanceler. S'il n'avait pas agrippé ses épaules si fort, il serait peut-être tombé à genoux.

Sa réaction était si surprenante, si contradictoire avec tout ce qu'elle avait cru jusqu'à présent, tout ce qu'il avait dit attendre !

Il n'y avait qu'une explication.

Il avait changé d'avis.

Il ne voulait plus d'héritier.

Pas s'il venait d'elle.

Après tout ce qu'il avait fait durant son existence, Numair ignorait comment il pouvait mériter une seconde chance.

Pourtant, il l'avait obtenue.

Jenan n'était pas encore enceinte.

La nouvelle faillit le faire chanceler, alors que même des balles de revolver n'y étaient pas parvenues. Le soulagement l'affaiblissait encore tant qu'il n'avait rien pu faire depuis qu'elle était partie pour le palais, une heure plus tôt.

Il venait d'obtenir un élément très précieux : du temps pour tout résoudre. Ainsi, il pourrait laisser à Jenan le choix de lui donner un enfant une fois qu'elle saurait tout sur lui, et sur ce qui l'avait conduit à entrer dans sa vie. Il tenait à ce que Jenan ait l'entière liberté de décider d'être avec lui, de partager sa vie et d'avoir un enfant avec lui, une fois qu'il lui aurait dit toute la vérité.

C'était maintenant son seul objectif. Il ne tenait plus à reprendre le trône de Zafrana, ou même celui de Saraya. A présent, peu lui importait de punir son oncle, de venger son père ou lui-même. Toute la laideur, les horreurs, les souffrances de son existence semblaient appartenir au passé de quelqu'un d'autre, quelqu'un qu'il n'était plus.

Désormais, il était un homme nouveau, qui aimait Jenan avec tout le cœur qu'elle avait fait naître en lui. Tout ce qui comptait, c'était qu'elle lui pardonne ses mensonges initiaux, et lui accorde sa confiance et son amour, pour toujours.

En ce qui concernait les autres questions qu'il était venu résoudre, il avait aussi changé ses plans. Il lui fallait toujours destituer Hassan, puisqu'il ne s'agissait pas seulement de lui. Il ne pouvait laisser un tel criminel gouverner son pays. Maintenant, il lui fallait simplement trouver un moyen qui ne déshonorerait pas la famille d'Hassan... sa propre famille. Ensuite, il pourrait tout avouer à Jenan.

Soudain, une autre pensée jaillit dans son esprit.

Il ne pouvait plus lui faire l'amour !

Certes, il était possible qu'il y ait un problème de fertilité, puisqu'elle n'était pas encore enceinte — et s'il y en avait un, cela lui était maintenant égal —, mais il ne pouvait pas continuer à lui faire l'amour sans protection, au cas où ils parviendraient enfin à concevoir un enfant avant qu'il ait tout réglé. Et il ne pouvait pas se mettre à utiliser des préservatifs, pas sans expliquer pourquoi.

Le seul moyen était de ne pas lui faire l'amour du tout.

Cette sentence était la plus terrible qu'il se soit jamais infligée. Mais c'était un prix qu'il devait payer, jusqu'à ce qu'il répare ses erreurs.

Il ne pouvait que prier celui ou celle qui avait répondu à sa première prière, pour que, une fois la vérité dévoilée, Jenan veuille toujours de lui, et lui accorde cette seconde chance.

La seconde chance dont sa vie dépendait.

— Numair vient-il aujourd'hui ?

En entendant la question enjouée de Fayza, Jenan détourna son regard hébété du miroir de sa chambre. Elle vit ses deux sœurs à la porte de sa suite. A présent, elles seules rendaient ce retour dans ce palais, dans ce pays, dans cette vie, supportable.

Elle avait une réponse à leur donner.

— Non, il ne viendra pas.

Elle craignait qu'il ne vienne plus jamais.

— Mais nous voulions lui demander si nous pouvions organiser une autre fête dans son jet, se lamenta Zeena.

— Pouvons-nous lui téléphoner ? demanda Fayza en entrant dans la chambre. Nous n'avons pas son numéro. Est-ce qu'il répond aux numéros inconnus ? Ou a-t-il nos numéros ? Tu veux bien l'appeler pour nous ?

— Ne croyez-vous pas que nous avons assez sollicité le cheikh Numair ?

Jenan eut le cœur serré en entendant la voix lasse de son père. Il suivit les filles à l'intérieur de la suite, d'un pas beaucoup plus lent, comme si marcher lui était douloureux.

Avec un sourire forcé, elle se leva pour le saluer. Il l'étreignit entre des bras tremblants, et embrassa le sommet de sa tête.

On aurait dit que son père avait rapetissé ces derniers mois. Et il paraissait bien plus âgé que ses soixante-trois ans. Son impuissance à résoudre les problèmes de son royaume et la honte d'avoir dû sacrifier sa fille aînée avaient laissé des séquelles. Même maintenant que tout était résolu, il semblait encore marqué par la détresse et la défaite. Il le serait sans doute pour le restant de ses jours.

Elle voulut le rassurer, même si elle-même était pétrie de terreur et de douleur. Il l'observa avec un regard plein de remords.

— Quand tu es venue avec Numair la première fois, et que tu m'as dit qu'il réglerait le problème des dettes de Zafrana, je ne pouvais pas croire qu'il le ferait sans demander une contre-partie encore plus grande. Je ne savais même pas s'il pouvait le faire. Puis Hassan a tout annulé, et j'ai su que Numair avait tenu sa promesse. Il y a une semaine, j'ai récupéré tout ce que j'avais cédé, uniquement grâce à Numair. A présent, j'ai une dette encore plus grande envers lui que celle qui faisait de moi le serviteur d'Hassan. Je lui dois ta liberté, ainsi que la restauration de la stabilité de notre royaume, et de ma dignité. Et j'ignore comment je pourrai jamais le rembourser.

Ravalant le nœud dans sa gorge, elle tenta de réprimer les tremblements dans sa voix.

— Numair ne veut ni n'attend rien en retour.

Numair ne voulait plus rien. Pas si cela venait d'elle.

— En es-tu certaine, *ya b'nayti ?*

Elle grimaça lorsqu'elle entendit son père l'appeler « ma fille », et lorsqu'elle vit ses yeux, si semblables aux siens, se remplir d'espoir.

— Je pensais que tu étais la récompense que convoitait son cœur.

Incapable de prononcer un autre mot sans succomber aux larmes de désespoir qui l'avaient submergée si souvent cette semaine, elle secoua la tête.

Sa famille accusa le coup, et ne tarda pas à prendre congé. Ils étaient venus si pleins d'espoir ! Ils avaient tous cru que Numair finirait avec elle.

Elle aussi l'avait cru. Jusqu'à ce jour où elle lui avait affirmé qu'elle n'était pas enceinte.

Depuis, il trouvait des excuses pour ne pas la voir, ou s'assurait qu'ils ne se retrouvent pas chez eux, ni dans un endroit privé. Chaque fois, cela avait renforcé ses soupçons. Il avait été soulagé qu'elle ne soit pas enceinte, et il ne voulait pas prendre le risque de lui faire un enfant à présent. Mais c'était bien pire que ce qu'elle avait cru au départ. Ce n'était plus à propos de l'héritier qu'il avait changé d'avis.

C'était à propos d'elle. Il ne voulait plus d'elle.

Il lui avait fallu sept semaines pour tomber irrévocablement amoureuse de lui, et pour se dire qu'une vie sans lui était inimaginable. Il avait fallu autant de temps à Numair pour se lasser d'elle.

Qui cherchait-elle à duper ? Il ne lui avait pas fallu si longtemps pour tomber amoureuse ! Elle l'était depuis le premier regard. Chaque jour écoulé n'avait que fait la plonger davantage dans la dépendance.

Et tandis que le désir de Numair pour elle avait semblé s'intensifier, il s'était tari abruptement. Depuis, il avait fait semblant de la désirer encore, mais il fuyait toute intimité par toutes sortes de prétextes. Il pensait peut-être qu'il valait mieux la quitter petit à petit, mais elle ne pouvait le supporter. S'il ne voulait plus d'elle, ils devaient rompre. Maintenant.

Waga'a sa'aa wala kol sa'aa. Mieux valait souffrir une heure entière qu'un peu à chaque heure.

L'adage était vrai. Mais elle savait que cette douleur ne ferait que croître, jusqu'à ce qu'elle la consume. Car c'était pire que tout ce qu'elle avait craint. Juste avant que sa famille arrive, elle avait... fait un test de grossesse. Les deux lignes roses étaient apparues instantanément. Ce qui avait confirmé les doutes qu'elle avait depuis déjà quelque temps.

Elle était enceinte.

Savoir avec certitude qu'elle portait le bébé du seul homme qu'elle aimerait jamais, alors qu'il ne voulait plus d'elle ni de cet enfant, était une douleur constante.

A présent, elle voulait, elle avait besoin de le voir et de l'entendre le lui dire.

Lui dire qu'il ne voulait plus d'enfant. Ni d'elle. Qu'il ne l'avait jamais vraiment désirée.

Que tout était fini.

9

Numair s'effaça pour laisser Najeeb entrer dans ce que Jenan et lui appelaient *Malaz*, ou « sanctuaire ». Leur foyer.

Le foyer dans lequel elle n'avait pas remis les pieds depuis une semaine entière. Il savait que si elle était venue, il aurait cédé à son désir, et surtout au désir de Jenan. Chaque fois qu'il l'avait vue, au palais ou ailleurs, les questions, les doutes dans son regard avaient été un supplice. Mais, après cette entrevue avec Najeeb, Numair espérait que la séparation qu'il avait imposée à Jenan et à lui-même prendrait fin pour toujours.

S'il avait fait venir Najeeb, c'était pour le confronter à la vérité.

Najeeb l'observa, l'air intrigué, tandis que Numair l'invitait à s'asseoir. Leur relation avait changé de manière radicale depuis cette première rencontre hostile. Mais leurs entrevues par la suite avaient toujours eu lieu en présence de Jenan. Sans doute Najeeb se demandait-il de quoi ils allaient discuter sans elle.

— Il s'agit de Jenan ? demanda son cousin sans préambule.

Numair prit place dans un fauteuil face à lui.

— Tout finit toujours par en revenir à Jenan. Mais là, il s'agit de vous. De moi. Et de notre famille.

Najeeb se figea.

— *Notre* famille ?

— Oui.

Se penchant en avant, il fit glisser vers lui le dossier contenant toutes les preuves de son identité.

Les équipes qui avaient ratissé la Méditerranée avaient

retrouvé le yacht englouti. Et le corps. Un test ADN avait permis de valider ses souvenirs de manière irréfutable. La dépouille était bien celle d'Hisham Aal Ghaanem. Le frère d'Hassan. Et le père de Numair.

Najeeb parcourut chaque document, l'air de plus en plus sidéré.

Enfin, il leva les yeux. L'émotion qui brillait dans son regard était la dernière chose que Numair s'était attendu à voir. De la joie.

— Vous êtes mon cousin !

Numair eut la gorge nouée. La réaction de Najeeb l'ébranlait profondément. Il s'était préparé à affronter l'incrédulité, la suspicion, le désarroi, et une dizaine d'autres réactions naturelles face à une révélation de cette ampleur. Mais jamais il n'aurait imaginé cette acceptation sans réserve, cet enthousiasme immédiat. Najeeb ne cessait de faire voler en éclats chacun de ses préjugés. Et si Numair s'était demandé auparavant comment l'affronter pour reprendre le trône, il se demandait maintenant s'il serait capable de l'affronter tout court.

Najeeb se pencha en avant.

— *Ya Ullah,* après toutes ces années ! Que s'est-il passé ? Comment avez-vous su ? Vous venez de l'apprendre ? *B'Ellahi,* c'est incroyable, formidable ! Attendez que Haroon, Jawad et mes autres frères et sœurs l'apprennent ! Les filles vont sauter au plafond. Elles se pâment déjà devant vous, et maintenant, elles vont pouvoir se vanter d'être de votre famille. Mais nous devrons expliquer à toutes les femmes de notre entourage que vous êtes la propriété exclusive de Jenan...

Bien malgré lui, Numair devait tempérer son enthousiasme.

— Je tenais à vous voir en privé, car vous seul devez être au courant. Vous comprendrez pourquoi quand je vous aurai raconté toute l'histoire.

Numair n'arrivait pas à croire à quel point cela l'attrista de voir la lumière dans le regard de Najeeb s'éteindre. Elle disparaîtrait sans doute complètement si Numair revendiquait le trône.

Pour l'heure, il lui raconta l'histoire qu'il avait déjà décidé de lui relater. L'attaque, le meurtre de son père, comment on l'avait laissé pour mort, les parties fictives concernant son sauvetage et son adoption, et enfin la façon dont il avait recouvré ses souvenirs, après des années d'hypnose.

Najeeb semblait plus remué à chaque mot. Enfin, il poussa un soupir tremblant.

— Alors, vous connaissiez votre véritable identité quand nous nous sommes rencontrés. Pourquoi ne m'avoir rien dit ?

— Parce que je recherchais encore les preuves que vous tenez entre vos mains.

— Vous pensiez que sans elles je ne vous aurais pas cru ? s'exclama Najeeb, comme si cette idée le surprenait.

— Vous m'auriez cru ?

— Vous voulez rire ? Après mon hostilité initiale, uniquement due à mon inquiétude pour Jenan, je me suis senti lié à vous, sans pouvoir l'expliquer. Je vous aurais cru sans aucune preuve, rien qu'en me fiant à mon instinct.

Il se mit à rire.

— Mais c'est l'instinct de votre bien-aimée qui est le plus infaillible, reprit-il. Depuis le début, elle ne cesse de dire que nous nous ressemblons comme des frères. Et c'est vraiment le cas.

— En effet, dit Numair, gagné par un sentiment poignant.

Ses frères de Black Castle faisaient partie intégrante de lui. Mais ce lien du sang qui l'unissait à Najeeb était inconnu, et inattendu. Puisqu'il ne craignait plus que Najeeb soit un rival qui convoitait Jenan, et que Najeeb l'avait accepté avec tant de promptitude, il laissa cette sensation nouvelle l'envahir.

Cela lui coûtait de gâcher ce moment et de ternir la pureté de la bonne volonté de Najeeb. Mais il devait lui dire la suite.

— Ce n'est pas pour retrouver ma famille que je me suis rendu à la réception de votre père. Ou que je suis venu jusqu'ici.

Najeeb sembla stupéfait.

— Que cherchiez-vous ?

— Je voulais reprendre possession de ce qui me revenait de droit. Et assouvir ma vengeance.

La lumière dans le regard de Najeeb disparut.

— Votre vengeance ?

— Je croyais que votre père avait tué le mien.

Dire que Najeeb était choqué était un euphémisme. Son cousin était totalement ébranlé.

Enfin, Najeeb dit simplement :

— Non.

Avant que Numair puisse répondre, un son leur parvint. Celui de l'hélicoptère qui amenait habituellement Jenan. Sauf cette dernière semaine.

Numair se leva d'un bond.

— Nous en discuterons plus longuement, Najeeb. Pour l'instant, attendez-moi ici.

Sans lui laisser le temps de réagir, il s'éloigna en courant.

Il ignorait comment il allait pouvoir renvoyer Jenan sans lui donner de raison, mais il ne pouvait pas la laisser voir Najeeb maintenant. C'était trop tôt, car rien n'avait encore été résolu.

Il arriva dans le couloir au moment où Jenan poussait la porte. Il courut pour aller à sa rencontre. Lorsqu'elle leva les yeux vers lui, il faillit trébucher.

Elle semblait si... perdue.

Se forçant à avancer, il la rejoignit et la prit dans ses bras.

— Tout va bien ? s'enquit-il.

Elle hocha la tête, mais s'extirpa de son étreinte.

Son attitude étrange le désarçonnait.

— Tu ne m'avais pas dit que tu venais.

Elle l'observa avec un regard si douloureux, si sombre, que cela lui transperça le cœur.

— Si je t'avais prévenu, tu aurais trouvé un moyen de m'éviter. Rassure-toi, je ne resterai pas longtemps, maintenant que je ne suis plus la bienvenue.

Il fut bouche bée.

— Comment ?

— Tu aurais dû me dire la vérité au moment où tu en as pris conscience.

Tout en lui se figea. Avait-elle découvert la vérité, et était-il trop tard pour tout lui révéler ? Etait-ce là la réaction qu'il avait redoutée ?

Enfin, il articula :

— Quelle vérité ?

— Que tu ne veux plus de moi.

C'était, littéralement, la dernière chose qu'il s'était attendu à entendre. Il eut l'impression que son esprit se fracturait.

— Jenan, c'est insensé...

— Il semble que je porte très bien mon prénom. Je dois en effet être folle pour me sentir détruite maintenant, alors que tu m'avais déjà dit ce que tu voulais dès le départ. Mais tu ne veux plus tout cela avec moi, et je suis venue te dire que tu as le droit de changer d'avis. Mais tu n'as pas le droit de faire traîner les choses, et de ne pas me rendre ma liberté. Si tu penses que m'éviter est une façon plus douce de rompre, sache que c'est bien plus douloureux que si tu m'avais regardé dans les yeux et que tu m'avais annoncé que tout était fini.

Chaque mot était comme un coup de massue.

Ses inquiétudes et ses efforts pour tout régler l'avaient tant accaparé qu'il avait aggravé la situation de manière effroyable. Il n'avait même pas songé à la façon dont elle verrait sa prise de distance, et Jenan l'avait trouvée si inexplicable, si blessante, qu'elle était parvenue à la pire conclusion possible.

Avant même qu'il trouve quoi dire, elle passa devant lui et se dirigea vers la pièce où se trouvait Najeeb.

Il bondit vers elle pour la rattraper.

— Où vas-tu ?

Le spasme de douleur qui tordit son visage faillit pulvériser son cœur.

— Je t'ai dit que tu n'avais pas à t'inquiéter. Je n'essaierai pas de rester ou de t'imposer ma présence. Je viens simplement récupérer quelques affaires. Tu pourras me faire envoyer le reste plus tard. Ou le jeter.

Il voulait crier un millier de protestations, mais une seule se détacha dans le chaos de son esprit.

— C'est *ta* maison.

Elle sembla encore plus mélancolique, et il sentit l'étau autour de son cœur se resserrer.

— Je la considérais comme telle quand je pensais que toi aussi tu la voyais ainsi, quand nous étions ensemble. Mais tu ne veux plus de moi, et nous ne serons plus jamais ensemble. Demain, je t'enverrai les documents qui te restituent le titre de propriétaire.

Elle tenta de s'écarter, mais il serra son bras de manière convulsive, horrifié par ce qu'elle venait de dire.

Puis une lueur soupçonneuse vint assombrir son regard.

— Tu n'es pas seul ?

Encore plus abasourdi par sa terrible supposition — preuve supplémentaire des dégâts qu'il avait causés —, il ne put que la dévisager, impuissant.

Il vit alors son beau regard s'éteindre. Et, pour lui, ce fut pire que tout ce qu'il avait enduré en captivité.

— Jenan, s'il te plaît...

Il vit les larmes rouler sur ses joues.

— Je n'attendais pas que tu m'aimes autant que je t'aimais, dit-elle. Je voulais seulement que tu sois honnête avec moi.

L'entendre dire pour la première fois qu'elle l'aimait, mais au passé, était insupportable. C'était comme savoir qu'il aurait pu sauver la vie de quelqu'un, et qu'à cause de sa propre négligence, il était arrivé trop tard.

Il l'étreignit.

— Jenan, Jenan, que t'ai-je fait, que nous ai-je fait ? J'ai détruit ta confiance au point que tu croies qu'il y a une femme ici ?

Une larme mouilla son torse et lui brûla la peau, tandis qu'elle tremblait de tout son corps et tentait d'échapper à son étreinte. Mais il la retint et couvrit son visage de baisers enfiévrés.

— Tout ce que tu crois est l'opposé absolu de la vérité. Cela me tue de penser que je t'ai conduit à penser cela. Mais il est vrai que je ne t'aime pas comme tu m'aimes.

Lorsqu'un sanglot la secoua, il l'étreignit comme s'il voulait ne faire plus qu'un avec elle.

— Après tout ce que j'ai subi au cours de mon existence, je t'aime bien plus que tu ne pourras jamais m'aimer.

Cette fois, elle parvint à relever la tête.

Son regard semblait si fragile ! Elle avait sans doute pleuré avant son arrivée. Mais ce chagrin terrible lui donnait de l'espoir. L'espoir que Jenan l'aime encore. Son cœur s'emplit de soulagement. Mais la seconde suivante, il se serra de nouveau, quand une voix sombre résonna derrière eux.

— C'est vrai, il n'y a pas d'autre femme ici. Les secrets qu'il cache sont bien plus terribles que cela.

Jenan et Numair firent volte-face. Najeeb avançait vers eux.

Numair relâcha Jenan.

— Najeeb ! s'exclama-t-elle, stupéfaite.

Numair devait réagir vite. Si Najeeb et elle se parlaient maintenant, cela risquait de provoquer une réaction en chaîne qu'il ne pourrait pas contrôler.

Il s'adressa à Jenan d'un ton pressant.

— Oui, j'ai des secrets, mais ils n'ont rien à voir avec nous ni avec mes sentiments pour toi. J'ai aussi des raisons pour expliquer mon éloignement, et je t'expliquerai tout, mais plus tard. S'il te plaît, *ya habibati,* pour l'instant, je te demande de partir et de me laisser terminer ma conversation avec Najeeb. Il faut que tu me croies, tout ce que je fais est pour toi, pour nous.

Elle sembla si soulagée, si détendue tout d'un coup.

— Vos talents de manipulateur relèvent presque de la magie, n'est-ce pas, Numair ? commenta Najeeb.

Jenan se raidit de nouveau.

Najeeb avança d'un pas mesuré, le visage dur comme de la pierre, le regard noir. Il s'adressa à Jenan.

— Quand j'ai entendu ta voix angoissée, j'ai cru qu'il t'avait tout dit.

Il se tourna vers Numair.

— Mais ensuite j'ai compris que vous vous jouiez d'elle, une fois de plus. Ma première impression sur vous était fondée. Vos motivations sont encore plus sombres, plus froides et plus terribles que ce que j'avais cru. Mais vous avez compris que je vous surveillais, et vous m'avez menti à moi aussi. Vous m'avez dupé comme vous l'avez dupée depuis le départ.

— J'ai peut-être caché certaines vérités...

— Certaines vérités ? railla Najeeb. Vous nous avez menti sur toute la ligne. Tout ce temps, nous avions en face de nous un être totalement fictif.

— C'est le *vrai* moi. Je devais simplement régler la situation avec vous avant de pouvoir tout lui expliquer.

— A propos de ça, fit Najeeb avec un regard plein de mépris, je suis resté assis, à me demander pourquoi vous m'aviez révélé la vérité maintenant, et j'ai compris que c'était parce que vous avez atteint un stade de votre plan où vous deviez le faire. Mais quand vous avez semblé si secoué par l'arrivée de Jenan, et que vous m'avez demandé de rester à l'intérieur, j'ai compris que c'était la seule chose que vous n'aviez pas prévue : qu'elle et moi nous rencontrions en cet instant critique, et que je lui révèle tout prématurément. Selon votre plan, elle aurait été la dernière au courant, n'est-ce pas ? Une fois qu'il aurait été trop tard pour qu'elle fasse quoi que ce soit.

Numair se sentait bouillir à l'intérieur, mais il prit sur lui pour répondre le plus calmement possible :

— Vous vous trompez du tout au tout, Najeeb.

Jusqu'à cet instant, Jenan les avait observés, interdite. Puis elle vint s'interposer entre eux.

— Quel plan ? Quelle vérité ?

Sans laisser à Numair le temps de la rassurer, Najeeb détruisit tout espoir de contenir ce désastre.

— Il ne s'appelle pas Numair, mais, ironiquement, son prénom est un synonyme de Numair, ce qui est voulu, j'en suis sûr. Il s'appelle Fahad. Fahad Aal Ghaanem.

D'abord, Jenan ne réagit pas, puis elle ouvrit de grands yeux, ce qui signifiait qu'elle avait reconnu ce nom. Puis, elle sembla tout à fait déroutée, comme si elle ne pouvait concevoir ou croire une chose pareille.

— Oui, dit Najeeb, c'est bien *ce* Fahad Aal Ghaanem. Le cousin que nous croyions tous mort depuis longtemps.

Jenan demeura interdite.

— Comment est-ce possible ? finit-elle par articuler.

Najeeb lui relata une version succincte de l'histoire que Numair lui avait racontée. Pendant qu'il parlait, Jenan garda les yeux rivés à Numair, comme si elle bataillait pour superposer les nouvelles vérités à ce qu'elle savait de lui et à ce qu'ils avaient partagé.

Quand Najeeb eut terminé, elle demanda d'une voix tremblante :

— Pourquoi ne m'as-tu rien dit ?

Najeeb répondit à la place de Numair.

— C'est ce que j'essayais de comprendre quand j'étais assis dans ce salon, et j'y suis parvenu. Vois-tu, juste avant ton arrivée, Numair — ou devrais-je dire, Fahad — m'a avoué qu'il était venu assouvir sa vengeance. Contre mon père, qu'il a accusé d'avoir fait tuer son père. Et qu'il voulait reprendre *ses droits*. Alors, tout est devenu clair. Son plan était de faire autant de mal que possible à mon père, jusqu'à ce qu'il obtienne la preuve de sa filiation. Ensuite, il comptait accuser mon père de meurtre, le destituer suite au scandale que cela créerait, et, bien sûr, se débarrasser de moi, l'actuel prince héritier, afin de s'approprier le trône.

Najeeb décocha à Numair un regard de glace alors qu'il y a quelques instants à peine ce même regard débordait de chaleur.

— Ai-je oublié quelque chose ?

— Ce n'est plus comme ça que...

— Et moi ? intervint Jenan d'une voix étouffée par l'appréhension.

— Jenan, je t'ai dit que j'allais tout t'expliquer plus tard...

— Vraiment ? interrompit Najeeb d'un ton acerbe. Pourquoi pas maintenant ? Sa question est très simple, après tout. Pourquoi l'avez-vous approchée ? Ou plutôt, pourquoi l'avez-vous prise pour cible ? Cela aussi, j'ai tenté de le comprendre, et j'ai fini par me souvenir que votre *héritage* se trouve non seulement à Saraya, mais aussi à Zafrana. Votre mère était la princesse Safeyah Aal Ghamdi, vous avez donc du sang royal zafranien.

Etant le monstre de pouvoir que vous êtes, et étant donné l'état du Zafrana, vous avez dû penser que vous étiez le seul à avoir à la fois le droit et le pouvoir de reprendre le trône. Mais puisque vous n'avez pas d'accès direct à la couronne comme à Saraya, vous avez mis au point un plan plus complexe encore. Vous n'avez pas sauvé Jenan des griffes de mon père pour lui rendre service. Vous vouliez Jenan uniquement pour l'utiliser, exactement comme lui.

Najeeb regarda Jenan d'un air peiné.

— Te posséder, et avoir un héritier de toi, lui donneraient le contrôle sur le trône de Zafrana pendant le règne de ton père, jusqu'à ce que son fils, l'héritier de ton père, soit en âge de gouverner.

Jenan leva les yeux vers Numair. Il n'y avait ni surprise, ni douleur, ni reproches dans son regard. Rien qu'un grand vide.

Tandis que le chaos faisait rage en lui, il vit Jenan s'affaisser et s'effondrer devant lui.

— Jenan !

Les réflexes de Numair, aiguisés par des années d'entraînement impitoyable, répondirent, le tirant de sa paralysie. Il rattrapa Jenan avant qu'elle heurte le sol. Najeeb aussi s'était élancé pour la sauver.

Voir les mains de Najeeb sur le corps inerte de Jenan faillit le faire exploser de rage.

Dès qu'il l'eut allongée avec précaution sur le sol, il repoussa Najeeb et le plaqua au sol.

Najeeb fut si surpris par son attaque que Numair eut le temps de lui décocher quelques coups avant que Najeeb se reprenne suffisamment pour riposter. Au premier coup de poing qui réussit à atteindre sa mâchoire, Numair sentit quelque chose se remettre en place en lui, l'arrachant à sa fureur aveugle.

Najeeb était un homme puissant, capable d'affronter n'importe quel adversaire, mais il n'était pas un homme violent, et certainement pas un tueur. Mais Numair, si. S'il ne se contenait pas, il pourrait tuer son cousin.

Il se releva d'un bond et regarda Najeeb se lever à son tour et frotter sa mâchoire déjà enflée, comme pour s'assurer qu'elle n'était pas décrochée. Numair avait retenu sa force, sinon, le visage de Najeeb aurait été en miettes.

Najeeb le dévisagea comme s'il avait face à lui un monstre terrible. Avec une difficulté évidente, il lâcha d'une voix râpeuse :

— De quel enfer venez-vous ?

— D'un enfer que vous ne pouvez même pas imaginer dans vos pires cauchemars. Estimez-vous chanceux, j'ai détruit des hommes qui m'ont fait bien moins de tort que celui que vous m'avez fait avec Jenan.

Lorsque Numair avança, Najeeb se raidit, comme pour se préparer à une nouvelle attaque.

— Restez où vous êtes, espèce de détraqué !

Numair lui lança un regard menaçant, puis se précipita vers Jenan, la porta et l'emmena vers leur lit. Sa température et sa respiration étaient normales. Elle avait perdu conscience, peut-être pour se protéger de la violence des révélations de Najeeb.

Après avoir essayé en vain de la réveiller durant quelques minutes, et sachant qu'elle n'était pas en danger, il se retourna vers Najeeb, qui l'avait suivi, comme s'il craignait de le laisser seul avec Jenan.

— Ma fureur meurtrière est passée, et grâce à votre coup de poing — il se frotta la mâchoire ; le coup de Najeeb aurait assommé n'importe quel homme —, j'ai compris qu'elle était dirigée contre moi-même. Vous n'avez fait que dévoiler la vérité sur mes intentions initiales.

Najeeb tenta un rire amer, qui ressembla plutôt à un grondement douloureux.

— Vous savez quelle est votre erreur ? Si vous aviez été franc avec moi, avec Jenan, si vous n'étiez pas un monstre sans cœur et manipulateur, nous vous aurions volontiers donné tout ce que vous vouliez. J'aurais reconnu votre droit à accéder au trône, et j'aurais obligé mon père à vous le céder.

Il désigna Jenan d'un signe de tête.

— Et elle vous aurait aimé. De son plein gré. Elle aurait

considéré que vous méritiez le trône de Zafrana. A présent, je ne vous confierais même pas un tas de poussière, encore moins mon royaume. Et si vous répandez vos mensonges malveillants sur mon père et tentez de détruire ma famille, je vous combattrai jusqu'à mon dernier souffle. Quant à Jenan, si vous comptez la duper de nouveau, vous en serez pour vos frais.

Numair soupira.

— Croyez-le ou non, je vous ai fait venir ici pour résoudre la situation au mieux des intérêts de tous. Mais vous ne m'avez pas laissé finir ce que j'avais à dire, et maintenant, quoi que vous puissiez penser, cela m'importe peu. Les différends entre nous devront attendre. D'abord, je dois m'occuper du désastre que vous avez provoqué entre Jenan et moi.

Najeeb sembla s'adoucir, mais un seul regard à Jenan suffit pour qu'il se raidisse de nouveau.

— Vous pouvez toujours essayer. Mais cette femme était prête à mourir pour vous. Si vous la connaissez un tant soit peu, vous savez qu'elle préférerait mourir plutôt que de vous laisser l'approcher de nouveau.

Numair se tourna vers Najeeb, menaçant.

— Vous feriez mieux de prier pour que votre prédiction ne se réalise pas. Si je la perds, j'aurais tout perdu dans ce monde. Personne, pas même moi, ne peut prédire ce que je ferais alors.

Najeeb avait sans doute compris qu'il était dangereux de provoquer plus encore Numair. En proie aux doutes, il tourna les talons et s'en alla.

Numair l'oublia aussitôt pour se concentrer sur Jenan. Il s'allongea à côté d'elle et la prit dans ses bras.

Il n'allait pas la perdre. Najeeb sous-estimait la puissance de leur lien. Elle l'écouterait, le comprendrait, le croirait. Il regagnerait sa confiance.

Et son amour.

Quelque chose de chaud et de ferme recouvrait Jenan, aussi étouffant et inexorable qu'un voile d'acier en fusion.

Saisie par une vague de panique, elle commença à se débattre, même si elle savait qu'elle ne pourrait pas s'échapper. Des sanglots montèrent du fond de son être.

— Chut, chut, *ya hayati*, calme-toi, tu es en sécurité. Je suis là, et je suis à toi.

Cette voix... c'était celle de Numair. Autrefois, c'était la seule chose qu'elle voulait entendre, la seule chose qui lui donnait le sentiment d'être invincible. Mais maintenant, elle la faisait suffoquer de chagrin.

L'afflux des souvenirs l'arracha au gouffre dans lequel elle avait plongé et la catapulta dans une réalité bien plus horrible.

Elle ne pouvait plus se cacher dans le sommeil. Elle devait ouvrir les yeux et affronter Numair. Affronter le fait que sa vie ne serait en rien ce qu'elle avait espéré ou prévu, mais au contraire tout ce qu'elle avait redouté en voyant l'exemple d'autres femmes. Elle allait porter l'enfant d'un homme qui se fichait d'elle, et vivre dans le chagrin et le conflit perpétuel, parce qu'elle serait liée à lui à vie par leur enfant.

Mais c'était encore pire dans son cas. Car, même après avoir découvert la vérité, elle savait qu'elle ne cesserait jamais de se languir de lui. Le Numair qu'elle aimait. Le Numair qui n'existait pas.

Elle ouvrit les yeux et le vit, comme tant d'autres fois, son corps contre le sien, la regardant comme si elle seule comptait pour lui. Alors qu'elle n'avait jamais compté un tant soit peu.

— Il n'est plus là.

Si le désespoir avait un son, ce devait être celui-là. Ce murmure blessé qui était venu d'elle.

Il sembla dérouté.

— Oui, Najeeb est parti...

— Numair.

Quand elle dit son prénom, il se redressa avec prudence, comme s'il n'était pas sûr de ce qu'elle entendait par là.

— Il n'a jamais été là, dit-elle. C'était un fantôme.

A ce mot, il sursauta.

— Jenan..., protesta-t-il d'une voix rauque.

— Tout ce que j'ai partagé avec lui était un mensonge, le coupa-t-elle.

Elle le fixa, et son cœur faillit se briser quand elle constata que ses yeux étaient comme ceux du Numair qu'elle adorait, et qu'ils cachaient encore, étrangement, la vraie nature du manipulateur malveillant qu'elle le savait être désormais.

— J'étais un moyen de parvenir à tes fins. Un pion sur un échiquier que tu as utilisé et que tu aurais sacrifié dès ton objectif atteint. Mais quand tu as découvert que tu pouvais le faire plus tôt que prévu, tu m'as simplement rayée de ta vie.

Il enfonça les doigts dans ses épaules, le regard aussi brûlant qu'un brasier.

— Non, tu te trompes. Rien de tout cela n'est vrai. Laisse-moi t'expliquer pourquoi Najeeb...

— Najeeb m'a seulement dit qui tu étais vraiment.

Elle retira ses mains rugueuses de son corps et s'écarta de lui.

— J'ai deviné le reste toute seule. Car Najeeb ignore ce que je sais. Que tu n'as plus à m'épouser, ou à me faire un enfant pour gouverner Zafrana, puisque tu as un accès légitime au trône, comme à Saraya.

Elle n'avait plus seulement besoin de s'éloigner de lui. Il fallait aussi qu'elle quitte ce lit sur lequel il lui avait donné les seuls vrais plaisirs de sa vie. Elle se leva avec la sensation que son corps ne lui répondait plus vraiment.

Quand il se leva à son tour, elle poursuivit :

— Pas étonnant qu'il t'ait fallu du temps pour tout découvrir. Cela remonte à plus de quarante ans, et la plupart des habitants de Zafrana ne sont pas au courant. Ceux qui le sont ne s'en souviennent sans doute pas.

— De quoi parles-tu ? Jenan, *habibati*, laisse-moi simplement...

— Mais moi, je me souviens, murmura-t-elle d'une voix étranglée.

Cela le fit taire.

— Mon père a toujours répété qu'il n'aurait pas dû être roi, et que sans cet accident, il n'aurait pas été l'héritier légitime. Durant ma jeunesse, il m'a raconté de nombreuses fois que le défunt roi Zayd avait un héritier, tragiquement disparu alors qu'il était enfant. Le fils de la princesse Safeyah, une cousine éloignée du roi par les liens du sang, mais sa sœur de lait, la mère du roi l'ayant allaitée après que la mère de la princesse était morte en couches. Cette relation supplantait le lien du sang entre le roi Zayd et mon père, faisant du fils de Safeyah son parent masculin le plus proche, et son héritier. Toi.

Le silence s'installa entre eux. Jamais il n'avait soupçonné qu'elle ait pu être au courant.

Mais c'était le cas. Et cela expliquait toutes les questions qu'elle s'était posées, tous ses doutes sur l'arrivée de Numair dans sa vie, sa confusion après son récent revirement.

Il plaqua ses mains sur ses épaules, comme deux étaux.

— Jenan, gronda-t-il d'une voix râpeuse, tu dois me croire, j'ignorais tout cela.

Elle se dégagea de son étreinte, comme si ses mains désormais risquaient de le brûler, puis se tourna vers lui.

— Tu ne l'as appris qu'après avoir gâché trop de temps avec moi. Dès que tu as su, tu m'as mise au rebut.

Un autre soupçon surgit dans son esprit, qui se mua en une certitude terrible.

— J'essaie seulement de te dire la vérité, répliqua-t-il. Je ne savais rien de ce que tu viens de m'apprendre. Et...

Il s'interrompit soudain.

— Dès que j'ai su quoi ?

— Que je suis enceinte.

La consternation sur son visage était telle qu'elle sentit son cœur se briser.

Le chagrin qu'elle ressentait si fortement en elle depuis une semaine brisa les dernières digues de sa résistance, et elle éclata en sanglots, pleurant sur ses espoirs et son amour déçus.

Elle s'agita faiblement dans ses bras tandis qu'il gémissait, suppliait, et tentait de la retenir dans le cercle désormais oppressif de ses bras, l'étreinte du mensonge et de la cruauté.

D'une voix entrecoupée de sanglots, elle reprit :

— Maintenant que tu sais... que ton héritier existe... tu

veux avoir le moins de conflits avec celle qui le porte, et quel meilleur moyen... que de me duper de nouveau ? Duper la proie stupide, naïve et éperdument amoureuse dont tu t'es joué dès le premier instant.

— Non, Jenan ! Non, tu dois m'écouter.

— Non... c'est à toi de m'écouter. J'aimais Numair... j'aurais pu mourir pour lui, mais maintenant, c'est pire que si je l'avais perdu. Maintenant, je sais qu'il n'a jamais existé.

— Non seulement j'existe, et je mourrais pour toi, mais je n'ai vraiment commencé à vivre que lorsque je suis tombé amoureux de toi. Avant toi, je n'avais jamais vraiment vécu... Jenan, *habibati,* crois-moi...

Incapable de supporter le supplice de son contact, elle se débattit avec frénésie jusqu'à ce qu'il la relâche enfin.

Elle se retrouva contre la porte, secouée de sanglots douloureux. Il avança vers elle, sa frustration se lisant sur son visage.

Mais tandis que tout en elle le réclamait, lui, l'homme qui lui avait été aussi cher que son propre cœur, une autre vague de désespoir s'abattit sur elle. Car maintenant, elle savait.

Jamais elle ne se libérerait de son désir pour lui. Jamais elle n'éliminerait de son corps le poison de la tristesse, pas sans éliminer en même temps sa force de vie. Alors, elle était condamnée à survivre, et non à vivre. Pour les autres. Et sans l'homme qu'elle avait aimé, l'homme qui n'était qu'une illusion.

Cette prise de conscience tarit aussitôt ses larmes. La souffrance et le désespoir étaient trop immenses pour qu'elle pleure. Tout ce qu'elle ressentait maintenant, c'était de la résignation.

Un murmure étouffé monta dans sa gorge.

— Si tu m'avais dit la vérité, j'aurais pris conscience que tu étais la seule personne assez puissante pour sauver Zafrana. Et si tu avais vraiment voulu de moi, j'aurais pris tout ce que tu aurais bien voulu me donner, même en sachant que tu ne m'aurais jamais aimée en retour. Tu aurais pu tout obtenir, sans avoir à me détruire.

Elle ouvrit la porte et sortit. Soulagée, elle constata que l'hélicoptère était encore là.

Mais Numair la rattrapa, et ne cessa de la supplier.

Incapable de supporter un contact et un mot de plus, elle s'extirpa de ses bras avec le peu de force qui lui restait.

— Ne comprends-tu pas ? Tu n'as plus besoin de jouer la comédie. C'est moi qui suis à ta merci, qui te supplierai de ne pas me priver de mon bébé. Tu as gagné, Numair. Tu auras tout. Tout, sauf moi. Mais cela, tu t'en moques, puisque je suis la seule chose dont tu n'as jamais voulu.

10

Alors, c'était à cela que ressemblait l'impuissance. Le désespoir.

Après une vie émaillée d'incroyables épreuves, Numair connaissait enfin ces deux sentiments. On l'avait maltraité de toutes les manières possibles, torturé presque à mort, pourtant, il n'avait jamais rien connu d'aussi effroyable que la terreur bouleversante du rejet, le désespoir, la *fin* dans les yeux de Jenan.

Et il ne pouvait rien faire pour l'apaiser. Pourtant il brûlait de courir après elle, de la rattraper, de la garder prisonnière jusqu'à ce qu'elle veuille bien l'écouter, et le croire.

Mais chaque tentative ne faisait qu'accroître sa méfiance et son sentiment d'avoir été trahie. Quoi qu'il fasse maintenant, cela ne ferait qu'aggraver les choses. Elle était en état de choc. Il ignorait quand elle serait prête à l'écouter. Ou même si elle l'écouterait un jour.

Soudain, le bruit d'un hélicoptère en approche l'emplit d'espoir. Il se retrouva dehors sans même s'être rendu compte qu'il avait bougé.

Mais ensuite, son cœur se serra.

Ce n'était pas elle. C'était Najeeb.

Il regarda l'appareil atterrir et Najeeb en descendre, en espérant que son cousin ne soit pas venu pour se battre. Car cette fois, il ignorait s'il pourrait retenir ses coups.

Les signes de leur combat étaient apparents sur le visage enflé et rougi de Najeeb. Mais il y avait une émotion nouvelle dans ses yeux. Ce n'était pas l'antipathie, la chaleur fugace ou l'amertume qu'il y avait lues précédemment. Non, Najeeb semblait perturbé, anxieux.

Quand il ne fut plus qu'à quelques pas, son cousin prit la parole.

— Quand vous avez dit que mon père avait fait assassiner le vôtre, était-ce ce que vous comptiez dire pour nous écarter lui et moi du trône, ou est-ce réellement ce que vous croyez ?

Parce qu'il voulait se débarrasser de lui rapidement, Numair se contenta de répondre :

— C'est ce que je crois.

— Pourtant, vous m'avez fait venir ici pour trouver un terrain d'entente ?

Numair acquiesça, et Najeeb répondit par un bref hochement de tête, comme s'il le croyait à présent.

— Me laisserez-vous une chance d'enquêter sur la question ? Je ne peux même pas concevoir que mon père soit capable d'un tel crime.

— Ecoutez, Najeeb...

— Non, c'est à vous de m'écouter. Je ne suis pas fier de mon père. Je sais qu'il est vaniteux, imprudent, parfois malhonnête, mais je le *connais*. Il n'est pas mauvais. Or, il aurait fallu une malveillance inimaginable pour faire tuer son propre frère, dans le seul but d'accéder au trône. Il a peut-être l'air assoiffé de pouvoir, mais il ne l'est pas. C'est juste un homme fier, qui a dû endosser un costume de roi bien trop grand pour lui. Il ne s'en est pas si mal tiré, si l'on prend en compte le fait que mon grand-père lui a légué un royaume en très mauvais état. Mais, ne pouvant faire mieux, et étant mal entouré, il a cherché à étendre son territoire, comme lors de sa tentative d'annexer Jareer. Comme cela a échoué, il s'est tourné vers Zafrana.

Najeeb marqua un temps avant de poursuivre :

— Mais il n'a jamais voulu de ce statut. Tous les témoins de l'époque vous diraient à quel point il était dévasté après la disparition de son frère. Il a tout fait pour le retrouver, c'était devenu une obsession. Et quand il a dû se résigner à abandonner les recherches, il a attendu une année avant d'accepter de s'asseoir sur le trône, et une autre pour commencer à gouverner, car il espérait toujours que son frère reviendrait. Mais ses ministres l'ont provoqué et humilié, afin qu'il prenne son rôle au sérieux, et voilà où nous en sommes aujourd'hui. Saraya, malgré les erreurs de mon père, est en meilleur état que lorsqu'il en a hérité.

Il passa une main tremblante sur ses cheveux coupés court et soupira.

— Non seulement je suis persuadé qu'il est incapable de faire tuer qui que ce soit, encore moins le frère aîné qu'il adorait, mais je suis également convaincu qu'il s'effacerait s'il savait qui vous étiez. En fait, il serait peut-être même soulagé de rendre enfin le trône à son véritable détenteur.

Numair dévisagea Najeeb. Il avait entendu tout ce qu'il venait de dire, mais il ne pensait qu'à une chose, aller trouver Jenan. Cependant, il devait tout de même répondre quelque chose.

— Je suis désolé de vous avoir frappé, Najeeb.

Celui-ci balaya ses excuses d'un revers de la main.

— J'étais à mi-chemin quand j'ai compris que, quelle que soit la façon dont vous avez commencé votre relation avec Jenan, vous l'aimez désormais sincèrement. J'ai provoqué de gros dommages entre vous, et je méritais une correction. D'ailleurs, je me rends compte maintenant que vous auriez pu facilement me briser les os. Je peux m'estimer heureux de n'avoir que la mâchoire enflée et un œil au beurre noir.

Numair devait abréger cette conversation.

— C'est moi qui ai donné à Jenan toutes les raisons de me soupçonner. Et je crois désormais que le véritable héritier de Saraya, c'est vous. C'est vous qui avez vécu là-bas l'essentiel de votre vie, qui connaissez le pays, vous que le peuple aime et en qui il a confiance. Vous êtes aussi celui qui a rectifié les erreurs de votre père. Si Saraya est ce qu'il est aujourd'hui, c'est grâce à vous, pas à lui. Mais tout cela n'a rien à voir avec mon opinion sur votre père.

Après un moment de surprise, Najeeb sembla de nouveau méfiant.

— Alors, vous croyez encore qu'il a fait tuer votre père, et vous voulez toujours le dénoncer ?

— Non. Je ne peux pas vous faire cela, à vous ou à vos frères et sœurs. C'était ce que je voulais vous dire quand je vous ai fait venir. Je compte le forcer à abdiquer pour que ce soit vous qui preniez sa place, pas moi.

— *B'Ellahi*… n'en faites rien ! s'exclama Najeeb, l'air horrifié. Je ne suis pas prêt à renoncer à ma liberté. Mais si vous voulez ce qu'il y a de mieux pour le royaume, nous pouvons œuvrer ensemble, en coulisses. Vous pensez peut-être que je veux le trône, mais croyez-moi, notre position est bien plus enviable. Nous avons le pouvoir et la capacité de faire tout ce que nous voulons sans être ceux vers qui tout le monde se tourne pour avoir des réponses et des solutions, et sans porter la responsabilité de tout ce qui se passe dans leur pays.

Numair secoua la tête.

— Je n'ai encore rien décidé. Je vous ai simplement fait venir pour étudier la question.

— Si vous n'avez pas encore arrêté votre décision, j'espère que vous reconsidérerez votre position sur la culpabilité de mon père. Je sais que je n'ai aucune preuve. Je n'ai rien d'autre que mon instinct et ma longue connaissance de lui. Mais si vous avez appris à m'estimer, j'espère que vous vous fierez à mon jugement.

— Toute décision devra attendre, Najeeb.

— Promettez-moi simplement que vous ne ferez rien contre lui tant que nous n'aurons pas de preuves irréfutables.

— Je ne ferai rien tant que je n'aurai pas récupéré Jenan. Elle seule m'importe pour l'instant. Elle seule m'importe tout court.

Comprenant qu'il n'obtiendrait rien de plus, Najeeb acquiesça. Après quelques secondes d'hésitation, il lui tendit la main.

— Je suis désolé d'avoir aggravé la situation. J'espère que vous me pardonnerez. Je ferai tout pour rectifier mon erreur.

Même si une tornade d'anxiété était en train de tout dévaster en lui, il prit la main que Najeeb lui offrait.

— C'est moi qui ai provoqué cette crise, et c'est à moi de la résoudre. A tout prix.

Avant que Numair retire sa main, Najeeb la serra plus fort.

— Je ne pensais pas ce que je disais à propos de Jenan tout à l'heure. Elle vous aime, et si vous l'aimez aussi, elle vous croira, et vous fera de nouveau confiance. Et elle acceptera de vous reprendre.

Numair garda le silence pendant que Najeeb tournait les talons. Il savait à quel point Jenan avait été blessée, et comment la grossesse avait multiplié par mille son sentiment d'avoir été trahie. Comme il l'avait craint. A présent, retrouver l'amour de Jenan paraissait impossible.

Même s'il ne parvenait pas à regagner son amour, il sacrifierait jusqu'à sa propre vie pour qu'elle retrouve la paix.

Deux heures plus tard, Numair n'en pouvait plus d'attendre. Une seconde d'inaction de plus, et il ferait une attaque.

Alors, il fila jusqu'au palais royal de Zafrana, en préparant ses explications pendant tout le trajet. Mais Jenan ne s'y trouvait pas. La dernière fois que sa famille l'avait vue, c'était quand elle était partie le voir, plus tôt dans la journée.

Sachant qu'elle ne lui répondrait pas, il demanda à ses sœurs de tenter de la joindre par tous les moyens. En vain.

Alors, il embarqua pour les Etats-Unis afin de la rechercher, et appela ses frères depuis son jet pour leur demander leur aide. Elle était bien aux Etats-Unis, mais elle semblait avoir disparu dès son arrivée à l'aéroport de New York. Pendant les heures suivantes, les hommes que Numair avait lancés à sa recherche ne la trouvèrent dans aucun des endroits qu'elle avait l'habitude de fréquenter.

A chaque impasse, il sentait son désespoir croître, chaque seconde semblant le plonger davantage dans un cauchemar éveillé.

Et puis, sans qu'il sache comment, le mauvais rêve se mua en son ancien cauchemar.

Mais cette fois, il était différent.

Le bateau de son père n'était pas envahi par des hommes, il était secoué par des vagues aussi hautes que des gratte-ciel. Son père luttait contre une immense voile et lui criait d'aller sur le pont inférieur. Puis il perdait le contrôle de la voile, qui le frappait violemment sur la tête et l'envoyait par-dessus bord. Ensuite, le bateau chavirait, jetant Numair dans l'eau.

Se débattant pour sortir de l'eau et de ce cauchemar, il téléphona à Antonio et exigea que son frère le retrouve à l'aéroport.

Comme convenu, Antonio l'attendait dans la limousine venue le chercher. Dès qu'Ameen lui eut ouvert la portière, Numair s'installa et commença à relater cette vision d'une réalité criante.

Antonio l'observa de son regard azur impassible, puis soupira.

— C'est ce que j'espérais, même si je ne pensais pas que cela pouvait arriver de manière spontanée.

— Que veux-tu dire ?

— Je savais que, pour réveiller d'autres souvenirs, il faudrait une terreur encore plus profonde que celle que tu as subie quand tu as vu ton père se noyer. Quand j'ai suggéré d'autres séances, c'était pour essayer de te plonger dans un état de panique artificiel, afin de creuser plus profondément dans ton psychisme. Puisque tu n'as peur de rien, je n'étais pas sûr d'y parvenir. Mais quelque chose a réussi à t'effrayer plus que toutes les horreurs de ta vie. Tu t'inquiètes pour Jenan, et tu crains de la perdre. C'est ce qui a finalement réussi à libérer tes souvenirs.

— Tu penses que ces images étaient des souvenirs ?

— Pas n'importe quels souvenirs. Je pense que ce sont enfin tes *vrais* souvenirs.

— Mais je me rappelais une version très différente avant cela.

— Je t'avais bien dit qu'il y avait davantage que ce dont tu te souvenais. En hypnose, il est fréquent que les sujets prennent le cœur d'un souvenir et l'habillent de fabulations qui conviennent à leurs besoins émotionnels et psychologiques. Tu voulais que quelqu'un soit responsable de la mort de ton père, de tes années d'esclavage, alors tu as inventé ces agresseurs, puis tu as utilisé les éléments circonstanciels pour imaginer une conspiration parfaite qui validait tes souvenirs partiels. Nous pouvons faire d'autres séances pour en être sûrs, mais je suis presque certain que c'est enfin la vérité.

Numair dévisagea Antonio. Oui, il avait eu besoin d'un ennemi à accuser, à vaincre, à faire payer pour tout ce qu'il avait subi, et perdu.

Mais *c'était* la réalité, enfin. C'était bien ce qui s'était passé.

— Je suis navré, Phantom. Je sais que tu dois trouver cela insatisfaisant et injuste, mais il est probable que la mort de ton père et ton calvaire étaient dus à un accident.

La compassion inhabituelle d'Antonio interrompit le fil de ses pensées.

— Non, ça va, dit-il d'un ton préoccupé.

Guère convaincu, Antonio insista :

— Tu devrais être soulagé. Cela te permet de tourner enfin la page et de laisser ton père reposer en paix.

Numair hocha la tête d'un air distrait. Antonio avait raison. Mais maintenant qu'il lui avait fourni une explication plausible à ces visions perturbantes, toute cette histoire ne comptait plus pour lui. Tout ce qui comptait, c'était qu'il retrouve Jenan.

Antonio poursuivit :

— Cela te donne même la possibilité d'avoir une famille, sans la laideur qu'un tel crime aurait imposée sur vous tous et sur les générations à venir.

Le mot *générations* résonna en lui. Car il y aurait une génération à venir pour lui. C'était une chose dont il n'avait jamais vraiment pris conscience, même quand il y avait eu une chance pour que Jenan soit enceinte. Et maintenant, elle l'était.

Mais elle ne voulait plus l'être. Parce que l'enfant était de lui.

— Phantom ? Tout va bien ?

Numair se rendit compte que le bruit qu'il avait entendu

venait de lui-même. C'était un gémissement de douleur, de regret et de terreur.

— Non, ça ne va pas. J'ai fait souffrir Jenan de manière irréversible.

Antonio haussa les épaules.

— Prosterne-toi à ses pieds — j'adorerais voir ça, d'ailleurs —, et elle te pardonnera.

— Même si elle me pardonne, elle ne me fera plus jamais confiance. Et elle ne m'aimera plus.

Avant qu'Antonio puisse répondre, le téléphone de Numair sonna. Lorsqu'il lut le nom de l'appelant, Numair gronda comme s'il venait de recevoir un coup au ventre. C'était Richard.

Dès qu'il décrocha, la voix moqueuse de Richard résonna dans l'écouteur.

— Maintenant que j'ai rencontré ta princesse fugitive, j'envisage de lui rendre un immense service et de ne pas te révéler où elle se trouve.

Une fureur instantanée le submergea, et un torrent de menaces enragées se déversa de ses lèvres.

Richard se contenta de glousser.

— Non seulement tu ne vas pas m'écorcher vif, et toutes ces gentilles choses que tu viens d'énoncer, mais tu me dois un autre service. Non, rectification, tu m'es pratiquement redevable à vie.

— Raccroche, Richard, tonna Numair d'une voix si rude qu'elle lui écorcha la gorge. Je la retrouverai tout seul.

— Tu vas survivre jusque-là ? Et si tu ne te soucies pas de toi, tu la laisserais vivre une seconde de désillusion de plus si tu peux l'empêcher ?

— Ça suffit, Cobra, *où est-elle ?*

Il avait rugi si fort qu'Antonio avait sursauté et qu'Ameen avait failli perdre le contrôle du volant.

— Calme-toi, ou tu vas nous faire une attaque, Phantom. Ton système nerveux doit être intact si tu veux pouvoir ramper à ses pieds.

Numair proféra une volée de menaces, que Richard interrompit :

— Avant que je te donne sa localisation, je veux que tu me fasses une promesse.

— Que veux-tu, à la fin ?

— Rien. Pour l'instant. Mais je veux que tu me promettes que, le moment venu, tu le feras sans poser de questions.

— Faire quoi ?

— Tout ce que je te demanderai.

Même s'il était sur le point d'exploser de rage, Numair était prêt à signer un contrat faisant de lui l'esclave de Richard à vie, si cela lui permettait de savoir où était Jenan.

— Je te le promets. Mais si tu dis un mot de plus avant de me dire où est Jenan, je t'écorcherai pour de bon.

Richard s'était contenté de rire et de raccrocher. La seconde suivante, il lui avait envoyé un SMS avec l'adresse de Jenan.

Après avoir déposé Antonio au premier coin de rue, Numair avait ordonné à Ameen de filer vers l'aéroport. A présent, il traversait le pays pour rejoindre la Californie.

Selon Richard, Jenan avait loué un appartement dans le désert. Avec un bail d'un an. Apparemment, elle voulait fuir son ancienne vie, et tout ce qui lui rappelait Numair.

Les sept heures et demie qu'il lui fallut pour arriver sur le perron de son appartement de Rancho Mirage étaient venues à bout de sa patience.

Elle ouvrit la porte. Avec ses yeux rougis, elle était plus touchante que jamais. Il serait tombé à genoux devant elle si elle ne s'était pas retournée aussitôt, le laissant la suivre à l'intérieur.

A l'évidence, elle n'était pas surprise qu'il l'ait retrouvée, et lança de but en blanc :

— Je t'ai déjà dit que tu aurais ce que tu veux. Tu n'as pas besoin de m'amadouer pour que je sois plus facile à manipuler. Je ne te ferai pas d'ennuis. Je sais que personne ne peut t'arrêter, et certainement pas moi, alors, je ne vais pas me lancer dans une bataille perdue d'avance.

— Jenan... s'il te plaît...

— Je suis suffisamment pragmatique pour savoir que ce que je voulais dans la vie ne compte plus, et que tous mes projets et mes espoirs sont anéantis. Mais je ne peux m'en prendre qu'à moi. C'est moi qui ai négligé la prudence la plus élémentaire, et qui ai plongé la tête la première dans ton piège, et le résultat est un bébé innocent, qui seul compte désormais. Je ne m'attends pas à ce que tu t'impliques dans sa vie comme un père normal le ferait, mais tu pourras jouer le rôle que tu veux. Parce que je ne peux pas t'en empêcher, mais surtout parce que je refuse que le bébé subisse les conséquences de ma folie. Je ne vais pas aggraver les choses en faisant de sa vie un champ de bataille.

Elle marqua un temps, puis reprit :

— Maintenant que tu vas prendre le contrôle de Zafrana et de Saraya, tu seras là-bas la plupart du temps. Puisque tu sais que je refuse d'y vivre, je m'y rendrai à des dates que nous négocierons, afin que tu puisses voir ton enfant. Tant que tu restes loin de moi, tout se passera exactement comme tu le veux.

Chaque fibre de son corps lui criait de la prendre dans ses bras. Mais il ne put que rester là, devant elle, impuissant comme il ne l'avait plus été depuis ses dix ans.

— Je ne veux rien d'autre qu'une chance de m'expliquer. Ce que Najeeb a dit...

— Il n'a fait que répéter ce que tu lui as dit, dit-elle en même temps que lui.

Sa voix sans vie meurtrit son cœur déjà flétri.

— Mais ce n'est pas la vérité non plus. Je le sens. J'ai toujours senti que tu cachais des choses capitales, mais je me suis persuadée que c'était parce que c'était si personnel et douloureux que tu ne pouvais pas en parler. Que cela t'aurait fait de nouveau souffrir si tu avais dû les raconter à quelqu'un. Je ne pouvais envisager de faire intrusion dans un domaine si intime, mais j'étais assez stupide pour espérer qu'un jour tu aies assez de sentiments pour moi et que tu me fasses suffisamment confiance pour t'ouvrir à moi.

Soudain, son masque de torpeur se fissura, et des tremblements d'angoisse apparurent.

— Maintenant, je sais que tu ne faisais que dissimuler ton identité et tes intentions. Tu ne m'as jamais dit une seule fois la vérité. Et tu me mens encore.

Quand une première larme coula sur ses joues, il recula en titubant, incapable de supporter la force de sa désillusion.

— Tu as raison, je mentais. Mais c'est fini. J'aurais donné n'importe quoi pour que tu ne connaisses jamais toute la vérité sur moi, mais tu as le droit de tout savoir.

Elle eut un mouvement de recul, comme pour éviter une balle de revolver.

— Je suis sûre que tu as une histoire en réserve, dont tu penses qu'elle me poussera à te refaire confiance, ou au moins à compatir, à comprendre tes motivations et tes actes. Mais il est trop tard pour cela. Il est trop tard pour tout.

La détermination dans sa voix faillit l'achever. Comment il parvint à rester debout, et même à continuer de respirer, il l'ignorait.

— Tu comprends déjà pourquoi j'ai agi comme je l'ai fait, dit-il. Je voulais récupérer ce que je croyais être mon droit de naissance, et je mets toujours tout en œuvre pour obtenir ce que je veux. Quant à susciter ta compassion, je n'ai aucune chance d'y arriver. L'histoire que je dois te raconter — toutes ces choses dont tu as senti que je te les cachais — ne fera que t'horrifier.

Son regard, autrefois si plein d'amour, était maintenant froid et distant.

Tout révéler de son passé — y compris des choses que même ses frères ignoraient — était une chose qu'il n'avait jamais envisagée. Mais il ne pouvait plus rien lui cacher à présent. Il lui devait tout. La vérité absolue était simplement la première chose parmi tant d'autres, qui incluaient son cœur, et sa vie, qui ne signifiait plus rien sans elle.

Alors il lui raconta tout. Absolument *tout*.

Pendant des heures ou des minutes, il lui relata les horreurs qui lui étaient arrivées à l'Organisation, ce qu'il avait été contraint de faire, d'endurer, ce qu'on lui avait fait, ce dont il était coupable depuis le jour où il avait perdu son père dans ce qui se trouvait être un accident. Au fil de son récit, Jenan sembla de plus en plus choquée.

Enfin, il n'eut plus d'horreurs à raconter, et ponctua son récit par un soupir résigné.

— Alors, quoi que tu aies pensé de moi, tu sais maintenant que je suis pire. Bien pire que tout ce que tu as pu imaginer.

Lorsque, enfin, il se tut, elle tremblait de tout son corps. Mais c'était l'horreur dans ses yeux qui lui indiqua que tout ce qu'il avait redouté s'était produit.

Il l'avait effrayée et révulsée si totalement qu'elle allait sans doute tout faire pour garder leur enfant et elle-même loin de lui.

Il ferma les yeux, envahi par le sentiment inconnu de la défaite.

Puisqu'il n'y avait plus rien à craindre ou à perdre, il confessa ce qui était tapi dans le coin le plus sombre de son être.

— J'ai fait tout ce que je devais faire pour survivre, et une fois libre, j'ai cru pouvoir rester libre uniquement en détruisant ou en conquérant tout le monde sur mon passage. Je suis venu ici croyant que j'allais anéantir quiconque m'empêcherait d'avoir ce que je considérais mien. Oui, je comptais conquérir la fille du roi de Zafrana, et me servir d'elle comme Hassan voulait le faire. Je n'ai jamais envisagé que les choses ne se dérouleraient pas comme je l'avais planifié. Je n'avais pas prévu que j'aurais des sentiments pour elle, puisque je me croyais incapable d'en éprouver. Et puis tu... es arrivée.

Il soupira.

— Tout a disparu hormis toi. Tu étais la seule qui demeurait dans mon univers, un nouvel univers dont j'ignorais qu'il pouvait même exister. Tu as fait fondre la forteresse d'acier que j'avais bâtie autour de moi. Maintenant, je ne peux plus m'y réfugier. Je mourrai sans toi.

Enfin, il ouvrit les yeux et vit son désespoir se refléter dans son regard.

— Mais tu as raison de me rejeter. Pas parce que je t'ai trahie, puisque je ne l'ai pas fait, mais parce que je suis qui je suis. Tu as tout à fait le droit de me priver de toi, de ton amour. De notre enfant. Et tu le devrais, pour votre bien à tous les deux. Je suis un monstre. Et je l'ai prouvé quand je t'ai blessée, toi, la seule personne qui m'ait jamais aimé, la seule femme que j'aimerai jamais.

Jenan avait cru connaître la véritable douleur quand elle avait cru n'être qu'un pion pour Numair.

Mais ce qu'elle avait ressenti à cause de ses propres souffrances n'était rien comparé à ce qu'elle ressentait maintenant pour celles de Numair.

Chaque cicatrice sur son corps rappelait qu'il aurait dû être brisé. Mais il était devenu invincible, indomptable.

Alors, elle n'eut plus aucun doute. C'était enfin la terrible vérité. La réponse à toutes ses questions.

Il avait réellement cru Hassan responsable de la mort de son père, et de son esclavage. Si quelqu'un avait une raison d'employer le mensonge pour arriver à ses fins, c'était Numair.

Mais il n'y avait plus trace de mensonge. Elle en avait la certitude, il lui avait dit toute la vérité. Et ce qu'ils avaient partagé n'avait jamais fait partie de ses tromperies.

Tout avait été réel.

Aussi impensable tout le reste avait-il été, il l'aimait. Aussi profondément et complètement qu'elle l'aimait. Non, bien plus, comme il l'avait dit. L'amour qu'elle avait pour lui avait été bien fragile pour qu'elle ne lui laisse même pas le bénéfice du doute.

Un sanglot de honte la secoua.

L'instant d'après, elle était dans le havre de ses bras, et il la couvrait de baisers enfiévrés. Chaque sanglot qui la secouait semblait le dévaster.

— Ne t'inflige pas cela, murmura-t-il. Je n'en vaux pas la peine.

Elle se dégagea de son étreinte, et il laissa retomber ses bras, une expression de désespoir intense sur le visage. Il croyait qu'elle le rejetait de nouveau.

— Tu vaux *toutes les peines*. Le monde ne suffit pas pour te rendre justice.

Il leva les yeux vers elle.

— Mais je croyais...

— Quoi que tu aies cru, tu avais tort. J'étais seulement blessée parce que je ne connaissais pas la vérité. Si seulement tu m'avais parlé...

Elle s'interrompit, essuya ses larmes, submergée par le remords.

— Non, je n'avais pas d'excuse pour me comporter comme je l'ai fait. C'est moi qui suis coupable, pas toi, puisque tu avais tout à fait le droit de garder ton secret. Ce qui t'est arrivé est si terrible que je ne pourrai jamais l'appréhender totalement. Mais je t'aimais, et dès que mon amour a été mis à l'épreuve, je n'ai pas été à la hauteur.

Il la dévisagea, stupéfait, et toutes ses émotions s'affichèrent pleinement pour la première fois.

— Tu m'aimais ? dit-il d'une voix étranglée. Au passé ?

— *Ya Ullah, non.* A chaque instant. Même quand je croyais ne plus pouvoir être avec toi, je savais que je ne cesserais jamais de t'aimer. Je t'aime depuis le premier jour, et je t'aimerai jusqu'à mon dernier souffle.

Son regard avait pris une teinte jade foncé, et une larme coula sur sa joue tandis qu'il l'observait, haletant. Comme s'il n'osait la croire.

Puis il tendit une main incertaine vers elle et la posa sur sa joue.

— Il faut que tu comprennes quelque chose. Ensuite, tu pourras me refaire cette déclaration. Je n'exagérais pas. Après une vie entière dépourvue d'émotions, tu as anéanti toutes mes barrières et tu m'as plongé dans un brasier dans lequel je veux brûler pour le restant de mes jours. Je t'aimerai éperdument, *férocement*... jusqu'à *mon* dernier souffle.

Elle se jeta à son cou, le noya sous ses larmes et ses baisers.

— Oui, oui, aime-moi ainsi. C'est comme ça que je t'aime.

Puis elle sentit son cœur se serrer.

— Même si je ne te mérite pas, ajouta-t-elle.

Il la porta dans ses bras et plaqua ses lèvres contre les siennes, comme pour lui faire oublier ses remords.

Quand leur baiser prit fin, son corps brûlait de désir, mais son âme était pétrie de douleur et de culpabilité.

— Ne verse jamais plus de larmes pour quoi que ce soit si tu m'aimes, *ya hayati, ya galbi.* Tu es ma vie et mon cœur. Quand j'ai cru t'avoir perdue, j'ai pensé que mon existence était finie. Mais tout s'est bien terminé. Nous nous sommes trouvés, en dépit de tout, ce qui rend notre amour d'autant plus unique et invincible. C'est mon désespoir après avoir été rejeté puis ta disparition qui m'ont finalement permis de me rappeler le souvenir vital qui disculpe Hassan, et qui m'a enfin libéré de mes démons.

Elle lui donna un autre baiser frénétique.

— Alors, tu penses vraiment que c'était un accident ?

— Oui. Alors que j'étais sur le point de réduire Hassan en miettes, je suis maintenant prêt à le tolérer, pour Najeeb et pour ses frères et sœurs. Vois-tu, grâce à toi, j'ai appris à faire des compromis. Cela nous permettra d'avoir une grande famille pour notre bébé.

La façon dont il avait dit *notre bébé* était si poignante qu'elle chancela.

Il la rattrapa et la souleva dans ses bras. Puis il se dirigea vers la chambre.

Ce qui suivit fut comme une résurrection. Et une fusion.

Et le soir suivant arriva. Il s'apprêtait à les conduire tous deux une fois de plus au comble de l'extase quand elle l'interrompit soudain.

— Numair, à propos du bébé...

Aussitôt, il fronça les sourcils, méfiant. Elle frissonna, incertaine.

— Tu as dit que tu voulais un héritier... mais j'ai l'impression que c'est une fille. Ne me demande pas comment je le sais...

— J'aimerais que ce soit une fille, la coupa-t-il. J'ai vécu toute ma vie entouré d'hommes rudes, et maintenant je veux passer le restant de mes jours à baigner dans les délices de la compagnie féminine.

— Vraiment ?

— Vraiment. Je ne te dirai que l'entière vérité désormais.

Elle grimaça.

— Eh bien... parfois la vérité n'est pas si agréable à entendre. Par exemple, je n'ai pas envie d'entendre que mon nez double de volume à cause des hormones de grossesse.

Il tira amoureusement sur une boucle de cheveux et taquina son sein, qui s'épanouissait chaque jour un peu plus sous l'effet de ces mêmes hormones.

— Ne dit-on pas dans nos pays que cela n'arrive que lorsque l'on porte un garçon ?

— Je vois que tu as bien étudié tes leçons.

Elle gémit de plaisir, puis plongea les mains dans ses cheveux lâchés, pour l'écarter de son mamelon avant qu'il ne lui fasse perdre la tête. Car elle avait autre chose à dire.

— Pour ce qui est du trône de Zafrana...

Il posa les lèvres sur sa peau, remonta jusqu'à sa bouche, et lui offrit un sourire qui l'emplit de joie.

— Je ne tiens plus à récupérer mon héritage. La seule chose qui m'importe désormais, c'est l'avenir que nous allons bâtir pour nos enfants.

— Parce que tu en veux plusieurs ?

— J'en voudrai autant que tu en voudras, que ce soit un ou plusieurs, s'empressa-t-il de la rassurer. Ce bébé me comble. *Tu* me combles.

Elle gémit, submergée par une nouvelle vague d'émotions.

— Toi aussi, tu me combles. Et je veux autant d'enfants que tu en voudras. Mais un à la fois. Laisse-moi le temps de me faire la main avec ce premier bébé.

Il rit et l'étreignit avec exubérance.

— Nous allons nous faire la main avec ce bébé, et apprendre tout le reste, ensemble.

Il reprit son assaut sensuel, mais elle l'interrompit.

— Mais il faut que tu réclames ton héritage. Ce serait la

meilleure chose qui puisse arrive à Zafrana et à Saraya si tu réunissais les deux royaumes en un seul.

En lui mordillant la lèvre, il murmura :

— Je veux seulement être le roi de ton cœur.

— Tu l'es depuis le premier jour, dit-elle en gémissant. Et tu le resteras à jamais.

Il ondula contre elle, rallumant le feu de son désir.

— Pour l'instant, c'est nous que je veux réunir.

Elle poussa un cri quand il la pénétra. Elle empoigna sa chevelure pour le freiner.

— Numair... s'il te plaît...

Elle enroula les bras autour de sa taille ferme pour tenter de résister.

— Promets-moi que tu le feras. Tu seras le meilleur roi pour notre région, ainsi que pour mon cœur.

Il se redressa, le regard empli d'amour et de dévotion.

— Je pourrai reconsidérer la question... si tu fais quelque chose pour moi.

Elle hocha la tête avec frénésie, tandis qu'elle perdait la bataille et ondulait contre lui. Le plaisir était si intense qu'il en était presque aveuglant.

— Tout ce que tu veux. Je ferai tout pour toi. Je passerai ma vie à tenter d'effacer tout ce que tu as subi.

— C'est déjà fait. Rien qu'en étant toi, et en m'aimant contre toute attente. Et maintenant, tu dois me promettre que tu me feras oublier la peur et le désespoir que tu as provoqués quand tu as disparu.

— Quoi que tu me demandes, je t'obéirais.

— Je veux que tu me laisses éternellement vous couvrir notre famille et toi de mes attentions, de ma protection, de ma dévotion et de mon adoration.

Elle se cambra tandis qu'il ponctuait chaque mot par un

coup de reins, jusqu'à ce qu'il l'entraîne dans un orgasme étourdissant.

Bien après qu'il l'eut rejointe dans un océan de félicité, elle murmura d'une voix extasiée :

— Promis.

Vous avez aimé ces romans ?
Retrouvez « Le serment de Black Castle »
dès le mois de juillet dans votre collection Sagas !

Vous avez aimé ces romans ?
Retrouvez [illegible] de Black Castle
ce mois de juillet dans votre collection Sagas !